ハヤカワ文庫SF

〈SF2423〉

彷徨《さまよ》える艦隊12

特使船バウンドレス

ジャック・キャンベル

月岡 小穂訳

早川書房

8993

THE LOST FLEET
OUTLANDS
BOUNDLESS

by

Jack Campbell

Translated by
Saho Tsukioka
First published 2023 in Japan by
HAYAKAWA PUBLISHING, INC.
This book is published in Japan by
arrangement with
JABBERWOCKY LITERARY AGENCY, INC.
through THE ENGLISH AGENCY (JAPAN) LTD.

世代の異なる静かなる戦士、ペイリン・スプルーアンスに。
この紳士のおかげで世界はいくらか明るくなった。その不在に
深い悲しみを覚える。

そして、いつものようにSへ。

謝辞

すばらしい助言とともにわたしを後押ししてくれるエージェントのジョシュア・ブライムズ、そしてわたしの支えとなって編集作業を担当してくれた編集者のアン・ソワーズには、いつものようにお世話になりました。また、ロバート・チェイス、ケリー・ドワイヤー、キャロライン・アイヴス・ギルマン、J・G・〝ハック〟・ハッケンポラー、シムハ・クリツキー、マイケル・ラビオレット、アリー・パーソンズ、バッド・スパーホーク、メアリー・トンプソン、コンスタンス・A・ワーナーの各氏からは、助言、コメント、推薦文をいただきました。感謝します。

星系同盟《アライアンス》第一艦隊　所属艦一覧

司令長官　ジョン・ギアリー元帥

第一戦艦分艦隊
〈ギャラント〉　〈インドミタブル〉　〈グローリアス〉　〈マグニフィセント〉

第二戦艦分艦隊
〈ドレッドノート〉　〈フィアレス〉　〈ディペンダブル〉　〈コンカラー〉

第三戦艦分艦隊
〈ウォースパイト〉　〈ヴェンジャンス〉　〈レゾルーション〉　〈ガーディアン〉

第四戦艦分艦隊
〈コロッソス〉　〈エンクローチ〉　〈リダウタブル〉　〈スパルタン〉

第五戦艦分艦隊

〈リレントレス〉　〈リプライザル〉　〈スパーブ〉　〈スプレンディド〉

第一巡航戦艦分艦隊

〈インスパイア〉　〈フォーミダブル〉　〈ドラゴン〉　〈ステッドファスト〉

第二巡航戦艦分艦隊

〈ドーントレス〉（旗艦）〈デアリング〉　〈ヴィクトリアス〉　〈インテンパリット〉

第三巡航戦艦分艦隊

〈イラストリアス〉　〈インクレディブル〉　〈ヴァリアント〉

第五侵攻輸送艦分艦隊

〈ツナミ〉　〈タイフーン〉　〈ミストラル〉　〈ハブーブ〉

第一補助艦分艦隊

〈ティターン〉　〈タヌキ〉　〈クプア〉　〈ドモヴォイ〉

第二補助艦分艦隊

〈ウィッチ〉　〈ジン〉　〈アルケミスト〉　〈キュクロプス〉

二十六隻の重巡航艦からなる五つの分艦隊

第一重巡航艦分艦隊　第三重巡航艦分艦隊　第四重巡航艦分艦隊
第五重巡航艦分艦隊　第八重巡航艦分艦隊

五十一隻の軽巡航艦からなる十の戦隊

第一軽巡航艦戦隊　第二軽巡航艦戦隊　第三軽巡航艦戦隊　第五軽巡航艦戦隊
第六軽巡航艦戦隊　第八軽巡航艦戦隊　第九軽巡航艦戦隊　第十軽巡航艦戦隊
第十一軽巡航艦戦隊　第十四軽巡航艦戦隊

百四十一隻の駆逐艦からなる十八の戦隊

第一駆逐艦戦隊　第二駆逐艦戦隊　第三駆逐艦戦隊　第四駆逐艦戦隊
第六駆逐艦戦隊　第七駆逐艦戦隊　第九駆逐艦戦隊　第十駆逐艦戦隊
第十二駆逐艦戦隊　第十四駆逐艦戦隊　第十六駆逐艦戦隊　第十七駆逐艦戦隊
第二十駆逐艦戦隊　第二十一駆逐艦戦隊　第二十三駆逐艦戦隊　第二十七駆逐艦戦隊

第二十八駆逐艦戦隊　第三十二駆逐艦戦隊

第一艦隊宙兵隊

指揮官　カラバリ少将

侵攻輸送艦に所属する三千名の宙兵隊員が、各巡航戦艦および各戦艦に分乗。

彷徨《さまよ》える艦隊12

特使船バウンドレス

登場人物

ジョン・ギアリー…………第一艦隊司令長官。元帥
ターニャ・デシャーニ……同艦隊旗艦〈ドーントレス〉艦長。大佐。
ギアリーの妻
キャストリーズ…………〈ドーントレス〉ブリッジ要員。大尉
ユオン……………………同ブリッジ要員。大尉
アイガー…………………同情報部員。大尉
ジャーメンソン…………同主計士官。大尉。アイガーの妻
ジョニンニ………………同最先任上等兵曹
タルリーニ………………同上級上等兵曹
カラバリ…………………第一艦隊宙兵隊指揮官。少将
オービス…………………同宙兵隊一等軍曹
ドゥエロス………………巡航戦艦〈インスパイア〉艦長。大佐
バダヤ……………………巡航戦艦〈イラストリアス〉艦長。大佐
ジェーン・ギアリー……戦艦〈ドレッドノート〉艦長。大佐
スミス……………………補助艦〈タヌキ〉艦長。補助部隊長
ハイエン…………………カラス共和星系〈リプライザル〉艦長
カペルカ…………………リフト連邦星系〈パスガード〉艦長
リーセルツ………………星系同盟《アライアンス》の大使
ウェッブ…………………同大使付き武官。大佐
コトゥール………………同科学者・技術者集団のリーダー
ジャスミン・クレシダ……同科学者。ジェイレン・クレシダの姉
ブラダモント……………ミッドウェイ星系もと連絡担当士官
イケニ……………………同大統領
ドレイコン………………同将軍

1

星系同盟《アライアンス》艦隊は、人類に代理首都として知られる星系をあとにした。大破した戦艦〈アマゾン〉と〈リベンジ〉、宇宙ゴミ《デブリ》と化した巡航戦艦〈レビヤタン〉と〈インプラカブル〉、重巡航艦、軽巡航艦、駆逐艦の残骸を残して。いよいよ敗色が濃くなった場合に、一世紀に及ぶ戦争を長引かせるために、ひそかに造られた巨大軌道施設も、そのままにして。艦隊は回収可能なすべての遺体と、誰も生き残れるとは思っていなかった戦闘で負傷した多くの兵士を乗せている。

防衛艦隊とはとても言いがたい艦隊の残骸も残したままだ。〝信頼できる〟人工知能のみが指揮する無人戦闘艦の群れは自我に目覚めはじめ、狂気をきたして、守るべきアライアンスに牙を剝きはじめたのだ。黒い艦隊を阻止するために多くの命が犠牲となった。アライアンスはふたたび救われた。こんどはおのれの愚かさから。

　かつてアライアンスの兵士たちは、この先に何が待ち受けているかを確信していた。一生をかけて惑星連合《シンディック》と戦い、戦争が終わることはないと考えていた。今は自分たちの背後にあるものしか知らない。ついにシンディックは敗れ、アライアンスへの未来の脅威に対処するべく愚かにも創設された防衛艦隊は、危険な存在となったアライアンス艦隊に対して襲いかかったが、撃滅された。いまや未来は無限かつ予見不能であるように思えた。

　旗艦である巡航戦艦〈ドーントレス〉に座乗するジョン・〝ブラック・ジャック〟・ギアリー元帥には、今回アライアンスを救ったことは、結局はアライアンスを滅ぼす結果へとつながってしまうのではないか、そう思えてならなかった。

　アライアンス艦隊は代理ユニティ星系の連星からドレズウィン星系へジャンプした。そこから、生き残った艦の多くが補給と修理のために、ヴァランダル星系にある基地へとジャンプしていった。だが、〈ドーントレス〉と侵攻輸送艦〈ミストラル〉は別方向へジャンプし、アライアンスの首都星系に通じるハイパーネット・ゲートがある星系へ向かった。その首都星系は昔、アライアンスを構成する多くの星系や人々に調和をもたらすことを期して、ユニティと名づけられた。

　まもなく、数えきれないほどの人々が恐れた（そして数えきれないほどの人々が待望した）瞬間がついにやってくる。死からよみがえったアライアンス最高の英雄ギアリーが旗艦に乗り、アライアンスの首都に到着するのだ。シンディックとの長い戦争は終結したばかりだが、その戦争によりアライアンス政府は疲《ひ》弊《へい》しきっていた。ギアリーの来訪は政権崩壊の引き金になりかねない。たとえ政府が持ちこたえたとしても、〈ミストラル〉が持ち帰ろうとしている証拠がアライアンスを打ち砕くかもしれない。

　それでも結局、ギアリーに選択の余地はなかった。降伏寸前の危機にあったアライアンスを救うべく彼を導いた義務感が、こんどは、いずれにしてもアライアンスを崩壊させうる行動へと駆り立てている。

「ユニティ星系到着まで五分」キャストリーズ大尉の声が〈ドーントレス〉のブリッジに響いた。

「また葬儀に参列するような顔をなさっていますね」と、ターニャ・デシャーニ艦長。艦長席とギアリーの司令長官席は隣り合っているため、小声で話すことができる。

「本当にそうしようとしているのかもしれない」と、ギアリー。

「閣下はやるべきことをなさろうとしているのです」

「わかってる」ギアリーは目の前のディスプレイを見て顔をしかめた。何もない空間が映し出されている。昔ながらのジャンプ航法により銀河系の門戸が開かれ、人類は探査や入植（そして戦争）を推し進めた。ジャンプ点から超空間に入ると、何もない灰色の空間がつづいているように見える。だが、新式のハイパーネット航法を使ってゲートからゲートへと移動する艦船は、文字どおり、どこでもない場所にいて、周囲には何も存在しない。艦外の虚無の空間をながめていると、人生の終末の先にある闇を思い起こさせられ、ギアリーの気分は晴れなかった。「自分の身に何が起こるかなど、問題ではない。それよりも、アライアンスを守るためにいかに多くの人々が命を落としたかということを考えてしまう。わたしは彼らの犠牲を無駄にしようとしているのだろうか？」

デシャーニはしばらく黙っていたが、やがて首を横に振った。

「わたくしはコースチャ・チュレブとは長い付き合いでした。ビクトリア・リオーネとも、まともな人間なら耐えられないほど多くの時間をともにしました。二人とも、われわれの行動に賛成してくれるはずです」デシャーニは言葉を切った。「あの女なら、可能なかぎり不快な方法で賛成を表明したでしょうけど」

最後の言葉は自分の気をそらすためのものだと、ギアリーにはわかっていた。ギアリーの頭は犠牲となった兵士のことでいっぱいだった。ヴァランダル星系へと向かった多くの艦に、遺体をおさめたカプセルが乗せられている。彼らは宇宙葬という最高の栄誉に浴する方法で葬られることになる。遺体は恒星に到達するようタイミングを見はからって射出され、恒星にのみこまれ、いつか恒星が爆発するとき、原子や元素の一部として放出され、新しい恒星や惑星、惑星上のあらゆる生命を形づくるのに役立つ。だが、その肉体に命を吹きこんでいた魂はすでに失われ、いまごろは先祖の腕に抱かれていることだろう。

「この先も慣れることはないだろう。われわれは義務を果したが、今回の代償は大きすぎた」

「閣下が正しい判断をなさらなければ、もっと大きな代償を払うことになったでしょう」

「ビクトリア・リオーネが命がけで救ってくれたおかげでもある」

「われわれ全員が同じことをするつもりでした。わたくしはあの女の犠牲を高く評価します。それがわれわれの命を救ったからです。でも、誰でも、自分を頼りにしてくれる者を守るためなら、命を投げ出していたはず。どれほど多くの命が救われたかをお忘れにならないでください、元帥」

「わたしは――」ギアリーが言いかけたとき、緊急メッセージの受信を知らせる短い警告音が鳴った。メッセージをディスプレイに表示させてから、ハイパーネットにいるあいだは受信できるはずがないことに気づいた。「デシャーニ艦長、なぜこのタイミングで、外部からのものと思われるメッセージが届いたのだ?」

　デシャーニは顔をしかめてギアリーのディス

プレイを注視した。

「ありえません」

「受信時刻は一分前だ」

「それは――」デシャーニは少し間《ま》を置き、ふたたび話しはじめた。「発信元を確認なさいましたか？」

「いや、まだだ」なぜデシャーニがそこに注目するのかと怪訝《けげん》に思いながら、ギアリーは発信元情報を見つけ、背筋が寒くなる思いがした。

「幽霊ではありません」デシャーニは怒気を含んだ声で言った。「ビクトリア・リオーネ？」「あの女はこの時点まで気づかれないような方法で、どうにかして〈ドーントレス〉の通信システムにメッセージをしこんだにちがいありません。それもありえないことですが」

「読むべきだろうか？」

「なぜここにあるのか……本当にあの女からのメッセージなのかがわかるまでは、おやめください。これほど巧妙に隠されていたとしたら、ほかの誰かが送ったものかもしれませんし、何かがしこまれている可能性もあります」

デシャーニはギアリーの向こうに手を伸ばし、メッセージの隔離コマンドをタップした。

「通信部！」

「はい、艦長？」と、通信士。

「通信システムによると、たったいま外部からのメッセージを受信した」

通信担当の大尉はしばらくしてからその言葉の意味に気づき、当惑の表情を浮かべた。

「艦長、われわれはまだハイパーネットのなかにいます。外部からのメッセージを受信することは不可能です」

「わかってる。あなたも知っているとおりよ。どうやら通信システムはそのことを知らないみたい。メッセージは隔離した。それがシステムのどこに隠れていたのか、誰がそこに置いたのか、マルウェアなど危険をおかすものを含んでいないか、知りたい」

「はい、艦長！」

　ユニティ星系到着まであと二分。

　ギアリーは、ゆったりと椅子にもたれたデシャーニのほうを見た。

「きみとこの艦について気づいたことがある」

「なんでしょうか、元帥？」

「きみは〝今これをしなさい〟とか〝早く終わらせて〟と言う必要がない。クルーたちはきみの命令の出しかただけで、何かをすばやく終わらせる必要があることを察するからだ。きみが何を望んでいるかがわかるから、混乱も遅滞もなく実行できる」

デシャーニは自分の画面からちらっと目を上げ、ギアリーを見た。

「わたくしは艦長です。そういうものなのです。なのに、なぜ、やっと笑顔になってくださったのですか?」

「ほかの者が言えば自慢になりそうなことでも、きみが言えば、自分が期待されていると思うことを述べたにすぎないからだ」

「ユニティ星系到着に備えます」と、キャストリーズ。

超空間を離脱するさいには誰でも衝撃を感じ、どんなに強い精神力を持つ者でも一瞬、動揺を覚えるものだ。だが、その点においてもハイパーネット・ゲートは違っていた。〈ドーントレス〉は人間の身体が感じるような物理的影響は与えず、ユニティ星系の外縁にあるゲートを出た。何もない空間が無限の星に変わったときに感じたのは、安堵《あんど》だった。

ギアリーの前にあるバーチャル・ディスプレイがふたたび作動しはじめた。〈ドーントレス〉のセンサーが情報を見つけて処理し、わかりやすい形式で表示すると、艦船の通行状況などの情報がまたたくまに更新された。一光秒と離れていない位置に〈ミストラル〉も到着し、異常がないことを示す公開信号を送信している。いちばん近くにいるのはアライアンスの大型戦艦で、ハイパーネット・ゲートから一光分の位置を周回しながら監視しているようだ。潜在的な危険を示す警報は鳴らず、ディスプレイにも表示されなかった。

「主要惑星へ向かうのですか？」と、デシャーニ。

ギアリーはうなずいた。

「違う命令を受けないかぎりはな」

「ユオン大尉」と、デシャーニ。「主要惑星へ直行する針路を設定せよ。速度は〇・二光速だ」

「はい、艦長」ユオンは画面をすばやく操作した。「準備完了、艦長」

ギアリーの画面にも予定針路が表示された。航法システムをもってすれば、たとえば惑星など、固定軌道にあるものに針路を設定することはたやすい。予定針路が長い弧を描いて星系内を進み、恒星とそこから約十光分離れた主要惑星へと延びてゆく。恒星ヴァランダルが太陽（今も、人類の故郷である地球を暖めつづけている）よりもわずかに大きく、わずかに熱いことを考慮すれば、主要惑星の表面は人間にとってほぼ快適だと言える。だが、それは、星系の外縁部にいる〈ドーントレス〉と〈ミストラル〉から目的地まで約五光時の距離があることをも意味していた。戦闘艦が妥当な時間内に到達可能な速度である〇・二光速、すなわち秒速六万キロでも、それだけの距離を進むには二十五時間以上かかる。

「けっこう」と、ギアリー。「〈ミストラル〉が針路を設定したことを確認してから、実行しろ」

「了解、閣下」と、デシャーニ。「ユオン大尉、〈ミストラル〉にメッセージを送り、受信されたことを確認せよ」

「はい、艦長。〈ミストラル〉より応答あり。操艦の準備が整ったとのこと」

ギアリーは通信装置を操作した。通常のルーティンなのでほっとする。

「〈ドーントレス〉、〈ミストラル〉、こちらはギアリー元帥だ。〇・二光速で右に〇一五度、下方に〇二〇度、ただちに転針せよ。以上」宇宙空間には上下も東西もないため、人類は恒星を基準として方向をさだめた。恒星に近づく方向を〝右舷側《スターボード》〟、恒星から離れる方向を〝左舷側《ポート》〟、惑星の公転軌道面と一致する水準面の片側が〝上〟で、もう片方の側が〝下〟だ。

「〈ミストラル〉、了解」応答があった。

「〈ドーントレス〉、了解」

デシャーニはコントロール装置に軽々と指を走らせた。〈ドーントレス〉の外殻に沿って姿勢制御スラスターが噴射され、艦首が右下方を向きはじめた。まもなく正しいベクトルにぴたりと合うと、艦尾のメイン推進装置が作動し、〈ドーントレス〉は恒星へと突き進んだ。〈ミストラル〉も〈ドーントレス〉の動きに合わせている。

ギアリーはこれから向かう惑星の映像を注視しつづけた。数十億キロのかなたにあるため、肉眼では小さな光点にしか見えない。ギアリーが見ているのは五時間前の映像だ。〈ドーントレス〉と〈ミストラル〉が到着したことを知らせる光が惑星上の人々に届くまで、五時間かかる。広大な宇宙においては、光速でさえもゆっくりに思えた。

だが、〈ドーントレス〉の到着を知った人々がどんな反応をするのか、ギアリーにはわかっていた。そこで、代理ユニティ星系からの移動中に練りあげた状況報告書を画面に呼び出した。その報告書のなかでどんな言葉を使うかによってアライアンスの運命が左右される可能性があることを、ギアリーは充分に承知していた。報告書には膨大なファイルが添付され、代理ユニティ星系で収集した最重要と思われる証拠も含まれている。

ギアリーは武器の引き金を引くような思いで送信コマンドをタップした。

「艦長」と、キャストリーズ。「〈オーデイシャス〉から誰何《すいか》されています」

ギアリーは近くにいるその戦艦の名を聞き、思わず顔をしかめそうになった。自身にとって最後となるはずだった戦いの一世紀後に目覚めて以来、破壊された艦の名が頻繁に再使用されることに慣れていない。だが、ひどい損失をたびたびこうむる艦隊においては、それが日常化していた。ギアリーが最後に〈オーデイシャス〉という名の戦艦を見たのはラコタ星系で、〈オーデイシャス〉はぼろぼろに叩きのめされた。ラコタ星系においては、アライアンス艦隊は二度にわたりシンディックと交戦した。〈オーディシャス〉の名にはいい思い出がない。

「わたしが乗艦し、重要な人物と資料を政府に届けるために主要惑星へ向かっていることを、〈オーディシャス〉に伝えてくれ」

「〈オーディシャス〉はアライアンスの首都を守っています」デシャーニはギアリーに具申した。「閣下のご到着に備えて、どのような命令を受けていると思われますか？」

「極端な命令でなければいいのだが。〈オーディシャス〉は現在位置からわれわれの針路を妨害できるのか？」

デシャーニは画面を見て眉をひそめた。すばやく指を動かし、操艦シミュレーションを行なっている。

「たぶん。〈ミストラル〉は加速力の点で〈ドーントレス〉よりもやや劣ります。〈ミストラル〉を見捨てるおつもりではありませんよね」

「もちろんだ。どうすればいい？」

「〈オーディシャス〉を足どめします。そうですね……十分間。そのあいだにわれわれは充分に離れることができ、〈オーディシャス〉が妨害してきても追いつかれないでしょう。そのような状況では、〈ミストラル〉でも戦艦を振りきることができます」

「艦隊本部もそれぐらいのことはわかっていたはずだ。わたしの旗艦に追いつけないと知っていながら、なぜ軌道上に戦艦を一隻だけ配置したのだろう？」

「戦艦だからこそです。アライアンス艦のなかでも最大かつ最強の艦です。〈オーディシャス〉を配置すれば、利用可能な最強の防御手段を使っているように見えます」

「艦隊本部の人間はまともなことをしたことがないのか？ 傍目《はため》にまともに見えたって意味がない」

「偶然にということはあるかもしれません」と、デシャーニ。

超光速通信ができないせいで通信速度が制限されることは、ときとして好都合だ。とりわけ時間稼ぎをしたい場合には。〈オーディシャス〉と〈ドーントレス〉との距離は一光分。〈ドーントレス〉から〈オーディシャス〉への応答が受信され、〈オーディシャス〉からの返信が届くまで、さらに二分を要した。ギアリーの画面にポップアップ・ウィンドウが現われ、〈オーディシャス〉のブリッジにいる指揮官が映し出された。

「こちらは〈オーディシャス〉のチャオ艦長です」指揮官が話しはじめた。その表情も口調も、歓迎というよりは緊張しているように思えた。「わたしは貴艦に関して以下の命令を受けています。ユニティ星系に到着されましたら、貴艦ならびに随伴するすべての艦は本艦の近くを周回し、本部からの命令をお待ちください。〈オーディシャス〉から一キロの位置を保つよう、針路と速度を調整……どうか調整願います。チャオより、以上」

「お願いされましたよ」デシャーニが楽しげに言った。時間を稼ごうとするあまり事態をエスカレートさせてはならないと、心に決めた。

「こちらはギアリー元帥。チャオ艦長、わたしがここに到着した状況は、きみが受けた命令における例外だ」そんなことは知らないが、チャオは何か例外はないかと自分の受けた命令を確認しなければならないだろう。少しは時間が稼げそうだ。「わたしの旗艦と護衛中の侵攻輸送艦は重要な人物と重要なものを政府のもとへ届けるべく、主要惑星へ向かおうとしている。そこで政府からの指示を受け、艦隊本部へおもむき、さらなる命令を受けることになる。ギアリーより、どうぞ」〝以上〟という言葉で締めくくらなかったのは、チャオとのやりとりをつづけるためだ。メッセージの往復には少なくとも二分かかる。

「そう簡単にチャオを無視できると本気で思っていらっしゃるんですか？」と、デシャーニ。

「いや。あとどれくらい時間を稼げばいい？」

「八分です」

「八分？　すでに数分は稼いだはずだぞ」

「それに、〈オーディシャス〉は動きはじめています」デシャーニは画面を指さした。「まだエンジン全開というわけではありませんが。われわれが急加速して離れてゆくことを警戒しているのかもしれません」

ギアリーは内心の緊張とは裏腹に声を出して笑った。

「われわれを引き止めようとしていると言うのか？」

「加速をやめさせようとしているのです」デシャーニは頭を振った。「〈オーディシャス〉の現実的な選択肢はそれ以外にありません。もういちど応答があるはずです」

案の定、その三分後に新たなメッセージが届いた。チャオは誠意を示すことを心がけながら話しはじめた。

「こちらは〈オーディシャス〉のチャオ艦長です。残念ながら、閣下のおっしゃる例外は見つかりませんでした。しかし、もう一隻のアライアンス戦闘艦がかかわっている状況でミスを犯すわけにはいきません。問題を解決するために、いましばらく本艦から離れないでいただきたい。どうかお願いします。閣下とお話しする機会をずっと心待ちにしておりました、元帥閣下。チャオより、どうぞ」

「本気でしょうか？」デシャーニは不満げに言った。

「あとどれくらい時間が必要だ？」

「七分です」

「三分前にはあと八分だと言っていたではないか！」

「〈ミストラル〉が〈オーディシャス〉につかまってもいいのですか、閣下？　〈オーディシャス〉は〈ドーントレス〉ではなく、〈ミストラル〉をインターセプトしようとわずかにベクトルを変更しています」

「〈ミストラル〉が重要なものを運んでいることを話すべきではなかった」と、ギアリー。自分自身に腹が立つ。冷静な表情を取り戻してから応答コマンドをタップした。「こちらはギアリー元帥。チャオ艦長、ミスを犯したくないと思うのはりっぱだ。その点に関して、例外が発生する状況については、きみの言う命令に添付されている極秘文書を確認することをすすめる。きみの言うとおり、おたがいにとって不利になるミスは犯したくない。ギアリーより、どうぞ」

「このような命令に例外を記載した極秘文書が添付されていることを、どうしてご存じなんですか？」デシャーニは驚きの色を浮かべて言った。

「知るもんか」と、ギアリー。「だが、チャオはそれを探し、そのような添付文書が存在しないことを可能なかぎり確認しなければならない。さもなければ、添付文書が存在しているうえに命令に違反した場合、チャオが提督になる可能性はブラックホールのなかに消えることになる」

「けっこうなことです」デシャーニは満足げに言った。「あと四分で〈ミストラル〉の安全が確保されます。〈オーディシャス〉につかまる前に、われわれは主要惑星に到達できるでしょう」

　ありもしない添付文書をチャオが探すのに、あとどれくらいかかるだろう？　ギアリーはディスプレイを注視した。〈ドーントレス〉と〈ミストラル〉が加速してゆっくりと航跡が向きを変えるにつれて、インターセプト・ポイントがみるみる遠ざかってゆく。画面上で警告ランプが点滅し、ギアリーの視線が〈オーディシャス〉に引き寄せられたとき、キャストリーズが叫んだ。

「〈オーディシャス〉が推進装置を全力噴射し、最大加速しています」

「〈オーディシャス〉はまだ最接近ポイントで〈ミストラル〉を妨害できます」と、デシャーニ。

　ああ、くそっ。ギアリーは別の通信ボタンに触れ、〈ミストラル〉に呼びかけた。

「ヤング中佐、もう少し加速できるか？」

　ヤングは落ち着きはらった表情で応答した。別に意外なことではない。代理ユニティ星系で状況が非常に厳しかったときにも、懸念の色ひとつ見せなかったのだから。

「いくらか改良がほどこされていますので。ご命令があれば、艦の爆発や慣性補正装置の故障を避けるために、機関コントロール装置が働いて通常レベルに戻るまで最大で三十秒間は自動制御を解除した状態で加速可能です。過剰な加速をそう長く維持することはできないでしょう。そのようなレベルでは、メイン推進装置が予期せぬ誤作動を起こすこともありえます」

「自動制御を解除して加速しろ。可能なかぎり長く維持せよ。だが、艦を危険にさらしてはならない」

「了解しました、元帥」

「〈ミストラル〉の推進装置が出力を上げました」と、キャストリーズ。「安全域を十パーセント超えて加速しています」

「このまま三十秒もったら、〈オーディシャス〉を振りきれるか？」ギアリーはデシャーニにたずねた。

デシャーニは眉をひそめ、やがて、ゆっくりとうなずいた。

「現在の加速度を二十五秒間維持すれば、〈ミストラル〉は妨害を避けられます。星系内の深奥部で別の戦闘艦に出くわすでしょうけど」

「それまでには政府がわれわれの到着メッセージを受信し、なんらかの命令を送信してくるだろう」

デシャーニはかすかな笑みを浮かべてギアリーを見た。

「まだ政府を信じていらっしゃるのですね」

「信じるしかない」と、ギアリー。そのとき〈オーデイシャス〉から新たなメッセージが届いた。

チャオの口調はいままでより厳しく、その表情も決然としていた。

「元帥、わたしの指示にしたがっていただかなければなりません。ただちに貴艦の針路および速度を調整し、〈オーデイシャス〉から一キロの位置についてください。わたしは指示の実行に必要なあらゆる措置を講じることを許可されています。チャオより、どうぞ」

「どうする？」ギアリーはデシャーニにたずねた。

「もう少しで――」

「〈ミストラル〉が加速度百パーセントまで戻しました」と、キャストリーズ。

ギアリーは緊張しながらデシャーニの返答を待ったが、デシャーニは言葉を切り、ディスプレイに見入っている。

デシャーニが笑みを浮かべた。

「やりましたよ、元帥。〈オーデイシャス〉は厳しい追跡を余儀なくされています。インターセプトの可能性はゼロになりました」

　ギアリーは安堵のため息を漏らし、応答コマンドに触れた。

「こちらはギアリー元帥。チャオ艦長、残念な知らせがある。わたしの任務はアライアンスにとって非常に重要であり、遅滞は許されないと判断した。もうひとつ。わたしには下位の士官の指示にしたがう義務はない。〈ドーントレス〉と〈ミストラル〉は主要惑星へ向かう。追ってきてもかまわないが、哨戒《しょうかい》軌道を離脱する前に追加の指示を艦隊本部に確認することを強くすすめる。ギアリーより、以上」

「手かげんしすぎです」デシャーニが不平を漏らした。

「チャオは窮地におちいっている。本人の落ち度ではない。チャオにはわたしを止められない。追跡を続行しても、われわれをつかまえることはできないし、ハイパーネット・ゲートを無防備な状態にすることになる。わたしは本部に相談することをすすめ、そのジレンマからチャオを完全に救ったのだ。指示をあおぎ、それに対する返答を受信するだけで十時間以上はかかるだろう。それまでには、われわれは主要惑星までの距離のほぼ半分を進んでいるはずだ」

「〈オーディシャス〉が減速しはじめました」と、キャストリーズ。「スラスターを噴射しています。哨戒軌道に戻ろうとしているようです」

「これがわれわれの答えだ。チャオがみずからを守るにはそれしか方法はない」と、ギアリー。

デシャーニは肩をすくめた。

「おそらくチャオはあの指揮官の座を得るために、上官全員にこびへつらって必死に努力をしていたのでしょう。艦隊本部が保身のためにほかに誰を選ぶと思いますか？」

「きみはとんでもないひねくれ者だな」と、ギアリー。〈オーディシャス〉が軌道に戻り、無駄な追跡を中止するのを確認するため、画面を見つめたままだ。

「戦争のせいですよ」と、デシャーニ。

　自分が提供した情報をアライアンス政府がどう扱うのかを考えると、次の十時間は生きた心地がしなかった。裏で何が行なわれていたのかを知っても驚かない（それが発覚したことにぎょっとすることはあっても）議員もいるだろうが、大半の議員は不法行為にまだ気づいておらず、法律や規則など知ったことかと決めつけている連中に対処してくれるはずだ。

　ギアリーはヤング中佐に通信し、〈ミストラル〉の状況について最新情報をたずねた。自室で通信を行なったのは、プライバシー保護のためとブリッジ・クルーに羽を伸ばす時問を与えるためだ。

「とくにご報告すべき問題はありません、閣下」と、ヤング。「唯一の問題は、代理ユニティ星系で救出したもと捕虜の大半が、いまだに要注意人物として扱われることに憤慨《ふんがい》していることです」

「そのように扱われて当然だ」と、ギアリー。「ユニティ星系当局に身柄を引きわたしたら、政府はもと捕虜を犯罪者として告発するか釈放するかを決めなければならない」

ヤングはかたわらにあるディスプレイを身ぶりで示した。

「シンディックとの戦争中にテロリストもしくは反逆者の疑いをかけられ、代理ユニティ星系で監禁されていた行方不明者に関するファイルを、調べました。わたしは法律家ではありませんが、たいした情報はないようです。起訴するに足る充分な証拠がなかったからこそ、その人たちは消されたのではないでしょうか」

「被疑者が本当に罪を犯したかどうかを示す充分な証拠がないということか」と、ギアリー。「行方不明だった者たちの扱いや、アライアンスの法に反するようなプログラムを承認し、実行した政府関係者の扱いは、政府が考えるべき問題だ」戦争が十年さらに十年と長引くなか、必要に応じてアライアンス政府が避難できる極秘の代理首都を造るという考えは、いかにも賢明だったかもしれない。だが今にして思えば、そのような秘密施設はアライアンス政府そのものからも何かを隠すのに最適な場所だったのだ。

「わたしの階級では聞けない話なので、うれしく思います、元帥」と、ヤング。「リコ大佐が〈ミストラル〉に乗艦している宙兵隊の最新情報をお伝えします」

リコの報告によると、万事良好だが、看守としての役目を果たさなければならないことに不満が出ているという。

「しかし、それはよいことです、元帥。そういう些細なことに愚痴をこぼすのは、大きな問題を抱えていないということですから」

「捕虜たちにてこずらされてはいないか？」

「いいえ、閣下。とくに何もありません。代理ユニティ星系で警備員として雇われていた傭兵たちは、代理ユニティ星系の支配者たちに見捨てられたことを非常に不満に思っています。尋問のスペシャリストに洗いざらい話し、可能なかぎりすべてを語ってくれています」リコは言葉を切った。「われわれ宙兵隊はすべての証拠を確実に当局に引きわたす所存です。部下のなかには、代理ユニティ星系で何を見つけたのかと、わたしにたずねてきた者もいます」

「きみは何を話した？」と、ギアリー。

「われわれはアライアンスを守るという誓いにしたがっている……われわれが守り、運んでいるものは真実である……真実こそが重要なのだと言いました。われわれはアライアンスであって、シンディックではありません。シンディックにおいては、支配者が断言すれば、それが〝真実〟なのだと、わたしは理解しています」

「そのとおりだ。だから、われわれはシンディックと戦った。真実と呼べるものの存在を信じていたからだ。感謝する、大佐」

「元帥、例の異星人についておたずねしてもいいでしょうか？　代理ユニティ星系でわれわれを助けてくれた異星人のことです」

「ダンサー族だ」と、ギアリー。あまりにも優雅に操艦するのでそう名づけられたのだ。

「ダンサー族がどうした？」

「われわれの味方なんですよね？」

　その疑問についてはギアリー自身も長い時間をついやして頭を悩ませてきた。

「ダンサー族はなんどもわれわれを助けてくれた。理由はどうであれ、力を貸してくれたのは事実だ」

　リコはうなずいた。ギアリーの漠然とした答えで疑問が解消されたかのように、真剣な表情だ。

「ダンサー族は故郷への帰途についたのですよね、元帥？　無事に帰り着いたでしょうか？」

「そこまでの長距離ジャンプは可能だと言っていた。なぜ気になるのだ、大佐？」

「それは……」リコは口ごもった。「ダンサー族は戦友のようなものでしょう？　われわれとともに戦ったのですから。ご存じのように、宙兵隊は仲間を決して見捨てません。ダンサー族も同様の配慮に値すると思うので、戦闘から無事に帰還したのか知りたいのです」

「無事に帰郷できると信じるに足る根拠がある。ダンサー族ははじめて出会ったときから、われわれより一歩も二歩も先をいっていたようだからな」

　通信が終了すると、ギアリーのメイン画面が現在の星系内の映像に切り替わった。〈ドーントレス〉と〈ミストラル〉の予定針路が弧を描き、恒星の公転軌道上にある主要居住惑星まで宇宙空間を延びている。〈オーディシャス〉は確実に遠ざかり、哨戒軌道にとどまったままだが、まんいちということもあるので、主要惑星近辺をうろついている二隻の重巡航艦には警戒が必要かもしれない。

　ギアリーは自室ですわり、星系内の全艦船の動きを示す航跡を注視した。そうでもしていないと、思考が堂々めぐりになりそうだ。証拠を持ち帰ったら何が起こるのだろう……到着メッセージはどのように受け取られるのか……結局、自分は本当に正しいことをしているのだろうか。

デシャーニが折よくやってきて、ギアリーはわれに返った。デシャーニは部屋へ入ると、いつものようにハッチを開けっぱなしにした。二人がデシャーニの艦で任務にあたっているときには、それがルールだ。艦を降りれば夫婦でいられるが、艦内ではあくまで元帥と艦長としてふるまう。どちらかといえば、規則にしたがうことへのこだわりは、ギアリーよりもデシャーニのほうが強かった。

デシャーニは称賛といらだちの入り混じった表情で、データ・コインをデスクに置いた。

「そのメッセージを隔離し、プログラマーに分析させたところ、マルウェアは見つかりませんでした」

「どういうしくみで作動したか、わかったのか？」ギアリーがデータ・コインを手に取り、あれこれ向きを変えると、片側が光を反射してきらりと輝いた。

デシャーニは怒ったように息を吐き出した。

「艦の航法システムを監視するサブルーチンがありました。われわれがユニティ星系へ近づいたら、そのサブルーチンに通知されるようになっていたのです。ちなみに、外部プログラムが感知されずに航法システムを監視するなど、ありえないことです。あの女が誰から手に入れたにせよ、プログラマーはどんな相手なのか知りたがっています。しかし、生身の人間の指紋《フィンガープリント》も、バーチャルな公開鍵暗号《フィンガープリント》も残されていません。これほど巧妙に暗号化できる者なら、自身の存在を隠すこともできるでしょう」

「わたしがそのメッセージを開封してはならない理由はあるか？」

「わたくしの知るかぎりでは、ありません。では、失礼します」

「ここにいてくれ。リオーネがこんな形でメッセージを残したのは、それほど重要なものだということだろう。きみと二人で確認したい」

だが、ギアリーはデータ・コインをデータ表示パネルに置きかけて、躊躇《ちゅうちょ》した。失ったばかりのすべての人々のことがあまりにも記憶に生々しく、向き合うのがつらい。メッセージを開封するのは間違いなく、心の傷がまだ癒えていないのに包帯を引きはがすようなものだ。

それでも、重要なことにはちがいない。ギアリーはデータ・コインを置き、待った。

ディスプレイに映し出されたビクトリア・リオーネの映像から目が離せなくなった。リオーネが今も生きていてリアルタイムで通信してきたかのように、画面の向こうからギアリーを見つめている。

どういうわけか一瞬、本当にまだ生きているような気がした。

「元帥」と、リオーネ。さりげない口調を心がけてはいるが、その言葉には重苦しさがあった。「あなたがこのメッセージを見ているとしたら、あたくしは死に、あなたの艦がもうすぐユニティ星系に到着するということです。もちろん、そのどちらも起こってほしくないと思っています。でも、あたくしは長年、その両方の可能性とともに生きてきました。あなたがユニティ星系で何をするかという不安はかなり軽減されましたが」

リオーネは言葉を整理するように間《ま》を置いた。

「これは、われわれが代理ユニティ星系へ向かってから数週間以内に作成されたメッセージです」と、デシャーニ。「ごく最近のあの女の姿ですから」

「あたくしにできるのは、可能なかぎりのアドバイスをすることだけです」ようやくリオーネが言った。「忘れないでください。あなたがユニティ星系へ行くだけで、アライアンスを崩壊させかねない状況をもたらすということを。あなたの行動を自分たちに都合のいいように解釈する者もいるでしょう。あなたの行動も発言もすべてが慎重に考え抜かれたものでなければなりません。アライアンスを救いたければ――あなたがそうしてくださることを、あたくしは信じています――その背後にある理想への支持を表明する一方で、その理想を裏切った者たちに対する措置を強く求めなければなりません。連中がどんな理由を抱え、どんな立場にあろうとも。これは一人の男や女の問題ではありません。あなたの問題でもなければ、ほかの誰の問題でもない。つねにアライアンスを正当化してきた原則、つまり理想についての問題であるべきです。あなたもほかの人と同じようにアライアンスの指導精神にしたがい、アライアンスを統治する法律にしたがう立場にあります。あなた自身がそう信じていることをはっきり示してください」

ふたたび短い間《ま》があった。

「原則的にあなたは誰も信用するべきではありませんが、アライアンス議会には信じていい議員も何人かいます。ナバーロ議員は、何をなすべきかを厳しい目で見通すことができる人です。ウンルー議員はいまだにあなたを警戒していますが、決して裏切ることはありません。しかし、あなたにとってもっとも重要な味方はサカイ議員です。あなたに傾倒していることを全力で隠しつつも、公平性には定評がありますから、あなたに代わっての発言や行動がいっそう重要なものに思われるでしょう。サカイ議員が味方であることは誰にも言ってはなりません。彼は自分が最適だと思うタイミングと方法で行動するはずです。

法律違反の証拠を隠蔽《いんぺい》したいと考える人は大勢いると思われます。できることなら、公式の分類システムを利用してそれを行なおうとするでしょう。本来、アライアンスの安全保障にかかわる問題のみに使われるものですが、権力者を困らせるようなものを隠すこともできると、人々はとっくに知っています。あなたが持っている証拠がどんなものであっても、必ず公表してください。にもかかわらず、大衆が自分たちの聞きたいことを話す扇動家に群がったとしても、あなたの責任ではありません」

ギアリーには、リオーネの暗い目が自分をまっすぐに見ているように思えた。

「これから言う最後のアドバイスがもっとも重要です。ターニャ・デシャーニ。彼女をつねにそばに置いてください。彼女はあなたに本当のことを……あなたが知る必要があると思われることを話すからです。とりわけ、あなたが耳をふさぎたいと思うときには。権力を持つ者にはそのような人間が必要です。あなたには彼女がいます。彼女の言葉に耳を傾けてください」

画面に映るリオーネが緊張した様子で身を乗り出した。

「ブラック・ジャックはもっとも必要とされるときにアライアンスを救うという伝説があります。ギアリー元帥ならアライアンスを救えると、あたくしは信じるようになりました。あたくしを失望させないでください。

われらが先祖に名誉あれ。さようなら、元帥」

リオーネの映像がフリーズし、メッセージは終わった。

ギアリーは動かない映像をしばし見つめてから目を伏せ、動揺を抑えようと片手で両目と額《ひたい》をさすった。

デシャーニのひとことが聞こえた。

「ふん」

「どういう意味だ？」

「あの女のアドバイスに留意なさるべきだという意味です。とくに最後のくだりに」

「感謝する、デシャーニ艦長」ギアリーは手をおろし、デシャーニのほうを見た。「ほかには？」

「あなたはすでにあの女のアドバイスの一部を実行なさいました」デシャーニは腕組みし、まじろぎもせずにギアリーを見た。「もちろん、到着メッセージは暗号化なさいましたよね」

「もちろんだ」と、ギアリー。デシャーニの言いたいことはわかっていた。

「あなたはご存じなかったようですが、あのメッセージの暗号化に使ったコードは旧式なので少し前に不正アクセスを受けました。アライアンス政府と艦隊本部がメッセージを受信するのとほぼ同時に、星系内の全報道機関が目にすることになるでしょう」

「ああ……それは……残念だ」ギアリーはうしろめたく聞こえない口調を心がけた。「わたしが気づくべきだったのだから、明らかにわたしの責任だ」

「当然です」デシャーニはギアリーに向かってうなずいた。「あなたがメッセージを送信する前にあれほど良心の呵責《かしゃく》にさいなまれていたことを知らなければ、あなたはそのような場合にはルールにしたがわないことにしたのかと、わたくしは胸を痛めていたでしょう。ですが、あの女もあなたもよくご存じのように、強大な権力を持つ多くの者たちは、われわれが代理ユニティ星系で見つけたものを分類システムの奥深くに確実に埋もれさせ、ブラックホールからふたたび吸い出されないよう、あらゆる手段を講じるはずです。もはや不可能なことですが」

「そうだな」ギアリーはため息をつき、もういちど目をこすった。「今も真実が重要であることに変わりがないとしたら、わたしはそれを明らかにするためにできるだけのことをしなければならなかった」

「でも、技術的には、あなたがなさったのは時代遅れのコードを使うことだけでした。アライアンスの星系内で。たとえブラック・ジャックではなくとも、それを理由に閣下を絞首刑にすることはできません。がっかりしましたか？」

　急に話題が変わり、ギアリーは驚いた。

「何に？」

「あの女とさよならしたことです」

「ターニャ……」ギアリーは顔をしかめてディスプレイをじっと見た。「リオーネは重要なことを言ったのだ」

「ええ、あの女にとっては重要なことです」デシャーニはリオーネの映像に目を据《す》えたまま話をつづけた。「以前から不思議に思っていたことがあるんです。たったいま、あの女のメッセージを見て確信を持ちました。そもそも、なぜあの女は、あなたが艦隊の指揮をとるようになってすぐ、あなたに取り入ったのでしょう？　あなたに思いを寄せているわけではなさそうでしたし、権力に魅力を感じるタイプの人間でもなかったのに」

「なんだと？」ギアリーはしかめっつらをデシャーニに向けた。「何をほのめかしているんだ？」

「何もほのめかしてはいません、元帥。あの女は、必要ならナイフの届く位置にあなたを置くだけでなく、あなたが聞きたくないような真実を教える存在となるために近づいたのだと思います」デシャーニは背筋を伸ばし、ギアリーを見つめた。「ですが、あなたがわたくしに好意を抱くようになり、真実を言うのはわたくしの役目だということに気づき、身を引いたのです」

　ギアリーはますます顔をしかめた。

「勤務中に個人的な話をするべきではない」

「だから、わたくしの言ったことに腹を立てていらっしゃるのですか？」デシャーニは頭を振った。「あの女は何かほしいものがあったら、それをあきらめるような人間ではありませんでした。あなたがほしければ、あなたを手に入れるために戦っていたでしょう」

ギアリーは口にしそうになった怒りの言葉をのみこんだ。怒りがこみあげたのは、デシャーニの言葉に動揺したせいなのか、リオーネが自分の目的を果たすためだけにギアリーと寝たという考えに困惑したせいなのかは、わからない。ギアリーはとっくに同じ結論にいたっていたが、ほかの者の口から聞かされるのは耐えがたかった。

「ビクトリア・リオーネは名誉を守った」ギアリーはようやく言った。

「それを否定するつもりはありません。あの女には、一人の女性としてそのような選択をする権利がありました。でも、夫が見つかったときのあの女をごらんになったでしょう？　夫がシンディックの捕虜として生きていたことを知ったとき、どれほどショックを受けていたか」

「ああ」あれはリオーネの鎧《よろい》がひび割れ、ひた隠しにしてきた傷の深さが垣間見えた数少ない機会のひとつだった。「リオーネが夫を愛し、その愛がずっと変わらなかったのは疑いようもない」ギアリーは自嘲ぎみに短い笑い声を漏らした。「わたしは誰にも負けないほどうぬぼれが強いようだな。リオーネが心を突き動かされたほかの理由があったとは思いたくないが……」ギアリーは言葉を切った。リオーネが本気で自分に心ひかれていたのだと思いたいと言いそうになったが、言わなくてよかった。言えば、向かってくる石つぶてをまともに食らっていただろう。

デシャーニがギアリーに向かって眉を吊りあげた。

「なんですって？」

「何がだ？」

「最後までおっしゃいませんでしたので」

「考えごとをしていたのだ。それに、今は勤務中だ」ギアリーは顎《あご》をしゃくってディスプレイを示した。「ほかに言いたいことはあるか？」

「現時点ではありません。いいえ、ひとつあります。あの女がわれわれの味方でよかったと思います」デシャーニは顔をしかめた。「代理ユニティ星系でのことは、とくに。あとであの女のためにろうそくを灯《とも》すつもりです」

「リオーネの魂が喜ぶだろう」

「この部屋を出るわたくしをつまずかせようとするかもしれません」デシャーニは略式の敬礼をした。「のちほどブリッジでお目にかかりましょう、元帥」

「感謝する、艦長」

デシャーニがハッチへ向かいはじめたとき、デシャーニの通信パッドとギアリーのデスクから警報が聞こえ、二人はそれぞれの画面を確認した。

「ギアリー元帥にあてた最優先の親展メッセージです」と、デシャーニ。「アライアンス議会の運営審議会からです。わたくしはもう少しここにいましょうか？」

「そうしてくれ」ギアリーはメッセージを読もうと承認ボタンに手を伸ばした。

2

メッセージは厳重に暗号化されたテキストのみであり、明確な指示が記されていたが、ユニティ星系でギアリーがどのように受け入れられるかについては、ほとんど手がかりはなかった。

「まず主要惑星の周回軌道へ向かう」ギアリーはデシャーニに言った。「わたしはそこからシャトルで降下し、運営審議会と対面することになる」

「それだけですか？」デシャーニはメッセージをよく見ようと身を乗り出した。「どうして親展なのでしょう」

「わからん」ギアリーは椅子の背にもたれ、顔をさすった。「奇妙だ。リオーネがここにいたら、間違いなくこう言うだろう。こんなメッセージを機密扱いにするとは愚かな者たちだ、と。わたしが運営審議会の命令でそこへ行くことを公《おおやけ》にすれば、あれこれと憶測されずにすみそうなのに」

「では、このまま進みつづけますか？」

「そうしてくれ、デシャーニ艦長。現在のベクトルを維持せよ」

だが、デシャーニはハッチを出ようとしたところで足を止め、振り返った。

「あなたが惑星に着陸したらどうなるのか、そのメッセージには何も記されていませんね」

「まさか……」ギアリーは言いかけてやめた。

しかし、デシャーニはそのつづきを言い当てた。

「まさか運営審議会は愚かな真似をするつもりではないよな……本当はそうおっしゃろうとしたのではありませんか？」

「ターニャ……」ギアリーはディスプレイに視線を転じた。またしても星々の輝く無限の闇が映し出されている。「わたしはいまでも星系同盟《アライアンス》を信じている。アライアンスのために選ばれた者たちなら、責任を果たしてくれるにちがいない」

デシャーニはうなずいた。

「だといいですね。でも、もしそうでなかったとしても、わたくしはずっと閣下のそばにいます」

主要惑星の周回軌道まではまだ六時間かかるが、肉眼で見る惑星はもはや光点ではなく小型の円盤サイズになっていた。いま見ているのは一時間前の主要惑星の姿であり、メッセージやほかの通信も一時間前に送信されたものだ。

ギアリーは〈ドーントレス〉の通路をうろうろしながら、自分を見るとぱっと顔を輝かせるクルーたちに挨拶した。やがて、チャーバン将軍にばったり会った。チャーバンはダンサー族との対話を主導する立場となった退役将軍だ。近くの休憩室には誰もいなかったので、ギアリーとチャーバンはそれぞれコーヒーを手に取り、数分たつとすわり心地が悪くなるという噂の調整椅子にすわった。クルーが休憩室に長居しないよう念入りに設計されているのだ。

「ニュースをちゃんとチェックしているかね?」チャーバンはそう言うとコーヒーを飲み、顔をしかめた。「航宙軍のコーヒーは陸上軍のものよりおいしいはずだが、同じくらいひどいな」

「これよりもずっとまずいコーヒーを飲んだことがあります。本当です。航宙軍の伝統なのでしょう」と、ギアリー。「いいえ、ニュースは見ないようにしています」

「きみの情報部士官も同じだ」と、チャーバン。「アイガー大尉は、アライアンスの民間人を対象にした機密情報の収集が法律で禁じられていることを知っており、倫理的な人間であるため、今回の件ではそれが許されると主張できる抜け穴を探そうともしない」

チャーバンはコーヒーを置き、使い古されたテーブルの表面をじっと見た。壊れたものをなおす古来の手法をアレンジしたやりかたで修復してある。ひび割れた部分に金粉で装飾がほどこされ、まるで芸術品のようだ。〈ドーントレス〉のほかの備品と同様にテーブルも、艦そのものが月単位でしか戦闘に耐えられないという想定のもとに造られた。それが戦争のもたらしたものだからだ。だが、ギアリーが一世紀にわたる大量殺戮《さつりく》で忘れ去られた戦前の戦術を復活させたことで、戦闘における艦の残存率が大幅に上昇し、部品の寿命が延びるという想定外の問題が起こった。〈ドーントレス〉を作動させつづけるために基幹システムは整備されていたが、重要な機器に時間と資金がついやされ、休憩室のテーブルのようなものは交換されていない。

「かいつまんで説明しよう」チャーバンが言葉をつづけた。「偶然だとは思うが、きみの集めた証拠のなかで首謀者として名指しされている何人かの議員が、実は自分たちは潔白で、悪いのはほかの者全員だと強く主張している」

ギアリーはむせてコーヒーを吹き出しそうになったが、どうにか飲みこみ、制服を汚さずにすんだ。

「そんなことが通用するんですか？」

チャーバンは悲しげに笑みを浮かべた。

「大嘘ははるか昔からある戦術だ。とほうもなく大きな嘘をつけば真実をそこまで歪曲《わいきょく》する大胆な者などいるはずがないと、誰もが信じこむ。そして、あまりにも多くの嘘を耳にしたために、アライアンス市民の一部は真実を気にしなくなった。だから、このようなことが通用する相手や場所があるのだ。しかも、きみがユニティ星系に来るということで緊張が高まっている。それが何を意味するのか。きみが何を意図しているのか。ああ、これだ。わしはこれを保存しておいたのだ。現在このようなことがよく言われている」

チャーバンは自分の電子パッドの画面を表示させた。二人の女性と一人の男性がスクリーンの前に半円形に並べられたカジュアル・チェアにすわり、たがいに向き合っている。

「ジョン・〝ブラック・ジャック〟・ギアリー」女性の一人はスクリーンを見ると、画面の向こうにいる聴衆に呼びかけた。「百年前、彼は有名なグレンデル星系の戦いで星系同盟《アライアンス》に対する惑星連合《シンディック》の最初の攻撃を阻止し、可能なかぎり多くのクルーたちを救って死亡したと信じられていました。一世紀のあいだ、その英雄的行為は模範として、アライアンスの全住民を勇気づけてくれました。年月とともに、ギアリーの評判は高まりつづけました。いつの日か、もっとも必要とされるときに彼はよみがえりアライアンスを救ってくれるだろうと、人々は主張しはじめました。現に、死んだと思われていたブラック・ジャックは、故障した救命ポッドのなかで人工冬眠状態にあり、戦闘の残骸にまぎれていたところを発見されました。アライアンス艦隊がシンディック宙域の深奥部で無謀かつ危険な攻撃を開始する直前に、約一世紀ぶりによみがえったのです」

「待ち受けていたのは悲惨な伏撃だった」グループのなかの男性が言った。「ブラック・ジャックは生き残った戦闘艦の指揮をとり、信じがたいほどの連戦の末に艦隊を故郷へ連れ帰った。ほかの誰にもなしえなかったはずのことだ！」

「それから」二番目の女性が言った。「艦隊をひきいてシンディック宙域へ引き返し、百年間戦いつづけた敵をついに撃滅した。それに満足することなく、すぐさま三つの知的異星種族を発見した。そして今、ユニティ星系に到着する。政府の機密プログラムが本来守るべきであったアライアンスを危険にさらしたという知らせをたずさえて。戦況が悪化した場合にアライアンス政府が退避するはずだった伝説の代理首都星系が実在し、アライアンスの法に反する複数の極秘プロジェクトに利用されていたのです」

「ブラック・ジャックがわれわれを救ってくれました。またしても！」と、最初の女性。

「だが、なぜこのユニティ星系に現われたのだ？」と、男性。

「次に救うべき場所だと判断したからかもしれません」と、二番目の女性。

「彼を信用していいのでしょうか？」と、最初の女性。「ユニティはアライアンスの心臓部です。これまで偉大な男女は大きな野心を抱いていることが多かった」

「ブラック・ジャックこそがアライアンスです」二番目の女性がそう言うと、男性は力強くうなずいた。「征服者なら艦隊をひきいて戻ってきそうなものですが、ブラック・ジャックはそうしなかった。連れてきたのは旗艦ともう一隻の艦だけです」

「ブラック・ジャックがわれわれの望みに応えるには、それで充分なのかもしれない」と、最初の女性。「彼の行動を静観するしかありません」

チャーバンは録画映像をタップし、終了した。

ギアリーは顔をしかめてうなずいた。

「これがすべてを代弁しているだろう？」

「全部わたしのことなのに、別の誰かの話を聞かされているような気がしました」

「ブラック・ジャック」と、チャーバン。「とるべき行動をつねにわかっている、伝説上のもう一人のきみだ」

「ブラック・ジャックに助言をあおげたらいいのですが。ご存じのように、わたしは独断で自分の意思を表明することはできません」

「わかっている」チャーバンは言葉を切った。「だが、表明するべきかもしれん。きみの口から語られるまで、誰かがきみの代弁をしようとする。すでに何人かが代弁している」

チャーバンは片手を上げ、ギアリーの返事をさえぎった。「待ってくれ。規則違反だということはわかっている。だが、きみが反乱や政府転覆などを呼びかけないかぎり、軽微な違反にすぎない。きみが公然と沈黙を守った場合、重大な問題が起こりうる。それに比べれば、規則違反など、たいしたことはない。ニュースをもっと読め。きみが逮捕されたという噂は暴動の火種になるかもしれんし、きみがアライアンス議員を逮捕したという噂はさらに悪い事態を引き起こすかもしれん」

「状況はそれほどひどいのですか？」

「たぶんな。さっき見せたニュース映像はまだましなほうだ。あの三人が提起した疑問を聞いただろう？　憶測の域を出ず、トラブルをあおるのが目的であるとしか思えない……報道もある」チャーバンは残念そうに言葉をつづけた。「元帥、重要な理由のために規則を少々曲げなければならないこともある。その理由がきみ個人の利益にならないかぎりは」

ギアリーはコーヒーをにらみつけたまま、じっと考えこみ、チャーバンと議論する理由を探そうとした。だが、自分にその力があるからといって規則の拡大解釈をすることには、不信感しかないと気づいた。

「主要惑星に着陸したら、現地の状況を見きわめるつもりです」ギアリーはようやく言った。「判断するのはそれからです」

「それで充分だとわしは思う」チャーバンはもうひとくちコーヒーを飲むと、こんどはその味にほんの少しだけ眉をひそめた。「何かわしに望んでいることはあるか？　きみのオブザーバーとしての立場から報告することになっている」

　これは答えやすい質問だ。

「あなたは政治劇のいかなる側面にもかかわるべきではないと思います。あなたほどダンサー族と交流を深めた人はいないし、頻繁に対話した人もいません。重要なのは、誰もが耳を傾けずにはいられない言葉を発することです。あなたが特定の政治派閥に関与しているとみなされたら、多くの人々が耳を貸さなくなるかもしれません。政界進出を考えておられたことは知っていますが、当面は完全な無党派だと思われることのほうが大事です」

　チャーバンは小さなテーブルの表面を見つめ、ひび割れをなおした跡のくねくねとした金色の線を指でなぞった。

「どうやら、われわれはおたがいに聞きたくないことをアドバイスし合っているようだ。わしは危険に身を投じる者を黙って見ていられない。そういう性分だ」

「どうやってここまで生き抜いてこられたんですか？」

「命ある星々はご存じかもしれないが、わしにはわからん」チャーバンは視線を上げ、ギアリーと目を合わせるとかすかに笑みを浮かべた。「たぶん、すすんで人類と対話しようとする最初の異星種族との意思疎通を改善するとか、重要なことをするためだろうな。わしは嘘偽りのない報告をするつもりだ。これまで嘘だらけの公式報告をいくつも見た。その嘘のせいで多くの命が失われるのも目《ま》の当たりにした。わしは自分が見たり経験したりしたことを正直に話す。真実を党派的政治問題としてとらえる者がいるなら、わしが何を言おうと、そのような連中に変化をもたらすことはできそうにない」

「おっしゃるとおりです」ギアリーは疲労を感じながら立ちあがった。「惑星に到着するまでもう少し休みます」

「わしの言ったことを忘れるな、元帥」

「そのつもりです」

　周回軌道の近くから見る惑星ユニティは、ほかの多くの惑星と似たようなものだった。影と光がまだらになった陸地。植物が繁茂する緑地。氷か雪でおおわれた白い部分。非常に広い海がひとつと細長い海がいくつか。大気圏を流れてゆく雲の筏《いかだ》。惑星上の原生植物は旧地球のものよりも色合いが薄く、銀色の輝きに包まれているため、恒星の光が降りそそぐ森や草原は不思議な輝きをはなっていた。惑星と同じ名を冠した都市もあるが、それ以外の都市もあり、この惑星にアライアンスの首都があるという事実に直接関係のない仕事や生活をしている市民も多くいる。

デシャーニはギアリーを〈ドーントレス〉のシャトルベイまで送り届けた。

「お気をつけて」

「きみも。〈ミストラル〉から目を離すなよ。証拠隠滅を望む連中がいるからな」

「油断なく監視します」二人がシャトルベイに入ると、大型ディスプレイに下方の惑星が映し出されていた。デシャーニは顎《あご》をしゃくってそれを示した。「かつてこの惑星には別の名前があったと、何かの本で読みました。しかし、最初のコロニーは宇宙空間から爆撃を受けたそうです。何者のしわざなのかはわかりませんでした」

ギアリーは惑星をながめ、軌道上から死が降りそそいだ遠い昔のことを想像した。

「なぜ、いまそんな話をするんだ？」

「当時でさえ異星人のしわざではないかと考えた人々がいたからです」デシャーニは大真面目な顔でギアリーを見た。「人類がこの宙域に押し寄せたとき、いくつかの異星種族が暫定《ざんてい》的に進出していたことがわかっています。そのうちのひとつである謎の種族は、人類の勢力拡大を阻止することに、なんのためらいもなかっただろうということも。連中がアライアンス艦隊の全システムにマルウェアをしこんだことも、わかっています。惑星上にもまだ危険が隠れているかもしれません。謎の種族はいまもなお人類の平和を望んでいないし、連中がほかに何をしこんだかは発見されるまでわからないのですから。すべての危険が既知の発生源からもたらされるのではないと心してください」

「鋭い指摘だ。できるだけ早くきみに連絡する」

「はい、元帥」デシャーニは真顔のまま敬礼した。「ただ、カバー範囲の多様性を無視すると、通信上の問題が発生するかもしれません。何が起こるかによりますが」

「わかった」ギアリーは、万事うまくいってデシャーニと再会できますようにと祈りながら答礼すると、背を向けてシャトルのタラップをのぼりはじめた。

軌道上の宇宙空間は混雑しており、人類の居住施設やステーションのみならず、行き交う艦船やさまざまな種類の人工衛星でいっぱいだった。だが、ほかの船舶が道をあけてくれたおかげで、ギアリーの乗ったシャトルはすんなり進めた。

「ほかの艦がいます」ギアリーがすわっている客室にパイロットの声が響きわたった。前部隔壁の画面が切り替わり、シャトルのベクトルに合わせて急に針路をそらした数隻の艦が強調表示された。恐ろしいほど動きがすばやい。航空宇宙艇だ。シャトルを軌道からそらさないようにとの命令を受けた警備艇ではなく、シャトルを守る護衛艇だといいのだが。

シャトルは急降下し、生身のパイロットがスキルを誇示するかのように、わざとらしく優雅に惑星の表面で静止した。

要人専用の発着場には何もなく、安全柵と数百人の警察隊が、発着場を囲む開けた公共エリアを埋めつくす数万人規模の群衆を押しとどめていた。

ギアリーは立ちあがり、制服のしわを伸ばすと、シャトルでいっしょに来た〈ドーントレス〉のクルー二人にうなずいた。ともに華やかな礼装軍服に身を包んだジョニンニ最先任上等兵曹と宙兵隊のオービス一等軍曹が、うなずき返す。デシャーニは、装甲服で完全武装した宙兵隊全員を護衛につけることを提案したが、そのような武力誇示は誤ったメッセージを発しかねない。オービスはプロとしての経歴を示すだけでなく、シャトルをねらう明白な脅威を見つけるだろう。それに、ジョニンニのようなすぐれた策士なら、隠れた危険を察知するはずだ。ギアリーに対して措置を講じる権限を持つ者がいるとは思えないが、保身のために思いきった行動に出る者はいるかもしれない。

シャトルのタラップがおろされ、惑星ユニティの空気が入ってくると同時に、遠くから数千人のどよめきが聞こえてきた。オービスとジョニンニがタラップをおり、その両側に立つと、急に静まり返った。まるで惑星じゅうが息をのんだかのように、風の音さえ聞こえない。

ギアリーはこみあげる不安とは裏腹に、落ち着いた職業上の表情を心がけながらタラップをおりはじめた。

ギアリーの右足が地面に触れると、見守っていた群衆は騒然となった。あまりの大歓声に、ギアリーは凍りつきそうになった。

だが、立ちどまって発着場を見わたし、これから起こることに対して自分を奮い立たせた。

ギアリーにとって一生忘れられない瞬間のひとつとなり、何年たっても細部まで鮮明に思い出せるだろう。惑星のこの地域では太陽はのぼりはじめたばかりで、その光が雲の底を照らし、溶けた一枚の金箔が空に広がってゆくように見えた。刈ったばかりの草と遠くの花々のにおいや、無数の人々や機械や建物が発するかすかな香りが空気中をただよっている。野生動物の侵入を防ぐため発着場ではさまざまな手段が講じられているが、それでも、鳥のような群れが周辺を飛びまわり、なんとかなかへ入る方法を模索していた。

空中に何か別のものを感じる。何かはわからないが、ギアリーはあとずさりしたくなった。大嵐の前のあの感じ。目には見えない大きな危険が重くのしかかり、いまにも圧倒的な力で襲いかかってきそうだ。あの群衆は恐ろしい可能性を秘めている。ひとたび解き放たれたら、行く手をはばむあらゆるものに牙を剝くだろう。その瞬間、ギアリーはチャーバンの言ったとおりだと身にしみてわかった。

「少なくとも歓声は上がっています、元帥」ジョニンニはそう言うと、オービスとともに敬礼した。だが、その口ぶりと群衆に油断なく走らせた視線から、ジョニンニも不気味な雰囲気を察していることは明白だ。天下一品の詐欺師なら群衆の心理を読めるはずだし、ジョニンニはまさに天下一品の詐欺師なのだから。「閣下、細心の注意を払ってください」

オービスはジョニンニの言葉に同意してうなずき、危険な敵軍を見るような目で群衆を見わたした。

「閣下を歓迎していると、わたしは思います、元帥」

「きみの言うとおりであって、彼らが考えを変えないことを祈ろう」と、ギアリー。「きみたち二人はシャトル内で待機し、わたしがいつまで惑星上に滞在することになるのかわかるまで見張っていてくれ」

「はい、閣下」と、オービス。「シャトルを密閉し、離昇の準備を整えておくべきでしょうか？」

「そうだな。群衆が発着場に押し寄せてきたら離昇してよい」

「閣下はどうなさるのですか？」

「わたしはここよりも安全な場所にいるだろう」

オービスはうなずいた。

「群衆に気づかれないようにビルの屋上まで上がってくだされば、閣下を乗せて離昇できます。屋上まで行けない場合は、窓辺をめざしてください。シャトルを充分に接近させて閣下を収容します。この〝鳥〟を操縦しているのは艦隊屈指のパイロットですから」

「感謝する、一等軍曹」ギアリーは安心させるような笑みを浮かべようとした。「そのような事態にはならないと思う。全員がアライアンスの市民だからな」そう言って片手をひらひらと振り、群衆を示した。

オービスは厳しい表情で首を横に振った。

「閣下、お言葉ですが、状況が悪化した場合、われわれは市民に対処するのではなく、暴徒と向き合うことになるでしょう。自分が人間であることを忘れ、人を人とも思わなくなるのが暴徒です。暴徒は別の状況下では絶対にとりそうもない行動に出ます。なぜなら、自分が人間だということを忘れているからです。わたしはそれを目の当たりにしてきました。見なければよかったと思っています。規律正しい軍隊であっても、統率力に欠けていたり長いあいだ強いストレスにさらされたりすると、暴徒化することがあります。一般市民……ああ、元帥、あなたもご存じのはずです。このような人々が暴徒と化すよう扇動している政治家たちがいることを」

「すべての政治家がそうとはかぎらない」と、ギアリー。「大多数は最善を尽くしている」

「おっしゃるとおりです、元帥」と、オービス。「しかし、マッチが一本あればいいのです。自分の利益のために火をつけてしまえば、あとは何が燃えようとかまいません」

何もかもオービスの言うとおりだ。ギアリーは二の句が継げず、ただ黙ってうなずき、背を向けて歩きだした。地上車——装甲リムジン——が待機している。ドアのそばに護衛役の宙兵隊員が一人いて、近づいてゆくギアリーに敬礼した。

ギアリーがリムジンに乗りこむと、すでに一人、なかにすわっていた。

「カラバリ少将、また会えてうれしいよ」うれしいし、心強い。シンディック宙域深奥部においてギアリーが指揮をとったアライアンス艦隊のなかで、カラバリは宙兵隊の先任士官として生き残り、それ以来、任務をともにしてきた。ギアリーは、ともかくカラバリは信用できるとわかっていた。政府もそれをわかっている。カラバリを差し向けたのは激励《げきれい》の意味がこめられているのだろうか？

「こちらこそ、元帥」カラバリは護衛の宙兵隊員に身ぶりで合図した。「ドアを閉めて発車しなさい」

「はい、少将」力強い音とともに重厚なドアが密閉されると、群衆の騒ぎ声は聞こえなくなった。客室正面のディスプレイに、運転手の隣に乗りこむ護衛の宙兵隊員が映し出された。運転手も宙兵隊員だ。

「完全武装車か？」リムジンが走りだすとギアリーはたずねた。車体は頑丈な装甲プレートでおおわれているが、内側にはパネルの代わりにサイドスクリーンが配置され、音は遮断されたまま、手を振ったり叫んだりする群衆が映し出されていた。「にしても、ほかに護衛の地上車はいないのか？」

「はい、元帥」カラバリは画面ごしに外の風景を注視しながら答えた。「閣下が力ずくで拘束されているという印象や、車を乗っ取ろうとしているような印象を与えたくないと言われました。それに、軽武装の儀仗兵が護衛を兼ねていると、群衆が暴徒化した場合にあまりにも無防備になってしまうからです。閣下の身の安全を守りつつも、不快な反応を引き起こす真似をするわけにはいかないのです」

「少なくともよく考えられてはいるようだ。何か特別な懸念事項があるのか？」

カラバリは驚きの表情を浮かべた。

「お聞きにならなかったのですか、元帥？」

「いや、何も」ギアリーは座席にもたれ、少しリラックスしようとした。「シャトルでここへ降下し、運営審議会に出頭するようにとしか聞いていない」

「そうですか」カラバリはいかにも不満げに歯を食いしばった。「注意をそらすために閣下に危害を加える計画があるとの報告がありました。時間、場所、手段についてははっきりしませんが、その可能性を否定できない信憑性《しんぴょうせい》があります」

「注意をそらすためだと？」

「閣下、大規模な暴徒が首都じゅうであばれまわり、それに対処するほかなくなった場合には、閣下が代理ユニティ星系で見つけたものを追跡調査することは優先順位が低くなります。首謀者たちにとっては戦略を立てる時間を稼ぐことができ、群衆の暴動と比べれば、連中の犯した罪が些細なものに見えるでしょう」

ギアリーはリラックスしたふりをするのをやめ、姿勢を正すと、落胆の気持ちを抑えようとした。

「ふたたびシンディックの司令官たちを相手にしている気分だ」

リムジンが発着場を離れ、大通りを進みはじめると、ギアリーは外の群衆をもういちど見た。がらんとしているが、脇道には警備員や警備車両がずらりと並んでいた。警備隊の向こうに大群衆が立ち、通り過ぎるリムジンをひとめ見ようと首を伸ばしている。

「人々が何を期待しているか、わかるか？」ギアリーは両側の群衆を示した。

「自分たちの望むものを閣下が与えてくださることです」と、カラバリ。「その望みはさまざまです。しかし、数日前から多くの噂が広まっています。その内容は、アライアンスに対する閣下の忠誠心や、政府の命令にしたがうことについて閣下が述べた言葉などです。それに対して、閣下がついに政府の一掃に乗りだしたとか、異星種族に人類を売りわたしたという突拍子もない噂もあります」

「どの異星種族のことだ？」ギアリーは群衆の顔に目を凝《こ》らし、雰囲気や感情を読み取ろうとした。「謎の種族、ダンサー族、それともキックスか？」

「もちろんダンサー族です。悪党としか思えないほど醜い外見をしていますから。そのように思う者もいることは間違いありません。キックスと対峙した宙兵隊員たちはキックスの人気ぶりに心底、驚いています。あんなに愛らしいキックスがどんなに凶暴だったかなど、誰も聞きたくないのでしょう」カラバリはあきれたように頭を振った。「われわれはようやく異星種族を見つけたのに、人類が決めたちっぽけなカテゴリーに分類したがっています。まるでおもちゃか珍獣を扱うかのように。異星種族とのコンタクトをそこまで台なしにするつもりでしょうか？」

「あってはならないことだ」ギアリーはカラバリに視線を戻した。「政府のセキュリティに問題はないか？」

「ひっくり返った大量のかごの下から現われたものに、誰もがショックを受けています。

あからさまな脅迫を行なおうとする者はいませんが。特殊機関の連中は茫然自失に近い状態です。隠しプログラムの中身を大半が知らなかったうえに、いまや、なにごとにおいても誰を信用していいかわからないせいです」カラバリは肩をすくめた。「でも、あからさまな脅迫はありません」その言葉を繰り返した。「誰もが自分はアライアンスに忠誠を尽くしていたと思っているようです。意図的に規則を回避していた者たちでさえ例外ではありません」

ギアリーは首を左右に振った。

「改心しようと思いつつ地獄に落ちる者が多いということだな」

「わたしには意図を判断することはできません、元帥」カラバリは視線を西へ向けた。

「それから、閣下の到着メッセージが届いてから、艦隊本部の一部の高官が自宅軟禁されています。トシッチ提督、オトローパ提督、ほかにも何人かいます」

「自宅軟禁を執行しているのは誰だ?」

「宙兵隊です」

心強いが不安でもある。どうして宙兵隊が高官の看守をつとめなければならないのだろう?

「目的地はまだ遠いのか?」と、ギアリー。

「ユニティ星系ははじめてでいらっしゃいますよね、閣下」カラバリは前方を身ぶりで示した。「もうすぐです」

発着場から政府の本拠地までの道のりはそう遠くなかった。大通りの突き当たりに広場があり、その向こうにアライアンス議会のビルがそびえている。ギアリーがこれまでに見たその広場の映像には、つねに大勢の人々が行き来する様子が映っていた。だが、装甲リムジンが停車したとき、ビルの入口までのあいだには人影ひとつなかった。アライアンス市民広場という正式名称で知られる場所に群衆を近づけないよう、さらに多くの保安部隊と警察隊が列をなしている。ギアリーは、立ち入りが禁止されている人けのない市民広場を神妙な面持《おもも》ちで見つめた。アライアンスが直面している問題をこれほど的確に象徴するものが、ほかにあるだろうか。

カラバリはギアリーとともにリムジンを降り、入口を指し示した。

「ここから先はお供できないことになっています、元帥」

「わかった。きみに命令にしたがうなと言うわけにはいかない」ギアリーはカラバリに向かってほほえんだ。「だが、次にやるべきことがほかにある」

ギアリーはまっすぐビルへは向かわず、フェンスで囲まれた広い一角に斜めに近づいていった。取材許可証をつけてカメラをかまえたマスコミでごったがえしている。ずっと昔からカメラは目につきやすい大きさである必要はなかったが、プライバシー侵害が深刻になったため、他人を撮影するときにはよく目立つ機材を使うよう法律が改正された。

　ギアリーが道をそれたことに保安部隊の数人が気づき、急いで走ってきた。だが、ギアリーはクルーを相手にする艦長のように、邪魔はさせないとばかりに大股で前へ進み出た。ギアリーがじろりと一瞥すると、ギアリーの前に立ちはだかった保安部隊員は道を譲った。

　ギアリーは自分とマスコミをへだてているフェンスまで突き進んだ。そのフェンスが象徴しているものに顔をしかめずにはいられない。アライアンスの設立理念のひとつは、ありのままの政府を可能なかぎり民衆に知ってもらうことだった。民主主義体制においてはマスコミによる不断の監視が必要だが、いつからアライアンスはマスコミを締め出すようになったのか？

　記者たちはギアリーを見つめた。いまにも質問を浴びせようとしているが、ギアリーが口を開くかどうか待っている。

「言いたいことがあります」ギアリーは穏やかな口調で話しはじめた。「さまざまな噂や懸念を払拭《ふっしょく》したい。わたしはアライアンス政府の命令にしたがってここへ来ました。この制服を着ているかぎり、政府の命令にしたがうつもりです。わたしがいまもアライアンスを信じているからにほかならない。アライアンスが大切にしてきた自由を守るために、何世紀ものあいだに何人の男女が命を捧げてきたのかはわからないが、わたしの指揮下で戦って命を落とした者も大勢います。わたしはその人たちの犠牲を無駄にすることは決してしない。ここにいるみなさんにお願いする。ほかの人間やアライアンスを傷つける行動は慎んでいただきたい。ご先祖様はわれわれに貴重な贈りものをくださった。安全と自由を守るために多くの人々が共有する政府です。わたしはそれをそこなう行為を支持するつもりは断じてありません」

見わたすかぎり、近くにいる者は熱心に耳を傾けているが、離れた場所にいる者たちは、ほぼリアルタイムで放送されるギアリーの言葉を個々の携帯パッドで確認している。

ギアリーが言葉を切った一瞬の隙に、記者の声が飛びこんできた。

「ここへ来られたのは正義が果たされるのを見届けるためでしょうか？　アライアンス議会の綱紀粛正《こうきしゆくせい》をはかるおつもりですか？」

ギアリーは困惑の表情を浮かべる必要もなく答えた。

「わたしは法律制度には関与していません。アライアンスの法律に違反していることを示すすべての証拠が政府に提出されるよう、力を尽くしてきました。議会からのいかなる質問にも答えるつもりです。政府が正当かつ必要な措置を講じ、誓約と責任を果たさなかった者たちに対処してくれると信じています」

ギアリーの答えに記者たちは一瞬、呆然としたようだ。ギアリーは、騒がしくおしゃべりを始めていた群衆がぴたりと静まり返ったことに気づいた。これはいいことなのか、それとも悪いことなのか？　群衆がギアリーの言葉について考えているという意味か、あるいは拒否しているのだろうか。

また別の記者が荒々しく声を張りあげ、静寂を破った。

「法律を破り、腐敗しきった議員たちをただちに処分すると、約束していただけませんか？　全員を早急に裁くおつもりですか？」

「いいえ」ギアリーはひとことそう言うと、しばらく間《ま》を置いてから言葉をつづけた。

「それは法廷と法制度にまかせます。正義の名目で正当な手続きを放棄することは非常識です。誰かのせいにしたいだけなのか、それとも、悪事を犯した者に責任をとらせたいのか？　法廷も法律も市民のものであり、すべての市民を守るために存在しています。それを度外視することは正義をもたらさないでしょう」

今の言葉はどのように受け取られただろう？　ギアリーはいちばん近くにいる一団にさりげなく視線を向け、反応を読もうとしたが、一人ずつにはっきりと注目しなければ、大勢のなかから特定の表情を見つけることは非常に難しかった。この静寂には何か意味があるのかもしれない。同意？　それとも、あきれてものが言えないのか？　沈黙は、群衆が耳を傾け、自分の言葉を本当に聞いているという意味なのか、ギアリーにはわからなかった。

また別の女性記者が口を開いた。さっきの記者よりは落ち着いた口ぶりだ。

「ほかにアライアンス市民に伝えたいことはありますか？」

ギアリーはためらった。先ほど述べた言葉がどのように受け取られたかわからないため、不適切なことを口にするリスクはおかしたくない。だが、リオーネが代理ユニティ星系で最後に送信したメッセージをふいに思い出し、何か吹っきれた気がした。〝アライアンスを救ってください〟長い人工冬眠から目覚めて以来、ギアリーはつねにアライアンス市民を救うことと、人々のためにすべてを改善することを期待されてきた。あんな期待はもううんざりだ。記者たちを見ているといらだちがつのり、言葉が口をついて出た。

「はい。アライアンスの全住民が嘘に耳を傾けるのをやめ、悪いことはすべて他人のせいだと思いこむことをやめ、誰かが何もかもを解決してくれると信じるのをやめること。それがわたしの望みです。容易で簡潔、かつ痛みをともなわない答えなどない。わたしにはアライアンスを救うことはできない！　ビクトリア・リオーネが命がけでわたしの艦隊とあなたがたを救ったとき、問題を解決するには他人のせいにするのではなく、鏡を見るようアライアンスの人々に伝えてほしいと言っていた。その人物、つまり鏡のなかの自分こそが、アライアンスの問題を解決できる。リオーネは彼女自身や彼女と同じような人々に利益をもたらすためではなく、われわれ全員を救うために命を落とした。よい行ないをするには、他人のために進んで犠牲になることや、たとえどんなに困難でも他人の長所を信じることが必要だと知っていたのです。ご先祖様はリオーネを温かく迎え入れ、リオーネの行動を認めてくださると信じています」

リオーネがここにいたら、ギアリーのあまりにも理想主義的な言葉を耳にして、ぐるりと目をまわし、露骨な軽蔑の色を浮かべていただろう。だが、リオーネは彼女なりの方法で、ギアリーが言ったことを実践してきた。

「ご静聴ありがとうございました」なおもつづく静寂のなかでギアリーは言った。ギアリーが背を向けて歩きだすと、堰《せき》を切ったように大声で質問が浴びせられた。自分が何を言ったのか、どんな言いかたをしたのか、早くも不安になってきた。自分の言葉が事態を悪化させるのではなく、救いになることを祈るしかない。

数歩と進まないうちに一機の小型ドローンが視界に入り、広場の地面をかすめるほどの低空飛行で迫ってきた。目には見えない電子妨害手段も一斉防御射撃も、どうにか回避している。

走っても無駄だろう。ドローンのほうがギアリーよりもはるかにすばやい。ギアリーはその場に立ちつくし、ドローンを見つめた。ほかに何ができるかわからなかった。運命と思ってあきらめたわけではない。ドローンがそばを通り過ぎる前に、もはや調整する時間もなくなった最後の一瞬にかわす。それが自分にとって最善かつ唯一のチャンスだと認識していたのだ。ギアリーが宇宙空間でよく使う戦術だが、速度ははるかに遅く、規模もはるかに小さい。

　だが、ドローンが空中を切り裂き、突っ立ったままの自分に突進してきたときには、遅いとは感じなかった。

　ギアリーは横跳びできるよう身がまえていた。ドローンとの距離はわずか数メートル。ついにドローンは一発の命中弾を浴びた。片側の推進装置が粉砕され、機体は大きく斜めに傾いた。ドローンはぐらつきながら制御を取り戻そうとしたが、さらに数発の命中弾を浴び、いくつかの破片となった。

　ドローンの残骸がまき散らす小片が降りそそぐなか、ギアリーはなおも立ちつくし、ただ見つめていた。いくらドローンをかわしても身を守れなかったかもしれないと思うと、バカバカしい気がした。

　ドローンを破壊したのは、ギアリーが記者団に近づくのを阻止しようとした保安部隊員だった。保安部隊員たちは身体を盾にして、ドローンの破片からギアリーを守ろうとしている。

ギアリーは深呼吸し、銃声を聞いて群衆が静まり返っていることに気づいた。襲撃は群衆がパニックになる間《ま》もないほどすばやく行なわれ、いまや危険が去ったことを知らせるニュース映像が惑星じゅうに流されていた。ギアリーは片腕を上げ、全員に自分の姿が見えるよう身体の向きを変えると、手を振った。その腕をおろし、ドローンを破壊した保安部隊員に近づき、片手を差し出した。

「ありがとう」

保安部隊員はまだ満面に緊張の色を浮かべており、しばらくギアリーの手をじっと見てから握手した。

「わたしにとっては……とても……名誉なことでした、閣下」

ギアリーが群衆のほうを向き、もういちど手を振ると、どういうわけかいっせいに歓声が上がった。泣きそうな顔の警察幹部が駆け寄ってきた。

「閣下、セキュリティ体制に不備があり、たいへん申しわけございません。わたしは――」

ギアリーは片手を上げ、謝罪の言葉をさえぎった。

「終わったことだ。次は阻止できるよう、ドローンがどのようにセキュリティを突破したのかを確認してくれればいい」ギアリーはもういちど惑星じゅうに向けて手を振ると、あらためてビルへ向かいはじめた。あのドアを通ってなかへ入るのがずっと怖かったが、自分の一挙手一投足を食い入るように見つめる群衆から早く解放されたかった。

それ以後はなにごともなく、ギアリーはビルにたどりついた。ドアが背後で閉まり、ギアリーに何か——それぞれ違う何か——を期待している群衆から遮断されると、ほっとした。ギアリーは足を止め、ゆっくりと深呼吸し、あたりを見まわした。

アライアンス議会ビルの正面玄関を入ってすぐの場所にある大広間については、誰もが耳にしたことがあり、仮想現実の栄光のなかでその映像を見たことがある。だが、多くの場合と同様に、実際に立ってみるとまったく違っていた。普段は、議会の関係者やアライアンスの事実上の本拠地を訪れる旅行者でにぎわう場所に、ギアリー一人しかいないのだから、なおさらだ。

大広間の壁には芸術作品が並んでいた。大半が絵画や詩だが、彫刻やそのほかの創作物も交じっている。ギアリーはそのいくつかのそばを通り過ぎながら、作者の名前を読んだ。ダ・ヴィンチ、ウィートリー、北斎、カーロ、キップリング、オキーフ、シェール＝ギル、フェイディアス、ベーザド。あらゆる分野の芸術家がいる。作品が創られてから長い年月がたち、旧地球からはるかかなたのこの地においてもなお多くの人々に訴えかける芸術品の創作者として、特別な足跡《そくせき》を残した者ばかりだ。ギアリーはひとつの作品の前で立ちどまり、目を見張った。すばらしい作品に触れたいという人間の本能に逆らえず、わずかに手を伸ばそうとした。

「さわってもかまいませんよ」誰かの声がした。

　ギアリーが振り返ると、いつのまに近づいてきたのか、ほっそりとした女性が心得顔《こころえがお》で微笑を浮かべながら、こちらを見つめていた。医学の進歩により、寿命を迎えるまで老化の兆候《ちょうこう》を抑制できるようになったが、見た目にもわかるほど年老いている。明るい鮮やかな紫の服が、周囲の芸術品のやわらかな色合いを背景に引き立って見えた。ギアリーはその女性を見たとき、なぜか親しみを覚えた。ちらっと会ったことがあるのか、あるいは、どこかで映像を見たことがあるのかもしれない。

「さわってはいけないような気がして」と、ギアリー。

「旧地球から運ばれてきたオリジナルなら、絶対に触れてはならないでしょう」女性は大きく優雅に手を振り、大広間全体を示した。「ここにあるのは非常に精巧な複製ですが、オリジナルよりもはるかに耐久性のある材料が使われています。どう見てもキャンバスに描かれているようにしか見えないあの絵も、ほとんど壊れることのないセラミック製です」

ギアリーは当惑して顔をしかめた。

「知っていました。でも、これを実際に見たら、そんなことは忘れてしまったんです」

「みなさん、そうですわ」女性は周囲を見まわした。「人類が創りあげた最高の芸術品ですから。このような絵画や言葉は、デジタル写真には記録しきれないほど多くのことを示しており、ご先祖様はそれを通して、わたしたちをごらんになっているのです。経年劣化や事故や戦争によってそこなわれ、旧地球にはもはやオリジナルが存在しないものもあります。でも、ここで生きつづけている」女性はギアリーを見つめた。「この前に立つたびに謙虚な気持ちになります。人間の存在はあまりにはかなく、ほとんど記憶に残らないかもしれません。ですが、このような作品は作者よりもずっと長く生きつづけます。なぜなら、保存する価値があると認められたから。わたしにはその半分でも価値のあることができるのだろうかと、よく思います」

「同感です」と、ギアリー。

「本気でおっしゃっているの？　あの偉大なブラック・ジャックが？」

「わたしは自分が偉大だなどと言ったことはありませんよ」

「本当に？」女性は顎をしゃくり、周囲を示した。「この大広間は見る者を謙虚な気持ちにさせるために造られました。人類が何を創造し、何を分かち合ったのか……人類がめざしているものと比べたら、わたしたちがいかにちっぽけな存在であるかを示すために。アライアンスの創設者たちはそのように望んでいました。ご先祖様はわたしたちに警告しているのです。この大広間を平然と歩ける者や、偉大な芸術品に対して引け目を感じない者に、権力を与えてはならない、と」

「そのような言葉は聞いたことがない」ギアリーは芸術品から視線をそらし、女性をもっとよく見た。「案内係のかたですか？」

「そう呼びたければどうぞ」

「そして、これも何かを試されているのですか？」ギアリーは大広間全体を身ぶりで示した。

「何もかも、試されているのです。わたしはナカムラ議員です」

驚いたことに、その名前には聞き覚えがあった。

「コサトカ出身ですか？」

ギアリーはそこでこの女性を見たことがあるのかもしれない。

「はい。先祖の一人がアライアンスの創設にたずさわりました。この大広間に関する警告を家訓にしたのも、その人です」ナカムラ議員の笑みが少し変化したが、目は鋭いままだ。

「わたしの一族はデシャーニ＝オチョアとも長い付き合いがあります」

「なるほど。ターニャをご存じですか？」

「わたしはターニャの名づけ親です」

「えっ」惑星ユニティでおれがターニャの名づけ親に出くわすかもしれないなんて、ターニャはひとことも言わなかったぞ。「ターニャからは何も聞いていませんが」

「でしょうね。ターニャは、コサトカの旧家の一員になることを快く思っていませんでしたから。自分の努力で得たものだけが重要だという信念を持っていました」

「いかにもターニャらしい」ギアリーは顎をさすりながらナカムラをじっと見た。「あなたがわたしを出迎えてくださったのは、何か特別な理由があるからですよね？」

「ええ」ナカムラはその先を話すべきかどうか迷っているかのように、ゆっくりうなずくと、ギアリーに視線を据《す》えたまま、ようやく言葉をつづけた。「わたしが相手なら、あなたが率直に話してくださるかもしれないからです」

「率直に話す？」

「あなたの動機や計画を」

ギアリーがため息をつくと、その音は奇妙なほど大広間に響きわたった。

「わたしがここへ来た理由は到着メッセージに記してあります。〈ミストラル〉が無事にこの星系に到着できるよう、武装した護衛艦が必要だと判断しました。到着後、惑星に降下し、運営審議会に出頭せよとの命令を受けました。そのあと、艦隊本部に出頭し、さらなる命令を受けることになっています」

「本当ですか、元帥？」

その口調に疑念の色があり、ギアリーは自分の表情が硬くなるのを感じた。

「先ほど述べたように、わたしはアライアンスを守るために犠牲となった人々を裏切るような行動をとるつもりはありません。犠牲者のなかには、代理ユニティ星系でアライアンスを救うために亡くなった人たちもいます。あなたにとっては顔も知らない者たちかもしれませんが、わたしにとっては、ひとりひとりがアライアンスの未来を守るためにみずからの未来を捧げた存在なのです」

ナカムラは石のように硬い表情で、しばらく黙っていた。

「ビクトリア・リオーネの顔は存じていました」ようやく、ナカムラがふたたび口を開いた。「リオーネのことは好きではありませんでしたが、尊敬はしていました。元帥、あなたの名誉のためにたずねますが、リオーネの犠牲についてのあなたの説明は細部にいたるまで完璧かつ正確ですか？」

「わたしの到着メッセージに含まれる証拠をごらんになったのなら、それに添付されていたリオーネ最後のメッセージのコピーもごらんになったはずです。わたしは嘘をついたりメッセージを改竄《かいざん》したりして、リオーネを侮辱するようなことはしません」怒りを抑えようとしているため、自分でも声が緊張しているのがわかった。「リオーネのことでそれとなく非難されるのは、二度とごめんこうむりたい」

またしても長い間《ま》のあとでナカムラは首を横に振った。

「それはお約束できません、元帥。あなたがおっしゃるように、リオーネは代理ユニティ星系でハイパーネット・ゲートを崩壊させ、黒い艦隊と呼ばれる防衛艦隊を殲滅《せんめつ》したのですよね」

「わたしは何も言っていません。証拠を送っただけです。それを見れば、何が起こったかはおわかりいただけるでしょう」

ナカムラはギアリーの言葉に少しも感銘を受けていないようだ。

「あのような形でゲートを崩壊させうるプログラムの複製を個人が所持することは、固く禁じられています。リオーネはどこでそれを手に入れたのですか？」

「わかりません」

「あのプログラムのオリジナルは、あなたの命令であなたの艦隊の士官の一人が開発したものです」

ギアリーは怒りを感じた。ナカムラがギアリーを挑発して不利な発言をさせようとしたことはたしかだが、それでも怒りを抑えきれなかった。だが、怒ってはいても慎重に言葉を選んだ。

「あなたがそのことをご存じなのは、わたしが報告したからだ。あのプログラムは、ゲートの崩壊による爆発的なエネルギー放出を阻止する方法を見つけようとして得られた副産物です。わたしが士官の一人にそう命じました。そして、そのプログラムをシンディックに対する武器として使うことを提案したのは、アライアンス議会のメンバーたちであって、わたしではなかった。もと議員のビクトリア・リオーネがどこでプログラムを手に入れたか知りたければ、もっと身近なところに目を向けるべきです」その最後の言葉にナカムラが懸念の色を浮かべたので、ギアリーはいったん言葉を切った。「〈ミストラル〉が運んでいる残りの証拠にご自分の名前があることを、恐れているのでしょう？」

　さっきまでの親しみやすさは跡形もなく消え、ナカムラは慎重に抑制された口調で話しはじめた。

「アライアンスの安全をまかされたわたしたちは、必要な行動をとらなければなりません。同じ視点や責任を持たない者には誤解されやすい行動です」

「責任？　視点？」ギアリーはこぶしを握りしめていることに気づき、力を抜いた。「あなたとわたしの責任を比べたいのですか、ナカムラ議員？」

「あなたにわれわれを裁く権利はありません！」ナカムラは目を大きく見開いた。

「わたしは誰も裁くつもりはないが、真実は話そうと思っています、ナカムラ議員。真実を明かされるのが不安なら、ご先祖様に相談なさったほうがいいでしょう。最終的に裁くのはわたしではなく、ご先祖様です」

「ご自分がアライアンスを支配するに値する偉大な英雄だと、本気で思っていらっしゃるのですね」

そんな考えをギアリーはこれまでなんども、あざ笑ってきた。そうでなければ、ナカムラの言葉は心に突き刺さったかもしれない。

「本気でそう思っていたら、ここへ艦隊を引き連れてきたでしょう」と、ギアリー。「次にどこへ行けばいいかわかりませんが、案内していただけますか？」

ナカムラはギアリーをにらみつけると背を向け、ギアリーがついてゆくのが大変なほど早足で歩きだした。ギアリーはナカムラのこわばった背中を見つめた。ターニャはこの名づけ親と仲よくやっているのだろうか？

ナカムラは巨大なドアの前で足を止めた。ドアの両側に一人ずつ立った宙兵隊員は携帯武器を持っているが、戦闘準備についているわけではない。礼装軍服姿なので、ギアリーはほっとした。非常手段が必要なほど危機的状況だと思っている者はいないという証《あかし》だ。

ギアリーが議場に入ると、広いテーブルの片側に運営審議会のメンバーが並び、ほかの議員たちもその後ろの席についていた。ギアリーがつくはずの長いデスクに全員が向き合う形だ。ナカムラはギアリーに着席をうながす身ぶりもせず、そのデスクを通り過ぎると、運営審議会以外の議員たちの最前列に向かった。デスクのそばにいくつか椅子が置かれている。ギアリーはどうしていいかわからないまま、そのひとつの横に立っていた。

ナバーロは運営審議会に復帰し、ふたたび議長をつとめているようだ。ナバーロ議長は歓迎の意味をこめて、うなずいた。

「ようこそ、元帥。どうぞおかけください」

「ありがとうございます、議長」衆人環視のなかで席につくのがいかに落ち着かないか、あらためて感じつつ、ギアリーは着席した。優雅さやなめらかさとはほど遠い動きだ。

この広い議場にただよう雰囲気はなんだろう？　感情を隠したり、ある目的のためだけに感情を見せたりすることに慣れている議員たちが、敵意や歓迎をあらわにすることなく、ギアリーを見つめている。

裁かれようとしているのは議員たちなのか、それともギアリーなのか？

3

ナバーロ議長はほかの議員たちを見まわし、渋面《じゅうめん》をつくると、ギアリーに視線を戻した。

「元帥、このような状況で再会することになって残念です。この最初の審問会は非公式扱いだが、記録には残る。質問を受ける前に何か言いたいことはありますか？」

ギアリーは首を左右に振った。この建物にたどりつくまでに起こったことや、ナカムラ議員と話したせいで、精神的に疲れきっていた。

「わたしは星系同盟《アライアンス》への誓いを守るべく自分の義務を果たした。現時点で申しあげたいのはそれだけです。防衛艦隊計画――いくどかの戦いの末、われわれが代理ユニティ星系で撃滅したＡＩ制御の戦闘艦――のことは、これほどの火力をプログラムによる制御にまかせていいのかという異論を避けるため、極秘にされていました。防衛艦隊が暴走しはじめ、惑星連合《シンディック》宙域に加えてアライアンス宙域や中立宙域まで攻撃した結果、アタリアのような中立的立場にある星系の無辜《むこ》の市民が数えきれないほど犠牲になっただけでなく、何百人もの兵士がアライアンスを守るという義務を果たして命を落としました。自分の身を守るチャンスもないまま死んでいった兵士もいます。われわれを支え、守ってくれるはずのシステムが、悪意ある極秘プログラムの一部として改変されていたせいです。そのような犠牲者に報いるつもりなら、彼らを死に追いやり、アライアンスの法律を破った張本人たちを糾弾するべきです」

「嘘だ！」ウィルクス議員が叫んだ。「あなたはわれわれとアライアンス市民に嘘を言っている！」

感情を爆発させるウィルクスを止めようとはせず、ナバーロはギアリーを見た。

ギアリーはどなり返したい気持ちを抑えた。こうして議員たちと向き合っていると、いらいらする。何が起こり、どれほどの犠牲者が出たのかを思うと、声を荒らげないようにするのがやっとだった。ここにいる議員の大半は敵ではないが、敵意を持つ者はギアリーが平静を失うことを期待しているにちがいない。

「わたしの言動のすべてが、物的証拠と多くの人々の証言によって裏づけられています。わたしの名誉を疑う権利は誰にもないはずです」

「これはわれわれの弱体化をはかる陰謀——！」

「ウィルクス議員！」ナバーロの鋭い声にさえぎられ、ウィルクスは口にしかけた言葉をのみこんだ。「議会の規則にしたがえないなら、きみをこの審問会から追放する」

「そのための投票権はあなたにはないはずだ！」

「本当にそうなのか知りたいかね？」

ウィルクスはあたりを見まわし、誰も賛同してくれないとわかると引きさがった。

「元帥」と、ナバーロ。「代理ユニティ星系へおもむいた経緯とそこで何があったのか、あなたの言葉で簡潔に説明してください」

あのときのことを思い出すのは難しくはない。頭のなかで反芻《はんすう》しながら毎日を過ごしてきたのだから。だが、怒りをかきたてる言葉を使わずに、すべてを簡潔に説明することは容易ではなかった。ヴァランダル星系と代理ユニティ星系における戦闘で失った艦や兵士について話さなければならないとなれば、なおさらだ。それでもギアリーはなんとか話しおえ、議員たちの反応を待った。

最初に発言を許可されたのはサカイ議員だった。公平な人物だと思われているからだろう。

「元帥、ヴァランダル星系で軍用センサーや通信装置などさまざまなシステムが故障し、その結果、アライアンス軍の一部が同士討ちする危険性があったそうですね？　本当ですか？」

「本当です」と、ギアリー。「センサー表示や、上官からのものとされる指示の正当性に疑問を持つ者がいなければ、さらに多くの犠牲者が出ていたかもしれません。偽《にせ》の指示にまどわされ、黒い艦隊にねらわれていることをセンサーが探知できなかったために、駆逐艦〈モーター〉と〈サーペンタイン〉は撃破され、生存者はわずか十七人でした」

一人の議員が勢いよく立ちあがった。

「そのようなことは事実として立証されていない」

だが、女性議員がはじかれたように立ちあがり、それをさえぎった。

「〈モーター〉のクルーの大半がわたしと同じ惑星の出身でした！　惑星の住民たちは、味方であるはずの艦隊のせいで同郷の兵士が犠牲になった責任を、誰かにとらせたいと望んでいます！」

「わたしに責任は――！」

「もうひとつ」女性議員は声を張りあげた。「正当な指示にしたがっていると信じていた兵士たちに罪はありません！　指示を出した連中に首を差し出してもらいたい！　わたしたちは本気です！」

議員たちが口々に大声で議論を始めたので、ギアリーは椅子にすわり、感情を抑えながらその様子を見つめていた。少なくともこの混乱のおかげで、何人の議員が説明責任をのがれようとしているのか、何人の議員がその者たちと対決する覚悟を持っているのか、そして、何人の議員が、できればこの問題についての立場を公《おおやけ》にしたくないと思っているだけなのか、判断することができた。

ナバーロ議長が秩序を回復させるには十数分を要した。ついにナバーロは音声遮断システムを作動させ、言い争いをつづける議員たちの声を文字どおりに遮断した。

「ここにいる全員に思い出してもらいたい」ナバーロがいつになく大声で言った。「この機関、すなわちこの議会全体が、アライアンスの民衆の面前で裁かれていることを。この件に法的にも道徳的にも擁護できる方法で対処することが、われわれの義務であり責任でもある。それを怠《おこた》れば、アライアンスは存続できないかもしれない。それに、責任のなすり合いをしても、われわれが責任を果たせなかったという事実は変わらないだろう。サカイ議員、まだつづけるかね？」

「いいえ、今はけっこうです」自分の最初の質問が混乱を引き起こしたにもかかわらず、サカイは落ち着き払った様子だ。

「ダーラ議員は？」と、ナバーロ。

ダーラと呼ばれた女性議員が立ちあがった。顔に刻まれたしわが長年の気苦労を物語っている。

「基本的なことが理解できません。シンディックとの戦争が終結し、軍事費が大幅に削減されると聞きました。その一方で、防衛艦隊の艦の建造には莫大な費用がかかったはずです。それを支える代理ユニティ星系の施設も規模が大きく、高くつきました。なぜ、このような時期に防衛艦隊がつくられたのでしょう？」

ギアリーは誰かがすぐに答えるのではないかと待ったが、またしても全員がギアリーを見ている。

「どのような決定がくだされたのか、わたしはすべてを知っているわけではありません」ギアリーはようやく言った。「わたしに判断できたかぎりでは、政府とアライアンス艦隊内の一部が……艦隊の士官と兵士たちの忠誠心を疑っていました。人工知能が制御する戦闘艦は政府にとって脅威とはならず、生身のクルーが乗艦する戦闘艦の脅威に対抗できると信じられていたようです。防衛艦隊の一部によるシンディック宙域のインドラス星系への攻撃は、極秘に行なわれるはずでした。つまり、ＡＩ制御の戦闘艦なら、秘密情報を漏《ろう》洩《えい》する恐れはなく、公表されないはずの任務にも利用できると考えられていたのでしょう」

「それは憶測にすぎません」テロンタスキー議員が反論した。

ナバーロは首を横に振った。

「これまで精査した証拠はギアリー元帥の判断を裏づけるものだった。元帥のみならず、ここにいるわれわれ議員の大半が、ひそかに防衛艦隊プログラムを実行した者たちから信頼されていなかったということだ」

「ギアリー元帥が信頼できないとみなされた根拠はなんですか？」と、ダーラ。「元帥が政府に逆らう行動をとったことがあるとは思えません。元帥、なぜあなたは不信感を持たれていたのですか？」

ギアリーは間《ま》を置き、言葉を選んだ。

「わたしは民衆の多大な支持を得ています。それを悪用するつもりはありませんが、わたしが悪用することを恐れる人々もいます」

「恐怖心ですか」ダーラは吐き捨てるようにその言葉を口にした。「わたしたちは充分すぎるほどの時間を恐怖のなかで過ごしてきたのではありませんか？　恐怖がアライアンスの考えかたそのものになったのですか？　元帥、あなたへの質問ではなく、わたしの同輩たちへの質問です」ダーラは着席した。

シューバ議員が身ぶりで発言の意思を示し、親しみも敵意も感じられない目でギアリーを見た。注意深く、中立的な表情をこころがけている。

「ブロッホ提督が防衛艦隊と称する艦隊の指揮をとっていたのですか？」

「ご自身でそう言っていましたが、人工知能が暴走し、制御しきれなくなりました」と、ギアリー。

「ブロッホ提督は誰に指揮を命じられたと言いましたか?」

ギアリーは首を左右に振った。

「メッセージを送信できた短い時間に、提督がそれについて言及したことはなかったと思います」

「その疑問を追究しようとはしなかったのですか?」シューバがたたみかける。「誰がブロッホ提督にそれほどの力と権限を与えたのか、つきとめようとはしなかったのですか?」

「シューバ議員、残念ながら答えはノーです。すでにブロッホ提督は黒い艦隊に対する力と権限を失っていたので、そのときは重要な問題ではなかったのです。わたしは黒い艦隊を撃破し、自分の艦隊を救うことだけを考えていました。ブロッホ提督のことは……みずからの旗艦であったはずの艦にとらわれた無力な捕虜のことは……どうでもよかった」

「どこかの時点で、ブロッホ提督の救出を約束する代わりに取引を持ちかけられたでしょう?」

「はい、シューバ議員」と、ギアリー。「ですが、提督が交換条件として示したものを提供できるとは、わたしも含めて誰も信じていませんでした。ともかく、われわれには、あらゆる手段で防衛艦隊の殲滅《せんめつ》を試みる以外に選択肢はなかったのです。提督との取引に賛成する者はいませんでした」

「あなたが取引を断わったとき、ブロッホはなんと言いましたか？」

ギアリーはふたたび首を横に振った。

「提督と話すことはできませんでした。提督の旗艦が通信を遮断してから連絡がとれなくなりましたので」

「はっきり言って」と、シューバ。「ブロッホ提督が正式に指揮官に任命されたという記録はありません。正式な手続きを踏まずに行なわれたことであり、議会全体の承認も受けていない。驚きましたか、元帥？」

ギアリーはゆっくりと息を吸いこんでから答えた。

「現時点では別に、シューバ議員」

ギアリーと向き合う議員たちの列から低いつぶやき声が上がった。その声は高まる一方でおさまる気配がない。ついにナバーロ議長は振り返り、意味ありげな表情で議場をにらみつけた。

ナバーロはギアリーに向きなおった。

「元帥、代理ユニティ星系から持ち帰った証拠を予備分析したところ、アライアンス政府における通常のルートや手続きを踏んでいない行動パターンがあることが判明した。防衛艦隊計画に関与した連中は、なぜそのような行動を繰り返したのですか？」

　その質問につづいて議員たちがぶつぶつ言いはじめたが、サカイがそれをさえぎった。

「ナバーロ議長の質問に異議あり。議長はギアリー元帥に対して、このような行動を引き起こした当事者の考えを推測するよう求めています」

　ナバーロが両手を広げた。

「誤りを認める。元帥、あなたが代理ユニティ星系ほかの場所であばいたような行動を承認し、監督するための正規のルートや手続きが無視された結果、実際にどのようなことが起こりましたか？」

　ギアリーはなんと答えようか一瞬、迷った。特定の個人を非難する言葉は避けたい。

「正規のルートや手続きが無視されたことにより、政府がそのような行動を監視したり、法的に規制したりすることができなくなりました。政府のさまざまな部分を監督する人々は、何がどうなっているのかもわからないままでした」

「では、管理体制に問題はなかったのですね」と、ナバーロ。「アライアンスのしくみを管理する規約にも問題はなかった、と。正規の手続きをすべて無視すれば、政府が適切に機能しているかどうかをチェックする立場にある者の承認を得なくとも、計画を実行できる。問題はそう判断した者たちにあったということだ」

またしても議員たちのあいだにざわめきが走った。それをさえぎって、議員の一人が大声で言った。

「検察側の主張を整理しようとなさっているのか、ナバーロ議長？　いま必要なのは、事実を明らかにすることであり、有罪判決をくだす裁判ではないはずだ」

ふたたび議場が騒然となりかかった。

「わたしの言いかたが悪かった。申しわけない」ナバーロはその場をおさめようと、口先だけにしか聞こえない謝罪をした。「コスタ議員？」

コスタが身を乗り出し、決意を見せつけるようにギアリーをにらみつけた。

「元帥、あなたは勝利をおさめたが、そのような結果を導いたあなたの行動を疑問視する者たちにどう対処するつもりですか？」

ギアリーは頭を振った。

「コスタ議員、わたしのすべての行動が調査され、疑問視されるでしょう。以前の行動にも、政府から疑問の声が上がっていることは知っています。わたしの行動が不適切であり、推論が誤っていると判断されたら、監督責任者から責任を問われることは充分に予想されます。わたしは多大な権限を持ちつづけてきました。権限が大きくなればなるほど監視の必要性が高くなることを教わりました。それこそが、われわれが百年前に受けた教えです」ギアリーの最後の言葉は、百年のあいだに大事なものが失われたことを示唆していた。

その言葉が宙をただよい、コスタの表情がさらにけわしくなった。

「そのような疑問が誤っているとか、事後の情報と仮定にもとづいているとか、ご自分が任務にあたっていた条件を考慮するとはなはだしく不当であるとか……たとえそう思っても、あなたの姿勢は変わりませんか？」と、コスタ。

ウンルー議員が笑った。

「まだ起訴されてもいない容疑に対する弁明をまとめるつもりですか？」

「わたしは元帥にたずねているのです！」

ギアリーはあたりさわりのない口調と表情を保ちながら答えた。

「繰り返しますが、わたしの行動はすべて調査され、疑問視されるでしょう。公開討論の場で弁明する意志がないかぎり、そのような行動はとらないつもりです。わたしは超法規的存在ではない。アライアンスに超法規的な人間は一人も存在しません。つまり、誰もが公然と自分の行動に責任をとり、必要に応じて裁きを受けるべきだということです」

延々とこんな調子がつづいた。すぐにギアリーは、ナバーロが議事進行を行なっている理由に気づいた。ほかの誰もその仕事をやりたがらなかったせいだ。憤慨《ふんがい》したナバーロは、代理ユニティ星系で監禁されていた行方不明者を連れてきて、物理的にこの場に立たせると提案した。だが、それも含めて不利な証拠ばかりであるにもかかわらず、ウィルクスやコスタなど一部の議員は、証拠はでっちあげだ……存在すらしていないと、主張しつづけた。同郷の人々が犠牲になったことに腹を立て、今この場で復讐を果たしかねない議員もいる。また、自分は何も知らないし、いかなる不法行為にもかかわっていないと証明することしか考えていない議員もいた。

ナカムラ議員はといえば、自分には関係ないというように議論にはほとんど加わっていない。

結局、ギアリーには見当もつかないほど遅い時間になってから、サカイがふたたび発言の許可を求めた。

「元帥、あなたが代理ユニティ星系から持ち帰った資料は、この組織の誰かが重大な背任行為を犯したことを示して――」

「そんな証拠はないぞ！」ウィルクスが叫んだ。

「それ以上言ったら」と、ナバーロ。「きみの追放投票を行なう」そのときギアリーは頭痛がしていたが、ナバーロはもっとひどい頭痛に悩まされているように見えた。「つづけてください、サカイ議員」

「感謝します」と、サカイ。「そのような背任行為があったのに、なぜこの証拠をここへ持ってきたのですか？」

ギアリーは顔をしかめ、思いつくかぎりの答えを頭のなかで整理しようとした。

「なぜわたしがアライアンス議会を信用して問題の対処をまかせるのか、という意味でしょうか？」

「そうです」

ギアリーは大きく息を吸い、考えこんだ。

「一部の議員による背任に対処することをアライアンス議会にまかせられなければ、アライアンスは終わりだからです。あなたを含め、議員のみなさんが政治に関係なく正しいことをしてくださると、わたしは信じなければならない。議会が正しいことをできないなら、すでにアライアンスは崩壊しはじめている。アライアンス艦隊の兵士や、民間人の立場でアライアンス政府に尽くしてきたすべての家族の犠牲が、無駄になるのです。そんなことは認めたくありません。われわれがなんのために戦い、なんのために働いたのかは、法の支配にしたがううえで、いまでも充分に重要なことだとわたしは思います。議員のかたがたの大半が同じように感じてくださることを願っています」

サカイはうなずき、ギアリーの言葉が確固としたものになるよう意図的に間《ま》を置いた。

「その証拠により明らかになったプログラムの一部について、わたしは何も知らされていなかった」ようやくサカイが口を開いた。それとわかるほど怒りに満ちた口調だ。サカイが強い感情をあらわにすることはめずらしいので、ほかの議員もギアリーもあっけにとられて聞き入った。「その証拠がわたしの発言を裏づけるものだと確信しています。わたしは代理ユニティ星系の監督をまかされた委員会の上級メンバーでありながら、そこでの活動については知らされていなかった。それどころか、代理ユニティ星系のすべてが休止状態にあることを繰り返し保証されていた。わたしはあざむかれていたのです。多くの議員も、多くのアライアンス市民もそうだった」

サカイがひと息ついたとき、コスタがぱっと立ちあがった。

「わたしが責められることはありま——」

「わたしは議席を放棄したわけではない！」ナバーロが行動するよりも先に、サカイが叫んだ。

コスタはほかの議員たちと同様に驚いた様子で、あわてて着席した。

「あれは必要な活動だった……アライアンスのためのプログラムだったと聞かされることになるでしょう」サカイは言葉をつづけた。「だが、そうだとしたら、そのプログラムを承認し監視する立場にあった者たちは、なぜあれほど極端な手段をとってまで秘密にしていたのか？　なぜ、アライアンス市民のみならず、民衆と所属惑星の幸福に対して同等の責任を持つ同志たちにも、プログラムの情報を隠していたのか？　なぜ、われわれの行動が合法かつ適切であると保証する政府の監視機関にも、知られないようにしていたのか？　民衆のためと称してこのような活動を行なったせいで、多くの勇敢な人々が犠牲となり、法的に許可されていると思いこまされて活動にたずさわった者もいた。そして、アライアンスは崩壊の危機に立たされている。わたしはここにいるみなさんの前で誓います。正義が果たされるまでは休まないこと、議会にも休ませないことを。それがどんな結果につながろうとも。わたしを議員に選んでくれた人々が異議をとなえ、二度とわたしに投票しないことを選択したら、わたしは胸を張って職を辞するつもりです。わたしの言動が先祖の名誉を傷つけることはなかったと確信しながら」

　それにつづいて、そこにいる議員たちの多くから称賛の声が上がった。いかにも心からの言葉のように聞こえたが、ギアリーは本当かどうか判断できないほど疲れていた。

「ギアリー元帥」と、キム議員。「あなたは一日じゅう、事実を証言してきた。ひとつご意見をうかがいたい。ここにいる者のなかで、いや、アライアンスのなかで、あなたは唯一、平時だったころのアライアンスを記憶している。もちろん、アライアンス宙域から危険が完全になくなったわけではない。だが、戦前も危険は存在していたし、それでも、当時のアライアンスはほかのさまざまな問題に焦点をあてていた。どのような問題だったと思われますか？　先祖は人々を団結させることで何をなしとげたかったのでしょう？」

しごくまともな質問だ。あまりにもまともなので、ギアリーはしばらく考えてから答えた。

「アライアンスはまだ成長途上にあるという感覚があったことを記憶しています。たとえばシンディックの支配宙域のようにすでに占領された宙域や、リフト連邦星系のようにジャンプ航法では到達できない星間の空隙《くうげき》といった壁に突き当たっていたが、辺境宙域にはまだ開拓の余地があった。新たに学ぶべきこと、新たに達成すべきことがいくつもあった。学ぶ必要のあることがいかに多いかを知り、さらなる答えを模索しようと必死だった」

「アライアンスには、克服不能な物理的境界が見えていなかったということですか？」

「関心を持てばなんでもできると思っていた」と、ギアリー。「どこに資金と資源を配分するかという議論もあった。そのような議論はつねにあり、そうあるべきだと、わたしは考えています。しかし、われわれの目は新たな挑戦と新たなチャンスに向けられていたと言って差しつかえないでしょう。われわれは、未来はよくなる……努力すれば、すばらしい未来が開けるという信念のもとに、団結していた」

キムはうなずいた。

「ありがとうございました、元帥」

「最後にふさわしい言葉だ」と、ナバーロ。「非常に長い一日だった。これにて閉会することに全員賛成かね？　可決したとみなす。感謝する、元帥」

議員たちが口々に話しはじめるなか、ギアリーはどうしていいかわからず、着席したままだった。

一人の職員が近づいてきて手招きしたため、その疑問は解消された。ギアリーは職員の案内で横の部屋に入った。かなり装飾的な会議用テーブルがひとつと、そのまわりにコンフォータブル・チェアがいくつか置いてあり、壁面をおおう大型ディスプレイにはアライアンスに属する惑星群のありふれた光景が映っているだけだ。

ギアリーは立ったまま、数分間待ちつづけた。疲労といらいらがつのる。

ふたたびドアが開き、ウンルーが入ってくると、身ぶりでギアリーに着席をうながした。

「どうぞおかけください、元帥。長丁場だったから、お疲れになったでしょう」

ギアリーは椅子にはすわらず、ウンルーをまじまじと見た。

「わたしは誰と話しているのですか、ウンルー議員？」

「わたしが何を代表しているかという意味ですか？」ウンルーは両手を広げた。「ひとつの観点からすると、これをやりとげ、権力と地位を濫用した者たちの責任を追及し、かつて戦争を口実に免責されていた過剰な秘密主義を終わらせることを決意した者たちの代表として、選ばれました。別の観点からすると、わたしはこのような事態になることを許してしまった一人です。わたしたちは問うべきことを問わなかったのではないか？　民衆の代表としての権利を主張することを怠ったのではないか？　わたしたち自身も責任を負うべきだと思います。問題は、あなたはどうなのかということです」

　ギアリーは過去にもなんどか会合でウンルーと顔を合わせ、リオーネもウンルーの人柄に太鼓判を押していた。そのふたつの理由により、ギアリーはウンルーを信頼している。

「わたしはつとめを果たしたので、あとのことは議会におまかせするとはっきり申しあげたはずです」

　ウンルーは片方の眉をひそめた。

「あなたがユニティ星系にいるかぎり、ここでのあらゆる行動をあなたが指揮しているのだと、多くの人々が考えるでしょう。あなたがなんと言おうと関係ありません。それに、ここにいるかぎり、あなたが行動を指揮するべきだという圧力は高まりつづけます。ブラック・ジャックの気まぐれに服従するためなら、数えきれないほど多くの人々が喜んで自由を差し出すはずです」

ギアリーは一瞬、目を閉じ、現実をシャットアウトしようとした。ふたたび目を開け、ウンルーをにらみつけた。

「わたしは何をしても許されるからこそ、好き勝手なことをしそうになる誘惑に、すでになんども耐えてきた」

「そうでしょうね」ウンルーはつかのま、疲労と悲嘆の色を浮かべた。「でも、ここにいても、その誘惑に打ち勝てますか？　不法行為を犯し、あなたの部下を死に追いやる行為を命じた議員や政府高官たちが、罪をのがれようとしているように見えたとしたら、どうでしょう？　法的な配慮や政治的影響力によって、その者たちが責任を回避できそうだとしたら、あなたはそれを阻止しようとしますか？」

「おそらく」と、ギアリー。「なんらかの手段を講じるつもりです」

ウンルーはギアリーを見つめたまま、うなずいた。

「あなたをここにとどまらせたら、誤った印象を与えるだけでなく、あなたご自身が、自分の信念をそこねる無限の誘惑にさらされることになります。違いますか？」

「おっしゃるとおりです。だが、わたしはここに長くとどまろうとは思っていません。それに、命令にはしたがうつもりです。すでに艦隊本部がいくつかの命令を用意しているでしょう」

「おや、ずいぶんと確信がおありなのですね！　ですが、代理ユニティ星系から持ち帰った証拠のなかには、艦隊の上級士官の名前もいくつかあるのですよ」

「逮捕された者もいると聞いています」

「証拠の分析が進めば、もっと増えるかもしれません。野心が、誓いを守ろうとする忠誠心を踏みにじった結果です」ウンルーは目をこすりながら椅子にすわった。「似たようなことは過去にも数多くありました。ご先祖様はあきれていらっしゃるでしょう。元帥……すでに逮捕された何人かの上級士官に対する懸念を考慮すると、議員の大多数は、不適切だと思われないように、あなたが議会から直接に命令を受けるべきだと考えています。あなたが政府の言うことにしたがっていることを、明確にするためでもあります」ウンルーは陰鬱《いんうつ》な表情でギアリーを見た。「どうなさいます？」

「なぜそんなことを訊くんですか？　合法的な命令にはしたがうと、すでに明言したはずです」

「アライアンスの原則に反する命令にしたがうぐらいなら職を辞するつもりだということも、明言なさいました」と、ウンルー。「ご自分が辞職したらどうなるか、わかっているのですか？　ブラック・ジャックは対決する覚悟で政府の行動を否定していると、万人に知らしめることになるのですよ。一《いち》士官が命令に不服を持つぐらいなら、問題にはなりません。ですが、あなたはブラック・ジャックです。多くの人々にとってあなたこそがアライアンスなのです。したがって、あなたが辞職すれば、政府は民衆の圧力に押しつぶされ、再起不能になります。内輪もめばかりしている星系の集まりに逆戻りするでしょう」

なんと答えたらいいのだ？　ギアリーはアライアンスの人々が自分を何者と思っているのか知ってから、それを否定しようとしてきた。だが、ウンルーの言うとおりではないふりをつづけるほど愚かではない。

「ウンルー議員、わたしが安心して受けられる命令を出してください」

ウンルーがかすかに笑みを浮かべたので、ギアリーは驚いた。

「それが実現することを祈っています。とりあえずヴァランダル星系の艦隊基地へ戻って、各艦の修理を監督してください。軍事費を調査する第三者委員会がありますので、必要な資金をもっとたくさん得られるようになるはずです。一方、防衛艦隊のような計画や提督たちの新しいタイプの仕事に無駄づかいされていた資金は、よりよい用途に割り当てられることになります」ウンルーが横を向き、パネルを操作すると、テーブルの上の空間に宙図が現われた。ウンルーとギアリーのあいだで無数の小さな星がまたたいている。「それから……元帥、アライアンスが創設された当時、人類は宇宙空間へとなだれこもうとしていました。われわれはジャンプ航法を発明することにより銀河系への扉を開いたのです。

未来はあらゆる意味において無限に見えました」

ギアリーは星々をながめながら、うなずいた。

「人類がそのころのことを忘れないといいのですが。それほどに今の時代は希望や新たなものへの探求心ではなく、不安と後退を優先しているように思える」

「たしかに」ウンルーは宙図の一角を指さした。「これまでの限界を超えること。あなたはすでに異星人の支配宙域を探査し、それをなしとげました。ご指摘のように、そのおかげでアライアンスの人々が団結するきっかけができました。限界は突破しつづけなければなりません。議会から、あなたに引き受けていただきたい任務がふたつあります」

「議会から？　全会一致で？」

「いいえ、全会一致にはほど遠かった。でも、過半数に達していたことはたしかです。第一の任務は異星人宙域への到達を容易にすること。これらの宙域に到達するにはミッドウェイ星系を経由しなければなりませんが、アライアンス宙域からミッドウェイ星系までは遠い道のりです。非常に危険な領域をいくつも通過したのち、シンディックにアクセスを遮断される可能性があることを知りながら、シンディックのハイパーネットを利用する必要がある」ウンルーはふたたび、はるかかなたの星々を指さした。「科学者と技術者のチームが、ミッドウェイ星系のハイパーネット・ゲートとアライアンスのハイパーネットをリンクさせ、直接、ミッドウェイ星系に到達できる方法を開発しました」

「なんですって？　すでに稼働しているゲートの特性を変えることはできないと思っていました」

「科学とは不可能だと思われていたことを学ぶことであり、工学とは不可能を可能にすることです。彼らはそれが可能だと考えており、議会は本当にそうなのか知りたいと思っています」

ギアリーは宙図を注視し、考えこむ表情で顎《あご》をさすった。

「ミッドウェイ星系の同意が必要ですよね？」

ウンルーはうなずいた。

「だから、あなたが探査を指揮しなければならないのです。たしかに、あなたに支配されていると思われないよう、議会の大多数があなたをユニティ星系から引き離したがっていますが、それは理由のほんの一部にすぎません。アライアンスの技術者がシンディックのハイパーネット・ゲートに手を加えることを、シンディック星系に納得させられる者がいるとしたら、それはあなたです。わたしはもとシンディック星系の状況報告をいくつも目にしました。ブラック・ジャックは〝人民のために〟存在し、人民が信頼できる唯一のアライアンス士官であると信じられています。そこまでが第一の任務です。第二の任務は、科学者と技術者のチームをミッドウェイ星系へ運び、当局の同意を得たら、ダンサー族とのつながりを再構築させることです」ウンルーは言葉を切った。「ダンサー族をどう思われますか、元帥？」

ギアリーはよく考えてから答えた。

「すすんでわれわれに協力し、助けてくれていると思います。われわれがキックスと戦ったときも、アライアンス宙域へ帰還するときも、ミッドウェイ星系を守ったときも、力を貸してくれましたし、防衛艦隊を倒すときにも現われました」

「でも、なぜ、すすんで協力してくれるのでしょう？」

「キックスは共通の敵ですが、それ以上のことはわかりません。誰にもわからないことです」

「いかにも」ウンルーは顎をしゃくり、小さな星々が映し出されたディスプレイを示した。

「ダンサー族の宙域まで船を護衛していただきたいのです。長期的な調査と外交を目的として改造された旅客船です。科学者と政府の代表者を乗せ、ダンサー族に対するアライアンス使節団として機能します」

「ダンサー族は承諾するでしょうか？」と、ギアリー。

「その答えを知るには、やってみて反応を見るしかありません。特使船なので近接武器をのぞいて非武装とし、軍の大規模部隊ではなく、小規模な儀仗兵のみが同乗します」ウンルーは唇を噛《か》み、恐ろしく難しいパズルのピースを見るような目で星々を注視した。「ダンサー族はわれわれ人類のことをとてもよく知っているようです。われわれも彼らのことをもっと知る必要があります」ウンルーはギアリーに視線を戻した。「引き受けていただけますか、元帥？」

　ギアリーはハッとわれに返った。最初は自分の腹づもりについて話していたのに、今後の仕事のことを考えているうちに、すっかり別のほうへ気がそれていたのだ。

「もちろんです、ウンルー議員。わたしとしては、いずれの任務も試すことが重要だと思います」

「けっこう」ウンルーはふたたび笑みを浮かべたが、ギアリーを見つめる目だけは笑っていない。「手続き上、艦隊本部を訪ねる必要があると思います。明日そこへ行き、議会からの命令を伝えてください」

「明日また証言を求められることはないのですか？」

「あなたが持ち帰った証拠があれば充分です」ウンルーは疲れた表情で椅子の背にもたれた。「今日は誰もが公的な立場を確立しようとしていました。あなたが来てくださったおかげで、どの議員も自分の立場を明確にせざるをえませんでした。でも、わたしたちは、このプロセスをあなたのためのものにはしたくありません。あなたが議員たちの前にすわっているかぎり、あなたがわたしたちを裁いているように見えますから。あなたも、そんなことは少しも望んでいないはずです。でも、まあ、明日、軍事問題に対処するのは〝自由〟ですけど」

「ウンルー議員」ギアリーは言いかけた。反抗的だと思われそうな質問をするのは気が引ける。「艦隊本部はすでに、わたしとその指揮下にある艦に対して別の命令を出しているにちがいありません」

ウンルーは首を横に振った。

「あなたは議会から直接に任務を与えられています。あなたに命令をくだすのは議会です」

「指揮下にある艦とクルーたちはどうなるのですか？」

「同じことです。代理ユニティ星系から持ち帰った資料の調査が完了するまで、あなたとその部下は議会の指示にしたがってください。お願いした任務に必要なものがあれば、なんとかしましょう。足りないものがあったら知らせてください」

「感謝します、ウンルー議員」ギアリーはわずかに目眩《めまい》を感じた。そういえば、ずっと何も食べていない。「いま何時ですか？」

「夜の九時ごろです」

本当に長い一日だった。

「まさか艦隊本部は、わたしがいますぐにでも出頭するとは思っていませんよね」

「だから明日でいいと言ったではありませんか。少し眠ってください」と、ウンルー。

「この建物内に要人用の宿泊施設があります。快適で安全です。ご案内させますね。カフェテリアのルームサービスも利用できます。議員の仕事がたびたび夜遅くまでつづくので、終日営業しているのです。証拠を精査するために信頼できる調査団を立ちあげ、〈ドーントレス〉といっしょに来た艦に乗っている人たちの証言を聞くことになっているのは、もうご存じですか？」

「〈ミストラル〉のことですか？」

「そうです。わたしたちがそのための手続きを行ないます。あの艦に乗せてあるものに何かあってはなりませんので」

ギアリーは片手を上げ、立ち去ろうとしたウンルーを引き止めた。

「わたしの旗艦に連絡してもいいですか？」

「もちろんです。部屋に備えつけの通信装置があります。当然ながら、公式通信回線を介した会話はすべてモニターされ、記録されます」ウンルーはその場を去りかけて、ふたたび足を止めた。「元帥……わたしが言ったことは本心です。われわれは義務を怠り、結果として多くの犠牲者が出た。われわれの大半が失敗を繰り返すまいと心に誓っています。信用してください」

ギアリーが案内された部屋は快適だが、質素だった。政府高官たちは自分さえよければいいとばかりに、納税者に隠れて贅沢《ぜいたく》な暮らしをしているが、そのことを揶揄《やゆ》する者なら大いに落胆しただろう。カフェテリアからルームサービスしてもらった食事はおいしかったが、これまた豪華とは言いがたかった。疲労困憊《こんぱい》していたギアリーは食事を終えるともう起きていられず、デシャーニに通信して状況を確認するとたちまち眠りに落ちた。疲れてはいたが、議会の命令が艦隊本部の命令よりも優先であることは、忘れずに伝えておいた。

翌朝早くに、ふたたびカラバリ少将が現われ、こんどは艦隊本部までギアリーを護衛してくれることになった。装甲リムジンが政府ビルを出発すると、ギアリーは、通りにあふれる群衆が活動を始めつつある街のごく普通の人々に見えることに気づいた。

「混乱はなかったか？」ギアリーはカラバリにたずねた。

「はい、元帥、ありませんでした」カラバリは外の風景からちらっとギアリーに視線を移し、もういちどサイドスクリーンを見た。「民衆の大多数に関するかぎり、閣下のおっしゃったことが奏功《そうこう》したようです。それから、ドローンに命をねらわれたとき、岩のように直立不動であったことも」

「わたしはよけようとしていたんだ」

「でも、そうは見えませんでした」カラバリはにやりと笑った。「われわれ宙兵隊が艦隊士官に感銘を受けるなど、めずらしいことです」

「少なくとも、よい結果につながった。あのドローンを差し向けた者の正体はわかったか？」

カラバリは笑みを消し、かぶりを振った。

「今朝の最新報告によると、まだ手がかりが得られず、絞りこめていないそうです。非常に巧妙な手口ではありましたが。最新の対抗手段と装備が駆使されていました」

ギアリーは何かすっぱいものでも食べたような気分になった。

「それが手がかりなんじゃないのか？　誰がそんなものを手に入れられるんだ？」

「誰にも目撃されずに隠すことができた人間はかぎられています。そのような者をかたっぱしから調べているところです」と、カラバリ。「そのうちの一人が関与していれば、必ず判明するでしょう。ニュースはごらんになっていますか？」

誰もが同じ質問をする。

「いや、見たほうがいいだろうか？」

カラバリはいらだたしげな身ぶりをした。

「閣下のフェイク映像が何千件もアップされ、表示されると同時に削除されています。閣下が政府乗っ取りを宣言しているような映像から、ドローンの攻撃を直立不動で待ち受けるのではなく、ローカル・バージョンの機械じかけのウサギに追いまわされているような映像まで、全部です。本物の映像はというと、おもに昨日の記者会見で行なった宣言、その後の議会で証言したことの一部、各議員の発言の一部も含めて、さまざまな聴衆に向けたものです」カラバリは言葉を切った。「閣下は艦隊本部に出頭なさることになっています。時間は誰も知りませんが、場所は明らかです。ふたたび閣下をねらう者は、おそらく艦隊本部でことに及ぼうとするでしょう」

「だが、われわれは襲撃に備えている」と、ギアリー。

「だといいのですが。昨日だって備えていたはずです。おわかりですよね、元帥。一対一の対決では勇気を示すことも大事ですが、原則的にはやはり、よけるか、地面にうつ伏せになるか、あるいはどこかに身を隠すのが賢明です」

「しかし……」ギアリーは眉をひそめた。身を隠すなどとは思いもよらなかった。

そういえば、ドローンが襲ってきたとき、宇宙戦の場合と同様に仮定と先入観にもとづき、瞬時に状況を判断した。宇宙戦とはまったく違う状況であるにもかかわらず。

「元帥？」カラバリがギアリーをじっと見つめている。「どうかなさいましたか？　ほかに何か気になることでも？」

「自分が水を離れた魚同然だと気づきはじめたところだ」と、ギアリー。「ここで自分の身を守るために知っておかなければならないことは、なんだろう？　〝敵を知れ〟は鉄則のひとつだ。「わたしの命をねらう連中の動機はわかっているのか？」

カラバリは肩をすくめた。

「動機はいくらでもあります、元帥。昨日申しあげたように、最大限に注意をそらしたい者もいます。閣下が独裁者にならないように殺したいと思う者。閣下の死を望み、その後の混乱に乗じてみずからが独裁者になろうとする者。ブラック・ジャックの帰還はこの世の終末の前ぶれであるとの文言を、予言の一部に加えようとしているカルト教団——さいわいにして非常に小規模な教団ですが——もあります。閣下が帰還なさったので、予言を成就させるために閣下を殺したいのです」

ギアリーはカラバリを見つめた。

「なぜこの世を終わらせたいのだ？」

「〝そののち、人類はみな命ある星々に照らされることになる〟とか、そんな理由です」

カラバリはわけがわからないという表情を浮かべた。「死ねば誰もが最終的にそこにたどりつくはずなのに、ことさらに急ぐ理由はわたしにはわかりません。ちなみに、閣下をねらっている奇妙な似非《えせ》宗教的カルト教団はほかにもあります」

「そうなのか？」ギアリーは質問をつづけるかどうか迷ったが、答えを知る必要があると心を決めた。「どこが奇妙なんだ？」

　カラバリは顔をしかめた。

「そうですね。たとえば、閣下があの世からよみがえったのではなく、逃げてきたのだと信じるカルト教団。命ある星々のご機嫌をそこねないうちに、閣下をあの世へ帰すことこそが正しいと思いこんでいるのです」

　ギアリーは座席にもたれた。なぜか笑ってしまいそうだ。

「謎の種族のような異星人はもちろん、ダンサー族のように友好的な異星人でさえも理解するには苦労した。だが、人類を理解しようとする異星人をうらやましいとは思わない。一部の人々の考えかたをどのように説明できるかは、わからないが」

「友人と家族の違いについての古い格言をご存じでしょう。友人は選ぶことができる。だが、銀河系のすべての人類と血縁関係にあることは否定できない」

ギアリーは何か言おうとして一瞬、頭が真っ白になった。巨大な建物が視界に入ったせいだ。左右も奥行きもどこが終わりなのかわからないほど大きい。そびえ立つような高層建築だが、地下に向かってもさらに伸びており、重要な施設は地階にあるはずだ。

「あれが艦隊本部か？」

「あれが艦隊本部です」

「とてつもなく……大きい」ギアリーはもういちど建物全体の大きさを見きわめようとした。「どれほどの人々がここに配属されているのだ？」

「誰にもわからないと思います。さまざまなオフィスや指揮系統、局ごとに配属されていますので。艦隊本部の職員がどのようなものかはご存じのとおりです。上級士官が部下の数を競い合うような状態がつづき、職員数が増加するにつれて、資金が際限なくのみこまれてゆくブラックホールです。戦争中に前線指揮官の補佐をする職員は減りましたが、艦隊本部は年々拡大してきた気がします」

「すごいな」おびただしい数の宙兵隊員が見えてきた。礼装軍服姿ではあるが武器を持ち、本部の総合ビルへと通じる道路から二列に並んでいる。「ずいぶん大勢の宙兵隊員だ。まるごと全部か？」

「増援部隊です。表向きは儀仗兵ですが、正規の宙兵隊儀仗兵には重武装が必要だと、肝心な人たちをどうにか説得しました」カラバリは周囲を身ぶりで示した。「このエリアを見おろせるビルや、射撃位置になりそうな場所が数多くあります。本当は完全武装させたかったのですが、閣下が乗っ取りにきたように見えるという理由で却下されました。閣下の身を守るために、本当は閣下ご自身にも装甲戦闘服を着ていただきたかったのですが。何者かがすぐにまた閣下をねらうとしたら、この場所は危険です」

宙兵隊の向こうに、大通りや歩道に沿って人々の集団が散らばっている。彼らの服装には、どことなく保安部隊員だと思わせる名状しがたい類似点があった。全員がかけている黒いサングラスのせいかもしれないし、ぶらぶらとうろつきながらも周囲に気を配っているせいかもしれない。そこかしこに民間のものと思われる車両が停まっており、大通り全体と見える範囲のその上空をくまなくカバーできるよう、慎重に配備されていた。さらに上空を六機の警察用航空機がゆっくりと8の字に旋回し、そのはるか上空では、航空宇宙軍の戦闘機に相違ない機影がホバリングしながら監視を行なっている。

何もかもが安心できる光景であるはずだった。ただひとつ不穏なのは、ギアリーを守るためにこれほどの警備が必要だと多くの人々が確信していることだ。まさかユニティ星系で、いや、アライアンス宙域のほかの場所でも、このように仰々《ぎょうぎょう》しい光景を目《ま》の当たりにするとはギアリーは想像もしていなかった。

カラバリは、ギアリーが安心して自分の考えを話せる数少ない相手の一人だ。

「わたしがアライアンス宙域の各地をあまり訪ねたことがない理由のひとつは――」ギアリーは声を落として言った。「この一世紀でどれほど変わってしまったのかを見るのが怖かったからだ。かつて行ったことのある場所に足を運ばないかぎり、大事なものは何も変わっていないのだと思いこむことができた」

「多くの人々が過去の自分にしがみつこうとしました。元帥、率直に言って、ほかの人に聞こえる場所では二度と失望を口になさらないでください。今のわれわれに対する批判だとみなされかねませんので」

「きみや、いま生きているほかの誰かに失望しているように聞こえたのなら、心外だ」ギアリーはすでにはっきり言いすぎたことを後悔していた。「だが、そのように受け取られるかもしれないということはわかった。本当に……わたしが失った時間は大きすぎた。今日、目にしている光景が楽園だとしても、一世紀前に知っていた場所と比べて、かつての姿を恋しく思うのだろう」

「お察しします」カラバリはなだめるように言った。「わたしにも理解できます。ご存じのように軍隊とはそういうものです。何年も離れていた故郷に戻るたびに、さまざまな変化を思い知らされる。閣下は、それとは比べものにならないほどの苦悩に耐えなければならなかったのですね」ようやくリムジンが停車すると、カラバリは注意深く周囲を見まわした。「ご用意はいいですか、元帥？」

「もちろんだ」ギアリーはもういちどすべての警備態勢を見た。何かをしでかそうとする者など本当にいるのだろうか？　だが、昨日のドローンの件を思うと疑いの余地はなかった。

　カラバリはドアを開け、先にリムジンを降りると、ギアリーが降りるあいだ、ギアリーを守る盾となってくれた。待機していた宙兵隊の列がリムジンの両側まで少し伸び、リムジンから本部ビル入口までとぎれることなくつづいている。

　ギアリーは背筋を伸ばし、いつもの習慣で近くの宙兵隊員たちに目を向け、礼装軍服にしみひとつないことを確認した。儀仗用の携帯武器も、エネルギー兵器であれば充電ずみであり、銃弾式兵器は弾倉が装塡《そうてん》されている状態だ。

　ギアリーは左右に宙兵隊が並ぶなか、幅三メートルほどの通路を歩きはじめた。カラバリがすぐ横にぴたりとついている。

　通路の中間点に到達するまでには、これほどの警備が必要だったのかとバカバカしく思えてきた。

　銃声は聞こえなかった。だが後ろ上方からの一発の銃弾が、ギアリーの頭の上をかすめて数本のほつれ毛を切り取り、前方の舗道に当たった。

さらに一発の銃弾が発射されると、カラバリがよろめいた。ギアリーをかばって被弾したのだ。

男も女も叫び声を上げている。宙兵隊の整然とした列が乱れ、ギアリーを守り、銃撃者と一戦まじえようと駆け寄ってきた。

宇宙空間での艦どうしの交戦とはわけが違う。次の瞬間、ギアリーは肩を切られるのを感じた。粒子ビームが黒い筋を残しながら皮膚を切り裂いてゆく。複数の銃撃者がいるということだ。それにしても、どこから銃撃してきたのか？　それがわからなければ、かわしようがない。ギアリーは振り向き、銃撃者を捜した。まわりの動きが加速しているのに、自分がとてつもなくゆっくり動いている気がした。

4

「伏せろ、バカ野郎！」

銃弾でもエネルギー・ビームでもなく、誰かが体当たりしてきてギアリーを地面に押し倒した。ギアリーは舗道にしたたかに叩きつけられ、つづいて誰かの重みがのしかかり、背中にぶつかってきた。ギアリーはふたたび胴体と頭を硬い地面に押しつけられた。ギアリーがもがきはじめたとき、背中を力強く押さえつける片腕が見えた。宙兵隊員だ。ギアリーの上におおいかぶさり、物理的な盾となってくれている。

新たなエネルギー・ビームがギアリーの顔から一メートルほどの舗道に線を刻み、次に一瞬の発射音とともに銃弾がギアリーのすぐ左側の舗装を粉砕した。

誰かにおおいかぶさられ舗道にうつ伏せになっているため、ギアリーの視界はひどく狭《せば》まっていたが、さらに大勢の宙兵隊員が近づいてくるのが見えた。かがんだりひざまずいたりしながら自分の身を盾にして、ギアリーを発砲から守ろうとしている。

一人の宙兵隊員が狙撃ライフルと思われる長銃をかまえ、慎重に照準を合わせると発砲した。ほかの宙兵隊員は誰も発砲していないが、全員が武器をかまえターゲットを捜している。よく訓練されていることにギアリーは感心し、褒《ほ》めてやらなければと思ったが、今はそんなことをしている場合ではない。遠くから、さらに何発もの銃声や、悲嘆あるいは苦痛の叫びが聞こえ、密集した円形に並んだ警察用航空機部隊が轟音《ごうおん》とともに、ギアリーを囲む宙兵隊の上空に近づいてくる。

ひときわ大きな音が響き、突然、機影がひとつ現われた。降下してきた航空宇宙軍の戦闘機が、警察用航空機部隊の上方空域にぴたりと停止した。ギアリーが見あげると、そのマンタ型の戦闘機はゆっくりと旋回しはじめた。新たな銃撃者はいないかと近隣のビルをセンサーでスキャンしている。

「閣下をなかへお連れして！」女性が叫んだ。カラバリの声ではない。カラバリはどれほどのケガを負ったのだろうか。

背中がふっと軽くなり、ギアリーは両腕をつかまれた。抱きかかえられるようにして本部ビルの玄関へと走りだすと、そこでもさらに多くの宙兵隊員が姿勢を低くし、外に向かって武器をかまえていた。

ギアリーはおのれの無力さを感じた。愚かさも感じた。それに、正直言って恐ろしかった。ギアリーが戦いかたを知っている戦闘とはわけが違う。指揮統制回線を使って戦闘中の宙兵隊員からのバーチャル映像を見たことはあるが、あれとはまったく違っていた。比べものにならない。

　ギアリーに付き添っている宙兵隊員たちはドアの内側へ入ると、ようやく足を止めたが、ギアリーの両腕をつかんだまま放そうとはしなかった。

「おケガは、閣下？」宙兵隊員がたずねた。医務員であることを示す記章を襟《えり》につけている。

「肩をやられただけだ」と、ギアリー。

「本当ですか？」ほかにケガはないかと医務員はギアリーの身体を念入りに調べてから、ギアリーの腕を放すようほかの宙兵隊員たちに言った。「戦闘中は撃たれたことに気づかない場合もあるんです、閣下」

「大丈夫だ」と、ギアリー。医務員が肩の浅い切り傷をていねいに手当てしてくれた。

「きみたちはきちんと役目を果たしている。口に出して言ったことはないかもしれないが、いざというときに宙兵隊がついていてくれると本当に心強い」ギアリーがそう付け加えると、そばにいる宙兵隊員たちが笑みを浮かべた。

　少佐が進み出て敬礼した。

「周辺地域の安全は確保されました、元帥。銃撃者と判明した二人は死亡。地元の警備隊と警察が残る容疑者を追っています」

少佐か。そういえば誰か忘れていないか？

「カラバリ少将はどこだ？」

「救急車に乗せられたところです、元帥。上半身に被弾しましたが、さいわいにして急所ははずれています。緊急医療ポッドに入れられていますので、命に別条はないでしょう」

「カラバリの容態を随時報告してくれ」ギアリーは制服をなでつけ、胸の動悸を静めようとした。「きみたち宙兵隊は実によくやってくれた、少佐」

「ありがとうございます、元帥。ホームズ大尉が閣下にお話があるそうです」

「ホームズ大尉？」

ぼろぼろの礼装軍服を着た宙兵隊の大尉が進み出てくると、敬礼した。

「元帥閣下に乱暴かつ不適切な言葉をおかけしたこと、心からお詫び申しあげます」

ギアリーは答礼しつつ、不適切な言葉とはなんだったのか思い出そうとした。

「わたしをバカ野郎と呼んだのはきみか？」

「はい、閣下」ホームズは冷静な表情で言った。

「わたしを押し倒し、盾代わりにおおいかぶさったのも、きみか？」

「はい、閣下」

ギアリーは片手を差し出した。

「感謝する。さすがに宙兵隊の最高の伝統にもとづいた行動だった」

ホームズはどうしようという顔で一瞬ギアリーの手を見てから、握手した。

「きみが口にした言葉についてだが」ギアリーが話しはじめると、ホームズは警戒の色を浮かべた。「提督は誰でも、少なくともいちどはバカ野郎と呼ばれてもしかたのないことをしているはずだ。そんなときに、すすんでバカ野郎と言ってくれる者がそばにいてくれたほうがいい。だから、その点は気にするな、大尉。だが、上官をバカ野郎と呼ぶことに慣れてしまってはいかん」

ホームズが破顔一笑した。

「ありがとうございます、閣下。気をつけます」

宙兵隊が整列しなおし、艦隊本部保安部隊がギアリーへの襲撃に遅ればせに反応して走りまわるなか、ギアリーは無力感を抱きつつ、ぎこちなく突っ立っていた。艦隊本部には不案内であるため、そこを動けなかった。

艦隊の大佐が走り寄り、ギアリーの無事を確認すると安堵《あんど》の表情を浮かべて敬礼した。

「おはようございます、元帥。ロマーノ大佐と申します。閣下のご案内役をおおせつかりました」

「おはよう、大佐。実にいい朝だ」ほかにどう言えばいいのだ？　どれほどの人々の目と耳がおれに注目しているのだろう？　今こそブラック・ジャックとして、内心の思いとは裏腹に落ち着きと自信を見せつけなければならない。「いままではもっといい朝ばかりだったんだがな」

「ああ……はい、閣下」ロマーノは口ごもった。「予定されている会合にはご出席いただけそうですか？」

「健康状態に問題がないことは医務員が保証してくれた」ギアリーはそう言いながらも、どこかに腰をおろしたかった。あれほどものものしかった警備態勢が緩和され、混乱がおさまりつつあることは喜ばしい。

宙兵隊の少佐が戻ってきた。

「元帥、建物内をご案内するよう一個分隊を待機させております」

ギアリーはそれが象徴するものについて考えた。気に入らない。

「わかった、少佐。ロマーノ大佐、この建物内に危険はないはずだが、違うかね？」

「非常に大きな建物です、元帥」と、ロマーノ。「しかし危険などあろうはずがありません。スキャンをクリアしなければ、なにものもここを通過することはできませんので」

「艦隊あるいはその職員からの危険にさらされていないことはわかっている」と、ギアリー。ちゃんと心からの言葉に聞こえただろうか。内心はまだ動揺しているが、それをあらわにするわけにはいかない。艦隊に雇われている兵士や士官、民間人を信用していないという印象を与えかねないからだ。それに、この瞬間にも、どれほどの人々がギアリーの言葉に耳を傾けているかわからない。「少佐、会合が終わったら、わたしはここへ戻ってくる。わたしに代わって、すべての宙兵隊員に称賛を贈り、状況に応じて警戒態勢を解いてほしい」ギアリーには暗殺者による銃撃に対処するための経験はなかったかもしれないが、あまり考えすぎずに適切な言葉を口にすることはできた。

「承知しました、閣下」少佐はふたたび敬礼した。

ギアリーは自分が奇妙な泡のようなものに包まれていることに気づいた。少佐が仲間の宙兵隊のもとへ戻ってゆくと、その場にはロマーノ大佐だけが残された。ほかの者は全員が遠巻きに見守っている。

「なぜきみがわたしの案内役に選ばれたのだ?」と、ギアリー。

その問いにロマーノは唇をわずかにゆがめ、かろうじて笑みを浮かべた。

「わたしが志願しました、元帥。ティンバル提督からわたしのことをお聞きおよびかどうかは存じませんが、ティンバル提督は、下級士官としてともに巡航艦に乗艦していたころからの盟友です。ヴァランダル星系で起こったことについては提督から詳しく聞いております」

「ティンバル提督は優秀な士官だ」ギアリーはロマーノがどういう人物なのか見抜こうとした。「ここで何がわたしを待ち受けているのだ、大佐？」

ロマーノは返答に窮し、建物のなかをのぞきこんだ。

「たくさんの笑顔です、元帥」

「なるほど」誰もが知っている格言がある。〝笑顔の偽善者に気をつけろ〟それは一世紀前から変わっていない。「わたしが議会から受けた命令を艦隊本部は知っているのか？」

「正式に知っているかどうかはわかりませんが、耳には入ってきております」ロマーノは横目でギアリーを見た。「しかし、そのような命令を無視できる口実を探そうとしています。新たな指揮官を乗せたシャトルが閣下の旗艦に向かっているとは、わたしは知らないことになっています」

こうなることをギアリーは予想するべきだった。

「ターニャ・デシャーニ艦長を解任するつもりなのか？　どういう理由で？」

「指揮官の定期異動ですよ」ロマーノは建物の内部を顎《あご》で示した。「艦隊本部に転属されます」

「わたしへの褒美として人質をとるとは興味深いやりかただ」と、ギアリー。「だが、新任の指揮官はさぞかしがっかりするだろう。わたしは、現時点でわたしの指揮下にあるすべての人員についての権限を、星系同盟《アライアンス》議会から与えられたのだ」

「艦隊本部はそのことを知っています。閣下が下命する前にデシャーニを解任しようとしたのでしょう。デシャーニはもう知っているのですか？」

ギアリーはうなずいた。

「知っている。〈ミストラル〉の艦長もだ。わかったよ、大佐。さっさと用をすませよう」

ロマーノは言葉に詰まった。

「早々にすませられる用ではありません。外は大混乱のようでしたし」

「あんな目には二度とあいたくない」ギアリーはロマーノに身を寄せた。「大佐、今こそわたしはただの人間であることに甘えてはいられない。兵士たちの手本となる必要があるのだ」

「承知しておりますとも、閣下」ロマーノはほほえんだ。「では、ご案内いたします」

ロマーノは先に立ち、艦隊本部への出入りを管理するセキュリティ・ステーションへ向かった。多くのセキュリティ担当者や厳重なセキュリティ・ステーションを見ていると、少なくとも数百人の惑星連合《シンディック》特殊部隊〈毒ヘビ〉による襲撃を阻止するには充分のようだ。だが、その種の脅威が惑星ユニティに危険をもたらすはずはなかった。

「すばらしい設備だ」ロマーノに案内され、セキュリティ・ステーションのひとつを通過しながら、ギアリーは言った。

　ロマーノは平然と周囲を一瞥した。

「本部のセキュリティが充分ではなかったと非難されたくないので、さらに大きな脅威を懸念するあまり、保安部隊も施設も肥大化していったのです」

「シンディックがユニティに乗りこんでこなくてよかったな」と、ギアリー。「やつらなら、ここがクレーターと化すまで軌道上から〝隕石もどき〟を落としていたはずだ」

「ですが、われわれはその直前まで安泰だと思いこんでいたでしょう」と、ロマーノ。

　ギアリーはロマーノ大佐を好ましく思った。

　いくつかのセキュリティ・チェックポイントを通過して本部に入ると、ギアリーは廊下や休憩室が職員でいっぱいであることに驚いた。突っ立っている者も腰かけている者もいるが、見たところ、先ほどの襲撃事件の話をする以外には何もしていない。この活気のなさは、ギアリーが襲撃されたことに対する反応とは思えなかった。ギアリーは大騒ぎになってほしかったわけではないが、それでも妙な気分だった。銃撃のことをあれこれ話し合っている者たちでさえ、誰ひとりとして動揺や不安の色は見せていない。それどころか、一日が始まったばかりだというのに、男も女も退屈な時間を過ごしている。

「どういうことだ？　艦隊本部の人間は、実は仕事なんか何もしちゃいないというジョークがあるが……」

「お聞きになりませんでしたか？」ロマーノは廊下の先を指さした。「数日前からこの調子です。仕事をしようにもできないんですよ。一人残らずシステムから締め出され、政府や艦隊の活動に関するありもしない隠しファイルや秘密情報を探している特別調査チームが、しらみつぶしに調べるあいだは、ほとんど仕事場にも立ち入ることができません。むろん、調査チームはマルウェアやアップロードされたジャンクファイルまですべて削除するつもりですが、何か非常に機密性の高いプログラムに関連するものをおもに探しているのだろうと、わたしは理解しています」

「内部の問題を解決するために外部調査が入る必要があったことは承知している」と、ギアリー。「だが、全員を出勤させて、一日じゅう立ちっぱなしにさせているのは無駄な気がする」

ロマーノがうなずく。

「そのように命令を受けておりますので。たとえ椅子を温めるだけの仕事であろうと、いざというときのためにここにいなければならないのです」

驚くほどのことではないと、ギアリーは思った。無駄なことをさせるのが艦隊やアライアンス軍全体の伝統だ。急に必要とされるときのために何もしないで待っていることも、例外ではない。

すれ違う兵士や士官たちはギアリーの顔を見るとびくりとし、興奮や畏敬の表情を浮かべて気をつけの姿勢をとった。そのような反応を示されることがいかにつらいかを、ギアリーは思い出した。ギアリーに対する期待の大きさを物語っているからだ。

前方の廊下の端で二人の人間が言い争っていた。そのそばに固く閉ざされたドアがある。

「みんな、その書類を待ってるんだよ！」士官が言った。「給与と医療給付のために！　いつまでかかる――？」

「いつまででも」と、相手の女性。いかにも、やっかいな人間に対処しなければならないプログラマーらしく、のらりくらりとした、それでいて腹立たしげな態度だ。「わたしのせいじゃありません」

士官は怒りを爆発させそうになったが、ギアリーに気づき、階級章に目をとめた。

「元帥！　どうして――？」士官は目を見開き、言葉を失った。

「失礼。きみは大急ぎで仕事をしているのだよな」ギアリーはプログラマーに言った。

「はい、もちろんです」

デシャーニの懸念のひとつを解決するいい機会のように思われた。

「謎の種族がしこんだマルウェアもチェックしているのか？」謎の種族は、自分たちについての情報をほかの異星種族には知られないよう慎重に細工していたため、そう名づけられた。人類の大半がその存在を知らないころから、長きにわたって人類を監視しつづけてきたのだ。

「プログラミングにかかわっていらっしゃるのですか？」プログラマーが驚いて言った。「どうやってそのマルウェアのことを知ったんです？」

「わたしの部下の一人が見つけた」

「部下の一人……？」プログラマーはギアリーをまじまじと見ると、おおげさに二度見した。心底驚いたようだ。「えっ、あなたは……そうだったんですね。ええ、でも……そのマルウェアの存在は機密扱いなので言えません」

これも驚くほどのことではない。だが、いまだに機密扱いとは。

「マルウェアの存在を知らされていないのに、どんな問題を探すべきかをどうやって知ればいいのだ？　気にするな。きみが決定をくだしたわけではないことは知っている。しかし、チェックしているかどうかは話してくれてもいいだろう。わたしは何もかも知っているのだから」

「おっしゃるとおりです」プログラマーは背後のドアを身ぶりで示した。「たしかにチェックしています。プログラムの改良版を利用して……プログラムを開発したのは、ええと……」

「ジェイレン・クレシダ大佐だ」と、ギアリー。その名を口にすると、喪失感にかられる。

「そう、そのかたです！」プログラマーは上層階のその先の宇宙空間を見通すかのように、天井を見あげた。「クレシダ大佐もここに？　閣下の艦でいっしょに来られたのですか？　仕事のことで、たくさんお話がしたいです」

「残念ながら、それは無理だ。クレシダ大佐はそのプログラムを開発した直後に亡くなった。彼女の艦は戦闘でクルーもろとも吹き飛んだ」

「なんてこと」プログラマーは顔を曇らせた。「もったいない」その表情がこんどは不安げになった。「申しわけありません。失礼しました。こんなことを申しあげるべきでは――」

「いや。いいんだ。きみの言うとおりなのだから。本当にもったいなかった。戦争で失われたすべての命がもったいない。その人たちが生きていたら何をしていたか、われわれにはもはや知ることはできないのだ」ギアリーはロマーノに先へ進むよううながした。廊下は人であふれかえっているのに意気消沈し、孤独な思いがした。

ギアリーの思いを反映するかのように、すれ違う兵士たちの表情は不安げでうつろだ。ギアリーの存在に元気づけられてはいるが、その泡のような希望の外では陰鬱《いんうつ》な雰囲気が艦隊本部を包んでいた。

ギアリーとロマーノはエレベーター・ホールにたどりついた。磨きこまれた光沢のある真鍮《しんちゅう》製のエレベーターが並んでいる。人ごみが左右に分かれ、ギアリー元帥のために場所を空《あ》けた。エレベーターのひとつに乗りこむと、内装には高級そうな木材と真鍮が使われていた。最上階でおりると、礼装軍服に身を包んだ宙兵隊が見張りに立っていた。ぴかぴかの床に、壁に並べられた絵画が映りこんでいる。宇宙船や水上を航行していた昔の船の絵ばかりだ。

ロマーノの案内でギアリーは控室につづく大きなドアを通り、補佐官に合図されてさらに進んだ。その先のオフィスに入ると、電源の入っていないディスプレイの前にぼんやりすわっていた士官や兵士たちが跳びあがった。オフィスの奥にまたしても大きなドアがあった。ロマーノはそのドアを開け、ギアリーに入室をうながすと、ドアの外にとどまった。ギアリーが入ってゆくと、なかで待っていた二人の提督が立ちあがった。一人は女性で、もう一人は男性だ。二人とも笑みを浮かべている。ギアリーはロマーノの警告を思い出した。広くて設備の整った執務室だ。革張りの椅子が何脚か置かれ、壁に設置された大きなディスプレイには、窓からのながめさながらに外の風景が映し出されている。だが。なぜか艦隊本部の最高指揮官用のデスクはひとつではなく、部屋の両側に同じサイズのデスクがひとつずつ置かれていた。そのせいでほかの家具がどことなく不自然に押しやられ、奇妙な配置になっている。二人の提督は部屋の中央付近の椅子にすわっており、その椅子と向き合う形で空いた椅子が一脚ある。

「ギアリー！　わたしはバクスターだ！」提督の一人が片手を差し出した。

ギアリーはバクスター提督と握手し、つづいてもう一人の提督が差し出した手を握った。

「ロホよ」その女性提督は自己紹介した。

「どうぞかけたまえ！」バクスターは大きな身ぶりで空いている椅子を示した。旧友の表敬訪問でも受けたかのように、笑みを浮かべたままだ。「例の騒動でケガをしたそうじゃないか」

「このとおり、なんでもない」ギアリーは医務員が包帯を巻いてくれた部分を指さした。「宙兵隊のおかげだ」

ロホはフンと鼻を鳴らした。

「宙兵隊の連中が戦場外でも、戦場と同じように行儀よくしてくれるといいのだけど。連中が上陸休暇中に起こした数々の事件に、わたしたちは対処させられっぱなしよ！」

「わたしは上陸休暇を宙兵隊とともに過ごした経験がある」と、ギアリー。「いつもながら興味深い時間だ。しかし今は彼らがそばにいてくれて、ことのほかうれしい」ギアリーはすすめられた椅子にすわった。この椅子に張られた革は、人類が入植したどの惑星のなんという動物のものだろう？　それから、シンディックの慣例について聞いたことを思い出した。おれが本当のことを話しているかどうかを監視するために、この椅子に盗聴器がしかけられているんじゃないのか？

「嘆かわしい時代ね」ロホも椅子にすわった。笑みを浮かべているにもかかわらず、目つきが鋭い。ロホがギアリーを見つめたとき、その笑顔の仮面がわずかに崩れた。「ユニティの街が艦隊の上級士官にとって危険だなんて。艦隊に重大なやっかいごとをもたらす上級士官なら、なおのことだわ」

ギアリーは冷静な表情を保ちつづけた。

「わたしは自分の義務を果たした」

「義務となると、きみは絶対に逆らわない」バクスターは細心の注意を払いながら椅子に腰かけた。「そういえば、きみが興味を示しそうな話がある。ヌモス大佐がついに軍法会議にかけられた」

ヌモスが逮捕されて以来、人生が一変したのかと思うほどあまりにも多くのことが起こった。

「結果はどうなった？」

「もちろん有罪だ。死刑判決を受けた」バクスターはギアリーを見つめたまま、笑みを浮かべつづけた。「起訴をした士官として、きみにはその罰を承認するか、代替案を要求する権利がある」

ギアリーはそのような事態に対処する準備ができていなかった。だからこそ、バクスターはこの話題を持ち出したのだろう。ギアリーをあわてさせるために。だが、ギアリーが対処すべき問題ではある。おれはヌモスに死んでほしいのか？　ヌモスはそれほどひどいことをしたのだろうか？　誰かを死に追いやるような命令を出すことと、冷酷に誰かを殺すことは、別問題だ。

「どんな代替案があるのだ？」と、ギアリー。

「選択の余地はない」と、ロホ。「代替案はひとつだけ。すべての利益を失い、除隊させられること。百年に及ぶ戦争のあいだ、わたしたちはもっとひどい事例にも数えきれないほど対処してきた。選択肢を絞ることでより早い解決につながったわ」

「いつまでに決めればいい？」

「あなたがこの星系を去る前に」

「去らなければならないというわけではないがな」と、バクスター。あいかわらず笑顔だ。「きみはいろいろな目にあってきた。少し休むといい。それに、艦隊と訓練システム全体の再編に取り組む者が必要だ。その種のことに適切に対応できるのは、きみしかいない」

どんな士官でも喜んで飛びつく提案だろうと言わんばかりだ。だが、ギアリーが指揮をとったり単独行動をしたりできないよう、艦隊本部という官僚組織の奥深くへ追いやろうとしているのは明らかだった。

ギアリーは首を左右に振った。

「申しわけない。もうほかの命令を受けている。すでにお聞きおよびかもしれないが」

「へえ、そうか」バクスターはロホを見た。「われわれへの命令は届いたか？」

「すべてのシステムから締め出されている状態よ。正式には何も受信できない」

「ああ、くそっ！　ギアリー、そのへんの事情はわかっているよな。それとは逆の命令を正式に受けるまで、きみにはわれわれの命令にしたがってもらう」バクスターはいかにも残念そうに言った。「それに、組織の再編には本当にきみが必要なのだ」

自分への命令が本部において長期間〝行方不明〟になるかもしれないということも含め

て、あらゆる可能性に備えていたギアリーは、通信パッドを取り出した。

「ほら、ここに命令書の写しがある。アライアンス議会からの直接命令だと認証されている。正式な命令伝達の要件を満たしていることも確認ずみだ」

　バクスターとロホは無言でその命令書に目を通した。

「あしき前例だわ」ようやくロホが口を開いた。「このような形で一《いち》士官が指揮系統からはずれるとは」

「わたしの考えではなかったし、わたしが主導したわけでもない」と、ギアリー。

「だが、これはひどい」と、バクスター。「いいか？　まだ終わったわけではない。これは艦隊のやりかたとは違う」

「わたしは既存の記録や本人の発言にもとづいて理解していた」と、ギアリー。「わたしが引き継いだ艦隊の指揮権は、提督が運営審議会に直接働きかけることによって得られていたものだと」

　その言葉に提督は二人とも、しばらくのあいだ呆然としていた。最初に平静を取り戻したのはロホだった。

「あれは例外だった。悲惨と言っていい例外よ」

「オトローパ提督も指揮権を得るために、数多くの政治的つながりを利用していた」と、ギアリー。「例をあげれば、きりがない。だが肝心なのは、そのような命令が今も存在し、あなたがたからの命令よりも優先されるということ。しかも、あなたがたはすでに正式にその命令を受けた。われわれはもう前へ進むしかない」

「われわれにも責任はある」バクスターは笑みを浮かべたまま言った。

ギアリーは窓を模したディスプレイのひとつに目を向けた。街を一望でき、青い空に白い雲が浮かんでいる。あまりにも長いあいだ、艦の外部ディスプレイに映る宇宙空間や、実体のない灰色の超空間や、何もないハイパーネットの超空間しか見ていなかったため、妙な気分だ。

「いいですか。わたしはその命令を受けた。受け入れたのだ。これは重要な任務だ。シンディックとの戦争が始まる前にアライアンス艦隊が行なっていたようなことだ。あなたがたお二人はここにいるのだから、防衛艦隊の件にはかかわっていなかったのだろう。では、おたがい公平に対処しないか？　あなたがたをないがしろにするつもりはない。だが、わたしにはやるべき仕事がある」

バクスターとロホは言葉を選ぶかのようにギアリーを見た。やがてようやくバクスターがわずかに身を乗り出した。かろうじて笑みを浮かべている。

「教えてくれ。どうしてきみがこの執務室にすわっていないのだ？　なぜすべてを引き継がなかった？」

「すべてを引き継ぐ気は毛頭ない」ギアリーは怒りを顔に出さないようにした。「わたしは自分の仕事をしようとしている。ここの問題を解決するのはあなたがたにまかせればいいと、議会が考えていることは明白だ」

「あなたにはこの仕事は無理だと言うの？」と、ロホ。笑顔は完全に消えている。

「率直に言うと」と、ギアリー。「そういうことだ。ここの人たちのこともその歴史もよく知らないし、艦隊の一員ではない期間が長かった。それがどういうことなのか、今も学んでいるところだ。さっきの襲撃事件では、自分のスキルや経験が特定の分野にしか通用しないことを痛感した。宇宙空間で戦闘部隊を指揮することはできる。だが、本部の綱紀《こうき》粛正《しゅくせい》には別の才能が必要だ。そのことはわたし自身よりも議会がよくご存じだろう。だから、この執務室にはわたしではなく、あなたがた二人がいるのだ」ギアリーは二人のうちのどちらが主でどちらが副なのか見定めようとしたが、バクスターもロホも一貫して、たがいの相対的な立場について矛盾する手がかりしか与えてはくれない。

「あなたは艦隊に残された火力の大半の指揮をまかされ、任務のための予算も管理できるようになる。あなたの潜在能力を危惧しているのは議会だけじゃない」と、ロホ。「まさかと思うでしょうけど、わたしはアライアンスの存続を願っているのよ」

「信じるよ」と、ギアリー。「なぜあなたがたは、わたしの言うことを信じてくれないのだ？」

　バクスターが答えた。

「なんでも思いどおりにできる者に対して、あまりいい経験がないせいだ」

「わたしはまだ権力を濫用したことはないだろう？」

「艦隊本部の観点から見てということか？」と、バクスター。「いいや、違うね。きみは権力を濫用した。ただの危険人物ではない。超新星級の危険人物だ」

「あなたはなんども艦隊本部を揺るがせたわ」と、ロホ。

「単刀直入に言う」ギアリーは怒りを抑えるのが精いっぱいだった。「艦隊本部は艦を奪ったり熟練のクルーを引き抜いたり、必要な資金を出ししぶったりと、たびたびわたしに対する妨害工作を行なってきた。わたしとその艦隊が人類宙域のはるかかなたにおける探査任務から帰還することを望まない一派がここにいたことは、充分に承知している」

「かなりの重罪だわ」と、ロホ。

「わたしはそれを立証できる」ギアリーとロホはにらみあい、どちらも目をそらそうとしなかった。

「待て」バクスターが両手を振りながら椅子の背にもたれた。「このままでは埒《らち》があかない。手のうちを明かすと、ギアリー、われわれはきみに手綱《たづな》をつけようとしている。われわれの個人的な出世のためではなく、きみが権力を持ちすぎたせいだ。たとえきみがその権力を悪用したことがないとしても、非常にあしき前例になることに変わりはない」

「われわれ？」ギアリーはバクスターからロホへと視線を移した。「お二人のうち、どちらが主導権を握っているのだ？」

「二人ともよ。共同で指揮をとっている」と、ロホ。

「なぜなら」と、バクスター。「きみが人工冬眠などしておらず、この数十年間、艦隊の一員として活動していればわかるだろうが、われわれは憎み合っている。少尉のころからずっと。だから議会は、われわれが共同で指揮をとるべきだと結論づけた。どちらかが少しでも悪いことをしようとしたら、もう片方が大喜びで議会に密告するだろうと、考えたのだ」

「実際、悪い考えじゃなかった。おたがいの規則違反を監視することになるから」ロホが言った。

　ギアリーは驚き、一瞬、言葉を失った。

「現時点で艦隊本部を粛正する主導権を握っているのが誰なのか、わたしにはよくわからない。だが、これでその理由がわかった気がする」

「たぶん、そのとおりよ。わたしはあなたを引きずりおろしたいけど、この男も引きずりおろしてやりたい」ロホはそう言ってバクスターを指さした。

「同じく」バクスターはあからさまに心のこもっていない笑みを浮かべて、ロホを見た。「われわれのあいだで唯一、意見が一致したのは、きみの権力を奪うことだが、きみはすでにわれわれを出し抜いた。われわれは公然ときみを支持しなければならない。きみがあのブラック・ジャックだからだ。だが、きみの権力と行動を制限するために陰でできることなら、なんでもするつもりだ。きみのように一士官が強大な影響力を持つことはアライアンスのためにならないと、われわれは二人とも信じているからだ」こんどばかりは奇妙なほど心からの笑顔をギアリーに向けた。

「わたし自身、この状況には満足していない」と、ギアリー。「艦隊本部の健全化をはかり、秘密裏に法令違反を犯してきた者たちの責任を確実に問うあなたがたの努力は、支持するつもりだ。しかし、議会からの命令を遂行するために全力を尽くそうとも思っている。それがアライアンスの一士官としての責任だからだ。もしあなたがたのどちらか一人でも、わたしの艦の準備態勢やクルーに害を及ぼしたり、わたしが与えられた任務を危険にさらしたりして、その努力を妨げるような真似をしたら、必ず表沙汰にするだろう」

ロホがふたたび笑みを浮かべた。

「片手を差し伸べて助けるふりをしながら、もう片方の手で握った銃をたがいの頭に突きつける様子が目に浮かぶようね」

「理解し合えればいいのだが」と、ギアリー。「しかし、憎み合っているのに、どうやって共同指揮をとるつもりなのか興味はある」

「わたしたちはプロではないとでも思っているの？」ロホが歯を剝きだした。「簡単なことよ。必要なことができなければ、二人ともクビになる。うまくいけば、どちらか一人が艦隊の最高指揮官の座にのぼりつめる。でも、それがどちらなのかは、わからない」

バクスターがうなずいた。

「何がうまくいこうと、われわれが信用を得ようと画策することを防ぐため、どちらを選ぶかは意図的にわからなくすると、議会から通達を受けている。したがって、たがいの成功を妨げたり、失敗を相手のせいにしようとしたりすれば、二人ともクビになる。だが、ことをなしとげれば、どちらか一人が最高指揮官の座につき、もう一人は後塵《こうじん》を拝することになる」

「勝つための唯一の方法は、たがいに干渉せず、実際に仕事をなしとげることよ」と、ロホ。

「共倒れになる恐れはないのか？　相手を引きずりおろすために自分まで犠牲にすること

にはならないのか？」と、ギアリー。

「ロホ提督ごときのために自分のキャリアを犠牲にする価値はない」と、バクスター。

「バクスター提督ごときのために自分を犠牲にするなど、もっと価値のないことよ」と、ロホ。「議会はよくぞ、わたしたちを選んでくれた。過去数十年、艦隊の高官レベルの人事にもっと介入するべきだったのかもしれない」

「めずらしく政府に肯定的なことを言うのだな」ギアリーは驚きを隠そうともしなかった。

バクスターは眉間にしわを寄せた。

「自分の問題を他人のせいにできるのはいい気分だが、それでは何も解決しない。昨日、ある提督が民衆に語ったと思うが、それは艦隊にもあてはまる。われわれはみずからの失敗を直視し、内側から対処しなければならない」

「バクスターはわたしを困らせるためにそうするのよ」と、ロホ。「たまたまわたしと意見が一致しているから、間違っているとはバクスターに言えない。でも、おたがいに率直な関係でいるかぎり」ロホはギアリーを見た。「あなたを支配下に置けば、わたしたちの努力はいっそう報われにくくなる。ここにいるというだけで、あなたはわたしたちの権威を脅かす存在なのだから」

バクスターはうなずいた。

「人はブラック・ジャックの命令とわれわれの命令のどちらにしたがうだろう？　だが、われわれが出す命令はすべて、きみの承認を得たものだとみなされてしまう。それは健全なこととは言えない」

「同感だ」と、ギアリー。「議会も同じ意見だろう。ご存じのように、わたしは命令を受け、しばらくアライアンスから遠い場所へ行くことになる」

「遠ければ遠いほどいい。いつユニティを離れられそうかね？」と、バクスター。

「それは議会が決めることだ」

「いかにも」と、ロホ。「でも、議会が解放してくれたら、どれくらいでアライアンス宙域から出発できる？」

「ヴァランダル星系に送り返した艦は戦闘による損傷が多く、修理が必要だ」ギアリーは言葉を切り、バクスターとロホがその意味を理解するのを待った。結果的に二人とも、ばつの悪そうな表情を浮かべた。「それに、クルーたちには息抜きが必要だ。ヴァランダル星系へ戻って艦の状態と修理の進捗状況を確認するまで、正確な出発日はわからない。あなたがたに言われるまでもなく、わたしとしても早くユニティを去りたいのはやまやまだ。だが、代理ユニティ星系から運んできた人々や資料を艦からおろし、議会が任命した信用できる調査機関に引きわたさなければならない。それが終わりしだい、〈ドーントレス〉

に乗り、〈ミストラル〉とともにヴァランダル星系へ引き返したいと思っている」ロホとバクスターが平静を失っているのが見てとれる。「すでに〈ミストラル〉とそれに乗艦している宙兵隊を追い返そうとしたよな？」

「あなたのせいで、みんな忠誠心に目覚めるのよ」ロホが不機嫌そうに言った。

「ヤング中佐もリコ大佐も、議会からの命令のことは知っている」と、ギアリー。

バクスターがまたしても身を乗り出し、ギアリーをじっと見た。

「あの異星人ども。ダンサー族のことだ。あいつらの目的はなんだ？」

「わからない」と、ギアリー。「われわれのことを味方だとみなしているのは明らかだが、もっと大きな目的がなんであるかは不明なままだ。わたしが受けた命令からわかるように、それもわたしがヴァランダル星系へふたたびおもむこうとしている理由のひとつだ。彼らがどのように考え、われわれに何を期待しているのかをもっとよく把握するために、ダンサー族のあいだに永続的にとどまる必要がある」

「では、少なくともその任務が成功することを祈っているよ」バクスターはあいかわらずの笑顔で言った。「わたしが関与するより、きみが対処したほうがいい。きみはどうして耐えられるのだ？」

「ダンサー族の外見のことか？」ギアリーは友人をバカにされたかのように身がまえた。

「肝心なのは見た目ではなく中身だと、わたしは思う」

「きみが言うのなら、そうなんだろう」と、バクスター。同意したというよりも、議論をつづけたくないだけのようだ。「ああ、ところで、綱紀粛正の件だが、本部の主計局スタッフが過去の支出を調査したいそうだ」

ロホがうなずいた。

「そのすべてが……うーん……適切に処理されていたかどうかは疑問ね」

新たな〝ああ、ところで〟攻撃に、ギアリーは思わず笑みを浮かべた。ロホとバクスターが手を組んだきっかけのひとつがギアリーをおとしいれたいという共通の願望だと言ったのは、本心らしい。

「間違いなく、すべての支出が合法的だった」艦の維持に必要な資金を確保するためにカネのやりくりをしていたあいだも、ギアリーはそれを確信していた。ギアリーが可能なかぎりの資金を引き出す前に資金供給源を断たれないよう、本部にカネの動きを気づかれないようにしたのだ。「問題を話し合うために、ジャーメンソン大尉から主計局スタッフに連絡させよう」時間があれば、ジャーメンソンと主計局スタッフの議論を盗み聞きしたいくらいだ。ジャーメンソンは、厳密には正しいことでも可能なかぎり混乱させてしまう。その超人的能力が、艦隊本部の主計局スタッフのせいで最大の試練に直面することになる。

だが、ギアリーはジャーメンソンの仕事のいくつかに目を通した（というか、目を通そうとした）ことがあるので、どちらが勝利をおさめるかは疑いようもなかった。

「大尉ですって？」ロホが明らかに疑わしげにたずねた。「その大尉には、主計局スタッフのあらゆる質問に答えうるだけの経験があるというの？」

「わたしが保証する」と、ギアリー。バクスターにもロホにもまだ理解できないジョークを思い浮かべ、微笑しそうになった。「ジャーメンソン大尉はこの問題のニーズに完璧にマッチしている。間違いない」とにかく、ギアリーから見れば完璧にマッチしていた。

「では、いいだろう」バクスターは立ちあがった。「理解し合えたのだから、士気も高まるにちがいない」

ロホも立ちあがった。しかめっつらだ。

「ここに来る途中では感じなかったかもしれないけど」ロホはギアリーに言った。「本部の士気はとても低いわ。上陸休暇中に酔いつぶれて、深い溝にうつ伏せに倒れた上等兵曹の胃の位置よりもね。代理ユニティ星系であばかれた事実に打ちのめされたせいよ」

「みな、自分のつとめを果たしてきた」と、バクスター。「自分たちはアライアンスの敵を倒すために一役《ひとやく》買っている善人なのだと信じて。それがいまや、ぬれぎぬを着せられ、民衆にアライアンスの敵だとみなされていることを感じている」

ギアリーは立ちあがった。不快感に胃が締めつけられる思いがする。

「それはわたしも感じていた。いまでも善人だと思われていることを、彼らに伝えなければならない」

「あなたが言うべきね」と、ロホ。「天国から真実をもたらした男なんだから。あなたが言えば、信じてもらえるはず」

「わたしが言っても問題はないだろう」ギアリーは制服をチェックした。話を聞いてくれる兵士たちに敬意を払い、最高の身なりでいたい。ギアリーと二人の提督は執務室を出た。ロマーノ大佐も加わったが、ギアリーたちの少し後ろをついてきた。バクスターとロホの側近と思われるさらに二人の大佐が列に加わった。

　広い建物の各フロアをまわるには長い時間を要した。全部の場所に行けるはずがない。一日では無理だ。だが、立入禁止の作業スペースが多いため、本部職員の多くは大広間や会議室に集まっており、いちどに大人数のグループと対面することができた。

〝諸君は並はずれた努力をしてきたし、希望はまだある〟と、不安や疲労感にさいなまれる兵士たちを元気づけるのは、ギアリーにとってはじめてではない。〝諸君はこれからもベストを尽くしつづけるだろう〟とか、〝アライアンスには諸君のような人たちが必要だ〟という言葉を、ギアリーは繰り返した。なんども繰り返すうちに全部まとめて言ってしまいそうになり、ひとことずつ噛《か》んで含めるように話す努力をした。ロホとバクスターはほんの少しだけ後ろに控えていた。自分たちと偉大なブラック・ジャックが支持し合っていることを明示するためだ。ギアリーはロホとバクスターに疑念を抱いていたが、兵士たちが指導者を信頼することがいかに重要かわかっていた。内々では、短剣を突きつけ合い、遠まわしな脅迫を口にしてもかまわない。だが、ここではリーダーシップを期待する男女の前で、三人の提督は共通の目標と信念を持つチームとしてふるまうよう最善を尽くした。

ある意味、疲れる。しかし別の意味では、自身よりもはるかに大きな存在のために献身してきた大勢の男女に会えたことで、ギアリーは逆に希望やパワーをもらっていた。

会議室のドアの前に複数の警備員がいる。室内には、銃殺刑の執行を待っているかのような士官のグループがいた。

「〈真鍮の王子《ブラス・プリンス》〉計画に関与した者たちよ」ロホがギアリーに言った。

「公認プログラムだと聞いていたのに！」一人の女性士官が声を荒らげた。「わたしたちはカネと人員をあちこち移動させただけよ！」

「われわれの知るかぎりでは」と、バクスター。「ここにいる者たちは事務処理を担当していただけで、〈ブラス・プリンス〉計画の内容は知らなかった。だが、それを確かめるために、特別な審査が行なわれている。〈プラス・プリンス〉計画がアライアンス法に反した行為に関与する違法プログラムであることを知るよしもなかったのなら、全員が無罪放免になるだろう」バクスターはそこにいる全員に聞こえるよう声を張りあげた。

「パオル・ベナンという士官に会ったことのある者はいるか？」と、ギアリー。

　士官たちは顔を見あわせ、かぶりを振った。一人だけ、考えこむ表情で顔をしかめている。

「そのような名前の人物に出された命令を見たことがある気がします、閣下。でも、ずっと昔……何年も前のことです」

「精神ブロックについて聞いたことがある者は？　セキュリティ上の理由でほどこされた処置だ」

　うつろな顔ばかりがギアリーを見返すなか、愕然《がくぜん》とした表情の士官が二人いた。

「それは違法行為です、元帥。聞いたことがあれば、わたしは報告していたはずです！」

「けっこう」と、ギアリー。この士官たちが、厳重なセキュリティのもとで行なわれていることを知っていたはずがない。この者たちはあやつり人形にすぎなかった。合法なプログラムだと聞かされてはいたが、充分な情報は与えられなかったため、本当に合法かどうか疑問視しなかったのだ。そのうえ、法の裏をかいてプログラムを実行した張本人どもは、このあやつり人形たちが身代わりになってくれれば満足だろう。「バクスター提督の言うように、スケープゴートを見つけることが目的ではない。違法なプログラムであることを知っていた者たちを見つけて、責任を問うことが目的だ。どんな形でもいいから協力してくれるとありがたい。みずからの義務を果たし、自分に落ち度がなく、まわりで何が起こっているのか知らなかったのなら、何も恐れることはない」

　バクスターの言葉にはみな懐疑的だったが、ギアリーの言葉を聞くと室内の雰囲気が一変し、安堵の笑みを浮かべる者も何人かいた。ここにいる士官たちはギアリーを信じている。ほかの多くの者がそうであるように、ギアリーを信頼しているのだ。ギアリーはときにその重圧を忘れそうになり、ときに押しつぶされそうになる。ギアリー自身、完璧ではなく、なんでもできるわけではない、いま自分が口にした言葉が本当のことになるという確信さえなかった。

　またしてもギアリーは祈らずにはいられなかった。ジョン・ギアリーが、ブラック・ジャックを信じる人々を失望させませんように。

　玄関口まで戻ってきたときには外は暗くなっていた。陸上軍の大将が待っており、ギアリーが現われるとほっとした表情を見せた。

「お帰りはわたしが護衛をつとめます、元帥。閣下がなかにいらっしゃるあいだに周辺地域を四回、徹底的に捜索しましたが、今も広範囲にわたって警備態勢をとっています」

「宙兵隊も？」と、バクスター。

「宙兵隊も警備にあたっています」と、陸上軍大将。そのことを喜んでいるというよりも、あきらめに近い口調だ。

建物の外に、今朝の二倍以上の宙兵隊員が強固な壁のように並んでおり、そのあいだには幅一メートルの道しか残されていない。襲撃者にとってはギアリーの姿を見ることさえ難しいだろう。

「あなたの行動がご先祖様の名誉に恥じないものでありますように」ロホが言い、ギアリーに片手を差し出した。

「あなたがたも」ギアリーはロホと、つづいてバクスターと握手した。

陸上軍大将にうながされ、ギアリーは急いで狭い道を通り、装甲リムジンへ向かった。その前後に護衛の装甲リムジンが停まっている。ギアリーたちが乗りこみ、リムジンが発車すると、ギアリーは大将をじっと見た。

「名前をまだ聞いていなかった」

「失礼。ヴァラッハです。この区域の防衛部隊を指揮しています」ヴァラッハは大きなため息を漏らした。「あなたのおかげで一筋縄ではいかなくなった仕事ですよ。悪く思わないでください」

「いや、全然。陸上軍の士気はどうだ？」

ヴァラッハは苦笑いを浮かべた。

「以前よりよくもあり、悪くもあります。おかしなことに、例の違法プログラムの黒幕である艦隊士官や、連中を支持するアライアンス議会の政治家たちは、陸上軍がその秘密の砂場で遊ぶことを認めてはくれなかったようです。つまり、われわれは潔白だということです。軍部間の駆け引きは必ずしも悪いものではないと思います」

「そうかもな」ギアリーはヴァラッハの言葉に皮肉がこもっているのを感じた。「カラバリ少将はどうなっている？」

「危機的状況は脱しました」と、ヴァラッハ。「ただし回復を早めるために人工的昏睡状態にありますので、話をすることはできません。わたしはあなたを無事にアライアンス議会ビルへ送り届けるつもりです」

ギアリーは座席にぐったりともたれかかった。とほうもなく疲れている。

「シャトルで軌道に戻れると思っていたのに」

「まだだめですよ、われらが英雄」ヴァラッハは同情をこめて、にやりと笑った。「しかし、今夜はゆっくり眠れるといいですね」

数時間後、部屋のドアを激しくノックする音がし、ヴァラッハの予想は疲れ果てたギアリーの眠りともども、突然に破られた。ギアリーが目をぱちぱちさせて眠気を振り払い、頭をはっきりさせようとしながらセキュリティ画面を確認すると、ウンルー議員がドアの外にいた。

ひどく具合が悪そうに見えるだろうと思いつつ、ギアリーはドアを開けた。

「まだ〇二〇〇時ですよね？」

「惜しい。〇二〇四時です」と、ウンルー。「急ぎの用です。元帥、ここを出る必要があります」

「なんですって？　また別の建物へ移動するんですか？」

「この惑星を離れる必要があるのですよ、元帥！　一刻も早く！」

5

ギアリーは驚き、なんとか完全に目を覚まそうとしながらウンルー議員の背後に目をやった。だが、通路は無人だ。

「何があったんです？」

「何も起こってはいません、いまのところは。ですが、代理ユニティ星系にかかわるすべての事柄に決着がつくまで、元帥をこのユニティ星系にとどめたいと考える議員が増えています」

「すべての事柄？」

「すべての法的案件です」と、ウンルー。

ギアリーはウンルーをまじまじと見た。

「それには何年もかかる」

「何十年と言ったほうがいいでしょう。おわかりでしょうが、この決議案は確実に採択されます。星系同盟《アライアンス》の法律では、被告側が告発側と争えるよう定められていますから、あなた自身がここで証言するのが公正だと思えるのです」

ギアリーは頭を振った。

「わたしは告発などしていない」

「ええ、そうです」ウンルーはいらだち、片手を握りしめた。ドア枠にこぶしを叩きつけそうな様子だ。「あなたはここに証拠を持ってきただけです。その証拠を土台に検察が告発します。しかし、あなたをここにとどめておけば、人々の目は真実ではなく、あなたやこの件のなりゆきに向けられる。あるいは、これはあなたの逸脱行為を誘い、ミッドウェイ星系へ行き、そこからダンサー族の宙域へ入るという任務計画を頓挫《とんざ》させるかもしれない。われわれはこの問題で身動きがとれなくなるでしょうが、あなたはこの星系から出る必要があります。決議案が採択されたときにあなたがいなければ、その案に示された状況は存在しないので、効力は発生しません。艦へ戻り、ヴァランダル星系へ引き返してください。残りの一隻もそのクルーとともに必ず送り出します。すべてを精査して引きわたしを行ない、一連の証拠がはっきりししだい、あなたの艦を追ってもらいます」

「ここに戻ってくるよう、議会はわたしに命じるのではありませんか？」と、ギアリー。

「それはありません」と、ウンルー。確信のある口調だ。「元帥はすでにここにいるのだから、そのままとどまってもらえばいいだけだと市民に主張できるという理由で、多くの者はその案を支持しているのです。議会のために任務を果たすべく、あなたがここを去ったのであれば、あなたを呼び戻すにはその任務を中止させる必要が生じます。それが障害となり、多くの者は賛成票を投じなくなるはずです。車を手配しました。あなたがここへ来るのに使ったシャトルへも連絡ずみです。すぐにここを出てください」

ギアリーはまた別の装甲リムジンに乗りこんだ。よれよれの格好でヴァラッハ大将と向かい合ってすわると、ようやくものごとを考える時間と余裕ができた。

「はたから見たら、夜逃げかと思われそうだ」

「あなたがですか？」ヴァラッハはフンッと鼻を鳴らすと、あくびをした。「失礼。いいえ、自分がいることで、これ以上ユニティ星系の善良な市民を危険な目にあわせるわけにはいかないと考えたのだろうと、思われるでしょうね。ご自分の目的をすべて果たしてこうしてここを去ることで、この都市の平和を脅かすさらなる攻撃を封じたのです」

「みな、そのように考えるだろうか？」と、ギアリー。

「その人物があなたなら、そう考えます。わたしが同じことをしたら、旧地球まで行っても噂は追いかけてくるでしょうな。しかしブラック・ジャックならどうでしょう？　アライアンスにとって何がベストかをつねに考えているかたですからね」

　ヴァラッハ自身がこうしたことについてどう感じているのかは、よくわからなかった。

「いろいろと面倒をかけたな」ギアリーは礼を述べた。「この数日間、難しい事態にうまく対処してくれて感謝する」

「なんでもありません」ヴァラッハは心からの笑みを浮かべた。「わたしの子どもたちは、わたしがブラック・ジャックと話をしたと言ってもなかなか信じてくれなかったのです。じかに会って話をしているというのに！　あなたのおかげで、うちのティーンエージャーたちに格好いい父親だと思われているんです」ヴァラッハは笑い声を上げた。「あなたは奇跡を起こせるのかもしれない！」

　リムジンはきわめて警備の厳しい検問地点をいくつか通過すると、なめらかな動きでシャトル発着場に入り、すでにおりていたタラップのすぐ隣でぴたりと停止した。ギアリーは車から降りようとして動きを止めた。

「ひとつ頼みごとをしてもいいか、大将？　わたしの艦がこの星系内にいるあいだは、カラバリ少将の容態について、その都度知らせてもらいたい」

「かまいません」ヴァラッハはギアリーをつぶさに見た。「いいですか、あなたについて、わたしは何が伝説で何が現実なのかは知りません。ただ、いつかはわたしの子どもたちも、わたしや子どもたちの祖父母が戦ったのと同じ戦争を戦うようになり、ひょっとすると死ぬのかもしれないと思っていました。子どもたちは、人生のほとんどを戦争についやすだろうと。しかし、あなたが戦争を終わらせてくださった。いま、われわれが手にしているものは平和なユートピアではありません。それよりずっといいものです。感謝します」

「礼には及ばない」ギアリーは当惑した。うなずいて車から降りると、オービス一等軍曹とジョニンニ最先任上等兵曹が待っていた。三人はそろって足早にタラップをのぼり、リムジンは加速しながらシャトルから離れていった。

すぐさまタラップは格納され、ギアリーが座席のハーネスを装着したとたん、シャトルは離昇し、星々をめざして急上昇した。

シャトルを出てふたたび〈ドーントレス〉に乗艦したギアリーは、シャトルを固定しようと急ぐシャトルベイのクルーを目にした。タルリーニ上級上等兵曹が敬礼しながら出迎え、注意喚起した。

「手すりにおつかまりください、閣下」と、タルリーニ。「艦長が艦を緊急発進させようとしています」

ギアリーはスラスターの噴射を感じ、片手で近くの手すりにつかまった。

「ウンルー議員からデシャーニ艦長に連絡があったようだな」

「そう理解しています、閣下。ちょっと、ジョニンニ最先任上等兵曹、つかまってくださいよ。新兵みたいにぼさっとしてないで」

「誰が新兵だって？」別の手すりにつかまりながら、ジョニンニが言った。「おまえがまだよちよち歩きのとき、おれはもう宇宙を駆けまわっていたんだぞ」

　タルリーニが返事をするより先に〈ドーントレス〉のメイン推進装置が激しい勢いで起動し、軌道を離れてハイパーネット・ゲートへ向かうベクトルをとった。慣性力が慣性補正装置の限界を超え、ギアリーは手すりにしっかりつかまった。すさまじい加速だ。補正装置のかんだかい抗議の音が艦内に響きわたっている。

「ひょっとして、この操舵はデシャーニ艦長ですか？」オービスがタルリーニにたずねた。

「訊くまでもないでしょ？」タルリーニはにやりと笑った。「正しいやりかたってやつを、後方区画のサボり屋どもに教えてやる必要がありますからね」

　加速にあらがって片腕をそろそろと上に伸ばしながら、ギアリーは近くにあった隔壁の通信パネルに触れた。

「〈ミストラル〉のヤング中佐につないでくれ。上等兵曹、艦内ではいま何時だ？」

「一四〇〇時です、元帥」と、タルリーニ。

　やれやれ――ギアリーは思った。残っていたはずの夜が消し飛んで、翌日の午後にスキップしてしまった。とはいえ、すぐにベッドに入るには早すぎる。

通信パネルにヤングの顔が現われた。驚きの表情だ。

「ここを離れるのですか、閣下？」

「説明はあとだ。緊急命令だが、この一帯に危険があるわけではない。〈ミストラル〉とそのクルーは積荷をおろししだい、われわれのあとからヴァランダル星系へ向かうことになった」

通信が終わると、ギアリーはデシャーニと通話しようとコマンドをタップした。

当然ながら、デシャーニはブリッジの艦長席にいた。

「おかえりなさい、元帥」

「ありがとう。わたしは今、すごい加速力のせいでシャトルベイで動けなくなっている」

「閣下と〈ドーントレス〉を迅速にハイパーネット・ゲートへ運ぶよう、命令を受けましたので」と、デシャーニ。

「きみにその命令を出した人物は、〝迅速〟という言葉をきみがどう解釈するか、わかっていなかったようだな」

「あと二十分で楽になります」デシャーニはギアリーをじっと見た。「生きてふたたびお会いできてよかったです」

「こちらもだ」

「艦隊本部はいかがでしたか？」

「複雑だな。だが、現時点ではうまく運営されているようだ」

「そうなんですか？　誰が統括しているのですか？　要領を得ない返事しかもらえませんでしたが」

「昨日の時点では、バクスター提督とロホ提督だった。共同指揮体制をとっている」

「共同指揮――？」デシャーニは驚いてギアリーを凝視した。「バクスターとロホですって？　あの二人が同じ部屋にいたのですか？」

「きみは、ええと、あの二人のたがいに対する……思いについて、何か聞いているのか？」

「何をおっしゃるのですか？　二人が艦長だったとき、二人の艦は絶対に同じ部隊には配属されないという噂がありました。敵ではなく、たがいの艦を攻撃しはじめる恐れがあるという理由で。この件については情報提供をお願いします」

「わかった。この加速がましになったら、すぐにな」

「艦がベクトルに一致したら、すぐに、です」デシャーニは笑みを浮かべた。

ギアリーは笑い声を上げた。やはり〈ドーントレス〉は最高だ。

一時間後、ようやく事態が落ち着くと、ギアリーは自室へ戻り、椅子にどさりとすわりこんだ。だが、五秒もたたないうちにハッチのチャイムが鳴り、ギアリーは低くうめきながらハッチを開くスイッチを操作した。

ターニャ・デシャーニが入ってきた。ハッチは開けたままだ。とがめるような表情をギアリーに向けている。

「元帥、あなたはクルーのお手本なのですから、いつもさっそうとしていてくださらないと困ります。さしずめ騎兵なら、〝駆けずりまわらされて、へとへと〟とでも言いそうなご様子です」

「苦言に感謝する」と、ギアリー。デシャーニの言葉で、またしても緊張がほぐれた。

「まさにそんな気分だ。荒っぽい数日だった。そういえば、きみの後任は現われたのか？」

デシャーニはにやりと笑った。

「はい、ウィリアム・T・ドア中佐が来ました。少尉だったころのドア中佐を知っています。〈ドーントレス〉の艦長を引き継ぐという自分の命令のほうが優先されると言い張るので、わたくしもこちらの命令のほうが優先されると主張しつづけました。クルーはわたくしの言うことしかききませんから、ドア中佐はシャトルですごすごと引き返していきましたよ」

「それはよかった。ところで、なぜひとこと言ってくれなかったんだ？　きみの名づけ親に会ったぞ」

　デシャーニは両眉を上げた。

「ナナ・ナカムラに会ったのですか？　あの人はあなたと旧家ごっこをしたのですか？」

「それはどういう意味なんだ？」

　デシャーニは肩をすくめた。

「いささか傲慢で居丈高な態度をとることです。〝どちらさまでしたっけ、わたしが注目するほどの価値があなたにあるのですか？〟とでも言いたげに」

「ああ、まさにそんな感じだった。わたしは嫌われているようだ」

「あの人は誰のことも好きではありません。あなたが結婚してコサトカの世帯に加わったために、あの人の立場はすっかりかすんでしまったのです。そのせいで、あなたのことを特別に不愉快に思っているのでしょう」

「へえ、そうか。それはともかく、わたしはユニティ星系を離れる前にまた新たな決断をしなければならない」ギアリーは額《ひたい》をさすった。「ヌモスがついに軍法会議にかけられ、死刑判決が出た」

「すばらしい！　それのどこが問題なのです？」デシャーニはギアリーの向かいに腰をおろした。

「わたしはその刑を承認しなければならない」

「けっこうなことです。何か問題がありますか？」デシャーニは当惑して同じ質問をしたが、やがて驚きが当惑に取って代わった。「待ってください。まさか死刑を不名誉除隊に変更しようなどと、本気で考えているのではないでしょうね？」

ギアリーはため息をついた。予期していた展開だ。

「驚くことじゃない」

「閣下はひどい冷血漢だったのですね」

「えっ？」ギアリーは片手をおろし、デシャーニを見つめた。「刑を不名誉除隊に変えることが、死刑よりも冷血だと言うのか？」

デシャーニはギアリーを見返した。

「はい。もちろんです。ご先祖様、お助けください。わからないのですか？　不名誉除隊は死よりも悲惨な運命です。完全に面目を失い、その汚名は残りの人生に死ぬまでついてまわります。家族、友人たちからは縁を切られ、仕事は見つからず、生活保護を受けて暮らすことになるでしょう。どこへ行っても見くだされます。生き地獄ですよ」

「しかし……」ときにはそれがギアリーを不安にさせることもある。そのような瞬間は過ぎたのだと思っていた。だが、そんなことはない。

デシャーニはため息をつき、天井を見あげた。

「閣下は、ヌモスの人生を終わらせないほうが慈悲深いと考えたのですね。一世紀前の人々は本当にそう考えていたのですか？　ヌモスのやったことを考えると、閣下が慈悲を与えたくなる理由がわかりません。敵前逃亡はそのほんの一部にすぎませんが、慈悲を与えたいのなら、ヌモスを極刑にして先祖のもとへ行かせてあげてください」

「まったく、なんて仕事だ」ギアリーはつぶやいた。

「そうですか？」と、デシャーニ。こんどは怒っている。「ヌモスの人生がどれほどのものでしょう？　自分の責務を果たすすぐれた士官だったのなら、〈オリオン〉が破壊されたときヌモスはまだ艦長だったはずです。しかし実際に死んだのはシェン中佐でした。シェン中佐の死もほかの多くの艦隊クルーの死も、ヌモスの責任です。それなのに閣下はヌモスを罰することをためらっている。ヌモスの失敗と不正が他人の命を奪い、本人を生き延びさせたというのに」

ギアリーはしばらく無言のまま動かなかった。さまざまな考えが脳裏をよぎった。デシャーニが部屋じゅうに発する怒りが伝わってくる。やがて、ふたつのことがはっきりと理解できた。これも自分の責任の一部だ。死んでいった者たちに対して誠実でいたいなら、死に追いやった者たちに責任をとらせなければならない。だが、それは生き地獄へ送れという意味ではない。

「きみの言うとおりだ」ようやくギアリーは言葉を発した。「しかし、きみはいいのか？　ヌモスが極刑で。不名誉除隊の罰を受けさせたいんじゃないのか？」

デシャーニはギアリーに視線を戻した。口もとはまだ硬いが、しだいにゆるみはじめている。

「はい。不名誉除隊の罰を受けてもらおうとは思っていません。正義の名のもとに誰かを苦しめたいなどと思えば、ご先祖様はいやな顔をなさるでしょうから」

「わかった。ありがとう」

「はいはい。お礼などけっこうです」

「本気で言っているんだ」ギアリーはデシャーニに向かってうなずいた。「その言葉を聞く必要があった」

「わかりました」デシャーニは横を向き、別の話題を探した。「そういえば、カラバリ少将が撃たれたそうですね。具合はどうなんですか？」

「危機は脱した。現在の容態を知らせてもらう必要があるな」

「はい」デシャーニは片側の壁の星々の風景に目を向けた。「われわれは本当にまた宇宙の暗闇に戻るのですか？　ダンサー族の宙域に入るために？」

「そうだ。艦の再装備と修理ができたらな」

　デシャーニはうなずいた。

「元帥、再装備と修理の期間を三ヵ月程度にまで延長することをおすすめします。そうすれば、クルー全員が交代で休暇をとり、出発前に多少なりとも帰郷できますから。どちらにしても、この数ヵ月、艦には無理をさせていますから、修理にはそのくらいかかると思います」

「いい考えだ。ああ、もうひとつあった。ジャーメンソン大尉に、艦隊の主計局スタッフと話をしてもらわなければならない」

「すでに主計局から連絡がありました」デシャーニは意外にも笑みを浮かべている。「ジャーメンソンに不意打ちを食らわせたかったようですね。ジャーメンソンが彼女にしかできない〝説明〟をしていたとき、わたくしもその一部を聞きましたが、本当に頭が爆発しそうになりました。あの主計局スタッフたちはＰＴＳＤになったかもしれません。二度とわれわれを困らせることはないでしょう」

〈ドーントレス〉が〇・三光速まで加速して移動時間を短縮したとしても、最初の加速とハイパーネット・ゲート接近時の減速にかかる時間を考慮すると、艦がユニティ星系を出るには十八時間が必要だった。

十八時間は非常に長いと言えるだろう。

ギアリーあてに〈ドーントレス〉に届く優先メッセージ（ギアリーあてのものは、すべてが優先メッセージだ）はどれも、その送信元を確かめるまでギアリーに緊張を強いた。メッセージが議会から直接送信されたものであれば、内容を読むまでその緊張はつづいた。

だが、メッセージはいずれも更新情報にすぎなかった。ウンルー議員は、おれがつねに最新情報を知っている必要があると考えたようだ。つまり、おれが〝おそらくは数十年〟にわたってユニティ星系で足どめを食らうことになるかどうかがわかるまで、なんども緊張させられるということだ。

だが、どの更新情報も、決議の延期をもくろむ片方の集団が行なった議会操作に関するものだった。それに対し、もう片方の集団は可能なかぎり早い投票を要求している。ギアリーにとって幸運なことに、ギアリーの味方はものごとの実行の阻止に極端なほど長《た》けているようだった。その点については、おそらく相手側も同様なのだろう。そんな議員たちでも何かをやりとげたことがあるのだから、驚きだ。

だが、それはきっとアライアンス創設者たちの意図するところだったのだ。熱の入りすぎた政府に無茶な行動をとらせないために。そして、独裁者のようにふるまえるほどの力を個人に持たせないために。

ハイパーネット・ゲート到達まであと一時間というところで、〈ドーントレス〉が艦首をゲート側へ向けるとメイン推進装置が減速を始め、ギアリーはブリッジへ向かった。〈ドーントレス〉がハイパーネット・ゲートへ入る前にヌモス艦長の死刑を承認する必要があるため、落ち着かない。自分が神経過敏になっていることがよくわかっていたギアリーは、誰かに強く当たることがないよう気をつけた。それでも、ブリッジの当直士官たち（その生き残るためのスキルには、上級士官たちの機嫌を察知できる能力も含まれる）は、ギアリーの注意を引かないよう充分に用心していた。

ユニティ星系も、ほかの人口の密集する星系同様、日々、多くの船舶が行き来している。だが、ここでは驚くほど多くの船が高速で行き交っていた。

「これほどの数の船が〇・三光速以上で航行しているのははじめて見るな」

ギアリーの隣の艦長席にすわるターニャ・デシャーニがうなずいた。

「報道機関に属する伝令船が、ユニティ星系の最新ニュースをアライアンスのほかの星系へ伝えようとしていますから」デシャーニはギアリーをちらりと見た。「もちろん、最新ニュースは閣下のことでしょう」

「やれやれ」いまなお星系間の最速移動手段はハイパーネットを利用することだ。次がジャンプ航法だが、アライアンス宙域にニュースを最速で送り届けるには小型高速船が最適だ。いくつかの星系に届くころには数週間遅れのニュースになるとしても、それは変わらない。ギアリーは自分のディスプレイに映る高速船をつぶさに見た。実際、どんなニュースを運んでいるんだ？「ハイパーネット・ゲート周辺をうろついている小型高速船が二隻いるな」

「本当ですね」と、デシャーニ。「普段どおりです。話題のニュースがユニティ星系から発信されたら、そのニュースは通常空間を航行するどの船よりも速くあの船に光速送信され、ニュースの着信と同時に船はゲートに入り、いち早く重要市場へ送り届けるのです。元帥関連のニュースはすべて入手したはずですが、まだここをうろついているとは驚きです」

「新たなニュースが手に入ったのかもな」ギアリーは高速移動する船舶に注意を戻した。「外交船タグをつけた船が二隻いる。ああ、あれはカラス共和星系とリフト連邦星系の船だ」

「どちらもまだアライアンスと友好関係を結んでいます」と、デシャーニ。

「カラス共和星系の船はどんなニュースを持ち帰るんだろう？」カラス共和星系の話題が出ると、リオーネのことを思い出さずにはいられない。リオーネはカラス共和星系の副大統領であり、戦争終結後に選挙で敗れるまではアライアンス議会の議員だった。「アライアンスからの離脱を考えなおしているのか？」

「厳密に言えば、どちらもアライアンスには属していません。われわれが惑星連合《シンディック》と戦っているあいだは、アライアンス側についていましたが」

「ハイエン艦長からは、いまだに定期的な状況報告が送られてくる」ギアリーは、戦争中にカラス共和星系から提供された艦、〈リプライザル〉に帰還を命じていた。戦争という非常時が終わっても家族から長らく引き離されているクルーたちによる反乱を防ぐためというのが、おもな理由だ。「つまり、カラス共和星系はまだ、形式上はアライアンス艦隊に自分のところの艦をとどまらせているのだ」

「自分たちの選択肢を減らさないようにしているのでしょう」と、デシャーニ。政治家たちのたくらみへの軽蔑がこもった口調だ。

「選択肢か」ギアリーはデシャーニに視線を向けた。「カラス共和星系とリフト連邦星系は、まだアライアンス議会に議員を置いている」

デシャーニはじっと考えこんだ。

「あの外交伝令船は、カラス共和星系に向けた閣下の命令を運んでいるところかもしれないということですか？」

「そうだ。リオーネが死亡した状況についてのわたしの報告とともにな」

「ああ、その知らせは、戦争後にあの女を落選させた人々の胸にしっかり届くでしょうね」デシャーニはにやりと笑った。「あの女は復讐のやりかたを心得ていました」

ギアリーは驚いてデシャーニを見た。

「称賛しているように聞こえるが」

デシャーニは肩をすくめた。

「そういうことが、あの女は得意でした。閣下に対してもできたでしょう。だからこそ、信用ならなかった」

ギアリーがどう返答するべきか考えていると、新たなメッセージが届いた。ギアリーは小さく悪態をついてメッセージを見た。艦隊本部からのものだ。いつからだろう？　艦隊本部からメッセージが届くと大いにいらだちを感じていたのに、いつのまにか安堵《あんど》するようになっている。最初の数行を読んだギアリーは驚き、不機嫌な気分が消し飛んだ。

「デシャーニ艦長、ヌモス艦長の死刑判決は無期限の執行停止に変わった。ヌモスが、高位の艦隊指導者たちの汚職調査に全面協力することになったらしい」

　デシャーニがギアリーに視線を向けた。

「酸素が少なくなると、ネズミはいつも攻撃し合います」

「ヌモスは死に直面して、自分の忠誠心について考えなおしたようだな」と、ギアリー。

　デシャーニが声を上げて笑い、ギアリーはぎょっとした。

「それでヌモスが協力することにしたと思うのですか？　死などたいしたものではありません、元帥。われわれの人生の大半は死と隣り合わせでした。多くの友人が死んでゆくのを目《ま》の当たりにしました。ヌモスが考えを変えたのは、閣下が極刑を不名誉除隊に変更するだろうと見越したからにちがいありません。閣下はバクスターとロホに、死刑以外の選択肢はないのかおたずねになったのですよね？　何かのおりに、あの二人がそのことをヌモスに知らせたとは考えられませんか？　文字どおり死よりも悲惨な運命をのがれられる選択肢を提示しながら」

　ギアリーはまたしてもデシャーニの言葉に面食らった。

「ヌモスはなぜ、わたしがそんなことをすると思うんだ？　きみがさっき言ったような生き地獄を味わわせるほうを、わたしは選ぶだろうなどと」

　デシャーニは、辛抱強くも愉快がる視線をギアリーに向けた。

「おわかりになりませんか？　ヌモスは閣下がそうするだろうと考えます。なぜなら、立場が逆なら、ヌモスはそうするからです。閣下もヌモスとはそれなりに付き合ってきていますから、そのことはおわかりになるでしょう。ヌモスは誤作動を起こす機械部品のようなものです。想像力にも思いやりにも欠けているので、他人も自分と同じように考えると思っています。それに対し、閣下は非常に思いやりがあるので、ヌモスのような壊れたスイッチの運命さえ気にかけています」

「それは……」短所という点では、多すぎる思いやりは、たいていのものよりはましだろう――ギアリーはそう思いながら、メッセージを読みつづけた。「カラバリ少将の容態は順調で、完全に回復して任務に復帰できるようだ」

「さらにいいニュースですね！　そのメッセージは本当に艦隊本部からのものですか？」

次の個所を読むと、ギアリーは眉をひそめた。

「ユニティ星系からの〈ミストラル〉の出航が遅れている。何者かが、大型電磁パルス爆弾を〈ミストラル〉にこっそり持ちこもうとしたらしい。艦の防御シールド内で爆発していたら艦の全回路が破壊されて、われわれが集めた証拠の全ファイルが失われていただろう」

「きっとこういうことでしょう――都合の悪い証拠なら消してしまえばいい」デシャーニ

は不機嫌そうな表情で頭を振った。「閣下に友好的な議員が圧力をゆるめないといいのですが」

「そうだな」メッセージの次の個所でギアリーの目が釘づけになった。

「どうしました？」

「わたしを暗殺しようとして殺された者たちから得た手がかりから、数人が逮捕された」

ギアリーは同じ個所をもういちど読んだ。「保安報告によると、脅威をもたらす新たな集団を特定した。ダンサー族を危惧する集団だ」

デシャーニは顔をしかめてギアリーを見た。

「閣下を殺害しようとするほどダンサー族を危惧しているのですか？　なぜ？」

「その集団は、ダンサー族のことを実際には友好的ではなく敵対的な種族だと考えているのだと、カラバリ少将は言っていた」ギアリーはため息をついた。「しかも、わたしが人類をダンサー族に売りわたそうとしているのではないかと疑っている」

デシャーニは両方の手のひらで額を叩いた。

「理由はダンサー族が恐ろしい外見をしているから。そうですか？」

「惑星ユニティへ行ったときに耳にしたことからすると、そのようだ」着信音がして、新たな優先メッセージの到着を知らせた。「くそっ。これは議会からだ」

デシャーニはギアリーがメッセージを読みおわるのを待った。

「こいつは大丈夫だ」ギアリーは張りつめていた神経が多少ゆるむのを感じた。「法的案件がすべて決着するまでわたしをここにとどめておくための決議が行なわれた場合、事態がどうなるかは不確かだとウンルー議員は言っていたが、サカイ議員が〝冷却期間〟の動議を提出し、それが通過した。サカイ議員の動議の通過後、少なくとも八時間は決議は行なわれない」

「メッセージがあの惑星からこの艦に届くのに約五時間かかります。動議通過後にメッセージが送信されるまで、どのくらいですか？」

「三十分だ」

デシャーニはにっこり笑った。

「つまり、次の決議は二時間半以上あとのことになりますね。われわれは四十五分後にハイパーネット・ゲートに到達します」

ギアリーも口もとがゆるむのを感じた。

「すると、われわれは安――」ギアリーは次の言葉をのみこんだ。「なんでもない」

デシャーニがギアリーに鋭い視線を向けた。

「最後までおっしゃってください！　ハイパーネットはいま存在するもののなかで、もっとも信頼できる移動方法です。ですが、魅力的な運命はつねに間違っているものです。あなたが宇宙に、やれるものならやってみろといどむなら、宇宙はその方法を見つけます。宇宙とはそういうものだからです」

「わたしは運がいい。きみがそばにいて、そのことを思い出させてくれるのだから」

「はい、元帥。おっしゃるとおりです」デシャーニはブリッジ後方を振り返った。「ユオン大尉、ハイパーネット・キーの状態を確認して」

「ハイパーネット・キーはゲート突入準備完了を示しています」と、ユオン。

「目的地ゲートがヴァランダル星系になっているか確認せよ」

「目的地ゲートはヴァランダル星系です」

「キャストリーズ大尉」と、デシャーニ。「状況報告を」

「ゲート突入可能地点まで二十八分です」と、キャストリーズ。「ベクトルにしたがい、表示された数値で減速しながらゲートに突入します」

「〈オーデイシャス〉からメッセージです」と、通信士。

「わたくしと元帥に送って」デシャーニはそう指示すると、低い声でつぶやいた。「チャオときたら、よけいなことばかりしてくれるわね」

ギアリーは戦艦〈オーデイシャス〉の位置を確認した。〈ドーントレス〉の予定針路から数光分の哨戒《しょうかい》軌道をうろついている。

「〈オーデイシャス〉はメイン推進装置に点火してしない」

一瞬後、ギアリーのディスプレイにウィンドウが開き、〈オーデイシャス〉のブリッジにいるチャオ艦長が映し出された。

「ギアリー元帥」チャオは満面の笑みを浮かべた。「われわれの任務は、あなたがとどこおりなくユニティ星系から迅速に出航できるようにすることです。何か支援が必要であれば、おっしゃってください。〈オーデイシャス〉は、元帥と〈ドーントレス〉の無事な航行と課された任務の成功を願っています。われらが先祖に名誉あれ。チャオより、以上」

ギアリーと同じメッセージを確認していたデシャーニが、笑い声を上げた。

「艦隊本部は一刻も早く元帥を追い払いたくてしかたないようですね」

「迅速に……か」と、ギアリー。そう熱心に早く行けと言われると、複雑な気分だ。「誰かさんはその言葉をずっと使っているな」

「あなたが思っているような意味ではないのかもしれません」

「その意味は正確に理解しているつもりだ。さらなるトラブルを起こす前に行儀よく街を去れという意味だ」

ハイパーネット・ゲート突入可能地点まであと約十五分というとき、警報が鳴った。

「艦長」と、ユオン。「ハイパーネット・ゲート付近をうろついていた二隻が全力で加速しています。安全な加速上限を超えています」

「どういうこと？」デシャーニはつぶやき、ディスプレイをにらみつけた。「大尉、この状況を確認して。あの二隻はこの艦へのインターセプト・コースをとっているの？」

「はい、艦長」と、ユオン。不安を感じているはずだが、声にはまったく表われていない。「インターセプト・コースをとっていますが、戦術システムは、七十パーセントの確率で衝突コースを進んでいると予想しています。データが更新されました、艦長。加速する二隻がわれわれとの衝突コースをとっている確率は七十八パーセントです」

「艦長」と、キャストリーズ。「二隻が公開している識別情報が変更されました。一隻は修学旅行生を乗せていて、もう一隻はアライアンスの軍用船だと主張しています」

「二隻との衝突は六分後です、艦長。戦術システムが予測する衝突の確率は現在、九十パーセント」

「総員配置につけ。完全戦闘可能態勢、防御レベル最大」デシャーニは一瞬、ギアリーを見た。「われわれの友人はあなたをそう簡単に手放すつもりはないようです。あの二隻を攻撃目標とする許可をください」

ギアリーはこぶしを額に当て、自分のディスプレイを見た。高速で進む二隻の航跡が現われた。航跡はゆるい曲線を描いて〈ドーントレス〉の予定針路に到達している。

「ユニティ星系に武器を向けるのか？　アライアンスの識別情報を公開している民間船を攻撃するのか？」

「それは間違った情報です」と、デシャーニ。

「本当だったら、どうなる？」ギアリーは痛みを感じるほど手を強く握りしめた。「これは、わたしの信用を傷つけて艦隊の指揮権を剝奪《はくだつ》するための完璧な罠《わな》かもしれない。なんとか二隻を破壊せずに無力化できないのか？」

デシャーニは顎《あご》をかき、自分のディスプレイを見た。

「元帥、この相対速度でインターセプトを行なう場合、相手の無力化をねらった攻撃は不可能です。われわれの武器が命中すれば、死傷者が出ます」

「衝突まで三分」ユオンが報告すると同時に衝突警報が鳴りはじめ、艦内じゅうに響きわたった。

6

「驚くべき推力重量比だ。回避できるのか？」と、ギアリー。

その質問に驚いたかのように、デシャーニが両眉を上げた。

「この艦の機動性はきわめて高いのです。ですが、回避するには熟練した操艦術が必要でしょう」

「きみにできるのか？」

「わたくしにできなければ誰にもできません。キャストリーズ大尉、わたくしが直接、操艦する」

「了解しました、艦長。衝突まで二分です」

「砲術部が、近距離ビームおよびブドウ弾発射装置の起動許可を求めています」と、ユオン大尉。

「却下」と、デシャーニ。「総員、急激な操艦に備えよ」

「総員、急激な操艦に備えよ！」ユオンの言葉が通信回線を介して艦内じゅうに伝わった。

「艦長が直接、操艦を行なう」

「やれるのか？」と、ギアリー。

「はい、元帥」デシャーニはディスプレイを注視したまま答えた。

ギアリーは浮足立《うきあしだ》ち、命令を叫びたくなったが、口を閉じてじっとしていた。

「衝突まで一分」

「警報を止めなさい」デシャーニはまだディスプレイから目を離していない。

キャストリーズがコントロール・パネルにすばやく手を伸ばし、鳴り響く衝突警報を止めると、ブリッジは異様な静けさに包まれた。

デシャーニの片手は、艦長席に内蔵された操艦コントロール装置の上に置かれていた。軽く持ちあげられた五本の指はわずかに間隔をあけ、それぞれ特定の制御キーの上にバランスよく並んでいる。

迫りくる二隻が〈ドーントレス〉に体当たりしようとしており、〈ドーントレス〉の戦術システムが百パーセントの衝突可能性を示しているとしたら、戦術システムは艦のすべての動きを補ってベクトルを変更するだろう。デシャーニは変更の瞬間をぎりぎりまで待つ必要があるが、遅れも許されない。さらに、そのかぎられた時間内で二隻の特攻を回避できる動きをする必要がある。

あと数秒しかない。ギアリーの目はディスプレイに釘づけになった。二隻はなおも加速しつづけている。驚くべき速度だ。あの二隻のクルーは身体を押さえつけられて苦しんでいるにちがいない……。

本当にクルーは乗っているのか？

ギアリーはハッとした。衝突コースを進んでくるあの二隻の動きは尋常ではない。

デシャーニの指が制御キーの上でぴくっと動いた。

〈ドーントレス〉のメイン推進装置が停止すると、二基の姿勢制御スラスターが噴射され、艦体がやや右下に向きを変えた。

二隻が艦のすぐ目の前と艦首のほんの少し上を高速で通過し、〈ドーントレス〉のセンサーが異常接近を報告した。実際には速すぎて肉眼では見えないが、ギアリーは思わずひるんだ。

デシャーニの指がふたたび動いた。〈ドーントレス〉をハイパーネット・ゲートに突入するベクトルに戻して再度メイン推進装置を作動させ、減速をつづけた。

「二隻が反転して戻ってくる前に……」デシャーニの言葉がとぎれた。

その理由はすぐにわかった。二隻の小型船がありえないほどの急カーブを描いて回頭し、ふたたび〈ドーントレス〉に突進してきたからだ。

「あれは人工知能が制御する船です!」デシャーニはうなるように言った。

「生身のクルーがあんな回頭に耐えられるだろうか? あれほどの速度でベクトル変更を行なえば、横方向からすさまじいGがかかるぞ」

「人間には耐えられません、元帥」キャストリーズは、目の前のコントロール・パネルの上で指をすばやく動かしながら言った。「本艦の戦術システムは、あれほどの負荷は船内の人間にとって致命的であるとみなしています。船体もあのような負荷には耐えられないはずです」

　小型船二隻が〈ドーントレス〉に再突撃するべく針路を安定させると、うち一隻は外殻が損傷し、ばらばらに砕けた。

「一隻は耐えられなかったようね」デシャーニは唇を引き結んだ。

「残る一隻が本艦と衝突するまで推定三分。ふたたび加速しています」と、ユオン。

「ばらばらになった船の残骸を分析しろ」と、ギアリー。鋭い口調だ。「黒い艦隊の艦の残骸と一致するか確認してくれ」

「艦のシステムは一致を示しました。残骸には、生物をはじめ、放出された空気や水の痕跡はありません」と、キャストリーズ。

「残る一隻も叩きつぶせ、デシャーニ艦長」

「おまかせを、元帥。近距離ビーム起動。発射準備が整いしだい報告せよ」

「近距離ビーム、三十秒後に準備完了します、艦長。衝突まで一分四十秒」

「あの小型船に照準を合わせよ。殲滅可能範囲《キルゾーン》に入りしだい、ビーム発射」

「了解、艦長。本艦に接近中の小型船に照準を合わせ、キルゾーンに入りしだい、発射せよ」キャストリーズが近距離ビーム担当クルーに命令を伝えた。

「艦長」通信士が呼びかけた。「〈オーディシャス〉から入電あり。現在の状況と、支援が必要かどうかを確認したいとのこと」

「返事は保留。発射可能な武器はどのくらいある、ユオン大尉？」と、デシャーニ。

「接近中の船に対して三基の近距離ビームが発射可能です」

「充分だ」デシャーニは緊張を解き、椅子の背にもたれた。だが、目はディスプレイに向けたままだ。

さらに十五秒がのろのろと過ぎた。小型船が全力で加速しながら〈ドーントレス〉に迫り、〈ドーントレス〉の発射制御システムが小型船の動きを追っている。

「これをしくんだ連中は、防衛艦隊の蛮行にも一枚噛《か》んでいるでしょうね」と、デシャーニ。

「そうだな。まだ、すべてがかたづいたわけではなかったようだ」と、ギアリー。

「すでに一隻はかたづき、もう一隻も一瞬でかたづきます」

近距離ビームが発射された。高エネルギー粒子の筋がすさまじい勢いで進んでゆく。相当な強度を持つ防御シールドなら、反射や吸収が可能だろう。戦艦の装甲もビームの貫通を防ぐことがある。だが、それ以外のものであれば、近距離ビームはすべてをつらぬいて進む。

迫りくる小型船はいまや充分に接近しており、〈ドーントレス〉の近距離ビームは命中すると、小型船のシールドを確実に貫通した。つねに艦は可能なかぎり、基幹システムへ動力を安定して供給している。だが、近距離ビームが発射され、最速で次の攻撃に備えるべくすぐさまエネルギーを充塡《じゅうてん》すると、天井照明のような重要度が劣る電子機器はわずかに輝度を落とした。

追加攻撃は必要なかった。

高速で接近していた小型船は近距離ビームでハチの巣にされると、いきなり爆発した。すでに充分な圧力がかかっていたパワー・コアが火を噴いたのだ。〈ドーントレス〉のベクトルが微調整されたために、突撃をしかけて塵《ちり》となった小型船の雲は、高速で〈ドーントレス〉に迫りながらも取り逃がし、星々のあいだの広大な宇宙空間をむなしくただよった。

　ギアリーは〈オーディシャス〉からのメッセージを表示させると、応答ボタンをタップした。

「支援は不要だ。われわれは人工知能に制御された二隻から突撃を受けた。この交戦の完全な報告はハイパーネット突入前に送信する。この星系には、ほかにも偽《にせ》の識別情報を公開する人工知能制御の船がいるかもしれない。注意してほしい。われらが先祖に名誉あれ。ギアリーより、以上」

　デシャーニが伸びをしながらため息をついた。

「戦闘態勢を解除。通常即応態勢へ戻れ。全員よくやった」

　すでにギアリーは大急ぎで戦闘報告書を作成しはじめていた。

「この件について艦の記録を添付する必要がある」

「キャストリーズ大尉」

「はい、艦長」と、キャストリーズ。「三分以内に用意します、元帥」

「黒い艦隊の艦の建造記録を読みこみ、あとどのくらいの数の艦船がうろついているか、判断する必要があります」と、デシャーニ。

「その点を強調しておこう。この攻撃によって、黒い艦隊の脅威がいまだに健在であると証明されたこと、加えて、その首謀者たちが、責任を追及しようとする者に身体的危険をもたらすことも知らせなければならない」ギアリーはひと呼吸置いてつづけた。「なるほどな。ようやく理解できた」

「何をですか？」

「コスタ議員やウィルクス議員のような者たちがいまだに逮捕されていない理由だ。あの二人をはじめとして不法行為にかかわった議員が、ほかの議員と同じ建物内にいるうちは、爆破や、軌道付近からの隕石もどき投下によって議会ビルを破壊するような指示は出せない。あの連中は、ほかの議員を守るための人質なのだ。本人たちはそのことに気づいてはいないだろうが」

「へえー。実際、優秀な政治家たちが賢明な判断をしたのですね」デシャーニはハッとして驚いた表情を浮かべた。「自分の口から〝優秀な政治家たち〟などという言葉が出るとは思いませんでしたね……」

「最善を尽くそうとする優秀な人々はいる」と、ギアリー。まだ緊張状態だが、笑みが浮かんだ。「腐った連中もいるがな。だが、ブロッホ提督を基準に艦隊士官たちを判断してもらいたくない。だから、われわれも、最悪の政治家を基準にしてほかの政治家を判断してはならないのだ」

「分別くさいことをおっしゃらないでください」デシャーニは背後の主要居住惑星に向かって手をひらひらさせた。「どうせなら、この件をできるだけ早く公表するよう権力者たちに助言するのもいいかもしれません。多くの人々がこの出来事を知るのは、その光が自分たちのもとに届いたときです。人々が真実を知らなければ、それをいいことに連中がどんな話をでっちあげて説明するかわかったものではありません。星々のみぞ知る、です」

「たしかにそうだ」ギアリーはいまの話を急いで報告書に付け加えた。

報告書ができあがるのと同時に、キャストリーズからの添付用ファイルがギアリーのディスプレイにぱっと現われた。メッセージの送信先に〈オーディシャス〉を追加すると、ギアリーは落ち着いた口調を心がけながら報告しはじめた。

「できはどうだった？」

「一分《いちぶ》の隙もなく、元帥そのものでした。実にりっぱな話しぶりでした」と、デシャーニ。

「やりなおしたほうがいいかもしれない。もう少し懸念が伝わるような口調で」

「お言葉ですが、元帥、それは悪手です。こんな出来事にはまったく動じていないと思われる必要があります。それに、四分後にはハイパーネット・ゲートに到達します」

「では、これでよしとしよう」ギアリーは送信コマンドに触れると目を閉じ、両手で額《ひたい》をさすった。バクスター提督とロホ提督は、問題の収束を否定するこの最新の証拠にどう反応するだろう？　「宇宙がわれわれを混乱させていることについて、〝だから言ったでしょ〟と言わずにいてくれて感謝する」

「わたくしはあなたを批判するつもりなど、少しもありませんでしたけどね」

「さすがデシャーニ艦長」

戦いも終わって機嫌がいいデシャーニは声を上げて笑った。

「ハイパーネット・ゲート到達にあたり、突入の許可をお願いします」

「許可する」

三分後、〈ドーントレス〉はハイパーネット・ゲートに突入した。

「そういえば」ギアリーはデシャーニに話しかけた。ふたたびディスプレイには文字どおり無となった艦外の景色が映っている。

「なんのお話ですか、元帥？」

「いつの日か提督となってユニティ星系に配属されることを願い、出世に励む士官たちを、その昔、何人か知っていた」ギアリーは昔に死んでしまった男女のことを思いながら、頭を振った。「当時はそういう士官たちのことが理解できなかった。そして今、ついにユニティ星系を訪れて、さらによくわからなくなった」

どこでもない無の空間にいれば、外部からの邪魔はなく艦の通常業務はとどこおりなく進む。艦内勤務はつねに気を抜けないが、ハイパーネットでの移動時間はもっともストレスの少ない時間と言えた。

つまりギアリーにとっては、すぐ目の前にある問題以外のことを思いわずらうことができる時間だ。

〈ドーントレス〉の情報部の区画は、その重要性のわりに狭い。ギアリーはあまり頻繁に情報部へ顔を出すのは控えていた。自分が行くとどうしても騒々しくなり、アイガー大尉の下で働く情報専門員たちの仕事の邪魔になるように思えるからだ。だがギアリーには、まわりの者に聞かれたくない質問があった。

アイガーは外側の区画でギアリーを迎えた。そこには生きた植物（宇宙での昔からの習慣でオードリーと呼ばれる）が実際に花を咲かせていて、その花のひとつがこれまた宇宙での習慣である〝ごはん、まだ？〟の札を部分的におおい隠している。いつも控えめでもの静かなアイガーだが、いつも以上におとなしい印象を受けた。ジャーメンソン大尉との結婚以来、おおむね幸せそうで外交的になっていたため、その様子はギアリーの注意を引いた。

「何かあったのか、大尉？」

アイガーは口ごもった。

「重要なことは何もありません、閣下」

「重要かどうかは、わたしに判断させてくれないか？」

アイガーはまたしても口ごもりながら言った。

「奥へ行きましょう、閣下」

ギアリーがアイガーについて奥の執務室へ向かいはじめると、情報分析官たちは興味を引かれながらも見ないふりをした。

「ここなら、まわりを気にせずにすむ」ドアが閉まるとギアリーは言った。「いったい、どうした？」

アイガーは憂鬱《ゆううつ》そうだ。

「惑星ユニティの周回軌道にいるとき、自分の情報活動に関する……指導を受けました」

「指導？」情報部は他部署と切り離された独自の組織だ。業務上の必要性に対応することになっているが、独自の優先順位を設けるほどには独立している。「上司たちは、きみの行動について不満を感じているのか？　わたしは報告のなかできみのことを非常に高く評価したが、そのせいか？」

「高く評価してくださり、感謝します、閣下」アイガーは顔をしかめた。「おっしゃるとおりです。戦場において、あまり多くの評価をするべきではないと言われました。わたしは、〝複数情報分析をへた単一解釈の原則〟から逸脱しようとしていたんです」

「それはどういう意味だ？」

アイガーは首をかきながら答えを探した。

「われわれが発見し報告するすべてはユニティ星系の中央分析部へまわされ、全員が同意するひとつの結論が生み出されるべきである――基本的にはそういう意味です、元帥」

ギアリーは感情をあらわにしないようにしながら、うなずいた。

「きみの上司たちは全員の理解を一致させたいと考えているんだな。たとえ、われわれが遭遇した出来事の解釈を受け取るのが、数カ月後になったとしても。そして、その状況から何光年も離れた場所にいる人々が、その事態に対処した者たちとは異なる理解をしたとしても」

「あの軍事行動の緊急性について、わたしは説明しました」

「それで？」ギアリーは先をうながした。

「適切な手順を優先させる《プライオリタイズ・プロパー・プロシージャーズ》必要があると言われました」アイガーは力なく肩を落とした。

「これは3P管理と呼ばれるものです」アイガーは付け加えた。

「3P管理……」ギアリーは頭を振った。「きみはまだ、わたしを支えるために働いてくれるのだろう？　それがきみに課された任務だ」

「はい、閣下」

「では、わたしがすぐに評価や解釈が必要だと言ったら、引きつづき提示してくれるということだな？」

　アイガーは眉をひそめ一瞬、沈黙した。

「はい、閣下」

「そうするときみは、彗星と、それがぶつかる惑星のあいだに身を置くことになる」

「はい、閣下」

「きみにかかるプレッシャーをどうしたら取りのぞくことができる？　きみには自分の仕事に集中してもらわなければならない。惑星ユニティにいる誰かがきみの仕事にどう反応するかを気にかけるのではなく」

「閣下？」アイガーはその質問に驚いたようだったが、やがて胸を張った。「元帥、こう言うと奇妙に思われるかもしれませんが、閣下がわたしのためにできる最善のこととは、わたしが、そのう……重大な局面においても手順にしたがったと報告していただくことなのです」

　なんとも奇妙に思える。まるでお役所だ。

「きみが非常に役に立ってくれたと報告するのではなく、適切な手順にしたがったと報告するほうが、上の者たちは満足するのか？」

「わたしの上司たちは、自分たちのルールにきちんとしたがう者に勲章を与えるのです」と、アイガー。申しわけなさそうな表情だ。「適切な優先事項にしたがわなければ、指導を受けます」

「では、そうしよう」ギアリーはそのバカバカしさに苦笑した。艦隊に長いこといれば、このようなことを予測できてもよさそうなものだが、いまだにできない。「これでこの件はかたづいたな。そうしたら、少しデリケートなことを訊く必要がある」

「デリケートなことですか？」アイガーは急にひどく真剣な様子になった。「その話が、ええと、防衛艦隊についてのことでしたら、新しい情報はありません。防衛艦隊の艦船があとどれだけいるかはわかりません」

「少なくとも二隻は減った。いや、もう戦闘部隊はいなくなったと考えている。残っているとしてもせいぜい、われわれがハイパーネット・ゲート前で出くわした程度のものだろう。情報を運ぶための伝令船だ。当然ながら、われわれが代理ユニティ星系でＡＩ制御の艦隊を撃滅したとき、何隻かの伝令船がそこから離れていっただろう。わたしが懸念しているのはそのことではない。別件だ。きみが星系同盟《アライアンス》内における特定の脅威について報告を受けているかどうか知りたい。わたしはユニティ星系で、暴力に訴えるほどダンサー族を恐れている人々がいることを知った」

アイガーはすばやくうなずいた。

「ええ、そうです。内部保安――これは、たしかにデリケートな問題です。閣下を暗殺しようとした者たちの一部は、ダンサー族に対する恐怖に突き動かされています。この話は聞いていらっしゃいますか？」

「聞いている。きみはそのことについて何か情報を持っているのか？」

「はい、元帥。通常、わたしがかかわっている件でアライアンス市民をねらったものはないはずですが、これは例外です」

「情報があると助かる。だが、なぜ例外なのだ？」

「このせいです」アイガーは自分のディスプレイに報告を呼び出した。「ここです。ダンサー族に反感を持つ男女が艦隊に加わろうとしています」

ギアリーの予想以上に悪い事態だ。ギアリーは重苦しい気分でその報告を読んだ。

「ダンサー族と戦うために入隊してくるのか。ダンサー族から人類を守ろうとして。少なくとも入隊選抜試験で発見できたはずだが」

「はい、元帥。何人かは見つけました」

ギアリーはアイガーに鋭い視線を向けた。

「どのくらい見のがしているんだ？」

「わかりません、元帥」アイガーは報告を示した。「発見された数はここに記されていますが、ダンサー族に関する質問など受けずにすり抜けた新兵の数は不明です。質問されなかったのなら、ダンサー族の動機について口をすべらすこともなかったでしょう」

「われわれの艦が受け入れた交代要員のなかにも、ダンサー族に脅威を抱いている者がいると言うのか？」ギアリーはもういちど報告を見た。「この報告では、そのような者たちがどんな行動をとるかはまったく見当がつかない」

　アイガーはうなずいた。

「経験から言って、この種の報告は多くの不明点を反映しています。いまのところ、ダンサー族に敵対心を抱く者たちのあいだには、ゆるいつながりしかないようだと考えられています。〝ゆるいつながり〟には、明確な主義も指導者も行動パターンも存在しません」

「わたしを殺そうとした者は例外になるな」と、ギアリー。「とはいえ、出来事がひとつではパターンにならない。「ダンサー族に対する不信や憎しみの理由もさまざまで、同じではないように思える」

　その意見にアイガーはふたたびうなずいた。

「情報部の訓練では、自身の恐怖や先入観を分析や結論へ投影しないよう指導されます。しかし反ダンサー族の者たちはまさに、してはならないことをやっているようです。未知なるものへの恐怖、ダンサー族の、つまりその……外見への恐れ、自分たちとはまったく異なるものへの恐怖を投影しています」

「たしかにそのとおりだ。その者たちはダンサー族の姿に自分の恐怖を重ねて見ている。艦隊に新たに加わった者が反ダンサー族であるかどうかを見きわめるために、何ができる？　見つけたら、どうすればいいんだ？　異星種族への憎悪を規制する法律は存在しない。ひょっとして、あるのか？」ギアリーはそう言うと、ふたたび気づいた——そうだ、おれは一世紀のあいだに起こった変化のすべてを把握してはいない。

「いいえ、閣下。その憎悪が、命令や規則に反する行動にならないかぎり、そのような法律はありません。元帥、わたしが助言できるとすれば、ダンサー族を危惧する者は保安上の脅威になりうると、艦隊指揮官たちに周知することだけです。ほかにどんな手が打てるか、法務官に相談する必要がありそうですね。問題がたんに政治的な意見の相違なら、われわれにできることはなさそうです」アイガーは言葉を切った。「むしろ何もするべきではないと思います。数十年前ですが、戦争中に、いくつか……騒動がありました。政治的意見の相違を反逆罪であるかのように扱おうとしたのです。そのような騒動を元帥は耳にされたことがないかもしれませんが、警戒するべきことのひとつとして教わりました」

　驚くことではないはずだ。ほかにも、戦争によって生じた過度の行為は耳にしているのだから。だが、そういう話を聞くと、まだ悲しみを感じる。

「アライアンスは原形をとどめないほど何かを変化させたり崩壊したりせずに、ここまでなんとかやってきているのだから、本当に驚くよ」

　アイガーはためらいながらも話をつづけた。

「どうしても必要なときにはいつも、自分を犠牲にして正しいことをしようとする者が出てくるのです。私利私欲ではなく法にしたがおうとする者が」

「つねにそのような人々が充分にいると信じたい」と、ギアリー。自分も心がけてきたつもりだが、そこまで言う必要はない。間接的に自画自賛していると受け取られかねない。

「ほかに何か、わたしが聞いておくべきことはあるか？」

「インドラス星系からの報告と、惑星連合《シンディック》と交渉を行なった外交官からの報告があります。アライアンス側の外交官は最初、インドラス星系での破壊行為への関与を否定していたため、それが実際には防衛艦隊のしわざだったと知り、非常に気まずい思いをしました」

「そのせいで仕事がやりにくくなっただろうな」

「奇妙なことですが」アイガーはディスプレイに表示した別の報告を指さした。「そうはなりませんでした。シンディックはつねに、アライアンスの外交官が嘘をついていると思いこんでいて、その証拠を指摘することができて喜んでいました。まるで、そうすることで公平な立場になったと思っているかのように。つづいて、その攻撃によってアライアンスが負うべき賠償について主張しました。報復をちらつかせながら」

「現在、シンディックはどのくらいの宙域を統制しているんだ？」ギアリーは報告を見ようと身を乗り出した。「支配下にある星系をまだ減らしつづけているのか？」

「わ……わかりません」アイガーは宙図を呼び出し、デスクの上に浮かべた。かつてシンディックが支配していた宙域にある星系が、さまざまな色のタブでハイライトされた。まだシンディック政府の支配下にあると思われる場所……反乱が起こって独立を宣言した場所……内戦、あるいは無政府状態におちいった場所……そして、まったく現状が不明である場所が、それぞれ色分けされている。「つねにわれわれの情報にはタイムラグがあり、そのいくつかは数カ月遅れの情報です。そのうえ、報告によってその信頼度も大きく異なります。シンディック宙域を移動するときは、とにかくできるだけ多くの情報を集めるよう指示されました。シンディックの現状がほとんど把握できていないからです」

ギアリーは宙図を見ながら頭を振った。

「シンディックの軍隊はどうなっている？　自分たちの損失をカバーできているのか？」

アイガーは不満げにうなずいた。

「手持ちの情報では、シンディックは戦時の生産優先順位を変えていないようです。稼働している造船所は、可能なかぎりの速さで戦闘艦をいまだに建造しつづけており、陸上軍の部隊はひとつも解隊されていません。ですが、多くの情報源から得たデータによれば、反体制的な星系をすべて抑えこもうとして、たじろぐほどの損失を出しています。相当な規模のアライアンス艦隊がシンディック宙域を通過した場合、われわれを相手に大規模な交戦を試みる可能性はきわめて低いでしょう。とはいえ、直近でなんどかわれわれがシンディック宙域に入ったときのように、劣勢でも多少なりとも攻撃をしかけてくると思います」

これがまずい評価なのか、それとも非常にすぐれた評価なのか、判断するのは難しい。

「シンディック政府はどうなっている？　安定しているのか？」

「そちらも不確かです。現時点でもっとも信頼度の高い推測は、いまなおシンディックに属する宙域は三頭政治によって統治されているというものです。ですが、われわれの情報は古く、たとえそれが事実であったとしても、すでに変わっているかもしれません」

「歴史についてのわたしの記憶が確かなら、三頭政治は不安定な政治体制だ。遅かれ早かれ、もっとも力を持つ者が残りの二人を排除する」ギアリーはそう言うと口を閉じ、かつてシンディックに支配されていた宙域の映像に視線を向けた。「もっとも確実性の高い未来予測はどういうものだろう？　シンディックは完全に崩壊するだろうか？」

　アイガーは申しわけなさそうに肩をすくめた。

「不確定要素が多すぎます、元帥。とくに人に関しては予測がつきません。ふさわしい能力とカリスマ性を持つ者がチャンスをつかめば、結果は劇的に変化するかもしれません。宇宙の広大さや、星系や居住惑星の数に関係なく、一人の人間が大きな変化を起こすことは可能です。しかし、われわれには、そのような人間が現われるかどうかを予測できるほどの知識はありません」

　一人の人間がそれほどの変化を起こすことは不可能だろうと、ギアリーは思った。だが、アライアンス艦隊が、シンディック本拠星系へ向かう途中でおれの壊れた救命ポッドを発見しなければ、どうなっていただろう？　あのとき艦隊はあやうくシンディックの罠《わな》にはまり、全滅しかけた。艦隊が窮地におちいって指揮官不在になったとき、あそこにおれがいなかったら、どうなっていたんだ？

　おれが特別な人間、重要人物であるなどとは思いたくない。そんなふうに考えることはできない。

　ギアリーはアイガーをちらっと見た。ギアリーとは違い、アイガーはそう考えているようだ。

「あんなことがなしとげられたのは、多くの善良な人々の支えと助けがあったおかげだ。わたしが状況を変えたことは認めるが、わたし一人では必要なことを行なうことはできなかった」

アイガーは大きな笑みを浮かべた。

「不確定要素はさらに増えます。多くの人間が加われば、不確定要素が多くなりますから。人類の行動を予想するのは正確さとは無縁の科学です」

ギアリーも思わず笑みを浮かべた。

「同感だ。誰も予想しなかったことで人類がしたことと言えば、きみとジャーメンソン大尉のことだな。うまくやっているのか？」

「それはもちろんです、閣下！」ジャーメンソンの名前が出たとたん、アイガーは元気になった。「ミッドウェイ星系で、短い新婚旅行に行くチャンスがあればいいんですが」

「ミッドウェイ星系？」休暇をもとシンディックの星系で過ごしたいとは、危険で奇妙に思える。だが、情報部の上司たちに忖度《そんたく》するさっきの話からすると、奇妙ではないのかもしれない。「ワーキング・ハネムーンにしようと思っているんじゃないだろうな？」

アイガーはたじろいだ。スパイには向いていないようだ。

「仕事と言っても、誰もが手に入れられる情報源をチェックしたり、人の会話に耳を傾けたりするぐらいです」

「誰かに質問したりはしないのか？」

アイガーはためらいながら答えた。

「もしも――」

「絶対にするな。問題のある質問をする者がいないか、シンディックは監視している。一世紀前の話だが、いまだにその監視に変化の兆《きざ》しはなさそうだ。上役たちはきみに、そのようなことをするよう指示したのか？」

「それが可能であるなら、という話でしたが」アイガーは目を伏せた。「元帥、わたしはコメツブツメクサ《シャムロック》に危険が及ぶ可能性のあることはしません」

「それでいい」と、ギアリー。「最初は危険すぎると思ったが、ミッドウェイ星系の様子をじかに見て全体像をつかむのはいいことだろう。その仕事で、本人もジャーメンソン大尉も危険な目にあってもらいたくはない。とはいえ、ほかに適任者はいない。「うまくやれそうなのか？　その任務を引き受けるよう命じられたのか？」

「いいえ、閣下」アイガーは顔を上げ、ギアリーを見ながら首を振った。「できるかどうか確かめてほしいと言われました。命令とは言えない注意深い言いまわしで依頼されました」

「あからさまな命令を与えずに自分たちの望みをはっきり伝える方法を、上の人間はたくさん持っている。だから、もういちど訊く。その実行可能性をたずねられて、これは命令と同じだと感じているか？」

「いいえ、閣下」アイガーは同じ言葉を繰り返した。確固とした口調だ。「会話は記録されていたため、わたしに何かを要求するような言いまわしは慎重に避けていました」アイガーがうっすらと笑みを浮かべた。「情報部では長いあいだ、すべての会話を記録しながら、そのようなことを行なってきました。命令と承諾を口頭で行なったせいで、多くの者が不利な立場に追いこまれました」

　ギアリーはうなずいた。

「ほかの特殊機関で行なわれたのなら、いくら部下たちに罪をなすりつけようとしても、われわれが代理ユニティ星系であばいた証拠が助けとなり、その責任をとるべき者たちは代償を払うことになるはずだ。ありがとう、大尉。きみとジャーメンソン大尉がミッドウェイ星系へ、ええと、新婚旅行に行く許可を出すかどうか、考えておこう。だが結局のところ、きみたちがそのチャンスにありつけるかどうかはミッドウェイ星系の指導者しだいになるな」

「ありがとうございます、閣下」アイガーは別のディスプレイに向かって手をひらひらさせた。「ユニティ星系を離れる直前にアタリア星系の新たな情報を受信しました、元帥」

「アタリア星系か」アタリアはアライアンス宙域と接する星系で、もとはシンディックに属していた。長い戦争でなんどもずたずたにされたが、暴走した防衛艦隊の人工知能制御の艦によって最近ふたたび大きな打撃を受けた。「被害状況は？」

アイガーは報告の一部を指さしながら説明した。

「破壊された場所より、無傷で残った場所をあげたほうが早いくらいです。ほとんどの住民は意地だけでそこに残っています。そういう態度を〝アタリア気質《かたぎ》〟と呼ぶそうです。賢明な選択肢が降伏しかないときに降伏を拒否することに、大きな誇りを持っています」

「その態度は尊重するべきだが、りっぱな態度が狂気に変わる瞬間はつねにある。アタリア星系はアライアンスに支援を求めているのか？」

「はい、閣下。しかし最近では、アライアンス政府はもとシンディック星系からあれこれと要求や要望を受けているものの、支援はあまりしていません」

「この前のアタリア星系へのいわれのない攻撃による破壊の責任が、アライアンス艦隊にあったとしてもか？」

「あれは制御不能となった艦によるものです」と、アイガー。申しわけなさそうな口調だ。

「アライアンスに属さない星系での黒い艦隊の行ないに対し、アライアンスには責任がないとする法的意見が多く出されています。黒い艦隊は、法的要件にしたがって認可されたわけでも、資金提供されたわけでもないからです」

「黒い艦隊は不法な手段によってつくられたから、アライアンスには黒い艦隊がやったことには責任がないと、アライアンスの法律家たちは主張しているのか？」ギアリーは頭を振った。「そんな主張がまかり通ると思っているのか？」

「法律家たちは通用すると思っているのでしょう。ダンサー族の翻訳ソフトに人類の法的意見を通してみたら、どんな結果になるでしょうね」

「結果を知りたくないような気もするな」と、ギアリー。ヴァランダル星系についても、訊いてみたい。状況は落ち着いていて、艦隊が必要とする支援を提供してもらえるのだろうか？　だが、アイガーはその情報を持っていないだろう。ユニティ星系の誰に訊いても、知らなかったはずだ。ヴァランダル星系からニュースを運ぶ船は、どれもユニティ星系へ向かっている途中だろう。ヴァランダル星系へ向かう〈ドーントレス〉と〝入れ違い〟になる形で。「きみもきみの同僚たちも、できるだけ休んでくれ。ヴァランダル星系では多くの仕事をしてもらうことになるかもしれないからな。ミッドウェイ星系、つづいてダンサー族の宙域へ向かう任務のための準備に三カ月かけようと考えている。だから、宇宙の暗闇へ向かう前に全員が帰郷できるよう休暇計画を立ててくれ」

「はい、閣下」アイガーはもういちどにっこり笑った。「それは大変喜ばしいニュースです」

「それから、きみとジャーメンソン大尉が正式な新婚旅行に出かけるために休暇がほしければ、言ってくれ」ギアリーは付け加えた。「エールはきっと、すてきな惑星だろうな」

「ヴァランダル星系では多くの仕事をすることに――」

ギアリーは片手を上げてアイガーの言葉をさえぎった。

「きみたち二人は貴重な人材だ。だが、貴重だからといって、わたしはそういう人々を死ぬほど働かせたりはしなかった。価値ある者たちこそ適宜《てきぎ》、休暇をとるべきだと考えている」

それにしても――ギアリーは自室へ戻りながら思った。宇宙はおれとターニャ・デシャーニにいつ休暇を与えてくれるのだろう？

最近経験したばかりであるにもかかわらず、ギアリーはヴァランダル星系を、戦争前に知っていたヴァランダル星系としてつい考えていた。一世紀前、この星系には軍の軌道施設がひとつあるだけで、いちどに出動させられるのは三隻の駆逐艦か二隻の巡航艦、あるいは戦艦か巡航戦艦が一隻だけだった。当時は少ない予算で任務を行なう小規模な艦隊だったので、それで充分必要を満たしており、予算を管理する政府はほかに取り組むべき重要案件を多く抱えていた。その居住惑星は増えつづける善良な市民の家であり、ゆっくりと発展する産業の基点だった。

そのため、現在のヴァランダル星系を目にしたギアリーは、いつものように軽いショックを受けることになった。防衛設備も軌道施設もさらに増えていた。巨大な造船所が二十もあり、数百隻の戦闘艦が星系内を巡航している。宇宙空間にあるこのような人工物のすべてが、それを支えるより多くの産業と人口を必要とし、主要惑星の人口と産業はその必要性に見合うよう拡大した。戦時下で膨張したアライアンスの軍事費は戦争終結以来、ほかの星系では急速に削減されていったのに対し、いまのところこのヴァランダル星系では、支出削減は多くの場所でたいしたものではなかった。これはギアリーがひきいる生き延びた艦隊の大部分にとって、事実上の本拠星系であるという重要性を反映しているためである。

だが、戦争終結の事実はいくらかディスプレイ上に表われていた。ふたつの大規模な陸上軍基地は数十年にわたり、シンディック宙域への攻撃前に兵が集結する拠点となっていたが、いまや役目を終えたことが記されている。最終的にその建物と敷地はほかの目的に利用されるだろうが、いまのところ、戦闘前に数百万の男女が仮住まい――遠くの惑星で死亡した多くの者にとって、これが最後の家となった――した場所には何もなく、静かだった。

同様に軌道上の巨大基地も閉鎖されていた。かつては主要惑星の防衛を行ない、ほかの星系へ送られるべく準備していたいくつもの航空宇宙艇戦隊を収容していたのだが、いまは暗く冷えきっていて動きがない。もう二度とやってはこないであろう新たな任務を待ちながら、宇宙空間を揺れ動いている。

ギアリーは暗い気分を振り払い、ブリッジの当直士官たちの通常報告に耳を傾けた。同時に〈ドーントレス〉はハイパーネットを離脱し、通常空間へ戻った。

「ヴァランダル星系は第四通常即応態勢をとっています」ユオンが報告した。「星系内に異常な動きを示すものはありません」

「けっこう」と、デシャーニ。

「がっかりしたか？」ギアリーがたずねた。

「多少は。星系到着時に危機に直面することに慣れてしまっていますから」デシャーニはギアリーをちらりと見た。「これまでアライアンス宙域の星系に到着したときは、そのようなことはありませんでした。しかし最近ではどこへ行っても同じです」

「わたしのせいだと言っているんだな」

「わたくしは何も言っていませんよ」

ギアリーはほほえんだ。ターニャはおれの暗い気分を察して、なごませようとしてくれている。

「全クルーに状況報告を送るべきだな。どこも平静だとわかるように」

艦隊クルーに安心と情報を与えるための報告が作成された――ユニティ星系では（おおむね）すべてが平穏だった……伝令船ほどのサイズの、黒い艦隊の非武装船がまだ活動している可能性がある……さらに約三ヵ月、ヴァランダル星系で再装備と修理を行なう。そのあいだに、それぞれ故郷のある星系へ久しぶりに帰ることができる……その後、また新たな任務が始まるが、詳細は後日、明らかになる……。ギアリーは触れなかったが、その話しぶりから、アライアンス政府が（まだ）崩壊しておらず、ギアリーが（艦隊の一部の人間がいまだに望んでいるように）政府を牛耳《ぎゅうじ》っていないのは明らかだった。

「代理ユニティ星系をはじめとする各星系で戦ったわれわれの仲間の死に責任がある者たちは、その犯罪の責任を確実に問われることになるだろう」現時点ではその具体例を何もあげられないことを残念に思いながら、ギアリーは艦隊クルーたちにそう伝えた。

ギアリーはその報告の送信をなんとかまにあわせた。つづいて、ティンバル提督に向けて、支援に感謝する挨拶を別に送ろうとしていると、デシャーニが腹立たしげな声を上げた。

「どうしたんだ？」

「ティンバル提督にもうメッセージを送信されましたか？」

「いま送るところだった。なぜだ？」

「ティンバル提督はすでにヴァランダル星系の担当からはずれています」

7

「なんだと?」と、ギアリー。デシャーニは、すでにギアリーあてのメッセージを強調表示していた。二日前に送信されたばかりのそのメッセージには、ティンバル提督の正式な指揮権委譲と、シャロン・バーンホースト提督のヴァランダル星系指揮官への正式な就任が記されていた。

「バクスターとロホに先手を打たれた。ティンバル提督をわたし寄りの人間だと判断したようだ。バーンホースト提督について何か知っているか?」

「お聞きになりたいですか?」と、デシャーニ。

「聞く必要がある」

「鉄壁《バリケード》・バーンホーストと呼ばれていて、百パーセント規則にしたがう人物だという話です。つまり、つねにきちんきちんと手順にしたがい、規則や命令に明示されていないことはひとつも行ないません。何か有益なことが生じるのを阻止してしまうので、そのあだ名がつけられました」

「よく提督になれたものだ」ギアリーはいらだちが口調に表われないよう気をつけた。

「上の人間に取り入るのがうまいのです。上からは切れ者だと思われています。下からは、あまり評価されていませんが」デシャーニは顔をしかめた。「ああ、なんてこと」

ギアリーも、デシャーニとほぼ同時にそのメッセージを見た。

「バーンホーストは審査待ちとして艦の修理作業すべてを保留したのか？」と、ギアリー。怒りを抑えつけた。「確かめよう」

アンバルー宇宙ステーションの指揮権が、ティンバル提督からバーンホースト提督へ委譲された——これが事実かどうか確かめたい。だが、主要軌道施設に〈ドーントレス〉が到着するまで待つ必要がある。それでも、シャトル移動が可能な距離になれば、わずかな時間も無駄にするつもりはない。

直接、目にするバーンホースト提督は、道をふさいでいる巨石のごとく、揺るぎない自信に満ちていた。渋滞には目もくれず、頑として動こうとはしないし、質量や重力を味方につけ、ものごとを動かそうとするいかなる試みも阻止してしまう。

「わたしには責任があります、ギアリー元帥。わたしはその責任を果たします」

バーンホーストに腹を立てたり、その平然とした厚かましさに感情を爆発させたりするのは、簡単だ。だが、ギアリーは怒りを抑えた。いきり立てば、彼女の思うつぼだ。通信パッドに表示された命令を指し示せばいい。

「この命令を転送しておいた。いま、わたしはこの命令をきみに提示しており、したがって、きみもわたし同様、正式にこの命令を受け取ったことになる。わたしが受けたこの命令を確実に実行するため、わたしにはすべての必要な行動をとる権限が与えられている。これは議会の命令だ」

バーンホーストはその命令にちらっと視線を向けた。なんの重要性も感じていないようだ。

「のちほど拝見します」

「だめだ、提督。いまここで確認してくれ。さもなければ、わたしの責務を果たす妨げになるとして権限を行使し、きみを解任する。その点については、そこに明示されている」

バーンホーストは一瞬だけためらった。

「それはその命令に対する元帥の解釈です。その解釈にわたしは同意しません」

「つまり、きみはこの命令を読んだということだな」と、ギアリー。質問ではない。ギアリーは、いくつかのことをビクトリア・リオーネから学んでいた。たとえば、相手がこちらに知られたくないことを言わせるといったトリックを。「提督、きみはこの命令を受け取り、読んでいる。したがって、ヴァランダル星系にある各艦隊造船所でわたしの艦の修理が八時間以内に再開されなければ、わたしはユニティ星系へ伝令艦を送り、星系同盟《アライアンス》議会の命令を故意に無視したという理由で、きみの指揮権をただちに剥奪《はくだつ》して軍法会議にかけるよう、要求する」

「元帥の要請について検討いたします」と、バーンホースト。冷たい口調だ。

「八時間だぞ、提督」

シャトルで〈ドーントレス〉に戻るあいだにギアリーはいくつか命令を送った。〈ドーントレス〉に着かないうちに、待機していた伝令艦は推進装置を起動してハイパーネット・ゲート周辺へ向かい、次の命令を待った。ギアリーは自室へ戻ると、スミス艦長を呼び出した。

「バーンホースト提督に、八時間以内に修理作業を再開するよう言っておいた。半時間前のことだ。作業が再開したら教えてくれ」

スミスはギアリーを見ながらうなずいた。

「作業再開の準備をするのであれば、実際に始まる数時間前にその兆候《ちょうこう》を目にするでしょう。そのような動きが見られたら、お知らせします。しかし警告しておきますが、わたしにはバーンホースト提督が動くとは思えません」

「いや、動くだろう。とにかく、なんらかの動きはするはずだ」

通信が終わると、ギアリーについて部屋に入ってきていたデシャーニ艦長が頭を振った。

「閣下のことを扱いやすいと考える者たちがいます、元帥。閣下は頑固者ではありませんし、どなり散らすこともないからです。わたくしはそういう連中にいつも警告しています。そのような思いこみで自分のキャリアを台なしにしないように、と」

ギアリーはデシャーニを見た。

「きみはバーンホーストが何もしないほうがいいと思っているのか？」

「はい、元帥。バーンホーストは何もしない――これがわたくしの忌憚《きたん》のない意見です」

それから八時間がのろのろと経過し、ギアリーはスミスとデシャーニの予想が正しかったことを知った。作業再開の兆《きざ》しはまったくなかった。だが、八時間と言ったからには、それまで待たなければならない。

やがて、きっかり八時間が経過したとき、ギアリーは伝令艦にメッセージ・パケットを送信した。メッセージが受信されるまで二時間ほどかかるが、伝令艦は受信後ただちにハイパーネットに入り、ユニティ星系へ向かうだろう。

伝令艦がユニティ星系へ到着してメッセージを主要惑星へ送信、返事を待ってふたたびハイパーネットで戻ってくるまで、二週間近く待つ必要がある。何光年という距離を移動する旅であることを考えれば、驚くほど速い。だがそれは同時に、きわめて遅いとも感じられた。

ユニティ星系から伝令艦が戻るのとほぼ同時に作業を再開させたい——ギアリーはそう思うと、直接会って一対一で話をするべくスミスを呼び出した。

「修理は問題なく進んでいました」と、スミス艦長。〈ドーントレス〉の一室で、ギアリーの向かいに腰をおろした。修理を担当する補助艦を統括するスミスが不安な表情を見せることは、めったにない。たいていは、誰も気づいていない秘密を知るネコのようにふるまう。ギアリーが知りえたことからすると、スミスは実際に、公的資金の巧妙な利用法にかかわる秘密をいくつも知っている。だが艦隊の要求にきわめてそつなく応えてくれており、その点を補う以上の働きをしてきた。「造船所は仕事があることに感謝していました」スミスは話をつづけた。「かつて軍との契約に過剰に依存していたほかの星系の造船所は、その規模を縮小されて苦しんでおり、そうした恐ろしい話をいくらか耳にしていたためです。造船所の作業員たちも、バーンホースト提督にここから去ってもらいたいと思っていますから、元帥を大々的に支持しています。ですが、その点が解決できたとしても、いつものように例の問題があります。修理費用の捻出《ねんしゅつ》方法です。選択肢はほぼゼロです。

まあ、合法的な選択肢という意味ですが」

「カネはなんとかなるだろう」と、ギアリー。

「元帥、失礼ながら、その言葉はもうなんどもうかがっております」スミスは言葉を切り、思案する表情を浮かべた。「自分でもときどき口にしてしまいますが」

「だろうな。きみも、議会からわたしへあてた命令を見ただろう。これは資金調達に関する添付資料だ」

「艦隊クルー全員にそれを送らなかった理由はわかります」スミスはその添付資料を読み、大きく笑みを浮かべた。「いろいろと工夫できそうです」

　ギアリーはうなずいた。同じように笑みを浮かべている。

「わかっているとは思うが、その資金が……不適切に引き出された場合に、ジャーメンソン大尉はわたしに知らせてくれるのだろうな？」

「もちろんです」スミスは椅子の背にもたれた。まだ笑みを浮かべたままだ。「閣下にジャーメンソンのことを教えるべきではありませんでしたね。しかし人はまだ夢を見ることができる！」

「必要となる艦すべてを三カ月で完全に準備できるだろうか？」

「三カ月ですか」スミスは顎《あご》ひげをなでながら思案した。「一週間ほどであのやっかい者のバーンホースト提督を排除できるのなら、可能かもしれません。確実に答えるためにひとつ質問があります。三カ月でどの艦に完全な準備を整えさせるおつもりですか？」

ギアリーは眉をひそめた。その質問に答えるには新たに会議を開く必要がある。

会議用プログラムを使えば、バーチャルで参加する数百人の士官たちが肘《ひじ》を触れ合わせずに席につけるほどテーブルを大きく見せることもできるため、会議室はときおり、非常に広く感じることがある。だが今回の会議はずっと小規模であり、出席者全員がその場にいた。

ギアリーはテーブルのいちばん前の席につき、その左隣にはターニャ・デシャーニ、右隣にはドゥエロス艦長がいた。ほかの席を占めるのは、アーマス艦長、バダヤ艦長、ギアリーの弟の孫であるジェーン・ギアリー艦長、スミス艦長、リコ大佐、そしてジョニンニ最先任上等兵曹だ。人数が少ないとチュレブ艦長の不在がはっきりと感じられ、胸が痛んだ。

「われわれが受けた命令の内容については、全員が承知していることと思う」ギアリーは話を切り出した。「意見を出してくれ。われわれは何を持ってゆくべきだろうか？　とくに留意するべき懸念についても教えてくれ。任務を確実に成功させるには、どの程度の規模の艦隊が必要になるだろうか？」

「何隻ほどの艦を連れてゆくことができるのですか？」と、ドゥエロス。なにげなく椅子の背にもたれた。「アライアンスの防衛のためにどのくらい残していく必要があるのでしょう？」

「必要なだけ連れていっていいと言われた」と、ギアリー。「われわれが不在のあいだに起こった問題については、アライアンス宙域に散開するほかの戦闘艦で対処できるはずだ。われわれの優先事項は特使船を安全にダンサー族宙域へ到達させることだ」

「では、すべての巡航戦艦を連れてゆくべきです」と、バダヤ。

「味もそっけもない言いかたですが、正確なところでしょう」ドゥエロスが同意した。「ダンサー族宙域にたどりつくためには、謎の種族に対処して、その宙域を抜けなければなりません。それには機動力のある巡航戦艦が必要です。謎の種族を完全に阻止しようと思うなら、その宙域の惑星連合《シンディック》や反体制的な星系の協力が必要ですが、あてにはできません」

「シンディックは数十年間ひそかに謎の種族と戦いましたが、抑えこむことはできませんでした」と、バダヤ。冷笑する口調だ。「いまも状況は改善していないでしょう。しかし、ミッドウェイ星系の、われわれの反体制側の友人たちはうまくやっていると思います」

スミスはドゥエロスに負けず劣らず、非常にリラックスしているようだ。

「それほど遠い場所まで行くとなると、元帥、最低でも四隻から六隻の高速艦隊補助艦が必要になります」

「どこが高速なのだ？」バダヤが不満げにつぶやいた。

「高速とは言えないでしょうが、必要です」と、スミス。「現時点では八隻あります。全艦、連れてゆくことをおすすめします」

アーマスがうなずいた。着実でゆったりした動きをする、ただよう大陸のような頼もしさは、いつもと同じだ。

「そうすると、戦艦が必要となります。補助艦を守り、ほかの艦にとって移動する砦《とりで》となるために」

「少なくとも四個の戦艦分艦隊が必要です」と、ジェーン・ギアリー。

「最低でもそのくらい必要ですね」と、アーマス。

「足手まといになる艦ばかりだな」と、バダヤ。身もふたもない言いかただ。

短い沈黙が流れた。これは昔からの悩みの種だ。巡航戦艦は足が速く機敏だが、戦艦に比べれば攻撃に弱く、火力も劣る。逆に戦艦は巡航戦艦に比べて動きが鈍く、加速にも減速にも時間がかかる。それぞれ重要な役割をになっているが、どちらにも一長一短がある。

そして、比較的足が遅く、本来、武器を持たない補助艦は、戦闘のダメージの修理と武器補充のために不可欠な存在ではあるものの、戦闘においてはやっかいなアキレス腱になる。

沈黙を破ったのはスミスだ。

「われわれがダンサー族の宙域へ護送する船についてですが、それは定期客船を改造したものですか？」

「そうだ」と、ギアリー。「その船についてわたしが知っているのは、そのくらいだ」

「多くの推進装置を追加しないかぎり」と、スミス。「その定期客船の機動性は、高速艦隊補助艦と同程度になります。定期船は民間の貨物船よりはスピードが出ますが、戦闘艦とは造りが違う。しかし、その船を連れてゆくことは決定事項で、どうすることもできない」

ジェーン・ギアリーがすばやくうなずいた。

「そうです。ほかがどうであろうと、その船を同行させて守る必要があります」

「それは戦艦の仕事だ」と、ドゥエロス。「そして、その船を守るために戦艦を連れてゆくのなら、スミス艦長がすすめる補助艦も同行させていいでしょう」

デシャーニがギアリーを見た。

「今回は巡航艦と巡航戦艦からなる高速遠征部隊にはなりえません。あらゆる種類の艦をそろえた完全な艦隊とする必要があります」

「謎の種族との戦闘を避けるつもりなら」と、ジェーン・ギアリー。「可能なかぎりの戦艦を連れてゆくべきでしょう。そうすれば、謎の種族は一定の距離を保ち、攻撃しようと接近してはこないはずです。こちらが交戦を避け、向こうもわざわざ近寄ってこないのなら、機動力において相手が優位だとしても問題にはなりません」

「その点はシンディック宙域においても同様かもしれません」と、ドゥエロス。「こちらが戦艦で壁を作っていれば、戦いをしかけてはこないでしょう」

「しかしシンディックは〈オリオン〉を破壊する方法を見つけました」と、デシャーニ。荒々しい口調だ。「威圧するのは難しい相手です」

しばらく気まずい沈黙が流れ、ドゥエロスが申しわけなさそうにデシャーニのほうへ頭を傾けた。

「その重要な出来事を忘れるべきではなかったな」

「宙兵隊はどうするんです？」と、バダヤ。バダヤの感覚にはどこかずれたところがあるが、このときはそれがめずらしく役に立ち、別の話題を提供してくれた。「何名を連れてゆくのですか？　リコ大佐の部隊だけでしょうか？」

「宙兵隊の応援部隊についてはまだ何も知らされていません」と、リコ。「しかし、この任務からすると、大規模な宙兵隊は必要ないと思います。惑星上での作戦や、宇宙空間での敵艦への大がかりな侵入作戦はないはずですから」

「たしかに」と、バダヤ。「しかし、なんの予想もつかないのに、必要性を予想して部隊編制を決めるのはまずいでしょう」

デシャーニがバダヤをじっと見た。バダヤの適切な意見にあからさまに驚いている。

「バダヤ艦長の言うとおりです」と、デシャーニ。自分の言葉にショックを受けたかのようにしばらく間《ま》を置いた。「われわれはさまざまな脅威に対処するべく戦闘艦の部隊編制を行なえますが、宙兵隊しか扱えない問題が発生した場合、その代わりを艦のクルーにつとめさせることはできません」

「通常、それはあまりいい考えではありません」と、リコ。大真面目な口調だ。ほかの者が笑い声を上げると、リコは驚いたようだった。

「わたしはユニティ系でカラバリ少将と陸上軍の大将と話をしたが、そこで仕事にあたっていた宙兵隊は、まもなくその特別任務を解かれると考えているようだった」と、ギアリー。「その件がどうなったのか、すぐに情報が入ってくるといいんだが。われわれが通過せねばならないシンディックおよびもとシンディックの星系がどのような状況にあるのか、わからない。ミッドウェイ星系で何が起こっているのかも不明だ。できれば、どのような事態にも対処できるよう、充分な数の宙兵隊を連れていきたいところだ」

「元帥」と、ジョニンニ。「われわれが考慮すべきことはほかにもあります。じきに兵役期間を終える者が大勢います。いまや兵役期間を生き延びる確率はかなり改善していますし、故郷での雇用状況を考えますと、そのクルーのうちけっこうな数が再入隊すると思います。しかし、新兵やアライアンスの他地域からの異動によって、艦隊の兵の三分の一が入れ替わる、と言ったほうが無難でしょう」

アーマスが顔をしかめた。

「それは本当に重要なことだな、上等兵曹。われわれは、もっと訓練が必要で経験に乏しい多くの新兵を扱うことになる」

「言うまでもないことですが、除隊を考えている士官たちもいます」と、デシャーニ。

デシャーニはドゥエロスを見てはいなかったが、自分に向けられた言葉であるかのようにドゥエロスはデシャーニに向かってうなずいた。

「仕事以外にも優先するものを持っている士官もいるでしょう」と、ドゥエロス。

「もちろん、あなたは違いますよね？」バダヤがドゥエロスにたずねた。

ドゥエロスは肩をすくめた。

「わたしには家族がいます」

「ああ、それはもちろんです」

「家族と言えば」と、ギアリー。「全員がちゃんと帰郷できるよう、充分な休暇を与える必要がある」

「全員が協力しながら、それぞれに認められた一カ月の休暇をとるように、ということですか？」と、アーマス。「そうなると、準備作業はかなり複雑になります」

「もう長いこと、多くのクルーはまともな休暇をとっていませんからね」と、ドゥエロス。

「きみたちにもそれぞれ、なんとか帰郷してもらいたいと思っている」と、ギアリー。

「ダンサー族の件について話をしてください」と、デシャーニ。

「そうだな」ギアリーはいらだちが表情に出ないよう気をつけた。「ユニティ星系、あるいはアライアンス宙域のほかの場所もそのようだが、ダンサー族のことを敵対的だとみなす少数派がいる。この艦隊内や新たに入ってくる兵たちのなかにそのような者がいないか見張ることが、重要だ」

「敵対的？」と、バダヤ。「いったい、どんな理由でそんなふうに考えるのですか？」

「その醜さゆえにです」と、デシャーニ。

こうした反応はなかなかこたえるな――デシャーニの返答に驚き、やがてその意味を理解した表情が全員の顔に浮かぶ様子を見て、ギアリーは思った。

「バカげた話だが、人はそういうものだ。そして、ダンサー族から人類を、つまりその、守ろうと、由々しき手段に訴える者もいる」

「惑星ユニティで元帥は、そのような連中の一人に殺されそうになりました」と、デシャーニ。

全員が一瞬、ショックを受けて静まり返り、ドゥエロスが首を振って言った。

「その種のことは、われわれにとって問題ではないはずです。われわれの艦のクルーは、自分たちとともに戦うダンサー族の姿を目にしてきましたから。代理ユニティ星系でわれわれの勝利と死を分けたものはダンサー族なのではないかと、クルーたちは思っています。クルーにとって、ダンサー族の外見などどうでもいいことです。強力な味方が必要なときに重要なのは、信頼できるかどうかです」ドゥエロスはリコをちらっと見た。「クルーが宙兵隊について考えるときと同じです」

リコがほんの一瞬、笑みを浮かべた。

「宙兵隊員が艦のクルーについて感じていることでもあります。醜いことで任務がうまくいくのなら、醜さを選びとります」

その会議から八日後、バーンホースト提督は再検討をつづけ、いまだに造船所には動きがなかった。そこへ、伝令艦がユニティ星系から戻ってきた。

ギアリーは、伝令艦からアンバルー宇宙ステーション付近の軌道にいる〈ドーントレス〉へ光速でメッセージが届くだろうと思っていた。だが、それがティンバル提督からのメッセージであったことは予想外だった。

「ごきげんよう、ギアリー元帥」と、ティンバル。「わたしは新たな任務のためにユニティ星系に向かいましたが、到着したとたん、急いで伝令艦と落ち合ってヴァランダル星系へ戻るよう命じられました。ただちにバーンホースト提督を解任し、ユニティ星系へ送り返します。このメッセージが送信されしだい、わたしの命令をヴァランダル星系内のすべての部隊に公開し、ものごとをふたたび前へ進めます。われらが先祖に名誉あれ。ティンバルより、以上」

ギアリーは安堵《あんど》して笑い声を上げると、すぐさまスミスに連絡した。

「いますぐにもティンバル提督から連絡が入る。最速で造船所の仕事が再開できるようにしてほしい」

いつもなら職権濫用をいやがるギアリーだが、このときばかりは気分がよかった。まともに仕事を進めてくれる者をよこすよう依頼するつもりでいたが、まさかティンバル提督が戻ってきてくれるとは思ってもみなかった。

あれこれ振りまわされて、ティンバルがうんざりしていなければいいんだが。

その後の数週間は、検査と報告と計画と準備でぎっしり埋まった日々がいつ果てるともなくつづいた。議会からの命令によってギアリーは多くの権限を得たが、同時に多くの義務も負うことになった。戦闘に即応できる提督たちがかつて連れまわしていた部下、つまり、命令の多くを実行していた士官たちはカネ食い虫の戦争と艦隊本部のせいで、戦争中に削減され、その代わりを自動化されたアシスタントがつとめるようになっていた。通常であれば、自動化されたアシスタントは、そのような士官の仕事の多くにうまく対処できるだろう。だが、いまは非常事態である。

「もう黙ってはいられません」ある日の午後、艦隊上級艦長たちから要請された会議において、ドゥエロスがギアリーに言った。「閣下には助けが必要です。閣下が旗艦の艦長の言うことを聞かないのなら」ドゥエロスはデシャーニに向かってうなずいた。「われわれが説得しようと思います」

「お一人でこの仕事をするのは無理です」と、バダヤ。「閣下は、われわれ全員が……わたしまでもが重要なことを学べるよう手を貸してくださった。こんどは、われわれがあなたを助ける番です」

「その仕事のいくつかはわれわれにもできます。仕事を委任してください。それが元帥の仕事です」と、アーマス。

「手のすいている大尉が何人かいます。みな喜んで手を貸してくれるでしょう」と、ドゥエロス。

「本当か？」と、ギアリー。

「実際にはまだ頼んではいませんが」ドゥエロスは正直に言った。「仕事を与える代わりに志望者を募《つの》れば、ことが複雑になります」

ジェーン・ギアリーがうなずいた。

「休暇をとっても、自分の仕事はほかの者がカバーしてくれるのだと、元帥、あなたは知る必要があります」

「諸君の提案を受け入れることにしよう」と、ギアリー。ふいに自分が安堵していることに気づいた――こんな形で指摘されなくても、準備の一部をまかせる重要性は理解できたはずなのに。「いろいろとお膳立てしてくれて感謝する。しかし、わたしは休暇をとるつもりはないから、その点についてはカバーしてもらわなくても大丈夫だ」

艦長たちがターニャ・デシャーニをちらっと見た。ギアリーは不思議に思ったが、理由は訊かないほうが賢明だろうと判断した。

伝令艦は定期的に到着し、ニュースと情報を届けた。ウィルクス議員が反逆罪で正式に起訴された……あるアライアンスの主要情報組織のトップが逮捕された……少なくとも六隻のＡＩ制御の伝令艦が行方不明で、代理ユニティ星系で破壊された可能性もあるが、ほかの艦になりすまして、いまだ活動しているとも考えられる……いずれ燃料電池が残量低下におちいるだろうが、いまのところ、すべての保安部隊が警戒態勢を維持している……。

特使船の改造はスケジュールどおりに進んでいた。出発予定日の約二週間前にヴァランダル星系に到着するはずだ。

特使船に同行するのは、カラバリ少将ひきいる宙兵隊、侵攻輸送艦の〈ツナミ〉、〈タイフーン〉、〈ハブーブ〉となるだろう。議会は、宙兵隊を、通常はユニティ星系に駐在する陸上軍と交代させることが重要であると判断していた。そうすれば、保安上の危機がまだ去ってはいないとしても、ふたたびいつもの日常が戻ったように見えるからだ。

ジョニンニ最先任上等兵曹の警告どおり、兵役期間が満了した兵士たちが艦隊を離れ、新兵が入隊しようとしていた。さいわい、その数は艦隊クルーの三分の一には遠く及ばないようだったが、残念なことに、最終的には全体の四分の一にまで達するかもしれなかった。そのため、ほかのさまざまな予定のあいだに、さらに多くの訓練を押しこまなければならなくなった。

ギアリーが頭痛の予感を追い払おうとしながら、また別の状況報告書の束を読んでいると、ハッチのチャイムが鳴った。

「どうぞ」

デシャーニが入ってきて、ディスプレイをちらっと見た。

「楽しさゼロですね」

ギアリーはデシャーニに不機嫌そうな顔を向けた。

「いつから楽しさを気にするようになったんだ？　きみは、わたしが見たなかでももっとも骨の折れる艦のひとつを動かしていて、わたしより長時間働いているじゃないか」

「それでも、クルーには適宜《てきぎ》、楽しんでもらうようにしています」デシャーニはギアリーの正面に腰をおろし、指輪が見えるように左手を持ちあげた。今から個人的な話をするという合図だ。「お話があります」

「どんな話だろう？」と、ギアリー。用心する口調だ。

「あなたとわたくし、新婚旅行とグレンリオン星系についての話です」

「なんだって？」ギアリーは否定するように片手を振った。「いや、たしかに新婚旅行は楽しそうだが――」

「そう言っていただけてよかったです」

「しかし、グレンリオンというのは……」

「あなたの故郷です」デシャーニはしばらく間《ま》をあけ、その言葉を宙づりにした。

ギアリーは思わず肩に力を入れ、身がまえた。

「ターニャ、きみだってわかっているはずだ。わたしがグレンリオンに戻ったら何が起こるか」

「群衆……英雄への崇拝……気まずい時間……数回の公《おおやけ》の場への顔出し……」デシャーニは頭を振った。「ユニティ星系と同じことが起こります」

「ひとかけらも楽しめなかったぞ！」

「ジャック、あなたの故郷はあなたの訪問を受けてしかるべきです」

「わたしの人生をさらに大変なものにしたいのか？」

「これはあなたの義務です」

ギアリーはひるんだ。

「ターニャ、それを言うのは反則だ」そう言われたらギアリーは何も言い返せないと、デシャーニは知っているからだ。

「わたくしは間違っていますか？」

「わたしには別の義務もある。艦隊をスケジュールどおりに出発させなければならない」

「わたくしたちが不在のあいだ、バダヤと、あなたの弟の孫のジェーンが、ここにいてくれます。二人とも、数週間なら、ヴァランダル星系でのあれこれに対処できます。バダヤに的確な判断ができるか不安だというなら、ジェーン・ギアリーにまかせたいと思いますが、この数カ月、わたくしはバダヤにとても驚かされています。それに、ティンバル提督が戻ってきてくれましたから、造船所についてはとくに問題は起こらないでしょう。何か問題が起こってもすべて自分が対処すると、スミス艦長が言ってくれました」

「それはわかっているが、やはり――」

「ご自分が必要不可欠な人間であるとお思いですか。ギアリー元帥？」

ギアリーはハッとした――そうだ、まさにそのことをおれはずっと考えていたんだ。

「いや。そんなことはない。必要不可欠な者などいない」ギアリーはつづけて何か反論しようとしたが、何も浮かばなかった。

「この件についてジェーンから頼まれていました」

ギアリーは最後の防壁が崩れたように感じた。

「ジェーンはわたしに、グレンリオンに帰郷してほしいと思っているのか？」

「まだそうしていないことを不思議がっています」デシャーニは身を乗り出した。「これはジェーンにとって非常に意味のあることなのです。ジェーンは、われわれが聞かされてきた英雄譚《たん》の背後にいる実際の人物に会うチャンスを得ました。ギアリー家に近しい人々に自分と同じチャンスを与えたいのです」

降参は唯一の正しい行動だということもある。

「三日間だ」

「それでは短すぎます。一週間ですね。乗り継ぎと軌道上の移動時間は含めずに」

「移動時間を加えたら」ギアリーは不満げに言った。「民間客船で無駄なく完璧に移動できたとしても、三週間以上かかるぞ」

「二十日かかります。ほかの艦長や、わたくしの士官たちと話をした結果、〈ドーントレス〉で行くべきだということで全員の意見が一致しました。ご自身の旗艦で帰郷すれば、ご先祖様を敬う気持ちを正しく示すことができます」

「故郷で休暇を過ごすために巡航戦艦を動かすなど、できるわけがないだろう！」

「移動中に訓練と試験と評価を行ないます。われわれは新兵をクルーになじませなければなりません。それに、システム作業には運用試験が必要です。アライアンス宙域を旅しながら訓練や試験や評価を行なえば、どちらも達成できます。わたくしたちはどこかへ行く必要があります。それがグレンリオンであってはならない理由はありません」

「きみのクルーは——」

「グレンリオンの親切な人たちが、クルーを王族のように扱ってくれます。これまで味わったことのない最上の自由を満喫するでしょう」

デシャーニはあらゆる不測の事態を想定し、軍事作戦であるかのようにこの議論全体を計画、準備していたのだ。ギアリーができる反論はひとつしか残っていなかった。

「〈ドーントレス〉で行くとなると、往復するあいだはずっと勤務状態になるぞ。つまり、移動中は新婚旅行ではなくなる」

デシャーニはため息をついた。

「そうなんです。向こうにいるあいだにその埋め合わせをしなければ」デシャーニはギアリーの反応を見て笑った。「このアイデアを気に入っていただけたようですね」

こうしてギアリーは〈ドーントレス〉でハイパーネット・ゲートへ向かった。距離にして数光時の旅だが、そのあいだずっと、自分の留守中に何か問題が起こるのではないか……仕事がとどこおるのではないかと、心配ばかりしていた。

移動中、ギアリーはデシャーニの主張の正しさを理解した。たしかに、必要不可欠な者などいないし、任務をなしとげるのに一人の人間がことさら重要となることもない。だが、部下たちが艦の修理や任務遂行において経験があったとしても、自分の存在には重要な意味があるのではないか――ギアリーはそう信じることにした。

それでも、グレンリオンに行くのはどうも気が進まない。これまで直面するのを避けてきた問題と記憶を横に置くとしても、あそこにはきっと自分の銅像が建っているにちがいない。まともな者なら、自分の銅像に面と向き合いたいとは思わないはずだ。

人間の一生や建築物から考えると一世紀は長い時間だが、惑星にとっての一世紀はほんの一瞬だ。

軌道から肉眼で見るグレンリオンという名の惑星は、最後にそこを離れたときと変わらないように見えた。だが、主要軌道施設の規模は少なくとも倍になっていた。

ギアリーはブリッジの司令長官席から立ちあがった。この一世紀がもたらしたグレンリオンの景色の変化に直面するのだと思うと、じっとしていられない。自分にはまだ最近のことに思える過去の亡霊とまともに向き合わなければならないのだから、落ち着けというほうが無理だ。

「楽しんでくれ」ギアリーは当直士官たちにそう言うと、ブリッジを離れた。デシャーニが、〈ドーントレス〉の三つの区画をそれぞれ担当する当直士官たちに、最終的な指示を与えている。日替わりでひとつの区画の当直士官たちが艦の責任を受け持ち、そのあいだ、ほかの二つの区画の当直士官たちは艦を離れて上陸休暇をとれる。各クルーが同じ日数だけ休暇がとれるようにするために、ギアリーはグレンリオンへの訪問を九日間に延長することに同意していた。

ギアリーは自室へ戻ると、わずかな持ちものの入った肩かけバッグをつかみ、シャトルベイへ向かった。

すれ違う兵士たちは、表情も声も楽しげだ。旗艦のクルーであるおかげで、数日間、注目の的《まと》になるのを楽しみにしているのが、はっきりわかった。

シャトルベイでは、少数の士官と数人の上級下士官、多くの兵が、すでに最初の休暇用シャトルの前に並んでいた。デシャーニが到着すると、〝艦長がお見えだ！〟とジョニンニ最先任上等兵曹が叫び、兵たちはみな気をつけの姿勢をとった。

デシャーニはそばにあった通信パネルに近づくと一般通知システムを起動し、自分の声が艦全体に届くようにした。

「全員に告ぐ、こちらは艦長。現在、各部署で勤務中の者は各自の仕事に注力し、艦を安全に保ってください。休暇に入った者は楽しい時間を過ごす権利を与えられているわけですが、グレンリオンにいるあいだは自分がアライアンス艦隊を代表するばかりでなく、この艦の代表であり、ギアリー元帥の代わりでもあることを忘れないようにしなさい。状況に合わせて行動するように。艦隊やこの艦、わたくしの名に傷をつけるような真似をした者は、自分が生まれてきたことを後悔することになるでしょう。はっきりさせておきますが、アルコールやそのほかの合法的中毒性薬物の過剰摂取は、バカげた行ないや違法あるいは危険行為の言いわけにはなりません。安全で賢明なふるまいを心がけてください」話を聞いているか確かめるように、デシャーニは視界にいる兵たちを見まわした。「ここに、喜びとともに解放を宣言します」

デシャーニが通信パネルから離れると、艦全体で歓声が沸き起こった。

デシャーニは、その場にいたほかの上級下士官と士官たちに向きなおった。ジョニンニに人さし指を向けると、つづいて、その指を自分の片目へ向け、ふたたびジョニンニを指さした。はっきりと警告を示すしぐさだが、ジョニンニはぽかんとして驚いている。

グレンリオンから送られてきた特別シャトルが一機、すでに〈ドーントレス〉とランデブーしていた。早くも居心地の悪い思いをしていたギアリーは、あらゆる贅沢《ぜいたく》が備わったVIP用シャトルを見て、いたたまれなくなった。

「クルーが普通の艦隊シャトルを使うのに、おれがこんなシャトルで降下するわけにはいかないだろう」

「あなたが贅沢な気分を味わっても、クルーはねたんだりしないわ」デシャーニは座席に腰をおろすと、ハーネスを装着した。「食料が少なくなったときに、自分たちと同じように、あなたも携帯食――〈ダナカ・ヨルク〉を食べたことを知っているから」

軍用シャトルに慣れている者にとってこの大気圏突入は、あまりにも穏やかだった。ディスプレイに映る外の景色は、宇宙の暗闇から上層大気の微光、つづいて人類の居住惑星の青空へと徐々に変化した。旅は穏やかな着陸で終わったが、だいぶ時間がかかり、ギアリーは思わずいらだちを感じていた。

「着陸で少しでも揺れを感じたら、どこかの要人が死ぬのか？」

「かもね。さあ、文句を言うのはやめて、楽しげな表情を浮かべてちょうだい」

「わかっている」ギアリーはそうつぶやくと立ちあがり、ハッチに向かおうとした。

「あなたならできるわ」と、デシャーニ。ハッチが回転して開いた。

ギアリーは不満げな表情を消し、二人並んでハッチを出てタラップをおりはじめた。並んでおりるようにしたのは、デシャーニの価値が自分より劣るように見えてほしくなかったからだ。大勢の人々と、発着場のいつもの焼けたにおいを同時に認識しながら、つまずかないようにタラップをおりていった。

タラップをおりきったところで、一人の儀仗兵と、グレンリオン宙兵隊の初期の軍服のレプリカに身を包んだ宙兵隊員たちが二列になって出迎えていた。儀仗兵を見て、ユニティ星系の艦隊本部を訪れたときのいやな記憶がよみがえったが、それ以外は何も心配するようなものはなかった。群衆が発着場の外まであふれている。だが、ユニティ星系の群衆と同じように、ぎりぎりのところでバランスが保たれていて混乱状態にはなってはおらず、脅威や緊張は感じない。代わりに聞こえてくるのは歓喜の叫び声だけだった。

ギアリーは恒星の光に目をしばたたいた。ほかのさまざまな星系から来た人々はたいてい、よその恒星の光には違和感があると言う。生まれ故郷の恒星の光だけがちょうどいいと感じるのだ。たしかにそうなのかもしれないが、この瞬間、空の低い位置にあった恒星が耐えられないほどまぶしく感じられた。

「この惑星の英雄の帰還です」デシャーニがつぶやいた。歓声のなかで、かろうじて聞き取れるほどの声だ。

儀仗兵の列の端でグレンリオンの要人たちが待っていた。全員、ギアリーに挨拶したらいっしょに写真に納まろうと考えて、大きな笑みを浮かべている。

「おかえりなさい、グレンリオンの子よ」ケネディ評議員会議長がギアリーを抱擁《ほうよう》した。

「そして、あなたがこの惑星に連れてきてくださった、グレンリオンの新たな娘を歓迎します。このかたにとってもグレンリオンはすでに故郷です」そう言うと、デシャーニにも、両腕をそっと押しあてて上半身をわずかに触れ合わせる儀礼的な短い抱擁をした。

評議員たちが一人ずつ挨拶をし、つづいて、この地域の陸上軍と星系防衛軍のトップが敬礼した。

　気づくとギアリーは、こちらを見つめる群衆と向かい合っていた。全員にギアリーの言葉が伝わるよう、バーチャル・マイクロフォンが準備された。この惑星、そしてこの星系内のほかの場所で見ている者にも、ギアリーの声が届く。念のために暗唱していたスピーチが頭から消えてしまい、ギアリーはなんとか言葉を探そうとした。

「グレンリオンに帰ってくるのが非常に遅くなり、申しわけなく思っています。いろいろなことがあり……忙しかったものですから」

　笑いが起こり、ギアリーは驚いた。だが、その瞬間、落ち着きを取り戻すことができた。

「わたしは、自分がどれほどここに帰ってきたいと思っていたか、わかっていませんでした。ここにはもう、わたしが知っているものは、あまり……ほとんどないだろうと思っていました。わたしが知っていた人々は……」ギアリーは高ぶる気持ちを落ち着かせようと、間《ま》を取った。群衆はギアリーを見つめながら、待っている。「しかし多くのものが残っていました。みなさんが残っていました。われわれは、現在そして未来のために戦ってきました。その戦いのすべてが、過去にわれわれのために戦った人々に名誉を与えます。わたしの行動はどれも先人の行ないを踏まえてのものですが、いまここに立っている人々のためにわたしは行動してきました。帰郷がかなわなかった人々、持っていたものすべてを与えた人々のことを記憶し、名誉を与えてください。わたしよりその人たちのほうが名誉にふさわしい。なぜなら、その人たちは、わたしよりも多くのものを与えたからです」

ほかに何を言えばいいんだ？

「ようやく故郷に帰ることができて本当にうれしく思います」もうほかに言うべきことを思いつかない――ギアリーは後退し、話が終わったと合図した。とどろくような歓声が起こり、ギアリーは驚いた。歓声は、グレンリオンの要人たちがギアリーとデシャーニを公用車の列に案内するあいだもずっとつづいた。

ギアリーたちは護衛されながら、軍の上級士官二人が同乗するリムジンに乗りこんだ。車は歓声を上げる市民の列のあいだを進みはじめたが、二人の士官は緊張してうまく言葉が出てこないようだ。やがて、陸上軍の指揮官がようやく言葉を発した。

「現在、この惑星のこの地域では午後の遅い時間帯です。本日の予定はあとひとつだけですので調整や休憩のための時間がとれます」

星系防衛軍のトップがうなずいた。

「残りの予定というのは退役軍人のためのビュッフェ式の食事です。このイベントに最初に参加していただくべきだと思いまして」

「適切な判断だ。グレンリオンでは、どのくらいの損害が出たのだ？」と、ギアリー。

　陸上軍指揮官は顔をしかめた。

「グレンリオンは直接の攻撃は受けていません。ほかの多くの惑星と同様に、グレンリオンも人々を送りました。戻った者もいますが、多くの者は戻りませんでした。過去百年間の犠牲者全員の名前が記された記念碑があります。ご理解いただけると思いますが、これはなかなかやっかいな問題です。明後日、花輪をたむける予定が組まれています」

「けっこう」それくらいならかまわないと、ギアリーは思った。車はすでに非常に大きな建物の前で停止しようとしていた。見覚えのない建物だ。この一世紀のあいだに建てられたものだろう。

「古い初代退役軍人サービスセンターに、ビュッフェ式の食事を用意しています」と、陸上軍指揮官。「多少なりともくつろいでいただけるかと思いまして」

　古い初代退役軍人サービスセンターと言うからには、建造から数十年はたっているはずだが、その施設の記憶はギアリーにはなかった。いつものこととはいえ、まったく奇妙だ。自分にしてみれば数年前のグレンリオンの記憶なのに、実際には百年前のものなのだから。

　施設内のやたらと大きな広間は山のような料理が並ぶテーブルで埋まり、大勢の男女の集団が待っていた。その立ち姿と自分に向ける視線を見ただけで、ギアリーはそこにいる全員が退役軍人だとわかった。

全員がギアリーと話をしようと待っていた。

仲間から審査されるような気分で、ギアリーはデシャーニとともに広間へ入っていった。

8

退役軍人たちの非常に古い集合写真を見たことがある。そこには現在との違い――四肢を失った男女、従軍によって損壊した身体――が写っていた。それは、何に耐え抜いたかの外見上の証拠だった。だが、最近では、ほぼすべての身体的ダメージが修復可能だ。四肢は再生できるし、脳の損傷さえ治療できる。従軍の証《あかし》として残す者もいるが、身体的な傷はきれいに消せる。とはいえ、見えない傷は残っている。その点においては、昔も今も退役軍人の集まりは変わらない。

これなら、なんとかなるだろう。ギアリーは退役軍人たちのあいだをゆっくり歩いていった。大勢に対し、自分一人が特別な存在であることを気まずく感じながらも、ひとりひとりと二言《ふたこと》三言《みこと》、言葉をかわした。しばらく姿を消していたデシャーニが皿を手に戻ってくると、ギアリーは食べながら移動と会話をつづけた。グレンリオン自慢の特産品をいくつか口にすると、とても幸せな気分になり、自分でも驚いた。

「元帥」無骨そうな男性が声をかけてきた。民間のスーツ姿だが、敬礼している。試練を耐え抜いた肌だった。首には美容整形で消すことができたはずの傷が残っている。「ダンカン大佐です。第二〇五陸上軍師団所属でした」

ギアリーは答礼した。

「いかがお過ごしですか？」

「まあまあです。なんとかやっておりますよ」ダンカン大佐はふいに、にやりと笑った。

「元帥が政府を乗っ取るとかいう噂を心配していましたが、そんなことをするほど愚かなかたではなかったようですな。もっとも望ましくないことですからね。軍人は会話しながら行進するだけでも大変です。軍人が星系同盟《アライアンス》を運営しようとすれば、まったく収拾がつかなくなるでしょう。違いますか？」

「わたしも同じことを考えていました」と、ギアリー。

「わたしがずっと若かったころ、あなたの甥ごさんを知っていました。マイケルの息子さんを。その娘さんたちも。いい人ばかりです」

「ありがとう」弟の子どもたちが死んでから、どのくらいたつんだ？　あまり深く考えないほうがいい。

身体をつかれて、ふと見ると、デシャーニが一方の壁ぎわを身ぶりで示した。若い女性と並んで年配女性がすわっている。その外見をひとめ見れば、高齢であることがわかる。携帯椅子を使う必要があることからも、死期が近いのだろう。なぜ、あんなところにぽつんといるのだろう？

　ギアリーは女性に近づいてゆき、デシャーニもあとにしたがった。ダンカン大佐もギアリーに話しかけながら、ついてきている。

「あの女性を知っていますか？　ご存じない？　醜悪な戦争で起こった醜悪な出来事のひとつにかかわった人です。そのとき、わたしはまだ子どもでした。あの人は充分な支援がないまま惑星連合《シンディック》の惑星に降下した陸上軍部隊の一員でした。降り立ったときは千二百名の屈強な部隊でしたが、戦いのあと、生きて退避できたのはたったの五十人でした。その五十人のうち今もまだ生きているのは、あの人だけです。少数の生存者のうちの唯一の生き残りなのです。あまり社交的なかたではありませんが、それもしかたのないことだと、みな思っています」

　ギアリーたちがやってくるのを見た若い女性は、前に進み出て出迎えた。

「そちらのかたに話しかけてもいいでしょうか？」ギアリーがたずねた。

「そうしていただけるのを望んでいると思います」と、若い女性。

「あなたのお母様ですか？」

「大おばです」若い女性は携帯椅子にすわる高齢の退役軍人を振り返った。「大おばは軍曹でした。士官は全員死亡しましたが、大おばともう一人軍曹が生き残っていて、部隊が全滅する前にほかの兵を退避地点まで移動させました。これはほかの人たちから聞いた話です。その戦いについて大おばは何も語りません」

「なんてこと」デシャーニがつぶやいた。

ギアリーは高齢女性に近づき、片手を差し出した。

「軍曹ですか？　お会いしたいと思っていました」

高齢女性がギアリーを見あげた。ギアリーの顔を探るように見ている。

「あなたがブラック・ジャックなのですか？」その身体と同様にか細く、弱々しい声だ。だが、かつては力強かったであろう声の名残りがあった。「元帥がなぜ、わたしのような年寄りの気難し屋に会いたいのでしょう？」

「わたしもあなたと同じように感じているからです。わたしは〈マーロン〉のクルーの最後の生き残りです。少しでも多くの仲間を助けようとしましたが、力及ばず、ほかの者はみな、ずっと昔に死んでしまいました」

高齢女性はギアリーをしばらく見つめると、手を伸ばし、ギアリーの手を握った。

「もっと多くの仲間を救うべきでした」と、高齢女性。ささやき声だ。「仲間の姿を毎日、目にします」

「ええ。しかし、あなたは全力で仲間を救いました。ほかに選択肢がないこともありますよ。感謝します」

高齢女性はうなずいた。たがいの目を見ながら、言葉にならない思いを交換している。やがて、女性はデシャーニに目を向けた。デシャーニの軍服を見ている。

「アライアンス艦隊十字勲章ですね。航宙軍士官は、それをどのようにして手に入れるのですか？」

「敵艦への侵入作戦でいただきました」と、デシャーニ。

「ひどい作戦任務でしたか？」

「最悪でした」

「いい作戦任務などありませんからね」女性がつぶやいた。「喜ばしいことです。いまもまだ女性たちは仕事をなしとげているのですね」目を閉じ、ゆっくりと呼吸した。会話をして疲れたようだ。

その後もギアリーは室内を移動しながら、ほかの退役軍人たちと会話した。だが、その高齢の軍曹の姿が頭から離れなかった。グレンリオンに帰郷する理由があの出会いだけだったとしても、それで充分だっただろう。

ギアリーとデシャーニが建物を出て公用リムジンに乗ろうとしたときには、あたりは暗くなりはじめていた。

「わたしたちはギアリー家の住居に滞在するつもりです」ギアリーは、ほかの要人と同様にまだ二人に同行していた陸上軍指揮官に言った。そこに泊まるよう強く主張したのはジェーン・ギアリーだ。ギアリーはその考えをしぶしぶ受け入れていた。

「そうなさると思っていました」と、陸上軍指揮官。

「家のまわりは何もない野原がどこまでも広がっていたと記憶している」と、ギアリー。道に立ち並ぶ建物を見つめた。リムジンは静かな音を立てて進んでゆく。ギアリーたちの車は、ほかの要人たちが乗る車で前後をはさまれていた。「木々もたくさんあった。この惑星で暮らしたギアリー家の最初の世代であるロバートとリンが、都市部からずっと離れた場所に家を建てたんだ。わたしがここを離れたときには、都市部はまだあそこまで広がっていなかった」一世紀以上たつのだ。何か見覚えのあるものが残っているだろうか？だがジェーンは、あの場所はそれほど変わっていないと言っていた。偉大なるブラック・ジャックの住まいに押しかけようとする人々が入ってこないよう、敷地が壁で囲まれたことくらいだ、と。

「一戸建てですか？」と、デシャーニ。

「そうだ。二人は人口の多い旧コロニーからやってきたんだ。新しい居住惑星をまるごと手に入れたとき、そのような場所から来た多くの人々は土地をほんの少し所有したいと思った。ロバートとリンはしばらくのあいだ軌道上の施設で暮らして、そこで仕事を手に入れ、やがてこの惑星に定住したんだ。古いデザイン様式の家だと思う」

そのとき、道の右側の建物が消え、壁で囲まれた区画が現われた。非常に熱心な者も近寄らせないほど高く頑丈な壁だ。壁には装飾がほどこされていた。外側を飾り立てようとするその努力からすると、政府が建てたものにちがいない。壁の上からは木々のてっぺんがのぞいていた。

ギアリーたちの車が門の前で停止すると、身分証を確認するために、人間の女性警備員がやってきた。ギアリーを目にした喜びをなんとか抑えこんでいる。

門を抜けて家を見たギアリーは、思わず笑みを浮かべた。見たところ、ほとんど変わっていないようだ。数世代が住んできた家にしては小さいように思えるが、これはまさしく先祖代々の家だった。大きくりっぱではないが低く広がりがある。本当にギアリー一族に似つかわしい家だと、ギアリーは思った。そこに住む家族の富や影響力を誇示する、うわべだけがきれいな建物ではない。ギアリー家が富と影響力を持つ一家であったことはない。そうであったとしても、そんな派手な家での暮らしは楽しめなかっただろう。

「では、ここで」と、ケネディ評議員会議長。ほかの要人たちとともに別れの挨拶をして、それぞれの車へ戻った。車が通過すると門が閉まり、外側の景色を締め出した。それでも、ようやく帰郷した英雄をひとめ見ようと、なかをうかがう群衆の声や物音は聞こえてくる。

玄関前で一人の女性が待っていた。笑みを浮かべ、まばたきで涙を払っている。

「ジェーンさんが不在のあいだ、ここの管理をするために雇われました。お二人を迎え入れる準備はすべて整っています。キッチンにはいろいろとそろっていますし、必要なものはなんでもご用意いたします」

「ありがとう。不足はないだろう」ギアリーは戸口の片側にあるセキュリティ・パネルを見て、思案した。近づいていってその前に立つと、手の輪郭が描かれた部分に手のひらを当てた。

「おかえりなさい、ジョン」反応して家が話しかけてきた。おそらくこれはリンの声なのだろう。

「この家のシステムから、まだあなたの存在は消えていないのね」と、デシャーニ。当惑する口調だ。

「いつか帰ってくることになっていましたから」家の管理をまかされた女性が説明した。

「伝説ではそうなっています」

実に不思議な感じがした。ギアリーは女性を門まで送ってゆき、それからデシャーニのところへ戻った。

「心の準備はいいか？」

ギアリーを迎え入れるようにドアが開き、ギアリーはなかへ足を踏み入れた。百年の時を超えるような気がした。

「ほとんど変わっていない」

「どきどきするわ。平屋だけど、見た目よりも広いわね」

「そうだな。家族が増えるにしたがって、あちこち増築したから、家は横に広がっていった。最後にここを離れたときには寝室は六つあった」

「壁の内側はどのくらい広いの？」

「二・五エーカー（約一万平方メートル。約三千坪）だ。入植当初は、土地の値段はかなり安かったんだろう。しかし家族の話では、この土地は政府からロバート・ギアリーとリン・ギアリーに与えられたものらしい。当初、惑星はさまざまな脅威にさらされていたため、二人は兵役につき、その見返りにもらったという話だった」

ギアリーは周囲を見まわし、気づいた——そうだ、最初に行くべき場所がある。大広間を抜けて片側の少し小さな部屋に入った。そこは家族の祭壇だった。ひとつの壁に、大小さまざまな写真がところ狭しと飾られている。この家が建てられてから長い年月のあいだに亡くなった、ギアリー家の全員の写真だ。写真の下には低いキャビネットがあり、その上には使われた形跡のあるろうそくが置かれていた。ギアリーが子どものころ、この場所で目にしていたものとよく似ている。

　ギアリーは中央の写真に目をとめた。それは家族写真で、つねにこの位置に置かれていた。最初のギアリー家の写真だ。ロバートはグレンリオンの小規模だった航宙軍の軍服に身を包んでいる。その後、航宙軍はほかの軍と完全に統合され、アライアンス艦隊となる。リンは、プログラムのソースコードの行列を示す大きな記章をつけていて、ロバートとリンの長女は宙兵隊の軍服を着ていた。その弟二人は一心に外を見つめている。まるで、自分たちの運命にしたがって宇宙へ出る覚悟ができているかのようだ。

「おれたちはここで育ち、やがてここを離れ、ときどき戻ってきた」ギアリーは写真を見ながら言った。「戻ってこないこともあった」ギアリーは別の写真を見た。自分の父親と母親が、若いギアリーと弟のマイケルといっしょに立っている。みんな、おれがグレンデル星系で死んだと思っていた。ここを最後に離れたとき、もっとちゃんとした別れの挨拶をすればよかった。

「マイケルが戦闘中に行方不明になったと知らされて以来、帰っていないと、ジェーンは言ってたわ」デシャーニはすべての写真に見入っている。「戦争で多くを失ったせいだって。ジェーンの両親が戦闘で死亡し、ジェーンとマイケルはギアリー一族の最後の二人になってしまった。ジェーンがなぜ、この家は自分たちには大きすぎると言ったのか、なぜここに一人で帰りたくなかったのか、いまその理由がわかったわ」

「おれのせいだ」ギアリーはジェーンの痛みを感じていた。「二人はブラック・ジャックという手本にならわなければならなかった。アライアンスのために英雄になろうとしたんだ」

「それはあなたの落ち度じゃない。あなたがブラック・ジャックの伝説を作ったわけじゃないし、その伝説に沿って生きるよう親族に強要したわけでもないんだから」デシャーニは片手で壁の写真を示しながら、反対の手でギアリーの手をつかんだ。「この人たちからご自分に向けた怒りが感じられる？　憤《いきどお》りを感じる？　みんな、あなたが最善を尽くしたことを知ってる。そして、同じことをしようとした。わたしが何を感じてるか、わかる？　あなたのご先祖様はあなたをとても誇りに思っているの。ここに立っていると、それが伝わってくるのよ。あっ」

「どうした？」ギアリーはデシャーニの視線の先を追った。そこには〈マーロン〉の艦長に就任したときの自分の写真があった。ギアリーが両親に送った写真だ。

「あれは、はずしたほうがいいな」ギアリーは気まずい思いで別の写真に目を向け、その写真を見ないようにした。「おれの弟の孫であるマイケルの写真はないんだな」

デシャーニはうなずいた。

「ジェーンはマイケルが死んだとは思ってないから」

「成長するうちに二人はおれを嫌うようになったと、ジェーンはきみに言ったか？　あの伝説のせいで、艦隊でキャリアを積む以外に道はなかったから……あんな、とうてい及ばない基準で、ことあるごとに評価されるから……。それでも、二人は全力を尽くした。そうだ、自分たちはギアリー一族であり、するべきことをするのだ、と言って。でも、これじゃ、おれたちは幸せにはなれない」

「似たような境遇の人をほかにも知ってるわ。でも、いまやジェーンは実際のあなたを知っていて、あなたを憎んではいない。これは誰？」デシャーニは、一人の女性が写る小さな古い写真を示した。身分証明用に撮ったもののようだ。「フォーマルな写真じゃないわね」

「マーテル大尉だ。ロバート・ギアリーの艦に乗っていた。家族に伝わる話では、彼女には家族がなく、故郷から遠く離れた場所で亡くなったらしい。だから、ギアリー家が、その魂を家族の一員として受け入れたそうだ」

ギアリーはキャビネットに手を伸ばした。たしかここに入っていたはずだ。記憶を頼りに引き出しを開け、そこにマッチを見つけた。マッチを擦《す》ると、一本のろうそくに火をつけ、マッチをデシャーニに渡した。デシャーニはそのマッチで隣のろうそくに火をつけた。その瞬間、ギアリーの先祖たち、そして自分よりあとに生まれながらも、自分が発見され目覚める前に亡くなったギアリー家の者たちの写真の前に立ちながら、気づいた——まったく、ここに来たことは正しかった。どうしても、こうする必要があったのだ。ギアリーはそこに立って一族の者たちの姿を目にしながら、一族を思い感謝した。同時にデシャーニの手を取ると、新しい家族の一員として正式に紹介した。

「ありがとう」ギアリーは低い声で言った。

どのくらい、そうして立っていただろう？　ろうそくが燃えつづけ、さまざまな記憶が脳裏に去来した。だが、はっきりしたイメージはやってこなかった。明らかなメッセージも感覚もない。ようやくギアリーは手を伸ばして火を消し、デシャーニも同じことをした。

「ありがとう」ギアリーは同じ言葉を、こんどはデシャーニに言った。「きみは正しかった。おれはここへ来る必要があった」

「わたくしはいつも正しいのよ」デシャーニは笑みを浮かべた。

「いつも忘れてしまうな」

「わかってるわ。これからも思い出させてあげる」

「腹が減ったか？」

「あのビュッフェ式の食事のあとなのに？　いいえ」

ギアリーは廊下を指さした。

「おれはたまにしか顔を見せにこなかったが、部屋は余っていたから、おれが以前使っていた部屋はそのままにしておいてくれた。もちろん、その当時からずっとそのままということはないだろう」

「確かめてみる？」

広間は気味が悪いくらい見慣れているのに、どこかよそよそしい感じもした。広間に変わりはなかった。家具はほとんど同じだ。ただ、古い写真に新しいものが追加されていて、一世紀前によく目にしていたもののあいだに、新しいプレートやそのほかのものが割りこんでいた。少なくとも、新しいプレートのひとつはブラック・ジャックの〝最後の抵抗〟に関するものだったが、まともに見て読むつもりはない。

なんだか恐ろしい気がする。ギアリーは勇気を振りしぼり、部屋――自分の部屋のドアを開けた。

ギアリーは部屋に入ると足を止め、あたりを見まわした。

「大丈夫？」デシャーニがたずねた。

「どうかな」ギアリーは部屋をつぶさに見た。目を凝《こ》らして細部を見ようとしている。「見たかぎりでは、おれが最後にここを離れたときから、まったく変わっていないようだ。ずっと掃除されていたことは明らかだが、動かされていたり取り換えられていたりするものはないと思う」

「この一世紀のあいだに何も変えられてないなんて。歓迎されている気がする？　それとも、気味が悪い？」

「どちらも少しずつ感じる」

デシャーニも周囲を見まわし、デスクの上にさりげなく置かれていたものに目をとめた。

「コンサートのチケット？」

ギアリーが笑った。

「こんなものまで、そのままにしていたのか。そうだ。偽造防止のために印刷されたチケットだ。ジャンプ・スペース・ライオットは、当時のグレンリオンで大人気のグループだった」

「チケットは二枚ある。誰と行ったの？」

「ええと……友だちだ」なんだって、うしろめたい気分になるんだ？　一世紀前に知っていた女性だぞ？

デシャーニが不審がる目でギアリーを見た。

「本当だ。アイリーンは友だちとして、おれのことが好きだったんだ」

「自分の気持ちについては言わないのね」デシャーニはそっとチケットに触れた。「うしろめたそうな顔をしないで。友だちは大事よ。その人が自分の望む相手を見つけているといいわね」

「調べたくなかった。アイリーンのことも、ほかの知り合いのことも。グレンデル星系で生き延びた、おれの艦のクルーがどうなったかを知って、ひどい気分になったからな」

「わかるわ」デシャーニはもういちど周囲を見まわすと、小さな機械を取り出し、何かを調べた。「この部屋にしかけられていた盗聴・盗撮器は市販のものだけみたいね。標準的な家庭用セキュリティ用品だわ」デシャーニは数回、その小型装置にさわった。「この部屋にあるものは無効化されたわ。見つからなかったものも妨害されている」

「それはよかった」ギアリーはデシャーニの手にある装置をもういちど見た。「それには見覚えがあるな」

「あなたとわたくしの共通の友人の形見よ。取扱説明書もついていたわ」デシャーニは詳しく調べようとするかのように、手のなかでひっくり返した。「あの女がこんな装置をどこで手に入れたのかわからないけど、とても独特な知り合いがいたようね」

「ビクトリア・リオーネがそれをきみに？」ギアリーは驚いた。

「だから、形見なの」デシャーニは肩をすくめた。「ええ、わたくしもびっくりしたわ。あの女は、わたくしにはこれが必要だと思ったのね。小さいし、とても重宝してるの。タルリーニ上級上等兵曹に見せたら、すごく感心してた」デシャーニはギアリーを見た。「夜はここで休むの？」

「ああ」と、ギアリー。夜のことを考えると少し鼓動が高まり、デシャーニを見返した。

デシャーニは大きな笑みを返し、片手でギアリーの顔に触れた。

「じゃあ、寝具を確かめましょう。あなたが一世紀前に使っていたものなら、シーツは取り換えたほうがよさそうね」


ギアリーは真夜中に目を覚ました。すべてが静まり返る時間だ。薄闇の向こうの天井を見あげながら、いま見ていた夢を思い出そうとした。だが夢の記憶はたちまち消えてゆき、どんな夢だったのか、まるで思い出せなくなった。ぼんやりした夢の感触しか残っていない。

「どうかした？」隣からデシャーニがたずねた。

ギアリーは腕を伸ばし、デシャーニを引き寄せた。

「ごめん。起こしてしまったな」

「わたくしは艦長よ」と、デシャーニ。低い声だ。温かい息がギアリーの顔にかかった。

「ほんのわずかな物音でも目が覚めるわ。どうしたの？」

「なんでもない。夢を見た」

「どんな？」

「思い出せない」ギアリーは暗闇を見つめた。「幸せな気分だった。違うな。くつろいだ気分だった。なんの心配もなかった。すべてがうまくいっていた。思い出せるのはそれだけだ。その感覚だけがある。ただの夢だ」

「ただの夢？」デシャーニはため息をつき、ギアリーに身体を押しつけた。

艦内では触れることすらかなわない。なんどこれを夢に見ただろう？

「ジャック、それはただの夢なんかじゃないわ」と、デシャーニ。いつものように確信のある口調だ。「あなたは家に帰ってきて、家はあなたを迎え入れた。ここはあなたのご先祖様たちの魂がつどう場所。ご先祖様たちはあなたを歓迎したの。くつろいだ気分になるのは当然よ」

「そうだといいんだが」

「わたくしはいつも正しいのよ」

ギアリーは笑い、デシャーニにキスした。デシャーニもキスを返した。

「きみも、おれと同じことを考えているのかな？」

「ベッドに入るために帰ってきただけだとしたら、気恥ずかしいわね」デシャーニがつぶやいた。


翌朝、多くの公務を果たしに出かける前に、ギアリーはデシャーニを一室へ案内した。壁の一部が細長く区切られている。その隣にある枠に指をすべらせて引っかかりを見つけ、そこを押した。

すると、その仕切られた個所がぱっと開き、くだりの階段が現われた。

「いったい、これは何？」デシャーニは階段を見おろした。

「秘密の通路だ」ギアリーはにやりと笑った。

「あなたは秘密の通路がある家で育ったの？」

「そうだ」ギアリーは手を伸ばして照明をつけた。「家族の伝説によれば、リンは家を建てるとき、家のなかに秘密の通路を造るべきだと主張したらしい」

「骨の髄までプログラマー《コード・モンキー》だったのね。だって、プログラマーがやりそうなことだもの」

ギアリーは先に立って階段をおりはじめた。この数年は――この数年だけは――掃除をしていないようだ。

「弟のマイケルは自分の子どもたちにここの秘密を教え、それから孫にも伝わったようだ」階段をおりると、大きな部屋に出た。普遍的なデザインの重厚な家具が置かれている。壁には、ゲーム機器やそのほかのコンピューター製品――家と同じくらい古いものもあるが、もっとずっと新しいものもある――とともに、本物の本が並んでいた。ギアリーはものでおおわれていない壁へ近づいていった。その場所を見て胸に痛みを感じながらも、ほほえんでいる。

「これも家族の伝統だ。この秘密を教わったとき、全員がここにサインした。世代から世代へと受け継がれてきた。ここにおれの名前もある。こっちは弟のサインだ」

「すごい。秘密の地下へつづく秘密の階段だなんて……ここは何？　部屋がひとつあるだけ？」

「いや、ほかにも部屋がある。キッチンにバスルームに貯蔵室。屋外へ抜ける別の通路もある」

「ここにある機械はまだ使えるの？」デシャーニは手を振って部屋全体を示した。

「おれが住んでいるときは使えた。そうだ、家のネットワークに侵入しようとすると、リンがこっそりしかけたサブルーチンが知らぬまに起動して、ひどい目にあうぞ。そういうしくみも、おれが暮らしていたときはまだすべてちゃんと機能していた」

「あなたのひいおばあ様だか、ひいひいおばあ様だかは、電脳空間のポルターガイストになって、いまも家のネットワークに出没するの？　わたくしたちはこの惑星に住むようになるでしょうね。この家に。ここで、わたくしたちの子どもが育つのよ。コサトカの高層住宅じゃないわ。そういう住宅にある隠された通路といえば、保守点検用の狭いダクトぐらいだし、コンピューターの不具合を引き起こすのはお粗末なプログラミングよ」

「ここに住むのは賛成だ」ギアリーは壁のいちばん下にあったペンを拾いあげた。これはおれが使っていたペンだろうか？　まさか、そんなはずはない。どれだけ時間がたったと思っているんだ？　「きみもサインするか？」

「わたくしがサインを？」デシャーニはペンを握ると、一世紀以上前に書かれたギアリーの名前の隣に、自分の名前をていねいに書いた。「この壁はまとまりのない家系図のようね」

「そうかもな。これできみも、おれの家族の秘密を正式に共有したんだ」

「つまり、あなたは、わたくしから逃げられなくなったってわけね」

「そいつはラッキーだ」

屋外では、ギアリーをひとめ見ようと待ち受けていた群衆を明るい陽光が照らしていた。歓声が上がった。ギアリーは笑みを浮かべ、手を振った。群衆を押しとどめる警官たちも笑って手を振り、リムジンの横に立つケネディも微笑しながら手を振った。みな笑みを浮かべている。ギアリーは悪いことを考えずにはいられなかった。だが、ここでは、どの笑顔も本物のようだ。

「おはようございます、元帥」と、ケネディ。「おはようございます、ええと……」

「艦長でけっこうです」と、デシャーニ。「ターニャ・デシャーニ艦長で」

「艦長ですね！　わかりました。どのような呼称がお望みなのか、わからなかったものですから」ケネディはギアリーたちを車へ案内すると、自分も乗りこんだ。座席でくつろぐと同時に車が動きはじめた。

前日より疲れがとれていたギアリーは、リムジンの内部をチェックしはじめた。見たところ、車の装甲は薄いようだ。分厚い材質でできた窓は本物で、通り過ぎてゆく外の世界と、車に手を振る大勢の人々が見えた。向こうからもこちらが見えるようだ。ギアリーは手を上げて振り返した。

「いわゆる王族の手の振りかたを覚えたほうがいいですよ」ケネディは手を上げると、前後に少しだけそっと動かした。「こうしないと、すぐに疲れてしまいますから。艦長、あなたはすでにやりかたをご存じのようですね」

上げた手をわずかに動かしながら、デシャーニがうなずいた。

「コサトカの旧家の出なんです」デシャーニが説明した。「王族のかたがたを訪問する機会がありましたから。子どものころに王女のお一人からコツを教わりました」

「デシャーニ家のかたでしたか！」と、ケネディ。「なるほど、当然だ！　なぜ気づかなかったんでしょう。グレンデルをどう思われますか？」

「とてもすてきなところですね」と、デシャーニ。

「いつかここに引きこもろうと考えています」と、ギアリー。これはケネディが知りたがっていることだ。

「ご先祖様、感謝します」と、ケネディ。ほっとした様子だ。「それは……なんと言うか、ここに住む者全員にとって重要なことです。この二年ばかり、あの家には誰もいらっしゃらなかったので、みな心配していたのです。これまでずっと、グレンリオンには、ギアリー家のかたがたがいらっしゃいました。伝説では、この惑星に最初に降り立ったのはあなたのご先祖だということになっているんです、元帥」

「本当ですか？」ギアリーは笑った。「それは初耳です」

「時がたつにつれて、伝説には尾ひれがつくものです。歴史では細かい話は忘れ去られますが、伝説では増えてゆきます。人はそういうものです」ケネディはギアリーに鋭い視線を向けた。「元帥たちが出会った異星人のことですが、その異星人は人類と似ているのでしょうか？」

「似ていると言えば似ていますし、似ていないと言えば似ていません」と、ギアリー。「異星人の思考法を解き明かすのは非常に困難です。しかし異星人は、われわれが共感できる性質を持っているようです」

「ここに異星人を連れてきていただけるようなチャンスはあるのでしょうか？　あのかわいらしい異星人、ええと……」

「キックスですか？」デシャーニが驚いてたずねた。

「いえ、違います」ケネディは携帯パッドを取り出し、調べはじめた。「ウルサタウリアン族です。人類のよき隣人となってくれそうに見えます」

「小さなクマに似た牛のようだと？」と、デシャーニ。「いつからキックスはウルサタウリアン族と呼ばれるようになったのですか？」

「その名前はクマと牛の学名を組み合わせたものです。キックスとは、どういう意味ですか？」と、ケネディ。

デシャーニがギアリーに視線を向けると、ギアリーは咳払《せきばら》いした。

「艦隊で使っているスラングです」と、ギアリー。〝イカれた殺し屋の牛《クレイジー・キラー・カウ》〟の音声表記だとは言えなかった。「あの種族がここへ来ることはないでしょう。きわめて敵対的で危険な種族です。いかなる意思疎通も拒否しました」

「視界に入ったとたん、われわれを殺そうと全力で向かってきました」と、デシャーニ。楽しげな口調だ。「自分たちの群れの一員でない者、あるいは群れにとって利用価値がない者はすべて殺します。〝気が狂っている〟と言ったほうが適切でしょう。違いますか、元帥？」

「そうだな」と、ギアリー。まったく困ったものだ。キックスはかわいらしいから友好的だという考えが、これほど広まっているとは。「対話しようと全力を尽くしましたが、ことごとく失敗に終わりました」

「そうでしたか。しかし、外交官が接触を試みれば少しは違うかもしれません」と、ケネディ。

ギアリーはため息をついた。

「無駄でしょう。デシャーニ艦長が言ったように、あの種族はわれわれとの対話を拒否し、ただ攻撃するのみでした。われわれは数体を生け捕りにしましたが、すぐに自殺してしまいました。嘘ではありません——われわれが望んでいたのは対話で、戦いではありませんでした。しかし、あの種族にとってわれわれは捕食者であり、群れの一員ではない。あの種族との関係の構築は非常に難しいようです」

「友好的であることを証明した異星人はダンサー族です」と、デシャーニ。

　ギアリーはデシャーニに、〝それを言う必要があるのか〟と言いたげな視線を向けた。

「そうです。生来の技術者で、人類と共通の価値観を持っているようなのです」

「ダンサー族？」と、ケネディ。「待ってください。ダンサー族というのは、あのクモのことでしょうか？」

「ダンサー族はクモではありません」

「クモとオオカミが異種交配したような種族です」デシャーニは明らかに楽しんでいる様子だ。

「あの異星人が、われわれと同じ価値観を持っているのですか？　本当に？」と、ケネディ。

「本当です」と、ギアリー。「われわれがわかる範囲においてですが。戦闘では、われわれとともに戦い、価値ある支援を提供してくれました。われわれとの対話を受け入れています」

「こちらのテクノロジーが目的なのかもしれません」

「違います。何を見ても、向こうのテクノロジーのほうがすぐれているとわかります」外見に対する偏見をくつがえすつもりなら、自分が話している相手から始めなければならない。そうさせるために、デシャーニはこの状況におれを追いこんだのだろう。「ダンサー族の外見が不快であるのはわかっています。しかし、その内面は、われわれが出会ったどの異星人よりもわれわれに近いのです」

ケネディは眉をひそめて考えこんだ。

「もちろん、あなたはわたしよりも、いろいろとわかっていらっしゃるでしょう。それでも……」ふいにケネディが笑い声を上げた。「そうだ、人がおたがいに対してやってきたことを考えると、自分たちに似ているからといって仲よくなれるとはかぎりませんな！」

「なるほど、たしかにそうです」と、ギアリー。

「われわれはまだ自分たちよりもすぐれた何かを探しています」と、デシャーニ。「ひょっとすると、知的生命体は本質的に複雑なのかもしれません」

「わたしはその説に同意しますよ」と、ケネディ。「少々、難しいですね、あの……ダンサー族のような外見の相手を友好的だとみなすのは。しかし、わたしの親友は間違ってもハンサムとは呼べませんが、あれほど頼りになるやつもいません。では、それがふたつの異星人なのですね。第三の異星人も存在するのでしょう？」

「ええ」と、ギアリー。「われわれは謎の種族と呼んでいます。自分たちについて誰にも知られたくないという強迫観念にとりつかれているらしく、その名前がつきました。実際、ほんのわずかなことしかわかっていません。なんとか接触を試みましたが、どれも失敗に終わりました」

「好奇心の強いわれわれを恐れているのです」と、デシャーニ。「われわれはそう考えています。あの異星人は、ほかの異星人に自分たちのことを何も知られたくないのです。逆に、人類はいつも何かを知りたがっています」

「なかなかやっかいな相手ですね」と、ケネディ。「そうだとしても、すばらしいことです！　実に三種類もの知的生命体を発見したのですから。人類が到達した宙域の向こうには、まだ新たな異星人がいるのでしょうか？」

「いたとしても、わたしは驚きません」と、ギアリー。

「あなたがようやく帰郷なさったので、つい異星人の話をしてしまいました。予定を詰めこみすぎていないといいのですが、元帥。あなたにお会いしたいと思う者が、あちこちに大勢おりまして」

「わかりました」ギアリーは、できればすべて遠慮したいという思いをあらわにしないようにした。

デシャーニが身を寄せて、ギアリーの耳につぶやいた。

「ファイトです」


その翌日、とうとう恐れていたことが起こった。実際にグレンリオンはギアリーの銅像を建てており、それに向き合うことになったのだ。そんな場所には何があろうと近づきたくはなかった。だが、出征して戦死したグレンリオンの人々をまつる場所に花輪をたむける予定が組まれていたので、しかたがなかった。なんとかうまく断わることができたとしても、そうはしなかっただろう。戦死者に対して何かできるのなら、なんでもしておきたい。

だが、銅像の前を通り過ぎるときには、殊勝な表情を保つため、自制心を総動員しなければならなかった。銅像は実物よりも大きく、ギアリーよりずっと背が高い。そこに立つブラック・ジャックの銅像は胸を張り、顔を上に向けて宇宙を見つめていた。挑むようにこぶしを突きあげている。もう片方の腕は少し横に伸ばされ、周囲をさっと払いのけるようなおおげさなしぐさのまま永遠に凍りついている。その顔には英雄的な断固とした表情が浮かんでいた。

おまけに、顔はまったく似ていないじゃないか――ギアリーは思った。

デシャーニも同じように感じたようだ。

「ブラック・ジャックは本当にハンサムな人だったのですね」

「そういう男性といっしょになれなくて残念だったな」ギアリーがつぶやいた。

「こういう人を好きになったりはしなかったでしょう。この人は、人間ではありませんから」

たしかにそうだな――ギアリーはそう思いながら、うやうやしく花輪をたむけた。銅像の造り手たちは、あらゆる時代における最大の英雄として、熱を入れてブラック・ジャックを形づくろうとしたらしい。だが、そのせいで銅像からは人間性が消えてしまっている。

ギアリーは銅像のことを頭から追い出すと、花輪の位置を整えて後退し、こちらを見守る群衆に顔を向けた。ギアリーは群衆を見てはいなかった。この人生では二度と会えない知り合いたちの姿を、心のなかで見ていた。〈マーロン〉で死んでいった者たちから、その百年後に代理ユニティ星系で失った者たちまで、全員の姿を。

「その犠牲が、いかなるときも忘れられることがありませんように。その記憶が、いかなるときも尊ばれますように」ギアリーは言葉に詰まらないよう感情を抑えながら、そう口にした。

だが、その声からギアリーの感情が聞き取れたらしく、歓声が沸き起こった。人々は完璧である英雄ではなく、自分たちと同じ感情を持った英雄に賛同したのだ。

次の数日間は市民たちとの交流がつづいた。記憶にある古い場所やこの百年のあいだに造られた場所へ行ったり、自分とのなんらかのつながりを主張する人々との終わりのない集会に参加したりするうち、何がどうだったのか記憶があいまいになっていった。この惑星のほとんどの住民には、ギアリーといっしょに学校へ通ったと主張する祖父母や大おじや大おばがいるらしかった。

「あなたはよほど大きな学校に通っていたのね」また別の市民との交流会を終えたあとで、デシャーニが言った。

「おれとのつながりを主張する人々が多すぎる。おれは覚えていないが。とくに高校が同じだったと言う人のことは覚えていない」

その後、公《おおやけ》の場への顔出しと、死ぬほど長い正式なディナーの長い一日がまた終わり、二人はようやく家に帰ってきた。ギアリーは大広間で、なじみがあるように見える椅子にすわっていた。最後にすわったときから少なくともいちどは張り替えてあるはずだ。デシャーニは窓辺にたたずみ、家の裏の草木を見つめている。

「最後にこの惑星を離れたとき、どんな感じだったの？」デシャーニがたずねた。

ギアリーは一世紀前のその日を思い出そうと、じっと考えこんだ。

「〈マーロン〉――グレンデル星系で失った重巡航艦の艦長になろうとしていた」

「そんなふうに言わないで。あなたはいつも、挫折を味わったように言うのね」

「当時はそう感じていたからだろう。とにかく二週間ほど帰省して、両親や弟と会っていた」

「それから、アイリーンとも会ったのね」デシャーニがからかった。

「いちど会った。ここを離れたその日は……」ふいに記憶が鮮明によみがえり、ギアリーは驚いて口ごもった。「とても早く起床した。おれの乗るシャトルの出発時間が日の出と同じくらいだったからだ。母と父が起きてきて、見送ってくれた。数年後にはまた会えると思っていたが、しばらくは会えないのだからと、おれたちはちゃんと別れの挨拶をした。ここを出たときはまだ暗かった。車がやってきたとき、通りがとても静かだったことを覚えている。その車で発着場まで行った。おれの先祖も両親もそこを使った。ちょうど日がのぼりはじめたとき、おれはタラップをのぼってシャトルに乗りこんだ。美しいながめだった。風は冷たかったが」

デシャーニはギアリーを振り返った。

「見送りの人はいなかったの？」

「いない。ほとんど人けはなかった。ほかに乗っていたのは、軌道施設に通勤する契約社員たちだけで、軍服を着ているのはおれ一人だった」

「それは奇妙ね。わたくしの人生では、軍服を着た人がいつもまわりに大勢いた。こう言ってはなんだけど、あなたはひとりぼっちだったみたいに聞こえるわ」

「そのとおりだよ」ギアリーは肩をすくめた。「当時、生計を立てるために軍に入ることは、そのう……世間的評価の高いことではなかったんだ。もちろん金持ちにはなれないしな。しかし、〈マーロン〉の艦長になることでどれだけ自分の人生が大変になるかは、わかっていた。だから、そんな苦労に付き合ってくれるパートナーを期待するのは身勝手だと思っていた」

デシャーニが笑った。

「代わりに、艦長と結婚することになったのね。たしかにあなたは、ときどき、とても手がかかるわ。でも、時間をかける価値は充分にある人よ。じゃあ、あとに残してきた特別な人はいないのね？　つまり家族以外でってことだけど」

「いない」ギアリーは深く息を吸い、考えた。「そんな人がいれば、もっとずっと大変だっただろう。親密なガールフレンドがいただけでも苦しんだはずだ。妻子がいたとしたら、どうなっていたと思う？　自分が救命ポッドに閉じこめられているあいだに妻子が歳をとって死んだと知ったら……それは……生きていることが耐えられないだろう。だから、あのとき孤独で、おれはラッキーだったということだな」

「そのことをわたくしがどう思っているか、わかってるんでしょ？」デシャーニは窓から離れ、ギアリーの隣にすわった。「あなたとわたくしはいっしょになる運命だったのよ。でも、生まれてくる時代を間違えてしまった。だから、間違いを修復する必要があったんだわ。その重荷をあなたに背負わせてしまって、ごめんなさい」

「命ある星々がそこまで、おれの幸福を気にかけてくれていたとは思わないがな。両親には、きみに会ってもらいたかった」

「ここに来た最初の夜に会っているわ」デシャーニは大真面目に言った。「感じなかった？」

「感じたかもしれない。きみは本当に、ここでおれたちの子どもが育ってほしいと思うのか？」

「電脳空間にいる先祖の幽霊に出くわすかもしれないしね。ええ、思ってるわ。子どもは二人か三人がいいと考えてるんだけど、どう？」

「いいね。いつごろになるかな？」

「今回の任務から戻るまでは無理ね。早くても、そのあとになりそう。実はもう自分の艦が恋しくなってるの」

「艦を降りたとたんに恋しくなったんだろう」

「そうよ。どうする？」

「数日後にきみは初恋の相手のもとに戻る」

「〈ドーントレス〉はわたくしの初恋の相手なんかじゃない。でも、まあいいわ。そう思っておいて」

　ギアリーは探るようにデシャーニを見ながら、将来について考えた。

「そのときは艦隊を離れるわ」と、デシャーニ。淡々とした口調だ。「現在も戦争がつづいていたのなら、また違っていたかもしれないけど、今ならなんのわだかまりもなくそうすることができる。〈ドーントレス〉の艦長をやったあとでは、艦隊におけるどんな仕事も降格だと感じるでしょうね。だから、辞表を出して次へ進むわ」デシャーニは笑みを浮かべた。「というか、ここへ引っ越してくるはず。一人じゃないといいんだけど」

「きみが艦隊を去るときは、おれもそうしよう。おれたちは二人でここへ来て、家系図を大きくするんだ」会話するうち、ギアリーはふと子どものころの出来事を思い出し、立ちあがった。「裏庭へ行って確かめなければならないことがある」

その声に何かを聞き取ったらしく、デシャーニが首をかしげてギアリーを見た。

「いっしょに行ってもいい？」

「もちろんだ」二人は外へ出た。敷地は木々やフェンスでさえぎられているため、庭の向こうは見えない。だが、漏れ聞こえてくる音からすると、見物人たちはまだ残っていて、警官もまだそこにいるようだった。ギアリーは先に立って目的の場所へ向かった。ありがたいことに、周囲が見える程度の陽光はまだ残っていた。

「このあたりのはずだ」ギアリーは一本の木を見て足を止めた。たくさんの葉を茂らせた老木が空に向かってそびえている。「木は二本あるはずなんだ。おれたちはここに木を植えた。弟のマイケルとおれが二人で。木を植えるのは伝統だった。ギアリー家の子どもたちはみんな、木を一本植えた」もういちどあたりを見まわした。事実を認めないなんて、どうかしていると思ったが、どうしても受け入れることができない。「どうやら……一本は枯れたようだな」

デシャーニは無言でギアリーを見ている。

ギアリーは手を伸ばし、老木の樹皮に触れた。手を押しあて、何かを感じとろうとしている。

「これはきっとマイケルの木だ。マイケルの木が生き延びたんだな」

「ええ。きっとそうね」

「それぞれ一本ずつ植えたからな」と、ギアリー。同じことを言っていると気づいていたが、言わないではいられなかった。「おれがこの惑星へ戻ってくると、いつもマイケルもやってきた。おれたちはここに立って木を見て、どのくらい大きくなったか確かめていたんだ」ギアリーは声を詰まらせた。ずっと考えまいとしていたことがいっきに押し寄せてきた。人工冬眠していた一世紀のあいだに失われたもの……かつて知っていた者たち全員の死、それがすべて、ここに一本だけ取り残されたこの老木に詰まっている。ギアリーは一瞬、完全に言葉を失った。

デシャーニは両腕でギアリーを包みこみ、強く抱きしめた。何も言わず、ただ抱きしめている。陽光が薄らいでゆき、庭に闇がおりた。

ギアリーが身体をわずかに動かすと、デシャーニは腕をゆるめた。

「ありがとう。きみも多くの人を失ったんだよな」

「そのことに慣れて、楽になったりはしないわね」

「ああ。楽になることはないだろうな」二人は屋内に戻った。

キッチンには食料以外のものも用意されていた。

「ビールがある」と、ギアリー。

「船乗りの喜ばせかたをよく知っているわよね」デシャーニはボトルを持ちあげ、ラベルを見た。「マーチン・ページのインディア・ペールエール。地元の有名人？」

「一世紀以上前の、グレンリオンの伝説的なビール醸造者だ。これは最高級品だ。マーチン・ページは、その最盛期には、ふたつの惑星で最上のナイフの使い手だという評判だった」

「ナイフの使い手？　わたくしたちの敵艦侵入部隊の指導者たちがいつも引用するあのページと同一人物なの？」

「その男だ」

「じゃあ、その人に乾杯」デシャーニはひとくち飲んだ。「すごくおいしい。そのような社会的に重要な分野の専門知識を二分野において習得するなんて、称賛するしかないわ」

二人は腰をおろした。ギアリーはまだ、さきほどの木のことで物思いに沈んでいる。デシャーニはなんと声をかけていいかわからないようだ。やがて、リモコンに手を触れた。

「地元のニュースを見てもいい？　クルーたちが行儀よくしているかどうか確かめたくて」

「いいよ」

「クルー、上陸休暇、〈ドーントレス〉」デシャーニがそう言うと、室内のメイン・ディスプレイが作動した。一瞬後、グレンリオンの地元の人々の集団に交じって、クルーたちがパーティーに興じる映像が現われた。「よかった。このキーワードを口にして最初に現われるのは、逮捕の報道じゃないかと心配してたの」

ギアリーは気づいた――ほぼすべてのクルーが、この惑星に住む自分と同じ歳ごろの相手を少なくとも一人は見つけたようだ。

「グレンリオンを離れる前に、きみのクルーのうち何人が恋に落ちてるだろう？」

「休暇になると、運命の人を見つけたと思うクルーがいつも数人は出てくるわ。ひどくさびれた宇宙港でも、それは同じよ。こういう特別な休暇を与えられたら、出会ったその場で婚約してしまう者が大勢出そうね」

ギアリーはにっこり笑った。意識を、別のこと……喜ばしい話題に向けることができたのはありがたい。

「そういえば、特別休暇のあとで、おれの分艦隊のほぼ半数の者がその場ですぐに結婚準備に取りかかったことがあったな」

「本当に特別な休暇だったのね」デシャーニはビールをもうひとくち飲んだ。「そこがどこだったか覚えてる？」

「コサトカだ」ギアリーはデシャーニの反応を見て、にっこり笑った。「王族の結婚式のためにおれの艦がコサトカに行った話を覚えてるか？　当時、おれは大尉だった」

「ああ、そうだったわね」デシャーニは満面の笑みを浮かべた。「そのためにコサトカは王族を誕生させたのよ。コサトカの市民全員のために、非政治的な惑星の象徴として公務を行なってもらうことが目的なの。王族の誰かが即位したり、子どもが生まれたりしたとき、盛大なパーティーを開くことができるように。惑星全体のガス抜きになるから」

「惑星全体のことは知らないが、おれたちは首都のロッズで休暇をとった」

「わたくしの故郷だわ」デシャーニは眉を吊りあげてギアリーを見た。「あなたはどうだったの？　ロッズで女性との出会いはあった？」

「いや」記憶がよみがえってきてギアリーは口ごもった。「ああ、いや、あった。惑星に上陸したときにいちど、パーティーから離れてぶらぶらしているうちに美術館にたどりついたことがあってね」

「いまとあまり変わってないのね。それで、その美術館ですてきな女性を見つけたの？」

「彼女も歴史に興味を持っていた。気づくと、何時間も話をしていた」全部言うべきなのか？　全部言ってしまえば、あとで口をすべらせて、やっかいなことになったりはしないだろう。「そこを離れて、仕事のために艦へ戻らなければならない時間になると、彼女は連絡先を教えてくれた。翌日、おれは非番のはずだった。ところが、艦の設備の重要な部品が壊れていることがわかって、その修理を監督するために艦にとどまらなければならなくなった。結局そのままコサトカを離れた。それきり彼女には会ってない」

デシャーニは笑みを浮かべ、またビールを飲んだ。

「やはり、わたくしたちはいっしょになる運命だったのね。彼女の名前はなんていうの？」

「ええと……ソーニャだ」

またビールを飲んでいたデシャーニは、途中でむせそうになった。なんとか飲みこむと、目を見開いてギアリーを見た。

「ソーニャ？」と、デシャーニ。しゃがれ声だ。「ソーニャはわたくしのおばあちゃんの名前よ」

ギアリーはデシャーニを見返し、一瞬、頭のなかが真っ白になるのを感じた。しばらくして、ふたたび頭が働くようになると、首を横に振った。

「違うよ。彼女はきみのおばあちゃんじゃない」

「苗字は？」

「思い出せない」

ギアリーはデシャーニを凝視した。「なんだか、おかしなことになってきたな」

「まさか！」

「彼女と寝たの？」

「あなたはこれがおかしいと思うの？　自分の夫が自分のおじいちゃんだったかもしれないとわかったのに？」デシャーニは低くうなり、椅子の背にもたれた。「ここ数回、ご先祖様と対話していて、ボブチャ・ソーニャがわたくしに対していらついているように感じてた。その理由が今、わかったわ！　こんど話をするとき、おばあちゃんに謝らなきゃ。あなたも謝ってね」

「なぜおれが、きみのおばあちゃんの霊に謝るんだ？」

「待ちぼうけを食わせたからよ！」

結果的に降参するのが唯一の正しい戦術だということもある。この場合もそれにあてはまるだろう。

「わかったよ」

9

　こうしてグレンリオンでの日々がのろのろと過ぎてゆき、やがてふたたびここを離れるとなったら、喜んでそのときを受け入れるのだろう――ギアリーはそう思っていた。ブラック・ジャックの偶像視に圧倒されるのも、少しはましになる、と。だが、実際に故郷での最後の朝を迎えてみると、グレンリオンをあとにすることに一抹《いちまつ》の寂しさを感じていることに気づいた。

「ターニャ、きみに話していなかったことがある」

「ひとつだけ？」デシャーニは大広間でコーヒーを飲んでいた。

「それは……いつか、すべてを話す機会もあるだろう」ギアリーは口ごもり、まわりを見た。「故郷に帰りたくなかった理由のひとつは、帰ってこなければ、何も変わっていない……母さんと父さんはまだここにいる、と思いこむことができるからだ。でも、ここに来れば、現実を直視し、両親の墓を訪れることになる」

「大丈夫？」

「ああ。大丈夫だ。だって、そんなのは自分勝手なだけだったと気づいたからね。自分は両親にまだしがみついていた。両親をここに縛《しば》りつけていたんだ。それに、すでに起こってしまったことを受け入れられないかぎり、おれは自分の人生を前へ進ませることができない」

デシャーニはため息をついて立ちあがると、ギアリーのそばへ行った。

「あなたはちゃんと前へ進んでいるわ。わたくしと結婚したんだから。でも、よかった。この件に決着がついて。強く抱きしめてちょうだい。数時間後には艦に戻り、意味深な視線さえ交わせなくなってしまうから」

「それも、ここに後ろ髪を引かれる理由のひとつだな」

「告白をつづけるのなら」ギアリーを迎え入れながら、低い声でデシャーニは言った。「わたくしも言うべきね。わたくしにはこうすることが必要だったの。自分たちは本当に夫婦なのかと思いはじめていたから。わたくしたちが艦長と元帥という関係でしかなく、ずっと距離を置きつづけたらどうなるんだろうって。それに、ここでも人前ではずっとそのようにふるまっていたわ。でも、この家では、すぐそばにいられた。そのことをとてもありがたく思っているの」

二人はしばらくそのままそこに立っていたが、やがて、ギアリーはため息をつき、身体を離した。

「持っていきたいものをすべてまとめたか、荷物を確認しないとな」

デシャーニは眉をひそめた。

「あなたの部屋に残されていた、あの一世紀前の古い平服を持っていくつもりじゃないわよね？」

「少し時代遅れだよな」

「ええ、ほんの少しだけ」

一時間後、二人は家を離れた。セキュリティ・プレートに手のひらを当ててドアをロックすると、安全な旅を願うリンの声が聞こえた。

門のところで、いつものリムジンが待っていた。今回もまたリムジンの行列でお別れイベントへ向かう。ふたたび群衆に向き合い、手を振り、またスピーチをした。今回は、再訪が待ちきれないと話した。心からそう思っていた。それから、VIP用シャトルに乗りこみ、大気圏を抜けた。

シャトルが〈ドーントレス〉のシャトルベイに近づきはじめると、デシャーニはギアリーに身体を寄せてキスをした。艦に到達するまで、ずっとそうしていた。

シャトルがシャトルベイに入り、タラップがおろされ、二人は巡航戦艦にふたたび降り立った。軍の作法にしたがい、ギアリーが先に立ち、あとにデシャーニがつづいた。

「元帥閣下、星系同盟《アライアンス》艦隊が到着されました。〈ドーントレス〉が到着されました」艦内の総員回線が全員に告げた。同時に、船鐘がまず六回、さらに四回鳴った。その回数はそれぞれギアリーとデシャーニの階級を表わしている。

二人は敬礼する当直士官たちに答礼した。

「わたくしはブリッジで出航の準備を行ないます、元帥」と、デシャーニ。

「感謝する、艦長。わたしは自室へ行き、それからブリッジできみと合流する。軌道を離れるとき、ブリッジにいたい」

「了解しました。ブリッジでお会いしましょう」

何も変わりはなかった。だが、ずっと変わらないものなどひとつもない。

それでも、ギアリーたちがヴァランダル星系へ戻って行なう任務はこれまでと同じだ。

ヴァランダル星系へ戻りながら、ギアリーはしだいに落ち着かない気分になっていった。もうグレンリオン訪問についてあれこれ心配したり、艦を離れてデシャーニと過ごす時間を楽しみにしたりと気がそがれることはなく、これからの任務の準備だけに集中することができた。自分の情報はすでに二週間も前のものであることを痛感した。二、三週間もあれば多くのことが起こりうる。

だが、〈ドーントレス〉のクルーは普段以上に士気が高いようだ。グレンリオンでは酒も食事も無料でふるまわれたらしい。婚約や結婚直前に認められている追加休暇の申請がかなり多く提出されていたのは予想どおりだったが、その申請によって、ヴァランダル星系への帰り道では不安ばかりが生み出されることになった。上級下士官や士官たちが、すっかりのぼせている兵たちに、惑星での数日の休暇で生まれた永遠の愛の行く末について考えたほうがいいと忠告した(成功の程度はまちまちだった)ためだ。

ギアリーは最悪の事態を覚悟してブリッジの席に腰をおろすと、ハイパーネットからの離脱を待った。あと数秒で、自分の不在のあいだにヴァランダル星系で何があったのかがわかる。

「ハイパーネット離脱まであと三……二……一」

周辺の脅威に反応する警報は鳴っていない──最初にギアリーは思った。艦のセンサーによって更新されたディスプレイの情報にも異常はなさそうだ。もちろん、光が届くまでに時間がかかるため、そのいくつかは数時間遅れの情報だ。それでも、問題を感じさせるようなものはなく、安心できた。

しかし何か奇妙だ。何か予想していなかったものがある。なんだ？

「新しい戦艦が一隻います」デシャーニが指摘した。

それだ。戦艦が増えている。すぐに気づかないとは、どうかしている。

「〈オーディシャス〉か？」と、ギアリー。「違う、あれは……〈リプライザル〉だ。アライアンス艦隊に所属しているという識別情報を公開通信している」〈リプライザル〉をはじめとする、かつてカラス共和星系がアライアンス艦隊に提供した戦闘艦は、戦争終結後、ギアリーの指示により帰還していた。家族から離れていることを強要されていたクルーたちによって、反乱が起こるのを防ぐためだ。「なぜ〈リプライザル〉を戻してきたんだ？」

「カラス共和星系は艦隊の次の動きに便乗したいと思ったようですね」と、デシャーニ。

「ユニティ星系を急いで離れようとしていた外交伝令船を覚えていますか？　閣下の任務内容を知って、自分たちもそれに一枚嚙《か》みたいと思ったのです。再度、自分たちの独立性を主張していたはずですが、違ったのでしょうか」

「われわれの留守中に起こった予想外の出来事はこれだけか？　それならありがたい。ほかは問題なさそうだ」

「がっかりしましたか、元帥？」

　ギアリーは笑った。

「誰かさんが思い出させてくれたように、わたしは必要不可欠な存在ではないよ」

〈ドーントレス〉がアンバルー宇宙ステーションに到達するまで二日近くかかった。ギアリーはその時間を利用し、あらゆる件に関する最新情報を入手した。

「報告が必要となるような困りごとは起こっていません」出迎えのメッセージを送ってきたバダヤ艦長が（少々、得意げに）言った。「ただ、ごらんになったと思いますが、〈リプライザル〉がカラス共和星系の四隻の駆逐艦とともに現われました。ハイエン艦長もわたしも、あなたのお帰りを待って、アライアンス艦隊司令長官を正式訪問するべきだと考えました。わたしは司令長官代理でしたので」

〈ドーントレス〉がアンバルー宇宙ステーションと艦隊の居残り組に近づくと、〈リプライザル〉はシャトルを送ってきた。ハイエン艦長は、〈リプライザル〉がここを離れたときとほとんど変わっていないように見えた。だがストレスが激減したのは間違いない。シャトルを降りて丁重な出迎えを受けると、ギアリーに案内されてギアリーの自室へ行った。

「ヴァランダル星系への帰還を歓迎する」ギアリーはハイエンに身ぶりで着席をうながした。「正直なところ、きみやカラス共和星系の艦が戻ってくるとは思っていなかったんだが」

ハイエンは注意深く腰をおろすと、話しはじめた。その口調も用心深く、言葉をひとつひとつ選んでいるかのようだ。

「カラス共和星系は、先ごろ終結した戦争でアライアンスがどれほどの犠牲を出したか、忘れてはいません。アライアンスの行動に引きつづき貢献したいと考えています」

「正確に言うと、どのような貢献になるのだろう？」ギアリーも腰をおろした。「何か具体的な指示を受けているのか？」

「わたしの指揮下にある戦闘艦は、あなたに同行することになっています、元帥。以前と同じようにアライアンス艦隊の一翼をにないます」

「ヴァランダル星系に残ってアライアンスの防衛を支援してもらいたいと言ったら、どうする？」答えは予想できたが、ギアリーはさらに質問した。

「わたしの艦はあなたに同行します、元帥」ハイエンは繰り返した。

ギアリーは椅子の背にもたれ、息を吐いた。

「つまり、カラス共和星系は、わたしが艦隊を連れてふたたびミッドウェイ星系に行くのなら、あるいは、もういちどダンサー族の支配宙域に行くのなら、自分たちも参加したい、ということだな」

ハイエンは両手を広げた。

「わたしは命令にしたがうだけです、元帥。命令にはそむけません。わたしは……アライアンスとの協力関係を更新するべきだという政府の判断をありがたいと思っています。わたしのことはご存じでしょう。アライアンスの指揮官のもとで任務を行なってきましたが、働きが劣ると苦情を言われたことはいちどもありません」ハイエンは言葉を切ると、表情を曇らせた。「また、ビクトリア・リオーネもと副大統領の犠牲に対し、カラス共和星系として哀悼の意を表します。リオーネ氏の死は、カラス共和星系とアライアンスの双方にとって甚大な損失です」

「リオーネはきみのことを高く評価していた。副大統領だったリオーネに認められることがどれほど難しいか、きみも承知していることと思う。きみの艦にはカラス共和星系政府の外交代表が乗っているのか？」

「はい」と、ハイエン。質問をそらさず、正直に答えた。「ダンサー族と会って話をするためです。アライアンスの特使船がここに到着するときにはすでに彼の部屋は用意されていると、聞いています」

「では、なんの問題もないな」と、ギアリー。ここにリオーネがいてくれれば、そのカラス共和星系の外交代表とやらがどんな人物か教えてもらえるんだが。「艦長、きみの艦をダンサー族宙域へ向かう任務に参加させることについては、とくに問題はないと思う。カラス共和星系は、この任務には相当な危険がともなうと確実に認識しているのだろうな？戦闘による犠牲を覚悟しているということだよな？」

「はい。それは承知しています」ハイエンは眉をひそめると、片方の壁に映る星々の風景を見つめた。「ほかにも知っておかれたほうがいいことがあります。これは非公式な話としてお聞きください。リフト連邦星系のことです」

「ほう？」リフト連邦星系はカラス共和星系よりさらに小規模な星系だが、戦争後これまたふたたびアライアンスから距離を置いていた。

「リフト連邦星系も、ダンサー族宙域において自分たちの存在を示したいと考えています。それも、アライアンス艦隊の一部ではなく、独自に自分たちの艦を送るつもりでいます」

「独自に？」ギアリーは危機感をあらわにした。「艦隊の規模はどのくらいなんだ？」

「わたしがつかんだ情報によれば、重巡航艦が一隻と軽巡航艦が数隻、あとは駆逐艦が五隻です」

ギアリーはこぶしを握り、椅子の肘《ひじ》かけを叩いた。

「そんな小規模な艦隊でまともにミッドウェイ星系にたどりつけると思っているのか？　たとえたどりついたとしても、謎の種族の宙域を抜けなければダンサー族宙域には入れないんだぞ？　不可能だ。謎の種族に全滅させられる」

ハイエンはおもむろにうなずいた。やりきれなさをあらわにしている。

「リフト連邦星系の艦隊司令官は、そのことを上官に伝えたものの、それでも行くのだと言われたようです。司令官は〈パスガード〉のカペルカ艦長です」

カペルカのことはたしかに知ってはいるが、よくは知らない。ギアリーは頭を振った。

「どういうルートをとる予定か知っているか？」

「間違いなく、以前にあなたの艦隊に同行したときのルートでしょう」ハイエンは熱っぽい目つきで身を乗り出した。「元帥、先の戦争の余波で、カラス共和星系もリフト連邦星系もアライアンスからの離脱を望んでいました。しかし、どちらも、戦争のあいだ経済的にも法規的にもアライアンスとほぼ一体化していたことに気づき、その状態から完全に離脱するのは思ったよりも困難であると認識しつつあります。そのため、カラス共和星系の指導者たちはアライアンスとの密接な関係を保ったまま、独立の証拠を示す必要に迫られているのです。おそらく、リフト連邦星系の指導者たちも同様の問題に向き合っているでしょう。おわかりですか？　そうした問題を解決する手段として、ほかの知的生命体に対し、独自に外交的接触をはかろうとしているのです」

「だが、そんな小規模艦隊でダンサー族の宙域へ行こうとすれば何が起こるか、カペルカは知っている」

「はい。しかしカペルカ艦長はアライアンス艦隊に同行することもできません。リフト連邦星系は、自分たちがアライアンスに吸収される瀬戸際《せとぎわ》にあると考えています。リフト連邦星系の多くの市民がそのことを受け入れている一方で、激しく反対する者も存在します。カペルカ艦長はつねに政治的に穏健でいようとしていますが、わたしの見立てでは、リフト連邦星系の独立的立場に固執する側に立っているように思えます」

「通常なら、それはわたしが懸念する問題ではない。リフト連邦星系は独立した星系だ。その点に異論はない」と、ギアリー。だが、ハイエンは何か理由があってこの話をしているのだろう。目前に迫った任務に関することにちがいない。ギアリーは映された星々の風景に目を向けながら、その理由について考えた。「カペルカ艦長は、この艦隊が前に利用したルートをたどろうとしているのか？」

「わたしはそう考えています」

「すると、アタリア星系のもと惑星連合《シンディック》宙域に入ることになる。ヴァランダル星系からジャンプするつもりだろうか？」

ハイエンは暗い表情でうなずいた。

「そう思います」

「いつだ？」

「わかりません。ですが、アライアンスに先行するつもりだと思います」

「われわれよりも先に出るつもりか？」残念だが、そうだろう。ギアリーは思わず顎《あご》を食いしばり、なんとかゆるめようとした。「それで、道すがらあちこちで注意喚起してくれるというわけだな。われわれが行く直前に。そんなことをされれば、アライアンス艦隊がさらされる危険は増大する。それは許容できない」しかし止められるだろうか？

ハイエンはむっつりとしてうなずいた。

「元帥、あの戦争で、カペルカ艦長とそのクルーはわれわれとともによく戦ってくれました。あなたの艦隊に同行することをカペルカ艦長たちに納得させる方法があるのなら、わたしは全力でお手伝いします」

「われわれより先にヴァランダル星系を離れないよう言われたら、カペルカ艦長はどうするだろう？」

ハイエンは口ごもった。

「わかりません」

ひょっとすると宇宙は、ギアリーの心配ごとが解消されないことを望んでいるのかもしれない。その日の午後、ギアリーはアイガー大尉の訪問を受けた。

「元帥、わたしが提出した報告書に目を通していただけたでしょうか？　新兵たちのあいだに存在する反ダンサー族感情についての報告書です」

「ああ、読ませてもらった」ギアリーは額《ひたい》をさすりながら、その細部を思い出そうとした。「とくに深刻な感じはしないが、ベテランのクルーが、ダンサー族を敵だと思っている者の意見を変えようと尽力してくれている」

「はい、元帥。しかし、直接お会いしてお伝えしたいことがありました。推測の域を出ないため、報告書には入れられなかったことです」

ギアリーは片手をおろし、まっすぐアイガーを見た。

「どんなことだ？」

「足りないものがあります」と、アイガー。かたくなな表情だ。「あるはずのものが存在しないのです」

「きみがはっきりと不安を感じているものなんだな」

「なぜ新兵たちはダンサー族について深刻な懸念を口にしないのでしょう？　われわれに報告された私的な会話においてさえ、確認されませんでした。そのような会話は一件も報告されていません」アイガーは明らかにいらついている。

「きみは、あるはずだと思っているんだな？」

「元帥、そのような深刻な反ダンサー族感情を持つ者がいることはわかっています。新兵の選考段階で何人かが発見されました。ですが、ヴァランダル星系では、そうした者を一人も目にしていません」

ギアリーは大きくため息をつき、身を乗り出した。

「その点についての公式見解は？」

「公式には、われわれが受け入れた新兵に深刻な反ダンサー族感情が見つからないのは、そのような者はすべて選考過程で排除されたからだとしています。しかし、そうすると、選考で嘘をついた者はいなかった、あるいは、感情を偽った者は全員がつかまった、ということが前提となります。それも、新兵全員がその件について質問を受けた場合の話です」

「きみはどう思っているんだ？」

「元帥、深刻な反ダンサー族感情がまったく発見されないのは、ここに来た者は誰もそのような感情を持っていないから、または、そのことについては口をつぐんでいるから、そのどちらかです。後者の可能性を無視するべきではないと思います」

またしても、やっかいな問題が出てきた。勘弁してほしいものだ。おまけにこの問題は、アイガーが言うようにたんなる推測にすぎない。だが、おれはすでに学んでいる。話を聞いて反射的に却下したくなったら、そうするための理由を調べるべきだ。いまのところ、おれは、アイガーの意見が正しいかどうかも、アイガーが自分の胸にとどめておかずに、わざわざこの問題を直接持ってきたという事実についても、ほとんど考えていない。

「〝証拠がないからといって、それが存在しない証拠にはならない〟」と、ギアリー。「誰かが大昔に口にした言葉だ。きみは正しいかもしれない、大尉。われわれに何ができるだろう？」

アイガーはためらった。自分の意見が受け入れられて、驚いている。

「上級下士官と上級士官に知らせてください、元帥。できることはそのくらいです。でも、注意する必要があるとつねに意識していれば、発見しやすくなります。目の前に現われたときに」

「艦隊の艦長たちに送るから、注意するべき点についてメッセージを作成してくれ」

「わかりました、閣下」アイガーはまたしてもためらった。「ありがとうございます」

「大尉、わたしはきみの判断を信用するようになった。それが本当であってほしくないという理由で、きみの警告を軽視したりしない」

アイガーの疑いを後押しするかのように、翌日、ハイパーネット・ゲートにまた新たな伝令艦が到着した。数光時離れた場所を艦隊に向かって加速しながら、ギアリー元帥あての重大な機密情報を運んでいるという公開メッセージを流している。その翌日と次の半日のあいだ、伝令艦はさらなる情報の求めに対し、多少の変更を加えた同じメッセージで返答した。

伝令艦の動きはどこか奇妙だった。ユニティ星系でハイパーネットへの攻撃がなかったら、誰も危機感を抱かなかっただろう。だが、その通常とは異なる動きは注意を引き、みないっせいに緊張した。

伝令艦が〈ドーントレス〉に接近するあいだ、ギアリーはデシャーニ艦長とともに、ブリッジで待った。第四巡航戦艦分艦隊のほかの艦——〈デアリング〉、〈ヴィクトリアス〉、〈インテンパリット〉——は近くの軌道上で完全戦闘可能態勢をとっている。

「報告を、キャストリーズ大尉」と、デシャーニ。

「伝令艦が黒い艦であることを示すものは、まだ確認できません」と、キャストリーズ。

「いまのところ、伝令艦の動きの特徴や外観は標準的な伝令艦の型と一致しています」

「わたしが作成したメッセージを中継して送るんだな?」と、ギアリー。

「はい、閣下。メッセージは〈デアリング〉へ送られ、〈デアリング〉から伝令艦へ送られます。閣下は〈デアリング〉に乗艦していると思われるでしょう」

ギアリーはメッセージ・コマンドをタップした。

「艦隊伝令艦七九三G、こちらはギアリー元帥だ。貴艦に命じる。ただちに〇・〇〇一光速まで減速せよ」

伝令艦はこのときすでに、かなり接近していたため、わずかに遅れただけで返信があった。最初に送ってきたメッセージとは違い、今回は映像つきだ。映っていたのは一人の大尉で、緊張している様子はない。

「艦隊本部の命令で、ギアリー元帥に直接お渡しする重要な資料をお持ちしました。お届けにあがります」

「伝令艦が姿勢制御スラスターを噴射しています」と、ユオン大尉。「メイン推進装置が起動しました。艦長、転針していますが、減速はしていません。加速しています。〈デアリング〉へ向かう新たなベクトルで安定しました。一分で衝突します」

デシャーニがギアリーを見た。

ギアリーはうなずいた。

「すべての近距離ビームで目標を攻撃せよ」通信ボタンを押すと同時に、デシャーニが言った。「第四巡航戦艦分艦隊の全艦、武器を起動。接近する艦を攻撃せよ」

迫りくる伝令艦を迎え撃つべく、四隻すべての巡航戦艦から近距離ビームが発射された。

同時に〈デアリング〉がメイン推進装置を全力噴射し、まだ加速して向かってくる伝令艦の針路から急いで退避した。

伝令艦は、〈デアリング〉の動きに合わせてベクトルを変更しようとしたが、何十もの近距離ビームに切り裂かれ、砕け散った。

「艦長」キャストリーズがいつもよりかんだかい声で呼びかけた。「残骸のなかに空気の形跡とともに有機物を探知しました」

「なんですって?」デシャーニが深く息を吸い、ギアリーをちらっと見た。

生身のクルーが乗艦する本物の伝令艦を破壊してしまったのか? ギアリーが返事をする前に、ブリッジに通信が入った。タルリーニ上級上等兵曹だ。陰鬱《いんうつ》な表情を浮かべている。

「艦長、昨夜わたしはジョニンニ最先任上等兵曹と、黒い艦を潜入させる方法について話をしました。ジョニンニ上等兵曹は、その艦に凍った人間の死体を一体、入れておくと言っていました。そうすれば、有機物の存在が間違いなく確認されるから、と」

「探知されたものが、死亡したばかりの人間か、用意された死体かを判別する方法があるの?」デシャーニがたずねた。

「ジョニンニ上等兵曹によると、有機物の残滓《ざんし》の酸度を調べればいいそうです。死亡した瞬間から酸が増加しはじめ、pH《ペーハー》は小さくなります」

「キャストリーズ大尉――」

「いま確認しています、艦長」分析する数値を入力すると、キャストリーズは両手を止めた。「化学的分析は通常より高い酸の値を示しています」

ギアリーは止めていた息を吐き出した。

「その数値をドクター・ナスルに送ってくれ。死亡したばかりの人間のものか、用意されていた死体のものかを判断してもらいたい」と、ギアリー。デシャーニに鋭い視線を向けた。「なんだってジョニンニ上等兵曹はそんなことを知っているんだ？」

「訊かないほうがいい質問もあります」と、デシャーニ。「もちろん、答えないほうがいい質問も」

ドクター・ナスルが通信してきた。困ったような表情をしている。

「元帥、確実な判断はできませんが、この有機物の酸の値は、生きている人間のものよりも高くなっています」

「時間をかけて、すべてをよく確認してくれ。現時点での分析は事前的なものだと報告する。ドクター、人間の死体を手に入れるのはどのくらい大変なんだ？」

「書類を偽造できると仮定しての話ですか？　それなら、ことはきわめて簡単です。日々、多くの人々が死亡し、その亡骸《なきがら》を引き取る家族や友人がいない者も大勢います。ＤＮＡ鑑定でもその問題は克服できません。その死亡した人物の親戚だと見せかければ、目的のものを苦もなく手に入れられるでしょう」

「しかし、親戚だと名乗っても、ＤＮＡ検査で排除できるんじゃないか？」

「できません。ＤＮＡ検査の結果を改竄《かいざん》するのが難しい場合でも、結婚してその家族の一員になったと主張し、関係を証明するように見える書類を提示すればいいだけです」ドクターは不満げに頭を振った。「孤独死の数は非常に多い。これは、われわれがいまだに克服できない難題です」ナスルは眉間のしわを深くしながら考えこんだ。「その酸度についてですが、誰かが孤独死し、死体が低温の環境に移される前に数時間から一日、発見されずにいれば、ｐＨはそうした数字になります」

「ありがとう、ドクター」ギアリーはすばやく報告書をまとめると、それをティンバル提督とヴァランダル星系内のほかの艦に送信した。つづいて、アイガーを呼び出した。

「あのような艦はあとどのくらい存在するだろう？」

　アイガーは何も見ずに即答した。

「この一カ月でわれわれが手にしたもっとも信頼できる予測では、破壊が確認できないＡＩ制御の伝令艦の数は最大で六隻です」

「すると、残るは五隻だな」

「はい、元帥。多くて五隻です。もっと少ないかもしれません」

「どこかで、その種の艦をさらに建造している可能性はあるか？」

「ありません、元帥。その件にかかわる造船所と作業員はすべて特定され、処分されました。アライアンス宙域ではもう誰もそんな艦を建造できません」

それなら安心と言いたいところだが、そんなことはない。

「アライアンス宙域外についてはどうなんだ？」と、ギアリー。アイガーは一瞬、無言でギアリーを見つめた。「シンディックがこれと似た計画に手をつける可能性はあるだろうか？」ギアリーはさらに質問した。

「そうした動きを示すようなものは目にしていません」アイガーはゆっくりと答えた。「しかし、われわれが注視していたのに何も見つからなかったのか、とくに注意していなかったからなのかは、わかりません。アライアンスはそのような兆候《ちょうこう》に注意を払うべきなのかもしれません」

「その必要がありそうだな」と、ギアリー。

これでまた心配の種《たね》がひとつ増えた。

出発予定日まで二週間となり、さらに数日たったとき、四隻の艦がヴァランダル星系のハイパーネット・ゲートに到着した。三隻はよく知る艦――侵攻輸送艦の〈ツナミ〉と〈タイフーン〉と〈ハブーブ〉――で、カラバリ少将と、少将がユニティ星系へ同行させた宙兵隊を移送していた。宙兵隊が戻ってきたことは、ギアリーの任務がまだつづいているという安心感をもたらしただけではなく、アライアンスの安全についての政府の懸念が軽減されつつあることも示していた。

四隻目は大型船だった。〈バウンドレス〉という船名を通信で公開している。特使船級の船だ。

「特使船級の船とはどういうことでしょう?」と、デシャーニ。

「たしかにそのようだな」と、ギアリー。「〈バウンドレス〉から、わたしあてにメッセージが届いている」

ギアリーの知らない女性の映像が現われた。民間人のスーツを身につけ、権限を持つ者の雰囲気をただよわせており、どちらも似つかわしく思えた。

「ギアリー元帥、こちらはリーセルッツ大使です。早急に直接お会いできるのを楽しみにしています。話し合うことがたくさんありますので」

「最後の部分が気になりますか? わたくしは気になります」と、デシャーニ。

「腹黒そうには見えないが」と、ギアリー。

「キックスも同じです」

〈バウンドレス〉がアンバルー宇宙ステーションの軌道に到達し、〈ドーントレス〉の近くに来るまで、数日かかるだろう。そのあいだ、リーセルッツ大使がなんの話をしたいのかと、思いわずらう時間はたっぷりある。保安関連以外においてはギアリーより立場が上であるため、なおのこと心配だった。

〈バウンドレス〉は以前、大型客船だった。快適性や豪華さが料金によって異なる部屋を備えており、数千人の客を運ぶことができた。乗客は、なじみのない星の周辺に位置する新たな住まいを求める移住者であることもあれば、星から星へとジャンプしながら、移り変わる天の風景をながめたり、数光年離れた場所から、変化する星座を観察したりする旅行者であることもあった。

戦争中、〈バウンドレス〉は改造され、遠い星々にある訓練所から前線付近の部隊へと兵たちを運んだ。いちどに最大一万人が詰めこまれ、新兵たちは終わりのない戦争の強欲な口にのみこまれていった。

現在の〈バウンドレス〉は内部を造り替えて最新設備を設置し、新たな乗客を運んでいる。もともとは、その数の何倍もの乗客を快適に運べるよう設計されていた船だが、今回は五百名ほどしか乗っていない。

「クルーは全部で約三百人です」船内を案内しながら、マトソン船長がギアリーに説明した。カラバリ少将が同行し、ほかの〈バウンドレス〉の士官たちも後ろからついてきている。クルーが身につけている制服は、プロらしくはあるが軍服には見えないようデザインされていた。〈バウンドレス〉の新たな任務は、あくまで民間の仕事のための拠点であることだからだ。

「民間船にしてはかなり大きいな」と、ギアリー。

「はい」マトソンは同行している〈バウンドレス〉の士官たちを示した。「この船を長期にわたって制御、維持し、乗客の世話をするには、充分なスキルを備えた人材が相当数必要です。宇宙空間で何か問題が起こった場合、自分たちで対処する必要がありますから」

マトソンは船尾側を指さした。

「多くの乗客用スペースが、食料貯蔵庫や貯水タンク、予備の燃料電池の倉庫に変えられています。これで、食料を切らさずに長期にわたる航行が可能になります。小規模な製造工場も二、三ありますので、緊急時には、ちゃんとした原材料が手に入れば新しい燃料電池の製造も可能です」

「それはすごい。乗客は全部で何名だ？」

「約五百名です」マトソンは一行を船首側へ導いた。「乗客の最大の集団は外交関係者とその支援要員で、軍の儀仗兵も含まれます。全体で百名となるその集団はわたしと同じように、直接リーセルッツ大使の要求に応えます。次に大きいのは技術者と科学者の集団で、六十名ほどです。この集団を統括するのはドクター・コトゥールです。もっとも小さな集団は〈オロジーズ〉と呼ばれています」

「〈オロジーズ〉？」と、カラバリ。

マトソンがにっこり笑った。

「生物学《バイオロジー》、社会学《ソシオロジー》、人類学《アンソロポロジー》、動物学《ズーロジー》、神経学《ニューロロジー》、心理学《サイコロジー》などの、オロジーがつく専門家集団です。ダンサー族について、さらに多くのことを学んでくれるでしょう。これまでにあなたがたが学んだことを教わろうと、すでに連絡があったのではないでしょうか」

「いや。そういう専門家からの連絡は受けていない」と、ギアリー。

「えっ」マトソンから笑みが消えた。「リーダーはマカダムスという男性です。あの人は……まあ、よけいな先入観を与えそうなことは言わないでおきましょう」

それは偏見に満ちた言葉を口にしようとするときのセリフだと、ギアリーは思った。いまのところ、マトソン船長はプロらしく有能に思える。すると、マカダムスという人物にはあまり期待できないようだ。

ギアリーたちは船の前部にたどりついた。そこは、外交を行なう接待の場に造り替えられていた。居住スペースに会議室や執務室が加わっている。マトソンが先に立って大使の執務室へ向かうと、ほかの士官たちは休憩コーナーで足を止めた。マトソンは部屋の外にとどまり、ギアリーとカラバリに身ぶりで入室をうながしている。

執務室は広いものの、自慢げに見えないよう配慮されたデザインであるのはすぐにわかった。壁には美術品などの人類の業績が飾られ、家具は作りがしっかりしていて上品だが華美ではない。ダンサー族にはどのような席が必要かはすでにわかっているので、広いスペースが確保されている。入口からずっと離れた奥に大使のデスクがあった。デスクに向かい合うようにいくつか椅子が置かれている。

一行が入ってゆくと、デスクの向こう側にすわっていたリーセルッが立ちあがった。同時に立ちあがったのは、大使と向き合ってすわっていた陸上軍の大佐だ。ギアリーは習慣から、先に大佐に視線を走らせた。しみひとつない軍服だが、なぜか、その年齢に似つかわしい勲章も略綬も特技兵の記章もつけていない。

このときはじめてギアリーは、リーセルッを直接まぢかで観察することができた。何ひとつ見のがさないような鋭い目つきをしている。上等だが派手さのない服装からは、謙虚さによってやわらいだ威厳が感じられた。この任務の成功には相当な期待がかけられている。この瞬間的な判断が正しければいいんだが——ギアリーは思った。

「おかけになって」リーセルッは自分の椅子に腰をおろすと緊張を解き、ギアリーを見た。「お会いできてうれしいわ、元帥。不明なことの多い危険な任務ですから、元帥にこの遠征での防衛面を担当していただけることを喜んでいます」

「お役に立てることをうれしく思います」と、ギアリー。「業務遂行にあたって、アライアンスの外交官のかたがたが深刻な危険に向き合う場面があることは承知しています。われわれはあなたがたを全力で守り、ダンサー族とのよりよい関係が築かれることを願っています」

「わたしたちは艦隊のみなさんをとても頼りにしています」と、リーセルッ。「みなさんに及ぶ危険を最小にするべく、力を尽くします。はっきりさせておきたいのですが、この任務における艦隊の支援はとても重要です。保安上の問題が持ちあがったとしても、元帥がダンサー族と直接話ができるのですから、ありがたいことです」

「ありがとうございます」と、ギアリー。リーセルッ大使はなぜ、おれが直接ダンサー族と話ができることをここで口にしたんだ？

「こちらはウェッブ大佐です」リーセルッは陸上軍士官を示した。「この任務のための大使付き武官であり、式典を行なう儀仗兵のリーダーでもあります」

「こちらはカラバリ少将」と、ギアリー。「わたしの艦隊に属する宙兵隊の指揮官です」

カラバリはユニティ星系でのケガから完全に回復していた。その事実を示すものは、名誉戦傷章に追加されたひとつの星だけだ。

「そちらの儀仗兵はどのくらいいるのですか？」と、カラバリ。ギアリーは、カラバリが質問しながらウェッブから目を離さないことに気づいた。

「二十名です」ウェッブは礼儀正しく笑みを浮かべた。「自分を含めると二十一名になります」

「こんど顔を合わせるときには、戦争中の経験について話し合いたいですね」と、カラバリ。

カラバリはなぜ、会ってすぐに対話の誘いを申し出たのだろうと、ギアリーは内心で首をかしげた。ウェッブはまたしても笑みを浮かべた。

「お話しするほどの経験はあまりしませんでしたがね」と、ウェッブ。

カラバリがちらっとギアリーを見た。許可を求めているようだ。ギアリーはうなずいた。

「精鋭特殊部隊の隊員は、過去の仕事についてあまり話さないものですよね？」と、カラバリ。

10

ウェッブ大佐はリーセルツ大使を横目で見たものの、何も言わなかった。

「二十一名といえば、強化特殊部隊の分隊の人員数ですね」カラバリが話をつづけた。「違いますか？」

リーセルツはため息をついた。

「隠しても無駄ね、大佐。少将はすでに見抜いているようだから」

ウェッブがうなずいた。社交的な笑みは消えている。

「おっしゃるとおりです、少将。わたしは大使付き武官であり、わたしの部隊は儀仗兵としての仕事を行ないます。ですが、必要とあらば、ほかの仕事にも対処できます」

「まんいちのための保険ということか？」と、ギアリー。「だが、何に対しての保険だ？」

「われわれは宇宙の危険な領域をいくつか横断することになります。当然のことながら貴艦隊は、敵意ある者たちがこの船に侵入しようとするのを全力で防いでくれるでしょう。しかし、まんいち侵入が成功したとしても、その者たちは必ず後悔することになるのです」ウェッブはわずかに身を乗り出した。好奇心に満ちた目つきだ。「公式の報告には、異星人の地上での戦闘能力に関する記述はありませんでした」

「どの異星人ですか？」と、カラバリ。

「ええと、ダンサー族です」

「それは、地上での戦闘能力が発揮されるところをわれわれが目にしていないからです」と、カラバリ。「ですが、ダンサー族の操艦方法からすると、大勢が一体化し、密接に連携して作戦を実行するのだと思います」

　ウェッブが肩をすくめた。

「われわれも同じです」

「われわれ人類も宇宙船を操縦します。ダンサー族が艦を操縦する映像を見たことがありますか？」と、カラバリ。

　ウェッブはじっと思案した。

「なるほど、わかりました。われわれが最高の動きをしなければ太刀打《たちう》ちできないということですね」ウェッブはほかの者たちの反応に気づいた。「ダンサー族と戦おうというのではありません。ただ、ダンサー族の誰かが何か行動を起こしたとき、こちらはどう動けばいいのかを考える必要があります。元帥がユニティ星系で直接、目にされたように、人類は無軌道になって自分勝手な真似をすることがあります。異星人も同じかもしれません。それに、例のあの異星人がいます。謎の種族が。間違いなく敵対的な種族ですが、彼らの地上での能力についても、われわれは何もわかっていないようですね」

ギアリーは頭を振った。

「たしかにそうだが、ミッドウェイ星系ではその種の情報がいくらか把握されているかもしれん」

「ミッドウェイ星系？　あそこは惑星連合《シンディック》では？」と、ウェッブ。ウェッブがシンディックにどのような感情を抱いているかはすぐにわかった。

「もとシンディックだ」と、ギアリー。「ミッドウェイ星系の人々は率直な態度でわれわれに接してくれる。反乱当時よりも、自分たちの星系をよくしようと努力しているようだ」

リーセルツがうなずいた。

「ブラダモントもと大佐なら、わたしたちに腹蔵のない評価を提供できるのではありませんか」

「もと大佐？」ギアリーは驚いて聞き返した。

「はい、あのかたは――」リーセルッツは申しわけなさそうに両手を広げた。「元帥がユニティ星系を出てしばらくたってから、伝令艦が到着しました。わたしたちが出発する少し前に。ブラダモント大佐への帰還命令をたずさえて、ミッドウェイ星系へ送られていた伝令艦です」

「命令？　誰の命令ですか？　わたしはブラダモント大佐に、ミッドウェイ星系での重要な任務をまかせていたのですが」

リーセルッツは頭を振ると、わずかに椅子の背にもたれた。

「往復にかかる時間からすると、約六カ月前に艦隊本部の高い地位にいたかただと思います」

すると、バクスターとロホではない。

「しかし、あなたはもと大佐とおっしゃった」

「はい。伝令艦からの報告によると、ブラダモント大佐は帰還せず、まかされていた任務をおりて、ミッドウェイ星系のために働くようになったそうです」リーセルッツはギアリーを探るように見た。「なぜ彼女がそうしたのか、ご存じですか？　ミッドウェイ星系にとどまることを、あなたがなぜ、とりたててブラダモント大佐に命じたのか。その理由も知りたいと思います」

ここは正直に言ってしまったほうがいいと、ギアリーは判断した。

「ブラダモント大佐は、星系同盟《アライアンス》の情報部の者たちによって危険にさらされる立場にいました。代理ユニティ星系で見つかった証拠によってあばかれた連中の一部だといいのですが、それはわかりません」

リーセルツは浅くすわりなおすと、ギアリーを凝視した。

「危険にさらされる？」

「ブラダモント大佐はシンディックに捕らえられました。捕虜としてシンディックの強制収容所へ移送される途中で、乗っていた艦が大事故にあい、乗艦していたシンディック陸上軍の上級士官が命令を無視して、アライアンスの捕虜たちに艦を救うのを手伝わせたのです。その士官は罰せられ、強制収容所の監督を命じられました。ブラダモント大佐はその場にいたアライアンスの上級士官だったため、大佐とそのシンディック士官はたがいを知るようになって、尊重し合う間柄になり、それが発展して……それ以上の関係になったのです」

「冗談でしょう」と、ウェッブ。愕然《がくぜん》としている。

「本当だ」ギアリーはウェッブに厳しい視線を向けた。「どちらも、二人の関係性を縛《しば》る規則を破ってはいません。しかし、シンディック情報部はその事実をつきとめ、シンディック士官を処刑する代わりに、ブラダモント大佐の気持ちを利用して寝返らせることにしたのです。シンディックは、大佐を別の輸送艦に乗せ、アライアンスにその場所がわかるよう細工しました。アライアンスがその艦を拿捕《だほ》し、捕虜を解放できるように。ブラダモント大佐がそのシンディック士官に情報を流すようになるだろうと考えたのです。士官の名はロジェロといいます。しかし、ブラダモント大佐は報告を求められると、アライアンス情報部にすべてを伝えた。情報部はブラダモント大佐を利用して、ロジェロを寝返らせようとしました。アライアンス情報部はロジェロに伝わるよう、ブラダモントに古い情報や誤った情報を与えましたが、結局のところ、シンディック情報部も同じことをしていたのです。こちらに流された情報は正確ではありませんでしたから」

「それがどのようにブラダモントと大佐を危険にさらしたのですか？」と、リーセルッツ。

「ブラダモントは命令にしたがっていたのですよね？」

「大佐の命令は特別保護プログラムの一部でした。われわれの艦隊がミッドウェイ星系にたどりつく前の数カ月のあいだに、わたしに敵対する行動をとることに同意しなければ、シンディックに情報を流していたことをマスコミにばらすと、匿名で脅迫を受けたのです」

リーセルツは顔をしかめた。

「特別保護プログラムの存在が明らかにされなければ、命令を受けてそうしていたのだと証明できず、自分を守ることができなかったでしょう。やっかいなジレンマですね」

「そのような脅威から守るために、ブラダモント大佐をミッドウェイ星系に駐在させてはどうかと、ビクトリア・リオーネ特使から提案されました。ミッドウェイ星系がふたたびシンディックに制圧されないよう、ミッドウェイの部隊に助言する専門家を提供することにもなりますから」と、ギアリー。どうにも奇妙だ。こうすることがアライアンスにとって最善だったのだと証明するのに、リオーネを持ち出すことになるとは。リオーネはずっと不信の目で見られてきたというのに。だが、その死がアライアンスにとって英雄的なものだったために、こうした説明が可能になった。「わたしはいまでも、あれは賢明な判断だったと考えています。ブラダモント大佐の意義は……」どう言えばいいんだ？

リーセルツがわかっていると言いたげに笑みを浮かべた。

「あなたなりの外交措置ですね」

「わたしはその場の状況に合わせて判断する必要がありました」ギアリーはうしろめたく思いながらも、反抗的な気分にもなっていた。「アライアンスにとっての最大の利益を最優先事項としながら。お気づきでしょうが、シンディックの住民も、もとシンディックの星系の住民も、アライアンスの住民がシンディックを見るようにアライアンスを見ています」

「あの戦争を始めたのはわれわれではありません」ウェッブがとりなそうと口をはさんだ。事情を知らない者に説明しようとするときの口調だ。

「知っている」と、ギアリー。話をさえぎられたのが不満そうだ。「わたしはその場にいたのだから」

一世紀前の戦いについて、まさかそんな答えが返ってくるとは思っていなかったのだろう。ウェッブはおとなしくなった。

「わたしはここで、もとシンディックの住民の感情が正当かどうかについて議論するつもりはない」と、ギアリー。「だが、そのような感情は存在し、対処する必要がある」

リーセルツは肘《ひじ》をデスクにつき、両手で頬杖《ほおづえ》をつきながらギアリーを見てうなずいた。

「元帥、あなたの個人としての存在は……シンディックはどんな言葉を使っていましたっけ？　人民のため、にあるのですね」

「その言葉は聞いたことがあります」

「そのような認識によって、あなたの部下の一人であるブラダモント大佐は、アライアンスの代表ではなく、ミッドウェイ星系の新政府に対するあなたの個人的支持を示しているとみなされているのですね」

「そういう意図もありましたね、元帥。ですが、状況を考えると、アライアンスもその動きを支持するほかなかったでしょう。今回は、政府を代表するわたしがいますから、あなたなりの外交措置はもう行なえないことになります。その点はおわかりでしょうか？」

「もちろん理解しています。しかし当時のあの行動は、わたしが独自で行なったことではなかった。ユニティ星系ではそう理解されたと思っています。政府の代表が同行していましたから」

「ビクトリア・リオーネ氏ですね。リオーネ氏には、そのような行動を許可する権限はありませんでした」

「その点については認識していませんでした。リオーネが受けていた命令の内容について、わたしは政府から何も聞いていなかったからです」

リーセルツはため息をついた。

「誰もが他人を出し抜こうとしていました。誰も他人を信じなかった。元帥、あなたとわたしは信じ合える関係になれるといいのですが」

「必ずそうなれると信じています」

「感謝します。元帥、二人だけで話したいことがあります。ウェッブ大佐、ちょっと席をはずしてもらえる？」

ウェッブが立ちあがったとき、すでにカラバリも立っていた。二人は大使の執務室を出た。並んではいるが、連れ立っているようには見えない。

リーセルツは腰をおろしたまま、しばし無言でギアリーを見つめた。

「確かめなければならないことがあります」ようやくリーセルツが言葉を発した。「あなたはわたしの指示にしたがってくださいますか？」

「わたしにはあなたがたをダンサー族宙域へ連れてゆく責任があります。あなたがたと艦隊の両方を脅威から守らねばなりません」と、ギアリー。

「そうすると、判断が難しい部分が出てきますね。シンディックの戦闘艦に遭遇した場合、元帥が率先して対処することになるのでしょうか？」

ギアリーは眉をひそめて考えこんだ。

「相手の動きによるでしょう。攻撃されたら、反撃しなければなりません。しかし同じ星系にいるだけならば、わたしがシンディックの司令官と交渉しなければならない理由はありません」

「なるほど。それは理にかなっています。戦わずに通過できるよう、わたしがシンディック側との交渉を行ないます。このような動きをあなたの艦隊は受け入れてくれるでしょうか？」

「大丈夫です。兵たちはシンディックを信用していませんが、わたしのことは信用しています」

「ミッドウェイ星系に着いたら、わたしが主導権を握るよう言われています」リーセルツは付け加えた。「ミッドウェイ星系の指導者たちはそのことを受け入れると思いますか？」

「受け入れるかもしれません。イケニ大統領とドレイコン将軍は、アライアンスがシンディックとは異なる理屈で動いているとわかっています」

「ブラダモントもと大佐はどうでしょう？　われわれと対立する動きをするでしょうか？　もと大佐の言葉は信用できますか？」

　考えるまでもなかった。

「ブラダモント大佐は、われわれと対立したり、われわれに嘘をついたりしません。大佐の信義に疑いの余地はありません」

「しかし、シンディックから命令を受けています」

「もとシンディックです。イケニ大統領とドレイコン将軍を普通のシンディック指導者だと思わないでください。あの二人は手ごわく、油断なりませんが、賢明でもあり、住民の幸福を本当に気にかけているようです」

リーセルツは椅子の背にもたれ、ため息をついた。

「二人に関するあなたの報告書は読みました。それでも、にわかには信じられません」

「謎の種族の攻撃を受けて主要惑星から住民が避難していたとき、イケニ大統領は惑星にとどまり、避難を監督していました」と、ギアリー。

「最初に出る船に乗って、できるだけ多くの自分の財産を移動したのではないのですか？」リーセルツは肩をすくめた。「イケニ大統領が実際にとった行動は、たしかに普通のシンディック司令官の行動ではありませんね。わかりました。わたしばかり質問していますが、そちらからは何かありますか？　これはあなたにとってチャンスでしょう。ブラック・ジャックがあらゆる出来事に対して、多岐にわたる陰の権限を行使するときですよ」

「失望させて申しわけありませんが、そのようなことはしません」と、ギアリー。リーセルツがその件をここではっきり口にしてくれたのは、ありがたい。おかげでその考えを捨て去ることができる。「人々が……わたしにどのような力をふるってほしいと考えているかは知っています。しかし、わたしの子ども時代も訓練を受けていた時代も、アライアンスでの軍の存在はいまよりずっと希薄でした。軍が政府に多大な影響力を持つ状態は居心地が悪いのです」

「その点ではこちらも同様です」

「リフト連邦星系のことで、あなたが認識しておくべきことがあります」

「なんでしょう？」リーセルッツが用心しながらギアリーを見た。「この外交任務への参加の誘いを断わったことは知っています」

「リフト連邦星系は、自分たちの艦をともなって独自の代表団を送るつもりです」ギアリーはハイエン艦長から聞いた話を説明し、リーセルッツが内容を理解するのを待った。

「独自にその任務を行ないたいのですね」ようやくリーセルッツが言葉を発した。「リフト連邦星系の一団がダンサー族宙域へたどりつける確率は、どのくらいですか？」

「ゼロです。リフト連邦星系が送る艦隊は非常に小規模です。その艦の何隻かがミッドウェイ星系へ到達したとしても、ダンサー族宙域にたどりつく前に謎の種族によって全滅させられるでしょう」

「何か理由があって、この話をされているのですよね？　どんな理由ですか？」

「われわれより先にミッドウェイ星系に向かってほしくないのです。われわれが通過する予定のすべての星系に注意喚起することになります。シンディック政府は言うまでもなく」

リーセルッツは頭を後ろにそらし、天井を見つめた。

「シンディックは、すでにわたしたちの計画を耳にしているでしょう。ですが、わたしたちが特定の場所へ来ることを知らせるのが大きな問題になる理由は、容易に理解できます。どうすればいいでしょう？」

「リフト連邦星系の艦隊司令官が納得できる方法で、手を貸したいと思っています。戦争中、リフト連邦星系の艦のクルーは、われわれとともに戦ってくれました。アライアンス艦隊の者は誰も、リフト連邦星系の艦が自殺行為にも等しい任務で全滅するのを見たくありません」

「同感です。アライアンスとは別行動するよう命じられているのなら、どうやって手を貸すのですか？」

「こちらの艦とともに移動することをカペルカ艦長に提案し、書面によらない同意をしてもらおうと考えています。リフト連邦星系の艦隊は、正式にはアライアンス艦隊の一部ではありませんが、われわれが近くにいることによって守られます」

リーセルッツは頬杖をついたまま考えこんだ。

「わたしたちはなぜ、そこまでするべきなのでしょうか、元帥？　人道的な理由は別にして、アライアンスに何か利益がありますか？」

大使は本当に損得を考えて言っているのか？　それとも、上層部へ説明するときのために訊いているのか？

「アライアンス政府は、リフト連邦星系があのような戦闘艦や訓練された兵を失うことによって弱体化するのを望んではいないと思います」

「それは軍事面からの意見ですね」と、リーセルツ。「あなたはもっと大きな視野に立ってものごとを考えられるかたです。アライアンスにとってどんな利点があるのですか？あなたはわたしに、アライアンスの外交使節とともに、また別の外交代表団の派遣も行なうことに同意するよう求めているのですよ。ダンサー族との交渉で混乱を生むのは必至でしょう」

　ギアリーは考えこんだ。最後にダンサー族と対話したときのことを思い出している。異星人との意思疎通については混乱の形はいろいろだが、いつものことのように思える。

「その混乱がどういったものかについて、できるだけ多くのことを知る必要があるのではないでしょうか？」

　リーセルツのギアリーを見る視線が鋭くなった。

「どういう意味ですか?」

「すでにダンサー族は、アライアンスの支配宙域深奥部から自分たちの宙域やその周辺へとジャンプする能力を実証しています」と、ギアリー。「つまり自力で人類星系と接触できるのです。アライアンス宙域であろうと、シンディックに支配されている、あるいはかつて支配されていた宙域であろうと、関係ありません。もはや人類とのつながりができたのですから、われわれ以外の人類ともかかわることができますし、おそらく実際にそうするでしょう。ほかの人類がダンサー族に接触するのをわれわれが妨害したとしても、その人類の宙域においてダンサー族を阻止することはできません」

リーセルツはゆっくりとうなずいた。その目は物思いに沈み、遠くを見ている。

「ダンサー族は人類の別の集団とも交渉するようになるのですね。ダンサー族がその集団をどう扱うか知る必要があります。リフト連邦星系の使節団にどう反応し、どんなやりとりが行なわれるのかを目にできれば、わたしたちにとってきわめて貴重な情報が手に入ります」リーセルツは焦点を取り戻した目でギアリーを見ると、にっこり笑った。「有意義な議論ができました。人類のほかの政府や集団に接触されたダンサー族がどうふるまうのか知る必要があります。ダンサー族はアライアンスをどう見ているのか、ほかの人類と比べてみなければなりません。そういったことを知るには、アライアンスとリフト連邦星系の使節団を同時に前にしたら何が起こるか、それを見るしかありません」

リーセルツはふたたびうなずいた。

「ですが、リフト連邦星系はアライアンスよりもずっと小規模ですから、アライアンスがダンサー族と結ぶ取り決めを深刻に脅かすことはできません。ええ、たしかに元帥の考えはアライアンスに大きな利益をもたらしそうです。リフト連邦星系の艦隊クルーの命を救うことにもなりますし。しかし上層部に無断でそのような決定をすることはできません。こうしましょう。わたしがリフト連邦星系の使節団を非公式に保護することを提案します。そうすれば、ダンサー族がさまざまな人類の組織に対処するさいにどのような反応を示すのかがわかります。これはわたしの名のもとに行ないます。これもまたブラック・ジャックの策略だろうと思われないために」

「これもまたブラック・ジャックの策略？」ギアリーは訊き返した。リーセルツ大使の言うとおり、その提案をするのにおれの名前を出さないのは正しい。だが、自分の意見だったことが評価されないのも、なんだか釈然としない。

「失礼」と、リーセルツ。笑みを浮かべている。「陰謀ファンのなかには、あらゆる出来事に元帥がかかわっていると考える者もいるのです。この星系にカペルカ艦長が到着したら、元帥の提案を伝えてください。書面や公式記録には残らないようお願いします。自分たちだけでダンサー族宙域へ到達するという命令を無視したと非難されないよう、艦長はとにかくそのことを主張すると思います。カペルカ艦長が同意したかどうか知らせてください。ミッドウェイ星系、さらにはダンサー族宙域へ向かうあいだ、わたしはその艦隊がアライアンスの集団に同行していることに気づかないふりをしますから」

「わかりました。大使が今わたしに言ったことも、書面には残っていませんが」

　リーセルツは顔をしかめた。

「罠《わな》を警戒するのは当然です。承認を求めるメッセージをユニティ星系へ送るとき、そのメッセージをUODにします。〝ほかに指示がなければ《アンレス・アザーワイズ・ディレクテッド》〟それを実行するという意味です。出発前にユニティ星系からわたしたちの考えと対立する命令が来なければ、元帥もわたしも法律的に保護されます」

「ほかにも問題があります。リフト連邦星系艦隊が、われわれより先にジャンプしないという指示にしたがわない可能性があります。先ほども言ったように、その場合、われわれにとって深刻な問題が発生する恐れがあります」

「先にジャンプするのを阻止する方法はあるのですか？」

「ジャンプ点付近に戦闘艦を何隻か配備し、リフト連邦星系艦隊が接近してきたら、攻撃すると威嚇《いかく》します。しかし、そうなると、なおも艦隊が進みつづけた場合、攻撃しなければならなくなります」

リーセルッは目を見開いた。

「リフト連邦星系艦隊を攻撃する許可が必要なのですか？」ショックと恐怖を同じくらい味わっているように見える。

「いいえ。許可が必要だとはまったく思っていません」

「よかった。そんな許可を出したことはいちどもありませんから！」リーセルッは驚きの表情を浮かべて、椅子の背にもたれた。「リフト連邦星系に対して武力を行使すれば、アライアンスがリフト連邦星系を併合し、つづいてカラス共和星系も併合するという陰謀論に信憑性《しんぴょうせい》を与えてしまい、悲惨な結果になります。なぜ、そのことをあえて口にしたのですか？」

「リフト連邦星系がなんとしてもわれわれに先行すると主張した場合、それを阻止するうまい手立てをわたしは持っていないと、知ってもらうためです」

リーセルッは目を閉じて頭を振った。

「あくまで主張するのであれば、行かせるほかありません」リーセルッは目を開けギアリーを凝視した。「阻止できないのをわたしのせいにしますか？」

「いいえ。自分でした決断の責任は自分で取ります。それでも、リフト連邦星系艦隊が先に出ることを主張したかどうかについては、お知らせします。大使がリフト連邦星系の使節団の意思を変えることができるのなら、ありがたいのですが」

「必要なら、やってみます」リーセルツは顔をしかめた。「リフト連邦星系は、わたしたちが彼らを止めようとすれば、アライアンス全体を揺るがす危機を引き起こすことになると、知っています。リフト連邦星系には、そうなることを願っている者も当然いるでしょう。アライアンスとの関係を完全に断つためなら、自分たちの艦やクルーを犠牲にすることも辞さない者が」

「リフト連邦星系の使節団が犠牲になるとしても、それはアライアンス艦隊のせいではないでしょう」

「わかりました」リーセルツは陰気な視線でギアリーを見すえた。「この任務は、あなたやわたしよりも大きいのです、元帥。それを危険にさらすような真似はしません」

「わたしもです」と、ギアリー。大使の言っていることはどれも正しい。しかし本気で言っているのだろうか？「陰謀論者に情報を与えないために、この私的会合は早めに切りあげたほうがいいでしょう」

〈ドーントレス〉へ戻るギアリーとカラバリに、シャトルベイまでウェッブが同行した。

「教えてくれ、大佐」と、ギアリー。「きみやきみの部隊の兵はなぜ、五年間、故郷から離れて過ごすことになる任務に志願したのだ？」

ウェッブは眉をひそめた。

「戦争が終わって喜んだ者は大勢いました。軍とは違う役目を果たすチャンスを喜んだ者も大勢いました。ですが、隊員であることにプライドを持っているわれわれはどうでしょう？　わたしは軍を離れるつもりはありませんでした。どこかでデスクの前にすわって、過去の思い出にふけりながら民間の仕事をしたり、どこかの会社に雇われて、その貴重な資産を守ったりなどということはしたくなかった。わたしは特殊部隊の一員であり、そのことを誇りに思っています。しかし規模は縮小されている。戦争は終わったのですから。残された問題に対処するために、いままでと同じ規模の軍を維持する余裕はアライアンスにはありません」

ウェッブはギアリーに断固とした目を向けた。

「だから、わたしは志願したのです。わたしの仲間も同じです。志願すれば、少なくとも向こう五年間は、訓練を通してつくりあげた存在でいられます。自分が誇れる存在でいられるのです。部下の軍曹の一人はとびきり優秀な特殊部隊の隊員でしたが、早く軍から出たくてうずうずしていました。殺しに飽き、友人を失うことに飽き、自分の運がいつ尽きるかを考えることにも飽きていたんです。わたしはやつの幸運を祈りました。本気で祈っていました。しかしわたしは、それが自分の望みではないこともわかっていた」

「理解できるよ」と、ギアリー。「この任務では、われわれは仲間だ。きみたちは直接、大使のために働いている。だが、われわれが協力すれば、きみの任務もわたしの任務も成功する可能性は高くなる」

ウェッブはうなずいた。

「わかっています、元帥。わたしも同意見です」シャトルの前まで来ると、ウェッブは足を止めて敬礼し、別れの挨拶をした。「これから、もっと話をすることになるでしょう」

ギアリーはカラバリとともにシャトルの席でハーネスを装着すると、カラバリを見た。カラバリは遠くを見ていた。わずかに眉をひそめている。

「何を考えているんだ、少将？」

カラバリが横目でギアリーをちらっと見た。

「われわれが心配している反ダンサー族感情についてです。わたしの名誉戦傷章に新たに星を加えた、あの感情のことです。わたしが今回のような任務を妨害したいと思えば、設備の破壊や殺人の訓練を受けた、経験のある者を使おうとするでしょう。保安対策の全体像を知る立場にいる内部の者を使うはずです」

カラバリの言葉を理解するのにほんの少し時間がかかった。

「儀仗兵の特殊部隊の誰かが脅威になりうると考えているのか？　厳しい選考を通過して、志願兵として受け入れられたと思うが」

「非常に厳しい選考をもあざむく方法はあります。その種のことをもっともよく訓練された者たちといえば……」

「精鋭特殊部隊か」ギアリーはカラバリの言葉を引き取った。「どのくらい優秀なんだろう？」

「ウェンディゴだと思います」

「ウェンディゴ？」と、ギアリー。いやな響きの言葉だ。

カラバリは不快そうに口をゆがめた。

「ほかの特殊部隊にさえ正式には知られていない、〝ウェンディゴ〟と呼ばれる精霊にちなんでみなに呼ばれている特殊部隊です。表向きには存在すらしていません。しかしその部隊に関する逸話はあります。充分な現実味を持った逸話がいくつもあるため、わたしは彼らの存在を確信しています」

「気に入らないようだな」

「通常の特殊部隊に比べ、仕事のやりかたが徹底的、というか残酷なのです。アライアンスがやったことだと政府が認めたがらないほどです」カラバリはギアリーをちらっと見た。

「政治的な暗殺を行なっているという噂もあります。わたしは信じていませんが。しかし指揮系統の外で活動する部隊は好きではありません。そのような部隊の活動は闇にまぎれて行なわれるべきものです。われわれはつい最近、そうしたものが白昼堂々、実行される現場を経験しました」

いくら数が多くとも噂は現実にはならない。だがカラバリは、信じるのに充分な理由のないものを信用するタイプではない。それに、カラバリ自身が言ったように、過剰な秘密主義が深刻な問題を生むことはすでに証明されている。

「どうすればいい？」

「元帥が許可してくだされば、自分の部隊の偵察担当と上級下士官を儀仗兵に接触させます。連絡会議やたがいを知るための懇親会、あらゆる日常業務といった機会を利用しますが、特殊部隊の隊員とは様子の違う者がいるかどうか確かめられるでしょう」

「許可しよう」と、ギアリー。シャトルのスラスターが噴射され、〈ドーントレス〉に向けて最後のひと押しをした。「きみの考えが間違っているといいんだがな」

「わたしもそう思います。しかしウェッブ大佐の発言から、問題の優先順位がどこか奇妙だと感じました。ウェッブ大佐はダンサー族について質問し、ダンサー族を主要な保安問題だとみなしているようでしたが、元帥やわたしが警戒しているアライアンス内部の保安問題についてはまったく触れませんでした」

言われてみれば、たしかに奇妙だ。ギアリーはカラバリに向かってうなずいた。

「わたしへの連絡を絶やさないようにしてくれ」

シャトルベイで待っていたのはデシャーニ艦長だった。

「首尾はどうでしたか？」ギアリーの自室へ向かいながら、デシャーニがたずねた。

「まずまずだ」と、ギアリー。

「本当に？」デシャーニは頭を振ると立ちどまり、通路ですれ違った兵曹からの挨拶に応えた。

言葉にはしなかったが、デシャーニの疑念ははっきりと聞き取れた。

「グレンデルでの戦いの前、あの戦争の前、わたしは外交官たちを称賛していた。多くの人々がそうだった。上級ポストをカネで買う雇われ政治家のことではない。アライアンス政府のために働く者たち、誰も行きたがらない場所へ行き、ベストを尽くして状況を改善するプロの外交官に敬服していた」

デシャーニは肩をすくめた。

「この一世紀のあいだ、外交の出番はあまりありませんでした。シンディックがわれわれに降伏を迫り、われわれは拒否し、そうして戦争はつづいてゆきました」

「だが、われわれにはそうした人々が必要だった。そして今、われわれは外交官を必要としている」

「外交官は戦争を防げませんでした」デシャーニが指摘した。「終わらせることもできなかった」

たしかにそのとおりだ。

「ターニャ、わたしはきみたちと違って、数十年にわたる戦争を生き抜いてきてはいない。しかしグレンデル星系での戦闘前、熱心な外交官たちを信じていた。いまも信じている。全力を尽くそうとする人々によって何かが変わる、いくつかの点でそう信じる必要があるのだろう」

ギアリーの自室のハッチの前まで来ると、デシャーニは足を止めた。

「ご自分のご先祖様に挨拶するその日まで、そう信じつづけるのですね？」

ギアリーも立ちどまり、デシャーニを見た。

「だから、こうしている」

「だから、人々はあなたについてゆくのですね」

「ウェンディゴと呼ばれるアライアンスの特殊部隊のことを聞いたことがあるか？」

「誰もが耳にしています。実在するかどうかは知りませんが」

「カラバリは存在すると思っている」

デシャーニはギアリーをまじまじと見た。

「なぜ、そんな話を持ち出したのですか？」

「その部隊の者が〈バウンドレス〉に乗船しているかもしれない。これは他言無用だ」

「それはそれは」デシャーニは肩をすくめた。「これでまた艦隊はすばらしい一日を迎えることになりそうですね。リフト連邦星系の艦隊がやってきて、難問の山に新たな問題を加えてくれると思うと、待ちきれません」

デシャーニ艦長の望みは数日後にかなえられた。その日ハイパーネット・ゲートに、重巡航艦一隻と軽巡航艦二隻、駆逐艦四隻が現われたのだ。ハイエン艦長の予想よりも駆逐艦が一隻少ない。リフト連邦星系では人材も物資もかぎられているのだろうと、ギアリーは思った。五隻目の駆逐艦は意図的に艦隊から切り離されたのか？　それとも、その艦はこの遠征ができるような状態ではなかったのか？

リフト連邦星系の艦隊は〇・一光速という穏やかな（戦闘艦にとっては）速度で進みながら、アタリア星系へ通じるジャンプ点へ向かうベクトルですぐに安定した。六光時離れているため、リフト連邦星系艦隊がジャンプ点に到達するまで、六十時間――二日半――

かかるだろう。

リフト連邦星系艦隊がハイパーネット離脱時に到着メッセージを送ったのなら、到着を示す光にわずかに遅れて届くはずだ。時間がたつにつれ、ギアリーはいらだちをつのらせていった。

ギアリーは脳内でシミュレートしていた。できるだけ時間をかけてメッセージを送るとする。光速でも、メッセージが受信されるのに数時間はかかる。それから、返信がこちらへ届くまでさらに数時間。最初の挨拶が交わされたとき、リフト連邦星系艦隊はまだこの星系を横切っている途中だ。

実際には、ギアリーはただちにメッセージを送ることにした。リフト連邦星系の艦に届くまで数時間かかるのは変わらないが、これが最善のやりかただ。

「リフト連邦星系艦隊に告ぐ。ヴァランダル星系へようこそ。こちらはギアリー元帥だ。アンバルー宇宙ステーション付近の軌道まで進んでほしい。重大な話がある。また、このメッセージに添付された提案について検討してもらいたい。諸君とわれわれの任務にとって、多大な利益があると考えている。われらが先祖に名誉あれ。ギアリーより、以上」

じきに会議だが、そのことをありがたいと思うべきなのだろうか？　リフト連邦星系艦隊からの返事を待つあいだ、忙しくしていられると考えれば。〈バウンドレス〉の技術者チームと科学者チームとの調整をはかるのも、ギアリーの仕事だ。そのため、双方のチームと会議を行なうことになっていた。

ドクター・マカダムスの強い希望により、科学者チームとの会議は実際に顔を合わせるのではなく、ホロ会議となったが、あれは不吉な前兆だったのだ――ギアリーはのちに思った。

ギアリーは、〈ドーントレス〉の保安会議室の長いテーブルの片側についていた。科学者たちの主眼はダンサー族にあるため、ギアリーはチャーバン将軍に横にいてもらった。チャーバンの向こう側には、アイガー大尉とジャーメンソン大尉もいる。ビクトリア・リオーネ亡き今、ダンサー族との直接のやりとりをもっとも多く経験しているのはこの三人だ。

ギアリーたちと向かい合ってテーブルについているのは、ホロ映像のドクター・マカダムスとその上級助手たちだ。科学者チームは、会議の予定時刻より十分遅れてようやく現われた。謝罪の言葉はない。ギアリーはいらだったが平静を保ち、ていねいな口調で話した。

「ドクター・マカダムス、ヴァランダル星系へようこそ。あなたのひきいるグループは、ダンサー族についてさらなる知識を得ようとしていると認識しています」

マカダムスはすぐには答えなかった。氷河のごとき緩慢さで額《ひたい》にしわが寄りはじめたかと思うと、やってくる波に打ちあげられたクジラのように、ようやく額がかたまって渋面《じゅうめん》ができあがった。

「知性を持つ異星人を、軽薄で無礼な言葉を使って呼ぶべきではない」

会議の出だしからそのような態度をとるマカダムスにギアリーは面食らい、チャーバンをちらっと見た。

「たしかにダンサー族は軽薄でも無礼でもありません」と、ギアリー。「その呼び名は、異星人に対する尊敬の念からわれわれの兵がつけたものです」

「われわれの〝兵〟が何を考えるかなど、どうでもいいことだ」と、マカダムス。「問題は、知性を持つ異星人がその名前をどう感じるかだ」

チャーバンが笑みを浮かべた。まるでマカダムスが何か気のきいたことを言ったかのようだ。

「その名前についてダンサー族と話をした。人類にとってダンスとはどんな意味を持つかについて説明すると、ダンサー族は非常に喜んでいるようだった。ダンスに相当するダンサー族の言葉は、仕事に当たる言葉と同じようなのだ。どちらも、パターンを学んでそれを繰り返すことを含んでいる。ダンサー族は、自分たちの仕事ぶりを高く評価して人類が名づけてくれたのだと考えているようだ。実際、兵たちは、そのような理由で名づけた」

ギアリーはうなずいた。

「ダンサー族は、さりげなく優雅に艦を操縦します。その動きは見る者すべてを魅了しました」

マカダムスが渋面をチャーバンに向けた。

「あなたは専門家ではないのだから、知性を持つ異星人がその言葉をどう感じているかについてのあなたの解釈を考慮する必要はない」と、マカダムス。自分の当初の意見をひっくり返したことに気づいている様子はない。

「失礼」と、ギアリー。とっさに、自分のもとで働いている者たちを守ろうと割って入った。「チャーバン将軍は、人類宙域において、この異星人の心情を解釈するのにもっとも適した人物です。実際にこの異星人とやりとりを行なっていますから」

科学者チームのリーダーは押し黙っている。ギアリーの話は耳に入っていないようだ。しばらくしてから、ようやく言葉を発した。

「その知性を持つ異星人に対する尊敬の念からつけられたその言葉は、もう使わないでいただこう」

ギアリーはマカダムスに理解してもらう努力をあきらめた。これが自分の権限の限界か

――そう思うと、片手をあいまいに少しだけ動かした。

「公式なやりとりにおいて、どのような言葉を使うべきだと？」

マカダムスの表情が変化した。いらだっているようだ。

「あの異星人はなんと自称している？　そのとおりに呼ぶべきでしょうな」

チャーバンはもはや笑みを浮かべようとはしていなかった。だが口調は冷静だ。

「なんどもダ……訊いてみたが、答えはいつも〝われわれは、みずからをわれわれと呼ぶ〟あるいは〝われわれは、みずからを自分たちと呼ぶ〟というものだった。質問の意味を理解していないのか、文化的理由からわざと教えないのかは、わからない」

マカダムスの助手の一人が思慮深い表情でうなずいた。

「自分たちの種族を表わす名前は、外部の者には明かせない禁忌のたぐいなのかもしれませんね。しかし、その種族は人類とは違うやりかたで自分たちを分類しているとも考えられます」

思いきって発言したその助手はまったく不運だった。マカダムスが首をひねり、その助手に射すくめるような視線を向けたからだ。助手は口を閉じ、テーブルを見つめた。

「というよりは、あなたがたの翻訳機器には、この非常に困難な意思のやりとりを扱えるほどの性能はないのだろう」

「〝われわれ〟の翻訳機器ではない」と、チャーバン。「ダンサー族が翻訳用プログラムを送ってくれたのだ。そのプログラムは独立した機械にダウンロードされると、われわれのハードウェアにみずから適合し、機能するようになった。われわれのプログラマーは、ダンサー族がそれをどうやったのか、いまだにわかっていない」チャーバンは〝ダンサー族〟という言葉をできるだけ繰り返すことにしたようだ。

「操作員のミスだ」マカダムスがチャーバンの言葉を否定した。「この船に送ってくれれば、すぐにわたしの助手が確認して、正しく動くようにする」

　またしても短い沈黙が流れ、ギアリーがとりもった。

「そちらの機器にダウンロードできるよう、われわれが受け取ったプログラムのコピーを〈バウンドレス〉に送ります。しかし、われわれは自分たちのやりかたで、その……異星人との意思疎通をつづけます」

「やめていただこう」と、マカダムス。「今後、その知性を持つ異星人とのやりとりは、すべてわたしの助手たちが行ない、ほかの者は誰も接触しないこととする。複数の場所から資格のない者が接触したのでは、知性を持つ異星人は混乱し、わたし自身の仕事もより困難になるからな」

　なるほど、だからリーセルッツ大使は、おれがダンサー族と直接対話できることを強調したのか。マカダムスの対抗相手としておれを支持すると言っていたんだ。ギアリーは頭を振った。残念そうな表情は作っていない。

「それは承諾できません。セキュリティ面をはじめとして、ダンサー族がわれわれと話し合いたいと考える問題はいろいろありますから、わたしの旗艦はダンサー族との対話を行なう手段を独自に維持します。任務上、その能力を放棄することはできません」

マカダムスはまたしてもゆっくりと額にしわを寄せた。

「翻訳機器についてのわたしの指示は要請ではない」

「命令でもありません」と、ギアリー。ここにビクトリア・リオーネがいて、マカダムスをこてんぱんにやっつけてくれたらいいんだが。「あなたにはわたしに命令する権限はありません、ドクター。われわれがたがいへの尊重と理解をもって関係を構築するのが早ければ早いほど、たがいに対する尊重と理解をもとにダンサー族とのよりよい関係を築けます」

マカダムスが自分の会議室の制御装置に手を伸ばしたかと思うと、マカダムスと助手のホロ映像は消えた。

一瞬の静寂のあと、チャーバンが額を叩いた。

「なんだってあんなまぬけなやつが、ダンサー族相手のこの重大任務をまかされたのだろう？」

「知性を持つ異星人、のことですか？」と、ギアリー。「この任務を可決するには誰かの支持が必要で、その政治的見返りなのかもしれませんね。アイガー大尉、可能な範囲でマカダムスについて調べてくれ。アライアンス市民に対して非合法的手段は使うなよ。公開されている記録資料だけだ」

「おまかせください、元帥」と、アイガー。

「正式な苦情として申し立てるべきだ」チャーバンがギアリーに言った。「マカダムスをお払い箱にしよう。あの立場にふさわしくないのは明らかだ」

「何ができるかわからないが、やってみましょう。だが、リーセルツ大使がクビにできないのだから、われわれはマカダムスを押しつけられたのかもしれません。この件では不正なことはしたくない。マカダムスからの正当な要求にはすべて全力で協力することにしましょう」

「マカダムスからの正当な要求を耳にするのが楽しみだ。気分が変わっていいかもしれない」

「将軍、よろしいですか？」ジャーメンソン大尉が声をかけた。「われわれがダンサー族とどのように対話したのかについては、何も訊かれませんでしたが」

「きみたちは博士号を持っていないからな。わたしもだ。博士号を持たない者の話は聞く価値がないと考える連中がいるんだよ。助手の何人かがマカダムスより寛容で、われわれの経験に耳を傾けてくれることを期待するしかない。いずれにしても、この艦からダンサー族と対話するときには、きみたちの経験が生きてくるだろう」チャーバンは立ちあがった。「少なくとも会議は長くならずにすんだな」

「その点はありがたい。わたしには次の会議が控えていますので」と、ギアリー。

「それはお気の毒に、元帥」チャーバンは身体を伸ばした。「少なくとも、次の会議はこれほど悲惨なものにはならないだろう」

「いいえ、わたしはすでに学びましたよ。これ以上悪くならないとは考えないほうがいい、と」

11

一時間後、ギアリーは同じ会議室ですわっていた。今回はターニャ・デシャーニに同席してもらい、〈バウンドレス〉に乗船するまた別の集団と向き合っている。こちらのチームは実際に会って話すことを希望したため、ギアリーは警戒しながらも楽観的な気分になっていた。

疲れた目をした——そうでなくとも、年齢ははっきりしない——男性リーダーが、ギアリーにほほえんだ。

「ドクター・コトゥールです。お会いできて大変うれしいです」

コトゥール側の出席者全員が笑みを浮かべながらうなずいた。もっとも、いちばん端にいる女性だけは違っていた。うんざりしているようにも、つまらなそうにも見える。そんな様子とは関係なく、ギアリーの目は気づくとその女性に引き寄せられていた。誰か知り合いに似ている気がしたせいだ。

「こうした仕事の手伝いができることをうれしく思います」ギアリーはコトゥールに言った。

「これはすばらしいチャンスです、元帥」と、コトゥール。「ミッドウェイ星系のハイパーネット・ゲートを星系同盟《アライアンス》のハイパーネットにうまくリンクさせることができれば、科学的にも技術的にもとてつもない躍進です」

「そのためには、ミッドウェイ星系の指導者たちを説得する必要があります、ドクター・コトゥール。指導者たちは必ず懸念を示すでしょう。完全にはアライアンスを信用していませんので」と、ギアリー。

「しかし、あなたのことは信用しているのでしょう？」

「そう思っています」

「では、ハイパーネット理論と技術に関して、われわれのチームにはアライアンス最高の頭脳を持つ者が数名いると、その指導者たちに言えばいいんです。紹介します。こちらはドクター・ケン・ブロンとドクター・タリセン・ラージプート、それから、ドクター・ジャスミン・クレシダ――」

「クレシダ？」ギアリーはさきほど目を引かれた女性を見て、誰に似ているかに気づいた。

「あなたはジェイレン・クレシダの親族ですか？」

ドクター・クレシダがギアリーに冷たい視線を向けた。

「はい。ジェイレンはわたしの妹でした」

ターニャ・デシャーニも驚いてドクター・クレシダを見ている。

「ジェイレンの個人記録には、近親者は両親のみとなっていました」

「わたしたちは絶縁していました」と、ドクター・クレシダ。その声はさらに冷たくなっている。「兵役につくなんて、才能を大きな危険にさらすことになると思いました。理論に関するわたしとの共同研究に才能を使ったほうが、よほど真価を発揮できます。頭脳や可能性を無意味な戦いで浪費してほしくありませんでした。残念ながら、予想どおりになってしまいました」

ジャスミン・クレシダの話が終わると沈黙が流れ、やがてギアリーが言葉を発した。

「ジェイレンはハイパーネット・ゲートの危険性を分析し、艦隊が危機を脱するにあたって大きな役割を果たしてくれました。謎の種族の不正プログラムの特性を解明したのも、ジェイレンです。ジェイレンを失った打撃はすさまじいものでした。それまでの貢献は計り知れません」

ドクター・クレシダはギアリーを見ずに返事をした。

「では、あなたがジェイレンを死に追いやったのですね。なんてすてきな見返りでしょう」

　コトゥールがようやくショックから立ちなおり、言葉を発した。

「もうやめましょう——つまり、われわれには重要な目的があり、これは仕事なのですから……プロらしくふるまうべきです」

「仕事はできます」と、クレシダ。「ともに仕事をする相手を好きだと思いこまなくても」

　デシャーニがクレシダに向かって冷ややかな笑みを浮かべた。

「こちらも同じです」

　ギアリーとコトゥールは困ったような視線を交わすと、脱線した会議を二人で軌道修正した。科学者チームと技術者チームの質問のほとんどは、ミッドウェイ星系のハイパーネット・ゲートについて〈ドーントレス〉のセンサーが記録したデータと、自分たちの提案をミッドウェイ星系の指導者たちに承諾してもらうための最善の説得方法に関するものだった。ギアリーとしては、この計画に付随する危険と不確定要素について、できるだけ多くのことを知りたかった。自分がミッドウェイ星系で、指導者たちにその計画を売りこまなければならないからだ。会議のあいだ、ドクター・クレシダはずっと冷ややかな態度を崩さず、孤立したようにすわっていた。たまに同僚に対して短く返事をするだけだ。

会議は、たがいの協力を約束し、高い期待とともに終わった。ドクター・マカダムスのチームとの悲惨な会議とは対照的だ。デシャーニがほかの者たちとともに会議室を出て、シャトルベイまで案内した。ドクター・ジャスミン・クレシダは床のプレートが気に入らないかのように、踏みしめながら歩いている。

ギアリーは退室する集団を見送ると、一人でその場に立ちながらジェイレン・クレシダのことを考えた。ヴァランダル星系での惑星連合《シンディック》との戦いで、もう少し違った命令を出すことはできたのだろうか？　できていれば、もっと違った結果になっていたのか？　戦いについて……おれの命令を受けて死んでいった士官や兵について、いつも同じことを考える。ユニティ星系でコスタ議員は、おれの足をすくおうとした。おれの決断や行動が疑問視されることになってもいいのかとたずね、おれを窮地に追いこもうとしたのだ。コスタ議員はわかっていない。あの議員には理解できないだろう。おれ自身がもっとも厳しく自分を批判していることを。もっと違ったやりかたがあったのではないか、もっとうまくできたのではないかと、おれはいつも考えている。失われた者たちのうち、少なくともあと数人は助けられたのではないか、と。

「わたくしを褒《ほ》めてください」会議室に戻ってきたデシャーニが言った。

「ご苦労だったな。で、何を褒めればいい？」

「ジェイレンの姉だとかいう人がシャトルのタラップをのぼるのを、じっと我慢して見送りました。宙づりにして尻を思いきり蹴とばして、席に着かせたかったのですが」

こんなときでもターニャは、おれを笑わそうとしてくれる。そうにちがいない。

「そんなことをしたら、クルーたちのよい手本にはならなかっただろう」

「拍手喝采してくれたと思いますよ。自分たちが誰かに見くだされたら、わかるでしょうから」腰をおろすと、ジャスミン・クレシダがいた場所が見えないように片手を顔に持っていった。「少なくとも、ジェイレンがなぜ姉のことを口にしなかったのかと考えなくていいので、時間を無駄にしなくてすみますね」

ギアリーもふたたび腰をおろした。

「運がよければ、もうかかわらずにすむかもしれない」

「閣下がどれだけ艦隊の損失に苦しめられているかが少しでもわかっていたのなら、あんな居丈高で横柄な態度はとらなかったはずです」

「いままで出会った指揮官が、ファルコのような者ばかりだったのかもしれない」と、ギアリー。おれはなぜジャスミン・クレシダを弁護しているんだ？「ターニャ、きみの気持ちはわかっている。しかし、ジェイレンの姉に恨みを抱くなどという、よけいな仕事を増やさないでくれ。そのことは考えないよう努力する」

「そんなふうに考えないでください」デシャーニは顔をしかめ、深く息を吸った。「あなたはファルコとはまったく違います。ファルコは、ジェイレンの姉にどう思われようがまったく気にしません。でも、ドクター・クレシダには一生わからないでしょうね。頭の切れる人たちは実に愚かだったりもするのです。残念ですが、きっとまたあの人の相手をすることになると思いますよ。聞くところによると、ドクター・クレシダは理論の第一人者のようですから」

「少なくとも、ドクター・コトゥールは仕事がしやすい相手だ」

「あの人はマカダムスの反物質のような存在だと思いませんか?」デシャーニは眉をひそめた。「あまりにも感じがよすぎます。ねらいはなんでしょう?」

「おそらく、ハイパーネット・ゲート計画が成功するよう、全力を尽くしたいと思っているのだろう」

「かもしれません」デシャーニは譲歩したものの、またしても眉をひそめている。

警告音が鳴り、ギアリーは自分の通信器をチェックした。

「リフト連邦星系の艦から到着メッセージが届いた」

「楽しい時間はあっというまに過ぎますね」

「まったくだ」ギアリーはメッセージを呼び出した。読みながら、自分も眉間にしわを寄せているのがわかった。

　メッセージの内容はこちらが要求した情報だけだった。それ以外の情報はいっさいない。

「こちらはリフト連邦星系航宙軍のカペルカ艦長です。アタリア星系へ通じるジャンプ点へ向かうためにこの星系を通過しています。カペルカより、以上」

「どういうことでしょう?」メッセージを聞きながら、デシャーニが奥歯を嚙《か》みしめた。「必要最低限のことしか言わないとは。正式な挨拶もなく、さっさとメッセージを終わらせています。シンディックでさえ、もう少していねいなメッセージを送ってきます。針路を変更してアンバルー宇宙ステーションへ向かうよう、すでにカペルカ艦長には伝えてあるのですよね?」

「ああ。約二十分前にわたしのメッセージを受け取っているはずだ。針路はどうなっている?」

　デシャーニはそばのディスプレイで確認した。

「情報が数時間遅れであるのは当然だとしても、艦隊がベクトルを変更したような形跡はありません。まだ、アタリア星系へ通じるジャンプ点へまっすぐ向かっています。元帥のメッセージを受信してベクトルを変更したとしても、あと……三時間待たなければ、わかりません」デシャーニがギアリーを見た。「ベクトル変更は行なわないでしょう」

「そうだな」

「どうしますか？」

「われわれにできることはない。できもしないことをやると言って、脅すわけにはいかない。どうしてもわれわれより先にアタリア星系へジャンプするつもりなら、武力によって止めるしかないが、それはできない」

「ここに大使がいるからですか？」と、デシャーニ。

「違う。いなかったとしても、わたしは同じ判断をしただろう。リフト連邦星系の戦闘艦を攻撃しろと、アライアンス艦隊に命令できるわけがない。そんなことを命じたら、間違いなくアライアンスに多大なダメージを与える」

デシャーニはギアリーの言葉についてじっくり考えていたが、やがて不承不承うなずいた。

「リフト連邦星系艦隊はそのことを知っているのですね。だから、そのまま進みつづけている」

ギアリーは目をこすりながら、人々が想像しているような力が自分にあればいいのにと思った。もしそうなら、この問題も解決できるかもしれない。

「カペルカ艦長の良心に訴えかけたんだがな。あの程度の規模の艦隊では、ダンサー族宙域へはたどりつけない。それは軍事の天才でなくてもわかる。途中でやられてしまうだろう。正式な取り決めはなしで、われわれの艦隊に同行することに同意してくれれば、カペルカ艦長は自分の艦とクルーを救うことができるのだが」

デシャーニは頭を振り、ギアリーから顔をそむけた。

「良心はプライドに太刀《たち》打《う》ちできません。リフト連邦星系艦隊がこの艦隊に加わっていたとき、カペルカのことをいくらか見ていたのでわかりますが、任務を果たすためにはアライアンスの助けが必要だと、カペルカは認めたくないのでしょう」

「ハイエン艦長も同じように考えていた。ハイエン艦長もカペルカ艦長に打診してくれているんだが」

「そうですか。では、あまり期待しないほうがよさそうですね、元帥」

リフト連邦星系の艦隊の動きを見るためには、まだ数時間待たなければならない。プライドのせいで、必要のない破壊に突き進んでいるのかと思うと、ギアリーは気分が悪くなり、別の問題で気をまぎらわせようとした。

ギアリーが自室からリーセルツ大使を呼び出すと、目の前にホロ映像が現われた。同時にこちらのホロ映像も、〈バウンドレス〉にいるリーセルツの目の前に現われているだろう。

「大使、〈バウンドレス〉に乗船している専門家チームの両方と事前会議を開きました」

リーセルツがため息をつき、あまり愉快ではない会話を聞くときのあきらめの表情を浮かべた。

「マカダムスの話をしたいのですね」

「いえ、正直に言うと、あの人の話をする必要も、もういちど相手をする必要もなければいいと思っています」と、ギアリー。

「あなたもですか。わたしもです」リーセルツは椅子の背にもたれ、片手で髪をすいた。「あの人は政治任用官――政治家の裁量で任命された人間なのです。この任務の学術的側面を誰が主導するべきかという問題について、あらゆる討論や議論を調べましたが、結局、どの候補者に対しても、ダンサー族に共感しすぎている、あるいは、敵視しすぎている、とみなす議員が必ずいました。一方、マカダムスは、宇宙のあらゆる生命体を敵視しているため、いずれにせよ、ダンサー族に特別な偏見があると非難されることはありません。それに、誰がどのような力を持っているか知っていて、裏でいろいろと働きかけることができました。充分な数の議員からこの任務への支持をとりつけるには、いくつか……残念な外交や取引をする必要がありましたので」

「またしても政治に足を引っ張られるのか？　そんな余裕などないというのに」ギアリーは憤《いきどお》り、腹立ちまぎれに片腕をさっと振りあげた。「これは重大な任務です。それを、まったくふさわしくない者にまかせることになるのですか？」

「はっきりさせておきたいことがあります」と、リーセルツ。いつもは穏やかな人物だが、口もとと目に厳しさをただよわせた。「マカダムスに妨害されるかもしれないとわかっていたら、わたしはこの任務の指揮をとるどころか、辞退していたでしょう。しかし、マカダムスは自分で自分の首を絞めるタイプです。わたしはすでに、仲間内でさえ自由に仕事ができないと憤慨《ふんがい》しているスタッフの何人かに、代替連絡員をやってもらっています」

　ギアリーは頭を振った。

「不適切なリーダーに対処するにはそのリーダーを避ければいいと思っても、リーダーにそのまま責任を持たせているのであれば、うまくいくとはかぎりません」

「わかっています。元帥、ミッドウェイ星系にたどりついて、任務の一部であるハイパーネット・ゲート関連の仕事が終わるまでは、マカダムスとはうまくやっていく必要があるのです。そこを離れてダンサー族宙域へ向かってしまえば、マカダムスは自分の支援者と連絡を取る手段がなくなります。わたしを通すか、あなたの艦からメッセージを送るよう頼んで、あなたの了承を得るしかありません」リーセルツが笑みを浮かべると、ギアリーの本能が警鐘《けいしょう》を鳴らした。リーセルツは、自分に押しつけられた条件をそのまま素直に受け入れるような女性ではない。「その時点でドクター・マカダムスは、自分の責任の定義が変わったことを知るでしょう。事実上、自分はわきに追いやられたのだと気づくのです。ほかの専門家たちは、それぞれの仕事に本当に打ちこめるようになります」

「マカダムスがその状況を受け入れなかった場合はどうなりますか？」

「あなたの艦隊の艦には牢屋はないのですか？　牢屋というか、なんと呼ぶのでしょう？」

「拘禁室ですか？」ギアリーはリーセルツを凝視した。「わたしにマカダムスを拘束して、拘禁室に入れてほしいと？」

「すでに気乗りしないのなら、そう言ってください」リーセルツがにやりと笑った。「拘禁するのはその必要があるときだけですよ、もちろん」

「ええ、もちろんです」

「それで……」と、リーセルツ。何か考えこんでいる。「パンと水しか与えないというあの罰はまだありますか？　マカダムスを拘禁した場合もそれは可能でしょうか？」

「はい。拘禁室でパンと水しか与えないのは、艦隊ではいまだに合法的な罰です」

「それはいいことを聞きました」

通信が終わると、ギアリーはしばらくそばの隔壁を見つめながら考えた——リーセルツ大使は、本当にマカダムスを拘禁室に入れたいと思っているんだろうか？

でも、悪くない考えだ。とくに、パンと水しか与えないというところが。

カペルカ艦長から、ギアリーのメッセージに対する返信がようやく届いた。だが、その出だしは期待を裏切るものだった。録画メッセージには、自室で堅苦しく立つカペルカの姿が映っていた。まるで面識のない士官に話しかけているかのようだ。その態度と同じく声からも、断固とした意志が感じられた。

「わたしの指揮下にあるリフト連邦星系の戦闘艦が、アライアンス士官の野望のためにベクトルを変更することはありません。ご存じないかもしれませんが、リフト連邦星系はアライアンスに対し、両政府間の軍事支援協定にはもはや効力がないことを正式に通告しました」

それははじめて聞く話だったが、いくらか予想されていた。ハイエン艦長の警告どおり、リフト連邦星系は、戦争によって強固になったアライアンスとの関係をどうにかして断ち切ろうとしていた。

「そちらの提案には——」カペルカが話をつづけた。「われわれの任務を遅らせ、アライアンス艦隊がわれわれとともに航行できるようにするという提案には、同意できません」

まるで、アライアンス側がリフト連邦星系の少数の艦の防衛力に期待しているかのような言いかただ。「わたしは、遅滞なく自分の目的を達成するよう命令を受けています。われわれはアライアンスの下僕ではありません。アライアンス艦隊の保護も必要としていません。カペルカより、以上」

リフト連邦星系の司令官の態度を表わすには、プライドという言葉は小さすぎるようだ。

ギアリーはハイエン艦長に通信した。

ハイエンは憤慨して、かたくなになっているようだった。

「わたしのもとへは、閣下にあてたカペルカ艦長の返信のコピーが送られてきました、元帥。元帥の提案に同意して行動したほうがいいと、わたしがカペルカにメッセージを送ったからでしょう。ひどく後悔しています——わたしがメッセージを送ったせいで、閣下があんな無礼な扱いを受けることになるとは」

「きみも同じ扱いを受けたらしいな。何か提案はあるか？」と、ギアリー。

「何か助言ができればいいのですが、明らかにリフト連邦星系は、この独自の派遣をわたしが思った以上に重要視しています、元帥。困難な任務であることや資源が乏しいという事実は認めず、死に向かって突き進むつもりです」

「ありがとう、艦長。きみの助言にはいまでも感謝している。あれは、われわれ全員にとって最善の選択肢だった。だが、リフト連邦星系がこちらと足並みをそろえるのを拒否するのであれば、無理強《じ》いはできない」

　つづいてギアリーは再度リーセルッ大使に通信した。

「その艦長がそう言ったのですか？　リフト連邦星系はアライアンスとの軍事支援協定を破棄した、と？　それは初耳です。驚きはしませんが」リーセルッはデスクの片側に目を向けた。そこにあるディスプレイを見ているのだろう。「その協定を破棄したのであれば、リフト連邦星系の戦闘艦はもはやアライアンス宙域を自由に航行することはできません。だから、そのカペルカという艦長は、このタイミングでその事実を告げたのですね。わたしたちはもう航行を物理的に阻止することはできませんから」

「われわれはまだ武力行使はできない。そうですよね？　そんなことをすれば、これまでと同じ問題が起こる」と、ギアリー。

「そうです。ハイエン艦長も、カペルカ艦長に対して説得を試みたのですね？」

「ともに戦った者として、また、アライアンスからの独立を危惧する小規模艦隊の代表であるという同等の立場から、説得しようとしてくれました」

「そのリフト連邦星系の戦闘艦は、どのくらい先行しているのですか？」

「一週間半ほどです。その艦が何かトラブルに遭遇したとしても、われわれにできるのは生存者を捜すことくらいです。われわれが駆けつけたときにはすべて終わっているでしょう」

「元帥、あの集団がトラブルにあったとしても、わたしたちが軍事的支援を行なう法的根拠はもはや存在しません」リーセルツが指摘した。「シンディック艦隊に攻撃されているところを目にしたとしても、ふたつの異なる勢力どうしの戦いにすぎません」

「われわれが介入するべきではないということですか？」ギアリーは驚いてたずねた。

「そのとおりです。アライアンスとの軍事支援協定を破棄し、リフト連邦星系は独自でやってゆく道を選んだ。それが望みだったのです」リーセルツは額《ひたい》に片方のこぶしを打ちつけると、ふいにそのまま動きを止めた。「異星人の場合はどうなるのでしょう？　例の謎の種族が相手だったら？　あの異星人と戦うリフト連邦星系の艦を助けた場合、わたしたちの法的立場はどうなるのでしょう？」

「大使はご存じないのですか？」

「見当もつきません」と、リーセルツ。こんどは両方のこぶしを額に打ちつけた。「しかし、行動に関する指針をもらうために、ユニティ星系へ伝令艦を送っている時間はありません。元帥、艦隊には何か……わたしたちの行動方針になるようなものはありませんか？」

「艦隊に？」ギアリーは考えこんだ。「古い決まりごとならあります。ほかの船がトラブルに見舞われていたり、遭難した船の生存者がいたりした場合には、支援や救助を行なうことになっています。これは果たさなければならない義務なのです。船に関する決まりごとという点では、人類の宇宙航行以前から存在する古いルールです。アライアンスやシンディック、リフト連邦星系よりも古くから存在します」

　リーセルツはギアリーをじっと見た。真剣なまなざしだ。

「それでいいのかもしれません、元帥。それは旧地球のルールですか？」

「はい、わたしはそう理解しています。法的な意味では考えたことはありませんでしたが、そうしたルールにのっとり、アライアンス艦隊は謎の種族からミッドウェイ星系を守ったのです。そこの住民は人類であり、人類が助けを必要としていた。人類が攻撃を受けていたので、われわれは手を貸しました」

「その出来事は先例になりますね。わたしたちの先祖が築いたルールであるのと同時に」リーセルツはギアリーに向かってうなずいた。自分に向けたうなずきでもある。「旧地球からやってきた先祖はすべての人類の先祖です。そのような先祖の意思を無視するわけにはいきません。あとは、わたしたちの支援をリフト連邦星系が受け入れるかどうかが、問題ですね」

それは自分たちが心配することではないと、ギアリーは言いたかった。もちろん、リフト連邦星系の戦闘艦部隊は支援を受け入れるだろう。だが、最後のメッセージでのカペルカ艦長の様子や態度を考えると、リーセルツ大使の懸念ももっともだと思われた。

それから数日間、ギアリーたちはただ見守ることしかできなかった。リフト連邦星系の艦は星系内をぐんぐん進んでゆくとジャンプ点に到達し、そのまま超空間へ姿を消した。

「あの連邦星系のまぬけどもがアライアンス艦が来るぞと触れまわったせいで、兵を一人でも失うことになったら、わたくしが個人的にカペルカをもっとひどい目にあわせてやります」デシャーニが悪態をついた。

ギアリーが見たところ、その感情は艦隊じゅうに広まっているようだった。とはいえ、そうした感情を抱くクルーを責めるわけにもいかない。アライアンス艦隊の到着前にリフト連邦星系艦隊が引き起こすかもしれないトラブルの結果を考えるたびに、ギアリーも同じ怒りを感じていたからだ。

さいわい、ギアリーは出発の最終準備で忙殺されていたため、リフト連邦星系の動きについて思い悩む時間はあまりなかった。

その準備の最中、ギアリーはデシャーニからテキスト・メッセージを受け取った――

〝ロベルト・ドゥエロスと話をしてください〟。

仕事を中断され、ギアリーは低くうめいた。だが、デシャーニがわざわざメッセージを送ってくるのだから、よほどのことにちがいない。ギアリーは〈インスパイア〉のドゥエロス艦長に通信した。

「調子はどうだ？」

ドゥエロスはなんとか口もとに一瞬、笑みを浮かべた。だが、目は笑っていない。

「悪くなっています」

ギアリーは眉をひそめ、ドゥエロスをよく見た。

「それはまた、ひどいな。何があったんだ？　一日前に休暇から戻ったばかりじゃなかったのか？」

「そうです。休暇前に艦の準備ができているかチェックしようと思い、遅らせましたが」

「家で何が待っているかわからないから延期したと、ターニャは言っていたぞ」

ドゥエロスがふたたび微笑した。こんどの笑みは、さきほどよりは少し長くつづいた。

「ターニャ・デシャーニはいつも本当のことを言いますね。それが気まずい話であったとしても。まあ、たしかに、艦隊司令長官として閣下には知る権利があるでしょう。ご自分の上級士官の働きぶりに悪影響を及ぼすかもしれないことですから」ドゥエロスの顔から笑みが消え、疲れと落胆があらわになった。「妻とわたしは正式に別れました。妻は夫に戻ってきてほしいと思っていたんです。でも、わたしは、どこかのオフィスで、あのころは意味のある仕事をしていたと過去にふけりながら残りの人生を過ごすのかと思うと、耐えられなかった。まだ、どうにか頑張れたのかもしれません。でも……〈ウォースパイト〉に新任の少尉が配属されたんです」

いきなり話題が変わり、慰めの言葉をかけようとしていたギアリーは面食らった。

「〈ウォースパイト〉は二名の少尉を受け入れているな」ギアリーは片手でデータを呼び出しながら答えた。「ディミトリ・ガマール少尉とアルウェン……ドゥエロス少尉」ギアリーは友人でもあるドゥエロスを凝視した。「きみの娘さんか？」

ドゥエロスがうなずいた。

「父親と同じ道を進んだのです。妻に言わせれば、家と家族からはるか遠い場所にある無用な危険に身を置いたことになります。父親という悪い見本のせいで」

「つらいものがあるな」

「その言葉が本心であるのはわかっています。ありがとうございます。お約束します。いままでどおり、仕事には全力で当たりますから」

「わかっているだろうが、わたしはそんなことは心配していない」

その言葉にドゥエロスはまたしても、かすかな笑みを浮かべた。

「ええ」ドゥエロスは顔をしかめ、横を向いた。「まったくのところ、妻は正しいんですよ。妻には、そばにいて何よりも彼女を大事にしてくれる配偶者がふさわしい。しかし、いざというときに、わたしにはそれができなかった。わたしは妻より宇宙を愛していたんです。そこがもっとも難しいところなんでしょう。自分でもいやになりますが、わたしは妻に、より強い愛情を持てなかった。そうするべきだったのに。でも、しなかった。わたしは妻を見捨てたんです」

どんな言葉も、適切でもなければ正しくもないと思えることがある。沈黙だけがふさわしいと感じることが、ときとしてある。状況がましになるようなことを何か、なんでもいいから言いたいと、ギアリーは思ったが、何も浮かばなかった。

ようやくドゥエロスがふたたびギアリーに顔を向けた。

「ほかの者のことは見捨てません。わたしの兵も指揮官も自分の娘も。何があろうと。わたしのことを心配する必要はありません、元帥」

「心配するよ。きみのことが気になるからな。約束してくれ。必要があるときには、わたしかターニャに話してくれ」

「もちろん、お約束します。心配しないでください、元帥。喪失という点で、わたしには頼りにしているお手本がいます。かつての知り合いや愛する人をすべて失った人で、まだなんとか前へ進んでいる人です。その人はアライアンスさえ救ったとか」

　ギアリーは思わず皮肉っぽい笑みを浮かべていた。

「その男はあまり手本にはならないぞ。失敗ばかりしているからな」

「完璧な人を手本にしたい、手本にする必要がある、と思う者はいないでしょう。そんな人と肩を並べたいなんて誰も思いません。しかし、欠点のある一人の人間なら、目標として有用です。人は完璧さではなく、多くの不完全さを抱えながらなしとげたものによって偉大になります」

「それは、きみについてもあてはまる」と、ギアリー。

「ええ。わたしは大丈夫です、元帥。心配してくださって、ありがとうございます。少なくとも、アルウェンが乗っているのは駆逐艦ではなく戦艦ですしね。娘があの分厚い装甲とりっぱな武器を備えた艦にいると思うと、いくらか慰められます」ドゥエロスはそう言うと、いらだちの表情を見せた。「娘は、巡航戦艦への異動を申請するつもりだと言ったんです」

　少なくとも、これならなんとかできそうだ。

「わたしがそれを承認しなければならないだろうが、ちょうどクルーが落ち着きはじめたところだ。その少尉が誰であったとしても、いまは人をあちこちに動かしたくはない。しばらくは、艦をまたぐ配置換えは許可しない――こうきみに言ったとしても、特別扱いではないからな」

「ほっとしました」ドゥエロスがギアリーに向かってうなずいた。いつもの自分に見えるよう腹に力を入れた。「そろそろ仕事に戻ります」

「わたしも、そうしよう。無理はするな、友よ」

八日後、アライアンス艦隊はついに動きはじめた。さまざまな戦闘艦が指定の位置になめらかに移動すると、全艦が一体となり、アタリア星系へ通じるジャンプ点をめざして加速しはじめた。

ギアリーはふさわしい隊形を考えようと四苦八苦していた。誰もが手出しするのをためらうような、圧倒的な力を持つ艦隊だと思われるような隊形にしたい。だが、アライアンス艦隊は攻撃をしかけるつもりだと思われてはならない。

結果、円柱のまわりに複数の箱が並ぶ隊形となった。先頭と最後尾に位置するのは、箱型に並ぶ巡航戦艦分艦隊だ。失われた数だけ艦が補充されたわけではないので、ギアリーは、残った巡航戦艦を三つの分艦隊に再編していた。先頭は〈イラストリアス〉のバダヤ艦長が指揮する新しい分艦隊で、〈インクレディブル〉と〈ヴァリアント〉が含まれている。背後を守るのは、〈インスパイア〉のドゥエロス艦長だ。そこに〈フォーミダブル〉、〈ドラゴン〉、〈ステッドファスト〉が加わる。最後に残った巡航戦艦分艦隊は円柱の〝上〟に置かれ、これを〈ドーントレス〉のデシャーニ艦長がひきいる。ここに属する艦は、〈デアリング〉、〈ヴィクトリアス〉、〈インテンパリット〉だ。この各巡航戦艦グループに、軽巡航艦と駆逐艦の戦隊、重巡航艦分艦隊が随行する。

円柱の壁を形成するのは戦艦で、攻撃に立ち向かう恐るべき障壁となる。戦艦が受けた被害は巡航戦艦より少なかったものの、数は少しずつ減りつづけているため、五つの分艦隊に再編されていた。第一分艦隊は〈ギャラント〉、〈インドミタブル〉、〈グローリアス〉、〈マグニフィセント〉。第二分艦隊は〈ドレッドノート〉、〈フィアレス〉、〈ディペンダブル〉、〈コンカラー〉。第三分艦隊は〈ウォースパイト〉、〈ヴェンジャンス〉、〈レゾルーション〉、〈ガーディアン〉。第四分艦隊は〈コロッソス〉、〈エンクローチ〉、〈リダウタブル〉、〈スパルタン〉。そして、第五分艦隊は〈リレントレス〉、〈スパーブ〉、〈スプレンディド〉、および新たに追加されたカラス共和星系の〈リプライザル〉。重巡航艦、軽巡航艦、駆逐艦の生き残りが、戦艦のまわりをかためている。

円柱内の前部を占めるのは、四隻の侵攻輸送艦〈ツナミ〉、〈タイフーン〉、〈ミストラル〉、〈ハブーブ〉で、カラバリ少将の宙兵隊を運んでいる。円柱内の後部には、八隻の高速艦隊補助艦が配置されている。戦闘艦よりも四角張っている補助艦は足が遅いものの、艦隊が必要とする新しい部品や武器、燃料電池を製造できる。〈ティターン〉、〈タヌキ〉、〈クプア〉、〈ドモヴォイ〉、〈ウィッチ〉、〈ジン〉、〈アルケミスト〉、〈キュクロプス〉といった艦がいなければ、シンディック宙域深奥部で罠《わな》にはまったとき、ギアリーは艦隊を帰還させられなかっただろう。

これで最後になるが、円柱の中央にいるのは〈バウンドレス〉だ。リーセルッツ大使と科学者チームが乗船する〈バウンドレス〉には、最低限の防備しかない。だが、もっとも守りの厚い場所に置かれている。〈バウンドレス〉に近づこうとする者は、どの方向から来たとしても、守りをかためる周囲の艦の壁を突破しなければならない。

ユニティ星系やほかの戦闘で受けた損傷は修理されている。艦によっては（たとえば〈インクレディブル〉なんども修理されたせいで、こいつは新造艦じゃないかとクルーたちに冗談を言われることもあった。どの艦も安全に運べる範囲で、補給品や食料、武器、燃料電池を目いっぱい積みこんでいる。クルーのエネルギーもほぼ満タンだ。その最後のクルーのところについては、いささか幻想が入っている。ジョニンニ最先任上等兵曹が予想したように、艦隊の兵の約四分の一が仕事の経験がほとんどない新兵だったためだ。そのほかは、もともと乗っていた艦が破壊されて救助された生き残りの古参兵だ。だが、ある意味、艦隊のほぼ全員（ギアリーも含む）がそこにあてはまるだろう。デシャーニは少尉として艦隊に加わって以来、自分の乗っていた艦が何隻、足もとから消えうせたのかギアリーに言ったことはないが、少なくとも三隻以上だろうとギアリーは考えていた。

艦隊は一体となって加速した。どの艦も指定された位置にいる。ギアリーの目には、以前の戦いで失った、もはやそこにいない艦の姿も映っていた。そうしたことも影響しているのかもしれないが、それは壮大なながめだった。いまだ艦隊は、シンディック宙域を無傷で抜けられるほどには強力であるはずだ。できれば、謎の種族が攻撃をあきらめるほどだといいのだが。しかし、それは誰もが理性的な動きをするのが前提だ。ギアリーは人類のことも異星人のこともそれなりに知っているため、あまり期待はしていなかった。実際、リフト連邦星系の艦がすでにそのいい例だった。

もうどのくらい先まで進んだのだろう？

スピードが出るまでしばらくかかった。〝高速〟艦隊補助艦と〈バウンドレス〉が戦闘艦の加速についていけないからだ。だが、やがて艦隊が〇・一光速に達すると、各艦のメイン推進装置が停止した。

「全艦、指定位置についており、アタリア星系へ通じるジャンプ点へ向かうベクトル上にあります」ユオン大尉が報告した。

ギアリーは〈ドーントレス〉のブリッジの席から立ちあがった。艦隊がジャンプ点に到達するまで二日ほどかかる。そのあいだは気分が高揚することもないだろう。ギアリーはブリッジを見まわし、任務開始の興奮を取り戻そうとした。

「きみは大尉たちをつなぎとめたようだな、デシャーニ艦長」

「全員、戻ってきました。自由にさせたのに戻ってきたのです」と、デシャーニ。

ユオンがにやりと笑った。

「わたしにはほかにやりたいことなんてありません、艦長」

キャストリーズ大尉がうなずいた。

「これは歴史に残る任務です、艦長。それに参加しないなんてありえないでしょう？」

デシャーニが二人を疑うように見た。

「じゃあ、二人とも同意するのね？ この任務そのものがとても歴史的だって」

「二度とない任務ですよ、艦長」と、キャストリーズ。確信する口調だ。

「なるほど」デシャーニはギアリーを見た。「元帥、話し合いたいことがあります」

ギアリーは、デシャーニのあとを追ってブリッジを出た。しばらく通路を進み、ふだんから会議に使われている保安会議室へ来た。待っていたのは宙兵隊員のオービス一等軍曹だ。

　デシャーニはハッチを閉めて部屋のセキュリティ装置を起動させると、オービスに向かって片手を差し出した。オービスがデシャーニに小箱を渡した。

「問題が発生しました」デシャーニが箱を開けながらギアリーに言った。

　ギアリーはなかをのぞいた。黒い小片がある。

「これはなんだ？」

「〈ダニ〉《ティック》と呼ばれる高性能な最新式盗聴器です。超小型で、みずから動くこともできれば、誰かにくっついて別の場所へ移動することもできます」

「この部屋にしかけられていたのか？　どうやって？　セキュリティ装置は探知しなかったのか？」と、ギアリー。

「これには何か新しい受動型の保護機能が備わっています」と、オービス。「元帥、いいニュースは、この部屋のセキュリティ装置が起動したとき、この盗聴器は通信できなかったということです。悪いニュースは、それがここにあったことです。つまり、会議のためにセキュリティ装置が起動する前に、ここでかわされた会話の内容が送られた可能性があります。また、一定量のデータ保存が可能なので、保安会議での対話の一部を記録し、のちにそれを送信したかもしれません」

「どうやって見つけたんだ？」と、ギアリー。誰のしわざかはわからないが、腹を立てるのはよくない。怒りは判断を鈍らせるだけだ。ここは冷静になる必要がある。

デシャーニが、ビクトリア・リオーネから託された装置を差し出した。

「このあいだ説明した、この小さな機械が役に立ちました」

「これをしかけた相手について、何か手がかりはあるのか？」

「これはアライアンス製品のようです、元帥」と、オービス。「ですが、そのことは、なんの意味も持ちません。誰がここにこれを置いたのかを示すものは何もありません」

「会議の出席者に限定することもできません」と、デシャーニ。「誰かが出席者に付着させた可能性もあります。この部屋に来たら、この盗聴器は自力でその人から離れられます」

「このことを知っている者は？」ギアリーは黒い小片をにらみつけた。

「元帥とわたくし、オービス一等軍曹とそのハッキング・チームです」と、デシャーニ。

「わかった。リーセルツ大使とカラバリ少将に知らせよう。一等軍曹、その〈ダニ〉をアイガー大尉に渡し、わかっていることを説明してやってくれ。いや、待てよ。こいつはまだ機能しているのか？」

「いいえ、元帥。わたしのところの専門家が無力化しました」と、オービス。

「よし。では、アイガー大尉のもとへ行き、盗聴器を渡してくれ。そこから得た情報はすべて、カラバリ少将と共有する許可を与えると伝えてほしい」

「承知しました、元帥」

オービスが退室し、つづいて部屋を出ようとするギアリーをデシャーニが止めた。

「この件には、〈バウンドレス〉に乗船する、美しいクジャクのふりをした例の特殊部隊員たちが関係しているとお思いですか？」

ギアリーは両方の手のひらを上に向け、降参の身ぶりをした。

「そうだ。ウェンディゴかもしれないと、カラバリが思っている者たちだ。連中が何者なのか、艦隊のほかのクルーたちに感づかれないようにする必要がある」

「あの隊員たちの正体は艦隊全体がすでに知っています。少なくとも、特殊作戦を実行するたぐいの者たちだと思っているでしょう。まぬけな大男にきれいな軍服を着せて飾り立てても、すぐにばれます」デシャーニが用心深くギアリーを見た。「その特殊部隊がこの部屋に盗聴器をしかけたのだと、本当に思いますか？」

「かもしれない」

「もしそうなら、その連中によって、わたくしの艦はめちゃくちゃにされたということですよね」デシャーニは鋭い目つきになった。「危険な一線を越えたことをわからせてやります」

「大使に知らせなければならないな」

「これは冗談ではありません、元帥」

「わかっている」

「この件には大使がかかわっている。そうは思いませんか？」

デシャーニが政府に対する反感をあらわにすることはめったにないが、アライアンス軍のほかの者と同様に、長く悲惨な戦争による影響を受けている。戦争を終わらせられなかったと、軍はみずからを非難することはできない。戦争を終結させるために、自軍の男女の兵が死んでいるのだから。だが、戦争を終わらせることができなかったのは、政府のせいばかりではないことを、ギアリーは知っていた。シンディックもアライアンスも、大量の物的および人的資源を投入しながら、相手を圧倒できなかった。ギアリー自身の最後の勝利は、自分の艦隊の努力の結果であるとも、疲弊したシンディックが崩壊しかけていたおかげだとも言えた。アライアンスも同じように、戦争のストレスによる破綻の危機に瀕していた。だが、シンディックが反乱に苦しめられ、崩壊しつつあるのに対し、アライアンスは結束を保っていた。軍の士官たちがアライアンス政府に歯向かったことはいちどもない。

「大使はこの任務の総指揮をとっている。ターニャ、リーセルツ大使のような外交官は、軍が兵の命を危険にさらす必要がないよう命がけで努力しているんだ」

「またしても理想主義者が顔を出しましたね」デシャーニはギアリーの言葉を払いのけるように、手をひらひら動かした。「わかりました、元帥。でも、随時わたくしに情報提供してください」

「そうしよう」

リーセルツはその知らせに不安を覚え、すぐさまウェッブ大佐を呼び出した。ウェッブは〈ダニ〉については何も知らないと言ったが、出どころをつきとめるために自分に預けてほしいと依頼した。ギアリーは、〈ダニ〉のスキャン・データへのアクセスのみを許可した。

「当然ながら、われわれは同様の出来事に目を光らせることになる」と、ギアリー。

「もちろん、わたしも気をつけます、元帥」と、ウェッブ。本気で腹を立てているようだ。実際は違うとすれば、ウェッブはたいした役者だ。「わたしの部下のしわざだとしたら、わたしが不良隊員にひとかけらの好意も持っていないことを思い知らせてやります」

通信後、ギアリーは自室の椅子にすわって考えていた。おれは多くの不良分子を相手にしているようだ。かつて、その不良分子は、最終的には防衛艦隊を生み出した黒い計画にかかわっていた連中であり、現在はリフト連邦星系の艦だ。アライアンス艦隊に先行して、すでに問題を引き起こしているにちがいない。それから、ウェッブ大佐の部隊の隊員に、ドクター・マカダムス。シンディックや謎の種族といった外部の問題にふたたび取り組むのも、気分が変わっていいかもしれない。

　だが、そう考えたとき、アタリア星系のことが頭に浮かんだ。最後に見たときのアタリア星系は、制御不能におちいった黒い艦隊に蹂躙《じゅうりん》されていた。その向こうは、悩み多きカリクサ星系であり、そこを過ぎればインドラス星系に入る。ここはいまだにシンディックの支配力が強い。最後にインドラス星系に現われたアライアンス艦隊は防衛艦隊の黒い艦だ。シンディックを挑発しようと〝ひそかに〟報復攻撃をしかけていた。シンディックは、アライアンスの戦闘艦がふたたび姿を見せることを喜ばないだろう。罠をしかけているかもしれないし、リフト連邦星系の艦に注意喚起されているはずだ。

　一日半がたって、艦隊がついにアタリア星系へ向けてジャンプすると、ギアリーの心配は目の前に横たわる問題に向けられた。

12

いつもどおり、あのなじみのあるいやな感覚――人間の頭をくらっとさせて、一瞬、方向感覚を失わせる――に苦しみながら、艦隊が超空間を離脱すると、その瞬間、〈ドーントレス〉艦内に警報が鳴り響いた。潜在的危険を知らせる警報に、全員がほんの数秒で頭のなかの靄《もや》を追い払った。

「星系同盟《アライアンス》の伝令艦です」〈ドーントレス〉のセンサーがとらえた伝令艦がディスプレイ上に現われると、すぐさまキャストリーズ大尉が報告した。

通常であれば心強く感じられる判定結果だが、このところの経験によって少なくない緊張を引き起こした。

「二光秒、離れた位置にいますね」デシャーニが眉をひそめた。「これといった動きはしていません」

「センサーによると、黒い艦ではないようです」と、ユオン大尉。

「アタリア星系に配備されている伝令艦は周回軌道上にいるはずだがな」と、ギアリー。

「わたし――ああ、いかん！」ギアリーのディスプレイに警告表示が広がりはじめた。伝令艦に近い場所にいる数十隻の戦闘艦が伝令艦に武器を向けたのだ。このあいだの攻撃によって、みな神経過敏になっている。僚艦に対しても武器を発射するかもしれない。ギアリーは手もとを見ずに、必要な通信回線のスイッチを押した。

「全艦に告ぐ、こちらはギアリー元帥だ！　攻撃はするな！　繰り返す。わたしが直接命令するまでは、どの艦も攻撃してはならない！」

　目前に迫る艦隊に、アライアンス伝令艦は数秒間、絶体絶命の危機におちいった。

　メッセージが届いた。最優先メッセージだ。伝令艦の艦長は困惑と恐怖が入り混じる表情を浮かべている。

「われわれがなぜ攻撃目標となっているのですか？　至急、そちらの艦籍を明らかにしてください」

「われわれのほうが黒い艦隊ではないかと危惧していますね」と、デシャーニ。

「もしそうなら、あの艦長はすでに死んでいるぞ」ギアリーはディスプレイを凝視している。「攻撃したくてうずうずしている者がいた場合も、命はなかったかもな」アライアンス艦が別のアライアンス艦を恐れて攻撃することは、ぶざまな失敗に終わった黒い艦隊がもたらした影響のひとつだ。これもまた連中が意図しなかった結果だろう。そのアイデアを思いついたとき、黒い艦隊計画の黒幕たちは、こんなことが起ころうとは考えていなかったはずだ。

ギアリーが指揮を引き継いだときの艦隊だったら、過度の熱意、あるいはたんに規律のゆるさゆえに、すでに何隻かは砲撃を開始していただろう。だが、ギアリーは艦長たちが自分の頭で考えるようなんとか訓練し、艦長たちの信用を得ていた。その二点が今、奏功《そうこう》したのだった。

「全艦に告ぐ。こちらはギアリー元帥だ」声にも表情にも緊張が出ないよう気をつけた。
「そこにいる伝令艦は、クルーが乗艦するアライアンス艦であることが確認された。繰り返す。その艦は僚艦である。ギアリーより、以上」

ギアリーは伝令艦に返信しようと、コマンド・キーをタップした。

「ちょっとした混乱により、一時的にとはいえ、貴艦に武器を向けたことを遺憾に思う。謝罪する。黒い艦隊の生き残りの伝令艦から、いちどならず特攻をしかけられたことがあったためだ。現時点での脅威を考えると、ほかのアライアンス艦船に遭遇したときには、クルーがいる艦船であるというすばやい身元確認が決定的に重要となる。そのことを充分に認識しておくようお願いする。アタリア星系での最近の出来事についての状況報告を、こちらに送ってもらいたい」

　ギアリーは目をこすり、肩の力を抜こうとした。思い違いによって僚艦を破壊していたら、この任務の出だしは最悪なものになっただろう。ギアリーは両手をおろし、映し出されたアタリア星系の現在の様子を把握しようと、ディスプレイを注視した。

　ギアリーたちが最後に見たアタリア星系は、防衛艦隊の攻撃で荒廃し、混乱状態にあった。惑星連合《シンディック》に属していたときのアタリア星系は、戦争中、最前線の星系であったために、なんども蹂躙《じゅうりん》された。そのたびに人類の町や都市や防衛設備はシンディックによって再建され、シンディック宙域深奥部から新たな入植者が送りこまれて、すべての場所がふたたび居住地となった。シンディックは、見捨てられた星系という勝利の象徴さえアライアンスに与えたくなかったからだ。これはほかに類を見ない狂気的な政策と思えるかもしれないが、アライアンスも前線の星系では同じことをしていた。そのような星系を復興させつづけるために投入される貴重な物資や人命は、戦争はまだ自分たちが優勢であるという双方の幻想を維持するための代償だった。

　現在、またしても荒廃状態にあるアタリア星系は、主要惑星表面も宇宙空間も瓦礫《がれき》で埋めつくされているように見えた。

「住民は避難もせずに、まだここで頑張ろうとしているのか。信じられない」と、ギアリか？」

「避難すれば、自分たちの負けを認めることになりますからね。誰もそんなことは認めたがらないのです」と、デシャーニ。

「ここを最後に荒廃させた責任はアライアンスにあるとは認めたくないが、受け入れる必要がありそうだ」

「実際、われわれには、この星系における破壊のすべてについて責任があります。最後の破壊以外はどれも戦時中のものですが」

戦時中であれば、それは合法的なものとなる。正しいとは言えないとしても。

「〈バウンドレス〉がわれわれに同行してくれていてよかったよ」

「なぜです？　この惨状を大使に見せられるからですか？」

「そうじゃない。リーセルッ大使がここにいなかったら、支援を求めるアタリア星系の住民からのメッセージにわたしが返事をしなければならない。だが、ここには大使がいるのだから、それは大使の仕事になる。いやな仕事が全部、下の者にまわってくるとはかぎらない」

デシャーニは艦長席の背にもたれ、横目でギアリーを見た。

「それでも、あなたはこの星系の人々を救えないことに罪悪感を抱くのでしょうね」

「もちろんだ」

リフト連邦星系艦隊が常識に目覚め、アライアンス艦隊に同行するためにここで待っているのではないかという漠然とした期待が、ギアリーの頭の片隅にはあった。だが、そんな兆候《ちょうこう》はどこにもない。

伝令艦による新たな情報から、リフト連邦星系の一行がアタリア星系に到着したことがすぐに判明した。メッセージの送受信をいっさい行なわずに星系内を航行し、インドラス星系へジャンプしたという。リフト連邦星系艦隊は、もうアライアンス艦隊には属していないことを明らかにしなかった。そのため、アタリア星系の住民は、この星系の危うい独立に対する侮辱であり、アライアンスのせいで苦しんでいる自分たちを意図的に無視する態度だとみなした。

「あなたに、リフト連邦星系の艦への攻撃許可を与えたくなってきました」アタリア星系の指導者たちからの新たなメッセージに対処したあと、リーセルツがギアリーに言った。「あの集団は、わたしにとってただでさえ困難な仕事を、間違いなくさらに困難にしました。リフト連邦星系の艦はなぜ、ここでそのような行動をとったのでしょう？　なんらかの洞察をお持ちですか？」

「いいえ。ハイエン艦長にたずねてみましたが、通信を拒んだ理由はわからないそうです」と、ギアリー。

「リフト連邦星系の思考法について、誰かほかに知見を持ったかたはいないのですか？」

「以前なら、ビクトリア・リオーネがいたのですが。リオーネはそういうことが得意だったため、わたしはその代わりとなる人材を育てようとはしませんでした」

リーセルツは目を閉じてうなずいた。

「本当に仕事ができる人の最大の問題は、あまりにも簡単にこなしてしまうので、その仕事について誰も深く考えないという点ですね。その人がいなくなった穴を埋められなくなってから、ようやく考える。〈ドーントレス〉の保安会議室に盗聴器をしかけた者について、何か新たにわかったことがありますか？」

「あの盗聴器を可能なかぎり分析しました。予想はつくかと思いますが、出どころの手がかりは含まれていませんでした。ただ、アイガー大尉は、民間の製品であり、軍のものではないと考えています」

「ウェッブ大佐はどう考えていますか？」

「分析結果はまだ知らせていません」

「知らせてください」と、リーセルツ。ギアリーがためらうのを見て、視線がけわしくなった。「わかったことのすべてをウェッブ大佐に教えたくない理由があるのでしょうか？」

その理由を言わないこともできるだろう。対立も避けられるし、ウェッブにこの話が流れる可能性も回避できるかもしれない。だが、それではわだかまりが残る。ギアリーはリーセルツを見返した。大使には率直でいてもらいたい。だが、相手にだけ、それを期待することはできない。自分も同じ態度で臨む必要がある。

「ウェッブ大佐がこの任務に対して抱いている感情について、懸念があります」

「そうですか」リーセルツは椅子の背にもたれ、目を伏せた。「その懸念は何か具体的な行動や発言にもとづくものですか？」

「いいえ。わたしやほかの者たちが、ウェッブ大佐とのやりとりから受けた印象によるものです。はっきり言ってしまいますが、ことさらウェッブ大佐を信用しない理由となるような、確固とした証拠はありません」

「あの発見された盗聴器を誰とも結びつけられないせいですね。では、過激だと思われそうですが、ひとつ提案したいと思います、元帥。あなたがウェッブ大佐にもっといい印象を持ちたいのなら、その情報を大佐に与え、大佐がどう反応するか見てください。その件について大佐と議論し、大佐が何を言って何を言わないか、確認するのです」

ギアリーはその考えを吟味していたが、やがてうなずいた。

「ウェッブ大佐のことをもっとよく知るには、そうするしかなさそうですね。大佐は率直な態度をとってくれるでしょうか？」

「わたしは非常に率直な人だと思っています。つまり、ある分野においては、という意味ですが」

「ダンサー族のことをどう思っているのでしょう？」

リーセルッは笑みを浮かべた。

「信用していません。ウェッブ大佐は脅威となる可能性のあるものすべてを信用しません。そのように世界を見ています。そういう考えを持っていることも、大佐が現在の仕事を手に入れた理由のひとつです。わたしの仕事には、ウェッブ大佐が保安に関して心配しすぎないよう注意することも含まれます。しかし大佐の仕事の一部は、わたしたちが出くわすものについて多少なりとも病的なまでに疑うことなのです」

「しかし、わたしは、それが大佐の仕事の一部であるとは考えていなかった」と、ギアリー。おれはウェッブ大佐をひとつの方向からしか見ていなかった。カラバリも同じだろうか？　もう少し長く付き合ってみてから、ウェッブを判断する必要があったようだ。「わかりました。大佐と連絡を取り、話し合いの場をもうけます」

リーセルツが両眉を上げ、ギアリーに驚きの表情を向けた。

「あなたは、いつもそんなふうに理性的なのですか、元帥？」

「いえ。しかし、何かを決める前には人の話をよく聞くことを心がけています」

リーセルツはすぐには返事をしなかった。考えこんでいるようだが、それについては何も明かさなかった。やがて、ふたたび話しはじめた。

「アタリア星系の代表者たちもシンディックのことを心配していますが、その気持ちは理解できます。繰り返し脅されているそうですから」

「この星系を監視している伝令艦によると」と、ギアリー。「シンディックの戦闘艦が、カリクサ星系に通じるジャンプ点から不定期に現われているようです。これは明らかに威《い》嚇《かく》であり、シンディックはいつでもふたたびここを攻撃できると、住民に知らせているのです」

「では、なぜ攻撃しないのですか？　ここを再度制圧しようとするシンディック艦隊が小規模だとしても、アタリア星系には、それを阻止する力すらないというのに」と、リーセルツ。

「思うに、シンディックはアタリア星系に、自分たちとアライアンスのあいだの緩衝地帯の役割をさせているのでしょう。おそらく、アタリア星系がひどく荒廃しているため、占領したとしても、シンディックにとっては利益より損失がうわまわるからだと思います。しかしシンディックはアタリア星系に対し、その独立は完全にシンディックの容認のうえに成り立っているのだと、はっきりと認識させているのです」

「わたしたちはカリクサ星系でシンディックの戦闘艦に出くわすでしょうか？」

「かもしれません。カリクサ星系にいないとすれば、インドラス星系で出くわすと保証されたようなものです」

「どのような行動に出るでしょう？」

「威嚇してくると思います。シンディック宙域から去るよう言うでしょう。繰り返し破っている平和条約を持ち出しながら。事実上、アライアンス艦隊が事前の許可なくシンディック宙域に侵入するのは、戦争行為ですから」

「しかし、わたしたちは以前もシンディック宙域に入っています」と、リーセルツ。

「それは、われわれを阻止できなかったからです」と、ギアリー。「それに、以前の平和条約によって、シンディック宙域での航行は許容されていました。しかし、脅しがきかないとなれば攻撃してくるかもしれません。直接的な攻撃ではなく、最後に遭遇したときのように、低レベルの、攻撃ではないと否定できる行動をとると思います」

「どのくらい危険なのでしょう？」

「以前、そうした行動で戦艦を一隻失いました。それよりずっと大きな損失を出す可能性もありました。軽視できない損失です」

リーセルッツはいくらか暗い顔つきになった。

「わたしは、シンディック宙域を航行するのはそれほど大きな問題ではないと思わされていました。人類の支配する宙域を出たあとで謎の種族による攻撃を防ぐことが、この艦隊の主たる仕事だと思っていました」

「たしかに謎の種族のほうが大きな脅威です」と、ギアリー。なぜ大使はヴァランダル星系を出る前にこれほど詳細な質問をしてこなかったのだろう？　「しかし、シンディックがわれわれに攻撃をしかけてこなかったためしはありません。一部の宙域について危険はないと、誰があなたに言ったのかは知りませんが、それは違います。今回シンディックは、インドラス星系への黒い艦隊の攻撃――アライアンスによる攻撃――を口実に、いっそう強硬な動きに出るかもしれません」

「ですが、わたしたちはシンディックの挑発に乗ってはならない」と、リーセルッツ。提案というより命令のような口調だ。

「わたしの艦は自衛する権限を与えられています」と、ギアリー。これはどうしても譲れない点だ。「戦いを求めたりはしませんが、戦いをしかけられたら阻止します」

げると、ギアリーを見た。

「わたしたちにはシンディックとの戦争を再開する権限はありません」

「大使」ギアリーは正式な肩書をわざと口にした。「わたしは戦争を再開させることに興味はありません。ですが、〈バウンドレス〉も含めて、わたしの艦を守るために必要な措置をとるよう、権限を明確に与えられています」

「わたしたちの行動が新たな戦争の発端になるかもしれません」リーセルッツはギアリーを見すえた。断固とした表情だ。この件についてはわたしにしたがってもらいたいと思っているのは明らかだ。

どういうわけか、話し合いの雰囲気がいきなり変わってしまった――ギアリーはそう思いながらも、リーセルッツと目を合わせたまま答えた。

「われわれの行動が最初の戦争の発端だったのではありません。シンディックが戦争を望むのなら、われわれは当時と同じ選択をします」

「当時……つまり一世紀前の状況は、あなたがほのめかす以上に複雑でした」

「そのときの状況ははっきりと思い出せます。わたしにとってはまだ数年前のことですから」

リーセルツは口にしようとした言葉をのみこみ、じっとして返事を考えなおした。

「戦争が始まった当時の状況についてあなたに説明するなんて、まったく間違っていますね。ともかく、わたしが許可しないうちは攻撃は控えてください。どのような場合であろうと、つねに」

「同意できません」と、ギアリー。

「同意は求めていません。シンディックが攻撃を意図して現われた場合には、そのように対処します。おそらくシンディックは、こちらに先に攻撃させたいと考えるでしょうから、当然、許可は出せません」

いったい何が起こっている？　なんだっていきなり自分の仕事のやりかたについて、具体的な指示を受けているんだ？　完全な権限を約束されたはずだ。ギアリーはゆっくりした口調で話しはじめた。

「わたしは命令によって、この艦隊を守るよう責任を与えられています」

「この件については、いま説明したとおりに対処します」と、リーセルツ。

「同意できません。これはわたしの権限下にあります」

リーセルツは首を横に振り、揺るぎない口調で言った。

「最終決定をくだすのはあなたではありません、元帥。わたしには命令によって、この任務を成功させるために必要とあらば、あなたを解任する権限が与えられています。そんな事態にはならないと信じていますが」

ギアリーの懸念は今はっきりと言葉で表現された。〝こうしろ、さもなければこうなる〟というたぐいの話は、いつだって同意する以外に道はない。こちらの権限を保証してくれたはずなのに、いきなり、その逆の要求を突きつけてきた。

この件については、より高位の権威者にこちらが譲歩するべきらしい。すると、おれの命令が及ぶ範囲に関してあいまいにされていたのは、この点だったのだ。

だが、おれはすでに十二分に譲歩している。おれが責任を持つ者たちにとって、文字どおり生死を意味する可能性のある問題に関して、譲歩するつもりはない。おれを解任できるという大使の権限を今になって知らされたのだから、なおさらだ。

ほかの者がいいのなら、そいつを連れてくればいい。

「けっこうです」と、ギアリー。冷静な口調だ。「わたしを解任してください。ただし、もっと簡単なやりかたもあります。大使の許可なく攻撃はできないと、わたしに命令してください。そうすれば、わたしはあなたに辞表を提出できる」

リーセルッツは数秒間、無言でギアリーを見つめた。

「それは、はったりではないのですね？」ようやくリーセルッツが言葉を発した。

「はい、はったりではありません」

「わたしたちはすでにアライアンス宙域を出ています。いきなりこの任務を離れてどこかへ行くことはできません。艦隊の者全員があなたを頼りにしているのですよ」

だから大使は、ヴァランダル星系を離れる前にその権限を主張しようとはしなかったのだろう。ここまで来れば行くしかないと、おれを追いこむために。責任感からおれがしたがうだろうと考えたのだ。

これは計画されていたにちがいない。おそらく、おれがユニティ星系で命令を受けた瞬間から。こういう形で、民間人の上役に確実にしたがわせようとした。おれは政府のために働いているという事実を尊重しており、その命令にはしたがうと、なんども繰り返し明言していたというのに。それでもなお自分たちの懸念を率直に伝えず、おれを責任感と個人的な名誉の板ばさみにしようとした。

「わたしは任務を放棄できますし、実際にそうします」と、ギアリー。自分でも驚くほど、感情のこもらない口調だ。

「そんなことは――」同行を拒否され、あっさりほうりだされる形になったリーセルツは、ギアリーをにらみつけた。「それだけですか？　持っているものすべてを引きわたすのですか？　自分の責任も地位もすべてを明けわたすつもりですか？」

「自分の地位？　艦隊司令長官という地位がわたしにとって重要だと思うのですか？　わたしが自分の地位や階級を愛していると？　そんなもののために働いてきたのではありません」

「艦隊のクルーはどうなのです？　あなたがいなくなったら、クルーたちはどうなります？」

大使の言葉にギアリーの顔がこわばった。怒りのせいで、あらぬことを口走りそうだ。だが、その瞬間、ギアリーの頭にあることが浮かんだ。グレンリオン星系での、あの高齢の軍曹との短い出会いだ。あの軍曹は生き残りのなかの生き残りだった。指揮系統にいた士官たちは、あの部隊はどうにもならない状況に送りこまれたのだと、その戦いは確実に悲惨な結果になると、わかっていたにちがいない。だが、そんなことを指摘した者がいただろうか？　投入された兵たちを助けようと、自分の経歴を犠牲にした者がいただろうか？　何人かはいたのかもしれない。だが、そんな話は聞いてもらえなかった。軍の歴史、歴史全体において、なんども繰り返されてきたことだ。トロイアの王女、カッサンドラは真実を言っていた。たとえ自国のトロイア人が、自分たちがカッサンドラを信じられなかったのを神のせいにしたとしても、それは変わらない。だが、あまりにも頻繁に起こっているように、ほかの者は、これは何かの間違いだと考えた。自分たちの地位にとどまるのが長い目で見れば最善であるとみずからを納得させながら。

そのようにして、千人以上の兵が、千人以上の男女が、無意味に死んでいった。現在の艦隊のクルーに

ギアリーは、あの高齢の軍曹にどんな恩義があるか知っていた。現在の艦隊のクルーにどんな義務を果たさねばならないか、わかっていた。

ギアリーは穏やかな口調を保ったまま言った。

「わたしは代えのきく存在です。わたしが一分長く艦隊司令長官でいるあいだに、命がひとつ犠牲になるのなら、すぐに司令長官を辞任します。わたしの言うことを聞いてくれれば助かった命です。これはわたしではなく、あなたが選択したのです。わたしの命令に同意できなければ、別の司令長官を任命すればいい。その決定が及ぼす影響はわたしではなく、あなたの責任になります」

リーセルツはふたたび椅子の背にもたれ、けわしい表情を浮かべた。おれも同じような表情をしているにちがいない。

「わたしがあなたの辞任を認められないのは、わかっているでしょう。脅されるのは好きではありません」

「わたしもです」と、ギアリー。

またしても沈黙が数秒つづいた。沈黙を破ったのはリーセルツだ。

「少し頭を冷やしたほうがよさそうですね」

「そう思います。わたしの艦はこれまでと同様に、わたしが正当であると認める自衛の指針にしたがいます。その指針とは異なる正式な命令をあなたから受けるまでは」

「わかりました」リーセルツはそう言うと、通信を切った。

なかなかうまくいかないものだな。

ギアリーはまだ頭のなかで今の会話を思い返していた。話がおかしくなったのはどこからだ？ おれが命令の押しつけにどう反応するか、大使は大きく見誤った。そこからだろう。そう結論づけたとき、チャーバン将軍から通信が入った。

「まずいタイミングだったか？」チャーバンがギアリーの表情を見ながらたずねた。

「まあ、そうです」と、ギアリー。「しかし、なんとかするしかありません。どうなさいました？」

「ドクター・マカダムスから新たな要求があった。われわれの機器すべてを引きわたしてほしいと」チャーバンは申しわけなさそうな身ぶりをした。「マカダムスの、そのう、要求を拒否する権限はわしにはない」

「わたしにはあります。ドクター・マカダムスにこう言って――」だめだ。そんな誘惑に屈してはならない。「返事はしないでください。相手の要望はかなえなくてけっこうです。

しかし、わざわざ返事をする必要もありません。マカダムスは、支援を求めるときはわたしを通すべきだと知っています」

「何をするのかについてはわれわれには言えないと、なんども繰り返しているのだが、ドクター・マカダムスは自分の要求を依頼であるとは思っていないだろう」

「それはわたしの問題ではありません。あなたの問題でもありませんが」

「わかったよ、元帥」チャーバンは言葉を切った。「何かわしに……？」

「あなたが気にかけるべきことは何もありません」ギアリーはそう口にして、ハッとした。これでは、自分の懸念といっしょにチャーバンも追い払っているように聞こえるな。

「大使と方針について議論しました」

「そうだったか。わしに何か手伝えることがあるか？」

「それはシンディックに関する方針で、ダンサー族に関するものではありません」

「では幸運を祈るとしよう。いいニュースがある。聞きたいかね？　ドクター・コトゥールが、われわれに連絡してくるようになった。ダンサー族について、できるだけ多くのことを知ろうとしている」

「ダンサー族について？」ギアリーは眉をひそめた。「ドクター・コトゥールはなぜ、ダンサー族に興味を持っているのでしょう？　コトゥールのチームはミッドウェイ星系で、自分たちにまかされた仕事をすることになっています。仕事がうまくいき、ミッドウェイ星系のゲートをアライアンスのハイパーネットにどうにかリンクさせることができれば、チームの全員が故郷に帰れる。したがって、ダンサー族に会うチャンスはありません」

「ドクター・コトゥールは、マカダムスの仕事を引き継げるかもしれないな」と、チャーバン。

「あまり期待しないようにしましょう」と、ギアリー。ドクター・コトゥールはとても仕事がしやすい相手だ。いつも笑みを浮かべていて、気さくで……。

たくさんの笑顔と言えば……。

くそっ。思ってもみなかった大使からの要求やマカダムスの問題で、疑心暗鬼になっている。

次の会議は気乗りがしない。だが、そうだとしても重要な会議だ。人々の話をよく聞いてから決心するという言葉は本心だったのだと、リーセルッツ大使に示すために、この会議は大事にする必要がある。おれに対してウェッブ大佐がどういう態度に出るのか、それも確認したい。ウェッブについて大使もおれと同じように何か不満を抱いていたのか、確かめたい。

保安会議室にギアリーがやってくると、待っていたアイガーが気をつけの姿勢をとった。

「ウェッブ大佐のほうの準備は整っています、元帥」

「では、すぐに始めよう」ギアリーが席につくあいだに、アイガーが部屋のセキュリティ・システムを作動させ、〈バウンドレス〉とのリンクを確立した。

ウェッブのホロ映像が現われた。気をつけの姿勢をとっている。

「かけたまえ、大佐」と、ギアリー。

〈バウンドレス〉に乗船するウェッブが腰をおろした。会議用プログラムが作動しているので、テーブルをはさんでギアリーとアイガーの向かいにすわっているように見える。

立ったままのアイガーが息を深く吸った。

「先日、この会議室で発見された超小型盗聴器について判明したことを説明します」アイガーは複数のスクリーンを埋めつくす技術データを呼び出した。

ウェッブがスクリーンに目を向けた。〈バウンドレス〉のテーブル上にも、同じようなものが映し出されている。ウェッブとアイガーがデータについて議論するのを、ギアリーは黙って聞いていた。ギアリーが完全には理解していない用語が飛びかっている。

ギアリーは待った。ウェッブはアイガーを威嚇しようとするだろうか？　アイガーが解明できなかった点について、こきおろそうとするのだろうか？

だが、そんなことは起こらなかった。半時間、とぎれることなくつづいたやりとりが終わると、ウェッブは勢いよく息を吐いた。

「大尉、きみはこの件に関して、あらゆる調査を行なったようだな。〈ダニ《ティック》〉の出どころを確実に特定することはできないとしても、軍のものではないといういくつかの兆候《ちょうこう》があることは、わたしが見ている情報と一致する」

「はい、大佐。何か結論を出すとすれば、これは民間の工場で作られたものであるとは言えるでしょう」と、アイガー。

「しかし、それをしかけたのは民間人だとは言えない」ウェッブは残念そうに言うと、ギアリーを見た。「元帥、軍の誰か、たとえばわたしの部下が〈ダニ〉をしかけたのだとしたら、軍用のものを使おうとはしないでしょう」

ギアリーもその点は理解していた。

「容疑をかけられないために」

「おっしゃるとおりです」ウェッブはまるで敵を見るかのように、技術データが映るスクリーンをにらみつけた。「なんの手がかりにもなりません。誰もが容疑者である可能性があるということです」

「自分の部下ではないと確信があるのか？」ギアリーがたずねた。

「間違いありません。このような無謀なことをしたかどうか、直接たずねました。ときどき、特殊部隊の隊員たちはそういったことをします。おもしろ半分に。つかまったら、訓練の一環だと言い、発見した者の仕事ぶりを称賛します。わたしの部下たちはそんなことはしませんが」

「なぜ、それほどの確信を持てるのだ？」と、ギアリー。また同じ疑念が浮かんだ。ウェッブ自身がかかわっているのではないのか？

ウェッブの表情が一瞬こわばったが、すぐに少しゆるんだ。意識して緊張を解いたのは明らかだ。

「元帥、あなたにはわからないかもしれません。わたしが下級士官だったころ、同じく下級士官だった友人の一人が死亡しました。友人の部隊の隊長が、許可されていない任務を実行しようとしたときのことです。その隊長は、許可を取ろうとすれば却下されるだろうと思ったのです。却下されるだけの充分な理由がありましたから。バカげた任務でした。しかし、友人もほかの隊員たちも、そんなことは知らなかった。みな死亡しました」ウェッブはゆっくり息を吸った。「わたしの部隊の者は危険なゲームなどやりません、元帥。不正なことをやった者には、わたしが課すことのできる最大限の代償を払わせます。部下はそのことを知っています」

これは状況が変わってきたな。ギアリーはゆっくりとうなずきながら、考える時間を確保した。

「友人を失ったのは残念だったたな」

「われわれはみな多くの友人を失いました」と、ウェッブ。そのことはあまり考えたくないと思っている者の口調だ。「もう一人も失いたくはありません。だからこそ、この件はわたしを悩ませるのです。この場所に出入りできる者や、あなたの区画に出入りできる誰かに接近できる者が、ここで議論される内容を知りたがっている。しかし、それが何者で、その動機が何かは見当がつかない」

「ギアリー元帥は以前から、反ダンサー族感情を懸念していました」と、アイガー。ウェッブには知られたくないとギアリーが思っていた情報を教えてしまったことには、気づいていない。

だが、ウェッブは過度の警戒は示さず、顔をしかめて考えこんだ。

「だからといって、容疑者の特定には結びつかない。この任務の成功を望まない者だと考えるとしても、多くの可能性がある。シンディックと、もとシンディック……反異星人感情を持つアライアンス兵……なかでも、ここにいる元帥に対して個人的な反感を持つ者……」

　アイガーはためらいがちに言った。

「大佐、わたしは民間人を疑いたくありません。しかし……」

「マカダムスのことか？」と、ウェッブ。「たしかにあの人は、この任務を失敗させようと考えているように見える。そうだよな？　マカダムスは監視されている。つまり、残念ながら、マカダムスがこんなことをするのは困難だった」

　これはダンサー族に対するウェッブの感情を知るチャンスだ。

「アイガー大尉は、ダンサー族との意思疎通にかかわっている主要メンバーの一人だ。ダンサー族について質問があるのなら、回答者として最適な資格を持つ一人に訊けることになる」と、ギアリー。

「アイガー……ああ、そうだ」と、ウェッブ。「きみが協力し、チャーバン将軍がまとめた報告書を読んだよ。いくつか疑問を持った。例のパターンに関することだ。パターンがわかれば、ダンサー族の動きはいくらか予想がつくのだろうか？」

「難しいですね」と、アイガー。「問題は、ダンサー族の動きは、より大きなパターンに調和しながら、人類に対する理解のしかたによって左右されているように思えるという点なのです。しかし、われわれには、そのパターンがどのようなものかはわかりません。道路地図なしで、地上車がどの方向へ向かおうとしているのかを予想するようなものです。

その車は道路に沿って進みますが、われわれには道路がどこにあるのかはわかりません」

「ほう」ウェッブは数秒間、アイガーの説明を思案した。「ダンサー族は防衛艦隊のことを知っているようだな」

「はい、大佐。防衛艦隊に対抗するために、われわれに支援を送ってくれました」

「どのようにして知ったのか、わかるか？」

「不明だ」と、ギアリー。「この件については全員と話をした。アライアンスの行動を把握する能力があるか、あるいは、どうにかして何か別の兆候を探知しているのだろう」

「元帥」と、アイガー。「その件で疑問に思っていたことがあります。防衛艦隊のようなものをつくりあげてしまったのはわれわれだけではない、とは思いませんか？　ほかの知的生命体も、ひょっとしてダンサー族も、同じことをしているのではないでしょうか？　経験上、何を見るべきか知っていて、われわれに助けが必要となることがわかったのかもしれません」

こんどは、ギアリーもウェッブも無言でアイガーの考えを検討しはじめた。

「たしかにその可能性はあるな」ようやくギアリーが言葉を発した。

ウェッブはアイガー、次にギアリーをじっと見つめた。

「あなたがたの意見をうかがいたいのですが、その異星人は熱を入れてわれわれを助けてくれたのでしょうか？」

「熱を入れて？」ギアリーは椅子の背にもたれ、考えた。「少し違うように思えるな」

「どちらかと言えば、だいたいは、手を貸してもいいといった感じです」と、アイガー。

「わたしはそのようにとらえています。われわれがダンサー族と意思疎通を行なおうとしたときのように、われわれのメッセージの言葉にはパターンが必要だと、ダンサー族は伝えることができたはずなのに、そうしなかった。われわれが気づくまで待っていた、そんな感じです」

「ダンサー族はわれわれと連絡を取らなかった。できたのかもしれないが。われわれから連絡が来るのを待っていた」と、ギアリー。

「興味深いですね」

「なぜ、そんなことをたずねるのだ？」

「わたしの経験では、元帥、人々が支援に熱心になるのは、こちらが持っている何かをひどく必要としているか、こちらを罠《わな》にはめようとしているときです。異星人が人類と同じ行動をとるとはかぎりませんが、その点は考慮するべきだったかもしれません」ウェッブは肩をすくめた。「ですが、それは、ここで論じるべき問題ではありません。わたしは興味をそそられているのです。長いこと、人々がいちばんとりそうな行動について予測しようとしてきましたから。この異星人に対して同じことをしようとすれば、非常に難しい仕事になるでしょう。しかし、考えかたの相違といえば、ミッドウェイ星系を運営している人々の行動や意図について、われわれはどの程度の確信を持っているのでしょうか？」

「何か確固としたものを築きたいと本気で思っているようです」と、アイガー。「われわれがミッドウェイ星系にいたとき、たとえば、司法制度の抜本的見なおしを示す多くの取引を目にしました。表面上の変化だけでなく、根底から変えようとしていました」

「わたしはミッドウェイ星系の人々と、ともに働くことができた。信頼できる人々だった。この人たちを援助するのはいい考えだと思えたから」と、ギアリー。

「ミッドウェイ星系にブラダモント大佐を置いたことを言っているのですか？　もしも大佐が――」いつもならポーカーフェイスを崩さないウェッブが、ハッと気づいたように顔を輝かせた。「ああ、なるほど。わかりました。アイガー大尉、感謝する。きみはあの盗聴器の分析について、第一級の仕事をしてくれた。これからも、わたしに情報を――すまない。ここでは自分が軍の指揮系統には入っていないのをつい忘れてしまうのだ。元帥、この盗聴器に関する新たな進展や発見があったときには、アイガー大尉から知らせていただけますか？」

「もちろんだ」と、ギアリー。

「ありがとうございます。元帥、少しだけ二人で話せますか？」

「いいとも」と、ギアリー。こんどは、なんの話だ？

アイガー大尉が退室すると、ウェッブ大佐はあからさまに敬服する表情をギアリーに向けた。

「元帥、わたしはブラダモント大佐の件で、すっかりだまされました」

ウェッブの意図がはっきりしないので、ギアリーは返事の代わりに小さく笑みを浮かべ、なんの話をしようとしているのかわかったふりをした。

「ミッドウェイ星系の最高レベルの指導者に近づける二重スパイが必要だったのですね」ウェッブは話をつづけた。「ブラダモント大佐はあなたの助けを必要としていた。あなたは大佐に口実を与えて大佐の感謝の念を勝ち取り、いまだに影響力を持ちつづけている。シンディックの人間とつながっているおかげで、大佐はシンディックにも受け入れられている。実にすばらしいスパイ技術です、元帥」

「状況に対処するには、あのような形にするのが最善だと思えた」と、ギアリー。ウェッブの言葉を否定しても、なんの意味もないだろう。

「元帥、あなたは驚くべき能力をお持ちです。敵にご自分を過小評価させるとは」と、ウェッブ。「なんども戦いに勝利しているのも、うなずけます。この先も、あなたといっしょに仕事をするのが楽しみです。あの盗聴器について、新たな手がかりを見つけられるかどうか、やってみます。見つかったら、お知らせします。失礼します、元帥。われらが先祖に名誉あれ」ウェッブが通信を終わらせた。

ギアリーはじっとすわったまま、ウェッブ大佐が最後に口にしたのは褒《ほ》め言葉だったのかどうか考えていた。やがて、まわりの人に思われている自分の半分でいいから賢ければいいのにと思いながら、立ちあがった。

アイガーが部屋のすぐ外で待っていた。

「元帥、お知らせしたいことがありました。ドクター・コトゥールが、ふたたびわたしに連絡してきました。ミッドウェイ星系の状況について、さらに情報を求めてきたんです。ハイパーネット・ゲートの大規模崩壊を防ぐためのシンディックのプログラムに、とくに興味を持っていました」

「われわれはそのプログラムのコピーを持っているのか？」

「いいえ、元帥。シンディックの標準的な崩壊防止システムの古いバージョンがいくつかあるだけです。シンディックが標準システムに存在する裏口や脆弱《ぜいじゃく》性を利用できないように、ミッドウェイ星系が特定個所にいくらか改変を加えているのは間違いありません」

「ドクター・コトゥールとそのチームは、ミッドウェイ星系での仕事をひと足先に始めたいのだろう。だが、そこに着くまで、ドクターたちには待ってもらわねばならない」

　アタリア星系内の残りの移動は感謝したくなるほど静かだった。だが、人類の建造物の瓦礫が大量に散乱し、そのあいだに人間の死体が浮かぶ星系では、その静けさが不気味に思えることもある。アライアンス戦闘艦の兵たちは先祖に祈りの言葉をつぶやき、昔から兵士たちがやってきたように、この荒れ果てた宙域を通り過ぎてしまうのを待った。ヴァランダル星系から到着したジャンプ点と、カリクサ星系に通じるジャンプ点のあいだの距離は四光時。約四十三億キロメートルだ。〇・一光速、すなわち秒速三万キロで移動したとしても、四十時間かかる。

　兵たちと同様、ギアリーも待っていた。ギアリーが待っていたのはリーセルッツ大使からの連絡だ。だが、最悪な終わりかたをしたあの会合以来、連絡はまったくない。

　ギアリーは〈ドーントレス〉のブリッジの席に腰をおろし、艦隊にジャンプするよう命令を出せるようになるまで待機した。緊張で筋肉が硬直している。最後のぎりぎりの時点で、大使から命令が来るのではないか？　新しい艦隊司令長官が任命されるまで、ジャンプを遅らせるよう、命令が送られてくるんじゃないか？

「大丈夫です」と、デシャーニ。ギアリーの耳にちょうど届く程度の小声だ。「あの人たちには元帥がどうしても必要なのですから」

当然ながら、ギアリーは大使との会合についてデシャーニに打ち明け、デシャーニは何かが間違っていると即座に理解した。ギアリーはその件についてじっくり話ができる相手を必要としていた。あの一件についての自分の認識がおかしいかどうか、知りたかったのだ。

「それならいいが」ギアリーは小声で答えた。「しかし、よくないとも言えるな」

「じきにジャンプします」デシャーニがギアリーに知らせた。

つまり、そろそろメッセージを送らなければならないということだ。

「全艦に告ぐ、こちらはギアリー元帥だ。カリクサ星系へ向けてのジャンプに備えよ。向こう側で何と遭遇するかはわからない。そのため、到着時のあらゆる事態に備えてくれ。自衛のための対処は許可されている。だが、攻撃する前に、自分が何を撃とうとしているのかをしっかり確かめ、ほかに対処法はないかよく考えてほしい」こんな条件をつけられては艦長たちも大変だろう。とはいえ、艦長という存在には、そのような困難に対処し、意思決定までに数秒しかない場合でも正しい決断をくだす能力が期待される。「五分後にジャンプする。ギアリーより、以上」

「盗聴器について何か新たな発見はありましたか？」デシャーニがたずねた。

「いや。ただ、ウェッブ大佐を容疑者だと考えるのは見当違いのようだ。カラバリ少将も同意した。もっとも、まだ大佐とその部隊を疑ってはいるが」

「たしかに、特殊部隊にいるような隊員のなかには、本当に何をするかわからない者もいます。特殊部隊の隊員たちは、通常部隊の者たちに、自分たちが全員危険な存在だと思わせようとします。宙兵隊はいまや、つねに目を光らせていなければ何をしでかすかわからない存在になりました。しかし一般的な兵士については、それほど注意深く監視する必要はないと、わたくしは理解しています」

「わたしが耳にした話とは違うな」

「宙兵隊員も普通の兵と同じくらい、トラブルに巻きこまれるのでしょうか？」

「簡単には巻きこまれないだろうな」

「ジャンプ点に近づいています」と、ユオン。「ジャンプまであと一分」

最後の一分のカウントダウンが始まった。ギアリーはデシャーニと話をしたおかげで、いくらかリラックスしていた。

「全艦に告ぐ。こちらはギアリー元帥。ジャンプせよ」

宇宙が消え、形のない、灰色がどこまでもつづく超空間が現われた。

最悪の事態を待ちつづけた長い日々が終わった。ギアリーは少し休もうと立ちあがりかけたが、そのまま動きを止めた。艦のディスプレイに突然、まぶしい光の輝きが映ったからだ。ギアリーは光が燃えるように輝いて消滅するのを見ると、背中に震えが走るのを感じた。ときおり超空間に不可思議な光が現われるのはめずらしくなっていたが、三つの光がつぎつぎとすばやく現われるのは普通ではない。

「三つの光が――」と、キャストリーズ。畏怖《いふ》する口調だ。「つぎつぎと現われるなんて」

デシャーニは自分のディスプレイを見つめていた。不可思議な光はたちまち薄れて消失した。なんの痕跡も残っていない。そんなものはまったく存在しなかったかのようだ。何がその光を生じさせたのか手がかりはない。わかっているのは、人類の初期の超空間移動ではそんな光は見られなかったということぐらいだ。だが、数世紀のあいだに、人類の艦船がなんども超空間移動を繰り返すにつれ、目撃する回数は増えていった。

「ダンサー族はあの光が何か知っているのでしょうか?」

「そのことについてチャーバン将軍がたずねたんだが、ダンサー族は答えなかった」と、ギアリー。ブリッジにいる全員がおれのほうを見ないようにしているようだ。人々はおれの存在を、超空間のこの不可解な光による奇妙な現象に結びつけている。そんな考えには取り合わないとしても、そのことを否定するすべはない。

「きっと吉兆《きっちょう》ですよ」と、デシャーニ。
「だといいが」と、ギアリー。

13

あまりの荒廃ぶりにアタリア星系は不快だったが、カリクサ星系はなじみがあるからこそ経験するのがよけいにつらい悪夢のような場所だった。

カリクサ星系のハイパーネット・ゲートは崩壊していた。崩壊防止システムが設置されていなかったため、新星級の爆発が星系を引き裂き、恒星を周回していた居住惑星は破壊され、恒星そのものは不安定な状態で残されている。

「惑星連合《シンディック》の戦闘艦が一隻だけいます」デシャーニがディスプレイを注視しながら言った。

「インドラス星系に通じるジャンプ点のそばにいる対艦攻撃艇です。数時間後にわれわれの到着を告げる光に気づき、おそらく警告のためにインドラス星系へジャンプするでしょう」

「ほかのシンディック戦闘艦が探知されなかったのは奇妙だ」と、ギアリー。「アタリア星系ではたびたび現われて、住民を威嚇《いかく》していたのに」

「われわれが来ることを知っているからです」と、デシャーニ。「われわれのもと友人であるリフト連邦星系のおかげです。あの対艦攻撃艇が哨戒《しょうかい》任務にあたっているのは、われわれがいつ到着するかを正確に知らせるためでしょう」

「われわれを待つ理由があるということだ。シンディック艦隊の戦力についての情報分析がほぼ正確だとしたら、直接対決のためではなく、妨害かあるいは損害を与えることが目的だろう」

「結局は後悔するはめになるだけです」

ギアリーはそれには答えなかった。われわれがカリクサ星系にいるあいだに、リーセルツ大使が砲撃を命じることはあるのだろうか？

カリクサ星系に到着してから数時間後、リーセルツ大使からようやく通信があった。ギアリーは最悪の事態を覚悟したが、リーセルツはシンディックの脅威に対する交戦規則については何も言わなかった。

「これは謎の種族のしわざですか？」と、リーセルツ。見るからに気分が悪そうだ。

「はい、ほぼ間違いありません」と、ギアリー。「連中は、星系同盟《アライアンス》とシンディックがたがいのハイパーネット・ゲートを崩壊させるようにしむけ、ゲートのあるすべての星系から人類を一掃することをたくらんでいました。アライアンスとシンディックの双方に対してほぼ同時期にハイパーネット・ゲートの技術を漏らしたのは、謎の種族だとわれわれは考えています。連中の目的は、人類どうしの戦争をつづけさせること、そして、可能なかぎり多くの星系で、想像を絶する巨大機雷となりうるゲートを建設させることです」

「なぜ、うまくいかなかったのですか？」

「おおむねうまくいきました。ここカリクサ星系でゲートが崩壊したのをアライアンスのせいだと思いこんだシンディックは、報復としてヴァランダル星系のゲートを破壊しようとしたのです。間一髪で阻止しましたが、それが成功していれば、アライアンスも同様の対抗手段をとらざるをえなかったでしょう。さいわい、クレシダ大佐がすでに崩壊防止システムを開発していたため、早急に配布しました」

「アライアンスのハイパーネット・ゲートにも、シンディックのハイパーネット・ゲートにも」リーセルツはギアリーを見つめながら言葉を引き取った。「崩壊防止システムが〝偶然に〟シンディックに漏れたことは承知しています」〝偶然に〟という言葉をことさらに強調している。

「ううむ……たしかにそうですが」ギアリーは、シンディックが崩壊防止システムを手に入れた表向きの経緯と矛盾することは言いたくなかった。真実を知っているのはビクトリア・リオーネとギアリーだけであり、リオーネはあの出来事における自身の役割をもはや明らかにすることはできない。だが、特異な〝偶然〟がどのようにして起こったのかについては、多くの疑惑があった。「そのおかげで、双方にとってゲートは武器として使用できなくなりました」

「話には聞いていましたが、実際に見ると……とても恐ろしい」リーセルツ大使は揺るぎないまなざしをギアリーに向けてきた。「謎の種族が武器として使えなくなったのは、さいわいです。正しい決断がなされたことも。クレシダ大佐は、〈バウンドレス〉に乗船しているドクター・クレシダの妹さんだそうですね？」

「そのとおりです」と、ギアリー。

「わたしが妹さんの偉業に感謝していると、ドクター・クレシダに伝えなければなりません。感謝します、元帥」

通信が終わったあと、ギアリーは数分間、自分のディスプレイを注視しつづけた。リーセルツは、発砲するタイミングを誰が決めるかという問題を、ひきつづきギアリーにまかせることにしたようだ。カリクサ星系の惨状がその決断につながったのかもしれないと思うと、不思議な気がした。

シンディックの対艦攻撃艇はアライアンス艦隊の到着を告げる光に気づいたらしく、予想どおり、それから数分以内にジャンプした。その後、残されたアライアンス艦隊はインドラス星系に通じるジャンプ点へと移動しはじめたが、死の世界と化したカリクサ星系の惨状を思い知らされた。艦の内奥《ないおう》に位置する狭い祈りの場の外に、先祖との対話に慰めを求めようとする大勢のクルーが列をなし、艦外風景を映す必要のないすべてのディスプレイには、別の場所の映像が設定されている。

ギアリーは艦長全員を集めて会議を開いた。艦隊が壊滅の危機に瀕《ひん》していたときに指揮を引き継いで以来、ギアリーは会議を恐れつづけてきた。だが、会議が紛糾することは減ってきたし、何をすべきか全員が理解していることを確認したかったのだ。

ホロ会議システムのおかげで会議室が広く見え、人数に合わせてテーブルが引き伸ばされている。巨大な戦艦の艦長から、それよりもずっと小さい駆逐艦の艦長まで、全員が顔をそろえていた。〈バウンドレス〉のマトソン船長もいる。ギアリーが誰かに目を向けると、その相手の映像が拡大され、誰かが発言すると、すぐ隣にすわっているかのようにはっきり声が聞こえる。システムとしては、驚くほど円滑で使いやすい。

宙兵隊のカラバリ少将と上級大佐たちの姿もあった。

リーセルツはオブザーバー席を選んでいた。会議テーブルからは離れているが、議論の内容を全部、見聞きできる。

「シンディックがインドラス星系で何を待たせておくつもりなのか、正確にはわからない」ギアリーは話しはじめた。「だが、われわれをあざむき、罠《わな》にかけようとしていることはたしかだ。われわれに対抗できるほどには艦の数は多くないため、公然と攻撃してくることはないだろうが、拒絶可能な攻撃を試みる可能性はある。自衛のための発砲が認められるのはやむをえない場合のみであることを、きみたち全員に理解してもらいたい。敵の攻撃をかわせるなら、かわしてくれ。ただし、補助艦と〈バウンドレス〉は例外だ。補助艦や〈バウンドレス〉がねらわれたら、戦艦が盾となって守ってほしい。敵が戦艦の盾を回避する行動をとろうとしたら、巡航戦艦がそれを阻止しに向かってくれ」小型の高速伝令艦であっても、機動力では巡航戦艦にかなわない。

「われわれの仕事はインドラス星系を通過し、そこにあるハイパーネット・ゲートに到達することだ」ギアリーはつづけた。「損失や犠牲者を出すことも、必要のない戦闘に加わることもあってはならない。待ち受けるシンディックのいかなる策略や罠にもはまらず、われわれに攻撃の意思があると、相手が信じたり主張したりする根拠を与えたくない」

「連中は何かをしかけてくるでしょう」バダヤ艦長が片手で頬杖《ほおづえ》をつきながら言った。「あの哨戒艇のせいで、われわれが来ることは知っています。ぎりぎりまで発砲できないとしたら、どうやって戦艦を失わないようにすればいいのですか？」

アーマス艦長が笑みを浮かべた。

「われわれに考えがあります。あなたのお許しをいただけるなら、元帥。戦艦は大型の砲弾を搭載しています。衝突針路上にいる攻撃者に対してそのような武器を発射した場合、衝撃により攻撃者は塵《ちり》と化し、残骸がもとのベクトルをたどって戦艦を危険にさらすことはないでしょう。しかし、攻撃者がぎりぎりのタイミングで砲弾を回避したとしても、戦艦の近くを通過するため、通常の対艦兵器で完全に破壊できます」

「同じ手を使ったことがあります」と、ジェーン・ギアリー艦長。「重巡航艦サイズまでの物体が体当たりを試みてきた場合には、完璧に対抗できます。相手が〝隕石もどき〟を搭載した民間の貨物船でも、こっぱみじんに吹き飛ばせます。しかも、攻撃者が充分に接近してから発砲するため、自衛行動であることは明白です」

「体当たり未遂に対して〝BFR〟を使うというのですか？」と、カラバリ。〝BFR〟とは、巨大運動エネルギー弾を意味する宙兵隊の隠語だ。「侵攻輸送艦がねらわれたらどうします？　戦艦が発射した一発の巨大運動エネルギー弾で、攻撃を阻止できるのですか？」

ジェーン・ギアリーはうなずいた。

「単純な物理学です。最適な射角を持つ戦艦なら、ほかの僚艦に接近する物体を迎撃できます」

〈ミストラル〉のヤング中佐が口を開いた。

「相手が初期標的を追う航跡をそれて別の艦をねらった場合は、どうするのですか？」

「発射のタイミングを調整します」と、アーマス。「したがって、敵にとっては運動エネルギー弾をかわすための時間を充分に稼げるかもしれません。だが、敵の速度と運動量を考えると、別の攻撃目標をねらうために大きくベクトルを変更する時間はないでしょう」

「補助艦がねらわれた場合も同じですか？」と、スミス艦長。「戦艦はすべての補助艦を守れますか？」

「この隊形であれば容易に可能です」と、アーマス。

〈バウンドレス〉のマトソン船長が、一見広く見える会議テーブルを見まわした。

「その運動エネルギー弾というのはいわゆる隕石もどきですか？」

「そうです」と、ジェーン・ギアリー。「弾頭のようなものはなく、運動エネルギーを利用して攻撃目標を破壊する物質のかたまりです。大型のものは、都市の中心部全体を破壊するほどの威力があります」ジェーンは言葉を切り、大伯父をちらっと見た。戦争に勝つための悪あがきとして、かつてアライアンス艦隊が都市を無差別爆撃する戦術を採用していたと知ったとき、ブラック・ジャックがどんな反応を示したかは艦隊の誰もがわかっていた。「今では……あまり使い道がありませんが、戦艦にはまだ搭載されています」

「もっと小型の運動エネルギー弾はどうなんです？」デシャーニが少しも臆せずにたずねた。

「巡航戦艦が搭載しているサイズのものです」と、アーマス。「たいてい中型の運動エネルギー弾で充分です。攻撃者は回避するか破壊されるか、どちらかしかありません。たとえ回避したとしても、別の方法で破壊されます」

「わたしは賛成です」と、ドゥエロス艦長。ドゥエロスをよく知る者なら、どこかうつろな表情に気づいたかもしれないが、それを別にすれば、いつもの彼らしさを取り戻しているように見えた。「この作戦により、攻撃者の意図がはっきりするまで発砲を控えることができるだけでなく、僚艦を確実に守ることができます」

「明らかに体当たりしようとして、敵艦が接近してきた場合、それがわれわれの第一選択肢になるだろう」と、ギアリー。「巡航戦艦や重巡航艦での対処が最善であるベクトルから何かが接近してこないかぎりは、戦艦が砲撃を主導する。よくぞ、この選択肢を思いついたな」

「最初に提案したのはギアリー艦長です」アーマスはそう言って、ジェーンを顎《あご》で示した。「ギアリー一族がどんなものかはご存じでしょう。いつもさまざまなアイデアを思いつきます」アーマスは自分のジョークに笑みを浮かべた。

だが、気分の悪いジョークではない。ギアリーも思わず微笑していた。

「そのアイデアが名案であることもある」と、ギアリー。「ときにはだが。何か質問はあるか？　いつ発砲してもいいのか、いつ発砲すべきではないのかということについて、誰も疑問の余地を残してほしくない。シンディックはわれわれが侵略者に見えることを望んでいる。連中の思うつぼにはまってはならない」

会議が終わると、艦長たちは気をつけの姿勢をとり、つぎつぎに消えはじめた。ホロ映像が退室するにつれて巨大な会議テーブルが縮まり、ギアリーとデシャーニだけが残された。

ギアリーはバーチャル・オブザーバー席を振り返った。リーセルツ大使がすわって会議を見ていた場所だ。だが、リーセルツのホロ映像もすでに消えたあとだった。ギアリーには戦闘を始めるつもりがないと知って、リーセルツが安心したかどうかは、わからないままだ。

「ロベルト・ドゥエロスのことが心配です」と、デシャーニ。「彼をごらんになりましたか？」

「元気になったようだ」と、ギアリー。

「ぱっと見は元気そうです。艦長どうしのバーチャル夕食会に招待しましたが、忙しいから無理だというのです」

「ドゥエロスらしくないな」ギアリーは友人のことがますます心配になった。

「でも」と、デシャーニ。「元帥が、〈ウォースパイト〉に乗艦しているドゥエロスの娘も招待すれば、ドゥエロス艦長は断われないでしょう」

「〈ドーントレス〉の艦長はどうなんだ？　出席してくれるよな。夕食会は彼女の艦で行なわれるのだから」

デシャーニは一瞬、考えこんだ。

「ええ、当然でしょうね。出席しなければ無礼だと思われるかもしれませんから」

「夕食会をするなら今日しかない。明日早くにインドラス星系へジャンプする予定だからな。わたしが招待メッセージを送るよ」

こうして数時間後、ギアリーは自室ですわっていた。ほかの士官やクルーといっしょに食べるほうが好きなので、ここで食事をすることはめったにない。だが、料理を自室に運んできてもらうのは簡単だった。当然のことながら、ギアリーとデシャーニはホロ映像ではなく、本人が小さいテーブルに向かってすわっている。ドゥエロス艦長と娘のドゥエロス少尉のホロ映像が残りふたつの席についていた。ギアリーはメニューのことは考えていなかったが、〈ドーントレス〉の料理人が〈インスパイア〉および〈ウォースパイト〉の料理人と話し合い、全員が同じ料理を食べられるようにしてくれた。

　夕食会に招待されたとき、ドゥエロス艦長は乗り気ではなかったが、すぐに了承した。見るからに新品の軍服を着た娘のアルウェン・ドゥエロスは、身をこわばらせてすわっている。元帥と食事をともにする緊張を隠しきれない様子だ。

　惑星カタンではどうだったのかとギアリーはたずねそうになったが、さいわい、口に出す前に場違いな質問であることに気づいた。

「〈ウォースパイト〉での生活はどう？」デシャーニがアルウェンに訊いた。

「とても厳しいけれど、非常にやりがいがあります、艦長」と、アルウェン。

　その丸暗記したような答えに、父親は笑みを漏らした。

「すごくプロ意識が高いだろう？」

「あなた譲りじゃないわね」と、デシャーニ。

「わたしだってその気になればプロらしくふるまえることを、きみに見せつけてやるさ」と、ドゥエロス。

「最近の訓練はどんな感じだ？」ギアリーはアルウェンにたずねた。この話題なら差しさわりがないだろう。

「いくつかの点が改善されています」と、アルウェン。「わたしたちは長い時間をかけてブラ——つまり閣下の数々の勝利について学びました」

戦術を学んでいるのだとしたら、いいことだ。

「わたしの数々の勝利だと?」ギアリーは微笑し、首を横に振った。「艦隊の士官やクルーたちの技術や一途さ、勇気がなければ、わたしは何もなしとげられなかっただろう。ここにいるドゥエロス艦長のような士官たちのおかげだよ。ドゥエロスはわたしがこれまでに任務をともにしたなかでも、もっとも優秀な士官の一人だ。なかなかドゥエロスの真似などできるものではない」

アルウェンはいかにもプロらしい表情を崩し、いとおしげに父親を見た。

「最善を尽くします、元帥」

「あなたは幸せ者よね」デシャーニがドゥエロスに小声で言った。

ドゥエロスはほほえみながら、うなずいた。

「自分でもそう思うよ」ドゥエロスは真顔になった。「娘の成長期にわたしはそばにいてやれなかった。戦地にいたから」

「いつもいっしょにいてくれたわ」アルウェンがあわてて言った。「どんな日も。送ってくれたメッセージは全部、保存した。わたしにはわかっていたの。お父さんはどこへ行ったのか、何をしているのか、その理由も、それがどんなにつらいことかも。だから、わたしはお父さんみたいに――」アルウェンは恥ずかしそうに言葉を切った。

「最高の勤務評定じゃないか」ギアリーは水の入ったグラスを持ちあげ、乾杯の音頭をとった。

ドゥエロスはふたたび笑顔になり、乾杯に加わった。

その後ギアリーは、カリクサ星系でとった食事であるにもかかわらず、明るいひとつの思い出として記憶に焼きついたという奇妙な事実に思いをはせた。


インドラス星系で何が待ち受けているか不安ではあったが、翌朝カリクサ星系からジャンプしたときには誰もが安堵した。もちろん惑星標準時の朝ではない。艦は独自の艦内時刻を保持しており、そのすべてが旧地球で考案された同一の普遍的〝原型〟をもとにしていると思われる。銀河系へと拡大した人類宙域の最果てから宇宙船が旧地球を訪れたとしたら、その船の船内時刻はやはり、先祖伝来の惑星の本初子午線《ほんしょしごせん》を基準とした時刻と一致しているだろう。ギアリーは旧地球のその地域を実際に訪ねたことがあるが、それを確認するのをすっかり忘れていた。

超空間であまりに長い時間を過ごすと、不快な気分になる。身体に合わない皮膚をまとっているような感じがしてくるのだと、多くの者が言う。だが、カリクサ星系からインドラス星系へのジャンプに要したのはわずか数日だったため、そのように不快な感覚が深刻になることはもちろん、顕著になることすらなかった。それよりも問題なのは、シンディックの何がインドラス星系で待ち受けているかわからないことへの不安だった。哨戒艇は、アライアンス艦隊がいつ到着するのかをすでにシンディックに知らせており、リフト連邦星系の戦闘艦部隊は一週間以上も前にインドラス星系に到着したはずだ。リフト連邦星系の艦はどうなったのだろう？

超空間を離脱したとき、艦隊の全艦が最悪の事態に備えて完全厳戒態勢をとっていた。

　予想どおり、シンディックはインドラス星系で待ち受けていた。

シンディックの小艦隊が、超空間の出口から約十光分の位置を周回している。監視は必要だが、差し迫った脅威となるほどには近くない。小艦隊を構成するのは、戦艦四隻、巡航戦艦三隻、重巡航艦四隻、対艦攻撃艇十一隻だ。戦力はギアリー麾下《きか》のアライアンス艦隊に劣るが、シンディックが依然として戦闘艦を量産できることを見せつけるには充分だった。

「リフト連邦星系艦隊の痕跡や、それらの艦の新たな残骸と思われるものは見あたりません」ユオン大尉がディスプレイを注視しながら言った。

「どうやってあのシンディック小艦隊を回避したというの？」と、デシャーニ。

「シンディックが教えてくれるかもしれない」ギアリーは自分のディスプレイを見た。ジャンプ点からハイパーネット・ゲートへ向かう予定針路が弧を描き、宇宙空間を突き進んでいる。「六隻……いや、七隻の商船がハイパーネット・ゲートから、われわれが出てきたばかりのジャンプ点へ向かっている」

デシャーニはうなずき、商船の航跡を注視したまま、ゆっくりと眉間にしわを寄せはじめた。

「あの商船はわれわれのそばを通過することになります。なぜ七隻の商船が、カリクサ星系に通じるジャンプ点へ向かっているのでしょう？」

「アタリア星系では、シンディックとの現在の交易状況はどうだった？」

「散発的でした。アタリア星系は高い需要を持っていますが、支払い能力はほとんどありません。アタリア星系へ向かう商船が一隻だけなら、話はわかります。でも、七隻も？」と、デシャーニ。

「平和的な貿易をよそおった侵攻軍かもしれない」と、ギアリー。「ミッドウェイ星系の話によると、シンディックは改造した貨物船を使って兵士を運ぶらしい」

「その可能性はあります」デシャーニはブリッジ後方に目を向けた。「あの商船を油断なく監視せよ。少しでも怪しいところがあったら、知らせて」

「了解しました、艦長」ブリッジ・クルーたちがいっせいに答えた。

インドラス星系に到着して約三十分後、アライアンス艦隊はハイパーネット・ゲートへ向かう安定したベクトルを進んでいた。そこへインドラス星系の司令官から最初のメッセージが届いた。これほど早く届いたのは、その司令官が十光分離れた場所にいる戦闘艦の一隻に乗っているからにちがいない。

司令官は男性だった。この前、黒い艦隊による攻撃を非難してきたあの女性司令官ではない。シンディックの不安定な政情を思えば、驚くほどのことではなかった。おそらく司令官は、権力をめぐって政治的派閥が争うなかで急速に台頭し、争いに敗れるとこれまた急速に凋落《ちょうらく》するのだろう。

過去の出来事を思えば、司令官のメッセージが旗艦に座乗するギアリーのもとに届いたのも、驚くべきことではない。当然ながらシンディックは、ギアリーがこの艦隊の総指揮をとっていることを予想している。

新司令官は典型的なシンディック軍司令官に見えた。仕立てのいい制服も、きれいになでつけた髪も尊大な態度も完璧だ。もと司令官でミッドウェイ星系の現将軍であるドレイコンが、軽蔑をこめて司令官の制服と呼んだものと、まったく同じだった。だがこの男は危険な意味で有能にも見える。リーセルッツ大使に邪悪な二卵性の双子がいたら、こんな感じだったかもしれない。

「シンディック人民が支配する宙域に対して、理不尽かつ違法な侵攻を行なおうとしているアライアンス艦隊に告ぐ」司令官は話しはじめた。「こちらは〈不朽の新シンディック総局〉のポールソン司令官だ。平和条約にしたがい、人民の名にかけて、われわれ全員が望む平和のため、ただちにベクトルを変更してカリクサ星系へジャンプし、シンディック宙域外へ退去することを要求する。

あまりにも単純な罠が通用しなかったと知り、さぞかし落胆しているだろう」ポールソン司令官はしたり顔で笑みを浮かべながら、言葉をつづけた。「劣弱な部隊を先遣させるとは、見え透いた罠をしかけたものだ。先遣部隊は呼びかけに応じず、われわれを挑発しようとした。おまえたちは、われわれがあの部隊を撃破することを期待していた。平和的なシンディック人民に対して、いわれのない不法な侵略戦争をつづけるための口実が必要だったからだ。センサーが示しているように、先遣部隊の残骸はここにはない。平和への願いと全人民の命に対する懸念を踏まえ、この星系の通行とハイパーネットへの突入を許可した。これ以上の無意味な争いを避けたいというわれわれの思いを明確に示すものである。だがあの先遣部隊は、われわれのハイパーネットの標準通行料を支払うことまで拒否した。もちろん、その料金はおまえたちに支払ってもらう。

おまえたちの戦闘艦がシンディック宙域を許可なく不法に通過した場合、いかなる不幸が起ころうとも、インドラス星系は責任を負いかねる。われわれ全人民にとって大切な平和の名のもとに、侵攻を中止し、ただちにアライアンス宙域へ戻るよう強くすすめる。人民のために、ポールソンより、以上」

リフト連邦星系の策略がようやく明らかになった。

「リフト連邦星系の連中が応答を拒否したのはそういうわけですか」と、デシャーニ。怒りに顎をこわばらせているせいで、わずかに発音が乱れた。「シンディック宙域においてはいまもアライアンス艦隊の一部とみなされるだろうと、リフト連邦星系は知っている。だから、われわれと同じ星系にいなくても、われわれの庇護《ひご》にあずかることができると同時に、自分たちの一存で行動しているふりができるのです。彼らに必要なのは誰とも口をきかないこと。口をきけば、アライアンスにおける立場を偽るか、もはやわれわれの傘下《さんか》にないことを認めるか、どちらかしかないですものね」

「ハイパーネットの利用料の支払いまで押しつけてきた。カペルカ艦長は、われわれが評価した以上に頭が切れるようだ」と、ギアリー。

「こんどカペルカ艦長に会ったら、評価ではなく思いきり苦痛を与えてやります」

「リーセルツ大使と話をする必要がある」差し迫った危険はないため、ギアリーはブリッジを出た。リーセルツと話すにはプライバシーを守れる自室のほうがいい。

リーセルツはいらだたしげな表情を浮かべた。「シンディックの司令官に返信するつもりはないのですね？」

「シンディックの連中はわたしが全軍を指揮することに慣れています」と、ギアリー。

「あなたから通信があれば驚くでしょう。しかし、たしかにわたしは、シンディック司令官と直接交渉するつもりはありませんでした。あなたにおまかせします」

「その司令官が所属していると主張した〈不朽の新シンディック総局〉については、何かご存じですか？」

「聞いたこともありません。中央政府を掌握した最新機関だと思います。おそらくすでに支配権を失い、ポールソン司令官の後任が取って代わろうとしているかもしれません」

「リフト連邦星系の策略は、われわれが思っていた以上に考え抜かれたものでした」と、リーセルツ。「ミッドウェイ星系を通過できるのでしょうか？」

「可能性はあります」と、ギアリー。「明らかな脅威をもたらさず、アライアンス艦隊の一部であるように見えれば、イケニとドレイコンは攻撃しないでしょう。しかし謎の種族は、リフト連邦星系の艦がアライアンス艦隊の一部かどうかなど気にしない。リフト連邦星系の戦闘艦部隊がダンサー族の支配宙域に到達することは不可能です」

「シンディックが攻撃してくるとは思えませんが」リーセルツはギアリーを見つめながら言った。

「はい。向こうから攻撃してこないかぎり、われわれは大丈夫です。われわれの針路を横切ることになる数隻の貨物船をひきつづき監視しますが、今のところ、ごく普通の貨物船のようです」

「体当たりされる恐れはないのですか？」

ギアリーはうなずいた。

「ええ。貨物船は動きが遅く、機動力に欠ける。われわれの補助艦でも、貨物船の突撃を回避できます。シンディックはそのことを知っている。あの貨物船で何かしようとするとしても、それは体当たり攻撃ではないでしょう」

リーセルツはなおもギアリーを見つめたまま、しばし沈黙した。

「わかりました」リーセルツがようやく言った。「わたしがポールソン司令官と話をします。交渉しだいでは、リフト連邦星系の戦闘艦部隊のぶんも含めて、通行料を支払うことになるでしょう。平和的にあのハイパーネット・ゲートにたどりつきたいものです」

「同感です」と、ギアリー。リーセルツが艦隊防衛の主導権争いをあきらめていないのは明らかだが、強引に押し通すつもりはなさそうだ。ギアリーはそれで満足するしかなかった。

インドラス星系のシンディック司令官と言い争いにならないのは奇妙だが、安心でもあった。リーセルツからギアリーあてに、ポールソン司令官とかわしたメッセージのコピーが送られてきた。通行料はいくらにするべきか……アライアンス艦隊にはここにいる権利があるのかどうか……平和を愛し、自衛以外には攻撃をしたことのないシンディックに対して、なぜアライアンスは新たな戦争を始めようとしているのか……などについて議論されている。リーセルツの様子を見たギアリーは、溜飲《りゅういん》が下がる思いがした。またしてもポールソン司令官は、アライアンスがふたたび戦争を始めようとしていると主張したが、リーセルツは〝こちらにはギアリー元帥がいます。最初の戦争の開戦時に存在していた人です。お望みなら、元帥の個人的経験にもとづいて、戦争が始まった経緯を語ってもらうこともできます〟と言って受け流したのだ。

アライアンス艦隊がこのままシンディック宙域にとどまるなら、どうなっても知らないぞと、ポールソンはさらなる警告を突きつけた。だが、アライアンス艦隊を阻止するためにシンディックがとっている積極的対策は、何も見つけられなかった。ギアリーは不安になった。機雷原がないか定期的にスキャンを行なっているが、宇宙空間の狭い領域を精査することで明らかになるはずの異常は検知されていない。

　アライアンス艦隊がインドラス星系に到着し、ハイパーネット・ゲートに向かって順調に進みはじめてから六時間後、ギアリーはデシャーニとともに〈ドーントレス〉の通路を歩いていた。艦内時刻は夜遅いため人けはあまりなく、二人には歩きながら考える余裕があった。もちろん艦内をぐるぐる歩きまわることしかできず、思考までが堂々めぐりしている気がした。

「お話があります、艦長」ジョニンニ最先任上等兵曹が背後から足早に近づいてきた。いつもゆったりとした足どりのジョニンニにしては、すばやい動きだ。

デシャーニは立ちどまり、ギアリーとともにジョニンニを振り返った。

「どうしたの、上等兵曹？」と、デシャーニ。

「艦長、タルリーニ上級上等兵曹と話をしていたのですが」ジョニンニは話しはじめた。

「カリクサ星系に通じるジャンプ点へ向かっているシンディックの貨物船を標的にするのは簡単だと、上級上等兵曹が言うんです。すべての船が同じ航跡をたどっているからだ、と」

「そのとおり」と、デシャーニ。「どの船も同一のゲートから同一のジャンプ点へ向かっているわ」

「ですが、もっとさまざまな航跡をたどるのが自然ではないでしょうか？」と、ジョニンニ。「ゲートもジャンプ点も、そのほか宇宙空間にある何もかもが動いており、しかも民間船は緊密に連携しながら加速するのが苦手です。少し速い船もあれば、少し遅い船もあり、ベクトルはそれぞれ異なるはず。護送船団作戦のときに学びました」

「たしかにあなたの指摘どおりね」デシャーニはけわしい表情を浮かべ、もよりのディスプレイに近づくと、貨物船の航跡を表示させた。「ほんとだ。後ろを行く数隻が、前を行く数隻とまったく同じベクトルをたどっている。効率的なベクトルとは言えないのに」

「目に見えない宇宙の針の穴に糸を通しているかのようです」と、ジョニンニ。「不自然です」

「なぜあんなことをしているのかしら？　われわれはあの貨物船を注意深く監視しつづけてきた。あれが貨物船ではないという兆候は何もない。それに、あの周辺に機雷原がないかスキャンをつづけているけど、何も見つかっていない」

「あのう、艦長」と、ジョニンニ。「誰かをだまそうとする者はある技を習得します。わたしなら絶対にしないことですが――」

「でしょうね」

「いわゆる誤導です。つまり、相手の注意を何かひとつのものに引きつけておいて、別のことをする。相手は何が起こっているか見えちゃいません。別のものを見るようにしむけられているんですから」

「誤導ね」デシャーニは大きく息を吸った。「われわれはあの貨物船に注意を向けるようにしむけられている」

「そう思います、艦長。着目されたくない何かがほかにあるということです。貨物船が慎重に同一の航跡をたどっているあの領域にあるものかもしれません。貨物船ではなく、その周辺の宇宙空間を注意深く観察すれば、見つけられる可能性があります」

デシャーニはギアリーを見た。ギアリーはうなずいている。ジョニンニの言うとおりだと気づいたのだ。シンディックの真意を知るにはこの詐欺師を信じればいい。

「貨物船のせいでわれわれはまずあの領域をスキャンし、機雷が見つからなかったため、その脅威を軽視した。見つけにくい新たな機雷をシンディックがすでに造っていたら、どうなる？」と、ギアリー。

「ありがとう、ジョニンニ上等兵曹」と、デシャーニ。「空《あ》き部屋のひとつにある真空蒸留器について訊こうと思っていたんだけど、近い将来、破壊することになるから話す必要はなさそうね」

「蒸留器？」ジョニンニは怒りのこもった驚きの色を浮かべた。奇妙なことに、見せかけとは思えない。

「あなたのものじゃないの？」

「違いますよ、艦長！」ジョニンニは言葉を切り、忘れずに付け加えた。「もちろん違いますってば！　そんな蒸留器なんか、一時間以内に消えてしまいますよ」

「けっこう」と、デシャーニ。「これが空き部屋の番号よ」そう言いながらディスプレイに表示させた。ジョニンニが急ぎ足で去ると、デシャーニはギアリーを見た。「あの蒸留器はジョニンニ上等兵曹のものではないと思っていました。ジョニンニは越えてはならない一線を知っていますし、自分の艦で活動するライバルがいるのは気に入らない。だから、確実に蒸留器を作動停止させ、黒幕を見つけてくれるでしょう。黒幕は、古株よりも自分のほうが賢いと思っている新兵の一人かもしれませんね。古株をなめたらひどい目にあうのだと、思い知ることになるでしょう」

「貨物船の件はジョニンニの言うとおりだな」と、ギアリー。「われわれが気づいていないはずの何かがある。もっとよく調べたほうがいい」

「貨物船そのものではなく、貨物船の航跡にもういちど着目するということですか？」

「そうだ」

宇宙空間の精査にあたっては、〈ドーントレス〉のセンサーだけに頼る必要はない。艦隊のすべての艦のすべてのセンサーが相互に接続可能であり、たいてい接続されている。そのため、スキャン結果を統合し、同一の物体や場所を多角的に検証できる。通常、宇宙空間に何かを隠すのは非常に困難だ。人類の創意工夫に対する不変の事実というよりも、むしろ挑戦と言っていい。

ギアリーとデシャーニがブリッジに戻り、ようやくなんらかの答えが得られたのは約四時間後のことだった。

「異常領域、発見」と、キャストリーズ大尉。ギアリーは、自分のディスプレイに表示された警告マーカーを注視した。

「機雷原だわ」と、デシャーニ。「こんなところにあったとは。どうしてもっと早く見つけられなかったの？」

「測定値はさらに微妙です」と、キャストリーズ。「あまりにもわずかな異常なので、システム・ノイズとして除去されているのかもしれないと、ユセフ上等兵曹は考えました。そこでセンサー・アルゴリズムを微調整し、充分に近づいたところで機雷原を発見したのです。艦隊センサーが新たな検出基準をもちいて、全領域を再スキャンしています。ステルス機能を向上させたシンディックの次世代型機雷にちがいありません」

「そして、それを試すには、アライアンス艦隊が通過するはずのインドラス星系ほど最適な場所はない」と、デシャーニ。「リフト連邦星系の艦は、いったいどうやって機雷原を回避したの？」

ギアリーにはその答えは明白であるように思えた。

「先遣部隊と思われるリフト連邦星系の艦が機雷に接触することで、情報がわれわれに伝わってはならないと、シンディックは考えた。リフト連邦星系の編隊が通過するあいだは機雷を無力化しておいたのだろう」

「今はきっと作動中です」と、デシャーニ。

「同感だ。だからシンディックは、何もかもわれわれのせいだと主張できるように、ゲートへ向かうなと警告してきた」ギアリーは驚きと不安で身震いした。新たな異常領域を示すマーカーのかたまりが、ディスプレイに表示されたのだ。アライアンス艦隊が進んでいるベクトルのすぐ前方にある。あまりにも近い。ギアリーは通信スイッチを叩いた。「全艦に告ぐ。こちらはギアリー元帥だ。上方に三〇度、左に〇四〇度、ただちに転針せよ。繰り返す。上方に三〇度、左に〇四〇度、ただちに転針せよ。実行しろ。ギアリーより、以上」

全艦がただちにベクトルの変更を開始したが、いきなりの命令であったため操艦がわずかに乱れた。姿勢制御スラスター・システムが働くと、星系の公転軌道面に対して〝上方〟かつ恒星から離れる方向である〝左舷側《ポート》〟に向きが変わりはじめた。つづいてメイン推進装置が作動し、異常領域の爆発に巻きこまれないよう新たな針路が弧を描いて延びてゆく。駆逐艦や巡航戦艦のように機動力の高い艦は新しいベクトルへとすばやく転針したが、戦艦や補助艦のように動きの鈍い艦はのろのろと大まわりした。

すべての艦が異なる回転速度で転針したため、艦隊の巨大な円筒状の隊形にわずかなゆがみが生じた。まるで急にぽつぽつと隙間が目立ちはじめた3Dジグソーパズルのようだ。

ギアリーが回避行動を命じたのは直感によるものだった。機雷原の可能性が非常に高い異常領域に近づかないようにするには、これで充分だとわかっていたのだ。ギアリーは各艦の動きを注視し、自分の作戦が正しかったことを確認した。どの艦も機雷原を回避できるはず――

「艦長！」と、キャストリーズ大尉。

すでにギアリーの目は新たに出現した異常領域をとらえていた。広大な機雷原だ。最初の機雷原を回避するためにとった行動のせいで、アライアンス艦隊は新たな機雷原につっこもうとしている。

14

「惑星連合《シンディック》は、艦隊の先頭が機雷に接触したらわれわれが回避するだろうと、予測していたのです！」と、デシャーニ。

　ギアリーにとっては、まだ何かやってみる余裕が少しはあるということだ。シンディックがしかけた罠《わな》からのがれられなくなる前に、星系同盟《アライアンス》艦隊は転針を開始していた。だが、余裕があると言ってもほんの少しだ。

「全艦に告ぐ、こちらはギアリー元帥。上方に九〇度、左に〇六〇度、ただちに転針せよ。繰り返す。上方に九〇度、左に〇六〇度、ただちに転針せよ！　実行しろ。ギアリーより、以上」

　推進力は味方になりうるが、艦隊を破滅へ導く敵となることもしばしばだ。できるかぎりのことはやったので、もはや祈りながら見守ることしかできなかった。見つけた機雷原の向こうに新たな異常領域が現われませんように。すべての艦の転針がまにあいますように。ギアリーは、艦隊全体を上方かつ恒星から離れる方向へ向かわせていた。ジャンプ点からハイパーネット・ゲートまでの針路から遠ざかり、潜在する機雷原を回避するためだ。艦隊の艦長たちは、緊急命令が出されたときにはまずしたがい、理由はあとで訊くべきだと心得ていた。リーセルツ大使にはそのような制限はなく、自分のメッセージが即時受信されるよう、いかなる障害も無効にする権限がある。

「元帥」と、リーセルツ。ギアリーのディスプレイ上のウィンドウに、リーセルツの映像が現われた。「なにごとですか？　身体のバランスを保てないほど急旋回していますが」

ギアリーにはていねいに説明するだけの時間はなかった。

「機雷原を回避しようとしているのです」必要以上に大声で荒々しい口調になったかもしれない。「安全が確保されたらご報告します！」ギアリーは通信の解除スイッチを叩いた。リーセルツとの通信を切断し、現時点では邪魔にしかならないものを締め出したかった。

うまく機能してリーセルツ大使の映像が消えたので、ギアリーはほっとした。おかげで、緊張感が高まるのを感じつつも、全艦の転針がまにあうかどうか集中して見守ることができた。各艦の動きを示す線が、異様にゆっくりと見える速度で宇宙空間に弧を描いてゆく。

円筒隊形の先頭近くに動きの鈍い補助艦を配置していたら、まにあわなかっただろう。実際、宙兵隊を乗せたもっと機敏な侵攻輸送艦も、シンディックの機雷がどこに敷設されているのかはっきりしない異常領域をかろうじて回避しようとしていた。〈ツナミ〉を別にすれば、だが。侵攻輸送艦〈ツナミ〉は危険領域に接近しすぎる形で転針している。

円筒隊形を先導する戦艦部隊もゆっくりと方向を変えていたが、突然〈ギャラント〉が大まわりしはじめた。姿勢制御スラスターや推進装置の不具合は見受けられないため、意図的な操艦にちがいない。ギアリーは理由を問いただそうとして通信スイッチを叩きかけたが、事情を察し、その手を止めた。

「〈ギャラント〉が〈ツナミ〉を守ろうとしています」デシャーニもギアリーと同時に状況を理解した。

重装甲をほどこした巨大な〈ギャラント〉が、〈ツナミ〉がとっている針路の前方を突き進んでゆく。機雷に接触する危険をかえりみず、〈ツナミ〉を確実に守ろうとしている。

一分とたたないうちに〈ギャラント〉の前方とすぐ脇で爆発が起こり、機雷原の存在が明らかとなった。機雷にはブドウ弾として知られるボールベアリングが装塡《そうてん》されており、密集した金属球が、接近する〈ギャラント〉めがけて放たれた。まもなくさらに二発の機雷が爆発し、無数の金属球が〈ギャラント〉に襲いかかった。

「各機雷から放たれたブドウ弾は、一隻の巡航戦艦が発射できる量に相当します」デシャーニが怒りと懸念に満ちた声で言った。

最初の機雷が〈ギャラント〉の防御シールドを直撃した。金属球の運動エネルギーはたちまち爆発に形を変え、〈ギャラント〉の強力な防御シールドから火花が散った。その直後、ほかの二発の機雷から飛び出たブドウ弾が命中した。攻撃に直面した〈ギャラント〉の防御シールドはすでに強度が低下して炎に包まれ、向かってくる発射体を阻止しようと最後の抵抗をつづけたが、ついに崩壊した。

それまで〈ギャラント〉のシールドはブドウ弾の大半を阻止していたものの、残りのブドウ弾は猛スピードで外殻に接触した。

これが〈ツナミ〉だったら大破していただろう。〈ドーントレス〉でさえ深刻な損傷を負ったにちがいない。

だが戦艦は膨大な損傷に耐え、戦いつづけられるように設計されている。〈ギャラント〉の装甲に沿って閃光が走った。ブドウ弾が命中し、〈ギャラント〉の艦体に穴をあけようとしているのだ。その試みは失敗に終わった。装甲にあいた新たな穴はまだ熱で光っているが、破壊の試みをあざ笑うかのように〈ギャラント〉は前進しつづけた。

艦隊のほかの艦は転針を終え、画面上に緋色の警告マーカーで表示された異常領域を回避し、恒星インドラスから遠ざかりつつあった。

ギアリーは長く息を吐いた。

「〈ギャラント〉、こちらはギアリー元帥。よくやった。〝勇敢《ギャラント》〟という名にふさわしい艦だ。すべての士官とクルーたちもその名に値する」

それまで〈ギャラント〉のペレアス艦長が笑みを浮かべながら応答した。

「それが戦艦のつとめです、元帥。身をていして僚艦の仲間を守ることができ、うれしく思います」

「すばやい判断と見事な操艦だった、艦長」と、ギアリー。「期待をはるかに超えていた」

ギアリーのディスプレイに別の映像が現われた。〈ツナミ〉の艦長、カーレ中佐だ。

「われわれからも〈ギャラント〉に感謝の意を表します。次の寄港先で、〈ツナミ〉のクルーから〈ギャラント〉のクルー全員に一杯おごらせてください」

通信を終えるとギアリーは椅子の背にもたれ、緊張をやわらげようとした。宇宙は広大だ。シンディックでさえ、ごく狭い領域にしか機雷を敷設できない。そのため、アライアンス艦隊の現在針路の周辺に新たな異常領域は現われなかった。残念ながら、星系の深奥部へ向かうしかない針路だが。

「ハイパーネット・ゲートまでの推奨針路が知りたい。異常を探知したすべての場所と、カリクサ星系に通じるジャンプ点からゲートへ向かう艦船を攻撃するために機雷原が敷設された可能性のあるすべての場所を、徹底的に分析する必要もある。そのような領域からできるだけ距離をとって、新たな針路をさだめなければならない」

「作業にとりかかりなさい」デシャーニは当直士官たちに言った。「元帥、ハイパーネット・ゲートのすぐ前に機雷原が敷設されていたら、それを回避してゲートを使うことはできません」

「たしかに非常に危険なことになるな。ゲートに入ろうとするわれわれが機雷を回避できないなら、ゲートから出てくる艦も回避できない。それに、インドラス星系のシンディックには、新たな艦船がいつ到着するかを知るすべがないため、機雷を無力化するタイミングがわからないだろう」

「愚かなことをしましたね」と、デシャーニ。「しかし敵が愚かな真似をすることもあります。あの機雷原は非常にこざかしかったですけど」

「こざかしすぎるほどだ」と、ギアリー。この問題を先延ばしにするわけにはいかない。ギアリーはリーセルツに通信した。

リーセルツ大使は〈ギャラント〉を見ると、目を大きく見開いた。

「あの艦は大丈夫ですか？　被弾しましたよね？」

「〈ギャラント〉のことですか？　ええ、大丈夫です。装甲に損傷を負い、今後の戦闘時に問題となる可能性がありますが、ほかには何もなく、死傷者も出ていません」

「あのようなものは映像では見たことがありますが、生で見たのも、そう遠くない場所で起こったのもはじめてです」リーセルッツは首を振った。「どれほどひどい事態になる可能性があったのでしょう？」

「シンディックが敷設した機雷の数によります。広範囲をカバーしようとしたせいか、機雷原の層はさほど厚くありませんでしたが、悲惨なことになった可能性はあります。あの機雷は新型で、強い威力を持っています。駆逐艦や軽巡航艦が接触すれば、大破したでしょう」

リーセルッツ大使は沈痛な面持《おもも》ちでうなずいた。

「われわれは許可なくシンディックの支配宙域にいます。ここに入る権利はなく、入ってはならないと警告されていたので、攻撃されたと主張することはできません。アタリア星系であなたの示した立場が、よく理解できました、元帥。あの機雷を回避する前に許可を得る必要があったとしたら、最悪の結果になっていたでしょう。現在の指揮調整を継続します。ハイパーネット・ゲートへは無事に到達できますか？」

「安全な針路を見つけようとしているところです」と、ギアリー。起こる可能性のあったことについては考えないようにした。

通信が終了すると、ギアリーはふたたびディスプレイを注視した。艦隊のセンサーが危険領域の評価を更新するにつれて、警告マーカーが表示された範囲がわずかに変動した。

「本当はシンディックを痛めつけてやりたいのですが」デシャーニはまだ怒っていた。

「場合によっては、何隻のアライアンス艦が失われ、何人の犠牲者が出ていたことか。想像がつきますか？」

「もちろんだ」ギアリーは両目をさすった。「報復もいいが、インドラス星系が黒い艦隊によって大打撃を受けたことを忘れたのか？　事前報復と呼んでもいいほどだった」

「忘れてはいません」インドラス星系がＡＩ制御の艦隊から受けたダメージを思い出すと、デシャーニは顔を輝かせた。「あのとき、この星系のシンディックはこてんぱんにやられたんですよね」

「やつらの新型機雷はやっかいな代物だ」

「その特性は艦隊データベースに登録されました。適切な場所を探知するかぎり、いずれもっと早い段階で発見できるようになるでしょう」デシャーニはにやりと笑った。「あーあ、ジョニンニに借りができましたね」

「まったくだ。シンディックの司令官の策略を見破るには、ペテン師を頼るのがいちばんだということを、われわれはいつになったら学ぶのだろう？」

ハイパーネット・ゲートへの安全なルートを新たに作成するには時間がかかった。異常領域を探知するためにやむをえずセンサーの感度を高く設定したので、システム・ノイズまで潜在する機雷原と認識されてしまうのだ。探知するたびに慎重に分析し、それが本物なのかノイズなのかを確認しなければならない。さらにやっかいなことに、カリクサ星系に通じるジャンプ点へゆっくりと進んでいた貨物船がつぎつぎと方向を変えて減速し、どこへ行きつくかはわからないが、安定した軌道をとりはじめた。

「あれはいったい、どういうことだ？」ギアリーはぼやき、威嚇《いかく》すればそこに答えが表示されるかのようにディスプレイをにらみつけた。

「わかりません」と、デシャーニ。「これをごらんください。探知結果が正しければ、ハイパーネット・ゲート周辺にも別の機雷原が敷設されているようです」

「ゲートから十光秒の位置か」ギアリーは映像を注視しながら言った。「それだけの余地があれば機雷原を回避できる」

「低速かつ高角度で入れば、うまくいきます」と、デシャーニ。「攻撃に対するわれわれの脆弱《ぜいじゃく》性は高まりますが、シンディックが目に見えない艦を持っていないかぎり、それは問題にならないはず。貨物船がふたたび位置を変えることがないか、監視をつづける必要はありますが」

「さあ、行くぞ」艦隊の航法システムは推奨針路を難なく導き出した。ハイパーネット・ゲートとカリクサ星系へ通じるジャンプ点を直線で結ぶ針路を避けてらせん状に進み、ほぼ〝真上〟からゲートに接近し、それから下にもぐりこんでゲートに入るというものだ。もっと効率のいい針路を求めるなら合格とは言えないだろうが、可能なかぎり安全だと思われた。

アライアンス艦隊が機雷原にニアミスして以来、シンディックのポールソン司令官からの通信は入っていない。リーセルッツはアライアンス側の法的主張がいかに根拠薄弱であるか知っているため、罠について抗議するメッセージをポールソンに送ろうとはしなかった。

星系内ではなにごともなかったかのように、ほかの通常メッセージの送受信が引きつづき行なわれており、アライアンス艦隊が直面している危険が現実のものではないような雰囲気をかもしていた。だが機雷は、その危険が現実であることを全員に思い知らせた。

新たなベクトルを進むには長い時間を要したにもかかわらず、シンディックによるそれ以上の危険行動は探知されなかった。貨物船は恒星のまわりをうろうろするばかりで、ほかの場所へ移動しようとはしない。シンディック小艦隊は、カリクサ星系に通じるジャンプ点周辺を周回しつづけている。

こんどは何が隠れているのだろうか？

神経がすり減るような二日間が過ぎ、アライアンス艦隊はようやくハイパーネット・ゲートの〝上方〟に到達すると、ゲートとの相対速度がほぼゼロになるまで減速し、ゲートの正面に整列した状態に近づくよう急降下した。ここからなら、シンディックのハイパーネットに突入できる。

だが、突入しようとしたとき、ユオン大尉が叫んだ。

「艦長、ハイパーネット・キーにアクセスできません」

「再起動せよ」デシャーニはギアリーを見ながら言った。

「もう試しました、艦長。キーはこのゲートから到達可能な目的地を示していません」

「シンディックがまたハイパーネットを遮断したのね」と、デシャーニ。

「そのようだ」ギアリーの胸に落胆の思いがこみあげてきた。またこんなことになるのではと危惧してはいたが、反乱を起こした星系を奪還するための労力にかかる費用を思えば、シンディック指導者がハイパーネット全体をシャットダウンすることはないだろうと、ギアリーは楽観視していた。「全艦に告ぐ、こちらはギアリー元帥、ハイパーネット・ゲートの動きに合わせて減速せよ。固定軌道をとれ」

次にリーセルツに通信した。

「シンディックのハイパーネット・ゲートに突入できません。減速し、ハイパーネット・ゲートの軌道に合わせていますので、しばらくゲートのすぐ外にとどまることになりそうです。しかし、ほかに実行可能な選択肢を思いつかないかぎり、ミッドウェイ星系へは到達できません」

リーセルツ大使はけわしい表情でうなずいた。

「さいわい、新たな選択肢があります。この船には、ハイパーネットに関するよりすぐりの理論家と技術者たちが集められています。彼らが答えを見つけてくれるかもしれません。ドクター・コトゥールのグループとの会議を招集します」

「わたしも会議室へ行き、通信回線を介して出席します」ギアリーはデシャーニを見た。「大使とわたしは、何かできることがないかドクター・コトゥールのチームに相談するつもりだ。わたしの代わりに目を光らせておけ」

「了解しました、元帥」と、デシャーニ。「成功を祈ります」

会議室に到着し、セキュリティ保護システムを作動させ、リーセルツの会議室に通信回線を接続するまで時間はかからなかった。ギアリーのホロ映像が加わった直後に、ドクター・コトゥールがリーセルツの待つ部屋へ入ってきた。

リーセルッは何かを捜すようにコトゥールの向こうを見た。

「チームのほかのかたがたはどこですか？」

「この件には彼らは必要ありません」と、コトゥール。ギアリーがこんなにも気落ちしたコトゥールを見たのははじめてだ。コトゥールは着席すると両手を広げ、昔ながらのお手あげのポーズをした。「われわれにできることは何もないのです」

「それでも、みなさんと話し合うべきではありませんか？」リーセルッは食い下がった。

「同じ結論にいたるだけでしょう。わたしは誰よりもこの任務の成功を望んでいますが、無理なものは無理です」

リーセルッはなんとか解決策を探ろうとしたが、コトゥールはことごとく、はぐらかしつづけた。ギアリーは腰をおろし、二人のやりとりに不満をつのらせた。

「失敗を認めたくはありませんが」リーセルッは苦々しげに言った。「あなたはいままでずっと協力的でいてくださいました、ドクター。そのあなたがもう方法はないと――」リーセルッは言葉を切り、ハッと視線を上げた。

会議プログラムが更新され、コトゥールのチームの数人が〈バウンドレス〉の会議室に入ってきた。そのなかにはドクター・クレシダもいた。まっさきに口を開いたのはドクター・ラージプートだった。

「解決策がいくつかあるとわれわれは考えています」

コトゥールは顔をしかめた。

「どうすればそんな――」

「ハードウェアの修正ではありません」クレシダが口をはさんだ。「ハードウェアの修正は、シンディックがアクセスできないミッドウェイ星系のゲートに影響を与えたので、それはわかっています。つまり、オペレーティング・システムを修正するのです。そうすれば、ゲートへの影響を回避できる可能性があります」

コトゥールはますます顔をしかめた。

「ハイパーネット・ゲートのオペレーティング・システムに手を出すのは非常に危険だ」

「ミッドウェイ星系でやろうとしていたことではありませんか？」と、リーセルツ。「それが可能だと思うなら、実行のチャンスを与えるべきです」

「ちょっと待ってください」ギアリーはそう言うと〈ドーントレス〉の会議室のセキュリティ機能をしばらく緩和し、デシャーニをなかへ入れた。「デシャーニ艦長？」

「もう時間に余裕がないことをお伝えしなければと思いました、元帥」と、デシャーニ。

「カリクサ星系からのジャンプ点周辺にいたシンディック小艦隊が加速し、われわれの現在の軌道を妨害するベクトルをとっています」

リーセルツは、ほかにどんな問題があるのかと怪訝《けげん》そうな表情を浮かべた。

「それほどの脅威ではないでしょう？　われわれは圧倒的に数でまさっているのですから」

　ギアリーはかぶりを振った。

「われわれが固定軌道にいるあいだに攻撃を許したら、シンディック小艦隊がかなり有利になるでしょう。そのような事態は避けねばなりません。シンディック小艦隊が接触してくるまでどれくらいだ、デシャーニ艦長？」

「三十七時間です。シンディックは、みずから敷設した機雷原を回避する必要がありませんので」

　着席したばかりのドクター・ブロンがふたたび立ちあがった。

「では、急がなければなるまい。行きましょう」さっき入ってきたメンバーたちは、ブロンのあとを追って退室した。

　コトゥールがまたもや両手を広げた。

「期待はできません」

「あきらめる前にぜひやってみましょう」と、リーセルツ。

　会議が終わると、ギアリーは通信を切った。

「ほかの科学者たちが来てくれてよかった。ドクター・コトゥールはいまにも匙《さじ》を投げようとしていた」ギアリーはデシャーニの様子がおかしいことに気づいた。「きみが働きかけてくれたのか？」

「わたくしが？」デシャーニはわざとらしく驚いてみせた。「ええ、たぶん。ほかにすることがなかったのでドクター・クレシダに通信して、彼女の妹さんのいくつかの遺品について話し合うことにしたのです。会議中だということも話したかもしれません」

「ほかにすることがなかっただと？」と、ギアリー。艦長たる者が口にするべき言葉ではない。「なぜ、ドクター・クレシダたちが会議に出席しないだろうと思ったんだ？」

「わたくしはほかの安全な場所から、この部屋の様子を監視できるのですよ。艦長なんですから。それに、閣下は目を光らせておけとおっしゃいました」

「たしかに言った」ギアリーは考えこみながら立ちあがった。「ドクター・コトゥールが試そうともしなかったのはなぜだと思う？　この任務にあれほど乗り気だったのに」

「ドクター・コトゥールはたくさん質問してきましたよね」デシャーニは同意を示したが、それ以上は何も言わなかった。

　ほかのことがギアリーの頭に浮かんだ。

「ドクター・クレシダから話を聞いたのか？」

「可能なかぎりそっけない返事しかしてくれませんでしたが。でも、充分な時間をかけて話し、わたくしの言いたいことは理解してもらえました。そのときのドクターは通信を終わらせる口実ができて、うれしそうでした」

「ジェイレン・クレシダの姉を嫌いにはなりたくない」と、ギアリー。

「嫌いにならないようにするのは本当に難しいですよ」

三十七時間。

ギアリーはふたたび艦長会議を開き、全員に最新情報を伝えた。

「ゲートが崩壊してわれわれが巻きこまれる可能性はないのですか?」と、巡航戦艦〈インクレディブル〉のパー艦長。

「ゲートが作動停止するまで、崩壊防止システムは間違いなく機能していました」と、デシャーニ艦長。「わたくしもあなたがたと同様にシンディックを信用していませんが、ゲートの破滅的崩壊を引き起こしたらこの星系とそこにいる全員がどうなるか、シンディックの連中も知っています。すぐ隣のカリクサ星系であんなことがあったのですから」

「よほど頭がイカれてないかぎり、崩壊はさせないでしょう」と、パー。「それに、最初からそのつもりなら、シンディック小艦隊がこちらへ近づいてくるわけがありません。崩壊コマンドの送信後に安全な場所へジャンプできるよう、ジャンプ点近くにとどまっていたはずです」

「では、われわれは待つしかないのですか？」と、バダヤ艦長。「プログラマーたちが回避策を思いつかず、ゲートを作動させられなかったら、どうするんです？」

「彼らはトップレベルの科学者と技術者のチームだ」と、ギアリー。「正確にはプログラマーではない」

「残念ながら」と、ドゥエロス艦長。「本当に必要なのはハッカーのようですね」

「宙兵隊のハッカー・チームが支援を申し出ました」と、カラバリ少将。「どうやら今回の問題は、通常われわれが対処している問題とは明らかにレベルが違うようです。ハイエン艦長、あなたはハイパーネット理論が得意ですよね。科学者チームに協力してくれませんか？」

ハイエンはきっぱりと首を横に振った。

「科学者たちのレベルと比べたら、わたしの知識など取るに足りません。艦隊士官として戦闘に従事しているあいだは、進歩に追いつくどころではありませんでした。並の人間と比べれば知識はありますが、科学者チームの足手まといになるだけです」

「では」と、バダヤ。「質問に戻りましょう。われわれはいつまで、ここにとどまるのですか？」

「シンディック小艦隊との距離が十光分になったら判断する」と、ギアリー。「そうすれば、全艦が加速し、望ましいベクトルをとるための充分な時間を残せるだろう」

「機雷原がある場所はすべてわかっているのですか？」と、アーマス艦長。

「かなり自信があります」と、デシャーニ。「しかし今後も探知はつづけます。何を探すべきかかなり正確にわかっているので、機雷原に遭遇する危険にさらされる前に発見できるはずです」デシャーニは言葉を切り、個人回線を介して入ってきたメッセージに聞き入った。

「固定軌道上にとどまっていたシンディック貨物船のうち三隻が、加速を開始しました。現時点の予測では、このゲートへ向かうベクトル上を進んでいるようです」

「裏をかこうとしていますね」と、バダヤ。

「同感だ」と、ギアリー。「いずれにせよ、あの貨物船が来て新たなサプライズをしかけるころ、われわれはもうここにはいないだろう」

「科学者チームのなかにクレシダ大佐の姉がいるそうですね」と、ジェーン・ギアリー艦長。

「そのとおり」と、デシャーニ。

それを聞いて、バダヤをはじめとする艦長たちの大半が色めきたった。

「その姉にジェイレンの半分でも脳みそがあれば、シンディックがゲートにどんな罠をしかけたとしても、解決してくれるでしょう」と、バダヤ。

「科学者チームに時間を与えるしかない」と、ギアリー。「ぶっつづけで仕事をさせてやれ」しぶしぶではあったが、ギアリーはそのくらいでやめておいた。誰も、好きこのんでシンディックの出かたを待ちたくはない。シンディックがアライアンス艦隊の動きに反応せざるをえないならいいが、その逆の状況を好む者はいない。だが、それが現時点での最善の選択肢だ。火力や戦術で解決できる問題ではないのだから。ドクター・コトゥールのチームが持っているはずの専門知識と見識が不可欠だ。

それから二十四時間が過ぎたころには、あらゆる面で我慢の限界に近づいていた。ギアリーは、科学者チームの作業状況を知りたいという艦長たちからのプレッシャーを感じたが、最新の情報を得るには作業中に割りこむしかない。

「進捗状況について何か聞いておられますか？」ギアリーはリーセルツにたずねた。

「いいえ」リーセルツはしばらく眠っていないように見えた。「コーヒーなどの刺激物をとりながら作業をつづけているようです。ドクター・コトゥールだけは、負傷者が出る前に任務を放棄して全艦がアライアンス宙域に帰還するべきだと、わたしに忠告しつづけていますが。機雷原に遭遇したのがよほど怖かったのでしょう」

「シンディック小艦隊が十光分以内の位置まで接近してきたら、ゲート近くの固定軌道を離脱しなければなりません。固定軌道に戻れないわけではありませんが、戻るのは非常に困難になります」

「わかりました、元帥。状況に変化があればすぐに——なんですか?」リーセルッはハッとした表情でかたわらを見た。「何か試したいことがあるのですか?」

「ドクター・コトゥールですか?」と、ギアリー。

「いいえ、ドクター・ラージプートとドクター・クレシダです。それは危険なことですか? 違う? では進めてください。わたしが許可します。ドクター・コトゥールが再検討するあいだに作業を中断させたくありません」リーセルッはギアリーに視線を戻した。その目には希望が浮かんでいた。「ご先祖に祈りを捧げてください、元帥」

「うまくいくかどうかわかるまで、どれくらいかかりますか?」

「ドクター・クレシダによると数時間かかるそうです」

何をしようとしているのか知らないが、失敗したら再試行の余地はないだろう。

「了解しました」と、ギアリー。「最悪の事態に備えつつ、最善の結果を期待することにします。危険はないとドクターたちは確信しているのですか?」

「あなたは、あのような科学者たちとあまりかかわったことがないのですね」

リーセルッがすぐに通信を切断したので、ギアリーはそれ以上にいい答えを得られそうになかった。

ギアリーもこのところ、あまり眠っていない。ギアリーは自室の壁一面を飾る星原をながめた。うまくいくかどうか判断するまで数時間かかり、危険かどうかわからないことを、科学者たちは試そうとしている。そのことを艦隊全体に知らせるべきだろうか？ むしろ知らないほうが幸せな状況のように思える。ギアリーが聞きかじった程度の情報では誰も安心しないだろう。

シンディック小艦隊との距離が十光分になるまで残り一時間になると、ギアリーはブリッジに戻った。当然ながらデシャーニはそこにいて、すべてに目を光らせていた。

ギアリーは司令長官席にすわり、いまではすっかり見慣れたディスプレイ上の光景をながめた。ハイパーネット・ゲートの動きに合わせて周回するアライアンス艦隊。妨害針路を〇・一五光速でなおも突き進むシンディック小艦隊。三隻の貨物船もゲートに向かって加速している。これまで貨物船は、見た目にわかる以外にはなんの兆候《ちょうこう》も見せなかったため、ここへ向かってくる目的は謎のままだ。爆発物か燃料電池が詰めこまれており、アライアンスの編隊のなかで〝偶然〟をよそおって爆発する可能性が非常に高い。だがギアリーはそこまでの接近を許すつもりはなく、動きの鈍い貨物船がアライアンス艦隊に追いつけるはずもなかった。アライアンス側の協力がないかぎりは。

「推奨ベクトルがいくつか完成しました」と、デシャーニ。

アライアンス艦隊が加速してゲートを離れた場合の予定針路が三つ、表示されている。どれも気に入らない。あれこれと考えるまもなく、ギアリーは反射的にそう思った。シンディックのハイパーネットからミッドウェイ星系に到達できそうな針路はひとつもない。

それでも、いずれかひとつを選ばなければならない。残り時間は無情なスピードで少なくなってゆく。ギアリーが選んだのは、ゲートの〝真下〟にもぐってから大きく弧を描き、カリクサ星系に通じるジャンプ点の方向へ戻る針路だった。そのためには、向かってくるシンディック小艦隊の追撃を振りきり、接近中の貨物船を一隻たりとも、編隊内に入らせてはならない。

「最悪な状況だということは承知しています」と、デシャーニ。「しかし、シンディックが到着するまでじっとしているわけにはいきません」

「わかっている」ギアリーはもういちど時刻を確認した。「固定軌道離脱まで十分」

残り八分となったとき、リーセルツから通信が入った。

「あと二十分ほしいそうです、元帥」

「科学者チームがそう言っているのですか？　あと二十分なんて無理です。八分後にはここを離れなければなりません」

「元帥、これは要求ではなくお願いです。あと二十分いただけませんか？」

ギアリーはデシャーニを見た。デシャーニは厳しい表情で戦術ディスプレイ上のデータを調整し、いくつかの選択肢の確認に集中していたが、その手を止めると顎《あご》をさすりながら肩をすくめた。

「これなら可能です、元帥。ぎりぎりのタイミングになりそうですが。最終アプローチの段階でシンディック小艦隊が加速してきたら、補助艦が窮地におちいるでしょう」

ギアリーは、こんな決断をしなければならない立場にあることを恨めしく思うことがある。本当になんどもあった。片方のこぶしを握りしめ、ゆっくりと息を吸う。リーセルツに視線を戻し、うなずいた。

「二十分ですね。一秒たりとも猶予はありませんよ」

「そのように伝えます」

リーセルツの映像が消えると、ギアリーは艦隊全体に呼びかけた。

「全艦に告ぐ、こちらはギアリー元帥。二十分後の操艦に備えよ。補助艦に告ぐ。移動を開始するときには全力を尽くしてもらう必要がある。ギアリーより、以上」

「キャストリーズ大尉」と、デシャーニ。

「はい、艦長」

「発見されていない機雷原が予定針路にあったら、わたくしはあなたに怒りをぶつけるわよ」

「了解しました、艦長。わたしも自分自身に怒り狂いそうです」

「元帥もたいそうご立腹なさるはず」と、デシャーニ。「そのような事態は避けたい」

「了解しました、艦長」キャストリーズが繰り返した。

ギアリーはデシャーニに目を向けた。

「きみにはこういうことを好む一面があるよな。大混乱が起こるのを待ちかねているというか」

「わたくしはいつだって、やれるものならやってみなさいという気持ちで混乱を待っているのです」デシャーニはにっこり笑った。「あるいは、自分が混乱をしずめてやるという気持ちで。移動開始まであと十二分、無駄な時間を過ごさなければなりません」

残り七分になったとき、ユオン大尉が大声で叫んだ。

「艦長！　ハイパーネット・キーはゲートが作動していることを示しています。目的地に設定されているのはミッドウェイ星系です」

「こいつは驚いた。ついにやったな」ギアリーは通信スイッチを叩いた。「全艦、現在の進行方向に沿って加速せよ。ハイパーネット突入準備まで……」

「三十秒です」と、ユオン。

「三十秒」と、ギアリー。

ギアリーはほっとしつつも、接近中のシンディック小艦隊について考えた。ポールソン司令官は新たにどんな作戦を実行しようとしていたのだろう？　今から九分後にアライアンス艦隊が姿を消すのを目にしたら、シンディックはどんな気持ちになるだろう？

「さらなるお楽しみというところかな」ギアリーはつぶやいた。

「ハイパーネット突入準備」と、ユオン大尉。

「突入せよ」と、ギアリー。

突如ギアリーのディスプレイが真っ暗になった。インドラス星系内のすべてが、星系とそれを囲む宇宙空間とともに消え、〈ドーントレス〉ひきいる艦隊はまたも、目的地のゲートとのあいだにあるどこでもない場所に入った。

デシャーニが小さく笑った。

「ドクター・クレシダにはジェイレンの半分程度の脳みそはあるようです。彼女にやさしくしないといけませんね」そう言うとコントロール装置に触れた。「総員、こちらはデシャーニ艦長。先の作戦行動においてはよくやった。通過条件2へ移行せよ。みんな、少し休んで。しばらくはもう休めないかもしれないから」

　ギアリーは立ちあがった。

「わたしもちょっと休もうと思う。残念ながら、ハイパーネットにいるあいだは通信ができない。科学者チームがどうやってシンディックのハイパーネットの遮断を解除したのか……一時的な解除なのか今後も有効なのか……知りたいのにな」

「その答えを聞いても、われわれには理解できないでしょう」と、デシャーニ。「アライアンス宙域に戻るときには、二度とインドラス星系を通過するべきではないのかもしれません」

「そうだな。だが、インドラス星系に何があるかはわかっている。ほかの星系では何に出くわすか見当もつかない。それに、シンディックも、われわれが次はアライアンス宙域に近い星系を選ぶと思っているだろう。連中の裏をかいてインドラス星系へ引き返すのもいい」

「そうかもしれませんね。まさかわれわれが性懲《しょうこ》りもなく戻ってくるとは、夢にも思っていないでしょうから。ミッドウェイ星系の友人たちは、われわれを見たらどんな反応を示すでしょうか？」

「歓迎してくれるといいな。ブラダモントの無事を祈りたい」

「彼女を代将と呼ぶのは抵抗がありますが」

　インドラス星系の状況はわかっているかもしれないが、ミッドウェイ星系を前にするといつもながら緊張した。〝自由独立星系〟と自称するミッドウェイの強力だがもろい防衛軍が、シンディックや謎の種族によってすでに打破されたかもしれないのだ。〈ドーントレス〉ひきいる艦隊がミッドウェイ星系でシンディックのハイパーネットを離脱したさいに、ギアリーがあらゆるものに警戒したのも無理はなかった。ミッドウェイ星系はシンディック宙域の外縁に位置し、この方向に拡大をつづけてきた人類宙域の向こうに謎の種族の支配宙域がある。

「みんな、ちゃんと家に戻ったようですね」ディスプレイに最新データが表示されると、デシャーニは言った。

　戦艦と巡航戦艦が一隻ずつ、重巡航艦が四隻、軽巡航艦と対艦攻撃艇の集団。ギアリー麾下《きか》のアライアンス艦隊と比べれば小規模だが、もとシンディックの辺境の地においては壮観だ。ミッドウェイはあらゆる手段を講じてこの艦隊を手に入れたのだから、なおのこと壮観だった。いずれの戦闘艦も、あの手この手でシンディックから〝奪い取った〟ものだ。

　各戦闘艦は、ハイパーネット・ゲートやジャンプ点から何が現われても対処できる軌道上にいた。多くのジャンプ点があることはこの星系の誇りであり、ミッドウェイと呼ばれるようになった所以《ゆえん》でもある。

「われわれが最後に見てから、また大規模な戦闘がつづいているようです」と、デシャーニ。艦隊のセンサーによると、ミッドウェイ星系の艦の大半に目立つ新たな損傷がある。

　ギアリーはアライアンス艦隊をハイパーネット・ゲートに近い軌道に乗せた。許可なく深奥部へ進めば、住民たちを激怒させるかもしれないとわかっていた。結局、アライアンス艦隊はいとも簡単に侵略軍になりうるのだから。

　星系への到着にともなって送るはずのメッセージを送信しないのは、奇妙な感じがした。だが、いまやその役目はリーセルツにゆだねられている。

　にもかかわらず、数時間後にギアリーあての返信が届いたときには、さして驚かなかった。

「ミッドウェイ星系へおかえりなさい、ギアリー元帥」と、イケニ大統領。「あなたの使者から提案のあったハイパーネット・ゲートの〝調整〟の件で、あなたと直接、話がしたい。先ごろ、この星系を通過し、すべての呼びかけを無視してペレ星系へとジャンプした先遣部隊についても、説明を求めます。可能なかぎり早期に交渉を行なうため、貴艦隊の旗艦が主要惑星の周回軌道に進入することを許可します。人民のために。イケニより、以上」

その直後にリーセルツ大使から通信があった。

「アライアンスの高官だとはっきり名乗ったのに、なぜわたしがあなたの使者呼ばわりされたのですか？」

「わたしがすべてを取りしきっていると思われているせいですよ」と、ギアリー。「わたしが何を言おうと関係ありません。何もかも、わたしが指揮権のないふりをするゲームの一部だと思っているのでしょう」

「もういちど念を押しておいてください。それから、〈バウンドレス〉も主要惑星へ同行する必要があることを伝えてください」

「おやすいご用です。しかし経験からすると、わたしが責任者じゃないと言っても信じてもらえないでしょう」

ギアリーは軍服を整え、すわったまま背筋を伸ばすと応答した。

「ご挨拶に感謝します、イケニ大統領。すでにお聞きおよびのように、本艦隊に同行しているアライアンスの高官はリーセルツ大使です。大使とその補佐官は編隊の中心部にいる

〈バウンドレス〉に乗船しています。客船を改造した大型船で、攻撃兵器は搭載していません。〈ドーントレス〉と〈バウンドレス〉の二隻が主要惑星の周回軌道に乗ることを許可していただきたい。われらが先祖に名誉あれ。ギアリーより、以上」

返答があるまで数時間待たされることを覚悟したが、意外にも即座にメッセージが入った。だが、イケニからではなかった。

「ブラダモント代将よりギアリー元帥にご挨拶もうしあげます。閣下、あなたと直接、話をする許可を得たうえで、最新情報をお伝えします。イケニ大統領もドレイコン将軍も閣下と話をしたがっています。われわれはごく最近、イワ星系に基地を建設しようとする謎の種族のくわだてを撃退しました。謎の種族のジャンプ・エンジンではイワ星系まで到達できないはずでしたが、謎の種族が到達可能範囲を拡大することに成功したのは明らかです。さまざまな星を見張れというダンサー族の警告が意味していたのは、このことだったようです。当然ながらミッドウェイとしては、その恩恵にあずかる者たちが物質面において人類宙域の防衛を支えるべきだと考えています。それと引き換えに、謎の種族の新たな情報を提供します。ロジェロ大佐がイワ星系の惑星上での戦闘中に、謎の種族の武器の一部を奪いました。

もうひとつお知らせしなければならないことがあります。イワ星系から到達可能な範囲にある複数の星系を、グラナイル・イマリエという女性が支配しています。冷酷で抜け目がない人間で、さしあたり謎の種族およびシンディックからのさらなる攻撃を防ぐために、ミッドウェイを中心とする星系連絡会議と協力関係を結んでいます。イマリエが本拠地としているのはモーレア星系です」

ブラダモントはひと呼吸置いた。

「イケニ大統領とドレイコン将軍が結婚しました。二人が運営する政府は安定しており、改革の実行をつづけています。あたしは個人的にそしてプロとして、二人に対して可能なかぎりの支援をなさるようおすすめします。

元帥、あたしは……アライアンス艦隊を離れたくはありませんでした。あたしがどのような事情でその決断をせざるをえなかったか、すでにお聞きになったと思います。しかしミッドウェイ星系の人民には、あたしのすべてを捧げる価値があります。

われらが先祖に名誉あれ。ブラダモントより、以上」

ギアリーはデシャーニを呼び、ブラダモントのメッセージを見てもらった。

デシャーニは肩をすくめた。

「どう思う？」

「ブラダモントは嘘がつけません。誰かに言わされているのだとしたら、なんらかの合図を送ってきたはずです」

「謎の種族がイワ星系に到達できるとしたら、ほかの人類宙域にも手が届くかもしれない」

「はい。とんでもないことです。このメッセージがリーセルッツ大使ではなく閣下に届いたことを、大使本人はどう思っているのですか?」

「大使にはまだ話してない」と、ギアリー。

「軍どうしの通信ですから、問題はないでしょう」デシャーニはブラダモントの映像をじっと見つめた。「妙な感じですね。ブラダモントがアライアンス艦隊のものではない制服を着ているのは。案外悪くありません。もちろんホノーレ・ブラダモントはたとえボロを着ていても、しゃきっと見えますけど」

「このメッセージをリーセルッツ大使に転送し、話し合うつもりだ。謎の種族の脅威がこれほど拡大しているとなると、ここでの交渉は難航するだろう」

「ミッドウェイ星系側は閣下と話をしたがるでしょう。交渉の場に閣下も同席できるよう、大使を説得するべきです。でなければ、ミッドウェイ側は席を立って出ていってしまいますよ」

「はいはい、わかったよ」ギアリーは急におかしくなった。「わたしは全権を握っているはずなのに、交渉の場に同席することさえままならないとはな」

デシャーニはにやりと笑った。

「ご自分の本当の力の限界を知っていることが、閣下にとってプラスになっているのです」

ギアリーはメッセージを転送した。ここしばらく不安に思っていた疑問がいくつかある。ミッドウェイは、この星系のハイパーネット・ゲートを使った実験の提案に同意してくれるだろうか？　同意の見返りに何を要求してくるだろう？　まもなく、その答えがついに得られそうだ。

15

リーセルツ大使はギアリーに対して、とりたてて歓迎する表情は見せなかった。

「また直接お会いできて光栄です、元帥」

ギアリーはうなずいただけだった。ギアリーが〈バウンドレス〉に移乗しなければならなかったのは、ミッドウェイ星系の指導者たちとはじめて公式会談するためであり、なんの感慨もない。政治的交渉に巻きこまれたくはなかった。にもかかわらず、リーセルツは、ギアリーがそう望んでいるのではないかという疑いを隠そうともしない。ギアリーにとっては踏んだり蹴ったりだ。

会談はリーセルツ大使の執務室で開かれることになっていた。部屋の片側に大きな会議テーブルが置かれている。ギアリーはリーセルツの隣に着席すると、テーブルの同じ側にあるもうひとつの席をちらりと見た。

「ドクター・コトゥールの席ですか？」

「はい」

やれやれ。そっけない返事だ。こいつはすばらしい会談になりそうだぞ。

「訊こうと思っていたんですよ。ドクター・コトゥールのチームがインドラス星系で、惑星連合《シンディック》のハイパーネットにアクセスできるよう何をしたかは知りませんが、今後も有効な解決策なのですか？」

「わたしはそのように理解しています」リーセルツはやや態度をやわらげた。「ドクター・コトゥールは不安視していますが、チームのほかのメンバーは、自分たちの回避策がシンディックにそう簡単にブロックされるはずがないと確信しています。どうやらハイパーネットのオペレーティング・システムは驚異的に堅固で単純なようです」

「異星人がプログラムしたシステムなのだから、もっと早くそのことに気づくべきでした」と、ギアリー。

これにはリーセルツも思わず笑みを漏らした。

「人類がプログラムしたものとは大違いですよね。おや――」

誰かもう一人、部屋に入ってきた。ドクター・コトゥールではなくドクター・ジャスミン・クレシダだった。

「ドクター・コトゥールはどこです？」リーセルツはギアリーと同様に驚きの色を浮かべ、

不愉快そうにたずねた。

「気分が悪いそうです」と、ドクター・クレシダ。「議論に必要な知識のあるわたしが代わりに出席してほしいと、頼まれました」

リーセルツは黙りこんだ。怒りを抑えているようでもあり、そつのない言葉を探しているようでもある。

「今回の会談は、科学面や技術面の問題に関するものであるというだけでなく、非常に政治的なものでもあります。ミッドウェイ星系の指導者を説得し、わたしたちがここのハイパーネット・ゲートを使った実験を行なうことを認めてもらわなければなりません。会談中は慎重な言いまわしが必要になるでしょう」

「わたしは政治に精通しています。何十年ものあいだ、学者仲間と折り合いをつけ、わたし自身の研究に必要な資金や援助を得るための要件に対処してきました」ドクター・クレシダはすばやくギアリーに視線を走らせ、リーセルツをはさんでギアリーとは反対側の席についた。

「執務室のセキュリティ・システムが作動しました」どこからともなく声がした。「惑星上との接続を確立します」

ギアリーとリーセルツが立ちあがり、少し遅れてドクター・クレシダも立ちあがった。

ドクター・クレシダは着席してすぐに立ちあがらなければならなかったため、明らかにいらだっている。外交手腕があると明言しただけに、先が思いやられる反応だ。

三人のホロ映像が現われ、テーブルをはさんでギアリーたちと反対側に立った。しばしの沈黙のあと、初対面なのだから紹介が必要だとギアリーは気づいた。

「こちらはグウェン・イケニ大統領、アルトゥル・ドレイコン将軍、ホノーレ・ブラダモント大――代将です。そして、こちらは星系同盟《アライアンス》のリーセルツ大使、わたし、ドクター・ジャスミン・クレシダです」

イケニが歓迎の意味をこめてうなずき、惑星上でテーブルに向かって着席すると、〈バウンドレス〉にいる三人も同じように席についた。ドレイコンとブラダモントがそれぞれイケニの両側にすわった。

「われわれに対してご提案があるそうですね」と、イケニ。いかなる申し出もそう簡単には受け入れないという覚悟が見てとれる態度だ。

「ミッドウェイ星系にとっては大きなチャンスです」リーセルツはほほえみながら言った。

「大きなチャンスかどうかは、ドレイコン将軍とあたくしが判断します」と、イケニ。

「われわれのハイパーネット・ゲートに関係することですか？」

「そうです、大統領閣下」リーセルツはもったいをつけるように一瞬、言葉を切り、ふたたび話しはじめた。「あなたがたのハイパーネット・ゲートとアライアンスのハイパーネットをじかにリンクさせる方法があります」

イケニたちが何を期待していたかはわからないが、このことではなかったようだ。イケニはドレイコンを見てから、慎重な口調で言った。

「シンディックのハイパーネットとのリンクを解除するのですか？」

「いいえ」と、リーセルッツ。「アライアンスのハイパーネットにもアクセスできるようになるのです。自衛上の問題があることは承知しています。この提案が実行に移され、アライアンス宙域からミッドウェイ星系への直接移動が可能になれば、われわれの艦をここに常駐させ、防衛に協力できるでしょう」

ドレイコンの表情がけわしくなった。

「艦を常駐させてほしいと頼んだ覚えはありません」

ようやくギアリーがふたたび口を開いた。

「この星系を守ることを約束してほしいとおっしゃいましたよね」

「たしかに。だが、防衛をまかせるとは言っていない」まかせるという言葉が特別な響きを持っているかのように、しばらく宙に浮いていた。

リーセルッツがなだめるように笑みを浮かべた。

「アライアンスは、あなたがたの星系でいかなる権限も行使するつもりはありません」

「では、なぜ、このように大規模な艦隊をひきいてこられたのです？」と、イケニ。「あなたは大艦隊を連れてきた、元帥。これではいつもと同じではありませんか」

「ミッドウェイ星系での任務が完了したら、ダンサー族の宙域へ向かう予定です。〈バウンドレス〉はそこに特使船としてとどまることになります。艦隊をひきいてきたのは、謎の種族の宙域を安全に通過するためです」と、ギアリー。

ブラダモントがハッとした。イケニを見て発言の許可を求めると、ギアリーに直接話しかけた。

「元帥、小規模部隊を先遣したのはなぜですか？　あの部隊は、あなたがたが到着する二週間ほど前にペレ星系へジャンプしました」

「あれはアライアンスの艦ではない」ギアリーはそう言ったとたん、イケニとドレイコンが懐疑的な表情を浮かべたことに気づいた。「リフト連邦星系の艦です。リフト連邦星系は小規模星系で、戦時中にアライアンスと協力関係を結び、当時はアライアンス艦隊と行動をともにしていました。だが、すでにアライアンスとは断絶しています。わたしにはリフト星系連邦の艦を指揮する権限はありません」

「謎の種族の宙域を試験的に探査することが目的ではなかったのですか？」ドレイコンは

信じられないというように言った。「あんなに小さな艦隊で謎の種族に本気でいどむつもりでしょうか？」

「そうです」と、ギアリー。リフト連邦星系の行動に対する私見をこめた口調だ。

「止めることはできなかったのですか、閣下？」と、ブラダモント。

　イケニは心得顔で笑みを浮かべた。

「代将、まだまだ考えが甘いわね。リフト連邦星系の艦はもはやギアリー元帥の命令に応じる立場にはない。何をするかわからない連中ってわけ。でも、謎の種族がその問題をきわめて効果的に排除してくれるはずよ。そうなれば、ギアリー元帥はもうリフト連邦星系に対処する必要はないし、元帥の庇護《ひご》を受けられなくなった者がどうなるかという見せしめにもなる」

　イケニは何を言っているのだ？　ギアリーは、シンディックの流儀で育ってきたイケニの考えかたを理解しようとした。待てよ。イケニは、おれが問題解決の手段としてリフト連邦星系艦隊を手放したと思っているのか？　「大統領閣下……」ギアリーは言いかけた。

　イケニは片手を上げ、制止した。

「これ以上、議論する必要はありません。あなたの策略がいかに巧妙であるかを思い知らされはしましたが。あなたを甘く見てはいけませんね」

「だが、あなたの言うことは理解できます」と、ドレイコン。「それを踏まえて話を進めましょう」

リーセルツは、ミッドウェイ星系の指導者たちが言わんとしていることにようやく気づき、イケニとドレイコンの言うとおりなのかどうかを確認するかのようにギアリーを見つめている。

ブラダモントはびっくりした顔でイケニを一瞥《いちべつ》すると、次の話題に移るよう、すばやい身ぶりでギアリーをうながした。

「ええと……」ギアリーは考えをまとめようとした。「交渉の主導権を握っているのはリーセルツ大使ですが、アライアンスが支配を拡大しようとしているわけではないと断言します」

「むしろ、おたがいが信頼できる強固な同盟関係にあることを知っておいたほうがいいでしょう」リーセルツが話しはじめた。

「協力関係です」ドレイコンが不機嫌そうな表情で口をはさんだ。「われわれは星系同盟《アライアンス》を想起させる言葉は使いません。この星系では、ブラック・ジャック以外の者が口にしたら、悪意があるとみなされます」

「協力関係ですね」リーセルツは少々わざとらしい笑みを浮かべて、言いなおした。「この星系周辺においての」

「そのうえで、われわれのハイパーネット・ゲートをもてあそぶつもりですか？」と、ドレイコン。

ドクター・クレシダが話に割って入った。

「われわれの目的はゲートを〝もてあそぶ〟ことではありません。この星系のハイパーネット・ゲートがシンディックのハイパーネットともつれているのと同様に、アライアンスのハイパーネットともつれさせるために、段階を追って調整しながら慎重に考え抜いたプロトコルを用意してあります」

「〝もつれる〟だと？」ドレイコンはその言葉の響きが気に入らないようだ。「罠《わな》でとらえるかのような表現だ。巻きこまれると言うべきか」

「そのとおりです」と、ドクター・クレシダ。ドレイコンの言葉にこめられた悪意に気づいていないかのようだ。「量子力学において粒子がもつれあうと、粒子を個別に評価できなくなることを意味します。その場合の量子状態は、もつれあった粒子について説明する必要があります。ハイパーネット・ゲートは量子もつれを利用してリンクしており、ハイパーネット内のすべてのゲートがもつれあっているのです」

「その言葉が連想させる感情的意味合いにはいっさい関係なく選ばれた、科学用語にすぎないのですか？」ドレイコンがたずねた。

「もちろんです」と、ドクター・クレシダ。「二十世紀にシュレーディンガー博士が量子もつれを発見したとき、その言葉の……政治的側面を考えていたとは思えません。たんに粒子の状態を表わした言葉です」

イケニは品定めするような目でクレシダをじろじろ見た。

「だから、あなたがたの提案するこのプロセスは確実だというのですか？ 百パーセント安全で信頼できる、と？ ゲートが損傷する可能性はありませんか？ 故障や崩壊の恐れは？」

ドクター・クレシダは首を横に振った。

「百パーセント確実ということはありません」と、クレシダ。どうしてその言葉にリーセルツが歯を食いしばったのかということには気づいていない。「起こりうるやっかいな問題や事象について評価と検証をなんども繰り返せば、成功の可能性は高いでしょう。考えうる可能性はすべて検討ずみです」

「考えられない可能性についてはどうなのですか？」と、ドレイコン。

クレシダは反応に困ったようにドレイコンを見つめていたが、やがて厳然と眉根を寄せた。

「〝考えられない〟の意味がおわかりにならないようですね」

ギアリーは傍目《はため》にもわかりそうなほどたじろいだが、リーセルッツは唇をぴくりとさせただけで、すぐに話しはじめた。

「きっとドクターは決して、そのう……」

「侮辱する意図はない、と？」ドレイコンは薄笑いを浮かべて言った。獲物をねらうライオンのような表情だと、ギアリーは思った。「わたしはもっとひどい事例を聞いたことがあります。ドクターのほうこそ、〝考えられない〟の意味を調べるべきです。文字どおり、考えたことがない、あるいは考えつかないものという意味です。考えたこともないものは、考えたことがあるものよりもはるかに危険である場合が多いと、わたしは身をもって知っています」

ドクター・クレシダはドレイコンを見つめた。ドレイコン自身がありえないものであるかのように。

「非常に鋭いご指摘ですね」ようやくクレシダは言った。

「お褒《ほ》めの言葉をどうも」ドレイコンは楽しげに答えた。「で、さっきの質問の答えは？」

「われわれは複数のチームに分かれて研究を行ないました」と、ドクター・クレシダ。

「チームごとにアプローチし、ほかのチームのアプローチについて起こりうる問題を見つけようとしました。成功の観点からも、起こりうる危険や問題の観点からも、ほかのチームが考えつかなかったことを、それぞれのチームに考えてほしかったのです。つまり、考えも及ばないことを考えようと努力したということです」

ギアリーはドクター・クレシダを横目でちらっと見た。ドレイコンを好ましく思っているようなクレシダの口調に驚いたのだ。

ドレイコンのほうもうなずいた。

「感謝します。たしかにわたしの質問に対する答えになっています。だが、訊きたいことがもうひとつ。アライアンス宙域のハイパーネット・ゲートでその実験を行なってはどうですか？」

「すでに試しました」と、ドクター・クレシダ。「シンディックのハイパーネットとのリンクが確立される寸前に中止しましたが」

「寸前とはどれくらい前ですか？」

「五ミリ秒です」

それを聞いたドレイコンはふたたびうなずいた。

「本当に寸前でしたね」

「成功したらどうなるのか、明確に説明してください」と、イケニ。「われわれのハイパーネット・ゲートを利用する者たちにどのような実際的影響があるのですか？」

ドクター・クレシダは即答しなかった。顔をしかめて考えこんでいる。

「量子ネコのことはご存じですか？　シュレーディンガーのネコです」

イケニは首を左右に振った。

「教えてください」

「量子の世界のしくみを理解するための大昔の思考実験です」と、クレシダ。「箱のなかに、一匹のネコと毒の入った容器、その毒を五十パーセントの確率で発生させる装置が入れてあるとします。マクロの世界では、箱を開けてはじめてネコの生死がわかり、すでに起こったことを確認することしかできません。量子レベルにおいては、箱を開けるまでネコは生きているわけでも死んでいるわけでもなく、不確定な状態にあります。箱を開けてなかを見るまで、宇宙はネコの運命を決めることはできません」

ギアリーは、ドレイコンもイケニも軽い興味を浮かべていることに気づいた。退屈しているのかもしれないし、説明が理解できないのかもしれないが、クレシダを見つめる目は熱っぽく鋭い。ほとんど聞いていないふりをしているのは、興味と理解を隠すカモフラージュにすぎないのだろう。

ドクター・クレシダは説明に熱中するあまり、ドレイコンとイケニの表情は見えているのに二人の目つきには気づいていないようだ。

「それが、ハイパーネット・ゲートの量子リンクに対してわれわれが行なおうとしていることです。シンディックのハイパーネットとアライアンスのハイパーネットのいずれかにリンクできる可能性がありますが、ハイパーネット・キーを持ってゲートに近づくまでは不確定な状態です。ゲートの有効範囲内でキーを作動させてはじめて、どちらのハイパーネットとリンクしたのか〝確定〟します」ドクター・クレシダは片手を振り、何かを投げ捨てるような身ぶりをした。「そのキーに適合しないハイパーネットにリンクされたら、キーが作動していないように見えるでしょう。その場合、キーをふたたび作動させるしかなく、ゲートはふたたびリンク先を決定します。ハイパーネット・キーと一致するリンク先を得られる確率は、つねに五十パーセントです」

「それだけですか？」ブラダモントが信じられないという様子でたずねた。「そんなに単純なのですか？」

「非常に複雑です」と、ドクター・クレシダ。「わたしの説明が単純明快だったのです」

「なんということ、あなたはまさしくジェイレン・クレシダの姉上です！」ブラダモントは微笑した。

「ジェイレンとは誰です？」イケニはドクター・クレシダをじっと見た。クレシダは妹と比較されることにどう反応すればいいのか、とまどっている。

「アライアンス艦隊の大佐です」と、ブラダモント。「ハイパーネット・ゲートの崩壊がもたらす危険を最初に解明しました。謎の種族は人類のコンピューター・システムに、量子レベルで符号化したワームを侵入させましたが、それを見つけたのもジェイレンです」

「彼女は戦死しました」と、ギアリー。

「お悔やみ申しあげます、ドクター・クレシダ」と、イケニ。「では、あなたがたが提供するミッドウェイ星系とアライアンス宙域を結ぶ直通ルートは事実上、保証されているのですね。わかりました。当然ながら、この協定の一環として、引き換えにアライアンスのハイパーネット・キーを提供していただくことになります」

ギアリーはテーブルのこちら側に沈黙が流れるのを感じた。横目で見ると、リーセルツは頭をフル回転させ、さまざまな選択肢を考えているようだ。

「なぜそれが協定の一環になるのですか？」ようやくリーセルツがたずねた。

「われわれがそのゲートを使ってアライアンス宙域に到達できるようにするためです。あなたがたもそのゲートを利用できるようになるのですから」

リーセルツがふたたび答えるまで、またも少しの間《ま》があった。イケニが期待する表情で待っている。

「イケニ大統領、アライアンスは支援することに同意しました。ミッドウェイ星系ならびに同盟関係にある諸星系の自由を――」

「協力関係にある諸星系です」ドレイコンが口をはさんだ。

「協力関係にある諸星系の自由を」と、リーセルツ。「申しあげたように、アライアンスはこの星系の自由を保証しつづけることに同意します。あなたがたがハイパーネット・キーを所有する必要はありません」

リーセルツがジョークでも言ったかのように、イケニは声を上げて笑った。

「いいでしょう！　あなたがたはゲートを手に入れ、約束をする。われわれはその言葉を、われわれがおかす危険とあなたがたが得る利益の代償と受け取ることになる。なんという取引を提示してくれたのでしょう！」

「イケニ大統領」リーセルツは平静を保って言った。「アライアンスは名誉をかけて約束を守ります。取引条件には、ミッドウェイ星系とその人民にとっての大きな利点も含まれています」

「あなたがたの名誉など、われわれにとってはなんの価値もありません」イケニがそう言うと、ドレイコンは同意するようにゆっくりとうなずいた。「あなたがたの約束が守られるかどうかは指導者の意向しだいです。あなたがたの約束を信じてわれわれの幸福を危険にさらすわけにはいきません」イケニは平然と椅子の背にもたれたが、突如、石のように硬い口調で言った。「こちらとしては、次のような取引に同意していただきたい。われわれはアライアンスのハイパーネット・キーを二個受け取る。それにより、われわれの交易船団はここととアライアンス宙域を行き来できるようになり、われわれのゲートの価値とそれを利用する艦船から得られる収入が大きく跳ねあがる。許可なくアライアンスのハイパーネットを主体的に利用できるようにもなる」

「同意できません」と、リーセルッツ。「アライアンスの加盟星系でもないのに、われわれのハイパーネットを自由に使わせるわけにはいきません」

ドレイコンが口を開いた。

「目下のところ、あなたがたはそのやりかたで、シンディックのハイパーネットを使用しているのではありませんか？」

「シンディックは自発的にキーを提供したわけではありません」と、リーセルッツ。

「へえ、口では信頼だの名誉だのと言うわりに」と、ドレイコン。「あなたがたはわれわれを信頼していないし、あなたがたがわれわれのゲートを使うのを制御する手段を与えてくれようともしない。あなたがたはシンディックのハイパーネット・キーを戦利品とみなしているが、われわれのゲートもそういう目で見ているのだ」

　アライアンスの立場を容赦なく要約すれば、たしかにそのとおりだと、ギアリーは思った。それに、イケニとドレイコンは引き立て合い、そのチームワークによって、リーセルツを追いつめる議論を引き起こそうとしている。

　リーセルツは重苦しい口調で言った。

「わたしは、先ほど説明した協定を実行に移すようにとの指示を受けて、派遣されました」

　イケニの渋面《じゅうめん》には失望と好奇心が入りまじっている。イケニはリーセルツに話しかけながらもギアリーをちらっと見た。

「アライアンスは交渉の権限のない特使を派遣してきたのですか？」

「承認ずみの協定書が手もとに――」リーセルツが言いかけた。

「アライアンスが一方的に〝承認した〟協定書です」またしてもイケニは頑とした口ぶりで言った。「そんなものは協定でも取引でもなく、強要です。われわれがあなたがたにおべっかを使う必要がありますか？　われわれの行動に口を出し、自分たちの目標を達成するためなら、どんなに一方的な取引でも受け入れるよう強制できるとでも思っているのですか？　もうこのような議論はつづけるだけ無駄です」

　イケニは立ちあがって頭を傾け、ギアリーたちがついているテーブルの側を示しながらブラダモントを見ると、バーチャル接続を切断し、姿を消した。

　つづいてドレイコンも立ちあがり、何も言わずに消えた。

　リーセルツは唇を引き結び、テーブルの上をにらみつけた。

　ギアリーはブラダモントに目を向けた。テーブルの向こう側にホロ映像として残っているのは、ブラダモントだけだ。

「きみは何か指示を受けていたのか？」

　ブラダモントは苦渋の表情でうなずいた。

「あなたがたにミッドウェイ星系の立場を理解していただく後押しをするのが、あたしのつとめです。ミッドウェイ星系は提示された取引には同意できません。あまりにも一方的な取引だからです」

　リーセルツが顔を上げ、抑制された声で言った。

「わたしたちはこの星系を守ることを約束しようとしているのです！　すでに約束しました」

「そのようなものは彼らにとっては無意味です」と、ブラダモント。「その約束を守ってくれることをどうやって確かめればいいのですか？　アライアンスには莫大な利益がもたらされますが、ミッドウェイ星系には具体的にどんな見返りがあるというのです？　外交官ではないあたしにも、この取引がアライアンス側に圧倒的に有利であることはわかります」

「考えかたの相違だろう」と、ギアリー。「第一の要因はそれだ。アライアンスが固く誓ったところで、ミッドウェイ星系にとっては意味をなさない」

「もとシンディックの人間はそのようなしくみのなかで育ってきました」と、ブラダモント。「シンディックの司令官が利益のために嘘をつき、契約条件に違反するのは、日常茶飯事です。充分な権力を持たない者は、履行されないとわかっている取引に応じるしかありません。本当に意味があるのは対等な者どうしの取引だけ。たがいに具体的条件を提示し、契約を守ることが双方の利益になるからです」

リーセルツは腹立たしげにため息をついた。

「つまり、わたしたちが提案した取引は、権力のない者として相手を見くびり、同意を強制するものとみなされたのですね」

「おっしゃるとおりです」と、ブラダモント。「同等の立場として扱われていると実感すること。ミッドウェイ星系側はそれを期待し、必要としています。取引の見返りに、具体的なものを……確実に手に入るものを求めているのです」

「賄賂《わいろ》ということですか?」と、リーセルッツ。

ブラダモントは歯を食いしばった。しばらくして落ち着きを取り戻すと言った。

「シンディックで育った者たちにとっては、それが妥当でしょう。この星系の人々は違いますが。イケニとドレイコンは権力と富をほしいままにしています。二人が懸念しているのは、ミッドウェイが独立した星系として存続できるのかということです。それにはおカネがかかります。ハイパーネット・ゲートは外部からのおもな収入源ですが、シンディックの権力の崩壊と反撃が、この星系の交易に多大な影響を及ぼしています」

リーセルッツは熱心に聞き入った。

「ですが、アライアンス市場とのあいだを直接行き来する交易ルートを提供できれば、通行料からかなりの利益を得られるはずです」

「さらには、交易にかかわるすべての星系の経済が発展し、周辺宙域の安定を築くことになります」と、ブラダモント。

「どこでそんな情報を入手したのです?」と、リーセルッツ。「わたしたちに聞かせるために、そのような話題を与えられたのですか?」

ブラダモントは表情ひとつ変えず、椅子の背にもたれかかった。

「いいえ、あたしは誰のあやつり人形でもありません。他者とこの問題を話し合いましたが、自分なりの結論にいたりました。人は自分がどう感じているかを、相手にも理解できる言葉で説明できるとはかぎらないのです」

「代将」ギアリーはわざとミッドウェイ星系での階級でブラダモントを呼んだ。「きみはミッドウェイ星系の艦隊上級士官として、艦隊の規模や防衛費についての議論にかかわっているのだろう？」

「はい、閣下」ブラダモントはややリラックスした様子で言った。「なんども議論している問題です。ミッドウェイはシンディックや謎の種族の襲撃に対処できる強力な防衛手段を必要としており、それには多額の費用がかかります。これまではシンディックが残した物資や資金を利用してしのいできましたが、ミッドウェイ星系の現在の経済状況では必要な軍備を維持できません。なぜアライアンスがこのような取引を提案したのか、あたしにはわかります。でも、ミッドウェイ星系の人民がその取引を受け入れないこともわかっています。ミッドウェイ星系側にはこれでは満足できない正当な理由があり、その理由はアライアンスに長期的利益をもたらすものでもあります」

「きみは双方の立場を理解できる」と、ギアリー。「双方と緊密に協力をつづけてきたからだ」

「どちらにも友人がいるからでもあります」ブラダモントは語気を強めた。「友人たちと……そして尊敬する指導者たちもいます」そう付け加えるとギアリーに向かってうなずいた。

　リーセルッツはブラダモントを熟視した。

「今でもアライアンスへの忠誠心をお持ちですか？」

「あたしはミッドウェイ星系を守ると誓いました」と、ブラダモント。「しかしアライアンスを裏切るつもりはありません。裏切れば、先祖の名誉を傷つけることになります。両方の立場を共存させることは可能だと思います」

　リーセルッツは後ろにもたれた。両手の指を胸の前で突き合わせ、思案している。

「ミッドウェイ政府が進んで取引してくれることで、アライアンスは大きな利益を得ています」

「謎の種族に対する牽制《けんせい》にもなっています」ギアリーが指摘した。

「ええ」リーセルッツは目を伏せ一瞬、黙りこんだ。「しかしアライアンスは、必要とされる戦後の軍備の資金繰りに苦慮しています。ミッドウェイ星系が自衛のための補助金を求めるわけにはいかないでしょう」

「ミッドウェイ星系がアライアンスからの補助金を受け取るはずがありません」と、ブラダモント。

「賄賂のように見えるからですか?」

「いいえ」ブラダモントは悲しげに首を振った。「誰の迷惑にもならないでしょう。賄賂はまさにシンディックの常套《じょうとう》手段でしたから。でも、その資金がアライアンスからもたらされたとしたら、この星系の全員の目に穢《けが》れたものとして映るでしょう。イケニ大統領とドレイコン将軍は、ミッドウェイ星系をアライアンスに売りわたしたとして非難されます。それが原因となって引き起こされる反乱を政府が乗りきったとしても、現在ミッドウェイ星系と協力関係にある諸星系は手を引き、既存の約束を破棄するはず」

「われわれはそんなにも憎まれているのですか?」と、リーセルツ。

「そうです」と、ブラダモント。「アライアンスとして。ドレイコン将軍の言葉をお聞きになったでしょう。ミッドウェイ星系の人民は〝同盟関係〟という言葉すら使えません。アライアンスを連想させ、それに類似するものを暗示するからです。しかし個人とは協力を結びます。それもシンディックのやりかたでしたので。取引を成立させるための個人的関係です。でも、この星系の人々にとってアライアンスは……」ブラダモントはため息をついた。「アライアンスにとってのシンディックと同じです」

「出発前にギアリー元帥がおっしゃったとおりです。あなたが双方と個人的な関係を持っているということも」と、リーセルツ。「だからこそ、あなたはミッドウェイ星系の信頼を得て、軍における高い地位を与えられているのですね」

「はい」と、ブラダモント。「個人的に高く評価されているロジェロ大佐があたしを推薦してくれたことが、大いに効果的でした。あたしを警戒している人はまだ大勢いますが、イケニとドレイコンは信頼してくれています」ブラダモントはかぶりを振った。「いいえ、それは違う。二人とも本当は誰も信頼していない。でも、あたしのことは道理をわきまえた人間として受け入れ、あたしの決断を頼りにしています。イケニとドレイコンは積極的にあなたと取引するでしょう。失礼ながら、あなたのことをギアリー元帥のあやつり人形だと思っていますので。ブラック・ジャックと協定を結んでも、人民の怒りを買わないことを知っています。ブラック・ジャックはシンディックを倒すために戦いながらも、シンディック人民を思いやるという評判を得ていたからです」

　リーセルツはしばらく無言ですわっていたが、やがてギアリーを見た。

「どう思われます？」

　ギアリーは顎をしゃくってブラダモントを示した。

「ブラダモントの言うことはすべて、わたしがシンディックとの協力関係から知りえたことと一致しています。わたしはいままでも、名誉をかけたブラダモントの言葉は評価できると思っています。ブラダモント代将なら、たとえ強要されても決してわれわれに嘘はつかないでしょう」

「感謝します、元帥」と、ブラダモント。

「ですが、アライアンスのハイパーネット・キーを渡すことに同意するのは……」リーセルツの声がとぎれた。遠くをぼんやりながめている。「非常に大きな決断になります。ユニティ星系で快く受け入れられるとは思えません」

「同意できないなら」と、ギアリー。「もはや打つ手はないということですね」

リーセルツはかすかに笑みを浮かべ、ギアリーをちらっと見た。

「わたしは取引の概要を説明し、その内容どおりの協定書を提示するよう指示を受けていると、ミッドウェイ星系側に伝えました。必要に応じてまた別の取引交渉を行なう権限がないとは言っていません」リーセルツはブラダモントに目を転じた。「あなたの前でこんなことを言うのは、それだけの理由があるからです。わたしはアライアンスの人々にも受け入れられるような取引をしなければなりません。きちんとした枠組みを作る必要があり、なおかつミッドウェイ星系の支配者たちに白紙委任状を与える行為だと思われてはならないのです。アライアンスのハイパーネット・キーひとつだけでも、莫大な贈答品とみなされるでしょう。おそらく、取引を有利にするためにミッドウェイが提供できるものがあるはずです」

「たぶん」ブラダモントは慎重な口調で言った。「非常に価値がありそうなものをひとつ知っています。ほかにもあるかもしれません」

「当然ながら」と、リーセルツ。「わたしがことづかってきたものとは違う協定書を提示するには、アライアンス議会の承認が必要です」

「イケニ大統領はアライアンスのハイパーネット・キーを手に入れないかぎり、あなたがたがハイパーネット・ゲートを使った実験を始めることに同意しないでしょう」と、ブラダモント。「その点については譲らないはず。もういちど言いますが、シンディックの流儀にしたがった経験をしてきたせいです。口頭や書面による約束など無意味であり、同意を保証する物理的約束がなければ簡単に破ることができます」

リーセルツは浮かない表情でうなずいた。

「そのようなしくみの政府を倒すのに、なぜこれほど長くかかったのでしょう？」

ブラダモントはリーセルツを見つめたまま答えた。

「そのように機能しているにもかかわらず、ことをなしとげる方法を見つける者が必ずいるからです。それに、アライアンス自体にも弱点がありました」

「たしかに、あなたは並の人間にはない視点を持っていますね」と、リーセルツ。「補佐官たちとほかの選択肢について話し合う必要がありそうです。どうすればアライアンス議会に納得してもらえるかということも。イケニ大統領とドレイコン将軍にお伝えください。交渉をつづけたい……あなたがたの立場がよく理解できた、と」

「承知しました」と、ブラダモント。

「ドクター・クレシダ」と、リーセルッツ。「この会談の詳細は口外しないでいただけますか？ ドクター・コトゥールをはじめとするお仲間にも、交渉中とだけ伝えてください」

クレシダは肩をすくめ、うなずいた。

「実験を許可していただくために必要なら、そういたします」

「ドクター・クレシダ」と、ブラダモント。「妹さんはあたしのよき友人でした。よき友人であり、りっぱな士官でした。ご家族を亡くされたことに心からのお悔やみを申しあげます。きっとジェイレンは、ご先祖のなかでも名誉ある立場を得ているでしょう」

ドクター・クレシダは無言でブラダモントを見つめ、やがてほとんど感情のこもらない声で言った。

「感謝します」

礼儀正しく別れの言葉を口にすると、ブラダモントのホロ映像は消えた。

「外部との接続は確実に切断されましたか？」リーセルッツはギアリーにたずねた。

ギアリーはセキュリティ・パネルを確認した。

「セキュリティは万全です。気がねなく話せます」

「けっこう。ドクター・クレシダ」リーセルツはていねいだが事務的な口調で言った。

「科学者チームのメンバーには会談の概要だけを報告すると約束してください」

ドクター・クレシダはリーセルツをまじまじと見た。

「なぜ念押しなさるのですか？」

「それほど大事なことだからです。取引を結ばなければ、ハイパーネット・ゲートに手を加えることはできません」リーセルツはクレシダに近づいた。「あまりに早い段階で情報が漏れると、取引が成立しない可能性があります。望みをかなえたいなら、わたしの頼みを聞いてください」

「それが外交術というものなのですね」ドクター・クレシダは黒魔術の一種について語るかのように、その言葉を口にした。「わかりました」

クレシダが退室すると、リーセルツはギアリーを見た。

「ドクター・コトゥールは重要な会合に顔を出さなくなりましたね」

「機雷の攻撃を受ける〈ギャラント〉を見たことが、そんなにショックだったのでしょうか？」と、ギアリー。

「あれが原因でふさぎこんでいるようには見えません。日々のやりとりにおいては、いつもと変わらず、にこにこと楽しげです。何か心配ごとがあるのはたしかですが。仕事をほかの仲間にまかせて、執務室に引きこもってばかりいます」

「少なくとも邪魔にはなっていません。わたしが話してみましょうか？」

「それがいいでしょう」リーセルッツはため息をついた。「邪魔な科学者といえば、ドクター・マカダムスを孤立させるための措置を開始しました。それから元帥、この星系の産業技術力についてどうしても知っておきたいことがあります。お答えいただけますか？」

「どうしても知っておきたいこととは？」

「ミッドウェイ星系はハイパーネット・キーを複製できますか？」

ドクター・コトゥールの執務室は私物から科学的資料まであらゆるものが散乱し、にぎやかな雰囲気だった。軍の査察にはパスしないだろうが、部屋の主《あるじ》の心のなかを垣間見ることができた。

「どうしました、元帥？」コトゥールはデスクに向かってすわっていた。さまざまなディスプレイが目の前にあり、その向こうに星原のバーチャル映像が浮かんでいる。ひとめ見ただけで、ギアリーはなんとなくダンサー族の支配宙域だろうと思った。

コトゥールはとくに具合が悪い様子も見せず、澄んだ目をギアリーに向けた。

「心配していたんですよ」と、ギアリー。それは本当のことだ。様子を見てきてほしいとリーセルッツに言われたことまで話す必要はない。「ミッドウェイ星系の指導者との会談に欠席なさったので。体調がすぐれないようだと、ドクター・クレシダも言っていました」

　コトゥールは一瞬、困った顔をした。

「何かに向き合うのは難しいものですよ」

「インドラス星系で遭遇した機雷の件をまだ気に病んでおられるなら――」

「いやいや、そうじゃない！」コトゥールは笑い声を上げ、片手を振ってギアリーの言葉を否定した。「抽象的なものに向き合えるかどうかという問題です」

　どういう意味だ？

「では、大丈夫なんですね？」

「うーん。〝大丈夫〟とはどういう意味です？　それは現在の状況や精神状態によるのではありませんか？」コトゥールは椅子にもたれかかり、上を見た。〈バウンドレス〉の外殻を通して無窮の宇宙空間を見ているかのように。「同じですよ、元帥。船乗りも科学者も。未踏の地に通じる道を探そうとし、水平線のかなたに何があるのか、つねに知りたくてたまらない。まだ誰も見たことのないものを見たい」

　コトゥールはため息をついた。

「こんなもの見つけなきゃよかったと思うこともありますがね。うれしい発見ばかりとはかぎりません」

ギアリーはコトゥールを見つめた。

「しかし、うれしい発見かどうかは、見つけるまでわからない。探すことをやめたら、見つけてよかったと思うものまで見つからなくなる」

「だが、そのほうがいいのだろうか」コトゥールはまだ外殻の向こうを見るような目をしている。「われわれの先祖が旧地球を離れ、銀河系の謎を解き明かす旅に出たのは賢明だったのだろうか？　旧地球にとどまり、頭を使って謎を解明していたら、どうなったのだろう？　新たな惑星への入植や戦争、政治的紛争、より多くの殺戮《さつりく》兵器を発見するためだけの研究などに気をとられていなかったら、何を学んでいただろう？」

「そんなことはありえなかったでしょう」と、ギアリー。「科学者を船乗りにたとえることで、そうおっしゃったではありませんか。人間は好奇心旺盛で立ちどまることを知りません。水平線を見れば必ず、その向こうに何があるのだろうと考えます。どう考えても、謎の種族には人類を恐れる理由がある。人類は疑問を抱くだけでなく、実際に足を運び、もっと知ろうとします。それが人類というものです」

「しかし、本当にそうあるべきなのでしょうか？」と、コトゥール。無限の暗黒間を凝視したままだ。

「まだ人類はその答えを知りません」と、ギアリー。「たしかに、わたしは知りません。壁があれば、人類は乗り越えようとする。わたしが知っているのはそれだけです」

コトゥールは微笑した。

「そう。まあ、そんなわけですよ。われわれを立ちどまらせるには、壁は恐ろしいものでなければなりません。ありきたりな障壁では不充分でしょう」

「人類がどういうものかという話はまだつづいているのですよね？」と、ギアリー。

「もちろんです」コトゥールは笑みを浮かべたまま、ギアリーに視線を向けた。「わたしはずっと科学的問題に取り組んできました。それが過度のストレスになっているのかもしれません。本当の答えは難しいこともある。そうでしょう？」

「ええまあ。ミッドウェイ星系の代表との次の会談には出席してくださいますか？」

「出席しない理由がありますか？」

ギアリーの質問に質問で返してきたコトゥールをもっと問いつめればよかったと気づいたのは、ずっとあとのことだった。

すぐにまたイケニたちと会談するつもりのリーセルツ大使は、翌朝まで〈バウンドレス〉にとどまるようギアリーに求めてきた。かつての客船には空《あ》き部屋がたくさんあり、食事も艦隊のものよりおいしいが、ギアリーは〈ドーントレス〉から離れてひと晩を過ごすことに今も不安を感じていた。ある意味、巡航戦艦〈ドーントレス〉はギアリーにとってわが家のようになっていた。バカげている。元帥が特定の艦とそこまで強い絆を結ぶ余裕はない。だが、現にそれがあるのだ。

ギアリーはデシャーニに連絡した。状況は落ち着いているようだ。カーネ星系からのジャンプ点に貨物船が一隻だけ到着したが、ほかに変化はなかった。

高級レストランのような〝カフェテリア〟で舌つづみを打ったあと、ギアリーはいても立ってもいられなくなった。船内全域への立ち入りを認められているので、船内をうろうろと歩きはじめた。なじみのある戦闘艦とどこが違うのか興味があった。

違いといっても表面的なものばかりだ。通常の戦闘艦ではアクセスを容易にするために、パイプや配管やワイヤがむき出しのままだが、〈バウンドレス〉には、機械系統および電気系統の配線や配管を隠す天井があった。隔壁も大部分が平らで、宇宙空間のさまざまな映像が切り替わりながら映し出されていた。デッキは、やや弾力のある床材でおおわれている。表面はなめらかだがグリップ力があるので、足をすべらせることはない。効率性ばかりを重視する戦闘艦に慣れている者にとっては、何もかもが少し贅沢に思える。ギアリーは心配になってきた。重要なシステムが見えないため、緊急時にどうやってアクセスすればいいかわからないからだ。

だが、それはギアリーがどうにかする問題ではない。

船内をさまよい歩くうち、〈スター・ギャラリー〉と表示された場所に行きついた。なかをのぞくと、広いバルコニーかと思うような細長い部屋が見えた。奥の壁はデッキから頭上まで継ぎ目のない一面のディスプレイで構成され、そこだけ宇宙空間とつながっているかのように船外の風景が映っている。ディスプレイの手前に腰高の手すりがついているせいで、よけいに宇宙空間をじかに見ているような錯覚におちいる。

この部屋はなぜかとても落ち着かない。ギアリーの本能が警告している。眼前に迫る真空の宇宙空間から離れてドアを密閉し、緊急警報を鳴らせ……

ギアリーが〈スター・ギャラリー〉に足を踏み入れたのは、なによりもその恐怖のせいだった。頭の奥で警告を叫んでいる宇宙空間での経験など忘れて、最高のながめを楽しめれば、それでいいじゃないか。

恐怖に立ち向かう必要性に駆られて何歩か進んだとき、そこに誰かいることに気づいた。

ドクター・ジャスミン・クレシダがこちらに背を向けて立ち、星々が輝く無限の宇宙空間を見あげている。

「あなたをここへ導いたものはなんですか、元帥？」ドクター・クレシダは振り返りもせずにたずねた。

ギアリーはどう答えていいかわからなかった。さっきドクター・コトゥールと議論したことを思い出し、いちばん無難な答えに落ち着いた。

「好奇心です。あなたは、ドクター・クレシダ？」

「考えごとがしたくて。人は大きな存在に目を向けます。星、星間雲《せいかんうん》、銀河系の動き。そして畏敬の念を抱きます。でも、そのようなものは簡単に見られるし、理解することもできる。宇宙の基本構造は美しく、謎に満ちています。宇宙は人間には決して明かさない秘密を持っていて、人間がルールを課そうとしても断じてしたがいません。人間は宇宙を理解しようとしているだけではなく、理解したことを利用して宇宙を支配しようとしているのです。宇宙の根幹をなすものは人間の野望と高慢さをあざ笑っています。宇宙のすべてを知ることは不可能です。観察しようとすると宇宙は変化する。ハイパーネット・システムと同様に、人間がその周辺で遊ぶことを許してくれますが、それは道をはずれない場合にかぎられます」

ドクター・クレシダは言葉を切ったが、まだ何か言いたいことがありそうだ。ギアリーはなぜドクター・クレシダが自分を信用して打ち明けてくれるのだろうと思いつつ、黙っていた。

「妹が軍籍に入ったことは許せます」ドクター・クレシダはいきなり話題を変えた。「わたしたちみんなの自由を守るためなら、自分の自由をいくらか放棄してもかまわないと言っていました。ジェイレンは家族のなかではつねに現実的なタイプで、自分のことを全体のバランスをとる方程式の一部だと考えていました。でも、ハイパーネットを武器化する手段を意図的に作るために、スキルを悪用したことは許せません。わたしたち家族の信念にも、ジェイレン自身が口にした信念にも反していたからです。人類のみならず宇宙にもそむく罪を犯したのです」

ドクター・ジャスミン・クレシダを突き動かしているのは政治や科学者としての意地ではなく、ロマンチックとも言える理想主義だと知って、ギアリーは驚き、しばらく言葉が出なかった。

「ドクター・クレシダ、どこでそんな話を聞いたのか知りませんが、誓って言います。妹さんはハイパーネット・ゲートを武器化する手段を見つけようとしたわけじゃない。彼女の意図も目的もそれとは正反対でした」

ドクター・クレシダはあいかわらず抑制された口調で言った。

「どうして、そんなことがわかるのです？」

「ジェイレンと話し合ったからです。アライアンス艦隊はハイパーネット・ゲートのあるシンディックの星系へ向かおうとしていました。シンディックのハイパーネット・キーを持っていたから、ゲートを使えば早く故郷に近づける。だが、われわれに使わせないためにシンディックがゲートを破壊しかねないことに気づき、ハイパーネットの理論に詳しい者たち――なかでもジェイレンがいちばん詳しかった――は、崩壊時にゲートがエネルギー・パルスを放出するという理論的可能性を危惧した。ジェイレンはわたしの同意を得て、仕事に取りかかりました。放出エネルギーを最小限に抑える形でゲートを崩壊させる方法を見つけようとしたのです。そうすれば、たとえシンディックがゲートを破壊しはじめても、われわれは崩壊をコントロールし、われわれの艦や星系内のあらゆるもの、人々を救うことができる」

ギアリーはひと呼吸置いた。あれからまだそんなにたっていないのに、遠い昔のことのように思いをはせた。ジェイレン・クレシダ大佐が姉と似ているところや似ていないところを思い出しながら。

「だが、ジェイレンは気づいた。放出エネルギーを最小限に抑えるために崩壊をコントロールする方法を見つけることが、逆に、放出エネルギーを最大限にまで高めて、ハイパーネット・ゲートを新星級の爆弾に変え、ゲートが役に立つはずだった星系を脅かしうるのだ、と。彼女はゲートが武器として使われる可能性を恐れていました。名誉にかけて誓いますが、本当に恐れていたのです。しかし、自分にその方法を見つけられるなら、ほかの者にも見つけられるということも、わかっていました。だから、ゲートの破壊力を最大限にする手段の唯一のコピーを、わたしにゆだねた。われわれはそれを使い、ゲート崩壊が武器にならないようにするためのプログラムを開発することができました。

アライアンス宙域に戻ってくる前に、最終的にすべてのハイパーネット・ゲートにインストールできるよう崩壊防止プログラムが作成されていました。ゲートを武器として使うことを提案した者もたしかにいましたが、ジェイレンと同じようにその考えに愕然《がくぜん》とした者が大半でした」

　ギアリーは深呼吸した。

「ジェイレンはゲートを武器化しようとしたのではありません。ゲート崩壊が危害をもたらさないようにする一方で、武器化する方法を発見してしまったのです。そして、その方法を見つけたとき、どうすればそれを阻止できるのか考えました」

　星々が見守るなか、ドクター・クレシダはギアリーに背を向けたまましばらく沈黙していたが、ようやくどこか棘《とげ》のある口調で言った。

「なぜこのことを誰にも話さなかったのです？」

「話しましたよ。そのことはわたしの公式報告書に記載されていますし、この問題にともに取り組んだ者たちにも話しました。だが、もちろん公言はできませんでした。表向きは、ハイパーネット・ゲート崩壊の危険性については機密扱いのままなので」

ドクター・クレシダはいらだたしげに、ふっと短い笑い声を漏らした。

「その点では、情報流通システムはハイパーネット・ゲートと似ています。ゲートの安全な崩壊、あるいは情報の効率的流通というひとつの目的を達成するための使いかたを知っていれば、逆の目的にも使えますから。非常に効率的に情報を保存し流通するようにつくられたシステムほど、情報の選別に適したものはありません」

ドクター・クレシダの気持ちが痛いほどわかるので、ギアリーは気まずい思いがした。

「もっと早く真実をお知らせできればよかったのですが。しかしジェイレンはあなたがた家族の理想を裏切ったわけではない。それが真実です。ジェイレン・クレシダは一族の理想を守るために最善を尽くしました」

またしても長い沈黙のあとでジャスミン・クレシダは言った。

「あなたが妹を死に追いやったことは許せません。でも……妹はゲートが武器として使われることを望んだわけではなく、それを阻止しようと努力したのだとわかって、よかった。感……謝……します」のどから言葉を引っ張り出すかのように、そう言った。

もはや何を言おうと充分ではない気がして、ギアリーは立ち去ろうとした。

「元帥」

ギアリーは足を止めた。

「どうすれば、そんなことができるのですか？」ドクター・クレシダはギアリーに背中を向けたまま、永遠につづく宇宙空間を見つめている。「命令にしたがえば部下が死ぬとわかっていながら、どうすればそんな命令を出せるのですか？」その質問には敵意というよりも、むしろ純粋な好奇心と悲しみがこもっていた。

「わかりません」と、ギアリー。「自分でもわからないんです。たぶん、命じる理由があるからこそ、命じられるのかもしれません。わたしは戦闘や戦争を選択しない。だが戦いになったら、役割と責任を自分が受け入れるのか、それとも、誰かにまかせるのか？　死ぬことをいとわない誰かに。わたしのような経験を持たない誰かに。長い人工冬眠から目覚めたとき、わたしは打ちのめされそうになりました。わたしの知る者たちはみな死んでいた。わたしの最初の戦いで始まった戦争はまだつづいており、わたしが対処に困るほどアライアンス艦隊の兵士たちをすっかり変えていた。しかし、アライアンス艦隊はわたしを必要としていました。いいえ、ブラック・ジャックを必要としていたのです。だから、わたしはブラック・ジャックのあるべき姿を見せるために、最善を尽くさなければならなかった。それでも犠牲者は出る。わたしは依然として命令を与えている。たとえ万事うまくいったとしても、わたしを信じてすべてを託した者を死に追いやってしまうこともある。わたしはあらゆる死を背負っている。あなたの妹さんだけでなく、すべての人々の死を。死んでいったひとりひとりを記憶にとどめ、彼らの犠牲をなんらかの意味があるものにしようとすることが、わたしの責任なのです」

「われわれ科学者の行動に責任がともなうことは理解しています」と、ドクター・クレシダ。「ドクター・コトゥールは責任のがれをしたいようですが。気が進まないのか、ミッドウェイ星系の指導者たちと顔を合わせようともしません。でも、わたしたちが人間であるように、彼らも人間であることに目を向けるべきです。そうしなければ、ミッドウェイ星系の人々の身に何が起ころうと、われわれはみずからの責任を認めないでしょう」

「ドクター・コトゥールはゲートの改造を阻止しようとするでしょうか？」

「改造を積極的に進めたい熱意はあるようです。なのに、なぜ矛盾した行動をとるのか、わかりません。シュレーディンガーのネコのようなものです。進むことへの躊躇《ちゅうちょ》と進みたいという熱意が同時に存在しています」

「あなたはドクター・コトゥールを信用しているのですか？」

「わたしは誰も信用しません、元帥。人間は量子レベルの粒子以上に予測不能です。そして、量子レベルの粒子と同様に、知りつくすことはできません」

ギアリーはその言葉のつづきを待ったが、ドクター・クレシダが何も言わないので立ち去った。どうしておれはジャスミン・クレシダにまで真実を打ち明けたのだろう？　だが、彼女はジェイレンの姉だ。ただそれだけの理由でドクター・クレシダには借りがある。

驚いたことに、ギアリーは早めに起こされた。ミッドウェイ星系側との二度目の会談があるという。そんなにも急を要するのかと疑問を感じつつも、リーセルツ大使の執務室へと急いだ。

イケニもドレイコンもただならぬ雰囲気をただよわせていた。トランプの相手に持ち札を全部見せろと要求しているかのようだ。

「カーネ星系から貨物船が一隻ジャンプしてきたことはご存じですよね」イケニは挨拶をかわすまもなく切り出した。「シンディックの侵攻軍がカーネ星系を襲撃しているという情報を運んできました」

ドレイコンが話を引き取った。

「カーネ星系で、シンディックの巡航戦艦一隻、重巡航艦二隻、対艦攻撃艇七隻を目撃したそうです。兵団輸送艦と、貨物の代わりに兵員を乗せるよう改造された貨物船、合わせて十数隻も」

「シンディックがふたたびミッドウェイ星系を攻撃してくるのではないかとわれわれは今も危惧しています」と、イケニ。「イワ星系で撃退した謎の種族による報復攻撃も懸念されます。当星系の機動部隊はイワ星系での戦闘で受けた損傷を修理しているところです」

「あなたはミッドウェイ星系ならびに協力関係にある諸星系を守ると約束してくださいました」ドレイコンはギアリーを見た。「あの言葉を信じていいのですよね、元帥？」

ギアリーはリーセルッツをちらっと見てから答えた。

「シンディックから守るためにカーネ星系へ行けとおっしゃるのですか？」

「約束は守っていただきたい」と、イケニ。

リーセルッツは唖然とした表情でギアリーを見た。ハイパーネット・ゲートの改造にミッドウェイ星系が同意してくれるかどうかは、ギアリーの決断しだいだ。だが答えによっては、シンディック宙域のこちら側での戦闘におけるアライアンスの役割が、大幅に拡大されることにもなる。

どんな決断をしようと悪い結果になる可能性はあるが、イケニとドレイコンの態度を見るかぎり、なんの決断もしない——いますぐ決断しない——という選択肢がないことは明らかだった。

16

リーセルッツ大使はとにかく問題を回避しようとした。

「星系同盟《アライアンス》議会は、ギアリー元帥がミッドウェイ星系に約束したことを承認しました。ですが、厳密に言えば、協力……関係にある諸星系の防衛はその約束の対象になっていません」

「あなたがカーネ星系へ戦闘艦を送ってくださらないなら」イケニはまだギアリーに向かって話している。「われわれが部隊を差し向けなければならず、当星系の防御が手薄になるでしょう。現在および将来の約束に疑念が生じ、ここでの話し合いを考えなおすことにもなります」

「少しわたしとギアリー元帥だけで話をしてもいいですか？」と、リーセルッツ。イケニとドレイコンが不機嫌そうにうなずくと、リーセルッツはコントロール・ボタンを押し、二人のホロ映像を〝ミュート〟の状態にした。「これは単純な問題ではありません。約束の文字どおりの文言にもとづいてミッドウェイ星系の要求を拒否することもできますが、約束の合理的な解釈にもとづいて同意することもできます」

「これはミッドウェイ星系にとって、運命を左右する問題なのかもしれません」と、ギアリー。「われわれとほかの協定を結ぶべきかどうかという点で。それによって、ハイパーネット・ゲートについての提案にどう応じるかが決まるでしょう」

「この件が決断に影響を与えるだろうということを、彼らはかなりはっきりと示しました」と、リーセルツ。「わたしたちにとって重要な問題は、ここのハイパーネット・ゲートとアライアンスのハイパーネットをリンクさせることです。カーネ星系へはどの程度の規模の部隊を送る必要があるのでしょうか？」

「惑星連合《シンディック》による侵攻を確実に阻止するためにですか？　シンディック戦闘艦の破壊に必要なもの、惑星上でのあらゆる戦闘に対処するための宙兵隊、惑星上のシンディックの拠点を砲撃するもの、宙兵隊を運ぶ侵攻輸送艦を守るためのもの」と、ギアリー。「それに、貨物船がカーネ星系で最後に目撃してから、シンディック部隊が強化された可能性もあります。わたしなら、巡航戦艦分艦隊を一個、宙兵隊を乗せた侵攻輸送艦を四隻すべて、輸送艦の護衛と惑星爆撃の実行のために戦艦分艦隊一個を送ることを提案します。適切な数の重巡航艦と駆逐艦も必要です」

「おやおや。今ある戦力の約四分の一ですか？」

「ざっとそんなものです」と、ギアリー。「それなら、何が現われても、ミッドウェイ星系に残る部隊が対処できるでしょう。カーネ星系遠征隊の指揮官にはドゥエロス艦長が適任だと思います」

リーセルツは顔をしかめながら首を横に振った。

「カーネ星系へ軍事援助を派遣することにわたしが前向きなのは、もうひとつ理由があります」

「それはなんですか？」

リーセルツはいらだたしげにギアリーをにらみつけた。

「ミッドウェイ星系側には、わたしが責任者だとなんども言いましたし、あなただって、なんども彼らの前で公然とわたしの意見にしたがいました。にもかかわらず、ミッドウェイ星系の指導者たちはいまだにあなたと話をしようとします。ドゥエロスならカーネ星系遠征隊の指揮官がつとまるだろうと、あなたは言います。あなたが遠征隊を指揮し、ミッドウェイ星系にとどまる部隊をドゥエロスにまかせてもいいのではありませんか？」

これにはギアリーも驚き、しばし思案した。だがリーセルツの言うことはもっともだ。こういう形でドゥエロスへの信頼を率直に認めるのもいいだろう。ギアリーは艦隊司令長官として、自分の身に何かあれば指揮を誰に引き継がせるかを考えなければならないからだ。

「たしかに。ドゥエロス艦長は残留部隊の指揮官にふさわしいでしょう」

「本気ですか、元帥？」と、リーセルッツ。「あなたはシンディックの侵攻軍を撃破あるいは撤退を要求するために、遠征隊を引き連れてカーネ星系へおもむく。あなたが不在のあいだ、わたしはアライアンスの絶対的指導者として、ここにとどまる。それでいいのですね？」

「もちろんです」と、ギアリー。

「けっこう。わたしは交渉をつづけます。あなたは一刻も早く出発してください。ミッドウェイ星系の懸案事項がわたしたちにとって重要であることを示さなければなりません」

「われわれがなんですって？」デシャーニ艦長は〈ドーントレス〉のギアリーの自室に立っていた。ギアリーはイケニたちとの会談を終えるとただちに、シャトルで〈ドーントレス〉に引き返してきた。その途中に、おおまかな計画を頭のなかで練りあげていた。

「シンディックの侵攻軍を撃退するために、第二巡航戦艦分艦隊、第五戦艦分艦隊、第五侵攻輸送艦分艦隊、カラバリひきいる宙兵隊をカーネ星系へ連れてゆく」と、ギアリー。

「愛してる」デシャーニはたじろいだ。「申しわけありません。不適切きわまりないことを申しました、元帥。閣下の話を聞いて一瞬、頭が真っ白になったのです。シンディックを叩きのめすために、あとどのくらいで出発するのですか？」

「問題がかたづいたら、すぐに」と、ギアリー。「残留部隊の指揮をまかせると、ドゥエロスに伝えるつもりだ。そうそう、仲間が増えるぞ。ミッドウェイ星系防衛のために強力な部隊をここに置いてゆく代わりに、巡航戦艦一隻が遠征隊に加わることになる。わたしの指揮下に置くことをミッドウェイ星系が認めてくれた」

「巡航戦艦ですって？　シンディックの巡航戦艦ですか？」

「ミッドウェイ星系の巡航戦艦〈ペレ〉だ。マルフィッサ代将も乗艦する。ロジェロ大佐が宙兵隊に同行し、シンディック陸上軍に関する最新内部情報を提供してくれる」

「いいですね」デシャーニはにやりと笑った。「ちょうど退屈していたところです」

　アライアンス艦隊の全艦がすでに最高即応態勢についていたため、わずか数時間で必要な準備が整った。カーネ星系に通じるジャンプ点へと移動するあいだに、さらに綿密な計画を立てることができる。

「さまざまなことに目を光らせろ」ギアリーはドゥエロスに言った。

「はい、閣下」と、ドゥエロス。「ご信任に感謝します」

「きみに対するわたしの信頼が揺らいだことはない」と、ギアリー。「こういう形できみへの信頼をみなに示せてよかった。リーセルツ大使はきみに重要な判断をまかせるつもりはないようだ。この星系においてはリーセルツ大使がアライアンスの最高権力者であることを忘れるな。われわれは大使の指揮下にある」

遠征隊に加わるすべての艦が出発の準備はできていることを示しており、おおむね、すぐに返答があった。早くリードをはずしてくれと意気ごんでいる猟犬の群れのようだと、ギアリーは思った。カーネ星系への移動中にとる隊形については送信ずみだ。ギアリーはデシャーニ艦長とともに、〈ドーントレス〉のブリッジにいた。あとはゴーサインを出すだけだ。

「〈特務戦隊カーネ〉の全艦に告ぐ」ギアリーはこの特務戦隊のために用意した専用回線で呼びかけた。「こちらはギアリー元帥。ただちに隊形ゼブラを実行せよ」

該当する艦が固定軌道上にいた艦隊からすばやく離脱し、集結した。先頭には箱型隊形をとった巡航戦艦〈ドーントレス〉、〈デアリング〉、〈ヴィクトリアス〉、〈インテンパリット〉、その後ろに侵攻輸送艦〈ツナミ〉、〈タイフーン〉、〈ミストラル〉、〈ハブーブ〉、しんがりをつとめるのは戦艦〈リレントレス〉、〈リプライザル〉、〈スパーブ〉、〈スプレンディド〉だ。二個の重巡航艦分艦隊が四個の軽巡航艦戦隊および六個の駆逐艦戦隊とともに、侵攻輸送艦の脇をかためている。

「幸運を祈ります！」特務戦隊がカーネ星系に通じるジャンプ点へと加速すると、ドゥエロスからメッセージが届いた。

「なあ」ギアリーはデシャーニに言った。「この特務戦隊は戦前のアライアンス艦隊全体とほぼ同じ規模なんだぞ」

「ふたたびその規模まで縮小されるとお思いになりますか？」デシャーニはその可能性に不安げな表情を浮かべながら、たずねた。

「いや。近い将来のどの時点においても、そのような小規模艦隊ではまにあわないだろう。シンディックの脅威や、崩壊しつつあるシンディック帝国がもたらす混乱に対処することはないかもしれないが、異星種族に対する懸念は依然としてあるはずだ。それに、太陽系の向こう側にはあの愚か者どもがいる」ギアリーは付け加えた。アライアンスやシンディックを創設した人々のように銀河系の中心をめざすのではなく、新たなコロニーを開拓するために、渦状腕《かじょうわん》に沿ってはるかかなたへ向かった人類の代表と出会ったことが、頭に浮かぶ。

「巡航戦艦〈ペレ〉がこちらへ直行してきます」と、ユオン大尉。「五時間後に合流するでしょう」

「ロジェロ大佐を〈タイフーン〉へ運んでいる艦はどう？」と、デシャーニ。

「ええと、重巡航艦〈グリフォン〉は、ジャンプ点から一時間の位置で合流する予定。〈グリフォン〉がロジェロ大佐の移送用シャトルを〈タイフーン〉に要請し、〈タイフーン〉はこれに応じるとのことです」

「よろしい」デシャーニは眉をひそめてギアリーを見た。「あのシンディック――いえ、もとシンディックの巡航戦艦が到着したら、編隊のどこに配置するおつもりですか？」

ギアリーはアライアンス巡航戦艦が構成する箱型隊形の中央を指さした。

「ほかの艦よりも少し前のここだ」

「本気ですか？　機雷探知機として使うのですか？」

「そうじゃない」と、ギアリー。「先頭を切って、同盟関係……いや、協力関係にあるカーネ星系を救いにいく気分を味わわせてやりたいんだ。それが象徴するものはミッドウェイ星系の人民にとっても、カーネ星系の人民にとっても、重要な意味があると思う」

「あなたの特務戦隊なのですから、元帥」と、デシャーニ。

〈ペレ〉が特務戦隊に合流した。イワ星系やほかの星系での戦闘で損傷したその巡航戦艦が誇らしげに編隊の先頭に立つと、マルフィッサ代将はギアリーや特務戦隊の上級士官たちとのホロ会議を要請してきた。

マルフィッサ代将の態度はいかにもプロらしく、上級士官のあるべき姿を体現しようとしているかのようだ。だが、その目には、マルフィッサが見せかけだけではないと思わせる何かがある。マルフィッサに逆らってはならないと賢明な人間に思わせる何かだと、ギアリーは思った。おれが知ったシンディックの慣例からすると、マルフィッサ自身もこれまでライバルを何人も殺してきたのだろうか？ たしかに、今やミッドウェイ星系艦隊の一部となった戦闘艦のもと指揮官たちは、全員が突然に最期を迎えたようだ。

だが、イケニ大統領の名が出るたびに、マルフィッサの目に狂信的とも思える忠誠心がちらりとのぞく。イケニが指導者であるかぎり、マルフィッサが新たな反乱を起こすことはないだろう。

「カーネ星系のシンディック小艦隊はこれまでどおりの教義にしたがうでしょう。連中が知っているのは、それだけですから。シンディック戦闘艦は訓練を充分に受けておらず、クルーも不足していると思われます」マルフィッサはギアリー、デシャーニ艦長、〈リプライザル〉のハイエン艦長、カラバリ少将にそう言った。ギアリーとデシャーニ以外は全員がホロ映像で会議に出席している。「シンディックはずっと以前から志願兵が不足していますが、新兵や古参兵を脅して服従させるために、まだ獲得できるすべての志願兵を

「シンディック艦は今までずっと、そのような方法で管理されてきたのではありませんか？」と、デシャーニ。

「ある程度は」と、マルフィッサ。その質問に気を悪くした様子はない。「しかし大半の艦には〈ヘビ〉が一人いて、何人かのクルーが〈ヘビ〉の手先としてほかのクルーをひそかに監視していました。大型艦には〈ヘビ〉が三、四人いたかもしれません。今では数十人の〈ヘビ〉が乗艦しています。もはや一人から四人の〈ヘビ〉ではクルーを脅して服従させることはできないと、シンディックは知っているからです」

「では、あなたが反乱を起こしたとき、あなたの艦にも〈ヘビ〉がいたのですか？　その〈ヘビ〉たちはどうなりました？」と、ハイエン。

「死にました。当然のことです」と、マルフィッサ。

「シンディック陸上軍でも状況は同じですか？　不服従の兆候《ちょうこう》はないかと、さらに多くの〈ヘビ〉が全員を監視しているのですか？」と、カラバリ。

「それは、わたしよりもロジェロ大佐のほうがうまく説明できると思いますが、答えはイエスです。シンディックは陸上軍の兵員だけでなく、その家族まで手っ取り早い人質として、イワ星系へ連行しました。いかなる失敗も即座に家族への報復につながると、兵員に〈ヘビ〉と呼ばれる内政保安局局員《ISS》の仲間に加えています」

思い知らせるためです」

「頭がどうかしているとしか思えません」ハイエンは愕然《がくぜん》とした表情で言った。「自分が何をさせられるかわかっていながら、なぜそのような〈ヘビ〉の仲間になることに同意するのでしょう？」

マルフィッサは鋼《はがね》のように冷たく揺るぎないまなざしをハイエンに向けた。

「バカなことを言わないでください。どんな命令であろうと、喜んでしたがう者はつねにいます。アライアンスにも、そのような者がいることはわかっています。われわれはアライアンスと戦い、アライアンスの所業をこの目で見ました」

気まずい沈黙が流れ、アライアンスの士官たちは目を伏せ、マルフィッサと視線を合わせないようにした。デシャーニだけは、いどむようにマルフィッサを見つめつづけている。

とうとうギアリーが不穏な沈黙を破った。

「平時には絶対に考えもしない行為を正当化するために、あまりにも安易に戦争が利用されている。代将、アライアンスは二度とそのような行為を許さないと、わたしが断言します」

「もちろんです」と、マルフィッサ。「イケニ大統領とドレイコン将軍も、わが自由独立星系においてシンディックのやりかたはもはや許されないと明言しています。失礼ながら率直に申しあげます、元帥。われわれはみな、あなたが人民の味方であることを知っています。これからはカーネ星系もミッドウェイ星系のように、その恩恵にあずかることになるでしょう」

会議が終わると、ホロ映像で出席していた者たちは消えた。デシャーニは顔をしかめて立ちあがった。

「よくもまあ、ぬけぬけと。シンディックが戦争の残虐性について講釈するなんて」

「マルフィッサ代将はシンディックによる残虐行為を、なかったことにしたわけではない。言いわけをしたのでもない」と、ギアリー。

「わたくしはまだ納得できません」デシャーニは落ち着きを取り戻そうとするかのように目をそらした。「ここにコースチャ・チュレブがいたら、会議は非常に悪い結果に終わっていたかもしれません。チュレブは、シンディックが故郷の惑星に何をしたかをマルフィッサに話したでしょうから」デシャーニは何かを思い出したかのように言葉を切り、ふたたびギアリーを見た。「わたくしが、アライアンスも軌道上から都市を爆撃していると話したとき、閣下がショックを受けていたことを覚えています。あのときはその理由がわかりませんでした」

「今はわかるだろう」と、ギアリー。

「はい、今なら理解できます。でも、何十年にもわたって犠牲者は増える一方……まったく終わりが見えないことがどんなものだったのか、閣下にはおわかりにならないでしょう」デシャーニはため息をついた。「シンディックを許すことはできません。しかし、シンディックに反旗をひるがえした人々のことは大目に見るつもりです。彼らは自分が何と戦っているかを知っていますから」

「ロジェロ大佐が〈タイフーン〉に到着したら、本人からわたしに報告がある予定だ。きみも同席したいか?」

「どうして、そんな——ああ、ブラダモントの夫でしたね」デシャーニは背筋を伸ばし、うなじをさすった。「はい、どんな人なのか確認したいので。きっと良識のある人にちがいありません。そうでなければホノーレ・ブラダモントは見向きもしなかったでしょう。数年前のわたくしなら、迷わずロジェロに隕石もどきを投下していたと思います。われわれは敵対関係にありましたから、ロジェロのほうもそれを覚悟していたはずです。ロジェロには、悪党どものために戦っているという自覚はあったのでしょうか?」

「本人に訊けばいい」と、ギアリー。

「ロジェロのことをもっとよく知れば、訊けるかもしれませんね」

通信が入ってきた。

「艦長？　ミッドウェイ星系の巡航戦艦が保安リンクの再接続を求めています」

デシャーニは近くの通信パネルをタップした。

「わかった。つないで」

まもなくマルフィッサのホロ映像がふたたび現われた。

「元帥、イケニ大統領に代わってお願いがあります」

「なんでしょう？」

「わたしが物理的にあなたの旗艦に移乗し、超空間を通って、状況のわからないカーネ星系へ同行することを許可してください」

デシャーニはミュート・ボタンを押した。

「お断わりです」

「ターニャ……」ギアリーは辛抱づよく待っているマルフィッサの映像を指さした。「理由を知るべきじゃないのか？」

「妨害工作？　スパイ行為？　暗殺？　理由を正確に知る必要がありますか？」

「マルフィッサはシンディックじゃない」

「自分の艦に乗っていた〈ヘビ〉の話をしたときの目をごらんになったでしょう？　〝死にました〟誰が〈ヘビ〉を殺したか、わたくしと賭けをなさいますか？」

「わたしはマルフィッサがこの艦に移乗する理由を知りたい」と、ギアリー。「指揮官としてのマルフィッサをもっとよく知る機会がほしいのだ」

「ご先祖様、お助けください！」デシャーニは頭を振り、冷静な表情をつくると、ミュートを解除した。

「なぜこの艦に乗りたいのですか？」と、ギアリー。

マルフィッサがその質問を予想していたのは明らかだ。

「あなたには率直に話すようにと指示されているので、そうします。イケニ大統領は、わたしが貴艦の運営を観察することを望んでいます。クルーと士官のやりとり、組織、規律。ブラダモント代将から多くのことを学びましたが、現地調査の代わりにはなりません」

「あなたがこの艦に乗りこんだら〈ペレ〉は指揮官不在になりますが、不安はないのですか？」

マルフィッサは首を横に振った。

「非常に有能なコントス艦長と忠実なクルーがいます。イケニ大統領は、あなたがたにとっても、わたしのことやわれわれの艦の運営方法についてもっとよく知る機会になると、考えたのです」

イケニはこの提案に対するギアリーの反応を予想していたにちがいない。ギアリーがデシャーニをちらっと見ると、デシャーニはなんの感情も表わしていなかった。デシャーニはギアリーの視線に気づくと、やられたというようにため息をつきながら小さくうなずいた。

「どうやってここへ来るおつもりですか、代将？」

「〈ペレ〉にシャトルがあります。よろしければ、貴艦のシャトルを使わせていただいてもいいのですが」

「われわれとしては、そのほうが好都合です。移乗のタイミングを知らせてください。準備を整えます」と、デシャーニ。

マルフィッサの映像がふたたび消えると、デシャーニは頭を振りながらギアリーを見た。

「しかたありません。マルフィッサがどんな人間なのか、それに、ミッドウェイ星系の人々についても、もっとよく知るチャンスですから。しかし、マルフィッサがどこへ行くにも護衛をつけるつもりです。それから、マルフィッサが乗艦しているあいだは、閣下の自室の前に見張り役として宙兵隊員を二人置くことになります」

「いいだろう」と、ギアリー。なんといっても、このようなことは常識的な予防措置なのだから、反論しても無駄なことはわかっていた。

二時間後、〈ドーントレス〉のシャトルが〈ペレ〉から戻り、マルフィッサがタラップをおりてきた。つづいて護衛として同行したオービス一等軍曹が現われた。礼装軍服姿がまぶしいほどだ。

　タラップをおりきったところでマルフィッサは一瞬、立ちどまり、シャトルベイと出迎えのために整列した儀仗兵をながめた。それからギアリーに近づき、右のこぶしを左肩にあてるシンディック式の敬礼をした。

「このような機会を与えてくださり、感謝します、元帥」マルフィッサはデシャーニに向きなおり、もういちど敬礼した。「おもてなしに感謝します、艦長」

「どういたしまして」デシャーニはそう言うと、アライアンス式の敬礼で応えた。「ご乗艦中は、身の安全を守るため、自室にいらっしゃるとき以外はつねにオービス一等軍曹が同行いたします」

「そうなんですか？」マルフィッサは振り返り、オービスを上から下までながめまわした。「アライアンスの宙兵隊員がわたしを護衛してくださるのですか？　奇妙な時代になったものですね」

「わたくしも同じことを考えていました」と、デシャーニ。

　重巡航艦〈グリフォン〉は〈タイフーン〉に接近してロジェロ大佐を移乗させると、特務戦隊がカーネ星系へのジャンプ点に近づいたところで離脱した。

「ロジェロ大佐が貴重なものを持ってきてくれました」ジャンプ直前にカラバリ少将から報告があった。「シンディック陸上軍装甲服のオペレーティング・システム——イワ星系で初見の最新版——用にカスタマイズされたマルウェアです。宙兵隊ハッカー・チームがそのプログラミング・スキルに舌を巻いています。ミッドウェイ星系には優秀なプログラマーがいるようです」

「シンディックに対しても有効なマルウェアを、提供してくれたのか？」ギアリーは驚いた。「まさかドレイコン将軍麾下《きか》の兵士は、今もシンディックの装甲服を使っているのではあるまいな？」

カラバリはうなずいた。

「使っているのはたしかですが、シンディック陸上軍版と互換性がないようシステムを意図的に変更してあります。シンディックによってマルウェアがしこまれてはなりませんので」

「実にぬかりがない」

カラバリが称賛をこめた表情でふたたびうなずいた。

「敵にまわしたくない相手です。ドレイコンはまぎれもないプロの軍隊を組織しました。

これまでわれわれが遭遇したどんなシンディック正規軍よりも手ごわいでしょう」

「たしかに敵にまわしたくはないな」と、ギアリー。「シンディックが支配力を失った今、ミッドウェイ星系が錨《いかり》としての役目を果たしていなければ、周辺宙域は無政府状態におちいるかもしれない。ロジェロ大佐に対するきみの印象を聞くのが楽しみだ」

「カーネ星系に到着するまでロジェロ大佐の知恵をお借りするうちに、どんなかたなのかわかってくるでしょう。ところで、ジャンプする前に、ロジェロ大佐が直接、閣下に報告したいそうです。接続してよろしいですか？」

「ああ、どうぞ」

　ロジェロ大佐の映像が現われ、シンディック式の敬礼をした。閲兵場で見られるきびきびした敬礼ではなく、いかにも古参兵らしく、身体にしみついた毅然とした動きだ。

「特務戦隊に合流したことを報告します、元帥」

「ようこそ、大佐。全力で宙兵隊を支援してくれ」と、ギアリー。

　ロジェロがもういちど敬礼すると、通信は終了した。

「あれだけですか？」と、デシャーニ。二人は〈ドーントレス〉のブリッジですわり、ジャンプ点突入の瞬間を待っていた。マルフィッサがブリッジ後方のオブザーバー席についている。かつてビクトリア・リオーネがよくすわっていた席だ。「あれが来着面談ですか？」

「時間があまりなかった」と、ギアリー。

その言葉を裏づけるようにユオン大尉が声を張りあげた。

「カーネ星系へのジャンプ点突入まであと五分」

ギアリーは全艦に呼びかけようと通信ボタンに伸ばしかけた手を止めた。

「〈ペレ〉ともつながっているんだよな？」

「通信回線の一部は接続されています」と、デシャーニ。「システムに互換性がないため、全面的な接続はできませんが、基本的なデータのやりとりは可能です」

「コントス艦長は現在の配慮に満足しています」と、マルフィッサ。

「よし」ギアリーは通信ボタンを押した。「〈特務戦隊カーネ〉の全艦に告ぐ。カーネ星系にシンディック戦闘艦がいることはわかっている。ジャンプ点に哨戒《しょうかい》部隊もしくは警備部隊が配備されているかもしれない。超空間を離脱したら、完全戦闘可能態勢をとれ。敵対行為をしかけてはならないが、敵襲にさいしてはただちに応戦してよい。カーネ星系の状況を見て、詳細な行動計画を立てる。だが、主要惑星上にシンディック陸上軍がいることを想定するべきだ。やつらを確実にそこから排除することになるだろう。われらが先祖に名誉あれ。ギアリーより、以上」

数分後、ギアリーはもうひとつの命令を送信した。

「〈特務戦隊カーネ〉の全艦に告ぐ。ジャンプせよ」


もとシンディック士官のマルフィッサ代将が艦内を歩きまわっているのは奇妙な感じがした。もうシンディックの制服は着ていないため、敵意の対象というよりも好奇の対象として見られている。いずれにせよ、威圧的な態度のオービス一等軍曹がついているので、否定的な意見を公然と口にする者はいなかった。

「マルフィッサ代将はどうしている？」ギアリーはアイガー大尉にたずねた。

「いろいろと観察していますよ、元帥」と、アイガー。「とくに士官と下士官の関係性に興味があるようですが、われわれの流儀を知るために訓練の見学も希望しています。電子パッドに何かメモしていたので、見せてほしいと言うと、すぐに応じてくれました。ざっと見たところ、基本オペレーティング・システムとメモ書き以外には何もありませんでした」

「マルウェアなどのスパイツールを持ちこむとしたら、発覚しやすい電子パッドには入れないだろう」

「代将がそのようなものを持っている様子はありません。ブラダモント大佐のメッセージによると、マルフィッサ代将はアライアンスの友人となりうるから適切に対処するようにとのことです」

「わたしにも同じメッセージが届いた。マルフィッサは今もクルー区画で食事をとっているのか？」

「はい、閣下。観察のためです。アライアンスの食事はおいしいと言っています」アイガーは笑みを浮かべた。「とにかく、シンディックの下級士官や兵士が食べさせられているものよりはましだ、と。わたしは隣の席にすわって食事しながら、代将にいろいろ質問しました。わたしがシンディックの保安警察のようなものではないとわかると、警戒を解いたようです。元帥、あの代将は天下一品の役者なのかもしれませんが、シンディックのことをどう思っているのかたずねると、新星が爆発したかのような激しい憎悪をあらわにしました。ミッドウェイ星系の人民の大半が同じ思いを抱いているそうです」

「わたしがシンディックについて知っているかぎりでは、本当のことだろう。ほかに何かわかったか？」

「動画をたくさん観ていると言っていました。娯楽ものの動画です。そのなかでアライアンスの人々がどんな表現や言動を許されているのか、確認したかったからだとか。わたしはそんなふうに考えたこともありませんが、シンディックには禁止事項が多すぎるらしいです。司令官は決して悪人であってはならない。ＩＳＳ局員はいつも正しく、人民を気づかう存在でなければならない。シンディック体制はつねに正しく、反体制者は冷酷な悪党だ。労働者が職務を怠《おこた》っているせいではないかぎり、欠品や不良品があってはならない」

「なるほど。だから、アライアンスの娯楽にどんなルールがあるか知りたかったのか」

「はい、閣下。シンディックがつねに悪者扱いされている以外にルールは見受けられなかったが、そのように扱われるのも無理はないと、代将は考えています。われわれが問題を明らかにしていることに感心していました。シンディックでは、問題のせいで人々が頻繁に罰せられるのに、問題の存在を誰も認めてはならないのです」

「マルフィッサから目を離すな。オービス一等軍曹から困りごとの報告は受けていないか？」

「いいえ何も、閣下」アイガーは微笑した。「シンディックがアライアンス宙兵隊のことを遺伝子操作された化けものだと主張しているという話を、マルフィッサ代将から聞いたそうです。捕虜になった宙兵隊員もいるので、誰も信じてはいませんが、表向きは今もそういうことになっているとか」

「オービスはどう思ってるんだ？」

「ええまあ……おもしろがっていました、元帥。宙兵隊のユーモアのセンスはちょっと変わっていますからね」

「ものは言いようだな」

　カーネ星系に着くまで超空間にいるのはわずか六日間だ。超空間にうんざりするには充分な時間だが、いらいらさせられるほど長くはない。

　ギアリーは〈ドーントレス〉のブリッジですわっていた。すぐ隣の席にデシャーニがすわり、後方のオブザーバー席にはマルフィッサがいる。

「防御シールドの強度最大、すべての武器が準備完了」と、キャストリーズ大尉。当直士官たちはマルフィッサをとくに警戒しているが、今はその存在を忘れそうなほど任務に集中していた。「敵襲に対し自動応射するよう、発射制御システムを設定してあります」

「機雷はたいして敷設されていないはずだ」ギアリーはデシャーニに言った。〈ペレ〉を先頭に配置したことが気にかかる。超空間の出口に機雷原があるなら、編隊の先導を戦艦にまかせたほうがはるかによかった。「それほどの時間や資源があったとは思えない」

「元帥、シンディックはミッドウェイ星系がこの攻撃に対応できるとは予想していませんでした」と、マルフィッサ。「ミッドウェイ星系機動艦隊はイワ星系で罠にかかって全滅するか、少なくとも深刻な損失を受けるだろうと考えていたのです」

「カーネ星系はまだ持ちこたえていると思うか？」と、ギアリー。

「生き残った人々は不屈の精神を持っています」と、マルフィッサ。「戦いつづけている可能性は高いでしょう」

「数分後にわかります」と、デジャーニ。

超空間を離脱すると、いつものように脳みそを揺さぶられる感じがした。ふたたび頭が働き、行動できるようになるまで数秒間、回復に努めなければならない。ギアリーはその状態と闘いつつも、警報が鳴り響いていないことに気づき、ほっとした。シンディック戦闘艦は近くにいないようだ。

ようやく頭がはっきりすると、ギアリーはディスプレイを注視した。情報が更新されてゆく。もちろん主要惑星からの情報は数時間前のものだが、心強い光景が映し出されていた。

「主要惑星の周回軌道上に、巡航戦艦一隻、重巡航艦二隻、対艦攻撃艇七隻を確認」と、キャストリーズ。「兵団輸送艦二隻と改造貨物船十隻もいます。目に見えるかぎりでは、この映像の時点においては主要惑星上で戦闘がつづいていたようです」

「戦闘の激しさはわかるか？」と、ギアリー。

「メッセージをさらに分析する必要があるでしょう、閣下。巡航戦艦がもう一隻、主要惑星に向かっています。クカイ星系からのジャンプ点に到着したにちがいありません。ほかのシンディック戦闘艦と合流するまで一日以上かかりそうです」

「われわれにはまだ大いに勝算があるということですね」と、デシャーニ。

「戦ってもいいのはその必要がある場合だけだ」と、ギアリー。「わたしの身だしなみに問題はないか？」

「大丈夫です、閣下」デシャーニはそう言いながらも身を乗り出すと、ギアリーの制服の片側を引っ張り、しわを伸ばした。「第六回線で星系に向けて公開通信してください」

「ありがとう」ギアリーは深呼吸し、第六回線を起動した。「こちらはギアリー元帥。自由独立ミッドウェイ星系と協力関係にある諸星系を防衛するという協定の一環として、カーネ星系の独立性を守るために派遣された特務戦隊を指揮している」カーネ星系の人民はもちろん、ミッドウェイ星系の人民にも受け入れられるよう、あらかじめ慎重に選んでいた言葉だ。「カーネ星系を攻撃しているすべての星系外部隊、陸上軍、戦闘艦および貨物船に告ぐ。即刻、退去せよ。勧告に応じない場合、カーネ星系を防衛するために必要なあらゆる措置を講じるつもりだ。われらが先祖に名誉あれ。ギアリーより、以上」

「みすみす逃がす必要がありますか？」デシャーニが不服げに言った。「やつらが別のジャンプ点に到達する前に追いつけますよ」

「チャンスを与えなければならない」

「シンディック機動部隊の司令官は決して逃げないでしょう」と、マルフィッサ。「戦わずして逃げたら……一発も発射せずに逃げたら、生きてはいられないとわかっているからです。シンディックは逃亡者を許しません。あのシンディック機動部隊にとって唯一のチャンスは、この特務戦隊と交戦して、ある程度の損害を与え、シンディックの命令を遂行する熱意があることを証明したうえで退却することです」

「巡航戦艦の数はわれわれの四隻に対して二隻」と、デシャーニ。「重巡航艦の数では、さらに圧倒的にわれわれのほうが上まわっています。どこからでもかかってくればいいのです」

「同感です」と、マルフィッサ。「しかし、こちらにはもう一隻、巡航戦艦がいることをお忘れなく」

デシャーニは一瞬ためらってから笑みを浮かべた。

「ええ、そうでしたね。指揮官の技量のほどはどうなのでしょう?」

「コントス艦長は若いが、才能にめぐまれています。驚くべきスキルの持ち主で、自分の身体の延長であるかのように、巡航戦艦を正確かつたくみに動かすことができます」

「くそっ」と、デシャーニ。「その艦と対決したかったわ」

「四対一で？」

「いいえ、一対一で」デシャーニはマルフィッサを振り返り、心からの笑顔を見せた。

「でも、味方の艦ですものね。どんな活躍を見せてくれるのか楽しみです」

ギアリーもブリッジの後方に目を向けた。

「代将、あなたからも別個にメッセージを送るべきだと思われますか？　わたしの公開通信を目にするでしょうが、あなたの姿を見ればカーネの人々は安心するかもしれません。われわれがここへ来たのは、本当にミッドウェイ星系を支援するためであって、カーネ星系に対する権利を主張するためではないのだ、と」

「名案ですね、元帥」

「回線を切り替えなさい」デシャーニが命じた。「主要惑星へ向けて公開通信を行なう」

「はい、艦長。第四回線です、代将」

マルフィッサは手もとのコントロール装置を見おろし、顔をしかめながら正しいスイッチを選んでタップすると、正面を向いて公開通信を始めた。

「カーネ星系の人民に告ぐ。こちらは自由独立ミッドウェイ星系のマルフィッサ代将。わたしはミッドウェイ星系の巡航戦艦〈ペレ〉とともに、この救援部隊に同行しています。われわれはあなたがたの自由を守るために来ました。シンディック軍は撤退あるいは降伏するか、撃滅されることになるでしょう。もう少しの辛抱です。すぐに助けにゆきます。人民のために。マルフィッサより、以上」

ギアリーは特務戦隊のベクトルを変更した。特務戦隊はカーブを描き、その軌道上にある主要惑星へ直行する針路を進みはじめた。ギアリーはさらに少し考え、状況を見てから、もうひとつ、あることをしようと決め、〈リプライザル〉に通信した。

「ハイエン艦長、巡航戦艦を本隊から切り離し、シンディック戦闘艦部隊がわれわれの侵攻輸送艦に接近してくる前に妨害できる場所へ、大きく移動させるつもりだ。第四重巡航艦分艦隊、第七および第十二駆逐艦戦隊とともに、隊形ゼブラ１《ワン》を組んでもらう。戦艦を含むほかの戦闘艦は隊形ゼブラ２《ツー》として、引きつづき侵攻輸送艦の近接護衛を行なう。きみは輸送艦とともに残る部隊の現地指揮をとってくれ」

ハイエンは驚きの表情でギアリーを見返した。

「元帥、わたしはカラス共和星系の士官であって、アライアンスの士官ではありません」

「カラス共和星系は依然としてアライアンスと協力関係にある」と、ギアリー。「だから、きみもアライアンス士官の一人だ」

ハイエンはきびきびと敬礼した。

「感謝します、元帥。必ず輸送艦を守ってみせます」

「デシャーニ艦長」と、ギアリー。「巡航戦艦部隊を単独で誘導し、少なくとも十光分の距離から輸送艦を護衛せよ」

デシャーニはにやりと笑った。

「感謝します、元帥。隊形ゼブラ1の全艦に告ぐ。〇・二光速まで加速し、〇三〇度左へ転針せよ」

編隊が分かれ、デシャーニの指揮下にある巡航戦艦、重巡航艦、駆逐艦がほかの艦から離れると、シンディック戦闘艦とアライアンス侵攻輸送艦がどんな動きをしても、あいだに割って入れる角度で加速した。

あとは待つしかない。送ったメッセージが受信されるまで数時間かかる。それに対する反応を目にするか返信を受け取るまで、さらに同じ時間を要するだろう。

「われわれを見た直後に、シンディックの兵団輸送艦一隻とすべての貨物船が惑星の周回軌道を離脱しました」その出来事を示す光がようやく届くと、キャストリーズは報告した。

「シンディックにとっては普通のことです」と、デシャーニ。「シンディックの輸送艦が、陸上軍を救出するために危険をおかすことは絶対にありません」

ギアリーはマルフィッサを振り返った。シンディックの行動とデシャーニの言葉に対する反応を見るためだ。マルフィッサはうなずいている。

「設備は高価ですが、人間は安価です。艦は代えがききませんが、〝使用ずみ〟の人間に代わる者はいつでも、いくらでも手に入ります」と、マルフィッサ。「それがシンディックの考えかたです」

デシャーニが短く笑った。

「それと同じ考えかたをするアライアンスの人間に会ったことがあります」

「では、問題なのはシンディックではなく、人間なのですか？」

「問題となるのはいつも人間です。しかし問題を解決するのも、つねに人間です」と、デシャーニ。

「なるほど」マルフィッサはデシャーニを見つめたまま、ゆっくりとうなずいた。

「本気でマルフィッサにアドバイスしているのか？」ギアリーは低い声でデシャーニにたずねた。

「閣下がそう望んでいると思いましたので」と、デシャーニ。

「たしかにそうだが、まさか本当にやるとは」

「自分でもびっくりしています」

「艦長、惑星上から一機のシャトルが……いえ、シャトル三機と航空宇宙艇数隻が離昇し、軌道上に残っていた兵団輸送艦一隻とランデブーしました。その後、その輸送艦も軌道を離脱。すべての輸送艦および貨物船が、クカイ星系に通じるジャンプ点へ向かうベクトルを進んでいます」

「今なら阻止できます」デシャーニは横目でギアリーを見た。

ギアリーは首を横に振った。

「せっかく去ろうとしているのに」

「〈ペレ〉はどうなるんです？　マルフィッサ代将が何を望んでいるにせよ、それを実行できないのですよ」

マルフィッサは笑みを浮かべた。

「シンディック巡航戦艦の行動を見て、対処したら、貨物船に追いつけるかどうかコントスに確認してもらうつもりです。そのときまでに、シンディックの兵団輸送艦はジャンプ点にぐっと近づいているかもしれませんが」

「艦長、シンディック小艦隊も主要惑星の周回軌道を離脱しました」と、キャストリーズ。

「われわれの侵攻輸送艦をねらって転針しているようです」

「あなたの考えは正しかったようですね、代将」と、ギアリー。「デシャーニ艦長、あのシンディック小艦隊の針路が確定したら、戦う覚悟で迎えにいってやれ」

デシャーニはさらに笑みを広げた。

「わたくしの要求は単純明快です。巡航戦艦一隻と戦うべき敵。それさえあれば満足です」

「きみが満足してくれるなら、わたしもうれしい」と、ギアリー。「だが、敵が先に砲撃してくる必要がある」

「シンディック小艦隊から通信が入っています、艦長」

現われた司令官は若い男だった。一生ぶんかと思うほど傲慢な表情を浮かべている。

「こちらはシンディックのグランドン司令官。シンディック宙域で不法な作戦行動をとっているアライアンス部隊に告ぐ。当星系はシンディックの一部である。われわれは内部問題に対処し、当星系の平和的な兵員を食いものにするテロリスト集団の鎮定《ちんてい》に努めている。われわれが法と秩序の名のもとにとる行動は、合法的だ。おまえたちは敵意をちらつかせている。先の戦争を終結せんがため、シンディックは寛大にも平和条約に同意したが、それに反する行為であることは明らかだ。寛大さと意志の欠如を、はきちがえるな。外部からの内政干渉は容認しがたい。われわれはなんとしてもシンディック宙域を守る！　当星系から退去しないなら、そのお粗末な部隊を叩きのめしてやる。わが身を恨むがいい。人民のために。グランドンより、以上」グランドンは〝人民のために〟という言葉を不明瞭に発音した。口にする意味もないというように。

「戦うつもりがあるのでしょう」と、デシャーニ。「あの男は、われわれに勝てると本気で思っているようです」

「間違いありません」と、マルフィッサ。「このタイプの人間を知っています。権力者の家系に生まれたあの男にノーと言って、後悔しなかった者は一人もいない。自力では何もしてこなかったくせに、自分の優位性によってすべてをなしとげたと思いこんでいる。名前だけではどうにもならない現実的問題に直面し、今回はじめて本気で力を尽くすことになります。指揮官としての訓練は、どんなに不利な状況でも楽勝できるよう設定されたシミュレーション上でしか受けていないでしょう」

「本当にシンディックはそのような設定をしているのですか？」デシャーニは信じられないという口調でたずねた。

「たしか、戦前はアライアンス艦隊にもその種のシミュレーションがあった。提督たちはつねに勝利を望んでいた」と、キアリー。

「人間の性《さが》です」マルフィッサはそう言うと、デシャーニに向かってうなずいた。

「人間とはそういうものです」と、デシャーニ。「どうなさいました、元帥？」

当然ながら、デシャーニはギアリーの不安に気づいていた。

「何もかもがあまりに安易な気がしてならないんだ」ギアリーは通信ボタンに触れた。

「全艦に告ぐ。こちらはギアリー元帥。不自然な動きがないか、厳重な監視をつづけろ。インドラス星系で受けたような伏撃がないとはかぎらない。ギアリーより、以上」

状況を視認できたのはさらに数時間後だったが、クカイ星系からジャンプしてきた二隻目のシンディック巡航戦艦も、アライアンス巡航戦艦を妨害しようとベクトルを変更していた。

〈ドーントレス〉から見て、戦艦と侵攻輸送艦は左後方にいる。アライアンスの両編隊がそれぞれの目標物へ向かうベクトル上を離れてゆくにつれて、〈ドーントレス〉との相対位置は少しずつ左へずれはじめた。シンディック小艦隊は右舷艦首側やや下方のかなたにいるが、その相対位置を保ったまま、直接妨害をねらって接近しつつある。第二のシンディック巡航戦艦も、シンディック小艦隊と同時にアライアンス編隊に到達しようと〇・一三光速まで加速しているにもかかわらず、右上方に静止しているように見えた。

「砲撃を二隻のシンディック巡航戦艦に分散させれば、ある程度のダメージを与えられますが、両方とも撃破できるという保証はありません」と、デシャーニ。「しかし、どちらか一隻を集中砲撃すると、もう一隻にやりたい放題を許すことになります」

「問題は」と、ギアリー。「片方がやられたら、もう片方はその場にとどまり僚艦を守ろうとするのか、それとも、わが身の安全のために逃げるのかという点だ」

「誰が指揮しているかによります」と、マルフィッサ。「司令官に恩義がある指揮官なのか、ライバルなのか。シンディックでは、そのような行動の多くが個人的関係に左右されます」

「過去の交戦のいくつかの側面が理解できた気がします」と、デシャーニ。

「艦長」と、通信士。驚きの色を浮かべている。「第二のシンディック巡航戦艦からタイト・ビーム通信が入っています」

「一隻だけ？　安全性は確認した？」

「はい、艦長。マルウェアはしかけられていません。元帥あてです」

「タイト・ビーム？　シンディック小艦隊には気づかれないの？」

「はい、艦長。痕跡すら見えないでしょう」

「あの艦の指揮官は勝算なしと見て、取引したいのかもしれません」と、マルフィッサ。

「だとすれば、乗艦している〈ヘビ〉をすでに殺したということです」

「では、見てみましょう」と、デシャーニ。

ギアリーのディスプレイにも、そのメッセージのタブが表示された。ギアリーはどんな内容だろうといぶかしく思いながら、受信ボタンをタップした。

そして、現われた映像を信じがたい思いで凝視した。

同じ映像を自分のディスプレイで見たデシャーニが、のどを絞められたような声を上げた。

17

ギアリーが絶体絶命の危機にあった星系同盟《アライアンス》艦隊をはじめて指揮して以来、なんども夢に出てきた男。その男の顔がこちらを見ている。あのころよりも痩せて頬がこけ、久しくまともなものを食べていないことがうかがえた。身につけたアライアンス艦隊の制服はぼろぼろで、古い焦げ跡や雑につくろった跡がいくつもある。〈リパルス〉が大破したときに制服も損傷したのだろう。

どうやって生きていたんだ？　それに、どうやってカーネ星系へ来た？

「ギアリー元帥にメッセージを送ります」男が言った。「送信者は〈リパルス〉のもと指揮官、マイケル・ギアリー大佐。わたしはアライアンスの大勢の捕虜とともに、惑星連合《シンディック》の強制収容所にとらわれていました。戦争が終わったことを知ったのは、つい最近のことです。われわれは脱走し、このシンディック巡航戦艦を奪いました。クルーの数も、搭載された武器も、燃料電池の残量も充分ではなく、もっぱら近距離ビームが頼りです。ですが、シンディック小艦隊との交戦にお力添えすることはできます。アライアンスを攻撃するから協力しろと、シンディック小艦隊の司令官から命令を受け、したがうふりをしてきましたが、叩きのめすべき相手はあの司令官のほうです。

きっと……わたしを見て少し驚いていらっしゃるでしょう、元帥。わたしも、まさかふたたびお目にかかれるとは思っていませんでした。しかし、こうして出会えた。しかも、こんどはわれわれのほうがシンディックよりも優勢です。目にもの見せてやりましょう。われらが先祖に名誉あれ。ギアリーより、以上」

ギアリー元帥はしばし言葉を失い、ディスプレイを見つめていた。すぐ隣で、デシャーニがかろうじて聞き取れるくらいの声で先祖に感謝の祈りを捧げている。

「よし」ギアリーはようやく口がきけるようになった。「これでわれわれの巡航戦艦は全部で六隻だ」

「それが閣下の反応ですか?」と、デシャーニ。

「ちょっとびっくりしているよ」ギアリーはゆっくりと深呼吸した。「これは現実なのか?　あれは本物のマイケルだったのか?　それとも偽者なのか?」

「メッセージ解析によると、加工された映像ではないようです」と、通信士。「本物のマイケル・ギアリー大佐である確率は九十四パーセントです」

「どうやって捕虜の一団は脱走したうえに、シンディック巡航戦艦を拿捕できたのだろう？」と、ギアリー。

デシャーニは言葉に詰まった。

「わかりません。そんなことが可能だとは思えないのですが」

「外部からの手引きがあったのではないでしょうか？」と、ユオン大尉。「アライアンスの宙兵隊や特殊部隊などです。非公開の場所に捕虜がとらわれていたら、解放しようとするのは当然です」

「たしかに、つじつまは合う」と、ギアリー。「だが、だとしたら、ギアリー大佐がそのことに言及したはずだ。代将？」

マルフィッサ代将は頭を振った。

「罠《わな》かもしれません。シンディックの司令官が命令を承認する必要があります。アライアンスの人間がシンディックの執行官になりすますことができるとは思えません。確認するべきです」

「マイケルしか知らないはずのことをたずねてはいかがですか？」と、デシャーニ。「シンディックが尋問中にたずねようとは思わなかったことを」

「うん、いい考えだ」ギアリーは言葉を切った。まだ動揺しているので頭がなかなか働かない。「たとえば？」

デシャーニはじっくり考えた。

「ご実家のネットワークにいた幽霊のことはどうでしょう？」

「いいね」

「もし罠だとしたら、まんまと引っかかったと思わせる必要があります。怪しんでいることをさとられないようにしてください」

「わかった。通信士、シンディック小艦隊に気づかれないよう、タイト・ビームで応答するのは可能か？」

「はい、元帥」と、通信士。「充分な距離があるため、ビームが広がっても小艦隊にまでは届かないでしょう」

「よし」ギアリーは気を落ち着けてから応答コマンドに触れた。「ギアリー元帥より……ギアリー大佐へ。メッセージを送ってくれて……非常にうれしい。だが、きみが本物だという証拠が必要だ。実家のネットワークにいる幽霊の名前を返信してくれ。どうやってシンディック巡航戦艦を乗っ取った？　どうやって仲間の艦だとシンディックの司令官に信じこませた？　教えてほしい。ギアリーより、以上」

「どこかぎこちない言いかたでしたね」と、デシャーニ。

「うん、まあ、勘弁してくれよ。少々動揺しているんだから」

「小艦隊との接触予定位置までまだ三光時あります」と、デシャーニ。「現在の接近速度だと、十五時間後です。交戦前にマイケル――あれが本物のマイケルなら――と、あと何回かメッセージのやりとりができます。何をするべきか考える時間もあります」

その直後、デシャーニの楽観的な考えをあざ笑うかのように警報が鳴り響いた。

「クカイ星系からのジャンプ点に、さらに五隻のシンディック艦が到着しました」と、キャストリーズ大尉。「巡航戦艦二隻と重巡航艦三隻です」

ギアリーのディスプレイに、新たなシンディック艦の到着を示す複数のシンボルが現われた。数時間前にジャンプ点に到着したとき、すでに明確な目的を持ったベクトルへとすばやく加速していた。

「やつらが追っているのは、マイケル・ギアリーが乗っているかもしれないし乗っていないかもしれない巡航戦艦だ」

「そのようですね」と、デシャーニ。「ジャンプしてくると同時に加速を開始したことからすると、あの艦をつかまえようとしています」

「ミッドウェイ星系で同じ手を使っていました」と、マルフィッサ。「逃げると見せかけて、ほかの艦がターゲットを追いかける。何もかも計画された罠の一部だったのです」

ギアリーは何も言わず、新たに現われた戦闘艦部隊を注視した。数時間前にとりはじめた妨害針路を着実に進んでいる。〈ドーントレス〉のシステムが予測したとおりだ。マイケルが乗っているかもしれない巡航戦艦は主要惑星へ向かう途中で、アライアンス艦に接近するベクトルをとりはじめた。それに対して、シンディック戦闘艦部隊はすぐさま妨害針路をとったのだ。シンディック小艦隊もさらに加速している。マイケルの艦が現在の速度を維持すれば、アライアンス巡航戦艦部隊の約十光分手前でつかまるだろう。

「あれがマイケルなら、加速しているはずです」デシャーニが不満げに言った。

「燃料電池の残量が足りないと言っていた」と、ギアリー。「大幅に加速すると、許容量を超える恐れがある。だが、燃料不足を強調するのも罠の一部かもしれない」ギアリーは自分が与えられた選択肢にいらだちながら、椅子の背にもたれた。「マイケルの艦を迎えにいったらどうだろう？　ほかにどんな影響が出る？」

　デシャーニはコントロール・パネルをタップした。

「そのためにベクトルを変更すると、ほかのシンディック巡航戦艦三隻にわれわれをかわす隙を与えることになります」

　まともにぶつかりあったら、巡航戦艦三隻ではハイエン艦長ひきいる四隻の戦艦に歯が立たない。だがシンディックは戦艦との交戦を避けようとするだろう。戦艦をかわして侵攻輸送艦を攻撃しようとし、成功するかもしれない。

「われわれをおびきだし、侵攻輸送艦を無防備な状態にさせようとしているのであれば、うまい罠をしかけたものです。ガス欠のポンコツ艦に乗ったマイケル・ギアリー。そのマイケルを守るには、侵攻輸送艦を守るという義務を放棄するしかないとは」

デシャーニは〝われわれを〟と言ったが、これが罠なら、間違いなくおれをねらったものだ。

「マイケル・ギアリーがあの艦に乗っているとしたら――」

「閣下がご自分のつとめを果たすことを期待するでしょう」と、デシャーニ。「マイケルはあなたがどんな選択を迫られているか知っています。任務を危険にさらしてまで助けてもらいたいとは思わないはずです」

ギアリーはデシャーニにつらくあたりそうになった。どうしてマイケルの望んでいることがデシャーニにわかるのか？　だが、ギアリーよりもデシャーニのほうがマイケルをよく知っている。アライアンス艦隊で任務をともにしてきたのだから。ギアリーが弟の孫と接した経験といえば、〈リパルス〉が大破する前にかわした短い会話ぐらいだ。

「わたしはすでにいちどマイケルを見捨てた」ギアリーはようやく、つぶやくように言った。

「マイケルはみずから志願して、後衛をつとめました」と、デシャーニ。「やるべきことをやったのです」

マイケルはまた同じことをする必要があると言いたいのだろう。マイケルにそのような役目を押しつけようとするデシャーニに、腹が立つ。だが、ギアリーはふと気づいた。マイケルをふたたび失えば、おれは自分を責める。デシャーニはそうわかっていて、わざとおれを怒らせたのだ。おれがデシャーニを責めるように。

「自分のつとめはわかっている」ギアリーは低くつぶやいた。「マイケル・ギアリーが乗っているという艦が妨害される位置まで、どのくらい近づける？　ただし、敵に隙を与えてはならない」

「少々お待ちください、元帥」デシャーニは言い、選択肢を確認した。「ベクトルを変更すれば、かわす隙を与えることなく、五光分近づけます。シンディック巡航戦艦部隊がマイケルの艦に追いついたとき、まだ五光分の距離があります」

五光分。約九千万キロ。無限の宇宙においては、たいした距離ではない。だが人間のとった行動の結果を左右するには、遠すぎる距離だ。ギアリーはマイケルを一人で戦わせようとしている。またしても。

〝どうすれば、そんなことができるのですか？〟ドクター・クレシダに訊かれたことを思

い出す。〃命令にしたがえば部下が死ぬとわかっていながら、どうすればそんな命令を出せるのですか？〃

　あのときはその答えがわからなかった。今もわからない。自分の指揮下にある全員との信頼関係を保つには何をすべきか。わかっているのはそれだけだ。

「デシャーニ艦長。編隊のベクトルを変更せよ。目標位置は妨害予定位置から五光分。それでも、まだ侵攻輸送艦を守ることはできる」

「了解、元帥」デシャーニはいつもより感情を抑えた声で応じた。

　ほかに何もすることはない。ベクトルが変更されたことを目にするのは数時間後なのだから。ギアリーは立ちあがり、なにごともなかったかのように言った。

「しばらく自室にいる、デシャーニ艦長」

　だが、自室もまた、つらい思い出が残る場所だった。アライアンス艦隊の指揮を引き継いだ直後のこと……マイケル・ギアリーの巡航戦艦〈リパルス〉が大破した直後のこと。艦隊の最後尾がシンディックにねらわれ、〈リパルス〉は身をていして阻止したのだ。その前にマイケルとかわした短い会話が忘れられない。

〃楽な戦いでないことはわかっています〃マイケルは後衛を志願したときにそう言った。〈リパルス〉が生き残る可能性がないことを知りながら。〃あなたにはやるべき任務がある。どう出るかは、ご先祖様におまかせしましょう〟

　ギアリーは立ちあがり、通路に出た。すれ違うクルーはみな勝利を確信し、意気揚々とした表情を浮かべている。マイケル・ギアリーのことを考えると、かつてのアライアンス艦隊の姿勢を思い出す。ギアリーが出会った者すべてが確信していた。最後まで戦うことになる……遅かれ早かれ自分たちは艦とともに死ぬことになる……と、それだけを。一世紀近くに及ぶシンディックとの戦争に終わりがあるとは、ましていつか勝利に終わるとは、誰も信じていなかったが、息のあるかぎり戦いつづけるという自信に満ちていた。だが、すでに地獄に落ちた者の自己満足にすぎなかった。

　それを変えたのがギアリーだった。なんども間違いを犯したが、変えることができたのはたしかだ。あの艦に乗っているのが本物のマイケル・ギアリーだとしたら、現時点では避けられないと思われる結果をおれは変えられるかもしれない。

　先祖との対話の場の入口にはクルーたちの短い列ができていることもしばしばだが、今はいくつか空《あ》きがある。ギアリーは小部屋のひとつに入り、ろうそくが一本置かれた小さなテーブルの前にすわった。ろうそくに火を灯《とも》すと、はっきりと先祖に願いを伝えるために考えを整理しようとした。結局、その願いはいつもと同じだった。〝わたしが正しい行ないと正しい決断ができるよう、どうかお助けください〟

安堵《あんど》の思いがこみあげ、覚悟ができた感じがするのは、気のせいだろうか？　きっと気のせいなどではない。ギアリーは心のなかで感謝し、ろうそくの火を消した。

自室へ引き返しながら、リラックスを心がけた。自分が緊張の色を見せたら、士官やクルーたちまで緊張してしまうとわかっていたからだ。そんな悪い影響は与えたくない。

マイケルからのメッセージは偽物で、マイケルの姿もおれを罠にかけるために捏造《ねつぞう》されたものだったかもしれない。そう思うと、怒りの波が押し寄せてきた。ギアリーはその怒りとも闘わなければならなかった。

ブリッジに戻り、転送されてきた主要惑星の映像を見ると、気分がよくなるどころではなかった。シンディック戦闘艦によって軌道上からなんども爆撃され、今は戦闘状態にある。市街地だったはずの場所は瓦礫《がれき》と化し、シンディックに反旗をひるがえした者たちに対する全面戦争がいかに悲惨であるかを示していた。この襲撃により、いったいどれほどのカーネ市民が犠牲になったのだろう？

ギアリーが司令長官席にすわると、デシャーニはギアリーに向かってうなずいた。

「閣下をはめるために入念に計画された罠だとばかり思っていました」

「それで？」と、ギアリー。そのひとことが必要以上にとうとつに聞こえることは承知していた。

だが、デシャーニはギアリーの態度に気分を悪くした様子など少しも見せず、言葉をつづけた。

「シンディックは、このタイミングで閣下がここにいることも、アライアンス戦闘艦がこのような編隊を組み、このようなベクトルを進むことも、知らなかった。知っていたはずがないのです。あなたはこの任務の指揮をドゥエロス艦長にまかせようとなさったのですから、ここにいるのはあなたではなく、ドゥエロスのはずだった。では、どうしてシンディックは計画を変更して、クカイ星系から新たに戦闘艦部隊を呼び寄せることができたのでしょう？　一見、閣下を明確にねらった完璧な罠のようですが、シンディックが特定の要素をすべて正確に予測できたとは思えません」

　ギアリーは顔をしかめ、考えこんだ。

「たしかにそのとおりだ。いつかわたしに対抗する手段として使うつもりなら、マイケルの偽の映像を場当たり的に作ることはできただろうが、それ以外は……用意できたはずがない」ギアリーはゆっくりと深呼吸し、うなずいた。「感謝する、ターニャ。そのことに気づかないとは、わたしがうかつだった」

「罠ではないという意味ではありません」と、デシャーニ。「これまでにも、偶然がどちらか一方にとって有利に働いたことはあります。それに、われわれは依然として同じ物理学的問題に直面しています。マイケルが乗っているかもしれない艦へと直行すれば、われわれをかわす隙をほかのシンディック巡航戦艦に与えることになるでしょう」

「わかった」

「ああ、それと、マイケルから最新情報が届きました。マイケルの艦は、同乗するアライアンス兵によって〈コルセア〉と名づけられたそうです」

「〈コルセア〉？」と、ギアリー。「伝統的な巡航戦艦の名ではないな」

デシャーニは肩をすくめた。

「つねにルールを破るのがギアリー一族というものです」

「元帥」と、キャストリーズ。「閣下にメッセージが入っています。ええと、〈コルセア〉からです」

ギアリーが応答ボタンを押すと、シンディック巡航戦艦のブリッジにいるマイケルの映像が現われた。前と同じ映像だが、ストレスの兆候《ちょうこう》がさらに顕著に見られる。〈コルセア〉のブリッジに長時間いるせいであることは間違いない。だが、前回の映像より本物らしくも見えた。

「こちらはマイケル・ギアリー大佐。申しわけありません、元帥。証拠を示すべきでした。幽霊の名はリンです。シンディック軍司令官をあざむくことができたのは、シンディック士官のふりができる者がいるからです。つまり……そのう……われわれが自力で艦を乗っ取ったわけではありません。われわれのもと看守、シンディック陸上軍部隊によってなされたことです。彼らに代わってわれわれが艦を操縦する必要がありました。そこで、われわれを解放すれば彼らを故郷へ送り届けるという取引をしたのです。こちらが陸上軍部隊の指揮官です」

〈コルセア〉のブリッジがさらに広範囲に映し出された。背後にアライアンス兵たちが見える。制服の損傷の度合いはさまざまだ。手前にシンディック陸上軍の制服を着た女性がいる。けわしい表情だ。片頬に目立つ傷がある。

「わたしはデスティナ・アラゴン執行官。われわれは、ブラック・ジャック、貴官の子孫を解放し、この艦を奪いました。貴官はわれわれとの約束を尊重するだろうと、マイケル・ギアリーは言っていました。われわれの家族や友人が主要惑星上にいます。貴官が本当に人民の味方なら、救出に手を貸してくださるはずです」

マイケル・ギアリーはうなずいた。

「われわれは取引をしました。元帥、シンディック部隊が反乱を起こすのは、かなり突拍子もないことのように思えるでしょうが、どうやら戦争終結後から起こっているようです。この艦の指揮をとっているのはわたしです。そちらにはシンディックから奪った巡航戦艦が一隻いますよね。一種の偽旗《にせはた》作戦のためではないのですか？」

　マイケルは深呼吸した。

「われわれの現状はご存じでしょう。われわれを追尾している巡航戦艦二隻がこのまま妨害針路を進んでくることは、間違いありません。われわれがここまでなしとげたことにシンディックは相当、腹を立てているはずです。しかし、われわれはやつらに対処できます。あなたがたが主力隊を無防備な状態にしたまま、われわれと合流したらどうなるのか、論理的に予測がつきます。本艦のクルー――〈リパルス〉ほかのアライアンス艦のもとクルー、わたしとともに捕虜にされていた宙兵隊員――はここで打撃を与えることを望んでいます。われわれにはこの艦があるのですから。ギアリーより、以上」

　デシャーニはいらだたしげにため息をついた。

「マイケルは助けを求めていません。いかにもマイケルらしいです」

「らしい？」と、ギアリー。

「よく不満を抱いていました。ブラック・ジャックのことで」

「たしかに〈リパルス〉が失われる前に、わたしはそれを思い知らされたよ」ギアリーは頭を振った。「だから、マイケルらしいというのか？」

「いまや艦のシステムは、九十六パーセントの確率であの映像が本物のマイケルであり、作りものではないと示しています」デシャーニは言葉を切り、ディスプレイを注視したまま考えこんだ。「はい、元帥、あれはマイケルだとわたくしは思います」

ギアリーはマルフィッサ代将を振り返った。

「あのシンディック士官についてはどう思われますか、代将？　かなり率直で歯に衣を着せないタイプのようですが」

「アラゴンは本物でしょう」と、マルフィッサ。「実績のある執行官なら、多少ストレートな物言いをしても、シンディックは容認します。それに、アラゴンはシンディック軍司令官にではなく、アライアンス士官であるあなたに向かって話していました。しかし、アラゴンが味方のふりをした〈ヘビ〉ではなく、みずからの重要な役割を果たしていることを確認するために、検査が必要です。直接会ってみたいと思っています」

「本当はアラゴンがあの艦を指揮していると思いますか？」と、ギアリー。

「いいえ。もしそうなら、もう一人のギアリーが結んだ取引を尊重するようあなたに頼んだりせず、要求をしてきたはずです。たとえマイケル・ギアリーの指揮下にあるふりをしようとしたとしても、違う言いかたをせずにはいられなかったでしょう」

「マイケルがシンディックの罠に協力するはずがありません」と、デシャーニ。「マイケルは非常に頑固です。ギアリー一族の人間であることをうとましく思ってはいても、つねにそれに応えようとしていました」

　ギアリーはディスプレイを注視しながら椅子の背にもたれた。

「きみのアドバイスを聞きたい、艦長。マイケルに迫っているシンディック艦がわれわれをかわせなくなるまで今のベクトルを維持することは可能だが、それではわれわれの助けがまにあわず、マイケルの艦は攻撃されることになる。巡航戦艦を二手に分けて――」

「だめです」デシャーニは首を横に振った。「戦力を分割したら、どちらか片方だけでは、〈コルセア〉を追っているシンディック艦を阻止する力はないでしょう。シンディックが侵攻輸送艦に突進してきても、対処するには不充分です。元帥、なんとしても侵攻輸送艦を守らねばなりません」

「そうだな」

　ギアリーはディスプレイに目を凝らした。さまざまな艦の航跡を示すなめらかな曲線が宇宙空間を延びてゆく。生死を分ける動きであるにもかかわらず、美しさをまとっている。選択肢を口に出して言うことで、実はたいした選択肢などないことを痛感した。

「〈コルセア〉の防御シールドは最大強度にしてあるようだ。あれがマイケル・ギアリーで、かつシンディックの妨害に抜け目なく対処すれば、深刻な損傷は避けられるかもしれない」こんな主張をするのは自分に言い聞かせるためか？　それとも、自分がしぶしぶ実行しようとしていることを正当化するためか？

　ギアリーは不安を押し隠しながら、通信ボタンをタップした。

「ギアリー大佐、こちらはギアリー元帥だ。われわれはアライアンスの僚艦を守りつつ、貴艦の支援を行なう」マイケルは罠ではないことを保証したが、これが本当に罠だった場合、シンディックにおれの真意を知られてはならない。だから、わざとあいまいに言ったのだ。あとはどう言えばいいだろう？　マイケルがいかに攻撃的だったかが頭に浮かび、マイケルは突撃あるのみだった時代の艦隊戦術しか経験していないと知っているだけに、悩ましいところだ。「われわれが迎えにいくまで、シンディック軍との交戦を可能なかぎり長引かせ、シンディックが身動きできないようにしてくれ」このように表現すれば、重要な任務なのだと真実味を帯びて聞こえるだろう。マイケルの艦を見殺しにするようにも思われない。ギアリーはもうひとこと付け加えた。心をこめて。これが罠だとしたら、まんまとはまったとシンディックに思わせておくために。「おかえり。会いたかったぞ。われらが先祖に名誉あれ。ギアリーより、以上」

　メッセージを送信した。これでマイケルの運命は決まったのかもしれない。ギアリーは顔をさすりながら、椅子の背に身体をあずけた。

「代将、グランドン司令官はどうすると思いますか？」

マルフィッサが答えるまで少し間《ま》があった。

「これが罠でなければ今ごろ、脱走したアライアンス捕虜と反旗をひるがえしたシンディック陸上軍が単独の巡航戦艦を制御していることを知らされているでしょう。そのような獲物をしとめたいと思うはずです」

三十分とたたないうちに、マルフィッサの推測が正しかったことが証明された。グランドン司令官の小艦隊もまたベクトルを変更し、マイケルの艦を妨害する針路をとりはじめたのだ。

「われわれをおびき寄せるつもりなら、われわれが接触するよりもかなり前に〈コルセア〉を妨害することがはっきりするでしょう」

「そして、妨害したら」と、ギアリー。「指揮をとっているのが実はマイケル・ギアリーではないことを明かすか、僚艦であるはずの〈コルセア〉に重大な損傷を与えるか、どちらかだろう。罠であれば、の話だが」

デシャーニは考えこむ表情で顔をしかめながら、戦術画面を操作している。

「三十六・四分。元帥、妨害予定時刻まで三十六・四分を切っても、シンディックがベクトルを維持していれば、妨害することは確実だとわかります。その時点で、侵攻輸送艦を追撃するためにわれわれのそばをすり抜けようとしたら、間違いなくわれわれは攻撃することができるでしょう」

「やつらの動きを確認するまでのタイムラグがあることは考慮してあるのか？」

デシャーニはむっとした表情で、その質問に対するいらだちを示したが、きわめてていねいな口調で言った。

「はい、もちろんです、元帥。妨害の三十六・四分前に、まだシンディックが同じベクトル上にいることを確認したら、われわれは妨害予定位置に向けて安全にベクトルを変更することができます」デシャーニは顔をしかめた。「一時間近くマイケルは一人で戦うことになります」

「それがわれわれにできる最善のことなのか？」

「残念ながら、そのようです」

「では、それで充分だろう」と、ギアリー。胸のなかでつぶやいたつもりの言葉がつい口に出て、ブリッジじゅうにはっきり聞こえた。ばつの悪い思いで、ちらっと周囲を見まわすと、クルーたちはギアリーの言葉に応えて決意に満ちた表情を浮かべていた。なかば祈りのような言葉が、心を動かす宣言となったのだ。

「グランドン司令官に同情します」と、デシャーニ。「関係のある艦を見ているだけなので、勝算があると思っていますが、実は二人のギアリーに立ち向かうことになるのですから」

「警告してやるか？」と、ギアリー。

「いいえ。その意味を知ったときの顔が見ものです」

後ろから笑い声が聞こえてきて、ギアリーが振り返ると、マルフィッサ代将がデシャーニに笑みを向けていた。

実に奇妙な時代になったものだ。だがよく考えると、それほど奇妙でもない。ターニャ・デシャーニもマルフィッサ代将もシンディックを憎んでいる。シンディックの司令官たちがどんな失敗の責任を負わされたにせよ、高い意欲を持つ敵をつくることには大いに成功していた。

ギアリーは合間を見てなんとか少し休憩し、食事もとった。宇宙空間においては昔から、敵が迫っているのが見えるからといって、あまりに長く準備状態にあることは問題だった。だが、何日も前から敵の姿が見えているため、実際に会敵するころには疲労困憊している。不安なのはいつものことだが、この場合、自分の決断が、過去にいちど見殺しにした男を破滅へ向かわせてしまったのではないかと思うと、いっそう不安になった。

三十六・四分という決定的瞬間まで残り一時間を切ると、ギアリーはブリッジに戻った。重大な異変があれば連絡があったはずだとわかってはいても、席についてディスプレイを確認したときにはほっとした。シンディック小艦隊はふたつとも、あいかわらずマイケルの艦を妨害する針路を進んでいる。

〈ドーントレス〉から見ると、〈コルセア〉はさらに接近していたが、右舷艦首側やや下の相対位置を保っていた。〈コルセア〉を追っているクカイ星系から来たシンディック小艦隊は、〈ドーントレス〉の右舷艦腹のはるか下方へと位置を変え、ゆっくりと〈コルセア〉のほうへ近づく針路をたどり、確実に妨害しようとしていた。居住惑星の周回軌道を離れたグランドドン司令官の小艦隊は、〈ドーントレス〉のほぼ艦首側下方へ移動を開始していたが、〈コルセア〉を追ってベクトルを変更してから、艦首を横切る針路をたどっているため、上方へ向かい、同じ方向へ着実に近づいている。誰かが針路と速度を変更しないかぎり、約一時間半後に、シンディック小艦隊がふたつとも、逃げるマイケルの艦をつかまえたとき、三者がぶつかりあうことになるだろう。

「なぜきみは〈コルセア〉がまだ加速していないと思うんだ？」ギアリーはデシャーニにたずねた。当然ながら、デシャーニはもうブリッジにいた。

「マイケルが送ってきた状況報告によると、〈コルセア〉の燃料電池の残量は十五パーセントです」と、デシャーニ。「本当に低い状態です。シンディックが接近してくるまで速度の変化を抑えているのでしょう。交戦時に可能なかぎり操艦できるようにするためです。

わたくしなら、そうします」

「同感だ。きみの同期の一人が同じ方法を考えるかどうかを知りたかったのだ」

「かなり基本的なことです、元帥」考えこむ表情でディスプレイを注視していたデシャーニが、けげんそうにギアリーを見た。「ひとつ提案があります。マイケルの艦へと直行するベクトルに変更し——」

「だが、シンディックにわれわれをかわすためのわずかな隙を与えることにならないか？」

「——それから十分後に現在のベクトルに戻すのです」デシャーニは自分のディスプレイを示した。「彼我の距離によるタイムラグがあるので、シンディックはわれわれがベクトルを変更するとほぼ同時に、その隙へ向かって突進するべきかどうかを判断しなければなりません。そのあとすぐ、われわれがベクトルを戻し、シンディックがわれわれをかわすためにすでにベクトルを修正していたとしても、われわれは敵の針路が変更されたことを確認した時点でまだつかまえることができるでしょう」

ギアリーは以前、そのトリックを試してみようと考えたことがあったが、そのときは実行できなかった。

「すばらしい考えだ、艦長。もっと距離があったら、うまくいかなかっただろう。新しいベクトルを長く維持すると、シンディックに隙を与えることになったはずだからな。だが、これほど近ければ、侵攻輸送艦を危険にさらすことなく、シンディックが本当にマイケルの艦を追っているのかどうかわかるだろう」

デシャーニはギアリーに戦術コマンドを伝えた。ギアリーはしばし、さまざまな動きに注意を向け、何が起こるかを頭で確実に理解しようとした。推奨される戦術を実行するときには必ずそうしている。ギアリーの潜在意識は警鐘を鳴らさなかった。意識的に目をそむけた可能性のある問題はないということだ。ギアリーは命じた。

「隊形ゼブラ1《ワン》の全艦に告ぐ。こちらはギアリー元帥。左に〇一七度、下方に〇四度、ただちに転針せよ。繰り返す。左に〇一七度、下方に〇四度、ただちに転針せよ」

巡航戦艦五隻と随伴の重巡航艦および駆逐艦は姿勢制御スラスターを吹かし、艦首を〝左舷側《ポート》〟へ向けた。宇宙空間で操艦する人類の決まりごとで、恒星から離れる方向を〝左舷側《ポート》〟と呼ぶ。それに対して、恒星に近づく方向を〝右舷側《スターボード》〟あるいは〝恒星側《スターワード》〟と呼ぶ。スラスターの噴射により戦闘艦群はやや〝下方〟にも向きを変えた。下とは、惑星の公転軌道面を基準に人類がさだめた方向だ。全艦のメイン推進エンジンが始動すると、針路が弧を描き、〈ドーントレス〉から見て〈コルセア〉は少し左に位置を変えた。シンディック小艦隊の相対位置も変化している。アライアンス戦闘艦部隊は〈コルセア〉へと直行するべく、新たなベクトルを安定させた。〈コルセア〉はまだアライアンスのもとの針路を使って合流ポイントにねらいを定めているため、ほんのわずかずつ左へずれはじめた。

ふたつのシンディック小艦隊のうち近いほう――主要惑星から来たグランドン司令官麾《き》下《か》の小艦隊――は、二十光分と離れていない。ギアリーは、十分後にもとのベクトルに戻るようアライアンスの編隊に命じると、七分間、シンディックの反応を待った。

シンディックは反応しなかった。マイケルの艦を妨害する決意は少しも揺らいでいない。

「本気で〈コルセア〉を追っている」

「そのようですね」と、デシャーニ。

「艦長」と、キャストリーズ。「シンディック第二小艦隊からの非暗号化メッセージを捕捉しました。〈コルセア〉あてです」

「転送して。わたくしと元帥、マルフィッサ代将にも」と、デシャーニ。

真剣な表情のシンディック軍士官が現われた。年配で、いかにも権威がありそうだ。士官は命令とも訴えともとれる言葉で話しはじめた。

「こちらはピョートル・ジン第一階級司令官。奪われたシンディック機動部隊戦闘艦の兵員たちに告ぐ。諸君が指導者たちに惑わされているのは、諸君の落ち度ではないとわかっている。やつらはシンディックに奉仕することも、諸君のような兵員の利益にかなうこともせず、誓いにそむき、兵員とその家族を裏切った。必ずやその報いを受けることになるだろう。だが、諸君が運命をともにする必要はない。指導者の忠誠心を信じ、命令にしたがっただけだ。今ここで、わたしのように正式に任命されたシンディック当局の命令にしたがえば、赦免《しゃめん》されるだけでなく、見返りを受けられるだろう！　知ってのとおり、諸君の指導者たちはアライアンスの大量殺人者と結託している」ジンは吐き捨てるように〝アライアンス〟という言葉を口にした。「戦争をあおるアライアンスとその道具でしかない者たちの脅威に、諸君の家族をさらしたことの証《あかし》として、これほど明らかなことはない。アライアンスの捕虜どもは約束してくれたか？　アライアンスの吐く言葉にどんな価値があるというのだ！　何もない！　諸君が救われる方法はただひとつ。今ここでわたしの命令にしたがうことだ。偽りの指導者とそこにいるアライアンスの殺人鬼どもに対して行動を起こせ。やつらを破滅させろ。そうすれば、ふたたびシンディックの仲間として迎えられ、諸君も家族も庇護《ひご》を受けられるようになる！　いますぐ行動しろ！　命令にしたがえ！　人民のために！　ジンより、以上」

　メッセージが終わると、マルフィッサがあざ笑う声が聞こえ、ギアリーは振り返った。

「あの男が誠実だとは思っていないのですか、代将？」と、ギアリー。皮肉に聞こえることはわかっていた。

「もちろんです」マルフィッサは笑うのをやめ、渋面《じゅうめん》をつくった。「シンディックは決して変わらない。指導者に反逆するよう兵員の説得を試みながらも、結局は兵員の家族を脅すのです！」

「でも、あの……兵員たちのなかには、ジン司令官の言葉を信じる者もいるのでしょうか？」と、デシャーニ。

「いるわけがありません」マルフィッサは片手をひらひらと振り、否定した。「兵員たちは、すでにシンディックに対して許されざる罪を犯したと承知しています。それに、ずっとシンディックにあざむかれて生きてきました。たとえ現時点で後悔していようとも、降伏するなら情けを期待しないほうがいいとわかっています」

「それでも、あの提案がマイケルの艦に緊張感をもたらす可能性はあります」と、デシャーニ。「アライアンスのもと捕虜たちは、いままで助けてくれたシンディックの人間が提案に耳を貸すのではないかと不安になるかもしれません」

「そうですね」マルフィッサは顔をしかめた。「しかし、ここまで来たということは、協力し合う手段を思いついたのでしょう」

「だといいのですが」と、ギアリー。〈コルセア〉との合流予定位置に近づいてはいるものの、まだまだ距離がある。一時間とたたないうちに、単独で行動する〈コルセア〉は巡航戦艦三隻、重巡航艦五隻、対艦攻撃艇七隻に攻撃されるだろう。ギアリーはただ見ていることしかできない。

〈リパルス〉が破壊されたときと同じように。記憶に残るあの光景がよみがえるたびに、ギアリーは苦しめられてきた。

「どうするべきか、マイケルに伝えてみたほうがいいのだろうか？」ギアリーはつぶやいた。数光分離れた位置から交戦をこまかく管理すれば、悲惨な事態を招くことはわかっていたが、罪悪感のせいで、あらゆることに疑念を抱かずにはいられない。

「いいえ」デシャーニが低い声で言った。「元帥、あなたの弟の孫のマイケルは、ブラック・ジャックが敵をものともせず勇敢に立ち向かったという神話など、信じてはいませんでした。自分はギアリー家の一員かもしれないが、ブラック・ジャックではない――そう強調したいだけなら、そんな真似はしないでしょう」

「わたしだってブラック・ジャックではない」ギアリーはディスプレイを注視したまま言った。着実に接近し合う複数の戦闘艦が映し出されている。「つまり、マイケルがわたしへの腹いせに、賢明な戦いぶりを見せるだろうと言いたいのか？」

「以前は、そうしようとしました」と、デシャーニ。「どんなに賢明な指揮官でも選択を誤ることはあります。グレンデル星系でのあなたや、〈リパルス〉が失われたときのマイケルのように。マイケルを信じてください、閣下」

「感謝する、デシャーニ艦長。そうするよ」

それでも、シンディックがもはやアライアンス戦闘艦のそばをすり抜けられないと確定した瞬間には、ほっと胸をなでおろした。アライアンスの編隊全体が新たなベクトルをとった。そこに到達したときにまだつづいているであろう戦闘を妨害するためだ。

「シンディックはわかっている。われわれが到達する前に、〈コルセア〉をすばやく撃破しなければならない、と。最初の通過攻撃で大きな打撃を与えようとするはずだ」

「マイケルもわかっているでしょう。それが敵艦の動きを予測するヒントになるといいのですが。われわれが到達するのは三十五分後です」と、デシャーニ。

「元帥、グランドン司令官から入電です」

ギアリーはグランドンの映像が現れるのをじっと見た。グランドンの表情はあいかわらず傲慢で自信たっぷりだ。グランドンは現実世界の厳しさに直面したことがないと、マルフィッサが評価したのもうなずける。

「シンディックは平和とすべての人民の幸福のために努力している」グランドンが話しはじめた。「それゆえ、わざわざ、あらためて警告しているのだ。これ以上、シンディックたとしても、わたしに責任はない。人民のために。グランドンより、以上」内部の問題に干渉するな。おまえたちが平和条約に反して攻撃行為をつづけ、犠牲者が出
デシャーニは頭を振った。

「本気のようですね。ただの愚か者なのか、それとも、われわれの知らないことを知っているのか」

「シンディックと遭遇しても先制攻撃はしないという、こちらの方針を察知されたのかもしれない」と、ギアリー。「だが、ジン司令官のメッセージによると、〈コルセア〉にアライアンス兵が乗艦していることはたしかだ。やつらが〈コルセア〉――非公開の場所から逃げだした捕虜……平和条約でさだめられていたにもかかわらず、解放されなかった捕虜たちが大勢乗っている艦――を砲撃したら、シンディックが先に攻撃してきたことになる。その場合は、わたしは適切な武力をもって合法的に報復できる」

しかし法律上、そのような結果を避ける努力もしなければならない。それに、〈コルセア〉が大破する可能性のある戦闘など行ないたくない。ギアリーは通信ボタンを押し、応答した。

「グランドン司令官に告ぐ。こちらはギアリー元帥。貴官が妨害しようとしている艦には、アライアンス兵が乗っている。砲撃された場合、わたしはその艦に乗っているアライアン

ス兵を守るために必要なあらゆる行動をとる。これはシンディック内部の問題ではない。威嚇《いかく》行動を考えなおすよう強く勧告する。繰り返す。砲撃された場合、アライアンス兵を守るために必要なあらゆる行動をとる。われらが先祖に名誉あれ。ギアリーより、以上」

　グランドンが応答するとも、計画を変更するとも思えない。ギアリーは別の通信ボタンを押し、特務戦隊に呼びかけた。

「隊形ゼブラ1の全艦に告ぐ。五分後に完全戦闘可能態勢につけ」

　もっと何かできればとは思うが、敵小艦隊にようやく到達したときにどうするべきか、計画を立てることさえできない。シンディックがどのように〈コルセア〉を攻撃し、〈コルセア〉がそれに対してどのような作戦をとるのか。ギアリーの行動はそれによって、厳密に左右される。

　ギアリーはすわったまま、一心にディスプレイを注視した。ブリッジは静まり返り、全員がきたるべき決戦に集中している。〈ドーントレス〉の現在位置と、生き残りをかけた戦いを目前にしたマイケルの艦の現在位置との距離からすると、ギアリーが目にしている情報は依然として約一分前のものだ。

　クカイ星系から来たシンディック小艦隊は、グランドン司令官ひきいる小艦隊よりも少し先に、〈コルセア〉をつかまえることになる。その瞬間が近づくと、巡航戦艦〈コルセア〉は姿勢制御スラスターを噴射し、敵艦隊と直面するよう向きを変えた。なおも同じ速度を維持しているが、針路をほぼ反転させ、攻撃に備えて最重量級の防御シールドと兵器を敵に向けている。

シンディックの巡航戦艦部隊と随伴の重巡航艦部隊が襲いかかれば、単独の〈コルセア〉は二対一どころではない不利な状況に直面するだろう。ふと気づくとギアリーは息をのみ、その瞬間を待っていた。勇気ある（そして絶望的な）防戦になるだろうが、〈コルセア〉にとってさらに悪い結果をもたらすことは間違いない。

「〈コルセア〉がメイン推進エンジンに点火」と、キャストリーズ。「最大推進」

「慣性補正装置が負荷を軽減してくれるといいけど」デシャーニがつぶやいた。

「エンジンを過回転させているにちがいありません」と、マルフィッサ。「経費を節約して造られた慣性補正装置だとしたら、いまにも艦体がばらばらになるでしょう」

推進エンジンがパワー全開でうなりを上げ、〈コルセア〉は急激に減速しはじめた。対向するシンディック小艦隊は〈コルセア〉がいるはずの位置に接近しすぎていたため、ベクトルをわずかに修正することしかできず、〈コルセア〉が実際にいる位置の前方を猛スピードで通過していった。〈コルセア〉はすでに近距離ビームとブドウ弾の射程からはずれていた。そこでシンディックは、ミサイルを斉射。ミサイルは大きく向きを変え、攻撃目標を追尾した。負荷に耐えきれず粉砕したものもあるが、残ったミサイルが〈コルセア〉へと加速する。

だが、〈コルセア〉は突如としてメイン推進装置を切り、追りくるシンディック第二小艦隊と対峙《たいじ》するよう反転して横にそれ、体勢を立てなおすとメイン・エンジンを再点火した。ミサイルが〈コルセア〉との衝突コースへ戻るためにベクトルを調整しようとしたとき、〈コルセア〉が近距離ビームを発射した。近距離ビームは〈コルセア〉の動きに対応しようとするミサイルをつぎつぎに破壊した。ほかのタイプの艦なら、あのような操艦はできなかっただろう。艦体質量のわりに圧倒的に高い推進力を持つ〈コルセア〉だからこそ、できたのだ。

シンディック第二小艦隊が接触しようと襲いかかってきたとき、〈コルセア〉はもう回避できず、新たなベクトルで再加速をつづけた。その先で、巡航戦艦一隻、重巡航艦二隻、小型の対艦攻撃艇七隻による攻撃が待ち受けていた。

グランドン司令官の小艦隊の艦は一瞬の通過攻撃で、ミサイル、さらには近距離ビーム、ブドウ弾を発射した。〈コルセア〉も反撃したが、使える武器は近距離ビームだけだ。

「〈コルセア〉は重巡航艦の一隻に集中砲火を浴びせ、軽微な損傷を与えました」と、キャストリーズ。「〈コルセア〉の外殻に重大な損傷あり。近距離ビーム発射台二基を失ったもよう。艦首シールド崩壊。徐々に回復中」

「推進装置の損傷はどうだ？」と、ギアリー。冷静な口調にわれながら驚いた。

「メイン・エンジンの半数が作動停止しています、元帥。姿勢制御スラスター・システムも、損傷した可能性が高いと思われます」

シンディック第一小艦隊は、アライアンス艦隊が到達する前にふたたび〈コルセア〉と交戦しようと、大きく旋回している。一方、第二小艦隊は可能なかぎりすばやく〈コルセア〉を再攻撃するべく、はるか上方へ移動を開始していた。

〈コルセア〉も敵小艦隊よりゆっくりではあるが転針し、接近をつづけるアライアンス部隊のほうへ向かおうとしている。

「多くの姿勢制御スラスター・システムを失ったようです」デシャーニがつぶやいた。

「元帥、われわれが到達する前に、強力なほうの小艦隊にふたたび攻撃されます」

「では、先にグランドンの小艦隊を撃破しよう」と、ギアリー。緊張も落胆もしていない自分の口ぶりに、またしても驚いた。「隊形ゼブラ1の全艦に告ぐ。こちらはギアリー元帥。ただちに右へ〇一三度、下方へ〇二度、転針せよ。すべての巡航戦艦が敵巡航戦艦を集中砲撃。重巡航艦と駆逐艦は敵重巡航艦と交戦せよ」対艦攻撃艇を放置することになるが、対艦攻撃艇が短時間で〈コルセア〉に与えうる損傷はたかが知れている。

一瞬ギアリーはこの状況に違和感を覚えた。平時であるはずなのに、敵とふたたび戦おうとしているとは。長い戦争が残した、いまなお危険な遺産は、それにふさわしい結末を迎えることになるのだろうか。

やがてギアリーは戦闘に注意を戻した。状況を注視しつつ計画を練り、そのときを待つ。マイケルの艦が生き残れますようにと、祈ることはしなかった。祈っても、もう遅い。

シンディック第一小艦隊がとどめを刺そうと迫るなか、〈コルセア〉はベクトルを変更しようとして、のろのろと旋回した。

「〈コルセア〉の艦首シールドは、まだ最大強度まで回復していません」と、キャストリーズ。

また見守るしかないのかと、ギアリーは絶望的な気分で思った。助けることもできない遠い場所から、マイケルの艦が破壊されるのを目にしなければならない。

だが、シンディックの巡航戦艦二隻と重巡航艦三隻が最終アプローチに入ったとき、〈コルセア〉のすべてのメイン推進装置が息を吹き返した。すべての姿勢制御スラスターを噴射し、〈コルセア〉は新たなベクトルへと突き進んだ。

こんどは〈コルセア〉が意外な敏捷《びんしょう》性を発揮したことで、シンディックの通過攻撃はまたもや失敗に終わった。シンディック小艦隊は遠距離から近距離ビームを斉射し、〈コルセア〉の艦央シールドに何発か命中させた。つづいて発射されたミサイルが、猛スピードで〈コルセア〉へ向かってゆく。

デシャーニは歯を剝き出した。

「マイケルは傷ついた鳥のふりをして、敵の裏をかきましたね」

助けとなるものが近くにいなければ、そのトリックを使ってもマイケルの艦は長くはもたなかっただろう。シンディック第二小艦隊が再攻撃する寸前だったら、通用しなかったかもしれない。だが〈コルセア〉に向かって新たにミサイルが斉射されたとき、ギアリーの編隊がグランドンの小艦隊のなかへ突入した。グランドンの小艦隊はベクトルを維持し、再攻撃するために〈コルセア〉に接近しようとしていた。しかし、目標まで三秒というところで、アライアンス巡航戦艦部隊があらゆる武器をグランドンの旗艦に向けて発射した。

高速で移動していたグランドンの小艦隊は、一瞬としか思えないうちに、数千キロのかなたからここまで到達した。実際の妨害と発砲に要した時間は一秒にも満たず、自動システムにより武器が発射されたため、交戦は、人間の反射神経では対処できないほどごく短時間で終わった。

シンディックの重巡航艦と巡航戦艦が〈コルセア〉を攻撃するべく整列し、戦闘システムの照準をさだめたとき、アライアンス部隊が砲撃した。

グランドンの巡航戦艦のシールドが閃光に包まれて崩壊した。つづいて、残りの近距離ビームとブドウ弾が艦体に穴を開け、貫通すると、一瞬何も見えなくなるほどの炎を上げ、艦は大破した。艦の残骸が〈コルセア〉のそばをむなしく通り過ぎたとき、シンディック重巡航艦の一隻がアライアンス重巡航艦六隻の集中砲火を浴び、なすすべもなく回転しながら宇宙空間をただよっていった。全システムが破壊されたようだ。

「隊形ゼブラ1の全艦とも損傷なし」と、キャストリーズ。「あの小艦隊の残存艦は、〈コルセア〉にまともな攻撃を行なえなかったようです」

「全艦に告ぐ。上方に一九〇度、右に〇〇五度、ただちに転針せよ」と、ギアリー。その命令に応じて、アライアンスの編隊は大きく弧を描き、やや上方に位置を変えた。シンディック第二小艦隊を妨害するためだ。

第二小艦隊が〈コルセア〉に向けてふたたび斉射したミサイルが最終アプローチに入ると、〈コルセア〉は近距離ビームで迎撃を試みつつ、必死の操艦でミサイルの照準を狂わせようとした。一発のミサイルが艦体中央をかすめて爆発し、艦央シールドが崩壊しかけた。さらに、もう一発が艦尾のすぐ手前で爆発した。

「〈コルセア〉が、こんどこそ本当に推進装置をいくつか失いました」と、キャストリーズ。「損傷が確認できます。エンジン一基が完全に機能停止。もう一基は五十パーセントまで機能低下しているもよう」

三発目のミサイルが〈コルセア〉の艦首すれすれの位置で爆発し、ベクトルが安定したばかりの艦体を揺るがした。

「〈コルセア〉の艦首シールドが崩壊。回復の兆《きざ》しはなし。艦首シールド生成装置が損傷あるいは破壊されたにちがいありません」

グランドン司令官が指揮していた小艦隊は、重巡航艦一隻と対艦攻撃艇五隻を残すのみとなった。〈コルセア〉はすでに損傷を受けているので、たとえ相手は大幅に戦力が縮小した小艦隊であろうと、追い撃ちを許すわけにはいかない。ギアリーは第四重巡航艦分艦隊の指揮官に通信した。

「イーストン中佐、重巡航艦分艦隊と第七駆逐艦戦隊をひきいて、シンディック第一小艦隊の残存艦を撃破せよ。〈コルセア〉への攻撃を二度と許すな」

イーストンはにやりと笑った。

「了解、閣下。おまかせください」

重巡航艦六隻と駆逐艦八隻が離脱すると、アライアンス本隊はグランドン司令官の小艦隊よりも規模の大きいシンディック第二小艦隊を捕捉しようと、半径の小さい弧を描きながら進みつづけた。

ギアリーは〈コルセア〉の状況をちらっと見た。時間があれば、これまでの損傷は致命的ではない。だが、すぐにまた攻撃を受けたら、すでに損傷を受けて機能低下した機動力、推進システム、武器、シールドのせいで、〈コルセア〉は大破するだろう。

「〈ドーントレス〉、〈デアリング〉およびすべての駆逐艦に告ぐ。先頭のシンディック巡航戦艦を集中砲撃せよ。〈ヴィクトリアス〉、〈インテンパリット〉、〈ペレ〉は二番目の巡航戦艦を集中砲撃せよ」

アライアンス巡航戦艦部隊がシンディック第二小艦隊のあいだをすり抜けながら、ありとあらゆる武器を発射すると、敵も応射した。〈ドーントレス〉は何発か被弾し、艦体に振動が走ったが、損傷を示す警報は鳴らなかった。シールドが持ちこたえているにちがいない。

ギアリーは緊張の色を浮かべて結果を待った。シンディックに与えた損傷が充分でなければ、〈コルセア〉はふたたび交戦が可能になる前にとどめを刺されてしまう。

「やった！」センサーが交戦の結果を示すと、デシャーニは勝ち誇ったようにこぶしを握りしめた。

一隻のシンディック巡航戦艦が消え、大破したことを示す宇宙ゴミ《デブリ》がもうもうと広がってゆく。〈ヴィクトリアス〉、〈インテンパリット〉、〈ペレ〉が発射した弾幕に、シンディック巡航戦艦のシールドはあえなく崩壊し、艦を攻撃にさらすこととなった。少なくともそのうちの一発が、パワー・コアのオーバーロードを引き起こしたはずだ。

残る二番目のシンディック巡航戦艦は、〈ドーントレス〉と〈デアリング〉から集中砲火を浴びただけでなく、〈デアリング〉のそばを通過したさいに分解フィールドを発射され、外殻の一部が消散した。シンディック巡航戦艦はぼろぼろに砕け散り、ギアリーが見つめるなか、残骸のひとつが爆発した。ほかの残骸から数機の救命ポッドが射出されている。生き残ったクルーが安全を求めて脱出したのだ。

シンディック小艦隊の重巡航艦三隻は重大な損傷をまぬがれたが、〈コルセア〉への追撃をあきらめ、大きく下方へ針路を変えた。

ギアリーは自軍の損傷状況を確認した。敵重巡航艦の二隻が〈ドーントレス〉に集中砲火を浴びせたが、一発もシールドを貫通しなかった。シンディック巡航戦艦は二隻とも〈ペレ〉を砲撃し、なんとか数発が〈ペレ〉の外殻に穴を開けた。だが、ミサイル発射装置と近距離ビーム発射台が機能停止したにもかかわらず、〈ペレ〉は戦闘可能な状態を保っている。しかし、第三のシンディック重巡航艦が駆逐艦〈カタナ〉をねらい、大きさで劣る〈カタナ〉に大きな打撃を与えた。〈カタナ〉はどうにかアライアンスの編隊にとどまっているものの、すべての武器とシールドを失った。

ギアリーがグランドン司令官麾下の小艦隊の残存艦に注意を向けたとき、イーストン中佐の指揮する重巡航艦分艦隊と駆逐艦戦隊がそのあいだを切り裂くようにつっこんでいった。

小艦隊に残っている重巡航艦はふらふらと遭遇戦を避けた。全システムが機能停止し、作動不能となった艦から、すでに救命ポッドが射出されている。対艦攻撃艇のうち二隻が、パワー・コアのオーバーロードにより爆散。ほかの三隻は損傷がひどく、編隊を離脱し、残る二隻はそれぞれ別方向へ逃げようとした。

「最後の重巡航艦三隻をしとめよう」ギアリーは、二度と〈コルセア〉を攻撃させるまいと心に誓った。カーネ星系の人民に……そしてアライアンス艦隊に与えた損害の報いとして、最大限の代償を払わせてやる。〈カタナ〉は、シンディックが続行を主張した戦闘で多くの犠牲者を出したのだから。

シンディック第二小艦隊の生き残りである重巡航艦三隻はさらに大きく弧を描き、はるか〝下方〟へと向かっている。まるで、ひどく損傷した〈コルセア〉をふたたび攻撃するべきかどうか、判断する時間を稼ごうとしているかのようだ。

「代将、やつらはどうすると思いますか？」

「残存艦に乗っている〈ヘビ〉どもは、クルーが逃げだして助かることを許さないでしょう」と、マルフィッサ代将。「あの三隻の重巡航艦の士官たちに、マイケル・ギアリーの乗った艦を撃破させようとしているはずです。しかし士官たちは、それが自殺行為であるとわかっている」

「なぜ〈ヘビ〉を殺そうとしないのです？」と、デシャーニ。ギアリーは敵重巡航艦を攻撃するべく、アライアンスの編隊を転針させたところだ。「このままでは、いずれにしても、どうするか迷っているうちに〈ヘビ〉どもは死ぬことになります。連中が逃げるチャンスは、いちどしかありませんでした。シンディック巡航戦艦部隊が破壊されたと気づいた瞬間に、逃げだせばよかったのです」

「そう思っている〈ヘビ〉もいるにちがいありません」と、マルフィッサ。

イーストン指揮下の重巡航艦と駆逐艦が、生き残った対艦攻撃艇二隻を追い抜き、撃破してゆく。アライアンス巡航戦艦隊は、残るシンディック重巡航艦三隻を通過攻撃するための針路をさだめた。シンディック重巡航艦が〈コルセア〉に突撃しようと、急に転針したからだ。

「もう遅いわ、くずどもめが」と、デシャーニ。

アライアンス巡航戦艦と随伴の駆逐艦が残された間隙《かんげき》を縫って敵重巡航艦へ向かっていった。再度の被弾を避けるため、大きく旋回せよとの命令を受けているにもかかわらず、満身創痍《まんしんそうい》の駆逐艦〈カタナ〉は頑としてアライアンス編隊にとどまっている。

一発の命中弾が〈ドーントレス〉の艦体をわずかに揺るがすと、アライアンス巡航戦艦部隊は一瞬のうちに通過攻撃を行ない、敵艦を破壊した。

「敵重巡航艦一隻を撃破。もう一隻は大きく損傷し、作動停止」と、キャストリーズ大尉。

「残る一隻は損傷を負いましたが、操艦は可能」

「そいつをしとめろ」と、ギアリー。だが、アライアンス編隊に再度の転針を命じるまもなく、最後のシンディック重巡航艦が突如、防御シールドを解除した。「降伏するつもりか？　降伏メッセージは入っているか？」

「あの重巡航艦からの入電はありません、元帥」

「あの艦には、今この瞬間にも死にかけている人々がいます」と、マルフィッサ。陰鬱《いんうつ》な口調だ。「クルーの一部が、〈ヘビ〉どもや、〈ヘビ〉に忠実な兵員と士官から、支配権を奪おうとしているはずです」

「いつになったら、われわれは――」ギアリーが言いかけたとき、最後の敵重巡航戦艦が爆発した。全員の命が艦体もろとも塵と宇宙ゴミ《デブリ》の雲と化して、広がってゆく。

「クルーが反乱を起こした場合に備えて、〈ヘビ〉はパワー・コアを破壊するよう細工していたのです」と、マルフィッサ。「反逆者たちは、その引き金を引く〈ヘビ〉を止められなかったのでしょう」

「くそっ」公正な戦いで敵を打破することと、降伏を許さない狂信者の手にかかって死ぬ敵を目にすることは、わけが違う。〈ドーントレス〉のクルーたちも同じ気持ちのようだ。勝利の満足感を隠しきれないが、シンディック小艦隊の敗滅に歓声を上げる者はいない。

だが〈コルセア〉は傷つき、ぼろぼろになりながらもまだ機能しており、アライアンス巡航戦艦隊との合流に向けてゆっくりと進んでいる。歴史は繰り返さなかったのだ。

残された問題は逃走している貨物船団だけだ。

「代将」と、ギアリー。「あなたから〈ペレ〉に指示を出してください」

「感謝します、元帥。コントス艦長、あの貨物船を捕捉せよ。何隻つかまえるか、見ものだ」

「了解しました。ご命令にしたがいます、代将！」と、コントス。しばらくすると〈ペレ〉が艦列を離れ、カーネ星系からゆっくりと逃げようとする貨物船団を追って、加速した。巡航戦艦は弱い艦船を追いつめるためにある。

「イーストン中佐」ギアリーは通信した。「あの小艦隊の残党をよくぞ始末してくれた。引きつづき編隊から離れて、敵損傷艦から射出された救命ポッドの回収にあたってほしい。マイケル・ギアリー大佐、本隊と合流せよ。援助は必要か？」

マイケル・ギアリーから応答があり、ほっとした。見たところ、ケガはないようだ。

「本艦には多くの作業が必要となるでしょう」と、マイケル。「しかし全システムが安定しています。被害対策と修理の支援をお願いできれば、ありがたいです」

「人員と機材を手配する。実にすばらしい戦いだった、大佐」

「ブラック・ジャック自身にひけをとらないほど？」マイケルはにやりと笑いながらたずねた。

「もちろん、そう思っているさ」と、ギアリー。マイケルとその艦を救えたことに安堵しているので、マイケルの棘《とげ》のある言葉も気にならなかった。「会議を開き、今後の行動を計画したい。きみの艦に人員と機材を運ぶシャトルを送るから、そのどれかに乗って〈ドーントレス〉へ来てくれ。あのシンディックの執行官もいっしょにな」マルフィッサ代将がアラゴン執行官と直接会いたいと言っていたことを思い出し、付け加えた。

「了解、元帥」と、マイケル。「ようやく、あなたと直接お目にかかれることをうれしく思います」

〈ドーントレス〉のシャトルベイは静かな雰囲気に包まれていた。そこにいる者たちは、シャトルのタラップがおろされるのを待っている。

「マイケルのことはわたしの最初の失敗だった」ギアリーは小声でデシャーニに言った。「マイケルと〈リパルス〉を失ったのは痛かった。自分のつとめを果たす自信がまったくないころだったからな」

「あなたは人一倍、自己評価が厳しいことに、ご自分で気づいていらっしゃいましたか？」と、デシャーニ。「たいていは称賛すべきことですが、今はあなたの成功のおかげで万事がうまくいったことを考えてください。それから、こんどこそマイケルを救えたということも」

　シャトルのタラップが床におろされた。

　マイケル・ギアリーがためらいがちな足どりでシャトルから現われた。足を踏み出してはみたものの、これは夢なのではないかと疑っているかのようだ。じかに見ると、制服の雑につくろった跡や焦げ跡がいっそうはっきりわかる。捕虜にされていたあいだに痩せたせいで、少し制服がだぶついているのもわかった。マイケルはあたりを見まわし、ギアリーとデシャーニを見つけると、近づいてきて敬礼した。

「マイケル・ギアリー大佐、出頭しました」

　ギアリーは笑みを浮かべ、答礼した。

「なんども夢のなかで、きみの顔を見た。もう二度と現実世界で見ることはないと思っていたよ」

デシャーニが前へ進み出て、マイケルの手を握った。

「おかえりなさい、兄弟」

マイケルはデシャーニにほほえみかけた。

「ありがとう、ターニャ」マイケルの笑みが困惑に変わった。「兄弟？」

「話せば長いことなのよ」

もうひとつの人影がタラップをおりてきて、全員の注目が集まった。デシャーニが片手を腰に伸ばした。もし携帯武器を持っていたら、それがおさまっているはずの位置だ。現われたのはアラゴン執行官だった。アラゴン自身の携帯武器がおさめられているはずのホルスターは、からっぽだ。これほどまぢかだと、アラゴンの制服にも戦闘による損傷の跡が多数あるのが見てとれる。頬の片側にある大きな傷跡は、鋭い眼光と威厳のある雰囲気と同様に、実物のほうがきわだって見えた。

マイケルはアラゴンを手招きし、自分のそばへ呼び寄せた。

「こちらはデスティナ・アラゴン執行官。部下の兵士たちは、わたしのいた強制収容所で捕虜を監視していました」

「シンディックに反旗をひるがえした具体的な理由は、なんですか？」ギアリーはアラゴンにたずねた。

「われわれはシンディックのために戦い、すでに大きな犠牲を払っていました」アラゴンはギアリーを見つめながら言った。「役目を終え、故郷へ帰されるはずでした。しかし、生き残った兵員たちがドレイコンの陸上軍部隊との戦いに送られるという命令が出ていることを、耳にしました。自殺行為であることはわかっていたので、シンディックにわれわれとの約束を守らせることにしたのです。あなたはブラック・ジャックでしょう？　あなたの子孫を連れてきました。わたしがマイケル・ギアリーとかわした契約を守っていただけますか？」

「そのつもりです」と、ギアリー。

マルフィッサ代将がわずかに前へ進み出た。

「どこの星系のご出身ですか、執行官？」

「アナワク星系です」と、アラゴン。「われわれは〈ティグレ〉です。あなたは何者ですか？」アラゴンはマルフィッサの制服をながめながら言葉を添えた。

「自由独立ミッドウェイ星系のマルフィッサ代将です。あなたがたの家族は人質として、ここへ連れてこられたのですか？　あなたがたがシンディックに反抗できないようにするために」

「そうです」と、アラゴン。疑われることを予想していたかのような口調だ。「家族は惑星上にいます」

「あなたの言葉を信じます」と、マルフィッサ。「シンディックはイワ星系でも同じことをしました。われわれは惑星上での戦闘を止めるために、アライアンス宙兵隊を連れてきたのです。宙兵隊があなたがたの家族を救ってくれるでしょう。〈ヘビ〉を殺すのが好きですから」

「わたしほどではないでしょう」と、アラゴン。「アライアンスの宙兵隊ですって？　彼らを信頼しているのですか？　宙兵隊員の士気を上げるためのビールはあるの？」

いつものようにマルフィッサのそばに立っていたオービス一等軍曹は、笑みを隠しきれなかった。

「内々にいろいろと話し合おう」と、ギアリー。「デシャーニ艦長、ドクター・ナスルを保安会議室に呼んでくれ。ギアリー大佐の健康チェックをしてもらいたい」

ちょっとした行列が保安会議室へと向かった。オービス一等軍曹と見張り役の宙兵隊員が二人、少し後ろを控えめについてくる。マイケル・ギアリーはアライアンス艦隊の艦に戻ってきたことが信じられないかのように、まだきょろきょろしている。アラゴンは、背後から撃たれることをつねに警戒しているように歩を進めた。

「カラバリ中将とロジェロ大佐につないでくれ」と、ギアリー。巡航戦艦部隊はリアルタイムでの会議が可能なほど、ふたたび本隊に接近していた。「二人とも、食べものや飲みものは必要か？」

「わたしはけっこうです、元帥」マイケルはそう言いつつも、明らかにほっとした様子で椅子に腰かけている。

　アラゴンは立ったまま、首を横に振っただけだ。

　ドクター・ナスルが入ってきて、すばやくマイケルの健康チェックを行なった。顔をしかめながら、医療機器の測定値を注視している。

　ロジェロとカラバリのホロ映像が現われ、ロジェロは驚きの表情でアラゴンを見た。

「つまり」ギアリーは紹介を終えると言った。「損傷はあるもののまだ機能している巡航戦艦が一隻あり、アライアンスのもと戦争捕虜の大集団と、アラゴン執行官ひきいる陸上軍兵士が乗艦しているというわけだ」

「取引の内容はこうです」と、マイケル・ギアリー。「陸上軍が奪った艦をわれわれが操縦し、〈ティグレ〉たちを故郷へ送り届けて降ろしたあと、艦を譲り受けてアライアンス宙域へ戻る。しかし、陸上軍兵士たちの家族がここへ連行されると知り、アラゴン執行官は自分の部隊をここへ運ぶよう、条件の変更を求めてきました。シンディック宙域をこっそり通り抜けてみる前に、ミッドウェイ星系が避難場所になりそうだったので、わたしは同意しました。燃料電池の残量は非常に少なく、使える武器といえば近距離ビームだけ。とても故郷までの長い旅ができる状態ではありませんでした」

「われわれは表向きには存在していない軌道収容所で、警備をまかされていました」と、アラゴン。「すぐに故郷へ帰されるはずでした。でも、違う命令を受けることになったと知り、心に誓いました。どうせ死ぬなら、シンディックの首根っこに嚙《か》みついたまま死んでやる、と」

マルフィッサ代将が身を乗り出し、にやりと口もとをゆがめた。

「その気持ちはわかります。どうやって艦を奪ったのですか？」

「艦には基幹クルーがいた。〈ヘビ〉どもです。充分な数のクルーが到着するのを待っていました。クルーがそろったら、われわれもその艦でここへ運ばれることになっていた。家族や〈ティグレ〉の姉妹部隊がすでにここにいると知り、とにかく彼らを解放できるかどうか確かめにきました」

「あなたの部隊には兵士が何人いるのですか？」と、ロジェロ。

「三百七人」と、アラゴン。「残ったのはそれだけです」

「たった三百人？」と、デシャーニ。「なぜシンディックが、そんな小規模部隊をわざわざ移動させたのでしょう?」

　アラゴンは冷ややかなまなざしをデシャーニに向けた。

「われわれが〈ティグレ〉だから。手ごわいからです。シンディックでさえ、われわれの真価を知っています」

「でも、あなたがたはドレイコンの陸上軍部隊とは戦いたくなかったのですよね?」と、カラバリ。

「そうです。われわれは手ごわいが、愚かではありません」

「〈ティグレ〉の噂は聞いたことがあります。非常に評判の高いアナワク星系出身の戦士です」と、ロジェロ。

　アラゴンがロジェロを見た。

「あなたはドレイコンの仲間ですか?」

「はい、ドレイコン将軍におつかえするという栄誉に浴しています。将軍の旅団のひとつを指揮しています」

　はじめてアラゴンが感銘する表情を浮かべた。

「あなたも相当、手ごわいにちがいありません。ドレイコンたちに伝えてください。われわれはどんな要求にも応えられる、と」

「惑星上の状況は？」ギアリーはカラバリにたずねた。

カラバリ少将がその場でコントロール装置を起動すると、カラバリのホロ映像の横に曲線で描かれた地図が現われた。人口の大半が主要惑星の大陸沿岸に集中しているため、惑星全体の地図は必要ない。

「赤いマーカーがシンディック陸上軍部隊です。この内陸部全体に散在していたことがわかります。ロジェロ大佐の話では、大陸の内地は地下溶岩洞だらけだそうです。傍受したメッセージと、進行中の地上作戦から察するに、惑星カーネに残っている者たちは溶岩洞に立てこもり、シンディックへのゲリラ攻撃を行なっているようです。その一方で、シンディック陸上軍はカーネ防衛隊の兵士を見つけて、穴から引きずり出そうとしています」

「内地は起伏が多く、鬱蒼《うつそう》と植物が生い茂っている。防衛には理想的な地形です」と、ロジェロ。

「われわれがこの星系に到着して以来」と、カラバリ。「すべてのシンディック陸上軍部隊が索敵殲滅《さくてきせんめつ》任務を放棄し、廃墟と化したこの都市のはずれにある防御地帯へ引き返そうとしています」カラバリは地図上の一点を指さした。海岸に近い場所だ。「見たところ、カーネ防衛隊は退却するシンディック陸上軍にいやがらせをして、動きを鈍らせているようです。防御地帯の内部では、シンディック防衛部隊と明らかに民間人と思われる人々が混在しています。ロジェロ大佐によると、おもに〈ヘビ〉であり、民間人は〈ヘビ〉が人質にしているシンディック兵の家族だろうということです。防御地帯のなかへ入り、民間人を犠牲にすることなく〈ヘビ〉どもを排除する。それがわれわれにとって最大の問題です」

ギアリーは椅子の背にもたれ、考えこんだ。そういえばマイケルは、〈ペレ〉がシンディックから奪った艦ではないかと考え、偽旗《にせはた》作戦の可能性を指摘していた。惑星上でも、その作戦が通用するかもしれない。

「アラゴン執行官、姉妹部隊がすでに惑星上にいるとおっしゃいましたよね」

「はい」と、アラゴン。「第一二三四部隊がいます。われわれは第一二三三部隊です」

「第一二三四部隊の一部であるふりはできますか？」

アラゴンはけわしい表情でギアリーを見た。

「第一二三四部隊の同志が協力してくれれば、可能です。協力してくれると、わたしは思います」

「第一二三四部隊が惑星上のどこにいるか、わかりますか？」と、ギアリー。

ロジェロがうなずき、カラバリが出した地図の一カ所を指さした。

「ここです、元帥。ほかの部隊と同様に、シンディックの防御地帯へと退却しています。

なんとかこのペースを保てば、われわれが惑星の周回軌道に入った直後に到達するはずです」

「われわれはその部隊の行く手をさえぎるつもりでした」と、カラバリ少将。「第一二三四部隊が防御地帯にたどりつく前に包囲するつもりだったのです。しかし、アラゴン執行官の部隊とともに通してやれば、巧妙に敵をおとしいれられる可能性があります。多くの人質を犠牲にすることなく〈ヘビ〉をつかまえるという難題を、簡単にするいい方法かもしれません」

「われわれを防御地帯のなかへ入らせてくれれば、われわれが家族を守ります」アラゴンが明言した。

「あなたがたでは兵士の数が充分ではないでしょう」と、ロジェロ。「第一二三四部隊のすべての兵士が加わっても、まだ足りません。宙兵隊の一部が防御地帯に入るきっかけを作っていただくことはできませんか？」

「宙兵隊ですって？」アラゴンはカラバリに疑いのまなざしを向けた。「なぜです？」

「宙兵隊が〈ヘビ〉狩りをしているあいだに、あなたがた〈ティグレ〉は自由になって、家族を守れるからです」と、ロジェロ。

「われわれは〈ヘビ〉を殺したいのです」アラゴンはそう言ったものの、しばらく無言でロジェロ大佐のアイデアを検討した。「〈ヘビ〉狩りに行った宙兵隊にわれわれの仲間を殺されないようにするには、どうすればいいのです？」

「わたしが持ってきたマルウェアがあります」と、ロジェロ。「それをシンディックの司令網に忍ばせれば、宙兵隊の戦闘システムに〈ヘビ〉が特殊なマーカーとして表示されるようになる」

アラゴン執行官はにやりと笑った。

「いいわね。でも、今はアライアンス宙兵隊の話をしているのです。宙兵隊に〝誤射〟されるなど、あってはなりません」

「わたしの宙兵隊が」カラバリは硬い口調で言った。「〝ヘビ〟のマーカーがついていない者や発砲してこない者を撃つことは、断じてありません」

「あなたはそう言うけど、保証は何もない」

「カラバリ少将と宙兵隊のことは、わたしが個人的に保証します」と、ギアリー。「先に発砲してこないシンディック兵士は撃つな……〈ヘビ〉と遭遇するたびに交戦せよ、と命令したうえで送りこめば、必ずそのとおりにするでしょう」

アラゴンはギアリーを見ると、うなずいた。

「ブラック・ジャックが保証してくださるなら、それで充分です」

「降伏するか、少なくとも銃撃をやめるよう、ほかの陸上軍部隊の兵員たちを説得してもらう必要があります」と、ロジェロ。「彼らの家族も、あなたがたの家族と同様に守っていることを伝えるのです。降伏すれば、悪いようにはならない、と。ドレイコン将軍が投降兵に情けをかけることは耳に入っているはずです」

「元帥、考えていたのですが」と、カラバリ少将。「シンディック兵がアライアンス宙兵隊ではなく、ロジェロ大佐に投降するようにできないでしょうか？　戦闘をやめようとする気持ちに大きな変化をもたらすかもしれません」

「たしかに、そうですね」と、アラゴン。「アライアンスのことは信用しませんが、ドレイコンの部下の一人なら、信用するでしょう」

「では、そうしよう」と、ギアリー。「アラゴン執行官、あなたの部隊がロジェロ大佐を援護し、姉妹部隊にも協力を求めてくださるなら、戦闘がおさまった時点で、ロジェロ大佐は宙兵隊の手を借りることなく、シンディック投降兵に武装解除を要求できます」

「それが最善の策でしょう」と、ロジェロ。「アラゴン執行官、ここだけの話ですが、多くの兵員の命だけでなく、その家族の命も救えるかもしれません」

　アラゴンは片手をひらひらと振り、同意を示した。

「承知しました。わたしは機動部隊の艦へ戻り、部下に説明する必要があります。詳細がわかったら、送信してください。われわれが惑星へ降下するのに充分なシャトルはありますか？」

「おやすいご用です」と、カラバリ。

「では、乗せてください」アラゴンは周囲を見まわし、マイケルに目をとめた。「あなたも来る？」

「もちろん」マイケルは誰よりも早く答えると、よろよろと立ちあがり、ほかの者たちを見た。「わたしの艦にわたしのクルー。わたしが艦に戻るのは当然だ」

「わかった」と、ギアリー。「もう宇宙空間での戦闘はないはずだが、きみが言いたいことは理解できる」

「オービス一等軍曹」と、デシャーニ。「マルフィッサ代将と二人で、アラゴン執行官をシャトルベイまでお送りして。わたくしはギアリー大佐に言わなければならないことがある」

　アラゴンはいぶかしげにデシャーニを見ながらためらっていたが、やがてオービス、マルフィッサとともに立ち去った。ロジェロとカラバリがすばやく別れの言葉を述べると、二人のホロ映像は消えた。ドクター・ナスルは顔をしかめ、マイケルに薬剤パッチを貼りつけた。

「もっと基本的栄養と免疫刺激剤が必要だ。無理はしないように」

「わかりました、ドクター」と、マイケル。「言わなければならないこととはなんだ、ターニャ？」

「わたくしたちとともに無事に帰還してほしいってこと」ドクター・ナスルが退出すると、デシャーニは言った。「あなたの妹のジェーンがミッドウェイ星系で待っているのよ。〈ドレッドノート〉といっしょにね。ジェーンはずっと、あなたがまだ生きていると信じていた。実家の祭壇にあなたの写真は飾られていない。ようやくあなたを取り戻したんだから、ケガはしないで」

「はいはい、わかったよ」マイケルは言葉を切った。「わたしの写真が実家の祭壇に飾られてないことを、どうしてきみが知っているんだ？」

「グレンリオン星系を去る前に、わたくしたちはそこへ行ったから」

「わたくしたち？」

「つまり……元帥といっしょにという意味よ」デシャーニは手を振り、ギアリーを指し示した。

　ギアリーはきまり悪そうに立ちあがった。

「デシャーニ艦長とわたしは結婚したんだ。もちろん、この艦に乗っているときは上官と部下の関係だが」

マイケルは感覚が麻痺《まひ》したかのように数秒間ギアリーを見つめたあと、いきなり笑いだした。

「ブラック・ジャック、あの完全無欠の士官が自身の旗艦の艦長と結婚した？」

「わたくしたちは二人とも、この艦のなかではプロに徹しているわ」と、デシャーニ。

「ターニャ、きみのことだから、それは本当だろう。でも……」マイケルはふたたび笑った。「わたしは間違ったことをするたびに、ブラック・ジャックならそんなことはしないだろうと言われつづけてきた。あなたも普通の人間なんですね。子どものころにそのことを知りたかった」マイケルはデシャーニに視線を向けた。「だから、わたしを〝兄弟〟と呼んだのか。ギアリー一族へようこそ、姉さん。ジェーンは平気なのか？」

「わたくしたち、かっこいいのよ。戦闘姉妹《バトル・シスターズ》ってとこ」と、デシャーニ。

「やれやれ。デスティナが心配するといけないから、シャトルベイへ行くよ」

「彼女とはどうなってるの？」

マイケルはびっくりしたような顔をすると、またしても笑いだした。

「彼女と？　わたしが？　デスティナ・アラゴンを口説いたりしたら、片腕をひっこぬかれて、その腕でこっぴどくなぐられるだろう。だが、アラゴンは名誉を重んじる。信じるか信じないかは別として、すぐれた士官だ。たとえわたしが自由になれたのはアラゴンのおかげじゃなかったとしても、その点は尊敬に値する。しかしアライアンス士官がシンディックの人間——もとシンディックだろうと——と親密な仲になるなど、ありえないことだ」

「ホノーレ・ブラダモントはロジェロ大佐と結婚しているわ」

「なんだと？」マイケルは呆然とした。「わたしが捕虜になってから、いろいろ変化があったんだな」

「空白を埋めるための時間はたっぷりあるわ。さあ、自分の艦に戻って。監督しなきゃならない修理がたくさんあるんでしょ」

軌道上から肉眼で見るカーネは美しい惑星だった。真っ青な大海に、明るい緑色の植物でおおわれた小さな大陸が点在している。惑星の夜の側には、赤い輝きを放つ活火山がそこかしこにあり、昼の側の上空では、雲にまじって火山灰が縞模様を描いてたなびいていた。

都市や町の大半が廃墟と化し、軌道からの爆撃によってクレーターだらけになっていることは、肉眼では見えない。だが、夜側に人間の存在を示す人工光がないのはわかった。

カーネに残っている人々は今も潜伏し、地表にいる兵士たちも見つからないようにしているのだろう。

「こちらはギアリー元帥。惑星上のすべてのシンディック兵に告ぐ。諸君の戦闘艦は破壊され、貨物船団は逃走した。諸君には逃げるすべはなく、爆撃から身を守ることもできない。自由独立ミッドウェイ星系のロジェロ大佐がドレイコン将軍の命を受け、ここへ来た。大佐は諸君の降伏を受け入れるだろう。降伏する者はみな、人道的な扱いを受け、戦う者は全員が叩きのめされることになる。いずれを選ぶべきかは明白だ。われらが先祖に名誉あれ。ギアリーより、以上」

ギアリーは〈ドーントレス〉のブリッジで司令長官席に深々とすわり、ディスプレイを注視していた。侵攻輸送艦から射出された多数のシャトルが大気圏を降下し、それぞれの着陸地点へ向かってゆく。

「カラバリ少将、われわれの部隊が上陸するまで軍事活動を中止する件について、カーネ政府の確認はとれたか？」

「はい、元帥」カラバリはまだ〈タイフーン〉に乗艦しており、数百キロ離れた地点に上陸する宙兵隊の行動を低軌道から調整している。「ライアン・ウェーク大統領が、生存している士官のなかで最先任のマコ大佐に、すべての活動を停止するよう命じました。シンディックを排除するわれわれの邪魔をしたくないのでしょう」

「けっこう。アラゴン執行官の部隊はもう上陸したか？」

「現在、降下中です、元帥。兵士たちの装甲服に通信回線を接続することができました。アクセスを制限しているため、われわれの通信網に侵入されることはありませんが、こちらにはアラゴン執行官と上級士官たちの行動が手に取るようにわかります。ロジェロ大佐もアラゴンたちといっしょにいます。宙兵隊の偵察班をアラゴンたちの近くに降下させ、〈ティグレ〉たちが突破口を開いてくれたら、ただちにシンディックの防御地帯に侵入できるようにしてあります」

「けっこう」と、ギアリー。つづいて〈リプライザル〉のハイエン艦長に通信した。「爆撃の攻撃目標となるものは見つけられたか？」戦艦は、もっとも射程の広い運動エネルギー弾のみならず、それに最適な照準システムも搭載している。

ハイエンは首を横に振った。

「民間人の犠牲を避けたいのなら、無理です。隠し拠点があることはたしかですが、まだ見つかりません。もし宙兵隊が見つけたら、いかなる防衛拠点であっても、われわれが代わりに破壊できます」

「わかった。われわれの味方であるシンディックの行動は、適切に把握できているのだよな？　たしか〈ティグレ〉と言ったか？」

「はい、元帥。ディスプレイ上にはっきりとマーカーが表示されますので。〈ティグレ〉に向かって何かを投下したりはしませんよ」

「アラゴン執行官が見た目どおりに手ごわく、その言葉どおりに抜け目がないといいのですが」と、デシャーニ。「そうでなければ、多くの民間人の命が失われるかもしれません」

「わたしもそうであってほしいと思っている」ギアリーは、シャトルの最初の一団から宙兵隊と〈ティグレ〉たちが降りてくるのを見つめた。宙兵隊からの一人称視点の映像が見られるディスプレイを起動させ、祈った。惑星上でさらなる悲劇が起こるのを、最前列の席で見ることになりませんように。この惑星はすでに、あまりにも多くのことを目にしてきたのだから。

18

デスティナ・アラゴン執行官の装甲服からの景色は、緑と茶色のグラデーションでいろどられた藪《やぶ》が頭の上まで生い茂っていた。さらに高くそびえ立つ低木のようなものがところどころにあり、つかまっただけで折れてしまいそうな細い枝が密集している。

アラゴンは慎重に歩を進めていた。ヘルメットのヘッドアップ・ディスプレイに低出力の個人識別信号が表示され、点滅している。

ロジェロ大佐の装甲服からの映像もほぼ同じだった。ヘッドアップ・ディスプレイに個人識別マーカーが表示されていなければ、ほかの兵士がどこにいるのかわからなかっただろう。

宙兵隊偵察班の指揮官がアラゴン執行官の部隊とロジェロ大佐の後ろから、藪のなかを手探りで進んでいる。〝友好的な惑星連合《シンディック》〟と距離を保てるのは、ひとえにアラゴンたちの装甲服のシステムと接続されているおかげだ。

アラゴン執行官が突然、立ちどまった。目の前に、武器をかまえた装甲服姿の人影が現われたのだ。

　アラゴンがフェイスシールドを跳ねあげると、相手の兵士も同じことをした。アラゴンの装甲服との接続はまにあわせのものなので、ギアリーには話の内容は聞き取れない。だが、安堵《あんど》と歓迎を表わしていた相手の態度が急に変わり、不安と怒りの色を浮かべはじめたのは明らかだった。

「どなりあっているようだ」と、ギアリー。どういうことだ？　戦場のまんなかで命の危険にさらされている二人の兵士が、手を振りまわし、指を突きつけ合い、こんなにも激しく言い争っているとは。

「話をしているかぎり、心配はありません」と、マルフィッサ代将。

　シンディックの装甲服を着た兵士がさらに何人か現われた。アラゴンのそばに立つ者もいれば、アラゴンの口論相手のそばに立つ者もいる。ロジェロがその場にたどりつき、ギアリーはロジェロとの接続を介して、口論を新たな視点で見られるようになった。アラゴンが激しく議論しているのが、よくわかる。あとから来た兵士たちもフェイスシールドをつぎつぎに跳ねあげ、議論に加わった。

　アラゴンの勝利が徐々に確実になってくると、アラゴンはロジェロを身ぶりで示した。

兵士たちはロジェロをじろじろとながめ、ゆっくりと武器をおろした。最悪の事態を確信していた兵士たちの顔に、希望の色が浮かびはじめた。

カラバリ少将から通信が入った。

「順調に進んでいます」

「時間がかかりそうだ」と、ギアリー。

「問題ありません、元帥。わたしはそこの状況に応じて、宙兵隊のほかの部隊の行動を調整しています。宙兵隊偵察班の指揮官から、たったいま報告がありました。前進するようロジェロ大佐から要請があったそうです。これで決着がつくでしょう」

ロジェロとアラゴンが振り向いて指さすと、偵察班指揮官が藪を肩で押しのけて姿を現わした。数十人のシンディック兵に武器を向けられているのに、たいした度胸だとギアリーは感心した。アラゴンがまた何かわめき、ロジェロは穏やかに話をしているようだ。

「アラゴンとロジェロが新たに現われたシンディック兵たちに、家族の命を救いたいなら、われわれ宙兵隊に望みを託すべきだと話しているところです」指揮官が報告してきた。

「あのアラゴン執行官は口が達者ですね。あんなのにこってり絞られたくはありません。はい、相手の兵士たちが考えを変えはじめています。自分たちは死んだも同然だと思っていた連中が、家族とともに救われるチャンスを見いだしたようです」

ギアリーには議論が果てしなくつづくように思われたが、ようやく集団全体が足どりを速めて進みはじめた。藪や縁の鋭い葉や枝先を装甲服で押し分けるようにして、小走りで抜けてゆく。顔や腕や手を守る装甲服を着ずにあんな藪のなかを進もうとしたら、どうなってしまうのだろう？　木々の葉さえ、布を切り裂きそうなほど硬そうに見える。

奇妙な感じがすると同時に、信じがたいほどの閉塞《へいそく》感がある。ギアリーは文字どおり、数十億キロ四方を見わたせることに慣れている。だが、この鬱蒼《うつそう》とした草木のなかでは、フェイスシールドの向こうはほとんど見えない。

ギアリーは、アラゴンのフェイスシールドに表示されているマーカーが変わったことに気づいた。部隊を識別するマーカーだ。アラゴンの一団は、あとから現われたシンディック部隊に加わったようだ。

「防御地帯の何カ所かで牽制《けんせい》攻撃が始まっています」と、カラバリ。「シンディック兵は地下に潜伏しています。連中を穴から引きずり出さなければならないとしたら、困難をきわめるでしょう」

「戦艦からそのどこかに、隕石もどきを投下すればいいのではないか？」と、ギアリー。

「いいえ、閣下。まだだめです。今は無理に推し進めたくありません。つまり、そのう……〈ヘビ〉どもの注意をあの場所に引きつけておき、まだ持ちこたえていると思わせたいのです」

アラゴンとロジェロの前から急に藪が消え、きれいに刈られた場所が現われた。丈が一センチを超えるものは何もない。その向こうでは、郊外に立っていた建物が入り組むように瓦礫《がれき》と化して、広がっていた。

新しい仲間を介してシンディック通信網と接続されたアラゴンとロジェロのディスプレイには、瓦礫のなかに潜むシンディック兵のマーカーが多数、表示されている。

「ロジェロ大佐が、シンディックの司令網にしこんだマルウェアを実行しようとしています」と、カラバリ。

突如、新たな複数のマーカーが現われた。いわゆる〈ヘビ〉のなかには、通常の戦闘画面に表示されなかった者もいる。だが、それが表示されるようになり、どの〈ヘビ〉のマーカーの横にもシンボルが明るく輝いている。

アラゴン執行官と部下、ロジェロ大佐、姉妹部隊の〈ティグレ〉たちは、開けた場所を走り抜けた。疲れ果て、おびえながらも、ようやく安全な場所にたどりついたというように。

そのあとにつづく宙兵隊員たちは丈の高い藪のなかに隠れたまま、動かない。

アラゴンとロジェロの横で、装甲服姿の二人の〈ヘビ〉がアラゴンの姉妹部隊の指揮官に近づき、指示を出している。視野の狭い映像を通しても、防衛側の緊張がギアリーに伝わってきた。

「陽動作戦を強化します」と、カラバリ。「戦艦から数回にわたり、ピンポイントで隕石もどきを投下します」

戦闘の轟音《ごうおん》が上がり、足もとの地面が揺れるとともに、兵士たちの頭がいっせいに防御地帯の向こうを振り返るのが見えた。

アラゴンの部隊は防御地帯にとどまり、装甲服の不具合をなおすふりをしているが、〈ティグレ〉たちの大半はロジェロとともに、民間人のマーカーが集まっているエリアへと走り去った。さらに多くの〈ヘビ〉と対峙すると、〈ティグレ〉たちとロジェロは迷わず〈ヘビ〉を射殺し、先を急いだ。上層部に通報されたり、人質を殺害されたりしないうちに、内政保安局《ISS》局員たちを制圧しなければならない。スピードとの戦いだ。

アラゴンの一団もいきなり、近くにいた〈ヘビ〉どもを射殺した。アラゴンが至近距離から、〈ヘビ〉の一人のフェイスシールドに武器を撃ちこむ。アラゴンとその部下の〈ティグレ〉たちが武器をかまえ、銃口を向けると、シンディック正規軍の兵たちは呆然と立ちつくした。アラゴンたちにとって、今ここで議論や説得をしている余裕はない。

宙兵隊偵察班が広々としたエリアを横切り、シンディックの防御の隙を縫うように走ってきた。

「ロジェロ大佐がシンディックへの公開通信を行なっています」と、カラバリ少将。「内容は次のとおりです。〝人質の安全は守られている……宙兵隊が防御地帯のなかにいるが、〈ヘビ〉と発砲してくる者以外は攻撃目標にしない……第一二三四部隊はすでに反旗をひるがえし、ドレイコン将軍に手厚い処遇を保証されている……降伏する者は誰でも、同様の処遇を受けられる……自分――ドレイコンの部下である士官――が宙兵隊から諸君を守るつもりだ……〟今が正念場です、元帥。シンディック陸上軍が戦闘の続行を決めたら、われわれは苦戦を強《し》いられます。しかし、もっとすぐれた部隊でも、この状況下で戦いつづけることは困難でしょう」

結局、カラバリ少将の予想したとおりになった。シンディック陸上軍の士気はすでにぼろぼろだった。兵士たちは、告発や気まぐれによって処刑をつづけてきたＩＳＳ局員に激怒し、宙兵隊の到着を待たずに虐殺しはじめた。宙兵隊が走ってくると発砲を中止して、身を守るようにかたまりあい、宙兵隊をやりすごした。

防御地帯の内部が崩壊したとき、陸上軍部隊はまだ外にいた宙兵隊員に直面すると、沈黙した。

ロジェロは〈ティグレ〉たちとともに、あちこち移動しながら一帯の安全を確保し、投降してきたシンディック兵の武装解除を徐々に進めていった。そのため、長い時間を要した。

その後、ふたたび事態が緊迫した。

「元帥、緊急事態です」と、カラバリ。「マコ大佐がカーネ防衛隊をひきいて、すでに崩壊した防御地帯に侵入しようとしています。投降兵を虐殺するつもりのようです」

「ロジェロをマコのもとへ向かわせ、マコと通信をつないでくれ」と、ギアリー。

ぼろぼろの装甲服を着た男の映像がギアリーの前に現われた。いかにも頑固そうで、怒りをあらわにしている。

「ご支援に感謝している」と、マコ。「だが、もう手を引いていただきたい。人民に残虐行為を働いた者たちの始末は、われわれがつける」

「きみに命令される筋合いはない」と、ギアリー。こちらが優位にあることを速攻で主張しなければならない。「上を見ろ。軌道上に戦艦部隊がいるだろう。まわりを見ろ。大勢の星系同盟《アライアンス》宙兵隊員がいて、わたしの命令でいつでも行動を起こせる。さあ、今回の件を話し合おう。われわれはカーネ防衛隊と戦いたくない」

「カーネはアライアンスにひれ伏すつもりはない」と、マコ。

「そうならないことはわかっているはずだ。われわれはイケニ大統領とドレイコン将軍の要請を受け、カーネを支援するために来た。仕事が終われば、ここを去る。カーネの自由は奪われない」

「では、この惑星の汚点を消し去ろう！」

ロジェロが到着し、マコと対面した。

「きみはわたしがどんな人間か知っているはずだ、マコ！　われわれは投降兵に約束した。ドレイコン将軍の方針はきみもわかっているだろう！」

「やつらが何をしたか知っているか？」マコがうなるように言った。「おまえが約束したというやつらが」

「そのなかの〈ヘビ〉どもは全員死んだ！　その目で確かめにこい。無力な者たちを殺すことはない、大佐。それはシンディックのやることだ」

「やつらが変わると思うのか、ロジェロ？　シンディックにつかえていた連中が」

「わたしもそうだった、マコ大佐。きみもそうじゃないか」ロジェロはマコの向こうを見た。マコの背後にぼろぼろの身なりをしたカーネ防衛隊がいる。「きみたちのうち、ほかに何人がシンディックにつかえていたのだ？　そのような兵員の家族がここにいることを知っているか？　兵員たちは、躊躇《ちゅうちょ》すれば家族が〈ヘビ〉に殺されるとわかっていた。だから戦った。きみなら、違う行動をとったか？」

マコの怒りがおさまりつつある。

「その家族に会いたい。真偽を確かめるために」

「わたしが案内しよう。だが、発砲はするな。わたしは投降兵にドレイコン将軍の慈悲を与えた。ドレイコンの怒りを買いたいか？」

「ここを支配しているのはドレイコン将軍ではない。アライアンスでもない。われわれには自由以外に失うものは何もない。誰もわれわれに指図することはできないのだ」

ギアリーはマルフィッサを振り返った。

「代将、ロジェロ大佐と通信を接続できますか？ 大きな問題があるようだが、あなたがた二人に解決していただきたい」

数時間が経過した。惑星上の状況は安定しているが、宙兵隊、シンディック投降兵、カーネ防衛隊は緊張をつのらせながら、たがいを監視しつづけていた。一触即発の状態だ。ギアリーはそのことを知っていたので、ロジェロとマルフィッサからふたたび通信があったときには安堵した。

あいにく二人の表情を見るかぎり、成功の報告ではないようだ。二人とも、疲労といらだちの色を浮かべている。

「解決できそうにない問題があります」と、ロジェロ大佐。「カーネはシンディック投降兵を惑星から追い出すつもりです。ウェーク大統領は、シンディック兵が惑星上にとどまると〝何か〟が起こると主張するだけで、ほかの者ほどあからさまに血に飢えているわけではありません。しかし、全員が妥協を拒否しています。投降兵を置き去りにして宙兵隊が撤退したら、投降兵は虐殺されるでしょう。ですが、もちろん宙兵隊を残すわけにはいきません。アライアンスの占領軍とみなされるからです」

やれやれ。ギアリーは鼻筋をマッサージしながら考えこんだ。

「〈ペレ〉は五隻の貨物船を拿捕したのでしょう？」

「六隻です」と、マルフィッサ。

「投降兵を全員収容できるんですよね？」

「ぎゅうぎゅう詰めにすれば」と、マルフィッサ代将。「快適ではないでしょうが、生存は可能です」

「では、投降兵を貨物船に乗せて、ミッドウェイ星系へ運べばいいだろう」

ロジェロは首を横に振った。その議論はこれで百回目だと言わんばかりだ。

「家族のことがあります。投降兵が、家族を無防備なまま惑星上に残してゆくはずがありません。無理もないことです。兵員の家族といえども、護衛もつかないのでは無事ではいられないはず」

「カーネは家族を守るつもりはないのか？」

「はい。現に、家族の安全を保証することを拒否しています。われわれが家族をそっちのけにして兵を避難させようものなら、兵士たちは暴動を起こすでしょう。多くの兵士を殺さざるをえなくなるかもしれません」ロジェロは穏やかだが確信に満ちた口調で言った。

「暴動を鎮圧する唯一の方法が殺すことだというのか？」ギアリーはショックを受けた。

「彼らはシンディックの兵員です」と、マルフィッサ。「ずっと手綱《たづな》をつけられたまま生きてきたのです。手綱が切れると、手がつけられなくなるでしょう。この目で見たことがあります」

「わたしもです」と、ロジェロ。「頭の痛い問題です。投降兵を置き去りにすることはできないし、かといって連れ出すわけにもいかない。そもそも、兵士とその家族を同時に連れ出す輸送手段がありません」

ギアリーは頭痛がぶり返しそうになるのを感じた。

「しかも、カーネは勝利したにもかかわらず、頑として考えを変えない」

「まさしく。連中は血を求めているのです、元帥。カーネに侵攻した兵たちの血を」

何かがギアリーの心に引っかかった。ギアリーは片手を上げ、ロジェロが言葉をつづけようとするのをさえぎった。わかりそうでわからない。それが何なのか理解しようとした。

カーネに侵攻した兵たち。そう、それだ。なぜ……？

急にぴんときた。

「アラゴン執行官とその部隊はカーネに侵攻したわけではない。惑星上では、シンディックの命令にしたがうような行動はとらなかった。われわれの部隊の一員として上陸したときには、シンディックですらなかった」

ロジェロはギアリーを見つめ、つづいてマルフィッサを見つめた。ギアリーもマルフィッサもうなずいた。

「それが解決不能な問題を解く鍵なのかもしれません」と、ロジェロ。「つきとめて、のちほどまたご報告します。アラゴンもここへ連れてくるつもりです」

次の一時間、ギアリーは自分の指揮下にある大規模部隊を注視した。多くの命を奪う覚悟がないかぎり、この問題を解決することはできないとわかっていた。

ようやくロジェロとマルフィッサから再度、通信があった。成功を思わせる表情を用心深く浮かべている。

「やりましたよ、元帥」と、ロジェロ。「アラゴン執行官の部隊は惑星を攻撃せず、シンディック軍打破に協力したので、シンディック兵の家族を守るために完全武装して残留するよう、カーネ側から要請がありました。アラゴン執行官はそれに同意し、投降兵は貨物船団が戻ってくるまで、アラゴンの部隊に家族の安全をまかせることになります」

「ミッドウェイ星系は全兵士を受け入れられるのか？　それだけの余裕があるのか？」と、ギアリー。

「たっぷりあります」と、ロジェロ大佐。「シンディックは、惑星ミッドウェイの離島に多くの大型施設を建設しました。しかし、その施設はいちども稼働されず、使用されたこともありません。謎の種族が襲撃してきた場合に、大幅な軍備増強を行なうためのものだったようですが、本当は、謎の種族を標的とする大規模侵略軍をいつか支援することが目的なのではないかと、誰もが思っていました。一時的にせよ、ここにいる全兵士と家族をその施設に収容できます。タロア星系など、われわれと協力関係にある星系への移送を望む者がいれば、きっと歓迎されるでしょう」

「実にすばらしい」ギアリーはロジェロとマルフィッサを見た。「ところで、まだわたしに話していないことがあるんじゃないのか？」

　マルフィッサ代将がギアリーと目を合わせ、冷静な口調で話しはじめた。

「カーネの同意を得るために、もうひとつの提案を余儀なくされました。アラゴン執行官が奪った巡航戦艦をカーネに引きわたすよう、イケニ大統領に強くすすめることです。それにより、カーネ星系はさらなる襲撃に対して防御力を高めることができます」

ギアリーは無理な要求をされるのではないかと、内心びくびくしていた。だから、これを聞いたとき、思わず声を上げて笑いそうになった。

「かまいませんよ。あの巡航戦艦をどうするか、悩んでいましたから」

「ギアリー大佐に譲ることになっていたのではありませんか？」と、マルフィッサ。

「たしかアライアンスの法律では、巡航戦艦の個人所有は認められていないはずです」と、ギアリー。「それにギアリー大佐が、ミッドウェイ星系の意向に沿って艦を手放すことに反対するとは思えません。だが、カーネは巡航戦艦を維持できるのでしょうか？　かなりひどく損傷したことは知っているのですか？」

「いいえ」と、マルフィッサ。「少なくとも数年間は、ミッドウェイ星系がある程度の修理を行ない、クルーの一部と運営費の大部分に補助金を支払う必要があります。しかしイケニ大統領は承諾してくれるはずです。カーネにそのような宇宙防衛手段があるとわかっていれば、ミッドウェイ星系にとって得になりますので」

「わたしとしては異論はありません」と、ギアリー。

「では、取引成立ですね」ロジェロがほっとしたように言った。

「最終合意を得て、一刻も早く終わらせよう」と、ギアリー。「われわれは捕らえたシンディック兵をシャトルで貨物船へ運び、ここを離れるつもりだ。代将、あなたさえよければ、〈ペレ〉を離脱させ、貨物船団の護衛をまかせたいのですが」

「もちろんです、元帥」と、マルフィッサ。

ギアリーは安心して椅子にもたれたが、もういちど通信しなければならないことに気づいた。

マイケルはまだ、乗っ取ったシンディック巡航戦艦のブリッジにいた。

「はい、元帥？」

「その艦にもう未練はないよな？」ギアリーは取引のことを説明した。

「その点は問題ありません。たぶん」マイケルはあたりを見まわした。「おかしいんですよ。シンディックのデザインにはところどころ、やや奇妙な特徴があります。アライアンス艦に戻ったら、みな安心するでしょう。でも、まだしばらくは〈コルセア〉が恋しくなりそうです。アラゴン執行官はここに残るのですか？」

「アラゴンとその部隊、シンディックの全兵士の家族を乗せるための貨物船団が、ミッドウェイ星系から戻ってくるまでの話だ。その貨物船団がふたたびミッドウェイ星系へ向かうところには、われわれはもうここにはいないだろう」

マイケルは顔をしかめ、うなずいた。

「では、アラゴン執行官に敬意をこめて、正式な別れの挨拶をしなければなりませんね。

わたしを含めたこの艦のアライアンス士官たちから」

「回線を接続できるぞ」

「直接、会うべきです、元帥。敬意を示すために。われわれが自由になれたのは……おそらく、こうして生きていることも、アラゴンのおかげです」マイケルはゆっくりと笑みを浮かべた。「ブラック・ジャックなら、そうするでしょう」

　ギアリーは鼻で笑った。

「わたしにそんなことが言えるのは、きみとターニャ・デシャーニだけだ。よし、わかった。シャトルで降下すればいい。だが言っておくが、帰りのシャトルは、貨物船団へ運ばれるシンディック兵でいっぱいになるだろう」

「超満員のシャトルに乗れ、と?」マイケルはまたしても笑みを浮かべた。「われわれはずっと強制収容所に入れられていたんですよ。シャトルで窮屈な思いをするぐらい、なんともありません」

　ギアリーはもういちど笑った。

「われわれが力になれることがないか、アラゴンに訊いてくれ。わたしもアラゴンに借りがある」

　可能なかぎり大急ぎで、積みこみ作業が行なわれた。まずは、〈ペレ〉の称賛すべきクルーたちが軌道へと連れ戻した貨物船団に、シンディック投降兵が乗せられ、つづいて、アラゴン執行官ひきいる〈ティグレ〉たちに家族の護衛を引き継いだ宙兵隊が、それぞれの侵攻輸送艦へとシャトルで戻っていった。アラゴンの要請に応えてギアリーは、宙兵隊用の大量の携帯食、〈ティグレ〉たちと家族がカーネから避難できるまでに必要なそのほかの物資を惑星へ送った。

　軌道上にいるあいだにやるべきことがふたつ残っている。そのひとつはライアン・ウェーク大統領に通信することだ。

「わたしはあの兵士たちに、家族の安全を守ると個人的に保証しました」と、ギアリー。「わたしの家族も、デスティナ・アラゴン執行官に個人的な恩があります。この意味はおわかりいただけると思います」

「家族の安全は必ず守ります」ウェーク大統領は声に疲労の色をにじませた。「カーネはもう充分に苦しみました。これ以上、敵をつくる必要はありません。とくに、シンディックの侵攻を阻止してくださったかたがたのなかには。ただ、わたしの仕事を楽にして、ミッドウェイ星系が可能なかぎり早く貨物船を送り返してくれるようにしてください。一刻も早く、侵攻の名残りを惑星上から一掃したいのです」

　最後の通信相手はアラゴンだ。

「アラゴン執行官、個人的にお礼を言いたかった。何か必要なものがあれば、わたしか、もう一人のギアリーに伝えてください」

「わたしは取引をしただけです」アラゴンはギアリーを見つめながら言った。「あなたの子孫にとっても、われわれにとっても有益でした」

「だが、その取引がわたしの弟の孫、マイケルを救った。それに、あなたはつねにマイケルに対して公平だった。わたしの家族がお世話になりました。あなたの上に、命ある星々の光が輝きますように。あなたはご先祖様の記憶に名誉をもたらしました」

アラゴンは頭を振り、声を上げて笑った。

「いかにもアライアンスの人間らしいことをおっしゃいますね。いいでしょう。いつの日かブラック・ジャック自身が申し出るかもしれない支援を断わるほど、わたしは愚かではありません。あの愚か者のマイケルを大事にしてあげてください。せっかくわたしが救ってやったのに、次の戦いで吹き飛ばされたのでは意味がありません。それから……」アラゴンは背筋を伸ばし、敬礼した。「わが部隊と姉妹部隊、われわれの家族を救ってくれたことに感謝します。恩があるのはおたがいさまです。〈ティグレ〉の力が必要なときは知らせてください。人民のために」

一時間後、巡航戦艦〈ペレ〉に先導された貨物船団が軌道を離脱し、ミッドウェイ星系に通じるジャンプ点へと向かった。その直後、ギアリーの特務戦隊がつづき、足の遅い貨物船団をたちまち抜き去った。

大成功をおさめた気はするが、カーネで起こったことにミッドウェイ星系の指導者たちがどんな反応を示すのか見るまでは、なんとも言えない。

「たしかに劇的な帰還でしたね、元帥」イケニ大統領はギアリーに笑顔を見せた。

ギアリーは特務戦隊を連れて戻ってきた。新たに奪った巡航戦艦が随伴しており、それが〈ペレ〉ではないと判明した瞬間に騒ぎになることはわかっていた。任務の結果を報告し、シンディック投降兵をいっぱいに乗せた貨物船団が、〈ペレ〉に付き添われてまもなく到着することを知らせたが、控えめな承認を受けるにとどまった。だがギアリーが艦隊に戻り、ふたたび〈バウンドレス〉に乗船すると、リーセルツ大使は歓迎してくれた。アライアンスの捕虜を救出したことにより、ギアリーの行動が法的に裏づけられるとともに、平和条約をめぐる議論において、アライアンスがシンディックより優位に立つことが確実となったのだ。そのうえ、イケニ大統領もドレイコン将軍も上機嫌だった。

ジェーン・ギアリーは兄の帰還に、いかにも妹らしい愛情をこめた反応を示し、みんなをこんなに心配させて……どうしてもっと早く帰ってこなかったの……などと、とがめた。

〈コルセア〉に乗艦していたもと戦争捕虜たちは一時的にでも寝泊まりできるよう、艦隊の各艦に分散して移送された。マイケル・ギアリーは〈ドレッドノート〉へと送られた。そこでなら、妹に見守られ、さまざまな出来事を話し合えるからだ。

駆逐艦〈カタナ〉の十数人の犠牲者を追悼するのは、このうえなく悲しかった。（たとえば代理ユニティ星系での戦いのように）いくつかの戦闘で大損害をこうむったあとでは、〝たった〟十数人の犠牲者には対処しやすいように思われるだろう。それでも、突然命を奪われた十数人のことを考えると、ギアリーの気持ちは沈んだ。

「慣れることはとてもできそうにない」ギアリーはデシャーニに打ち明けた。

「それでいいのです」と、デシャーニ。「部下の死を忘れてしまうような人は、指揮官にふさわしくありません。戦争中、われわれは犠牲者が出ることに慣れましたが、すぐれた士官は部下の死に慣れることはありませんでした。わたくしが言いたいことはおわかりでしょう。シンディックのアラゴン執行官でさえ、部下の〝兵員〟を失うことを懸念していました」

「そうだな。それに、部下たちを救うために、マイケルを救ってくれた」ギアリーは頭を振った。「まさか自分の家族がシンディックの士官に借りをつくることになるとは、思いもしなかった。たとえアラゴンがもとシンディックだとしても」

「おかしなことになりそうですね」デシャーニは負けを認めていた。「でも、アラゴンがその借りを返せと言ってくるのは、本当に必要に迫られたときだけではないかという気がします」

そこまでは昨日のことだった。いまギアリーはふたたびリーセルッ大使の執務室ですわっていた。テーブルの同じ側にリーセルッとドクター・クレシダが着席している。またもドクター・コトゥールは、健康上の理由により出席できないという。

テーブルをはさんで向こう側に、今回もまたイケニとドレイコン、ブラダモント代将のホロ映像がすわっている。

「ふたたび会談に応じてくださり、感謝します」リーセルッが切り出した。

イケニがまた、ちらっと笑みを浮かべた。

「われわれと協力関係にある星系を救ってくださったことを思えば、これぐらいは当然のことです。元帥、あたくしはマルフィッサ代将がカーネとかわした条件つきの約束を守り、あの巡航戦艦を進呈するつもりです」

「〈ティグレ〉や家族がひどい目にあわされていたら、奪い返してください」と、ギアリー。

「そうなるかもしれませんね」と、イケニ。「われわれの評判はあなたがたの評判と同様に、一隻の巡航戦艦以上の価値があります。ロジェロ大佐も彼らの身の安全を約束しました。なんとしてもカーネから連れ出します。さて、リーセルッツ大使、新しい提案の概要をご説明ください」

リーセルッツ大使は自分なりの笑顔を見せた。

「あなたがたはアライアンスのハイパーネット・キーをふたつ要求してきました。新たな提案には、アライアンスのハイパーネット・キーの件は盛りこまれていません。おわかりでしょうが、わたしがあなたがたの要求を受け入れたとみなされれば、アライアンスは協定を批准《ひじゅん》しないでしょう。一方で、あなたがたがアライアンスの要求に屈したとみなされるわけにはいかないことも理解しています。アライアンスとしては、あなたがたの独立を立証するものに加えて、経済を支える手段も示していただかなければなりません。ギアリー元帥によると、あなたがたはカーネのために、新しい巡航戦艦のサポート費用まで負担することになるそうですね。この宙域における自由と安定を保持するうえで重要な役割を果たしたミッドウェイ星系に適切に報いることに、われわれの関心が高まりつつあります。以上の点を考慮して、妥協案を示します。この星系のゲートを改変し、ハイパーネットを使うことを認めていただく代わりに、アライアンスのハイパーネット・キーをひとつ差しあげます」

「ひとつですって？」イケニはリーセルッツをまじまじと見た。「ふたつ要求したのに、ひとつだけ？」

「お仲間にはこう言えばいいではありませんか。アライアンスは何もくれなかったから、ひとつ要求したのだ、と」

イケニは顎《あご》をなでながら、リーセルッツを見つめた。

「ハイパーネット・キーが複製可能であることはご存じですよね？」

「そうなのですか？」と、リーセルッツ。本当に知らなかったかのような口ぶりだ。

こんどもイケニの笑みは揺らがなかった。

「わかりました。しかし、仲間にどんな説明をしようと、それが原因でアライアンスから協定破棄を申し立てられることはないと知っておく必要があります」

「協定には、ハイパーネット・キーの複製については何も盛りこまれないでしょう。盛りこむ必要がありますか？」

「いいえ、まったく。仮定の問題に対処する必要はありません」

ドレイコン将軍が眉をひそめてリーセルッツを見た。

「つまり、意図的に抜け穴を残してくださるのですな」

リーセルッツは首を横に振った。

「そのようなことは言っておりません。その問題に対処する必要があるかどうかをたずねただけです」

「けっこう」ドレイコンも微笑している。

ギアリーはドレイコンをじっと見ながら、あらためて思った。ドレイコンの笑みはほんの少し変化するだけで、相手を安心させることも怖がらせることもできる。

「ただし」リーセルッツは話をつづけた。「わたしが大きく譲歩したのですから、アライアンスにとってバランスのいい取引だと思えるものを提供していただけることを期待しています。アライアンス議会に取引を承認してもらわなければなりません。そのようなものが手近にあるかもしれないと、ブラダモント代将が示唆していました」

ドレイコンがうなずいた。

「ブラダモント代将の提案を見ましたが、イケニ大統領もわたしもメリットがあると感じました。ここからそう遠くないカヒキという星系に、シンディックの研究施設がありました。今はわれわれのものです」

リーセルッツはドレイコンをしげしげと見た。

「どんな研究ですか?」

「数十の分野で役に立つ可能性のある理論的な大ばくちです。カヒキ星系は孤立した場所にあるため、シンディックが資金提供して最先端の研究を行なうには安全だと、判断されました」

さっきまでぼんやりしていたドクター・クレシダが、ドレイコンに注目している。

「それに関連して何を提供してくださるのですか？」リーセルツは用心深い口調でたずねた。

「われわれはカヒキ星系の持つ可能性の多くを利用できません。ですが、もっと充分な資金を持つ者がアクセスできるようになれば、貴重な見識を得られるかもしれません」と、イケニ。

「それを共有することが期待されています」と、ドレイコン。

「それは……魅力的な提案ですね」と、リーセルツ。

「そこで研究されているものの一例です」ドレイコンはテーブルごしに身ぶりで示した。ギアリー、リーセルツ、ドクター・クレシダの前のテーブルの上に、バーチャルの紙のリストが現われた。

ギアリーには理解に苦しむ項目ばかりが並んでいる。ひとしきり頭を悩ませたあと、ギアリーはドクター・クレシダに視線を向けた。クレシダは一心にリストを見つめている。

「ドクター・クレシダ？」と、リーセルツ。

クレシダは顔を上げ、目をしばたたいた。

「興味深いものです」

「貴重なものですか？」

「はい」クレシダはうなずき、リストに視線を戻した。「つまり、たしかに最先端の概念をいくらか取り入れた理論的研究だということです。結果を出せないものもあるかもしれません。でも、たとえ失敗しても、そこからわかることに大きな価値があるでしょう。当然ながら、わたしはこのような分野の専門家ではありませんが」

「アライアンスはこの研究に資金援助を行なうべきですか？」

「もちろんです」ドクター・クレシダはもういちどリストを見た。「もちろんですとも」

「取引成立のようですね」と、リーセルッツ。

その言葉にイケニはまたも微笑した。

「けっこう。双方に等しい利益をもたらすのが最善の取引です。まさに今われわれが合意にいたった取引のように。いくつか詳細が決まったら、次の段階について、こちらのゲート専門家からあなたがたのゲート専門家にお話しできると思います」

「すばらしいことです」と、リーセルッツ。

イケニとドレイコンのホロ映像が消えたあとも、ブラダモントは残り、ギアリーに敬礼した。

「あたしの大佐を無事に連れ戻してくださり、感謝します、閣下」

　リーセルッツ大使がブラダモントに笑顔を見せた。

「もうイケニ大統領もドレイコン将軍もおわかりですよね？　本当はわたしがここの責任者だということを」

「いいえ」ブラダモントはかぶりを振った。「二人とも、いまだにギアリー元帥がアライアンスを支配していると思っています。ただし裏でこっそりと。元帥がミッドウェイ星系を離れてカーネ星系へ向かったことも、二人にとっては、あなたが元帥の要求に応じるというよりも、いかに元帥があなたの要求に応じるふりをしているかというさらなる証拠にすぎません」

「ご冗談を」

「いいえ、残念ながら冗談ではありません。それが二人の世界観であり、二人の目に映る何もかもが、そのフィルターを通したものなのです。でも、ギアリー元帥のことは、なんというか、自分たちの固定観念にあてはまる賢明な指導者であるとも思っています。だからこそ、アライアンスがギアリー元帥の王国だと認識されているかぎり、すすんでアライアンスとの取引に応じているのです」

「もうけっこう」リーセルツはまた頭痛がしてきたようだ。

今回の任務は多くの頭痛の種《たね》をもたらしたようだと、ギアリーは思った。

ブラダモントのホロ映像も消えると、リーセルツはドクター・クレシダに向きなおった。

「ドクター、取引が確定したら、できるだけ早くミッドウェイ星系のゲート専門技術者と通信できるようにします。わたしたちが作業を進めるつもりであることを、欠席したドクター・コトゥールに伝えてください。それから、重要な行動については逐一わたしに知らせるように」

ドクター・クレシダは小首をかしげ、リーセルツの最後の言葉の意味を考えた。

「ハイパーネット・ゲート崩壊防止システムをいつ無力化するか、知りたいですか？」

「なんですって？」リーセルツはクレシダを凝視した。「崩壊防止システムを無力化するつもりですか？」

「その必要があります」クレシダは淡々と答えた。「そうしないと、ゲートをアライアンスのハイパーネットにもつれあわせるという試みが阻害されます」

「なぜドクター・コトゥールは、そのことをわたしに話してくれなかったのです？」

「さあ、わかりません。お話しすることになっていたはずですが」

「そう」と、リーセルツ。感情を精いっぱい抑制する口ぶりだ。「いつ無力化するのか知らせてください。いつ再稼働させたかということも。そして、ドクター・コトゥールがこのところずっと会合を欠席している具体的な理由も」

「本人に伝えておきます。何か問題があるのだと、わたしは思います」クレシダは意味深な言葉を残して立ち去った。

リーセルツは急いで通信した。

「ウェッブ大佐、やっかいなことになったわ。科学者チームが作業を行なうには、ハイパーネット・ゲート崩壊防止システムを無力化する必要があるとわかったの」

ウェッブは顔をしかめた。

「誰かに知られたら、大問題になりかねません」

「そのとおりよ。知る必要のある人たち以外には知られないようにしたいわ。それから、崩壊防止システムに異常な関心を寄せている者がいないか、警戒をつづけてちょうだい」

リーセルツはギアリーを身ぶりで示した。「ギアリー元帥にも随時報告しなさい。何かわたしたちが知っておくべきことは見つかった？」

「たいしてありません。異星人関連ファイルに多数のアクセスがありました。ファイルの内容は既知のあらゆる情報です。しかし、われわれはダンサー族の宙域へ向かおうとしているのですから、とくに疑わしいことではありません。科学者チームはハイパーネット・

ゲートを監視し、オペレーティング・システムを分析していますが、それが仕事ですので」ウェッブは眉をひそめた。「そういえば、ドクター・マカダムスがあれこれと要求してきます。わたしに元帥の決定をくつがえす権限があるとでも思っているかのように、ほかの艦からオリジナルの翻訳機器を手に入れろと言うのです。自分の部下に、〈バウンドレス〉に乗船しているほかの者たちと接触を持たせないようにもしています」

「何かを隠そうとしているということ？」

「それは命ある星々にしかわかりません。ハイパーネット・ゲートの作業状況についても、いろいろ質問してきます」ウェッブは言葉を切った。「その作業が終わるまでダンサー族の宙域に向かうことはできないからだと、思っていました。でも、いま大使がおっしゃったことを踏まえると……」

「ドクター・マカダムスから目を離さないで、大佐。きっと、少しずつ仕事からはずされていることに気づいたのね」

「きみたちはどうやって耐えているんだ、大佐？」と、ギアリー。「今回の任務はかなり退屈なはずだが」

「われわれはこれまで、どんなことも乗り越えてきました」と、ウェッブ。「〝急いで待て〟ですよ。訓練をしたりシミュレーションを行なったりと、いつもどおりに過ごしています。いても立ってもいられないのはたしかですし、カーネ星系へ遊びにいった宙兵隊を本当にうらやましいと思いましたが」

「あれは遊びじゃないぞ。例の〈ダニ〉《ティック》はどうなった？　新たに何かわかったか？」

ウェッブはリーセルッツを見た。

リーセルッツは腹立たしげな身ぶりをした。

「あなたがたがカーネ星系にいるあいだに、この執務室でもひとつ見つかりました。カーネ星系へ行った人たちは容疑者ではないということです」

「しかし、それ以外に手がかりは何もなく、電子機器、製造ライン、ソフトウェアいずれにおいても、物理的指紋はおろか公開鍵暗号《フィンガープリント》も検出されていません。材料でさえ、特徴がわからないようにさまざまな供給元から取り寄せたものを混ぜ合わせているため、特定の供給元を識別できない状態です」と、ウェッブ。

「だが、大使の執務室に出入りできる人物であることはたしかだ」と、ギアリー。

「あるいはその人物と接触した誰かが、自分でも気づかないまま〈ダニ〉を持ちこんだか」と、ウェッブ。「それでも容疑者を絞ることはできません。あのドクター・クレシダはどうなんです？　ずうずうしいし、閣下のことを好ましく思っていないことは明らかです」

「たしかに、わたしを嫌っている」と、ギアリー。「だが、ゲートの接続作業がうまくいくかどうか、本気で気にしているようだ。それに、ここでの重要な会議にずっと出席していたのだから、〈ダニ〉をしこむ必要などないだろう?」

残念ながら、その問題は保留せざるをえなかった。

翌日、ミッドウェイ星系は取引を承認し、技術者チームと理論家チームは作業を開始した。

19

「ハイパーネット・ゲート崩壊防止システムが無力化されました」リーセルツ大使は、ギアリーが見たこともないほど憤慨していた。「今朝、実行されたことを、たったいま偶然に知りました」

ギアリーはふたたび〈バウンドレス〉に乗船し、リーセルツと顔を合わせたところだ。

「ドクター・コトゥールが緊急会議を招集したのは、そのせいかもしれません」

「だといいのですけど。ドクター・コトゥールは、わたしが会うときはいつも陽気で話しやすいのですが、それ以外のときは目にあまるようになってきましたから」

二人はともに〈バウンドレス〉の通路を進み、科学者チームの執務室がある区画へと向かった。

ギアリーとリーセルツがコトゥールの執務室の前に着いたとき、ドクター・ブロンが近づいてくるのが見えた。

「この重要な会議で何を話し合うことになっているのか、ご存じですか?」ギアリーはブロンにたずねた。

ブロンはいらだたしげに首を横に振った。

「ハイパーネット・ゲートの二重もつれを試みる前は、それが不可欠なことだとドクター・コトゥールは言っていました。もう準備をしなければならないのですが、こうして呼び出されたために作業開始が遅れています」

「艦内時刻で一二一〇時ぴったりに来るようにと言われました。なぜですか?」と、リーセルッツ。

ブロンは残念そうな表情を浮かべた。

「ドクター・コトゥールには正当な理由があるのでしょう」

「十二時まであと十五分」と、リーセルッツ。「このまま三十分近くも、ぼさっと突っ立っていなければならないのですか?」

ブロンはドアに近づき、確認した。

「時限ロックがかかっています。一二一〇時ちょうどに解除されます」

リーセルッツは鼻をこすった。不満をつのらせている。

「なぜドクター・コトゥールは、これほどおおげさな演出が必要だと思うのでしょう?」

リーセルッツはドアの呼び出しボタンをタップし、コトゥールの応答を待った。つづいて、もういちど、こんどはもっと強くタップした。「元帥とわたしがドアの外で待つ以外に何もすることがないとでも、思っているのでしょうか?」リーセルッツは携帯パッドを取り出し、通信ボタンをタップした。「マトソン船長、ドクター・コトゥールの部屋のドアに時限ロックがかかっている。すぐに開けてちょうだい」

マトソンの声がギアリーの耳に入ってきた。

「時限ロックの解除を命じています、大使閣下。五秒以内に、解除されたことを示す緑色のランプが点灯するはずです」

ロックが解除するまで、実際には二秒しかかからなかった。

「感謝するわ、船長」と、リーセルッツ。

ブロンが入室をためらっているようなので、ギアリーはドアを押し開け、なかへ踏みこんだ。

コトゥールの姿が目に入った。デスクに向かってすわり、ぐったりしている。ギアリーは思わず立ちどまった。コトゥールは目を閉じており、ぴくりとも動かない。デスクの上に、小さなからっぽのグラスが置かれている。

ブロンは動揺して小さく叫びながら駆け寄ると、コトゥールの片腕と首をつかみ、触診した。

「脈も息もありません。しかし、まだ温かく、死後硬直も始まっていない。一時間もたっていないでしょう。早く対処しないと――」

カチッという音が室内に響きわたり、ブロンの言葉がとぎれた。他者の存在を感知するプログラムが設定されていたのだろう。コトゥールのホロ映像が現われた。椅子の横に立ち、いつもの人なつこい笑みを浮かべている。

「なぜわたしがあなたがたをお呼びしたか、不思議に思っていらっしゃるでしょう」コトゥールはわずかに笑みを広げた。「ずっと、そう言ってみたかったんですよ。昔の探偵みたいにね。まず、これから起こることについて謝罪したい。このような行動をとらなければならないことを心から後悔しています。しかし、その理由と、全人類のためにそうするべき理由を、みなさんに知っていただく必要がありました」

コトゥールのホロ映像が外を身ぶりで示した。

「長いあいだ人類は、自分たちだけが真の意味の知的生命体として存在していると知り、安心することができた。ほかの知的生命体の存在を発見したとき、宇宙とそれを支配する力が英知を働かせ、そのような知的生命体を離れたさまざまな星系に広く配置したことが明らかになった。知的生命体は共存するようにはつくられていない。なぜなら、自然の摂理に反するから」

　ギアリーはなぜか不安が増してゆくのを感じながら、コトゥールを注視した。

「旧地球を見たまえ」コトゥールは些末《さまつ》なことを話し合う仲間うちの会合であるかのように、笑みを浮かべたまま話しつづけた。「人類のいとこ、たとえばネアンデルタール人のような知的生命体はいずれも、人類に吸収されるか絶滅するかの末路をたどった。それが必然なのだ。謎の種族はそのことを理解し、われわれを絶滅させようとしている。殺人牛も同様に理解しており、それを隠そうともしない」

　学生で埋めつくされた講義室にでもいるかのように、コトゥールは片手を上げ、ギアリーたちに向かって人さし指を振った。

「だが、スパイダー＝ウルフ族はもっと利口だ。どうあるべきかを知っていながら、われわれに友好的なふりをしている。人類が明らかな敵に対していかに苛烈な方法で身を守るか、目《ま》の当たりにしてきたからだ。

　やつらは人類宙域や人間社会に溶けこんでありふれた存在となり、鉤爪《かぎづめ》や触手を人類のあらゆるシステムに伸ばそうともくろんでいる。なんのために？　自然の摂理が求めることを実行するためだ。やつらの準備が整えば、人類は一夜にして絶滅するだろう。あるいは奴隷として永遠にしいたげられつづけるか。スパイダー＝ウルフ族の口を満たす従順な食料源にされる可能性もある。なぜわたしがそのような事態を許したのか？　今回の任務はあまりにも見当違いで、失敗することは目に見えていた。宇宙の力は、自分たちの代わりに行動する仲介者を必要としていたのだ」

「いったい、どういうこと……？」リーセルッツ大使はつぶやいた。その顔に驚きの色が広がってゆく。

コトゥールのホロ映像はデスクを指さした。

「艦内時刻で一二〇〇時ぴったりに、ハイパーネット・ゲートにコマンドを送信した。再調整の試みに備えて、すべての保護プログラムを無力化するためだ。そのコマンドには、ゲート崩壊時のエネルギー放出量を最大にするプログラムが含まれている。ゲートは崩壊し、この星系のすべてを滅ぼす新星級の爆発が引き起こされるだろう。だが残念ながら、あなたがたはその瞬間を目撃することはない。崩壊を阻止する手段などないはずなのに、あなたがたにはつらい思いや無駄な努力をさせたくないのだ。この船そのものもわずか数分後に破壊されるだろう」

コトゥールは言葉を切った。一瞬、笑顔が揺らいだ。

「この星系のすべての住民とともにみなさんが命を落とすことになるのは、本当に残念だ。

残念でしかたがない。わたしがミッドウェイ星系の指導者たちとの会談に出席できなかったのは、彼らを死へと導かなければならないとわかっていたからだ。見透かされるかもしれないという不安もあった。だが、わたしは行動を起こす必要がある。数百万、数十億の命など、大義に比べれば微々たるものだ。人類の未来には代えられない。わたしの最後の計画を阻止するために駆けずりまわり、残された時間を無駄な努力についやさないでほしい。あなたがたにできることは何もないのだ。わたしとしては、あなたがたがパニックにおちいることによって、わたし自身が痛々しい傷を負うことは避けたい。だから、デスクの上の小さなグラスを干してたちまち眠りにつき、魂が肉体を離れるようにするつもりだ。それくらい怖くはない！　いや、自分の功績を確信している。だが、みなさんが死なければならないことは遺憾であり、なぜその必要があるのかを理解してもらいたかった」

　コトゥールのホロ映像が消えた。

「ああ、ご先祖様」ブロンは信じられないというように声を詰まらせた。「もう終わりだ」

　タイムラグのある通信を経験したことがあるせいなのか、ギアリーは誰よりも早く重要な事実を理解した。

「われわれは一二一〇時までこの部屋へは入れないはずでした。つまり……あと二十分あるということです」

「二十分」リーセルツは急いでもういちど携帯パッドを取り出した。「マトソン船長！ 外部に送信可能な船内のあらゆる機器をいますぐシャットダウンして！」

マトソンが応答するまで数秒かかった。

「どういうことなのか、よくわかりま――」

「説明している時間はないのよ！ 送信機をシャットダウンしなさい！」

「スイッチを切れ」と、ギアリー。「すべての送信機の電源を切るんだ」

「了解。完了しだいご連絡します」と、マトソン。

ギアリーは一瞬、考えた。時間にまにあうようにシャットダウンできるだろうか？ だが、まもなく、それが数ある問題のひとつにすぎないと気づいた。

「われわれが入室して数分以内に〈バウンドレス〉は破壊されると、ドクター・コトゥールは言った」

リーセルツもブロンもギアリーを見つめている。

「どうすればこの大きさの船をまるごと破壊できるのですか？」と、リーセルツ。

「コトゥールがなんらかの方法で核兵器の部品をこっそり持ちこんだわけでもないかぎり、確実に破壊する方法はパワー・コアに破壊工作をすることだけです」と、ギアリー。

リーセルッは携帯パッドの別の通信ボタンを押した。

「ウェッブ大佐！　ドクター・コトゥールが一二一〇時から数分以内にこの船を破壊するよう、何かをしかけた。ギアリー元帥はパワー・コアに破壊工作をしたのだろうと考えているけど、コトゥールが武器部品をひそかに持ちこんだ可能性もあるわ」

　ウェッブは数秒とかからずにその意味を理解した。

「すぐ捜します！　発見したものがなんであれ、お知らせします」

「コマンドの送信を阻止できなかったら、どうなるのです？」リーセルッはブロンにたずねた。

　ブロンは呆然とした表情で頭を振った。

「われわれは死ぬでしょう」

「崩壊防止システムを再稼働させることはできませんか？」と、ギアリー。

「無理です。できません。時間がかかりすぎます。システムの再インストールが終わる前に、崩壊がかなり進行しているでしょう」

「コトゥールの意図に反して、わたしたちには時間があります」リーセルッはコトゥールの遺体を指さした。「それを使う必要があるわ。ほかに何かできることがあるはずです！」

「わたしにできることはほかに何もない！」と、ブロン。

ゲートの崩壊が同一星系内の艦船や惑星に与えうるダメージを目《ま》の当たりにしてきたにもかかわらず、ギアリーは落ち着いた口調を心がけた。

「時間があれば、崩壊が始まる前に、残された時間内ですべての艦船をゲートからできるだけ遠ざけ、防御シールドで対処できるほどに放出エネルギーが拡散するよう祈ることぐらいはできたでしょう。だが、残り時間が約二十分しかないのでは、それすらもできません」

「いかなる場合にも、この船が爆発しないと仮定すれば」リーセルツはコトゥールの遺体を見た。すでに死んでいるにもかかわらず、この手で殺したいと言わんばかりの表情だ。

「救命ポッドで……」

「このサイズの船でたちまちパワー・コアが爆発したら、安全な場所まで離れることはとてもできません」と、ギアリー。「〈バウンドレス〉の乗員乗客は、爆発前に救命ポッドにたどりつく時間さえないでしょう。それに、ゲートが崩壊したら、救命ポッドなどなんの防御手段にもなりません」

「星系内のすべての人々に警告する必要があります」と、ブロン。「いや、警告が届く前に衝撃波に襲われるでしょう」くやしさのあまり泣きだしそうな口調で付け加えた。「何が起こるかわからないまま、死なせたほうがいいのではありませんか？」

「まだわたしの艦隊の各艦にも知らせる必要があります」ギアリーはくるりと背を向け、いちばん近い通信パネルに手を伸ばした。おれの艦隊、ターニャ……ご先祖様、どうすればターニャを救えますか？　「〈ドーントレス〉、艦隊優先コマンド」

そのメッセージを受信したとき、デシャーニは自室にいた。ギアリーを見つめる好奇の表情が、すぐに不安の表情に変わった。

「どうなさいました？」

ギアリーはデシャーニに言った。

「われわれはゲートに近づきすぎている。送信を止められなければ――」

「〈バウンドレス〉の送信機はまだ作動していますよ」デシャーニはディスプレイを確認すると、はっきり言った。「送信機の電源を切るには、どれくらいかかりますか？」

ギアリーはリーセルツを見た。リーセルツは悪態をつき、ふたたび携帯パッドのリンクを叩いた。

「マトソン船長！　なぜ送信機がシャットダウンされていないの？」

マトソンはいらだたしげに言った。

「何かが電源オフのコマンドをブロックしているのです。技術者たちが試みているのは―

—なんだ？　どうしてパワー・コアにアクセスしているんだ？　大使閣下——」

「ウェッブ大佐はわたしの命令にしたがって行動しているのよ。パワー・コアに破壊工作が行なわれた可能性があるわ。その送信機をシャットダウンしなさい！　ウェッブ大佐！」リーセルツはリンクをもういちど叩いて、呼びかけた。「どんな手段を使っても、この船のすべての送信機を一刻も早くシャットダウンしなさい！」

「了解、大使閣下！」

「ドクター・ブロン！」リーセルツは振り返り、あわれな科学者を注視した。「どうして何もできないのですか？」

「できることなど何も……」ブロンの声がしだいに小さくなった。

「コトゥールにしてやられた」と、ギアリー。「デシャーニ艦長、この船からの信号を積極的に妨害してほしい。必要に応じて艦隊全体が妨害装置に接続し、充分なパワーを供給しろ」

「了解、閣下。この先、どうやって閣下からの命令を受ければいいのですか？」と、デシャーニ。

「〈バウンドレス〉からの点滅信号により、異常がないことを知らせる」

「了解、閣下。おまかせください」

デシャーニの映像が消えたあと、ギアリーは一瞬、これがデシャーニとかわす最後の言葉になるかもしれないと思った。だが、これ以上話をつづけて時間を無駄にするわけにはいかない。

ウェッブ大佐の〝儀仗兵〟二人が駆けこんでくると、室内を歩きまわり、携帯スキャナーでチェックした。

「異常なし」一人がリーセルツに報告した。「コトゥールが核兵器を持っているとしても、この部屋の近くにはありません」

「パワー・コアはどうなっているの？」と、リーセルツ。

「ウェッブ大佐の指示でハッカー・チームがオペレーティング・システムをチェックしているあいだに、われわれは爆発物の捜索を行なっています、大使閣下」

「では、捜索をつづけなさい」

マトソンから通信が入った。失望と怒りがせめぎあう口調だ。

「送信機の電源を切ることができません。反応しないんです。電源接続を物理的に切断するよう命じました」

ギアリーは時刻を確認した。

「正午まであと一分。コトゥールは一二一〇時の十分前にコマンドを送信したと言っていたから、いよいよ時間切れだ」

「それもコトゥールの嘘でないかぎりはな」と、ブロン。

船体にかすかな振動が走った。パワー・コアが不安定になっているという最初の兆候《ちょうこう》だろうか？

マトソンからふたたび通信が入った。こんどはひどく乱暴な口調だ。

「ウェッブ大佐のオタクどもが送信機を吹き飛ばしてやがる！」

「けっこうなことよ」リーセルツはマトソンにきっぱりと言った。「わたしたち全員の命を救おうとしているのだから」ギアリーに向きなおり、時刻が表示された携帯パッドを掲げた。「正午です。コトゥールが船の爆破に使おうとしていたものが見つかることを祈りま――」

照明が消えた。

非常照明が灯《とも》り、ふたたび明るくなると、ブロンが背を向けて逃げだそうとした。

ギアリーはブロンをつかんだ。

「パワー・コアが爆発するなら、とっくにわれわれは死んでいる」

「どういう意味ですか、元帥？」リーセルツが完全に抑制された声でたずねた。

「おそらく、爆発しないようにパワー・コアをシャットダウンしたのでしょう」と、ギアリー。「パワー・コアに破壊工作をすることがコトゥールの計画だったとしたら、シャットダウンすることでクルーがオペレーティング・システムを徹底的に調べ、マルウェアを見つける時間を稼げます」またしても船体に振動が走った。「送信機には予備のバッテリーがあるから、やはり停止させる必要がありそうです」

　通路を走る足音が聞こえたかと思うと、ウェッブが飛びこんできた。

「物理的破壊により、すべての送信機をシャットダウンしました」ウェッブはリーセルツに報告した。「そのうちの二台が何かを送信しようとしていました。船の通信技術者によると、ある種のマルウェアが通信システムを制御していたようです」

「時間内に送信を止められたの？」と、リーセルツ。

　ウェッブは首を横に振った。

「わかりません、大使閣下」

「艦隊が〈バウンドレス〉からの送信を積極的に妨害しています」と、ギアリー。

　非常照明のかぎられた光のなかで、ウェッブは陰鬱《いんうつ》な面持《おもも》ちでうなずいた。

「それを突破する方法がいくつかあります。あなたもご存じだと思います、元帥。パワー・コア制御システムでマルウェアが発見されました。部下がまだ分析中ですが、コア・システムにあらゆる安全装置が組みこまれていたにもかかわらず、オーバーロードを引き起こすかもしれません」ウェッブはリーセルツを見つめた。「大使、このために使われたマルウェアを提供した者が誰であれ、利用可能な最高のもの――あるいは最悪のもの――にアクセスできたはず。艦隊の妨害電波を突破する送信方法を使った可能性があるということです」

「一二〇五時だ」ブロンが消え入りそうな声で言った。「あと十五分ほどで、最悪な事態が起こったかどうかがわかる」

全員が振り向いた。誰かが部屋に入ってきたのだ。

「ドクター・ブロン？」ドクター・クレシダがあたりを見まわし、コトゥールの遺体を冷静にながめている。「ドクター・コトゥールは亡くなったのですか？　一二一〇時にここへ来るようにとのメッセージを受け取ったのですが。状況を説明していただけますか？」

ブロンが急いで説明するあいだ、ドクター・クレシダはほとんど表情を変えなかった。ギアリーはジャスミン・クレシダの自制心に驚いた。

「なるほど」ブロンが話しおえると、クレシダは言った。表情と同様に口調も冷静そのものだ。「この船への脅威は阻止したのですね。よかった。ハイパーネット・ゲートに危険が及ぶ恐れはないでしょう」

「ドクター・クレシダ」リーセルツは震える声で言った。「コマンドの送信が可能だったとしても、ゲートの崩壊を防ぐ方法を何か知りませんか？」

「いいえ。なぜなら、ゲートは崩壊しませんから」クレシダは室内を見まわし、全員に目を向けた。「確信があります」

「なぜですか？」と、ウェッブ。

「ドクター・コトゥールを信用していなかったからです。わたしはこの任務に不信感を抱き、この宙域の支配を拡大したり、ダンサー族を脅したり、謎の種族を攻撃したりするためのカモフラージュではないかと考えました。何か攻撃的な意図があるにちがいありません。そこで、コトゥールが密命を受けていないかどうか確認するために、コトゥールの個人ファイルに侵入したのです」ドクター・クレシダは徐々に挑戦的な表情を浮かべはじめた。「そのなかに破滅をもたらすゲート崩壊プログラムを見つけました。非常に巧妙に隠されていましたが、それこそわたしが探していたものでした。コトゥールがそれをどのように使うつもりなのかはわからなかったけど、そのようなプログラムはあってはならず、使用されるべきでもないと思います。わたしはそのプログラムを調べ、コマンドラインも命令もすべて削除しました。残ったのはシェルと、もはや何ともつながっていないユーザー・インターフェース、切断されたコード・セグメントだけです。ファイルをもとのサイズに戻すためにジャンク・データを追加し、何もそこなわれていないかのように再保存しました」

ギアリーは自分が呼吸しているかどうかも忘れていたが、突然すうっと大きく息を吸った。

「コトゥールがプログラムを削除されたことに気づいても、修復することは不可能だったと言うのですか？」

ドクター・クレシダはうなずいた。

「コトゥールはプログラミングが苦手でしたから。コトゥールの科学的スキルが発揮されるのは学術的政治の分野が大半でした。オリジナルのプログラムを書いたのはコトゥールではありません。コトゥールにはその能力がなかったからです。たとえプログラムの損傷に気づいたとしても、修復することさえできなかったでしょう」ドクター・クレシダは一心にギアリーを見つめた。「わたしはあのプログラムの多くに関与していた者の存在に気づきました。わたしの妹です。あのプログラムを作ったのが誰であれ、ジェイレンが書いたオリジナルのプログラムを使ったことはたしかです」

リーセルツは落ち着きを取り戻そうとしているようだ。

「つまり、コトゥールがプログラムを手に入れるのを手伝った者は、星系同盟《アライアンス》の機密ファイルのなかにあるオリジナルにアクセスできたということですね」

ウェッブはうなずき、ドクター・クレシダをじっと見た。クレシダへの評価を見なおしているかのようだ。

「大使、わたしが申しあげたように、それが誰であろうと、最悪のマルウェアにアクセスできたのです。アライアンスは内部に深刻な問題をかかえているようです」

とくに目新しい情報でもないが、このことがユニティに伝われば、さらにやっかいなことになるだろうと、ギアリーは思った。

「コトゥールがマルウェアをしかけるには、この船のなかに協力者が必要だったのか？」

ウェッブは渋面《じゅうめん》をつくった。

「そうかもしれません。コトゥール一人でも可能だったはずです。マルウェアを適切な場所にダウンロードしさえすれば、あとはどうにかなったでしょう。しかし、共犯者が一人以上いれば、もっと簡単だったと思われます。大使閣下、この船にはコトゥールに手を貸した者が何人かいるにちがいありません。わたしの部下が見つけます」

リーセルッツはふたたび口を開いた。こんどは完全に抑制されたていねいな口調だ。

「随時、報告してちょうだい、ウェッブ大佐。ドクター・クレシダ、わたしたちとアライアンス全体はあなたに対して、つぐないきれない借りを作ってしまいました」

「あなたがたのためにしたことではありません」と、ドクター・クレシダ。「妹の研究を悪用されたくなかっただけです」ドクター・クレシダはまたしてもギアリーをちらっと見た。「正直なところ、このプログラムは軍か政府の秘密機関が提供したものではないかと疑っていました。だから、誰がどのように使おうとするのか様子を見ていたのです」

ブロンは露骨な憎しみのまなざしをコトゥールに向けた。

「コトゥールは、何が起こるかをわれわれが知っても人命を救うチャンスすらないように、タイミングをはかったのです！　自分のしていることを正当化しようとしただけだ！　まるでそう言えば帳消しになるかのように、われわれを破滅させることを謝ったよな？　われわれが早めに来なければ……大使がドアロックを解除させなければ……今ごろ全員が死んでいたかもしれない。わたしはあの男を信頼していた！　あの男が好きだった！　いつもにこにこ笑っていたから！」

ギアリーは思った――〝たくさんの笑顔〟　おれはあの警告を思い出すべきだった。

「なぜコトゥールはあんなことをしようとしたのだ？」と、ブロン。困惑と怒りがせめぎあっている。

「だから謝っていたではありませんか」ドクター・クレシダはそっけなく言った。

照明がふたたび点灯し、電力が復旧したことを喜ぶ人々の声が通路から聞こえてきた。

「パワー・コアが安全な状態に戻ったにちがいありません」と、ウェッブ。

「マトソン船長に何もかも説明する必要があります。ドクター・コトゥールを蘇生させることはできますか？」

「なぜわざわざ？」ブロンはコトゥールの脚を蹴りながら言った。

「そうすれば、尋問し、協力者の正体を知ることができるかもしれません」と、リーセルツ。

「やってみます」ウェッブは、ふたたび電源が入った通信パネルに近づいた。「医療緊急事態！　場所はこの区画！　一刻も早く緊急治療が必要だ！」

「医療班にどう説明すればいいのですか？」ギアリーはこの状況のセキュリティ面が気になっていた。「ほかの者たちになんと言えばいいのでしょう？」

　リーセルツは口をゆがめ、ギアリーを横目で見ながら考えこんだ。

「危機的状況を脱したとはいえ、このことはわたしたちとマトソン船長だけの秘密にするべきです。そういえば、元帥、あなたの艦のどなたかに話しましたよね？」

「デシャーニ艦長です。わたしが機密事項だと言えば、決して口外はしません」

「けっこう。詳細な報告書を作成するつもりですので、公式記録として残るでしょう。でも、このことは他言無用です。ドクター・コトゥールは個人的な事情で自殺をはかった……ことにします」

「コトゥールはあんなことをしようとしたのに、なぜコトゥールの評判を守る必要があるのですか？」と、ブロン。

「わたしが懸念しているのはコトゥールの評判ではありません」と、リーセルツ。「この星系のすべての人々のことです。ゲートを崩壊させ、星系を全滅させようとしたことが明るみに出れば、パニックが起こるかもしれません。さらに、ミッドウェイ星系の指導者たちが、ゲートを再調整する作業の許可を撤回する可能性があります。そうなれば、ドクター・コトゥールの陰の協力者の目的も、部分的に達成されることになるのです」

「おっしゃるとおりです」と、ギアリー。「コトゥールの選んだ方法が失敗したとしても、この任務が妨害される可能性はまだあります」

ブロンはゆっくりと何回か深呼吸してから、うなずいた。

「わかりました。われわれはコトゥールに手を貸したくありません。これっぽっちも」

「ドクター・クレシダ？」と、リーセルツ。

「口外しないようにとの要請には応じます」と、クレシダ。「しかし作業をつづけるなら、まず再調整されたプログラムを徹底的に調べ、マルウェアやトロイの木馬、そのほか悪意のあるプログラムが隠されていないことを確認する必要があります」

「そのとおりです！」ブロンがすばやくうなずいた。「なんども確認したのだから何もないはずですが、コトゥールがこれをやったのなら、予備計画があったかもしれません。わたしはチームを集めます。力になってくれますよね？ あなたが適任ですから」

「お力添えするつもりです」ドクター・クレシダが言ったとき、医療班が機材とともに部屋になだれこんできた。「あとで行きます。元帥と少し話があるので」

ドクター・クレシダが何を話すつもりかはわからない。だが、クレシダがこの星系の全員を救ったかもしれないとわかったあとなので、聞いてみたかった。ギアリーはクレシダのあとを追い、通路へ出た。

「元帥」クレシダはギアリーをまともに見た。「昔からプログラマーが行なってきたことのひとつは、コードに埋めこむ形でメモを書き加えることです。説明や考え、ときにはジョークやちょっとしたコメントまで。ドクター・コトゥールが持っていた破滅的崩壊プログラムの最後に、オリジナルのプログラムの名残りがあるコメントを見つけました。妹が書いたもので、〝わたしは、われわれ全員を破滅させかねない魔物をうっかり瓶から解き放ってしまった。わたしの指揮官と仲間の知恵を頼りに、人類がその魔物を無害化する方法を見つけられますように〟という内容でした」

ギアリーはクレシダ艦長の前向きな熱意を思い出し、思わず目をそらした。

「それはわたしも予想していました」ギアリーはようやく言った。

「あなたがわたしに予想するようにおっしゃったことでもあります」と、ドクター・クレシダ。「あなたの言葉が正しかったことが証明されましたね。はっきり言って、わたしはあなたを信じていました。信じたかったからです。それでも、確証を得られたことをうれしく思います。教えてください、元帥。そのプログラムはあなたの艦にあるのですか？」

　ギアリーはその質問に一瞬、困惑し、顔をしかめた。

「破滅的崩壊プログラムのことですか？　それなら答えはノーです。崩壊防止システムがそれを阻止するか、最悪でも崩壊によって有害なレベルのエネルギーが放出されないようになっていますが、艦隊の艦に搭載するべきではありません。決して使ってはならないし、誰かが手に入れても使えないようにしてあります」

　ドクター・クレシダはギアリーをじっと見つめた。

「しかし、なんらかの形で、そのプログラムが代理ユニティ星系で使われました」

「そのとおりです。わたしはビクトリア・リオーネがどこでそのコピーを手に入れたのか知りません。もちろん、物的証拠はすべて破壊されていたため、あとでその答えを知るすべはない。リオーネは持っているはずのないプログラムをたくさん持っていました」

「われわれにとってはさいわいでしたね」ドクター・クレシダはその場を去ろうとした。

「わたしがここのゲートの崩壊を阻止したからといって、感謝しないでください。あなたはわたしに妹を返してくださいました。これでおあいこです」それだけ言うと立ち去った。

翌日、ミッドウェイ星系のゲートがアライアンスのハイパーネットに接続されようとしていたとき、ギアリーは〈ドーントレス〉のブリッジで数光分離れたゲートを注視していた。技術者たちの乗った船はゲートにもっと近い位置にいるため、問題があれば数秒以内に修正できる。ターニャ・デシャーニもブリッジにいて、主要当直士官たちとともに歴史的な出来事を興味津々で見守っている。そのなかで昨日の危機的状況を知っているのは、デシャーニだけだ。

ギアリーはいちど地震を経験したことがある。硬い地面が突然波打ち、まるで生き物のように足もとでうねるのを感じたものだ。ゲートがアライアンスのハイパーネットともつれあった瞬間の感覚を説明するとしたら、それがいちばん近い。宇宙という現実世界にしわが寄ってたわんだように思われ、その後、表現しがたい振動の余韻だけを残しながらもとに戻っていった。

「変な感じでしたね」キャストリーズがひと息ついた。

「でも、うまくいったのでしょうか?」と、デシャーニ。

「いい質問だ」と、ギアリー。

数分後、ゲートにいる科学者チームからメッセージが入った。

「ドクター・クレシダより。〝いまわたしはシュレーディンガー、すなわちハイパーネットをもつれさせる者になりました〟」

「どういう意味ですか？」と、デシャーニ。

「うまくいったということだろう」ギアリーはほっとした笑みを浮かべた。「いくつかのテストを終えたら、ダンサー族の宙域へ向かえるということでもある」

デシャーニはうなずいた。

「いいですか、元帥。ここまでそう楽ではありませんでしたが、これからもっと大変になるような気がします」

「きみの言うとおりなのだろう、艦長」

「わたくしはいつも正しいのです」

訳者あとがき

ジョン・〝ブラック・ジャック〟・ギアリー元帥はターニャ・デシャーニ艦長とのつかのまの新婚生活のあと、新たに編制された星系同盟《アライアンス》第一艦隊をひきいて、人類が謎の種族と呼ぶ異星人の調査へおもむく。だが、未踏宙域に入った艦隊は、テディベアのようにかわいらしい姿だが凶暴な異星人ベア＝カウ族と遭遇。戦いの末にジャンプして逃れた先には、オオカミと巨大なクモを合わせたような姿の異星人ダンサー族の艦の一団がいた。ギアリーたちはベア＝カウ族の追撃を受けるも、そのスーパー戦艦の拿捕に成功し、ダンサー族とは友好関係を結ぶことができた。ダンサー族の艦とミッドウェイ星系で別れたあと、アライアンス艦隊は、惑星連合《シンディック》との境界宙域を理由もなく攻撃した黒い艦隊を追ってヴァランダル星系へ戻った。黒い艦隊は人工知能が制御する無人のロボット艦だった。かつてアライアンス政府がひそかに造った代理首都星系が、防衛艦隊であるはずの黒い艦隊のＡＩ

に支配され、アライアンス全体の崩壊を招きかねないという。ギアリーたちは代理首都星系で、ふたたび現われたダンサー族とともに黒い艦隊を相手に決死の戦いをするが、勝機は薄い。そのアライアンス艦隊を救ったのはもとアライアンス公使ビクトリア・リオーネだった。リオーネは行方不明だった夫を見つけて政府施設に残り、みずからを犠牲にしてハイパーネット・ゲートを破壊し、黒い艦隊を全滅させたのだ……

と、ここまでが〈彷徨《さまよ》える艦隊〉シリーズ正篇第二部の流れです。

みなさん、大変お待たせしました。いよいよ第三部の開幕です。第二部の最終巻である『彷徨える艦隊11 巡航戦艦レビヤタン』の刊行から実に七年が経過しました。著者ジャック・キャンベル氏は二〇一五年五月に *The Lost Fleet :Beyond the Frontier Leviathan* を発表して以来、正篇の執筆をひと休みし、その間、〈彷徨える艦隊〉外伝四部作（原題 *The Lost Stars*）、〈彷徨える艦隊〉ジェネシス三部作（原題 *The Genesis Fleet*）を発表していました。そして、満を持して、二〇二一年五月からほぼ一年間隔で本作を含む正篇第三部を発表。この三部作は、二〇二三年七月に発表された *The Lost Fleet : Outlands Implacable* をもって完結していますが、早くも、続篇を望む声が多くのファンから上がっています。

本作でギアリーは例によって、ほっとする間《ま》もなく新たな任務を命じられます。それでもデシャーニと夫婦としての時間を持てたり、アライアンス艦隊の司令長官になって以来、ずっと後悔しつづけていた件で新たな展開があったりします。キーワードは〝たくさんの笑顔〟です。果たしてどういう意味を持つのか、考えながらお楽しみください。

本作の二章に、〈ドーントレス〉の休憩室で激マズのコーヒーを手にギアリーとチャーバン将軍が語り合うシーンがあります。そこに置かれているテーブルは〝ひび割れた部分に金粉で装飾がほどこされ、まるで芸術品のよう〟だということが描かれています。明らかに、日本の伝統的技法である〝金継《きんつ》ぎ〟をイメージしていますよね。金継ぎとは、陶磁器などの破損した部分を漆《うるし》で接着（最近は漆の代わりに合成接着剤を使うこともあります）し、金粉で装飾して完成させる修復方法です。二〇二〇年に国連事務総長のグテーレス氏が、国際平和デーのスピーチで金継ぎに言及したことをきっかけに欧米にも広く知られることとなりました。たんに器《うつわ》を修復するだけでなく、〝新品以上のものにする〟ことから、世界を分断している亀裂を修復し、平和で安全な未来を築きたいという思いがこめられていたのでしょう。

ミッドウェイ星系の状況から判断するに、本作で描かれているのは外伝四部作の最終巻以降の時期のようです。イケニ大統領とドレイコン将軍、ブラダモントとロジェロ、二組のカップルの関係に進展があったことも明らかになります。しかし、イケニの側近のトーゴ、ドレイコンの側近のモルガンとマーリンがどうしているのかは不明です。

　ここで、未訳の外伝4の内容をご紹介しておきましょう。

　シンディックから独立したミッドウェイ星系は、依然として残るシンディック勢力や謎の種族の脅威に立ち向かわなければならない状況にあります。また、イケニとドレイコンの暗殺をもくろむ不穏な動きも見られます。やがて、近隣のイワ星系に謎の種族が現われ、シンディック基地を破壊し、自分たちの基地を造りはじめます。イケニとドレイコンはイワ星系から謎の種族とシンディック勢力を排除することを決断。モーレア星系を中心に付近の星系を支配下に置いている女宙賊イマリエの協力を得て、謎の種族を撃退します。そして最後に、トーゴ、モルガン、マーリンの身に起こったことが描かれます。

　さて、本書の続篇となる第十三巻（原題 *The Lost Fleet: Outlands Resolute*）の内容についても、少し触れておきます。

　ミッドウェイ星系にあるペレ星系に通じるジャンプ点から、一隻の艦が満身創痍《まんしんそうい》で現われます。それは、アライアンス艦隊に先んじてダンサー族の支配宙域をめざしたはずのリフト連邦星系の艦〈パスガード〉でした。ギアリーは、わずかな生存者たちの口から語られる情報に疑念を抱きつつ、これまで人類に友好的と思われてきたダンサー族との外交関係を強化するために、外交使節団を乗せた特使船〈バウンドレス〉を護衛してダンサー族の支配宙域へ向かいます。ダンサー族の宙域へ入るには、人類に敵対的な謎の種族の支配宙域を通過しなければなりません。案の定、戦闘となりますが、謎の種族の正体を知る手がかりとなりそうなものが手に入り、ギアリーはその扱いについて意外な決断をくだします。ダンサー族との交渉は思いのほか難航し、さらに〈バウンドレス〉にスパイが紛れこんでいることが判明。そのスパイの目的は何なのか？　誰の指示で動いているのか？　アライアンス内部の人間を信じられず、疑心暗鬼におちいるなか、また新たな異星種族と遭遇します。その異星種族はアライアンス艦隊を自分たちの星系に招こうとしますが、それが罠《わな》である可能性は否定しきれません。またしても艦隊の運命と人類の未来がギアリーの肩にのしかかります。

　第十三巻は、二〇二二年の《ドラゴン賞ミリタリーSFファンタジイ長篇賞》にもノミネートされました。ドラゴン賞は二〇一六年に創設されたアメリカの文学賞で、ノミネート作品も受賞作も読者投票によって決まります。〝いかに大衆の支持を得たか〟が基準になっているということです。

　デシャーニなら、自信たっぷりにこう言うでしょう。

「おもしろいことは間違いありません。わたくしはいつも正しいのです」

訳者略歴　英米文学翻訳家　訳書『巡航船〈ヴェネチアの剣〉奪還！』パーマー，『ギデオン―第九王家の騎士―』ミュア，『ビンティ―調和師の旅立ち―』オコラフォー，『彷徨える艦隊』キャンベル，『孤児たちの軍隊』ブートナー（以上早川書房刊）他多数

HM=Hayakawa Mystery
SF=Science Fiction
JA=Japanese Author
NV=Novel
NF=Nonfiction
FT=Fantasy

彷徨《さまよ》える艦隊《かんたい》12
特使船《とくしせん》バウンドレス

〈SF2423〉

二〇二三年十月二十日　印刷
二〇二三年十月二十五日　発行
（定価はカバーに表示してあります）

著者　ジャック・キャンベル
訳者　月《つき》岡《おか》小《さ》穂《ほ》
発行者　早川　浩
発行所　株式会社　早川書房
郵便番号　一〇一 - 〇〇四六
東京都千代田区神田多町二ノ二
電話　〇三 - 三二五二 - 三一一一
振替　〇〇一六〇 - 三 - 四七七九九
https://www.hayakawa-online.co.jp

乱丁・落丁本は小社制作部宛お送り下さい。
送料小社負担にてお取りかえいたします。

印刷・株式会社亨有堂印刷所　製本・株式会社明光社
Printed and bound in Japan
ISBN978-4-15-012423-6 C0197

本書は活字が大きく読みやすい〈トールサイズ〉です。